U0069395

秀賢

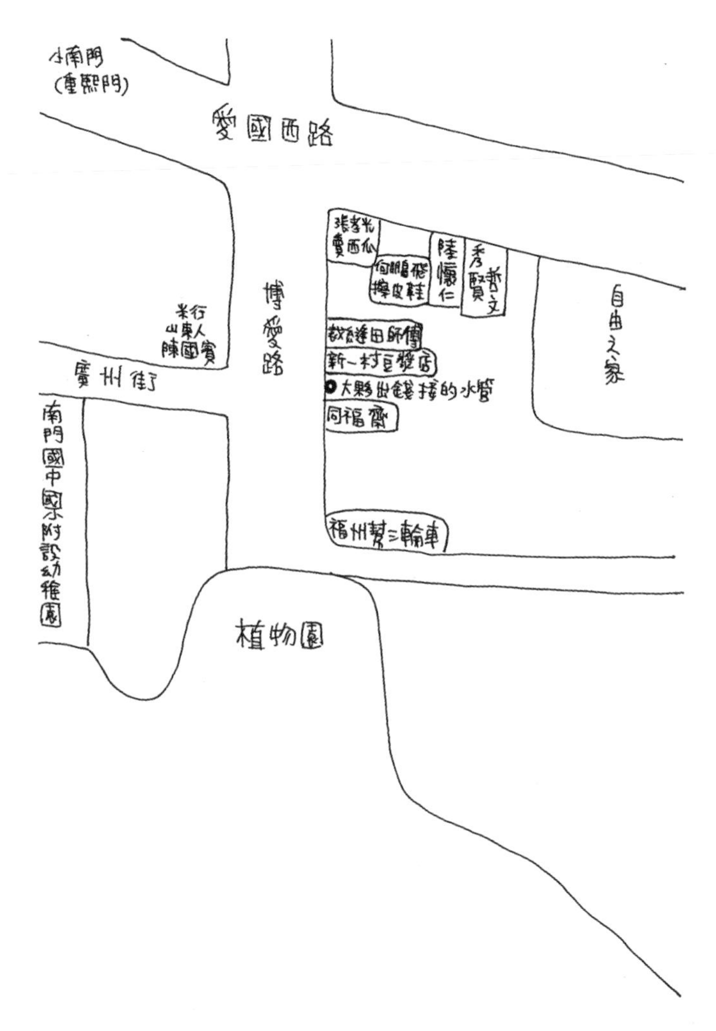

有了門牌號碼，算是有了個屬於自個兒遮風擋雨的地方。

自基隆上岸後第一次心底感受踏實，是在這一處。（第二章）

我們非常想念妳

詩經·小雅·蓼莪

蓼蓼者莪 非莪伊蒿 哀哀父母 生我劬勞

蓼蓼者莪 非莪伊蔚 哀哀父母 生我勞瘁

瓶之罄矣 惟罍之恥 鮮民之生不如死而久矣

無父何怙 無母何恃 出則銜恤 入則靡至

父兮生我 母兮鞠我 撫我畜我 長我育我

顧我復我 出入腹我 欲報之德 昊天罔極

南山烈烈 飄風發發 民末不穀 我獨何害

南山律律 飄風弗弗 民末不穀 我獨不卒

作者序

故事述說大時代下的顛沛流離，也述說臺北城裡的安家落戶。

我出生、成長、生活於臺北，在摯愛的親人離世後，想撫平心中悲痛，我走過她出生的洛陽城、走過她努力生活的竹南、艋舺跟臺北城。雖然她只是千千萬萬個小人物中的一個，不過對我而言並不是，隱身在這個故事裡，是我對她無盡的思念。

秀賢她那一輩的人，跟了一個人，跟了一個政府，就會跟著走一輩子。故事裡秀賢一家和好友一家離開竹南往臺北落腳，因爲下了部隊的丈夫和好友的丈夫覺得，要離蔣委員長距離近一點，這樣政府說要回家鄉的時候才能緊緊跟著。昇平世代的現在，我們很難體會那大動盪下的徬徨害怕、那他們要緊緊靠聚的心情，我們有幸，沒有經歷過他們的踏著同胞們的屍體出城門、沒有經歷過他們的跟隨政府戰略移轉流離失所、沒有經歷過他們的家破人亡。忠心於黨、忠心於蔣委員長的哲文與他的同袍們都已經凋零。不過讓人無法想像地，現在世代的我們看見世界上依舊還是有戰爭在發生，似乎還是像秀賢祖母所說的，世界亂了套。

秀賢是洛陽城裡家大業大的謝家閨女，在父親呵護下的兒少時期無憂無慮，直到木屐的喀踏聲響踏進洛陽城門。如秀賢祖母說的，世界開始亂了套。民國三十八年，秀賢隨著丈夫哲文與各省族群隨著國民政府戰略轉移來臺灣，從一開始的語言不通到之後的生活交織共存，這是一個小家庭從遷移到臺灣時的顛簸，一直到有了第三代、第四代，開枝散葉的長河故事。你可以說這是一部小人物的個人史，但它又何嘗不是一個大時代的縮影？你可以說這是一部移民史，但蘇軾詩曰：「此心安處是吾鄉。」所以，它又何嘗不是一部生根史？而秀賢的故事，又何嘗不是述說著那個時代的，心繫丈夫、爲了孩子，能咬著牙關吃苦耐勞的千千萬萬堅忍女性的故事？

秀賢的一生，不覺得辛苦不知道害怕；經歷受竹南當地人家的幫助，遮風擋雨安家於豬舍；經歷擺地攤賣貨，攢錢存下回家鄉的路費；經歷自己開餐館，用家鄉的味道撐開臺北城的胃腑，之後又將做起來的飯館頂讓老鄰居；再來她尋得方法，迂迴的從外國繞道返回洛陽家鄉，不過早已來不及見她大哥或父親母親一面；丈夫在政府開放之後同秀賢返鄉，也只得見到他父母親墳上的一坯黃土；秀賢跟丈夫勤奮踏實，生活過得越來越好，秀賢的第三代出生、第四代出生、丈夫過世……。長河只會一直不停地滾滾流動向前，所有人事都會被沖流而逝，最終時候秀賢卸下了她維繫著整個家的一身堅強，秀賢離世。終於這樣，隨著哲文而去的她，再次回到了家，回到了她父親的身旁。

就我而言，雖然生活在同一座島嶼的我們不甚團結，但多數的我們一直能相互諒解，相互撫慰，交織共榮，就如同落腳在臺北城裡的秀賢，如同落腳臺灣後的我們所有的前人們。作者珍惜這一切。如同王鼎鈞所說：「所有的故鄉都是從異鄉演變而來，故鄉是祖先流浪的最後一站。」所以，秀賢的最後一站臺北，就是我的故鄉。也如同土耳其諾貝爾文學獎得主奧罕·帕慕克的半自傳作品《伊斯坦堡：一座城市的記憶》，裡面盡是他對他的城市伊斯坦堡的熱愛，所以我也希望旁觀這本小說的讀者們，能讀出我對臺北這個城市的熱愛。我總是以為，這塊土地從不吝嗇於回應在它上頭殷實努力的人們。

故事大綱

第一章，小說主角秀賢出生，那是日人攻進中原之前，她是洛陽城裡家大業大的謝家閨女，她的父親說不會讓她出嫁，會要一輩子留她在身邊。不料十幾年後，日人進了洛陽城，父親被長輩們建議，將閨女嫁給農家子弟好過被日本人糟蹋，所以秀賢嫁給城外洛安村裡祖上世代務農，幾年前自國民革命軍學校畢業的沈哲文。兩人結婚這年，沈哲文已經是國民政府軍隊通信發報臺的臺長。

第二章，秀賢跟隨丈夫的軍隊一直轉移，民國三十八年的夏天隨政府指示上岸基隆港。丈夫的部隊被安排落腳竹南，秀賢沒有多久就發現她們一路遇到的都是好人，竹南當地的郭家人讓她們住在自家的豬舍安身，還大小事都處處幫忙她們。後來丈夫哲文要被調派至高雄，要被併入至孫立人將軍的部隊，秀賢開口阻止，希望丈夫從部隊上下來。秀賢一家和好友一家離開竹南往臺北落腳，因爲下了部隊的丈夫和好友的丈夫覺得要離蔣委員長距離近一點，這樣政府說要回家鄉的時候才能緊緊跟著。辭別竹南郭家人、同事及朋友們的秀賢和哲文帶著兒子和中往臺北找發展。極盡克難辛苦，向人租房子再以幾百塊錢搭起被政府發有臨時門牌號碼的木頭、竹子窩棚。

第三章，越來越多南部上來臺北的也好、跟著政府一路過來的百姓們也好，他們窩居在中華路的竹子窩棚裡，但這可是美國總統都會來訪的臺北，在蔣總統的命令下，雜亂無章被弭平，新式現代化的三層樓八棟中華商場在竹子戶被拆除的原地豎立。丈夫哲文被山東大老鄉請去當掌櫃照顧他們飯館裡的櫃檯，秀賢顧著家顧著孩子們，還是腦筋不停地動、手不停地忙，每天從早起忙到黑麻眼，勤奮不懈的秀賢和哲文知道日子會過得越來越好。在很久之後，秀賢察覺，在這植物園邊用木頭竹子搭起能遮風擋雨的小屋，是她跟哲文和兩個孩子的家，現在，是她最感覺幸福的日子。

第四章，描述秀賢跟哲文在臺北還有美國大使館的年代，自己開餐館自己做，一如繼往，秀賢是哲文的支撐，秀賢挽起袖子在臺北城裡做肚腹裡思念的洛陽家鄉麵食，無數如同秀賢一般的思鄉外來人，用自己家鄉的味道撐開了臺北城。小小的館子裡，哲文天天待在收帳出納的館子櫃檯裡，秀賢跟哲文不只存上了回家去的路費，他們連日後孩子們出國深造的學費都存上了。

第五章，沒能繼續唸書上去的兒子和中自馬祖當完兵回來，被秀賢拜託朋友介紹進樹林鎮的戶政當工友，這時的臺北士林鎮一帶，基隆河已經完成了截彎取直的工程。能擾亂秀賢心頭的事情一直是兒子和中的事情，從桃園坐火車上來臺北找來秀賢跟哲文開的飯館的鄭家一家人說，沈和中必須對他們的女兒負責。

第六章，秀賢從一直不知道兒子和中花錢入不敷出的習性，到她知道了她生出的是一粒豆子不能成麥子的經過，秀賢是一個疼愛孩子的母親，但同時她也是一個堅毅的女性，不同於丈夫哲文，秀賢給了沈和中不能一直依靠家裡的回覆。

第七章，秀賢在政府開放海峽兩邊接觸之前，循著老鄰居山東人回鄉的方式回去了河南家鄉。三十多年的禁止接觸，臺北這邊是亞洲四小龍的蓬勃經濟發展下的生活環境，家鄉這邊依舊是刻苦樸實的生活方式，還如秀賢十幾歲時一樣的是溫熱胃腑的吃食。不過，秀賢兒時洛陽老城裡父親的店鋪一間都不復存在了，父親用水缸裝銀元的宅子也是。秀賢再沒能回去那說要一輩子留她在身邊的父親面前。

第八章，因爲高樓大廈、現代化的臺北城市中心轉移，哲文讓忠心耿耿的師傅把他跟秀賢平地起樓到多年來館子裡一直是應接不暇的生意接手過去做。踏實勤奮的臺灣這島嶼上的人民收割這些年來自己辛勤工作的成果，加上多年扎實基礎建設跟交通建設的加持，在臺灣的生活讓哲文深深感念感激政府跟所有揮汗耕耘的人的努力。蔣總統蔣委員長的過世撼動了哲文，不是反攻回大陸的方式，哲文跟著秀賢第一次回到家鄉洛陽，古時詩人說的「未老莫還鄉，還鄉須斷腸」，是哲文回家鄉上父母親墳上磕頭的寫照。秀賢發現哲文回到河南洛陽像是一個外地人，秀賢看著飛回臺北的哲文自在地才像是回到了家。

第九章，秀賢跟哲文在臺北過著平靜規律的老年生活。秀賢跟哲文和女兒台萍三個女兒相處，不過一如人心本來就是偏的，台萍大女兒詹米盈牽動著許多秀賢跟哲文老年日子裡的喜悅跟擔憂。

第十章，哲文離世了，在丈夫哲文離世之前，秀賢並不知道哲文除了占據餐桌的一角，也占了那支持著她自己、讓自己強大到能處理全家大小事情的那一角。最後的那一段路，有沒有金錢、有沒有兒女，都不是能否被無微不至照顧好的條件，是否會被悉心照護的條件是身邊是否有深愛自己的人。哲文在雙腿一伸的那時候到來前，有預料到自己兒子女兒的作爲。

第十一章，如一把大傘護蔭著全家的秀賢也離世了，風雨就將吹打著家中晚輩。看到穿著哲文衣服走進來醫院病房的和中，秀賢覺得像是哲文來接她，她嚥氣前還看見了自己思念了一輩子的父親，她卸下了全身的堅強，秀賢回家了。（故事完結）

目錄

第一章　最初的地方

秀賢是有一次回得了家的，回的了那個父親還在的家。是她快滿十六歲的年紀，當時她隨著丈夫的軍隊住在開封，已有著襁褓中的兒子。

那是她母親的一個失策，母親把秀賢懷裡的兒子往床上一甩，要她跟著回「家」，但她已視自己爲人母，沒有她的骨肉，她是不會跟母親離開這個「暫居的住所」的。一個念頭的距離，秀賢就這樣再也沒有回到過那個她父親用水缸裝銀圓、那個和鄰居的姐姐一起在鄰居家裡學勾打毛線、那她母親都是被轎子抬起出入自家宅門的老城家裡。

秀賢有四個兄長，所以她出生時在洛陽城裡開了三四間店鋪的父親喜出望外，他不缺小子，現在終於有了閨女，父親說要把她一輩子留在身邊。秀賢倍受呵護地長大，倍受兄長的疼愛，年紀太小的她認不清比家中人數還多的出入幫忙的長工。她聽著母親在家裡搓著花綠綠的紅中、白板麻將聲但沒全然理解這大人們的牌局，她看著父親抽著當時被稱爲大煙的鴉片也不會有這是身分財力的認知，秀賢忙著做她小孩子的事情。孩子的小眼睛看什麼都新奇、看什麼都能玩耍，冬天時候她從屋簷邊角敲下透明的冰棍到地上，伸手拿起就吃，惹得家裡的老人們嚷嚷叫喝著不衷不衷[1]；夏天時候她會拖著鬧著家裡洗一大家子衣物的工人老媽媽們為了能夠跳進跳出洗衣盆玩水；春天時候會在綠芽攀上新枝的院子裡找父親對她說的如她們洛陽城般有名的花苞，驚奇地發現一個個早晨才蹦現的花苞隔幾夜就可以開成如她臉般大小的牡丹；秋天時候她會嘴裡跟兜裡塞著核桃棗子和街頭巷尾的孩子們一起圍著鄰居姐姐，也看鄰居姐姐勾毛帽、織毛衣、打毛線手套，也幫忙理毛線也玩鬧。家裡的工人老媽媽們也勾打毛線，但老媽媽們都嫌小蘿蔔頭孩子挨著擋手礙事，沒有一個趕著在冬天來臨前要打好毛衣的大人像這鄰居姐姐一般有耐心，也沒一個大人和小蘿蔔頭們看得到，多年後這本家姓的鄰居姐姐還勾起了秀賢的另一條線。

有著幾個商賈輻輳店面的父親是不覺得有必要讓小子們進學堂的，但秀賢的大哥是塊讀書的料。受著教育的大哥在家中跟父親堅持自己的妹妹不需要被裹小腳，說以後的年代是沒有女孩子需要被裹腳的。祖母已經跟父親提了很多次，要秀賢五歲多六歲大時趕緊把腳給裹了。祖母聽長孫在家裡跟著兒子說不需要裹腳，她只能一直嚷嚷說這世界變了，說一個女孩子家踩著兩只大腳板怎麼能看？說這樣會是一個怎麼樣的世界？大哥在家給父親的影響還包括一直主張自己的妹妹以後也要念書寫字，說十三朝古都的洛陽城人自古就是高等教育的先河，說當年東漢漢光武帝，戎馬未歇，先興文教，說咱們家大業大的謝家怎麼可以妹妹不識字？因此秀賢在

---

[1] 衷，河南方言，可以、很好、贊同或稱是的意思，是河南方言裡代表性的語詞之一。

七八歲的年紀也開始紙筆墨硯地上學堂。在秀賢之前，不論是母親還是祖母，在她們自個兒家中做閨女時候是大門不出，二門不邁的，一方面是女孩子不可輕易地拋頭露面，一方面是腳趾、腳板、骨頭關節從小就被長長的包腳布裹成三寸金蓮，走也走不好，要走出街坊之外不是這麼輕易的事。天才將暗黑時分秀賢的母親在自家宅院走動，就是身旁兩人服侍著，一人持燭臺，一人攙持著她，母親才能以小碎步子行走的。這年頭已經是過了可以把秀賢裹成大家閨秀腳型的年紀，還竟然每天一清早就往外頭跑？一個女孩子家去學堂！？祖母口中嚷嚷這世界變了，而且就變在眼皮子底下了。有一些他們稱做日軍的，占據、侵略還「欺侮」了華北，是遠在天邊兒的事，但一個女孩子家天天往學堂、往家外跑，這世界亂是亂在家門兒口了。

不懂祖母跟母親的堅持，也不懂大哥在祖母眼裡的新潮，秀賢沒在想傳統、現代這類的事，開始讀書寫字的這頭兩年，眞是秀賢懂了事後在家裡又還是過童年日子的兩年，沒有華北越來越多城鎮飄著太陽旗的瞭解，也沒有多想大哥在家裡的話語對她一生的影響，秀賢知道的是**自己在街坊巷口跑的飛快**。更暢快的事是一般歲數的孩子們都愛跟著她，她是最機靈、腦子最活、反應最快也是唯一一個有上學堂的女孩，當然毛頭小子們都圍繞著她、跟著她，她是頭兒，她出主意。秀賢骨溜溜轉的眼睛跟她伶俐的嘴巴同步，幾條街內的孩子都知道，甚麼事情都可以問秀賢，他們愛叫嚷著：「如果還有秀賢不知道的，那可沒人會知道了。」有甚麼要領頭壯膽的、有甚麼要打抱不平的、還是有甚麼要仗義直言的，一堆小孩子們一定拱著她。甚至聽到保長[2]和一些街坊說長道短的閒聊之中說：「謝家的女主人出門都是被轎子抬著」、「難與她對個眼」，還是說：「更別提能攀談上」時，秀賢是哪管人家是老鄰居、還是保長，能劈頭就上前去要幾個大人們別說自己母親的閒話，搞得幾個大人們尷尬地下不了台階。

不確切哪一天，是穿秋衣還是睡涼蓆的天？秀賢雖不再跳得進洗衣水盆或也算是不再想讓全身濕淋淋的衣服巴在自個兒身體上，但她還是愛接近家裡幫忙洗衣的工人老媽媽們，她是能跟父親正經八百的朋友們談話應對也愛跟家中洗衣老媽媽說芝麻蒜皮小事的孩子。不確切哪一天，但秀賢知道那天她湊在正在洗衣服的老媽媽身旁，她看到盆裡的水倒映的天空被直直地切開來。那的一會兒，秀賢反應得了，知道是天上發生的事，但那是甚麼？天上過去的那東西還拖著一串長長的黑煙，接著耳裡便是轟隆隆的噪音，應該是這玩意兒發出來的也同時像是從腳下踩踏的地面回震上來的。原本有一搭沒一搭已經不太能回答得了秀賢提的各路問題的工人老媽媽這時是跟秀賢一樣吃驚瞪著眼，那個不知名的物體移動出她們頭頂的天空只用了不出兩秒的時間，但秀賢以爲經過了她所有童年驚恐害怕時間的加總，水盆旁的她們面面相覷互相看著直到幾個哥哥們衝來後院將秀賢一把抱起往屋裡竄。看到哥哥們失去常態的緊張面色，她瞭解到了**醬才在天上發生的不是甚麼好事**。

---

2 保，是中國政府最基層的單位，源於北宋王安石變法，每五家為一個保，五個保成一個大保，住戶裡最富有的擔任保長、大保長。

大人們口中在東北的日本人已經變成在她們頭頂上飛的了，四五年來的學習生活也亂了套，被先生們領著，秀賢跟同學三天兩頭躲警報，還沒再走回學堂上又逮趕緊著再躲警報，過沒幾個月，先生們對這些孩子們說現在情勢緊張，要他們在家中好好待著，說復學的日子會再通知他們家裡。

沒進學堂的日子秀賢對甚麼都沒多大記憶，日子裡沒了遊戲，沒了帶頭解決問題。但她記得家裡工人老媽媽們領著她進儲物的小間，囑咐她千萬不可以出聲，把一落落棉被壓在她身上後把門閂拴上。她記得以往都是在巷子頭迄吃活魚水席的父親那些日子都留在家裡吃飯了。她也記得煩惱攀上了父親的臉，那是她從小到大都沒有在父親臉上看到過的神情。她還記得父親說：「不能再把閨女留在家裡了。」

洛陽落陽，太陽進了洛陽城就會落下，家裡的人都這麼講，半是安慰自己的期待，半是讓日子能過下去的說法。也倒像是巧合，木屐聲在城裡喀踏響了一年左右的時間後秀賢聽著家裡的人說日本人投降了。被收起的、藏好的家門後頭掛著的大門牌又被掛了回去——那清清楚楚記載家中多少口人的木頭大門牌。

不打日本人了但戰事還是沒停，國民政府軍跟八路軍戰戰停停，邊談判邊對抗。祖母嘴上說這世界亂了套給說成眞的這些時日，出嫁的本家姓鄰居姐姐回到街坊裡來，本家姓的姐姐帶著她丈夫跟丈夫一個年輕的同事回到洛陽老城裡，這個年輕的同事進來秀賢家見了秀賢父親一面後再一次進來就娶走了謝家捧在手掌心上養成的閨女。秀賢家裡的人搬了桌椅在巷口以往養活魚的的洛都飯店請水席，民國三十五年的八月天裡這門婚事就這麼吃了。謝家家裡的長輩們安慰父親道，「老城裡都可以被木屐聲踏響的年頭，閨女嫁這小子也好，他總是個臺長，又不是第一線的，戰事一平，他倆口兒應該也是安定的。」

秀賢不在意通訊傳令兵還是通訊臺臺長，不明瞭階級高低還是權力大小，她明瞭的只是家裡對她說嫁給城外農稼人家的孩子強過被糟蹋了。她在自個兒家內廳堂中有瞄到一眼這個英挺的年青人，那天鄰居家姐姐的丈夫跟他這同事兩人身穿不新不舊但利利索索的軍服，她不懂戀愛的事，但在自個兒心裡想著，**比較高的這個年青人長得眞是不錯**。

婚後丈夫對秀賢說在部隊被調派之前，會在家中住著。夫家沈家農事多人丁旺，一大家子人住在老祖宗們住了世世代代的洛安村，依著洛河的洛安村子十三個朝代以來都是洛陽往長安的對應接渡。沈家一直是種田莊稼人家，無論大麥、小麥、包穀還是紅薯，是甚麼節氣有甚麼收成的大家子，在丈夫的父執輩起還開了一個讓過路人歇息的小客棧，雖是開起小飯館兒客棧但務農人家就是老實，沈家長輩說破棉被也不怕人蓋壞，所以想進來住店只需先點上一碗麵，麵錢就抵住店錢。丈夫沈哲文自小是下田幫忙，懂事後因爲進入國民革命軍學校可以受教育、可以讀書寫字，而且國民政府也已北伐結束完成統一，括納了河南省的中原大戰的勝利又是更

加鞏固了蔣委員長所代表的中央給百姓們的印象，所以沈哲文在父兄長輩們都還是日日上田的日子，毅然決然地做進國民革命軍學校的這個選擇。國民革命軍學校深受黃埔軍校培訓出來的軍官及將領影響，孫中山先生的開校訓詞「革命的基礎在高深的學問」是校訓，進學校讀四書五經但讀最多的是孫的孫文學說。孫向第一期黃埔軍校的學生說的：「要從今天起，立一個志願，一生一世，都不存在升官發財的心理，只知道做救國救民的事業，今天在這地開這個軍官學校，獨一無二的希望，就是創造革命軍來挽救中國的危亡」被宣揚在之後各個國民革命軍學校，這深深地撼動影響沈哲文的心裡。孫中山稱他思想的發念是延續中國的道統，他說：「中國有一個道統，堯、舜、禹、湯、文、武、周公、孔子相繼不絕，我的思想基礎，就是這個道統，我的革命，就是繼承這個正統思想，來發揚光大！」這從黃帝以降都是和洛陽息息相關的中原思想，讓哲文深感榮耀，有極大的歸屬。**有國才有家，國家一點都不遠，就在他們的肩**上，學校給他身體上的操練、肚腹的溫飽也給他志向上的信念。

民國三十五年年底三十六年年初，國民政府和八路軍軍隊已是華北多處開戰的當下，中原裡的尋常百姓還是過尋常。在夫家洛安村，古曆年節裡秀賢跟著婆婆走家裡的長輩親戚各家，走去了山下丈夫的外婆家磕頭也去了姨媽家跟姑媽家。在外婆家裡被外婆挽著手聽外婆說丈夫孩提時的故事，外婆說別人都稱抱外孫不如抱草墩兒，但她自個兒對孫還是外孫都可疼，外婆說她這外孫自小就善良，說哪一個孩子不上樹掏鳥窩窩？不都常見孩子們抓小鳥折翅膀？但她這外孫不皮蛋的，也一定是因爲他善良，老天給他安排進了那學堂，進那學堂好過留在家裡遇上荒年，那三十一年時鬧的饑荒啊……秀賢挨著老人家聽丈夫孩提時候的故事，一聽能聽幾柱香的時間。

被婆婆牽著走姨媽家時，秀賢在姨媽家裡幫著削紅薯南瓜皮，在灶火旁幫忙攪和包穀湯，秀賢還幫忙去掉長豇豆的頭尾和硬梗。跟婆婆上姑媽家磕頭時，她被擱在針線活兒裡也衷，幫著縫布鞋、繡花鞋讓姑媽一家大小有新鞋好過年。雖然在洛陽老城家裡沒需要在灶火旁做過事，但在夫家任何長輩的門裡，秀賢做起活兒來一點兒都不顯生疏。這個城裡大戶人家出生的媳婦清秀聰慧，舉一反三，手腳又勤快俐落，出入不管是那一戶長輩家都極適應，幫著做活兒。不論是塞棉花兒進棉襖還是褲膝補丁，秀賢都挽起袖子做的來勁，讓婆婆面子十足。婆婆牽秀賢過了這個年，她心裡已很是有底兒，**她知道這兒媳婦會妥妥當當地理好自己小子的家**。

過了年之後的春初，丈夫部隊調進了洛陽城，秀賢的父親三天兩頭便會差人送來烙好的油膜[3]、拌好的涼菜跟幾斤肉。東北再亂，女兒還是在腳迄跟頭[4]，只要油膜能送到女兒手裡他心裡就踏實。都在傳說日本人是投降了，日本人是撤退了，但現在是自家人在打自家人，女兒說

---

3 油膜，河南用語，是油餅的意思。

4 腳迄跟頭，河南用語，是在腳邊、附近的意思。

隨著女婿即將要調派至鄭州，那是好幾百哩遠外的地，他可是從心角上擔心到心底下了，但不想在兒子們妻子前露出餡，女兒是從自己手上交給了這個小伙子的，現在還能怎麼著？

秀賢隨著哲文來到鄭州，和其他發報臺的親眷租住在鄭州市內一處民宅的二樓，丈夫上班的白日，她跟著女眷們一起縫衣服補襪子，鄭州市區大但她們沒見過，她們知道的事是勾帽子勾圍巾，跟在丈夫們的軍大衣外套裡塞進棉絮縫上內裡。有些日子丈夫離城出差，幾個夜晚都不會回住院，年紀輕輕的秀賢隻身一人在房間裡會感覺緊張害怕，窗外暗黑無人的街上若突然有個聲響，睡下的秀賢也會被驚醒，床褥上睡意全消地豎著耳朵，聽辨這聲響是不是前些日子才讓全家裡外都緊張地把她藏起來的喀踏聲。這樣的當會兒，她會念起了老城家，念起了家裡的人，想念起了家裡裹著小腳的祖母、母親，其中尤其想念父親。秀賢在寂靜的房間裡流淚，雖然沒有人會被她吵起，但她不讓自己泣出聲。

跟著丈夫的部隊調派到開封的時候，這是又近過年，秀賢已身懷六甲，丈夫託人送了信回洛陽，告知老城裡跟老城外洛安村中的家人這好消息。第一個不是在老城裡也不是跟著丈夫一大家子人過的年，秀賢沒有想著要好的吃，也沒有想著要新的穿，她捧著肚子在爐火前準備熱菜熱湯，她只想著每天丈夫傍晚前回到家裡，只想著一起喝著熱湯暖和。秀賢會準備溫水盆跟熱毛巾讓剛進門的丈夫洗手擦臉，會在飯後準備溫熱水碗，讓丈夫彎完牙縫後漱口。是在這開封城裡，丈夫做隊上同袍柳緒文的主婚人，柳緒文娶了一個開封姑娘邱秀英。邱家有四個姑娘沒有男丁，邱秀英家中排行老么。同袍柳緒文和丈夫一般耿直木訥，開封姑娘邱秀英同秀賢一般聰慧勤快。秀賢跟秀英自此在眾多發報通訊臺親眷之中秤不離砣，砣不離秤，如親姐妹一般互助幫忙，還在丈夫們出勤的時間、出差的日子裡彼此陪伴。有了會在後院自種自耕蔬菜的秀英，家裡常見的香椿還是紅薯還是南瓜，她倆兒也開始翻地自種。秀賢房內忙女工活兒、房外幫著秀英整雜草理菜蟲，身體不知怎地總覺得累。懷的是第一胎，沒經驗過的秀賢感受到了以前不曾感受過的疲勞，天天忙到了夜黑時候常常一闔眼就睡，再沒時間精力鼻酸落淚。

民國三十七年三月一個晚上，秀賢疼了整晚的肚子，在產婆的幫忙下就在睡房裡的鋪褥上，生下一個白胖胖的小子，丈夫將他起名作沈和中，盼望和平的中國。在這個月裡，秀賢裹著小腳的母親找來了開封，找來了她們的租處，母親看到秀賢穿著露絮薄襖正一手拖著一個娃兒一手汲井水洗尿布，這和她來之前心裡已有打底的情況差距太多，回到房裡母親連椅凳都沒有坐熱就對秀賢說再跟著她部隊裡的丈夫這樣過日子不是辦法。母親的言語沒有八路軍把東北都拿著了這樣的場面，也沒有妳們這樣是四處對抗還是四處逃竄的見解，只是母親踩著小腳都能找到開封來，顯足了老城家裡人對秀賢的擔心，但母親把秀賢懷裡的小子一把抱去往床上一扔，這一扔的動作，扔停了秀賢的心跳。在和中這被拋墜的半刻時間裡讓秀賢瞭解到了，**母親眼裡這還未足月的小子，不是謝家的人，母親只要她呦兒人跟著回洛陽**[5]。母親眼裡她只出嫁沒

5 呦兒人，河南用語，是一個人、自己一人的意思。

兩年，沒料到秀賢已視自己爲人母，秀賢揪著心抱起自己的小子時，做的決定逆母但順天。母親在震驚、錯愕、悲傷的情緒下離開自己，秀賢沒有記憶有哪一次母親離開自個兒的視線能是這麼迅速的，她呆若木雞地愣在原地，沒望望是誰陪同母親出洛陽來開封，沒問問這一路上折不折騰，沒對母親說一句只關乎她們母女倆的話，這時愣著的秀賢壓根兒不知道，她站在最後一次見母親的當口。

離開天天夜黑前做飯都是掏一小把米撒在一整炕南瓜中間的開封，是秀賢襁褓中的胖小子才滿三足月的春末。改稱自己部隊中國人民解放軍的八路軍打破了和國民革命軍軍隊在中原戰場上的僵持局面，突襲了開封城，城內的國軍沒有之前對抗日軍侵略者的同仇敵愾，沒有那時誓死也要保衛自己家鄉土地的拿命在拼。但在城門緊關的短短幾日後，在秀賢跟著丈夫隊伍在天邊還沒泛白的夜黑地裡悄悄步行出城時，城外已是遍野的死傷。秀賢緊抱懷裡的小子跨過還有氣息在哀嚎呻吟的傷，緊抱懷裡的小子跨過沒有氣息的死。

城外的中國人打城內的中國人想進城，回擊城外中國人的是城內的中國人，死的傷的是城裡城外的中國人[6]。秀賢沒有理解這是甚麼念頭，思考不來這是甚麼決定造成的局面，秀賢只想

---

[6] 這裡指的是豫東會戰，為民國三十七年六月十七日至七月六日之間發生的國共內戰。

著要把小子裹好在自己懷裡，要跟緊丈夫和一路人的腳程，她回頭看了一眼豎立著的開封城，她不敢分神看地上呻吟著的人。

一行人馬走到天邊泛白時候才看得出來旁人有的搬著木箱行囊、有的拎著布包牽著孩子、有的人如她民裝布衣、有的人是丈夫部隊裡的同袍還有軍需主任都走在她們旁邊。秀賢沒有問跟著部隊走是要走到哪，也沒有人說她們這一行要走多久，她只記得睡在野地裡。在野地裡要哄要抱還要防著蟲子，她用自己的大衣裹著和中，自己可以受咬受寒但小子可不能被咬或被冷到了，這是母親找來開封時留給她的大衣。秀賢還把母親找來時候留下的兩只金戒子戳進蒸饃[7]中間一直揣在懷裡，路上一直沒甚麼吃，肚子裡沒東西就奶水都不油也都不夠多，但秀賢當然沒搞懂小子就是因爲奶吸得不夠飽，才白天黑夜裡都嚎啕大哭。軍需主任瞧見秀賢的大衣，還找她跟丈夫商量，之後夜裡最能保暖的大衣也就被主任拿去遮掩他一身的軍服，這讓荒郊野地裡的夜晚是更冷了，除此之外，野地裡的野蚊子吸咬護著小子的秀賢，這蟲咬疤痕之後逐年褪下顏色但一直沒從秀賢的腿上消失過。這樣一行人步履一個多禮拜，部隊帶出開封城的補給都已經耗盡，路經一戶農家，農家老婦看見秀賢一直在哄著大哭的兒子，她以有著深深歲月刻痕的雙手拿出一盤蒸紅薯對秀賢說道：「剛剛過去的一行人把家裡桌子上的全拿去了，這是灶上剩的最後一些，妳全拿去吃吧，吃了好餵孩子。」秀賢接過來後跟丈夫分著吃，她不吃光，只

[7] 蒸饃，河南用語，蒸的餅，指的是饅頭。

塞了幾口壓了壓肚子的饑，她把剩的紅薯和已經捏食得只剩還勉強遮掩得了那兩只金戒指大小的乾饃懷揣在一起。那是已近徐州城的沿路上，老天爺老天奶奶化身作爲這個農家老婦的現身。秀賢知道，**給她壓饑解餓的是那不求任何回饋的凡人神仙，她想記下這間屋子，她想平安下來之後，她要回來還這個平凡農家老婦的恩。**

跟著部隊一行沒有要落腳徐州的打算，大夥兒都知道要走，說政府在哪，他們就要到政府的所在地，丈夫說要往南京走。秀賢沒見過政府是什麼，但丈夫上哪她就上哪。一路秀賢跟秀英是患難子妹，是沒血緣的姐妹，秀賢跟秀英在還狀似無風無雨的徐州城裡上布莊買人剪裁剩下的布頭，縫做了好幾雙鞋好讓彼此跟夫婿們換下已磨破的，露了縫的布鞋。夫婿們說不知怎地，在家裡白花花的銀圓券、金圓券在這幫[8]不使勁，想當初還在家的日子，家鄉能買三十斤麵、能買一落蒸饃的一銀圓在這兒只能買個燒餅。秀賢和丈夫沒看見下一次軍餉的邊，不敢買肉包，天天是把隔夜的餅饃吃了，天天將新的燒餅揣在衣服兜裡，天天都做出城的打算。徐州火車站前窩著沒幾天，丈夫的部隊排到了開往南京的火車時已是這年的夏天日子。火車一靠站，多少扛著木箱皮箱的、牽著抱著小孩的都往裡面踵[9]，感覺已沒辦法再站進任何人的車廂都還是可以再挪挪擠擠，空出縫隙再站人進來。大夥們就這樣你挨著我、我擠著你地站一路，一

8 這幫，河南話，是這處、這地、這裡的意思。

9 踵，是緊接著前面人腳後跟的意思。

路無法動彈方便的時候大夥就同娃兒們以尿布方便，在褲襠裡塞方巾布衣，方便在襠裡，所以從半路開始，車箱內是一群人衣衫的塵土汗味、頭油垢味、酸鼻屎尿味和從沒聞過的各式味道。搖晃的車廂裡秀賢沒有辦法闔眼，丈夫一部隊的人都在，她也沒有辦法方便在褲襠裡，還沒進南京前的靠站時，狀似也就是要下去找地方方便的一對母女沒來得及在火車駛離之前回來，她夫婿還在車上，她兩人就這樣被落下了。秀賢不能想像她們是能不能摸著路到南京，不能想像自己如果跟小子同丈夫分散了那是要怎麼辦，目睹了這般，秀賢更是無法闔上眼，精神是更緊繃。

搖晃進南京城，秀賢看見了一個比洛陽比開封更多樓房、更繁華但處處留著抗戰痕跡的城，這城裡有被轟炸後的大坑洞，有被塗抹僞裝的樓。丈夫的部隊是否是被政府安排進南京來的秀賢沒有花心思，把秀賢的大衣穿去的軍需主任到了南京領了軍餉後沒還大衣但給了秀賢一大筆錢答謝，秀賢沒往自己穿的用的上面去想，秀賢第一件事是買一床被褥，這樣夜裡能跟丈夫和小子有個暖被窩。路上折騰的累的餓的都不是個事兒，但餐風露宿野地裡已經讓小子受涼好幾個夜晚，不管時序已是夏天，秀賢打定主意若是要再走出南京城，她一定攜著這一床被褥。

在南京的幾日後聽聞丈夫同袍那一對被火車落下的妻小也摸進了城，一家能重聚首，秀賢和秀英是歡喜地牽起了彼此的手，著實爲人高興。但也又沒幾天後聽丈夫和秀英夫婿的言談，

聽出了他們發報臺近日是一直在收聞開封戰事大大挫敗的信息。秀賢和秀英明白，說不準這裡是不是長久落腳之處，她們不買肉包，也不需要燒包，她們買這南方的燒餅，燒餅好攜著走，燒餅能填飽肚子，燒餅才實在。她們忙火[10]縫布兜進自己的上衣和外衣，她們縫暗袋進夫婿的外套和大衣，都是預備著塞東西。對秀賢而言，丈夫們天天在外，丈夫辛苦做好外面的事業，她逮做好裡子裡的準備。傳來政府放棄徐州的消息時部隊已安排好了搭火車往上海的日程，火車站前有堆放大戶人家木桌、木椅、家俱跟衣櫃家當等著上火車運往南方的，也有沒買車票所興爬上火車車頂就這麼坐上的。秀賢不記一路上其他停下靠站的城市，但秀賢是從小有聽聞上海這個地方的，家裡大人們說南方富庶繁華，還在家裡的孩子時候如果能用到好的布緞、好的毛線、有被贈予新潮的東西啊還是洋貨都是來自上海。父親說過上海幾代以來都對內、對外做買賣，那幫地是商販雲集，父親還說過「上海商人能言善道，北方商人直來直往。」秀賢也有聽祖母說「都寧可往富庶的南方遷移一哩也不願往荒蠻的北方遷移一磚」，她心裡有南北方是大大不同的底兒。

火車才離開了昆山站，還在哐噹哐噹地往上海駛去的大半夜裡，不知哪兒的突然發出一陣巨響，猛然的聲音驚醒全車廂的人。在巨響之後，黑夜之中有要全火車的人滾下去的叫囂聲，還有棍棒敲打聲以及甚麼都不許拿甚麼都不許帶的嚷嚷聲，整車子裡眾人惺忪恍神不明究理。

10 忙火，是忙碌的意思。

秀賢摟著小子同丈夫和其他節車廂的所有人半走半跌地跨下車，見到車下已一遍站著、坐著的人們，還有車外邊嚷嚷非常不堪字眼同時一直持棍棒敲打火車的一夥土八路[二]。土八路拽啊扯地不讓任何人能留下自己的行囊家當，想反抗的還會被木棍子亂打伺候。土八路一幫人還恫嚇若有人敢反抗敢不把身上的值錢東西掏出來的話，他們會掏出槍口以對。秀賢懷裡摟著小子，小子緊挨著的兜裡是塞著銀圓和卡著金戒子的乾燒餅，秀賢沒有要掏出來雙手奉上的意思。兩三個小嘍囉手上擺耍著木頭棍棒，持了個大麻布袋搖晃過來秀賢和哲文跟哲文同袍這幫的時候，丈夫與大夥都把他們自個兒兜裡的錢掏了出來放入麻布袋子，但秀賢沒動靜。一個小嘍囉朝個頭矮小的秀賢打量一番，他大力地拉開她懷裡的布巾，一粗魯地拉扯，一陣喧鬧被趕下車後好不容易被秀賢搖著安撫住又睡去的小子拉開了嗓門嚎啕大哭，伸手扯她們的小嘍囉是著實愣住了，不過可能也因爲如此，他悻悻然地別過頭，轉身找向其他人去了。

所有人站在這荒草野地上的軌道邊，看著掠奪完財物的土八路上了車，看著火車駛離。野地上的大夥有些反抗受了棍棒傷，有些失去除了自身穿著的衣物之外的所有東西。夜還黑著，只有些嬰娃兒還哭著，一整群人是牽緊著身旁的家人站在錯愕裡。秀賢同丈夫和丈夫部隊的所有人沿著軌道走，和多少火車上下來的其他百姓們一起走，整群人睡意全沒地沿著映著月光的軌道走。走到天邊泛白的時候，一行人的精神才鬆懈下來，他們就在鐵路邊野地草梗子上睡下

二 土八路，指土八路軍隊，泛指可能受八路軍領導，幾乎沒有重武器部隊的非正規部隊。

歇息。幾個時辰後日頭正烈的時候，一行人又返回鐵軌邊繼續走。南方這邊人頭皮和燒人皮膚的日頭[12]是秀賢在家鄉沒受過的，不同丈夫一幫男人可以坦著胸脯、露著胳膊，外套大衣還可以往腰上一繫，秀賢懷裡裹著將半足歲的小子，腰間還纏著一個塞錢的兜，裡頭夾有藏著金戒子的餅，秀賢整身汗水淋漓、汗如雨下。秀賢不怎麼怕冷，但天生就是怕熱，還有可能是她膚子白的關係，也就怕曬，跟著丈夫跟著一路人進上海的時候，秀賢懷裡的燒餅已成了湯泡的饃一般。雖說進了上海部隊一行吃的、用的、和軍餉又會有著落，卽使如此，掏出夾在其中的金子，秀賢把汗濕了的燒餅全部往嘴裡塞，是一點兒燒餅渣子也不捨得落下地。

上海停的久，原本以爲就會落下腳，興許再些時日還能回得了家？其他的部隊上還有人說，共產黨能收攬的都是北方農務的窮苦人家，打不下這富庶的長江以南。在這年的夏秋時節，不論是外地或本地的上海人，沒有人想像得到江南也會敗北。

停留在上海的一日三餐，餐餐是米飯，但北方人慣吃麵食，所幸軍中北方城市的人多，一定會再加道冷麵。上海人說上海話，上海的姿態在上海人的穿衣講究裡面，一條褲子晚上也要壓在枕頭下睡，讓隔天起床穿上的褲子會顯得前後兩側都有稜線。在上海的日子，心裡沒有電力供給概念的秀賢見識了霓虹燈，家鄉沒有這玩意兒，也看著了電風吹，秀賢感受家裡的婦女

12 日頭，河南方言，是太陽的意思。

眞的樸素，新潮的上海婦女是掏錢在外頭給人洗髮！秀賢還聽過上海老人家之間自嘲的說法「不怕家裡失火，就怕出門時掉進水溝裡，髒了一身衣服。」還有她們一夥北方人嘲弄上海人在說的話：「沒吃上午飯還是會在嘴上抹一抹油出門，讓人以爲他們已經吃過了。」

因爲上海住的久，秀賢聽出了上海話的眉角也說得幾句上海話，秀賢反應快也理解得快，很得在地人的接受也很能打成一片。秀賢觀察上海人穿的旗袍——內裡外罩不馬虎不將就，從排扣、滾邊、到款式都較家鄉新樣，兩旁的叉開得比較高，比家鄉式樣時髦的多。在胸、肩、腰、臀部都比較服貼，體現上海的女人在家中比較不需做事，上海的家庭，是丈夫在家中忙火。待在上海的日子，秀賢繡旗袍的邊、繡旗袍扣、繡繡花鞋，她能跟當地好家好戶的婦女們應對，雖不全然明瞭她們的要求，但秀賢手工的底子再加上秀賢注意細節的個性，開始讓好些周遭街坊的上海婦女都指定要秀賢刺繡她們的衣跟刺她們的鞋，秀賢也開始同她們說上口，說這活兒是「刺繡」，因爲老城家裡稱這活兒是「扎花」。要入秋的日子，秀賢被當地一戶人家央求替他們的孩子們各做一雙刺繡的布鞋，給一塊臘肉是酬謝。肉是何其的稀有，稀有的像過年似的。秀賢欣喜地掛臘肉在房裡，因爲這樣，之後的兩三個星期裡面都能天天切下一小塊臘肉和丈夫加菜。除此之外，一有機會秀賢就爲人織毛衣、打毛帽、塞棉花、跟變造花樣地縫棉襖，還開始學套棉被。上海能找著的布料好，樣式也多，秀賢又是想著花案做變化，所以不管是小床單人的棉被，還是大床雙人的，秀賢只要一做好就都讓人掏錢買去了。這在上海一待是

待到了三十七年年底，秀賢和丈夫能天天吃得飽，小子很少再嚎啕大哭，手上還攢足了路費。秀賢留著路費、存著路費、等待著能回家的那一天。

怎知，江山再廣再大，隔個幾日，都可以天塌地變，過個年都不像個過年了。丈夫輕描淡寫說南京的政府戰略轉移到廣州，那是更南邊。秀賢心裡就明瞭**那她們就會啟程往廣州去的**。時序已接近過年，但這一幫人沒人有花錢過個好年的心思。部隊很快就被指示要戰略轉移，先移至泉州，這比上海更南方。蜻蜓點水般在泉州沒待上幾日，部隊就又移至潮州。秀賢不懂戰略，但知道同路的林媽媽託付光棍老鄉張海發，託他照顧她那已經能自己走的老大兒子，另外兩個小的孩子林媽媽是背上背著一個、懷裡抱著一個，但當部隊集合落點在潮州時，張海發遍尋不著老林一家人，他還左等右等四處打聽，等部隊又再次啟程往廣州時，他也只能就貼身帶著這林家約五六歲的大兒子啟程。秀賢不知道爲甚麼政府能轉移，也不清楚廣州在那裡，但見**多少部隊都是說要進廣州。離開上海的那時候多少百姓也都排在黃埔江碼頭邊搶搭要往更南方的船，還眼見推擠著沒進著船板就落入海裡的。秀賢沒法再看到落入海裡的百姓有沒有人去搭救，也沒法想像在冬天這種時候落入水裡的滋味。都已經走離家鄉這麼遠、都已經走出家鄉這麼久了，大夥兒看似還在往更遠的地方要去轉移。**

到了潮州，冬天是都不冬天的，小子的尿布還因爲潮濕晾不乾。潮州人講潮州話，和北方家鄉、和上海話差異很大。潮州臨海，海鮮入菜是家常便飯，全然不同在家鄉，蝦蟹魚肉在家鄉是珍稀菜餚。潮州吃的清淡，比上海還更多米食，另外還有糯米食、粄條、粿食。秀賢就是在潮州才初次嘗試紅糖甜粿，一嘗試她就喜愛上這廣東樣式的甜糕。富庶的南方，用糖進米麵，進街邊的糕餅，全全不同於在北方家鄉，北方家鄉平日的三餐麵食是要塡飽肚子的，家裡是有節日時才吃得摻糖的麵。

跟著丈夫的部隊由潮州再次被戰略轉移進廣州時，小子還在秀賢懷裡喝奶，但已經是個一歲多沉甸甸的娃兒。秀賢個小肩窄，很不能如其他妻眷般把孩子以方巾背在背上，秀賢是雙手抱著小子抱一路的。部隊進廣州後秀賢知道丈夫心裡是踏實了點，她不知道蔣委員長在軍校的訓詞，也沒有聽聞過在盧山的最後關頭演說，她不知道蔣委員長成了革命軍總司令，她也不知道在這三十八年年初，當選第一任總統的他下野讓副總統繼任總統，秀賢只知道越來越多的部隊從各地來到廣州，還有聽說從老遠的青島都來到這塊地的，只因爲這裡是政府所在地。

當陸續聽聞再進來廣州的家眷是因爲她們丈夫的部隊棄守南京時，秀賢知道丈夫和部隊和其他的好多部隊被安排會再搭船，丈夫跟緒文沒多說搭船是要上哪兒，秀賢沒多想。出了南京之後她們有火車就搭有船渡河就乘，離開上海就是在黃埔江上乘船的，她沒有想過這次一搭船是搭去一個島，一個不再跟南方外地、北方家鄉相連的一個島。

這船非常的大，在這船上沒水喝，有人汲船上機器流下來的水在喝，那不知道是什麼機器出的什麼水，秀賢吐她自個兒的唾沫給懷裡的小子。船上也沒有東西吃，睡著的時候還好，但小子醒著的時候秀賢咬著咬著布兜兒裡的乾饃燒餅成食糜餵小子，或在小子哭著的時候把他的小嘴挨向自己的乳房，有或沒有奶水、喝不喝得飽是另外一回事兒，總是就讓他有個東西含著。跟著部隊大夥要下船的時候，懷著丈夫同袍李康莊第三個孩子的李太太腳一跨下船，小孩就已經掉到胯下褲兜裡。秀賢、秀英和幾個眷屬太太們趕緊扶著李太太，兜著她的褲子進一處最近的人家，李太太一脫下褲子秀賢就見到一個娃兒揮動四肢在嚎啕大哭。一幫人驚的是呆過去了，秀賢轉身就嚷嚷請人幫忙。是她們闖進的這戶人家幫忙拿來一把鐵剪，這剪子過火上燙一燙後臍帶就剪了。李家一踏上基隆，就添了一個小子，這小子因此被取名李隆生。

第二章　遇到的都是好人

慌亂渾沌地幫忙完時秀賢頭頂上冒的汗沉沉地往額下流淌，這不是才入夏，怎麼自己汗濕衣裳地像在過家裡的大暑？只有哲文是有粗淺的對臺灣的了解——孩時學堂上有篇課文就是「甲午年，戰爭起，鴨綠江中浪滾滾。中日一戰我軍敗，從此臺灣歸日本。臺灣糖，甜津津。甜在嘴裡，痛在心。」這是沈哲文心中僅有的臺灣印象。哲文知道臺灣溫暖，知道臺灣一年不飄雪，但不知道溫暖加上潮濕能是這般質地。大片陸地出生長大的一行人，下船上了的這個「陸」是一座島，在海風吹拂的基隆秀賢呼吸吐氣時像是有一寸濕淋淋的方巾搭在臉上，蒙罩住臉的感覺，一行人是連呼吸空氣都需要適應。基隆上岸了之後的秀賢跟丈夫同整個部隊沒有住處，只算是住在基隆當地人收魚貨放置魚網的海邊屋子，整個基隆海港旁的人家幾乎都有小捕魚船、有這樣木板搭建的收曬捕魚魚網的屋子。隨著越來越多的人停靠上岸基隆，丈夫整個發報臺被安排從基隆火車站乘火車往「竹南」去。

臺灣還是基隆，還是竹南都不打緊，秀賢沒有多想，沈哲文也更是沒有二心，政府怎麼轉移她們，她們怎麼跟隨。民國三十八年的七月底要進入八月，離開港深雨多、坡上都是炮台、民宅後面都連接防空洞的基隆時秀賢跟哲文隨著部隊抵達竹南。部隊在放暑假的一所國小裡的

川堂內住下，整個校園是這些同哲文和哲文的同袍一般，抄著南北家鄉話，難和竹南當地人們溝通的軍人和眷屬。秀賢手裡接過來哲文要她收好在兜裡的錢時，已是過來的政府在上個月中才發行的「新臺幣」，她手裡沒用過之後才聽鄰人講起的「老臺幣」，無從體會四萬塊才換一塊的不平或怨嘆。

暑假結束，學校開學之後，秀賢、小子和丈夫住進一戶竹南當地郭姓人家閒空下來的豬舍。住著三合院子的郭家人，在「十三宮」附近有多塊種田的土地，郭家前院裡養雞鴨，在緊挨著三合院磚牆邊以茅草蓋成屋頂、紅磚砌成牆的豬舍養豬。發報臺一行的大夥分開了住地，張海發帶著林家的五歲多的大兒子，隊上傳令兵柳緒文和秀英，也是傳令兵的王均衡和王太太、李康莊跟太太和她們三個小孩、河北人的宋家，都被分散地安排住進這一區域種田人家莊稼屋子裡，還有其他被安置在附近寺廟裡的、防空洞裡的，凡只要是能遮風避雨的地方就是能落下腳的地方。這年，在竹南更偏離火車站的其他區域，還有農事人家連牛棚豬舍都沒有搭建，家裡的牲畜是在同一個屋簷下吃睡過日子的。

每天一早夫婿們出門回部隊集合，秀賢跟著郭家的兒媳婦在溪邊洗衣、洗孩子的包巾尿布，這溪水處也是附近家家戶戶孩子消暑玩水的地方。秀賢學著郭家人用鋁製的鍋子在燒木柴乾草的火爐上煮米飯，水量多少、時間跟火候不知道拿捏的一開始，秀賢常常煮了一鍋鍋底都焦黑了但上層米心還沒熟的飯。能放上一個煮飯小鍋燒柴火的爐子都是郭家人幫忙秀賢用小碎石頭和泥土捏堆圍成的，做好的當下郭家人跟秀賢說會越火燒越堅固。秀賢不是字字句句的臺語都聽得明白，但秀賢心神意會懂得他們的意思。

秀賢和郭家的長輩老太太最有機會相處，郭家的兒子跟兒媳婦們都比哲文還年長，他們做有在竹南火車站前賣給熙來攘往的人喝涼水的生意，郭家兒媳婦們生的閨女、小子們則是都已入小學讀書寫字。哲文白天出門後，秀賢抱著小子往溪邊洗衣或出門買米前，會轉進郭家三合院子裡，向郭家唯一待在家裡的老太太說一說她要去溪邊，或去雜貨店舖，開始時她是想請老太太幫忙留意下進出的人，之後老人家漸漸懂得了秀賢的這層意思後還回秀賢道：「咱遮無賊仔，妳放心。」[13]沒一陣子之後，秀賢也感到即使無門無欄，日夜都很安全，再要出門時常是去詢問老太太是否有需要自己幫忙買回來家裡的或幫忙做的。好一段日子下來，郭家長輩竟對秀賢回道，她什麼都不缺，說秀賢莫叫老太太，叫阿母[14]。幾次之後秀賢明瞭了郭家長輩要自個兒叫她媽媽。來到這個不知距離家鄉多遠的地方，一家三口住在郭家豬舍，受郭家幫忙又被照顧，這郭家老人家跟自己是語言不通但疼惜著自己，這讓秀賢很是感激，她知道自己遇到了好人。

---

13 咱遮無賊仔，妳放心，臺灣話，lán-tsia bô tsha̍t-á，lí hòng-sim，是我們這裡沒有小偷，妳放心的意思。

14 莫叫老太太，叫阿母，臺灣話，mài kiò 老太太，kiò a-bú，不要叫老太太，叫我媽媽的意思。

寄人籬下的日子，木訥的哲文回到家，因語言不通是比以往更寡言的，但他知道一大家子的郭家，上上下下都對秀賢、對自己、對小子好。所以當秀賢發想說到要在竹南火車站前郭家的涼水攤幫忙時，哲文沒有皺眉也沒有二話，他知道秀賢腦子機靈手腳勤快，不會去給郭家人添亂。

秀賢在生意極好的涼水攤裡著實幫了大忙。每天家裡曬完溪邊洗的衣服，她簡單地吃完上午飯[15]後，就抱著小子走路去車站前郭家的店舖上幫忙。竹南八月的夏天裡吃涼的人客讓郭家店裡收錢、找零的手沒停過，這般生意讓秀賢收碗、洗碗的手也沒停過。語言不通，秀賢一開始沒能在前檯應對，她是幫著收碗、幫著洗碗、幫著擦桌子跟打掃清潔。但如同住上海時覺得上海話有趣的那一段兒日子，秀賢每天睜著耳朵聽，聽得了臺灣話，而且也覺得臺灣話有趣。她開口說不出，但聽懂得意思。漸漸地秀賢在這車頭前郭家的房子，樓房只一層樓高的涼水店舖裡什麼都做，郭家人交代的她都做、沒交代的她也自動自發的做。這個熟客喜歡多一點大紅豆，那個熟客總是要多一勺糖水，諸如此類的細節她也都記在心裡。午後忙進忙出忙到擦黑兒[16]，日頭將落下是竹南人稱欲暗仔[17]時候，也是秀賢若還待在店裡會得閒的開始，這時候秀賢便

---

15 上午飯，河南話，是中午飯、午餐的意思。

16 擦黑兒，河南用語，是傍晚時分。

17 欲暗仔，臺灣話，beh-àm-á，是傍晚快要天黑的時候。

踩著梗腳的小石子路，一手抱小子，一手捧一碗甜湯回家生火燒飯，她不忘讓同是喜性吃甜的丈夫飯後有一碗甜的喝。秀賢對丈夫說竹南這地方眞的好，家裡看似寶的糖一批一批的在郭家店裡堆著，價錢同家鄉核桃紅棗般日常。憨厚木訥的哲文是單一腦筋，直條腸子，飯後喝著秀賢拿回家的甜湯，邊歇著眼邊讓秀賢給他壓壓腳捏捏腿，秀賢一股腦地說著當天車頭前郭家店裡發生的事兒。老實的哲文怎麼聽得出來咕溜溜在轉的秀賢滴腦[18]裡萌生的主意，這秀賢她自個兒也都還沒察覺的念頭，這是自然而然流淌在她血液裡的、從小在家裡耳濡目染的、父親傳給她的生意腦袋。

稍有秋意、島上空氣漸漸轉涼的日子，郭家人不再熬煮紅豆、綠豆跟糖水，郭家使用同一個店面掏米煮飯、滷肉、滷蛋，忙賣滷肉飯。白飯上淋澆香噴噴的肉塊滷汁一碗賣五毛錢，這年五毛的價錢在菜市可以買有幾顆的包心菜。秀賢帶著開始學步的小子，還是在郭家店裡幫忙，也聽、也看、也幫著做，秀賢學有了生米煮成熟飯的眉角，也上手了從一塊三層肉熬成濃郁黏稠的滷肉醬汁的功夫。和中也因爲每天下午的一碗飯，讓秀賢不再需要三不五時[19]地把小子抱上懷裡餵奶。

---

18 滴腦，河南用語，是頭腦的意思。

19 三不五時，臺灣方言，是時常的意思。

秀賢在冷風弗弗的秋天裡，給和中打了一件毛衣背心。凡看見小和中穿毛衣背心的人都說看起來眞溫暖。郭家人靦腆地問秀賢也給他們打個大小幾件有無方便，他們感到歹勢[20]。秀賢沒有二話地當然答應說好，她請郭家人買來他們要的毛線顏色，沒需要量他們的身子，秀賢跟他們相處久了，自是知道郭家一家人的身子版型。在和中穿著秀賢自個兒打的毛衣背心之後，她給怕冷的丈夫的上衣外頭也罩著一件灰色的毛背心，又陸續地郭家滷肉店裡的小倆口、郭家的孫、郭家老太太也都一一地穿上秀賢手上功夫一針一線打出來的毛衣。看大家不嫌棄，看大夥兒將自個兒手做粗糙的毛衣穿上身，秀賢是又帶勁又欣喜忙火[21]的。也因爲郭家人穿得暖，都稱秀賢打得毛衣好，滷肉飯旁邊的左鄰右舍店家也紛紛買了毛線，央求秀賢爲他們打毛衣、打毛帽，他們不好意思讓秀賢白做工，說請秀賢不慌不忙打毛衣，說請秀賢收下十塊錢工錢，這麼一來可讓秀賢忙壞了。中午到擦黑兒地裡她都還是在郭家店裡幫忙，幫完郭家的生意她牽和中買了菜趕回家燒飯，馬不停蹄她在丈夫回到家前備好一家三口夜黑的飯菜，和哲文一起喝湯[22]之後秀賢經常趕工打毛衣趕工至大半夜，如此她得以每一兩天便可交出一件毛衣給這些毋甘嫌[23]她手藝的鄰居。

---

20 歹勢，臺灣話，pháinn-sè，是不好意思、難為情的意思。

21 忙火，河南用語，是趕著做工作、忙碌的意思。

22 喝湯，河南用語，是吃飯的意思。河南人問喝湯了沒，就是問吃飯了沒。

23 毋甘嫌，臺灣話，m̄-kam hiâm，是不嫌棄的意思。

郭家在店裡主事的小倆口看秀賢爲人織毛衣已忙得不可開交，開口提議說在他們店前頭又是火車站前，秀賢就擺個地攤吧，也別進店裡忙滷肉飯的準備跟店裡的事了。萬分感激郭家人的大方和體諒，秀賢開始從家裡一手掂個小木板凳，一手牽著和中來郭家店前騎樓下把板凳一擺，把布巾往地上一鋪就鋪成一個攤，秀賢在地攤上幫人打毛衣之餘也打帽子、勾圍巾、納鞋底跟縫布鞋。

物資稀少，什麼都是寶，純樸的竹南少見顏色比較亮麗或鮮豔的毛線，秀賢晚上回到家會跟哲文商量如何買到更多樣式的毛線。哲文一週兩三次同部隊上臺北的時間，會開始往北門附近昔日的太平町，這時的延平街，自延平街上的布莊縫紉材料行買毛線回竹南。秀賢手工本來就細又純熟，現在還有了在臺北買的材料，讓秀賢攤子上的無論是帽子還是圍巾，常常是一擱上就讓人買去了。也會有些時候，過路火車站的阿兵哥把自己北方雪地裡襯毛料的外套、軍靴、睡袋等放在秀賢攤子上託她賣，秀賢懂得挑問價的人，看得出誰是有意掏錢出來的而誰只是過路出嘴問問。一次一雙紮實堅固的軍靴賣出了二十二塊，高出放靴子寄賣這人心裡的十八塊錢，寄秀賢賣靴的這人也豪爽地把多賣得的六塊錢給了秀賢，這是多大的數字！這年二等兵每月的薪餉七塊錢五角、一等兵九塊錢、上等兵才十二塊錢。如此這般，秀賢開始自己手做新的也賣、別人用過穿過舊的也讓人寄賣，地攤上的小生意做得有成就感之外，生意好得開始可以隔個幾天提一塊肉回家加菜，很實際地增加了塡飽一家肚子的油水量。

在民國三十八年底的一天下午，一個阿兵哥小伙子站在秀賢的地攤前，問到秀賢是哪兒人，秀賢抬頭瞧這小夥子不過二十出頭，看似比丈夫還年輕，小伙子開口第二句就說上自己的名字，「康運清，屬小龍，開封人。」他還說聽秀賢說話這口音覺得很親切，所以冒昧地問一句秀賢府上哪裡？秀賢回這阿兵哥小伙子，自己的兒子就是住開封的時候生的，自己跟夫婿沈哲文都是洛陽人。他鄉遇同鄉，聽秀賢的小子嚷嚷著母親的兒語也是家鄉口音，小伙子倍感親切熟悉又覺得跟秀賢聊得來，大家都是落腳在竹南的同鄉人。自此之後康運清介紹了更多從青島、從上海時期就搭船來臺，現在也被政府安排在竹南十三宮附近落下點的小同鄉跟大老鄉給秀賢跟哲文認識。康運清年輕，單身一人，他說部隊上不讓他們在這幫找對象，這沒事兒，蔣委員長不是在臺北說了嗎，「一年準備，兩年反攻，三年掃蕩，五年成功。」我們就要回大陸上去的。

秀賢顧著家，顧著孩子，攤上生意再好再忙每天日頭下去時分一定布巾一裹趕回家燒湯燒飯，她忙的沒有功夫想反攻跟成功的事情，回家鄉是心所冀望的，但是打回去這是另外一回事兒，畢竟哲文是在部隊上，雖然只是通訊傳令的發報臺，但私心裡總是不願意丈夫去打的。民國三十九年年初開始，康運清有陸續講到一起來的大夥被派下高雄加入孫立人將軍的訓練，也有的出發去前方的。秀賢沒敢去想他說的這些人會不會有機會回來，這已經又近古曆過年的日子。丈夫對秀賢說部隊可能就要有調動，中部、北部的都要統整後出發去高雄訓練，因爲沿海戰事還沒停，這次他可要隻身下去沒法帶上她和小子一起，秀賢就問：「是不是很近咱們家鄉大陸的那些島，去了都沒人回來的那些島？」哲文說：「是。」這眼看丈夫的通信傳令部隊也要被派去前方，秀賢是不能依的。秀賢對哲文說：「政府要我們上哪兒我們上哪，要我們站著我們不會想要坐著，但如今你們去前方，是回得來嗎？」知道秀賢的這個意思，哲文也知道他們將被併入作戰部隊，在上面還沒有戰略轉移的指示前，沈哲文和柳緒文兩個人講好了，他們對上面報告稱家裡有妻小要顧，自願不添部隊一點負擔地退下來，當月的薪餉都不拿的意思，這表示之後當然也沒有軍籍也沒有軍眷的資格，如果政府往大陸轉移，他們可逮自己買船票。在這年古曆年前，沈哲文和柳緒文商量好退下來之後在竹南過完年就往臺北去。

冬末春初，年過去沒幾天是天公伯生日，這是一年之中郭家人最慎重其事的拜拜，郭家在三合院的裡、外共擺了七八桌大圓桌子。秀賢在家鄉沒見過拜天公，家裡沒有這習俗，已經和丈夫跟小子三人在家喝了湯吃了上午飯菜，之後還又被郭家人招呼去七八桌裡其中郭家家人的桌子坐下。初次看到臺灣辦桌的場面，吃著十里飄香的炒米粉和唇齒留香的麵線，秀賢在感受到多久以來都沒感受過肚皮撐著的感覺前，已總共吃下九碗公還是十碗公，在這之前秀賢也不知道自己這麼能吃，這是洛都飯店自己的婚事後吃得最好的一餐。王均衡、王太太，李康莊、李太太，和秀英她們隔天知道了這事後，還問秀賢：「妳就同她們七、八桌人坐下？吃得慣嗎？她們說的河洛話，妳聽得懂嗎？」聽她們問起秀賢才想到，**整場人們說的是臺灣話，吃的是新竹的菜餚，各桌子上都是郭家親戚或多代以來的鄰居，只有自己呦兒人不是臺灣人。**是秀英她們這麼問到自己，秀賢才真正去想這件自個兒做得很自在，吃得很自然的事情。

哲文他們通訊臺跟著派來的軍隊下腳基隆後落點在新竹前，民國三十六年、三十七年、三十八年年初就已經陸續有從青島、上海、福建、海南等沿海地方來避難的富賈人家落腳在臺灣各處，現在又政府已在去年底整個由重慶轉移來臺北。政府到臺灣後，雖然是少數，但陸陸續續是有從部隊退下來的。沈哲文和柳緒文只想著是政府在哪，就逮要緊緊挨著，這樣已下了部隊的他們在政府要回大陸的日子才能緊跟著走。古曆年過完後、熱鬧的拜天公之後，哲文、秀賢跟小子，和緒文跟秀英兩家人，珍重再見地告別一幫同袍及友人，尤其是秀賢對四處都照料著自己跟小子的郭家人，和火車站前郭家店面附近一排排的鄰居，更是離情依依。郭家老太太對秀賢說，上臺北不管哪裡，都要跟竹南的她們保持聯絡，不管闖蕩得如何，郭家永遠在這給她靠。這關懷照顧著自己和自己小子的恩情讓秀賢轉身的時候就知道，**離開竹南也許還是會有遮風擋雨的地方、也許還是吃得著炒米粉，但難遇如郭家這般的一大家子。她感激自個兒跟哲文遇到的都是好人**。在竹南火車站，為緒文懷著第一胎的秀英、手牽著和中的秀賢，同夫婿們上了開往臺北的火車。沒有傢俱，她們有的是一身的年輕無畏，有的是兩家人的同一個目的地——臺北，蔣委員長帶領的政府所在地。

一府、二鹿、三艋舺秀賢曾聽人說過但那聽了就過，聽人說過但自身沒到過、沒去過，心裡是沒有底兒、沒有想法的。丈夫他們上過臺北，丈夫他們心裡沒譜但有走過攘來熙往的這國民政府把本町通、京町通、太平町和永樂町改名成重慶南路、博愛路、開封街一段、武昌街一段、沅陵街、甘谷街和迪化街的幾個區域，他們知道島上米、糖、鹽、樟腦、貨物集散超過一個世紀的大稻埕碼頭。哲文和緒文他們沒打算租住開封街、武昌街、迪化街或延平街那幫，那些個商事熱絡的區域房租昂貴，他們租住不起，他們盤算落腳因大稻程碼頭一帶興起而洗下鉛華的「艋舺」。雖然因爲泥沙淤積，商、貨船運無法再如百年之前那般停泊，因此沒有像迪化街、延平街、和衡陽街一帶繁榮蓬勃，但艋舺這幫還是有往年大小生意的脈絡底氣。日本治理後才稱萬華的艋舺，一直以來容得下當地人已開了幾世代的店鋪、極大規模的碾米賣米行、玻璃行、五金零件行，也容得下騎樓角落裡跑單幫、賣舊貨，跟像秀賢以及哲文這樣擺地攤的外地人。

這島嶼上經歷了政權的再更替、經歷官方語言的再變動、經歷大洋換小洋、經歷舊的臺幣四萬塊錢換一塊錢新的臺幣，走到了新的臺幣到如今終於有兌換美元的價值的戰後光復年代，這樣子的環境下，這些年的艋舺兼容了南部上來北部落腳的臺灣人跟從部隊退下來的各省大陸人。他們隻身一人或是攜家帶眷，他們做各式各樣的小生意。街道邊或騎樓下賣愛國獎券的攤子、賣滷味的攤子、路邊縫衣補鞋子的攤子、上中央市場批來一大籮筐青菜就擺著賣的也是一攤，討生活有各種方式；自己淹漬醬菜的醬菜攤用兩輪木製推車推著，車上常掛有一個鈴鐺，這是他家鄉見的賣醬菜方式，推車上是一罐罐豆腐乳、一缸缸漬大頭菜、醬瓜、味噌茄子或是糖蒜，要買醬菜的人會從家裡捧著碗尋鈴聲找來，一塊錢就能買到一大碗的醬菜；賣饅頭的攤子常是推著自轉車，車後面架著個自製的木箱子，一層熱騰騰的饅頭蓋一張棉薄布，一層又一層，邊推邊騎邊吆喝山東大饅頭。賣饅頭的多是東北人或山東人，他們的鄉音濃厚，他們的饅

頭又筋又實；而賣豆花的攤子是天天肩挑一扁擔，扁擔一頭是一桶豆花，扁擔另一頭是一疊粗陶碗、湯匙和洗碗的水。艋舺這地方不看重生意大不看輕生意小、艋舺這地方不對要養家活口的人們挑挑揀揀。只要願意做，一根扁擔就能撐起填飽肚子的張羅，做得好又持之以恆下來，艋舺供得起人們起大厝、買樓房。哲文說艋舺這裡容得了他們，說街上是同他們一般從什麼都沒有而開始的人。哲文這麼說秀賢就這麼聽，她有哲文也有了和中，秀賢不在意還有或沒有什麼其他。

不同於竹南寄住郭家人籬下，艋舺一個月七十塊錢的房租，是一筆很大的花費，但比起改朝換代後仍是風華的城中一帶，是便宜的多。帶著小子，秀賢跟哲文租住在加蚋仔，由枋寮道[24]轉入的小巷子內一間木板搭造日式平房裡，住入平房裡三個房間中的其中一間。租住的房間內是四個榻榻米大的空間，白天坐、臥在榻榻米上，晚上一床被子一攤開就是歇息闔眼的鋪褥。日本時代造的屋子，主體是離地架高的，土間上來後屋子進門口第一個房間感覺是三間中的最小一間，秀賢沒有探頭進去望過裡頭大小是不是和她跟哲文的房間一般，也不方便探頭

---

[24] 枋寮道，最初為清光緒末年的田間小路。西元1904年，日人在此開闢一條艋舺——枋寮道，主要為運送農產品所用。西元1924年，臺北州廳訂道路築改計畫，行道路拓寬。二戰後的1946年，依臺灣省行政長官公署公報之臺北市政府改正街道名稱一覽表，始見東園街名，當時北接無尾港橋頭，南至枋寮渡頭。長2070公尺，寬7公尺，石子路。屬於支路。現在的東園街是臺灣臺北市道路之一，西北端接西園路，東南端接萬大路，全長約八百公尺。

望，這小間裡住著的是柳緒文河南贛縣同鄉徐兆玉，徐兆玉基隆上岸後就一直待在臺北，他跟緒文一直有聯繫。也多虧是因爲徐兆玉對他們通的消息，秀賢跟哲文一家才找來這裡租房子住，秀賢跟哲文覺得很感激他。

這日式平房的屋主家裡是多代之前從淡水港的內港新莊遷移來臺北的漳州人，說的是當地人、大多臺灣人說的臺語，屋主眼睛看不見，但他熟悉從他阿公阿嬤那一輩就住著的房子。出生在這間房子的屋主眼睛是不是從小就看不見秀賢沒有多問，秀賢知道站在丈夫和徐兆玉旁邊時，這瘦小的屋主說的是一個月七十塊錢有含電。秀賢看屋主熟悉地，如看得見似地，來回在陰暗、長長的走道裡走著說著中間一間是要租她們的，第一間是租徐兆玉的，他和妻子、兒子住在三間之中最後一間房間。屋外邊的走道底處是茅房，近茅房踏一個階梯上去能看見一個溝，大家共用，小號解手還是大號出恭就是這一條溝。走道底茅房邊有一個小木門，推開走出去是屋外灶火，一個很小的煤球爐，爐一旁還有可提拉的把手，用的生火煤球是一斤斤叫來家裡的。是住下來之後秀賢才發現，晚上六七點之後，屋主才會打開在他自己房內的家裡電源總開關，不很清楚他是如何判斷時辰的，反正屋裡屋外他摸得很是熟透。光線對不用眼的屋主人來說眞是沒必需，但在剛開始住下的日子，暗黑的走道對使眼睛的哲文跟秀賢很是吃力，秀賢天天會忖度著油量在房內點起油燈。離開了二話不說就讓自己一家住下的竹南郭家後，現在秀賢天天忖度著點燈火跟燒煤球，這全部都要掏錢。這年的枋寮道，短短的幾里內有兩間學校、有金

子店、有不只一間的戲院，街道上的店屋明白向秀賢展示了這處不是同竹南一般，不是走在碎石子兒的鄉邊路上就可以撿拾木條枝葉當柴薪的鄉下地方。

國民政府來臺之後，爲了安置跟著一起過來的各省人民，沿縱貫鐵路線東側搭建起臨時性質的簡易竹造棚屋，政府說，觸地安家，這是國民政府來臺前，整排沒走上幾步路就會有因應空襲挖鑿防空洞的西三線路[25]。徐兆玉熟識的幾個來自山東的大老鄉，他們在其中的窩棚竹子戶裡承租有單位，竹子戶裡也是居住棲身，也是擺攤營生。丈夫跟柳緒文沒有本錢承租，丈夫跟緒文也不往臺灣鐵路飯店邊迄已滿是攤販那一帶去，而是就近這些個山東大老鄉們，在近北門的邊上擺地攤。北門街一帶，日治時被稱爲京町通[26]的路一直都是大稻埕商家貨物要進臺北城的必經之地，長年來一直有小販在路邊上。不如大稻埕商家也不及西三線路上竹子戶的規模，北門邊上做的是一條布巾往地上一鋪，要賣的貨就全部攤開擺放在布巾上的小本生意，各個小攤販上有賣鍋碗瓢盆的、賣夜壺痰盂的、賣軍靴軍帽的、賣小剪小刀至掏耳工具的、賣舊書字畫的跟鈕扣針線的都有，也多得是拆開整罐香菸做單隻散開賣的——民國三十九年這時延

25 西三線路，是拆除西側城垣後所闢建的道路。三線路是臺灣臺北在日治時代初期興建的四條市區主要道路，主要利用臺北城城垣拆除後的空間，在城牆原址上改築由安全島分隔成三個分隔道的道路，因而得名。其分為東南西北四段，依序大致等同於今之中山南路、愛國西路、中華路、忠孝西路。

26 京町通，是現在的博愛路。

續了日據時代「曙牌」香菸的「香蕉牌」香菸在包裝上多了「消滅共匪，解救同胞」或「增產報國，反共抗俄」的字樣，這樣的生意秀賢在竹南時候就很熟悉。白天賣到傍晚，傍晚快入夜時整遍地的攤販都還點著油燈繼續賣，直到伸手難見五指的漆黑夜地裡，丈夫一夥人才陸續以布巾包裹好攤上擺賣的東西，各自離開。

日復一日，哲文信步自家中往返北門。沿枋寮道走他北接西園路，西園路是板橋鎮一帶由昭和橋進臺北城的道路，道路上是來來往往的牛車、手推車跟黃包車伕，加蚋仔這幫河堤邊種著許多麻竹筍、豆芽菜，所以也多得是以扁擔挑著菜簍子就往艋舺車頭走的百姓，他們同哲文一般，一日一家子的生計就挑在肩上。哲文在西園路上走過一條大排水溝後就是艋舺車頭後站的汕頭街，這幫[27]多是玻璃工廠跟肥皂工廠，延鐵支路由左緩緩向右開進站的火車貨櫃上哲文常見到成山般的白色細沙，瞧見許許多多次之後哲文才聯想到那成山的白細沙是玻璃工廠的原料。汕頭街周遭廠房店家林立，許多家職業介紹所也因應而生，每天一大清早就有年輕小伙子在介紹所裡面詢問工作，從介紹所前走過的哲文看他們許多人都眼神熠熠、還不乏伸脖子踮腳尖從門外往介紹所裡張望的。受職業介紹所裡外奮發積極的氣氛感染，哲文會挺直他精瘦的腰桿往前邁開更大的步伐。

27 這幫，河南用語，是這攤、這裡、這處、這地方的意思。

前方，邁過平交道是艋舺這頭的西園路，西園路上會經過正殿全毀於空襲的龍山寺[28]。哲文比較少會繼續直走西園路，他多半在邁過平交道後撿康定路往北走，這讓他能在面向康定路站前廣場轉北繼續走之前欣賞一、兩眼艋舺車頭。這日據時代建有的車站，不是搭起個樓房而已，日本人有講究有設計。日造長方形的車站主體用的是西洋式屋簷，延伸出去的兩端也是西洋式，但下簷的正中間出入口處是日本式的斗拱出挑，與上方的西洋式屋架相融相存，成就了車站精緻的門面。當哲文大步又快步地經過龍山公園跟艋舺車站時他心裡總是很多滋味，才五年前，我們中國的盟友美軍用炸彈轟炸日本在南臺灣跟中臺灣的軍需產業，然後轟炸日本在北臺灣的政府部門跟經濟活動，造成城中區無處不被空投的炸彈影響，當然也波及了平民住宅、學校跟包括龍山寺在內的廟宇和教會。戰爭的砲火沒有長眼，無眼也無情，附近的百姓遇空

---

[28] 這裡的空襲是指臺北大空襲，又稱臺北大爆擊，是發生於 1945 年 5 月 31 日第二次世界大戰中由美軍對日治臺灣所發動的轟炸行動，為臺北市歷史上所遭受最大規模的空襲攻擊行動。根據美軍第五航空隊記載，美軍總共在臺北投彈 310 噸。此次空襲造成的最主要毀損應屬臺灣總督府（今總統府）正面遭直接命中，這棟建築物雖在空襲前使用迷彩百般偽裝，仍難逃一劫，該建物傾斜並引發大火，以致戰後不堪使用，至 1948 年才修復完成。另外比如總務長官官邸、臺灣鐵道飯店、總督府圖書館、臺灣電力株式會社、臺灣軍司令部、臺北帝大附屬醫院、臺北車站、臺北公園、臺灣高等法院、度量衡所等等官署廳舍也都遭到程度輕重不一的毀損。除此之外成淵中學、艋舺龍山寺、臺北第一女高（今北一女）、臺北一中（今建國中學）等學校、廟宇、戲院與不少鄰近主轟炸區域的民宅也普遍受到轟炸毀損。其中，艋舺龍山寺的正殿、左廊均被炸燬，置於寺中的黃土水雕塑作品《釋迦出山》原作也焚燬於這次大空襲。

襲，如果躲往天主堂、教會或廟宇，仍然會廟毀人亡，如今國民政府播遷來臺，安頓在這自己盟友轟炸的城市，這當初誰能想的到？走康定路一路走抵中正路後再右拐至北門邊迄就是哲文他擺攤子的地方。哲文的步伐大，步出家門後這是不出半個鐘頭的路程，日復一日的信步走踏，臺北的土地給他一步步生活有著落的回應。

秀賢在家照顧和中，從屋後邊的門出去提井水洗衣燒飯，天天晌午時候[29]牽著和中走去北門邊給丈夫送飯送開水。那會兒在竹南，秀賢是入境隨俗在河岸邊同竹南當地人家在大石子上潑水洗衣服；現在在艋舺，從枋寮道這帶往秀英緒文住處走也有河堤邊，但有一段不近的路，所以秀賢再次入境隨俗地同鄰居用木頭洗衣板揉衣服、從井裡提水洗衣。附近幾戶鄰居共用一口井，粗麻繩綁著一小木桶，空的木桶快落近水面時，鄰人會搖晃擺動繩索讓桶沿能吃到水，桶沿能吃到水不是碰運氣，在還沒回復到水平前桶子能一直進水是有竅門的。秀賢觀察鄰人的取水動作，但她取井水不得技巧的一開始，木桶在水井裡邊擺盪碰撞，碰撞到桶子底木頭都撞散了也沒能取上來多少水。幾戶鄰居們，人也都真好，再敲敲打打做了個新的小木桶落井，沒人對秀賢說任何嫌棄的話。在洗衣板上搓洗春夏的衣服時還好，但秋冬天裡拿洗衣板洗冬褲冬衣就是比在竹南以石頭搗衣來得吃力了。剛開始不得要領的日子，洗衣洗得勤的秀賢手背指頭關節處都在洗衣板上揉破了皮，不過手背上破一道道口子了家事還是照做。哲文那些容易弄髒

29 晌午時候，是河南俚語，在中原地區稱早飯後到午飯前這段時間為晌午，部分地區的晌午是正午。

的上衣領口跟褲管處就是要一穿髒了就洗才洗得乾淨，秀賢有愛乾淨的性子，她怎麼都要讓哲文每天出門時是乾淨利索的衣褲穿上身。遇到臺北潮溼多雨衣褲晾都晾不乾的日子，秀賢就利用燒煤球的熱和乾，在煮飯的鍋上和鍋邊，半烘半烤來烤乾衣物，哲文穿上暖烘烘的衣服時會說感覺像是他兒時穿的衣服殼殼。

秀賢剛開始使用煤球爐子做米飯就如同使用木桶在井裡取水，還沒拿到竅門的時候一大層白米是燒焦在鍋底。秀賢發現煤爐煮飯不如看到般容易，雖然她已經看了好幾次房東太太掀鍋蓋撥動滾著的米飯的動作。房東太太煮的米飯起鍋後還有一層金黃但一點都不焦黑的米鍋巴，米飯眞是能煮的香噴噴。秀賢邊看房東太太邊學，秀賢從夾煤球開始學起。夾煤球不能不出力，沒夾好掉下地可是碎開一個將近碎開一塊錢，但也不能使勁夾，使太大力氣會夾碎煤球。一煤球爐子可上下放進剛好兩個煤球，新煤球不易點燃，所以爐子裡還有活火的煤球時候上方就要續一個新的，下方舊的煤球是在燃盡之後同一旁的碎爈給刮出來的，秀賢一直留心學習房東太太的動作。秀賢看她忙完煮菜做飯的爐上，還都利用閒火煮著開水，飯一燒好，在空閒的爐火上秀賢也學房東太太擱一大水壺煮著開水，接著就牽和中趕在晌午前給丈夫送飯。秀賢上攤子的時間跟哲文比是九牛一毛，不過才沒多久的走動之後秀賢就了然於心——鞋子、衣物、被單、棉被好賣，家家都缺！而且無論新舊都流動的快。

秀賢春夏時裁布做棉衫、背心、也手縫被單，秋冬時秤重斤兩地批棉花回來，把棉花套進被單裡縫做成小床跟大床的棉被，大床一床可以賣到新台幣三十塊錢，自己做的東西擺在攤子上賣最划算。在臺北，冬天時候秀賢的毛衣、毛帽賣的價錢比在竹南火車站前賣的價錢更好。秀賢還一邊縫做自己最拿手的布鞋，讓人買去好不好穿、耐不耐穿的鞋子對秀賢很重要，鞋子要耐穿最重鞋底，納底是秀賢一塊一塊的布頭一層一層黏糊在一起之後和鞋身、鞋面一針一線扎實地縫在一起的，秀賢的鞋子當然扎實耐穿。在洛陽家裡的鞋子是裡布縫進外布，收個滾邊就成了鞋面，不過因爲秀賢有了在上海停留那段日子的見識，秀賢還想著法兒做別緻的圖案，找不同顏色的線多花個幾針繡上鞋身的面，這樣縫製成的女鞋跟小孩鞋，是一擺放上哲文的攤子便會給買去的。來到臺北的民國三十九跟四十年這時，做鞋的習慣還是不分左、右腳，不過因爲秀賢的東西不打馬虎眼，針碼間距齊整，收線收的一絲不茍又別緻好穿，哲文攤子上經常有回頭客。哲文攤子上賣得好，秀賢也就在家做得起勁，秀賢忙裡忙外不覺得累，她和哲文倆人同心一氣，知道勤奮努力就能掙到錢，她倆賺進一塊錢只肯花出兩毛錢，雞蛋只捨得買給和中吃。這年開始，夫妻倆存著不少錢。哲文對秀賢說生活眞的很眉[30]。

竹南懷上了第一胎的秀英跟著緒文租住在離秀賢沒多遠處，租在火車站另一頭的長沙街，秀英在這兒生下了她盼望已久的小子。但小子生下來才沒幾天是不知就裡地夭折了，這讓產後

30 生活真的很眉，是鄉音濃厚的哲文在說「生活真的很美」。

的秀英大受打擊，她一直反覆地在想是哪裡出了錯，小子落地是不白胖，自己懷胎的時候吃得是不好，但也好好的一個小傢伙，怎麼會忽然就停了呼吸呢。因為已經多日沒見大腹便便的秀英，秀賢找了一天牽著和中往走得熟透的秀英家去，秀英家近淡水河岸邊迄，燒飯、洗衣都是在河邊迄用水，一夥人一起從竹南上臺北時秀賢很不適應取用井水的那陣子，秀賢是見著秀英便對秀英說到她挨著河邊迄住著可真方便。

秀賢才踩進秀英家低矮的門簷，眼睛還在找尋坐在陰暗房裡的秀英，就聽秀英哽咽地嚷著：「孩子夭折了。」一聽這樣秀賢的眼眶一下子就紅了，這是料都沒料到的事情，當著秀英的面，秀賢想不出一句讓她別難過的話來安慰。兩個好姐妹相互倚著坐在秀英的床上，秀英還道出沒敢對其他人說的事情——緒文叫她出去當附近鄰居要找的奶娘，說一個月有個幾十塊錢可以拿，那當下秀英吃驚於緒文怎能是這般信球二蛋[31]。但性子溫沉的她那時只是平平地回話，回緒文說我自個兒的孩子都沒吃到，怎麼可能出去奶別人家的孩子？挨打是沒有，但她被緒文很是腦火地罵說：「生個小子沒了，出去餵個奶又怎麼著？妳不肯啊？妳還燒包[32]啊？好，那就餓死妳。」

---

31 信球二蛋，河南方言，是王八蛋的意思。

32 燒包，河南方言，是逞強、不自量力的意思。

秀英就是以平平的語氣、臉上沒絲毫情緒地溫溫講述這些。聽到這些秀賢感覺自己比秀英還激動還難過，秀賢發現這時自己握著秀英的手已經因爲太生氣了在發抖，心底怒氣都煙生喉舌了。秀英跟柳緒文才一成婚之後，大夥兒就隨著部隊離開了家，過去的折騰現在回想只是一晃眼之間的事，這大夥們來到這沒親沒戚的小島是完全料想不到的事，現在秀英還失去了孩子！意志如漢子般的這倆女子是不會把顛沛流離的波折留在心上的，但緒文對秀英的話語態度，給倆人心上起了一種不熟悉、不具體的痛楚。頭腦轉得快、一向各個場面都反應得過來的秀賢這當下只愣愣地乾坐在自己好姐妹的身旁，秀賢坐著，秀賢沒有說安慰的話，好像如果說了話會顯得柳緒文的話語更具體、更眞實、更是存在過。她隨後想到失去孩子會有多心痛，秀賢同感於秀英的心痛，然後這痛心拔腦的悲傷壓過了對柳緒文聽似沒心沒肝的話語的氣憤。無聲息的整個房裡就和中在腳邊迄跑過來跑過去，孩子的他還不一會兒過來抱著秀賢的大腿磨蹭。秀賢和秀英倆人坐到日頭下去夜已漆黑，涼風吹進了屋子，風涼心也涼。

民國三十九年年中到年底的時候，中華路上再自行增建的竹子戶窩棚已遠遠多於之前警民協會負責搭建起來的，無聲息但蓬勃地在西側還又增加了第三排窩棚，做不做落地生根的打算都需要把肚子塡飽，想念家鄉味道的各路人馬做起各自家鄉的吃食。所以有這戶竹棚裡東北人一家烙餅發麵蒸饅頭，家裡吃之外也放進木頭箱子裡扁擔挑著就走在大街還是巷子裡賣；有那戶竹棚的西安一家不發麵就揉，揉了就擱炕上烙，沒有牛肉羊肉湯，掰進米湯裡也就是泡饃；有旁邊那戶竹棚的上海一家先生洗白米做上海菜飯，有對面竹棚的重慶一家天天油炒辣椒花

椒，飄出來的嗆辣味道惹周圍幾戶在家中幾戶打噴嚏；有角落竹棚的安徽一家以自家方法醃漬糖蒜；有過去幾戶竹棚的福建人家裡是醃蘿蔔乾做菜脯存放。

從捏餛飩這活兒也看得出各路人馬各自家鄉的方式，廣東人稱餛飩是雲吞；福建人在包之前捶打過要包進麵皮內的餡料，所以稱餛飩爲扁食；湖北人稱餛飩爲水餃或包麵；江浙地方的家庭就是稱作餛飩，但是分大餛飩跟小餛飩；上海市區裡來的，會講究地撒紫菜、撒切絲蛋皮進煮好的餛飩湯；而四川人要包餛飩的時候會把薄薄的麵皮先對折成三角形，再把左右兩端對折起來，最後這完成的動作就如同以前當官在面聖時，拱起雙手，兩手自然抄進衣袖一般，所以四川來的人家稱餛飩爲抄手，帶湯吃的四川他們稱清湯抄手、乾拌又麻又辣紅油的稱紅油抄手、調進紅油又調進香醋的他們稱酸辣抄手。窩棚裡頭居住，窩棚門口營生，各省人馬用各省家鄉的食物餵養孩子、撐起家庭，間接地他們也撐起了臺北城。

民國四十年開始，不在中華路上被政府搭建起的臨時竹子戶裡租住的攤販，這幫北門一帶的攤販，被警民協會遷移安置在桂林路、康定路口以及艋舺剝皮寮周遭，這包括沈哲文跟柳緒文。哲文和柳緒文和在北門邊上擺地攤認識、也是很談得來的同鄉姜禮川是最早搬移至老松國校紅磚圍牆外，康定路近桂林路口的頭幾攤攤販，陸續再來沿著紅磚牆往廣州街擺設的螺絲工具攤、郵票錢幣古貨攤、還有不知打哪兒拿到手的美軍軍備品的攤子是沒幾個禮拜之內就出現的整排光景。以前是老松公小學的老松國校，操場的東、北、西面是三層樓高的ㄇ字形校舍，其中挨著桂林路的北棟教室最老。在天氣好的日子裡站上校舍三樓，可以遠眺環繞臺北盆地北邊的草山，能清楚見到山坡上的「反共抗俄、殺朱拔毛」字排。前一年已復職中華民國總統的蔣委員長都是在草山山上開會。搬來能夠遠眺草山山坡、還拿有北市攤販協會發放的臨時攤販證的老松國校這攤[33]，哲文心裡踏實。哲文的攤販證上有一張他一寸的相片，註記著他攤子上販賣的是估衣——舊衣物，以及祖籍——河南省和他的年紀——參壹。

姜禮川同徐兆玉一般，有普天共友的性子，秀賢看在眼裡也慶幸自己木訥不善言詞的丈夫能跟著他們同在一道，甚至在說著濃厚腔調臺語的過路人上前詢問丈夫攤上物品時，柳緒文、姜禮川這幫同鄉總是能比木訥拘謹的丈夫更快會意得過來，他們幫著丈夫應答說價，勝於丈夫他那抄著濃濃河南洛安村口音的國語。上來臺北擺攤好些日子了，害羞靦腆且容易不好意思的哲文還是本色沒改、性子沒變，每天接過秀賢手提送來的飯菜，他總是會示意秀賢在攤子上看顧著生意，就是不同於其他擺著攤的朋友，他不能自在地就在自個兒攤子上喝起水、吃起飯來，他需要提著飯菜，走到離人來人往遠遠的一角才開始默默吃起來。

現在秀賢牽著和中走來給哲文送飯的路程少了一大半，東園街接西園路踏過平交道的路秀賢已經像是閉著眼睛都能走。近特三號大排水溝旁的一帶聚集的都是上來臺北打拼的彰化人，

---

33 這攤，河南口語，是這幫、這邊、這處地方的意思。

再往艋舺車頭走，是後站的汕頭街，這裡的家家戶戶也是住家也是小工廠，有做紙的、印刷的、鑄字的、做肥皂的跟做玻璃的工廠，再繼續走過鐵支路，就是住了世代人家、繁榮蓬勃的艋舺市街跟龍山寺一帶。秀賢從居住的房子看得出外來人跟在地人，這一帶密集的紅磚牆房子，鋪有壓艙石、㖡哩岸石的門前地面，和其他上臺北來討生活的外地人湊合著住的方式大不相同。秀賢與哲文不同，不是那直走不拐彎的個性，秀賢總是撿不同的路徑走去老松國校給哲文送飯。秀賢有時撿康定路走往老松國校、有時從大小矮房子裡都有半樓仔的西昌街走、也有時從龍山寺旁什麼都有買、什麼都有賣的三水市場過路，反正過路看看不掏錢，菜頭粿、芋頭粿、紅龜粿都是吃麵食的家鄉沒見過的，連水果也多半是家鄉沒有的。已快接近哲文攤子的康定路桂林路上店家的生意多是木材行、木炭行、糕餅行、香具佛像金紙行，琳瑯滿目，人雜人多人來人往。

秀賢邊走、邊看又自然地張著耳朵聽，路邊站出自家店門口的老闆與對門老闆攀談聊天，她會留心聽，這街區年紀比較大的人在聊天，她也仔細聽，大家都是在說河洛話，有時還能聽到幾句日文，很少聽到字正腔圓的國語。秀賢聽當地人說有名的糕餅店鋪二和珍的老闆就是從赤手空拳起家的，說老闆當年騎著掛有五六桶餅乾的鐵馬，五毛還是一塊沿街叫賣，說他賣餅乾賣到蓋起樓房，賣餅乾賣到現在已設了廠房，請了工人做餅乾做糕點。這讓秀賢每次經過飄著餅乾香氣的二和珍都有**日子可能難過、衣服可能不買、行頭可以不換，但人都是需要塡飽肚子的念頭，**只塡一餐還不衷，人人一天還逮吃三餐。秀賢想，**做買賣還是要往人的肚子裡做才**

是。柳緒文跟徐兆玉他們是對哲文說過，說三十七、三十八年那會兒自大陸上一起過來的，能開得了店舖做生意的多開在衡陽路以及城中市場那幫，像是伍中行、上海西藥房、旗袍繡花鞋店，那幫有得是大陸上刊物雜誌的書報攤、外省人開的布莊跟綢緞莊。他們說那幫地走動的也多是跟著國民政府過來的外省人。**怎麼說什麼本省人、外省人？多少年前大家不一樣都是中國人？**不過秀賢是不大在乎大陸同她們一起坐船過來的外省人都是在哪兒走動的，只要人買人賣，有生意就可以有生活，而且秀賢以爲**艋舺這幫地迷人多了**。

在民國四十年的春天，秀賢發現自己又懷上了。秀英這時找秀賢一起去板橋鎮深丘里的上海鉛筆工廠工作，板橋鎮是過去纜線吊著撐起的昭合橋另一頭，說是緒文託人問到的。日據時期留下來到現在，去往都只有單線道的昭和橋在國民政府接收臺灣後被命名爲光復橋，它橫跨在新店溪上連結著板橋埔墘與艋舺加蚋仔。一邊通過貨車的時候，另一邊的來車行人都會停下來，車子通過的時候少，人、鐵馬、和人力三輪車走過時候居多。深丘里曾經的高砂鉛筆廠在臺灣光復後是被上海鉛筆廠原址沿用，上海派了兩三個技術主管來指導臺灣上海鉛筆工廠。沿用之後工廠裡的工作人員多沒變動，初期民國三十六年、三十七年那時候廠裡頭工作的多是常州人，其中賴姓跟簡姓這兩姓的員工最多，員工介紹自己認識的親戚、鄰居、朋友進場工作，一個介紹一個。前一陣子柳緒文四處打聽幾個鄰居常州人，託人用關係把秀英介紹進廠內工作的，一個月能攢二十多塊錢。秀賢知道機會得來不易，但想想自己要顧著和中，還現在又懷上了，所以是沒同秀英往板橋鎮裡去掙錢了。

民國四十年十一月底的一天早上，秀賢起身，丈夫與和中都還裹著被子在睡，秀賢正用煤球爐子煮熱開水，好讓哲文起身後就有溫熱水拭臉漱口。蹲在爐子前的秀賢感覺今個兒肚子怪怪痛痛的，等到哲文醒了起身時，秀賢對他說自己應該是要生了。民國四十年十一月二十三日，上午八點多去的朝北醫院，十一點多時候秀賢就生下了一個白嫩的女娃兒。哲文說女孩兒好，起了名字叫沈台萍，意思沈家現在是落腳臺灣的浮萍，也是要落腳臺灣平平安安之意。正抱著女娃兒的秀賢問丈夫他跟和中上午飯怎吃！？說還是現在回家吧，她好準備燒飯，李朝北醫師聽到後對著秀賢和哲文說，生得是順利但這兩三天裡要在醫院住下來才行。哲文說就聽大夫的，但秀賢知道哲文不適吃外面的東西，又想到這樣丈夫還要帶著和中上攤子上頭去，便說到：「那把和中擱這攤兒吧。」這時三歲半的和中嚷嚷道：「我不要，媽媽的屁股有血。」

秀賢當天晚上就有下床走動，她勉強地留在朝北醫院睡了一夜。隔天早上哲文牽著和中進來看她的時候，秀賢就摟著女兒對哲文說要一家子回家了，哲文也懂秀賢的心思，如果是買一些好的做給和中吃不算是花費，但秀賢那裡捨得花這個住醫院的錢在她自個兒身上？回家之後秀賢舀井水洗著丈夫跟徐兆玉脫換下來的內衣褲，如往常每一天的習慣。房東太太看到時對她驚呼喊道：「毋通[34]，做月內敢會使磕著冷水?·月內應當歇睏[35]。」頭幾個禮拜秀賢也沒聽得很懂房東太太的意思，聽不懂是因爲她的念頭裡也沒有生孩子要坐月子的講究。而且她還趕工打毛衣、做布鞋，閨女出生這時候也是要準備過古曆年節的入冬日子，秀賢怎麼可能讓哲文攤子上頭沒好東西可賣？大家都這年前時節肯掏錢肯買東西，毛衣毛帽是秀賢拿手又賣得了好價錢的東西，又聽丈夫從攤子上回來說還有人訂新年的新布鞋、新毛衣，聽得秀賢精神都來了。秀賢熬夜趕工了好些天，秀賢還斟酌地變換著樣式做鞋，手縫的鞋面中間有一條直槓的變化、鞋的縫邊至鞋面呈交叉斜口狀的變化、給腳板還在一夜大一吋的娃娃腳跟後面不縫死的變通，秀賢用縫上一條鬆緊帶替代的方法讓鞋能多穿個一年半載。秀賢的手上工夫不差於城中區上海幫那攤兒一些布鞋莊裡賣的，秀賢做的鞋精巧、耐穿又雙雙不一個樣。因爲這樣，一家三口變一家四口的年不是富饒地過，但是是有餘地過了。不依附部隊，四口人回家的船票錢哲文是存上了。政府說要殺豬拔毛，說要反共抗俄，隨時都可能要回家去。

---

34 毋通，臺灣話，m̄-thang，是不可以的意思。

35 做月內敢會使磕著冷水?·月內應當歇睏，臺灣話，tsò gue̍h-lāi kám ē-sái kha̍p-tio̍h líng-tsuí?·gue̍h-lāi ing tong hioh-khùn，在月子裡面怎麼能碰冷水?·生完孩子的這個月裡面應該要休息的意思。

一盞油燈上的燭火是陰暗冬天裡榻榻米房間內唯一的光源，秀賢就著[36]燭火做活兒。租處有牽電，但開關在房東房內，不到夜間六七點之後不可能開電源。台萍還不到三個月大的一天，秀賢在屋後方煤球爐旁準備上午飯，和中在房內一手拿油燈一手翻著秀賢存放一角還是五角的錢桶，火從油燈爬上蚊帳蔓燒起來是一剎那間的事兒。和中嚷嚷：「著火啦，媽著火了。」秀賢從後頭急忙過來，秀賢跨上房一把撩起蚊帳、一把抱起蚊帳裡睡著的小萍兒，轉身摟緊將滿四歲的和中就往房外走道跳出去，這時衝過來秀賢房門口的房東手上提的是滿滿的一桶水，房東的動作像是眼明般地手快，一桶水就往帳上潑去，不偏不倚。蔓上蚊帳的火就這麼隨水落下而滅了，房裡只剩濃濃刺鼻的燒焦煙味，跟灰燼沾滿床的濕答答的被褥。秀賢杵在房外，一手胳膊捧著閨女兒、另一手護著站在她腿邊的小子。好在是房東把自個兒家裡摸得熟捻，即時滅下了火，有眼疾的他用上聽覺、嗅覺跟本體感覺時是比任何人都還俐落的，不過這是事後秀賢再回想的事了。愣著看完水落火滅的秀賢回過神來後，拿出床褥卸下蚊帳清洗，忙亂的這當會兒，也不知道是誰去通知了還在攤子上的丈夫。哲文踏進家裡的門看見正手忙腳亂的秀賢，他劈頭第一句就問：「有把孩子抱出來？」

大概是因爲睡在濕答答的床褥上面，一兩天之後秀賢感覺全身不對勁。她初嚐這種滋味也不知道這就是人說的腰酸背痛，還是房東太太見她才剛生下孩子的整個冬天裡就在打水洗衣，

36 就著，河南用語，是挨著、湊近、靠近、接近的意思。

還近日的動作是腰桿子都挺不直，就對她嚷嚷著：「你已經著月子病，你愛去看醫生，看中醫。」[37]聽懂房東太太意思的秀賢，自己摸到了植物園邊迄，這周遭鄰居都說看病看得很好的中醫這裡。大夥兒都說民國三十五年那時躲避國共內戰就來到臺灣的他，醫術很好，說這個老大夫大陸北方家裡中藥行是家傳，說去給他看一看就能好。秀賢對著頭髮已經花白不過身板還是直挺的老大夫說自己渾身不對勁。眼神特出晶亮的老大夫不急不徐地問了三五個問題，老大夫聽著秀賢回答完問題，再把了把秀賢的脈後非常和藹地對秀賢說：「妳拿這三帖藥回家煮，煮到收剩下一小碗水的時候喝下去，一天一帖，喝完後有效沒效都回來跟我說一聲。」還是濕冷的臺北日子，三天的天天一大清早秀賢還是依舊井裡木桶打水洗丈夫、徐兆玉的衣衫跟台萍的尿布，中藥是喝但秀賢燒飯燒湯跟給攤子上的哲文送飯忙進忙出的日子還是照常，不過就如同鄰人所說的，老大夫的三帖藥後秀賢的身子是完全地恢復如以往。

台萍還沒半歲大的民國四十一年春末，秀賢和哲文聽到了在自由之家的旁邊一角空地，植物園博愛路的入口跟愛國西路的邊迄上有老百姓可以臨時搭建的消息。她倆搬離開了東園街的

[37] 你已經著月子病，你愛去看醫生，看中醫。臺灣話，lí í king tio̍h gue̍h-lāi-pēnn，lí ài khì khuànn-i-sing，khuànn-tiong-i，你已經得到月子裡的病痛，你要去看醫生求診，去看中醫學醫生的意思。月子病是臺灣民情習慣裡形容婦女在分娩後的一個月內，因為生產後氣血兩虛，筋骨、毛孔處於張開的狀態，這使得風寒特別容易侵入骨縫之中，造成在肢體關節上產生的疼痛。

住處，掏出了三百多塊錢，和其他一二十來戶人家買有竹子、木板跟木樁，幾戶人家在泥土地上插下支柱當樁就圍起了家園，竹棚竹片和木板當作屋頂。落戶愛國西路後還有臨時的門牌，公家單位的人來這遍發門牌號兒，一二十來戶人家還報起了戶口。查報戶口的本省人小伙子，似乎都還不到秀賢的年紀，挨家挨戶登門抄寫，但鄉音都一路帶過來的各省人馬，就算是一個字一個字看進小伙子的眼睛裡唸，小伙子都不一定聽得懂。大家都說天不怕地不怕，就怕聽蘇州人講普通話。不用說最挑耳朵聽的蘇州腔，查報戶口的小伙子怎麼可能聽得懂五湖四海各路人馬的口音？各家每個人的名字、年紀、出生地要記上，多半時候是各家自個兒寫進小伙子的戶籍本子裡的。自己寫進本子裡，所以這一攤人人都自己添了點歲數，有些男孩兒是受人之託這麼帶過來的，想要能報上成自家的小孩，年紀總逮跟自己老婆子差上好幾歲，所以把自個兒年紀跟老婆子年紀多報上個七八歲是經常發生的。戶口報上了，秀賢哲文一家四口落腳警備總部斜對角，臺北法院對面，植物園博愛路園口右前方比鄰「自由之家」的這一攤，聚集在這兒的左右鄰居都是沒有祖墳在臺灣、沒有父母兄長在附近的同路人，她們現在有屬於自個兒的家。說不出歸屬感這樣的話，但基隆上岸後住進自個兒掙錢自個兒蓋起來的棚屋，心底感受無比踏實是在這一處。

鄰居裡有帶了錢來的山東人陳國賓，他還帶了太太、姨太太跟生意頭腦一路過來的。這個在家鄉吃麵食的東北大個兒來臺灣之後入境隨俗，他開起米行，就開在植物園出來左手邊迄的博愛路廣州街口，這山東人家裡店裡雖然也是木樁木板拼建，但都是特好的木材。整店鋪裡是木材跟大米香氣，米行櫃臺上轉啊轉的唱盤轉出來的歌曲是上海百代發行的唱片——李香蘭的「夜來香」或周璇的「採檳榔」[38]。

政府都打著克難標語的年代，人們對物資非常的節儉，人們對生活積極勤勉。畢竟不是天天都過年，一小碟糖蒜一家人吃一鍋麵，一小盤腐乳一家人吃一鍋稀飯是過日子很普遍的方式。都是來自山東的大老鄉們也不是各個環境好，同是山東來的李宗師賣的是晨起在家做好的韭菜盒兒，他每天出門肩上的扁擔一邊挑一鍋爐一邊挑一桶油，他對秀賢說因爲不知道哪一個鄰居會一勺子一勺子偸油，所以他買了油後需要天天整桶挑出門；而青島來的何鵬飛一家是靠何鵬飛修理鞋子、釘鞋底、擦皮鞋，在鞋油中抹勻打亮一雙雙鞋子生活的。雖是穿在腳上的事但不打馬虎眼，來的不管是倜儻的小哥，或是臺灣銀行的辦事員，何鵬飛都從鞋面，皮鞋走路會產生皺折的地方到皮革與鞋底銜接的鞋縫，至鞋帶交錯的內側仔細地清潔灰塵，清潔後一律自鞋尖爲起始，順時針地沾抹鞋油上蠟抹勻，清潔跟上蠟人人同一規格；而住這一頭的南方上海來的田胤之一家家裡太太主事，田先生幹活，田先生有一手絕活，精緻的裁縫。上海半個世

---

38 採檳榔，此曲是湖南湘潭黎錦光先生根據湖南民歌《雙川調》創作，殷憶秋作詞，周璇原唱，其歌詞「高高的樹上結檳榔，誰先爬上誰先嚐，誰先爬上我替誰先裝。少年郎啊採檳榔，姊姊提籃抬頭望，低頭又想。她又美他又壯，誰人比他強，趕忙來叫聲我的郎啊。青山高啊流水長，那太陽一藏那歸鳥在唱，叫我倆趕快回家鄉。」朗朗上口，簡潔明快，風靡上海，遂成為周璇名曲。

紀來就已經講究吃穿，田先生吃量人身子裁布製衫的飯。他注重細節到一針一線都要跟衣衫顏色材質搭配。這是愛物惜物的年頭，「新三年，舊三年，縫縫補補又三年。」這年頭裡家戶裡能縫的會自己縫縫，能補的絕對補一補，一般的褲頭換鬆緊、孩子磨破的制服縫片補丁、掉了扣子的襯衫再對上個扣子不會過來找田先生。不過遇到要做一套牽新娘的衣服、吃喜酒的衣服或上公家單位面試的西裝衣服就都是過來找他，他講究、他手上功夫了得；至於家裡竹棚蓋在博愛路愛國西路右轉角街口的張孝光，他四十來歲的年紀是這一遍裡最年長的，張太太才近二十歲的年紀已經爲他生了兩個兒子。張太太夏天從西門町中央市場買來水果就在自家門口賣，張家賣一片五毛錢，西瓜不好賣的冬天日子，張家全家大小搓湯圓賣熱湯圓、賣熱紅豆湯。這年西門町的西瓜大王賣一片西瓜兩塊錢，這年向人租場地辦報的聯合報，一份賣七毛錢。

民國四十一年一直到年底，這報上戶口也有臨時門牌號碼的幾戶人家都還是走上法院邊迄的一條水管子提水。沒有幾個月後大夥兒們各出了點兒錢，請接了一條水管子接在「新一村」豆漿店正前方，新一村開在東北陳家米行的正對面，在植物園博愛路出口右手邊迄，在上海田家裁縫店的正旁邊。每天爲了避開跟新一村擠在水管子旁等水桶裝滿的時間，秀賢會趁大家睡午覺的上午飯後，一手提一桶水，一次提兩桶地把家裡大大小小的水缸、洗衣盆跟洗臉盆盛滿水。少許時候是提六趟十二桶，多半時候是提九趟十八桶水才夠秀賢燒水洗米跟洗一家大小衣服的用水量。

新一村同一側再往植物園口去是麵食飯館兒「同福齋」，同福齋賣蒸饃、油饃、山東大餅。最近植物園入園口兒的點是福州幫的人力三輪車行，別處的三輪車拉人來植物園這點兒沒事，但放下客人之後必須空車離開，反正其他處過來的三輪車伕也不想惹這攤的福州幫，因爲這幫福州人可悍可團結了。這年政府規定營業的綠色三輪車只能在排班的地點載上客人，只有少數政府機關和延平路或迪化街上的富有店家有不需漆成綠色的私家自用三輪車，從植物園出來的民衆情侶們從博愛路這口兒如果坐上排班的三輪車去成都路上白光冰菓室還是小花園鞋莊的這一段，要掏三塊錢。這時臺北城跟周圍地區有數千名三輪車扶，雨時戴著斗笠，晴時曬著膀子，汗滴在雙腳一踩一踏之間的三輪車扶是能拉拔孩子長大的掙錢活兒。福州幫三輪車行的正對面和陳國賓米行座一排的是四川王師傅一家，王師傅身子結實收有徒弟，王師傅教授人打拳，遠遠地都能聽到那幫整齊洪亮的狠、哈、狠、哈吆喝聲。新一村的同一側愛國西路轉角口是張孝光家，右轉過來的再兩家就是秀賢跟哲文家裡，秀賢與哲文比鄰漆有大紅油漆，有兩層樓樓房的「自由之家」。這棟之前臺灣銀行頭取的宅邸現在被國防部聯勤總司令部用以招待國內外重要賓客，還常常安排貴賓入住。自由之家的圍牆院子跟建築物門口站有士兵守衛，自由之家有路上很少見的汽油車輛出入。

家邊迄自由之家迎貴賓的光鮮亮麗沒有秀賢的事，乘三輪車拉風也掏不到秀賢的錢。秀賢不羨慕別人，不愛慕虛榮，**有了門牌號碼只算是有了個屬於自個兒遮風擋雨的地方**。是不再掏錢租住在別人家裡，也又向熟悉針車的鄰居上海田師傅請教了好些日子之後，秀賢才入手了一

臺針車，這是一筆非常大的花費。秀賢不是買進口貨「勝家牌」的性子，勝家牌最知名價錢也最高，雖說能分成每月每月付錢[39]但秀賢無法欠人錢就拿人東西，兜裡有多少錢秀賢才買多少價錢的東西，秀賢買臺灣的針車機。「利澤縫紉機廠」的針車機子 Gilder 被人板車拉著送來愛國西路家中的幾天之前，哲文在艋舺針車貿易行裡已經掏錢全付清了。雖然一直只是從旁請教從旁觀察田師傅縫紉，但秀賢摸索操作機子一番後沒幾天就上手了。放梭子，打底線，轉手輪引下線，倒退桿使用迴針，秀賢兩腳一前一後踩踏節奏不快也不慢。一環扣一環，秀賢懂得起頭時底線打得順，接著的縫紉才會順。有了這臺紮實沉重的針車，在一踩一踏的噠噠噠噠聲之間，讓秀賢之前徒手縫不進的大衣夾克現在做起來都可順溜，買件人家工廠在賣的大衣回家拆了攤開，依樣著剪布依樣著縫紉，秀賢開始一天能做起來好幾件上衣外褲，一天的時間也能做起來一兩件工細繁瑣的大衣。

民國四十三年又要入冬的十一月裡，解放軍在大陳島水域擊沉我方的「太平艦」，這是對日抗戰勝利後我們政府從美國接收下來的八艘軍艦中最大的一艘，這艘護衛驅逐艦為國軍服役後，命名自太平島。四十三年十一月十四日這天太平艦被共軍的魚雷擊沉，全臺震驚。這年年底救國團安排艦上生還的通信官環島演講，演講所到之處讓無論是收音機前還是臺下聽演講的人都聽得熱血沸騰，整個社會支援募款說要「建艦復仇」。臺北城裡滿腔愛國心情，全省沸沸

39 勝家牌縫紉機能按月分交付錢。

揚揚的日子裡秀賢是如往常地栽在她的針車前，爲了哲文攤子上要鋪的貨，秀賢一直也是滿腔精神。這年底一天，哲文收了攤踩進家門比往常時間早了些，他一進門嚷了一聲「先兒」，微微不同於往常哲文喚喊「賢兒」的方式。聽著哲文這麼叫喚，秀賢眼睛都不需要從針車上抬起，秀賢便知道有事兒。

米行鄰居陳國賓把丈夫介紹給了在濟南路上開「福祿壽」的兩個山東同鄉。姓林跟姓游的兩人跟著政府過來，兩人都攜家帶眷也都帶了細軟，他們開的飯館兒「福祿壽」開始的初期是兩人跟兩人的太太這麼四人又買菜、又擦桌、又忙灶火裡外地全部自個兒攔著做。民國四十一、四十二年美援進來後那會兒飯館裡生意變得穩當，他們在濟南路上找了更大的地方擴大成容納桌數更多的一二樓。飯館已在山東人這幫有固定客群、有著口碑，隨新地點的擴大規模，麵食菜色花樣也變多，也開始增加了米飯菜單，所以需要進貨出納的項目也更加繁雜細瑣。這次兩個老闆又來同鄉陳國賓的米行選大米時，問了問陳國賓是否有認識忠厚老實，有認識讓人信得過又細心的人可以介紹來福祿壽幫忙，他們想請人整理店裡日復繁瑣的櫃檯出納。陳國賓直接就想到了沈哲文。米行陳老闆對林、游兩老闆說他這個鄰居眉宇面目讓初識者見著一定會感覺嚴肅或孤傲，不過熟識之後會明瞭他爲人敦厚樸實，因爲個性木訥又不善言辭所以不常開口。不過這是個有一才說一，決不會說一成二的人，說穿了也就是他不會找好聽的話對人說，是個不會變通的人。陳國賓說自己這鄰居每天就是靜靜默默地守著他康定路上的攤子一早上到下午，很符合兩老闆要找的人的個性。兩個老闆想陳國賓見多識廣，又淸楚明白沈哲文一家子

就住在對街，當下他們就往哲文的估衣攤子上去了，他們想瞧瞧這人是否同陳老闆形容地這般可讓他們信得過。

林、游兩人在康定路上瞧見沈哲文，他們看一個消瘦的身影坐在一個簡單的木頭圓凳上，圓凳旁邊他的攤子上頭是理得整整齊齊。兩人湊在攤子上瞧了一圈，挨近身問了問哲文什麼賣什麼不賣？哲文嚴肅甚至看起來就像有人欠他三百塊錢似地回答道：「不碰不懂的古物、古書、古字畫。咋？[40]」這回話讓一般人聽起來幾乎就是講話難聽了，但兩個北方人老闆聽了覺得直來直往很是習慣，他們接著便說了說是聽陳國賓介紹，說希望哲文來濟南路他們的店裡頭看看，他們想找他幫忙。哲文收攤回家的時間早了點，踩進家門嚷賢兒嚷得急促了點兒，哲文結結巴巴的句子裡很多的辭不達意，他上文不連貫下文地說兩個山東人找上自己的事情，但只需哲文起頭的三兩句話，秀賢懂得明白哲文想表達但沒全然成功說出口的話。

[40] 咋，河南口語，有怎麼了、什麼事的意思。

第三章　東混西混一帆風順

哲文跟估衣攤一排的大夥兒說了說，哲文的口舌是鈍的但大夥兒都感受了告別之情，民國四十三年底這全城在準備過年的日子，他開始信步出門往飯館福祿壽去幫忙。理數字的掌櫃工作靠算盤、不出差錯靠耐著性子，哲文眞是有這般性子的人。進出的貨款、中央菜市送來的細項、麵粉行、米行每月請款的條目、跑堂的、伙計們的上工排班及其各別的薪資都是哲文一板一眼，石慶數馬般地爲老闆們條條理好。打烊之前的現金點收跟貨款支付、給付薪資的工作有兩個老闆太太輪流在哲文之後再次確認。老闆們囑咐哲文各項單子數目如果來不及以中文大寫數字書寫可以以花碼速記，但不能接受小寫中文數字、也不能以阿拉伯數字記下。哲文明白這是因爲對應的米行、油行、蔬菜、肉販店家多，彼此也非到月就結清，單據多且細項雜，買賣兩方如果以蘇州花碼記帳，除了方便順寫，數字也不易被更改，日後對帳也方便，哲文洛安村家裡的客棧也就是如此。不過當初在家裡時候看父執輩書寫跟現在要自己書寫是兩碼子事，**知道自己不甚熟稔，掂過自己有幾兩重，所以哲文打定了主意要花精神和時間，他相信勤能補拙**。他鍛鍊自己連筆要流暢、要求自己字字要清晰計數要清楚之外，日子久後還要自己一見連串的花碼就能反射性地在算盤上播出珠子，以及見算盤上撥出的珠子要直覺地在帳本記下第一行的數值跟第二行的量級，他給自己的要求多於兩老闆對他的要求。

有時候哲文在一撇一捺跟撥打算盤之間彷彿看見了洛安村客棧櫃檯裡的父親，客棧裡掌櫃的除了祖父就是父親，父親的時間多些。櫃檯上父親一頁頁工整的帳目是挺勁有力的毛筆字記下的，那是印得很深沉印下在自己腦海裡的字跡。不會讓這時家裡客棧是否還在？父親還在櫃檯內記著帳嗎？……等等的這些念頭使自己分神太久，哲文會以現在是跟父執輩在做同樣的事情來督促勉勵自己，心意念頭到此會讓哲文更聚精會神地投入在福祿壽裡的帳目跟算盤之間。進來福祿壽的前頭的一段日子，哲文記下的條目會被逐條逐頁地核對過，久了之後林、游兩人的太太們發現做事謹慎的哲文做得熟悉了之後極少出過錯，漸漸地她們就只是大筆的付款單子對一對數目，其餘都是照著哲文工整又清晰端正的字跡給付貨款。

這是政府的金剛計劃，大陳義胞自基隆上岸臺灣的民國四十四年。來自同一省市的人在臺灣相識，不由分說就直接有同鄉的親切，大陳人如此，臺北城裡城外的各省族群都是如此。城裡好多處是同鄉合夥開店，好多處能找著滿足各省分胃腑的家鄉味飯館，也常見鄉音濃厚的師傅在拿鏟掀鍋，常見和灶火邊師傅同個鄉音的夥計在送菜跑堂。這其中有小店館子也有大菜飯店，小店給實惠的粗飽，大飯店給講究的排場。小店譬如小南門邊迄上還有貴陽街上福州人開的拌麵館，都是竹棚子搭起個趴趴房子。滾水現煮起來的麵條摻上香油、辣油、烏醋，客人們淅瀝呼嚕吃上一碗，這是本省人的小店舖裡熱騰騰一碗剛煮好的白米飯拌進豬油跟醬油的外省麵食版本。如果再點上個半熟的蛋包，就著剛撈起的麵條熱度拌熟那還是液狀流動的蛋黃那是更豐盛的一頓。小店也如同北門邊迄四川人開的飯館「久園」，久園灶火邊坐鎮的就是道地川腔，稱他自己「格老子」的川漢子老闆，他天天用臘肉屑、細碎的蝦米屑、蔥花屑、多蛋黃少蛋白快炒成桂花炒飯。他的桂花炒飯讓四川同鄉們在近午飯近晚飯時間就不由得只想往他這店裡頭鑽，時常是店裡位子都滿了也一排客人甘願捧著炒飯，站在他小店外頭一湯匙一湯匙扒著吃的。小店賣人擋饑耐餓的一餐。小店館子之外體面的大菜館子譬如有賣芙魚靠火肉、燒划水、炒鱔糊、雞骨醬、醬爆櫻桃（青蛙腿）、醃篤鮮等出名的江浙菜飯店「四五六」跟西門町裡成都路上賣燒雞、京燒羊架、北京塡鴨、鴨油鍋貼、蔥油餅等知名的北方菜飯店「鹿鳴春鴨子樓」。

而在小店小客飯館到大到闊氣的大菜館子中間這等如「福祿壽」這樣的館子，是從基本的油饃、蒸饃、包子饅頭到褡褳火燒到九轉肥腸這樣費師傅時間又耗功夫的菜都賣的。福祿壽在午前還會給附近的公家單位送飯，遇到店裡的跑堂招呼不來、走不開時，就是由哲文提著食盒給這些個單位送飯去的，木提盒說大不大，但一層又一疊瓷碗給七八十來個人送飯菜是很帶勁的。當要送往的是距離遠一點的單位時，哲文會騎游老闆或林老闆的自轉車前往。一臺伍順牌自轉車要價九百塊錢一千元，在城中最熱鬧的巷弄裡做時髦理個髮不過六七塊錢，所以每次踩踏上老闆的自轉車時，哲文都是分外小心地選著路騎撿著路過，若路上有避不開的坑窪，哲文是會拎提著飯菜是下車牽車走過坑窪的。輪圈、車架、齒輪、花鼓會受損變形的細節不是哲文心裡想的，哲文感念的是**林老闆跟游老闆推食解衣於自己，哲文自許要不負他們的託付，包括珍惜店裡面的一切物件**。

這年乍滿七歲的和中將入學，他在愛國西路家門口這塊兒跟著鄰居的一群男孩每天開心地耍。遊戲俯拾卽是、遊戲發想自他們的腦袋，孩子們的眼中，任何一塊空地上都能想出遊戲，地上畫三角形還是四方形也就能跳房子玩。男孩兒們玩尪仔標、騎馬打仗、跳馬背的；女孩兒們聚在一起則是「英國英國大老鷹、美國美國橡皮筋、日本日本鼻子抽筋、共匪共匪沒良心」地甩著大繩跳。玩打彈珠時候，和中與同他一般大的男孩們天天都懷抱**要把其他人的彈珠贏來自己口袋裡的心情出征**，誰若贏彈珠贏得口袋滿滿鼓鼓的，整群的男孩子們會投以羨慕又佩服的目光。小小圓圓一粒粒一公分多的玻璃珠子跟男孩們度過多少午後的時光。彈珠有多種玩法，沒有寫下來的手冊或規矩，但愛國西路博愛路交叉口這幫的、廣州街上的、跟另一頭警察學校那幫的，幾處的孩子們打彈珠打得各式各樣但也都算一個樣。只要是孩子，規則玩法一看了別人玩就懂，卽使這幫稱打老虎洞，那幫稱打老虎，卽使兩幫稱呼不同。

學校下了學和中就在門前馬路上玩耍，和中不喜歡去念書，教室裡的都是一些無趣的學習，而且那還占走了他可以打彈珠、鬥圓牌的時間。他在升旗朝會時也聽不下柳校長說：「附小的校園環境良好、校裡的師長如鐸，一竿學生們如校徽裡的幼苗，鐸包覆著幼苗，一個個孩子學生能在附小學習、成長。」和中聽不下這些，他想，**爲什麼台萍就不用上學？**

哲文康定路上的攤兒收了的一開始，秀賢忙完了家裡，牽著小萍兒每天上午飯後在家外馬路轉角，博愛路路口張孝光家的攤上幫忙搓湯圓。張太太夏天賣西瓜，冬天賣熱花生、紅豆湯、熱糖水湯圓，賣五毛錢一碗。竹南火車站前的郭家滷肉飯一碗也只賣五毛錢，秀賢心想掏錢要在外頭買來吃的人，這臺北不比竹南，但做攤頭上的生意的人，這竹南眞不比臺北。沒一陣子之後還在老松國小邊上擺著攤子的柳緒文來同秀賢商量，商量說哲文的攤是收了但他的攤還在，他說攤子現在搬租於桂林路六十五巷巷裡，地方租得更寬，生意變得更好。興許是正値越戰或是因爲前兩年美軍顧問團就進駐臺灣，現在估衣市場充斥了各式的美軍軍靴、皮帶、水壺等軍用品，而且有這些美國貨的攤子還大受歡迎，無論新舊。穿得用得大家都來這兒找，年關那一陣桂林路上是人多得沒有縫隙。就算是尋常日子，連醫生階級也會走逛這攤地找家裡需要的東西。不過柳緒文說他不往類似的、相仿的生意上去做，柳緒文的攤賣價錢高的鋼筆鐘錶，他來找秀賢是想除了自己攤上一直在賣著的鋼筆、懷錶、手錶跟鐘錶的螺絲零件外，再繼續賣以前哲文攤上賣的，那他自然可以留住好些個哲文的老客人。柳緒文說秀賢做的大、小床棉被、大衣、外套、衣服跟鞋子的工細又好，跟其他家賣的都不一樣，說秀賢的東西就算是擺在上海，上海人都會掏錢出來買的，他說功夫晾在家裡豈不可惜。緒文說他會上延平路找布來，要秀賢就儘管掏線、縫大床小床的棉被供他攤子上賣，要秀賢也儘管做拿手的毛衣、布鞋、夾克之類的。這有中美合作的幾年裡柏油是有在路上鋪，但街上玩著的孩子們穿的多是美國人捐臺的麵粉袋子，穿得也克難也將就，大夥都是。秀賢知道棉被、衣服、鞋子是最不怕攤上跑不動的。秀賢想，如果自己往延平路過去，搭公共汽車不但花錢，往那幫過去是要折了大半天的時間，現在緒文有這樣的打算還眞是兩頭好，所以秀賢二話不說地答應了緒文。

上線、下線、間距、換壓腳、給梭芮繞線，針車各處摸得熟透了的秀賢，已不是徒手用挺針的當年。而且不管緒文送來什麼布料針車機子都能吃得下，跟緒文合作起來的秀賢常常夜黑飯後蹉蹉蹉蹉地踩著針車趕貨。因爲這樣，讓對門鄰居，年紀比哲文還大上一些的陸先生臉露靦覥地，非常禮貌地來敲過門。陸懷仁的兒子比和中大上許多，已經是初三的學生，陸家兒子陸育增天天在書桌上看書看到大半夜，陸育增心中的抱負是要進學生們的第一志願建國中學。兩家門對著門，陸先生很不好意思地說想跟秀賢提一提，他邊說話手上邊提給秀賢「基督復臨安息日會」的牧師師母挨家挨戶來訪時贈送的奶粉。人一客氣，秀賢就好說話，而且秀賢非常欣賞認眞讀書的學生，覺得學生念書才是比自己車夾克跟縫大衣辛苦的事情，秀賢連忙地說道自己才不應該打擾到陸育增念書才是。陸先生執意要秀賢收下奶粉，他說：「育增已經那麼大個子了，不需要了。和中跟台萍還小，即使不沖來喝，就讓艋舺那處，時不時來問有沒有奶粉想賣的人給收走，他們賣糕餅的最收奶粉了，收去也會留下一袋子餅乾，對吧！孩子們那一個不愛吃餅乾！？」陸先生的靦覥拜訪之後，秀賢夜裡盡量不使針車，這麼一來秀賢的白天可是愈發忙碌了，但秀賢忙得全身帶勁，秀賢忙得眼神爍爍，一家回去的船票錢她跟哲文已經攢著了，和中如今還上了學，秀賢心想**家裡這倆兒只要念得上，初中還是高中，無論要掏多少學費，一定要供他們念上去。**

和中小學二年級念完升小學三年級，對門陸家兒子念進了第一志願的這幾年，留學美國的李政道跟楊振寧共同獲得了諾貝爾物理學獎。奮發向上的全臺高級學校的學子們都夢想能踏上如李政道跟楊振寧一般的路，一般家庭的父母們也會上、上、上臺大，去、去、去美國地勉勵期許孩子們。家裡這一處經常見到大人們拿著雞毛撢子、抽著衣架子追著孩子在打的，都是叫孩子念書。萬般皆下品，唯有讀書高。秀賢看著不明所以，**孩子是她捧著過來的，只擔心他肚子餓到，只擔心共匪過來讓他受苦，或是擔心孩子將來還逮打共匪！哲文跟自己連一巴掌都沒有往孩子身上揮過，怎麼捨得揮衣架子？**這幾年裡秀賢給和中裝去學校雞腿滷蛋，和中拿著雞腿滷蛋跟同學換菜脯蛋來吃，和中在家裡要求秀賢不要再給他帶滷雞腿，他說看著同學扒著滿滿白飯上頭那一層鹹香有味的菜脯蛋都直流口水。端午時候包粽子，秀賢包著從小在洛陽家裡看著工人老媽媽們包的紅棗粽子，哲文愛吃這棗粽子，但因爲和中說同學帶去學校的罵長[41]眞香，問媽媽爲什麼都不包罵長，秀賢就也包起形狀跟家鄉一般，但裡頭的紅棗換成肉跟菜脯的罵長。蒸籠上一蒸起，放學後回到家的和中興奮地拎起一串就往愛國西路家門外跑，邊跑邊嚷嚷著：「我媽媽包罵長了，我媽媽包罵長了。」這是這樣百姓生活從凋敝困苦變得蓬勃有餘的臺北城裡的幾年。艋舺被盟軍投彈燒毀的龍山寺也被地方上的富賈人士集資開始重新整建，城裡頭多了幾條柏油大馬路，美國大使館遷至中正路上與郵便局同側，原本城裡是圳道、稻田的地方開闢成了四十米寬的路。這幾年裡美國一直金援臺灣。

41 罵長，是不說臺灣話家庭長大的和中想叫嚷「肉粽」bah-tsàng。

柳緒文跟徐兆玉吆喝了多少同鄉，在這年的雙十國慶一起慶祝，他們一起擠在萬人空巷的衡陽路。身著五星上將軍裝的蔣總統步出總統府走向典禮檯的那一幕他們沒有目睹，但一幫人就都是激動都是紅著眼眶。以紅漆爲底，有鮮黃色中華民國萬歲排字的特區裡面慶典氣氛高昂，附近街區、臺銀總行前跟整道重慶南路上因爲慶祝雙十國慶，柱子上、外牆上、整道馬路上都掛滿宮廷式、紅色彩牌的裝飾。柳緒文、徐兆玉參加完國慶大典之後向沒一起前往的哲文描述沿途有多少擠滿街道的百姓時，哲文都像是能夠感受到緒文他們說的場面而汗毛直豎。幾個人在事隔多少天後聊起來時，心中情緒都還是激動澎湃。還有人說望見一遍的青天滿地紅旗子，淚就流了下來。爲人打一天工就全心全力的哲文一直不曠時、不早退、不告假。哲文那天在館子裡有從收音機裡聽新聞廣播，哲文深深**感覺人民跟國家是團結的。哲文多希望自己那天是牽著和中牽著小萍兒同秀賢和大家一起，他多希望是在現場慶祝中華民國國慶！**

在板橋鎮工廠裡做事了好些年的秀英給緒文生了個小子，被起名忠德。在工廠時一個月只能往家裡回一次，一個月拿薪二十近三十塊錢，秀英現在停了廠裡的工作在家帶小子，秀賢因此帶著和中跟小萍兒往秀英家裡去去得勤了。緒文在長沙街外，比臺北人的後菜園[42]更近河邊

[42] 後菜園。國民政府來臺前，西門町三丁目11番地後菜園是現在國立臺北護理學院城區部的所在地，而在現在這所學校之前，還有兩個學校用過這塊地，分別是今天中山女高和金華國中的前身。這塊地過去是西門外的低窪地，最早分別為仁濟院和大地主林景仁所有，1914 年雙方換地後歸仁濟院所有，並且填高土

迄的地方跟當地人買下一間牛稠間，屋子裡外泥巴和稻梗還是什麼糊的牆壁上噴濺有長年累月的牛屎，屋子外頭更挨河床邊迄上有一遍竹棚茶室，往河對面望就望見觀音山。緒文說有間自己的住處能強過月月掏房租錢，緒文是直說價錢好，屋外又寬敞一遍，說秀英在家外河邊迄就可以翻土種菜，說妳們倆在開封那當會兒不就是翻翻種種！秀英是極小聲地對秀賢說：「我們這只是我們自個兒當成家，這攤地是臺灣人停板車、養牛隻的啊，妳看這小子還這麼嫩，天天是臉上、嘴邊都爬著蒼蠅。」所以秀英幾乎沒把忠德放下來過，她一直抱忠德在自己懷裡吃奶，說她這樣可以一邊趕走蠅子。之後幾次秀賢牽著小萍兒再喚和中往秀英家去，和中都不肯跟去，和中說叔叔嬸嬸那一屋子的臭牛屎，說蠅子會爬上來他身子。

秀賢幾次在夕陽西下時分，牽著小萍兒離開秀英家時會聽得秀英家旁周遭一遍喝茶店傳來的臺語歌聲，「目睭向著家鄉彼爿看，坐在榕~樹~腳，感覺稀微又無伴，阿母啊，你毋通爲囝慒心肝……」[43]**她會想起家裡的父親跟母親**，兩三滴眼淚是直直落了下來，但因爲自個兒握著萍兒的小手，這奔湧回洛陽老城的想念會很快地被拉了回來。秀賢會深深吸幾口氣來鬆開悶著

地。北邊靠現在成都路的地被用來興建臺北第五尋常小學校，就是今天的西門國小。南方靠今天內江街的地，和相鄰的另一塊地合起來有3798坪，則被「臺北州立第三高等女學校」，今中山女高取得，該校則於1915年從艋舺龍山寺遷移至此。1922年町名改正時，這塊地被編為西門町三丁目11番地。

43 此為民國四十六年紀露霞演唱，由周添旺作詞的歌曲黃昏嶺。原曲為美空雲雀的《夕やけ峠》。

的胸口，她告訴自己趕緊回到家做和中小萍兒跟自己晚上喝的湯，不容軟弱，東想西想的。她嘴裡會對小萍兒說：「怎麼這歌不唱讓人歡喜，是唱讓人悲傷的。」小萍邊偏著頭往茶棚望，想看見是哪一個女生在唱歌邊說：「臺語歌，聽不懂。」秀賢不去分什麼人什麼歌，不管下港、庄跤[44]、還是在新竹或現在在臺北，她聽多了就好像記上心了，像是多聽幾遍就知曉對方說話的意思一樣。秀賢想起那天手裡沒牽著小萍兒，她呦兒人[45]送完貨，從緒文的攤子上經三水街梧州街那幫回家的路上，不知道哪裡冒出來的一個男人瞇瞇著眼睛看她，邊走近邊問說：「偌濟?偌濟?」[46]秀賢直接吼著回話說到：「一百萬啦[47]。」讓那想買春的男人踉蹌倉惶地邊走離開邊碎唸：「煞煞去，煞煞去。」[48]現在秀賢再想想，其實那男子挨近身來自個兒是被嚇到的，但那瞬間自己就是能脫口說出臺語。回過神來，秀賢看著手裡牽著的小萍兒說：「是啊，臺語。我們見什麼人，說什麼話。我們不去欺負人，但不能受別人欺負。不管說的是國語還是臺語，都一樣。」

---

44 下港、庄跤，臺灣話，ē-káng、tsng-kha，指臺灣南部地方、鄉下地方的意思。

45 呦兒人，河南用語，是一個人、自己的意思。

46 偌濟，臺灣話，guā-tsē，是問多少錢的意思。

47 一百萬啦，臺灣話，tsi̍t-pah-bān--la，一百萬塊錢啦，這裡是秀賢用極大的價錢表達沒有在賣身的意思。

48 煞煞去，臺灣話，suah-suah--khì，是罷了、算了的意思。

一張愛國獎券伍圓、里長陳國賓的米行被配裝一具手搖電話機、秀賢和這處街坊都用陳家米行店裡秤量米袋的秤秤量自己體重斤兩、哲文夜裡進家門會說共匪想打金門過臺灣海峽的這一陣是民國四十七年。這一陣，哲文一進門就會說在館子裡收音機聽到的跟福祿壽裡看中央日報的新聞消息，政府說要全民一心抵抗當前的侵略，胸懷消滅赤匪是長期的目標，復國是全民的大業。哲文說幾萬發砲彈落下的金門是離中國近、臺灣遠的一處小地方，哲文說美軍第七艦隊已經進來臺灣海峽，沒幾天哲文又說我們國軍已經取得制空權。兩岸衝突緊張的這年小萍兒入小學，念跟和中同一所學校——女師附小。社會上許多人在說對面就要打過來了，也有許多人在說有第七艦隊在，對面想打過也打不過來。哲文的兩個老闆覺得時局動盪，他們說好在兒女成才，大學畢業那時申請得了去美國唸書，他們說好險兒女現在都安全地遠在天邊。

秀賢不是不擔心那些軍艦跟砲彈的事情，不過這關於人家是不是要打過來，多少人打過來，跟什麼時後要打過來……秀賢以爲是自個兒煩惱到發慌也無濟於事的。秀賢知道哲文跟緒文這幫是不二心地聽從國家說要支援前線，知道是知道不過秀賢仍是如往常地栽在自己手邊能做的事情上，**她覺得手上能收緊能綁緊線頭的東西比較實際**。白天她栽在布料針車前，傍晚她栽在鍋盆灶火前。晚上的飯夜黑的湯秀賢常做有滷豆腐、三層肉，跟菜脯蛋，有時張太太轉過來聊天就先掀秀賢的鍋子看，都會說：「呦，又有肉啊，眞香！沈太太，妳這蛋怎麼不也進滷鍋滷一滷就成？這麼麻煩還掌油煎菜脯蛋？」幾小塊三層肉跟一片菜脯蛋都是做給和中與台萍吃的菜，秀賢自己是拿滷豆腐還是白飯或蒸好的饅頭就著孩子們也不會吃乾抹淨的盤裡的湯汁

就當塡飽肚子。如果菜櫥裡留著有隔夜菜，只要是油水都要下肚。放置隔夜的盤裡搖晃起來都已經有些糊糊黏黏的菜湯，秀賢每每都是一滴不剩地攪進飯裡吃下肚，因爲洗掉是浪費。這酸味沒什麼，老城家裡看工人老媽媽們醃的醬缸，一開缸撲鼻上來的不也就是這味兒。

十歲的和中沒去想消滅共匪跟復國大業的事情，十歲的和中煩惱的是他怎麼沒有哥哥或弟弟，他朋友或他同學家裡都弟兄兩三個，還有弟兄三四個的。爲什麼他有的是一個妹妹？和中覺得妹妹絆手絆腳。他吆喝妹妹出來跟著他耍，但小萍兒都不肯跟著挖泥鰍，小萍會跑去玩路邊的酢醬草或甚至是玩地上的螞蟻！螞蟻有什麼好看的？！小萍也不跟他一起做泥巴炸彈，也不一起騎馬打仗，一幫孩子們在跳馬背、騎馬打仗時和中是尤其羨慕那些家裡有兄弟搭檔的。

這天和中半推半拉著白白淨淨，穿著秀賢車縫的小洋裝的台萍坐進靠桂林路那頭，在拜土地公，在做牙[49]的一桌大紅圓桌上。這天和中倒是沒有覺得台萍礙事，和中精得很，他知道每個大人見他衣著乾淨又規矩的妹妹都喜愛，也知道他帶上妹妹就一定能坐進那些大紅圓桌子，吃的會是在家這幫沒吃過的形狀半圓形，像有開口的白饅頭的食物，這半圓形的白饃裡面夾有

[49] 做牙，臺灣話，tsò-gê，人們祭拜土地公，祈求一家大小平安的民間習俗，稱為「做牙」。農曆每逢初二、十六都要做牙。正月初二、十六因為還在年節期間，不需做牙。二月初二為「頭牙」，thâu-gê，十二月十六日為「尾牙」，bué-gê。

肥肉、酸菜跟甜甜的花生粉，桌子上還有很多其他吃都吃不完的東西。旁邊還有歌仔戲、布袋戲的臺子，很快就已經吃飽的孩子們目不轉睛地盯著看，看得不知道時間，和中跟台萍也是坐在臺子前面張著嘴看。和中搞不懂**怎麼家裡那幫不做牙、怎麼不也拜土地公？家裡那攤怎麼不「鬥鬧熱」？怎麼不做那些一圓桌、一圓桌子的菜？**這天他肚皮撐眼皮地一路踢著小石子回家，一踏進家門時他看見寫字桌上的飯菜，再來他看見媽媽臉上的神情時才想起來他忘記吆喝小萍兒一起回家來。

秀賢灶火邊忙著飯菜，灶火是在挨著建起的這幾家屋外另外搭出去的竹棚子下面。家對門是陸家，後頭這面對的是自由之家的圍牆，秀賢跟旁邊幾家的灶火都擺這幫。這天秀賢洗菜洗米煮飯忙完，捧菜飯進門還等了半晌都沒等見和中也沒等見台萍回來。日頭已經下去了秀賢直覺地往愛國西路上找倆兄妹，張太太見了秀賢經過還問道：「今天又燒了些什麼好料啊，沈太太！？」和中常打彈珠的那幾處是都尋了一圈，秀賢還往廣州街、博愛路口也找過了，路上的孩子只剩三三兩兩，秀賢沒尋著和中也沒見著台萍，秀賢心生怪怪。**小萍兒從來不上更遠地方去玩的，不是在這幾處會是在哪兒？**秀賢還往學校裡找去，校門口的工友很篤定地說沒有孩子在學校，說他也都清楚值班的老師是什麼時候離開的。往家這頭走回來的路上秀賢心想，倆兄妹這回兒準是已經到家了，而且這會兒一定是肚子餓得在扒著飯吃了，小萍兒從沒日頭都落下了還沒回來過，等等可是要問問她今天是跟誰玩在一塊兒。

秀賢踏進家門，家裡哪裡有孩子的影？秀賢看著出門前擺在和中小萍兒寫字桌子上，也是家裡吃飯桌子上的飯菜慌了，她站也不是坐也不是，她不自覺地在家門口跟門內的兩步路間走進走出胡思亂想。現在該到里長陳國賓店裡給福祿壽去個電話嗎？對哲文說倆孩子過了飯口都還沒回到家？一定是說出去找找唄，可是就已經出去尋了一遍沒尋見個影啊！小萍兒有可能認得路自己跑去秀英家嗎？不可能。卽使認得路小萍兒不可能自個兒往那頭去。不衷啊，乖又聽話又白嫩乾淨的一個女孩子家，若隻身走過寶斗里可能會發生什麼事兒。老天爺啊，老天奶奶，這孩子倆是在哪裡呢？希望這孩子倆是在一塊兒也好，他倆是在一塊兒嗎？……秀賢心裡多少聲音，秀賢原本踏進又踏出的腳步一停下來，她全身上下的汗就淌了出來。

和中腦子裡還意猶未盡，意猶未盡剛剛臺子上揮舞寶劍教訓了妖魔、邪惡、和壞人的大俠一江山，他想像自己跟大俠一江山一起統一了江湖的時候是如有輕功般跳躍進家門的。他一進門看見寫字桌上的飯菜，倏然想起因爲想要順利地坐上沒一張熟悉面孔大人的大紅桌子上，自己今個兒是帶著小萍兒出去的。哎啊眞糟糕，現在該跟媽說我把小萍帶去那裡了嗎？這時他對上了母親擔心著急的一雙眼。

「乖乖，怎麼夜黑了才進門？有看見妳妹妹今個兒傍晚是跟誰家的孩子？是在哪裡耍的嗎？怎麼門口我沒見你也沒見小萍兒？」

「媽，我忘了小……不是，我忘了時間，媽。小萍兒，小萍兒還在桂林路那幫鬥鬧熱呢，有布袋戲的戲臺子……」

「你妹妹還在那幫地是嗎？乖乖你待在家，乖乖待在家喝晚上的湯，現在很是晚了，媽去那幫信著[50]小萍兒就回來。」

秀賢一出家門就是三步路併做兩步地小跑步，沿愛國西路路上過了重熙門是桂林路，知道，是知道這幾天艋舺那幫都在做牙，但家這幫不興拿香拜拜的，壓根兒不會料到這孩子倆兒會往那頭去了。遠遠地秀賢就望見做牙的那一遍地，也望著了布袋戲的臺子。**小萍兒可逮還要在那臺子前頭才好啊！**秀賢越跑越接近時發現臺子上已經不是在做戲的了，臺子上幾個是已經在收場的工人。秀賢怎麼會知道就是因爲布袋戲散了，所以和中才往家裡回的。

秀賢這時緊張到全身皮膚一陣麻又一陣麻地傳上頭皮，她睜著眼四處尋望小萍兒的影。秀賢一直沒在零零散散的坐著、站著、走動著的人影間尋找到那今早自個兒幫小萍兒梳理的長辮子。**信不著，怎麼信不著？會是被人牽走了嗎！？**這麼想的這會兒，秀賢在一桌子一桌子的盡頭，看見了愣愣站著的小萍兒，孩子正站在以大水盆洗盤、洗碟兒的幾個辦桌工人阿桑身旁。秀賢急忙地朝小萍兒奔去，她邊跑靠近時邊聽見其中一個阿桑在說：「你免驚，阮遮攏收煞

---

50 信著，河南話，是找到的意思。

矣，我牽你去派出所，免驚，派出所警察會𤆬你去揣阿母。」[51]台萍聽這阿桑好像在說派出所也好像在說警察，已是淚痕的臉上眼淚又是流了下來，但她沒有哭咽出聲。當已奔至她們身旁的秀賢出現在台萍眼前時，台萍才哇啊的大哭出聲喊「媽媽」。蹲著洗碗的這阿桑被小萍兒這麼忽然的大哭聲嚇到往後坐倒在地上，洗碗阿桑看見查某囝仔[52]跟一個女人抱在一起，邊哭邊叫媽媽。阿桑鬆了口氣想，**好佳哉[53]媽媽找來了**，她說：「阮咧欲去派出所矣，阮講看伊衫穿按呢，一定是臺灣銀行宿舍的囝仔，伊又閣攏無愛回答。你來了抵好，阿母就是阿母。」[54]秀賢一直對站起身來的阿桑和她那一夥收拾辦桌的人道謝說：「真感謝，感恩恁按呢看顧伊，誠

---

[51] 你免驚，阮遮攏收煞矣，我牽你去派出所，免驚，派出所警察會𤆬你去揣阿母。臺灣話，lí bián-kiann，guán tsia lóng siu-suah，guá khan lí khì phài-tshut-sóo，bián-kiann，phài-tshut-sóo kíng-tshat ē chhōa lí khì tshuē a-bú。你別怕，我們這裡都收拾好，我牽你去派出所，別怕，派出所警察會帶你找媽媽的意思。

[52] 查某囝仔，臺灣話，tsa-bóo-gín-á，小女孩的意思。

[53] 好佳哉，臺灣話，hó-ka-tsài，還好、好險的意思。

[54] 阮咧欲去派出所矣，阮講看伊衫穿按呢，一定是臺灣銀行宿舍的囝仔，伊又閣攏無愛回答。你來了抵好，阿母就是阿母。臺灣話，guán te-beh khì phài-tshut-sóo--ah，guán kóng i sann tshīng àn ne，it tīng sī tâi-uân-gîn-hâng sok-sià ê gín á，i iū koh lóng bô ài huê tap，lí lâi liáu tú-hó，a bú tō sī a-bú，是我們就欲去派出所了，我們看他穿這樣的衣服，一定是臺灣銀行宿舍的孩子，他又都沒有回答。你來了正好，媽媽就是媽媽。

歹勢，我的查某囝今仔日走遮來鬥無閒。」[55]「袂啦，囝仔揣無，心肝著火。這馬揣著都厚啊啦！」[56]這阿桑輕鬆的回答道。**好險小萍兒是找向這幾個婦人**，秀賢心想。把女兒牽在手裡之後秀賢她是身子還是頭皮也就不再發麻了。

往家裡回的一路上秀賢對小萍兒說道：「如果再發生妳不知道怎麼回到家，要找媽媽找不到，像今天這樣的事，妳要找誰幫妳？要找那些也有牽著孩子的人，知道嗎？要找也是小孩子媽媽的人。不過這下不為例，妳是一個女孩子家，要上哪都要先跟媽媽說，知道嗎？」台萍聽媽媽說這些又哭了起來，稍早在大紅圓桌子上吃的那些好吃的東西都不好吃了，剛剛臺子上演得那些什麼好看的戲都不好看了。

台萍這晚跟之後的很多晚上都作惡夢，她一連好幾個晚上都邊睡邊哭。

---

[55] 真感謝，感恩恁按呢看顧他，誠歹勢，我查某囝今仔日走遮來鬥無閒。臺灣話，tsin kám siā，kám-un lín án ní khuànn-kòo i，tsiânn pháinn-sè，guá ê tsa-bóo kiánn kin-á-jit tsáu tsia lâi tàu-bô-îng，是真是感謝，感恩你們這麼看顧他，真是不好意思，我的女兒今天跑來這裡添麻煩的意思。

[56] 袂啦，囝仔揣無，心肝著火。這馬揣著都厚啊啦！臺灣話，bē-lah，gín-á tshuē-bô，sim-kuann-tóh-hué。tsit má tshuē-tióh tiō hó á la，是不會啦，找不到小孩子的心情像是有火在燒。現在找到就好了啦的意思。

民國四十九年，苗栗、臺北、臺南跟高雄四處省辦高中、縣市辦初中的第二年，歡欣鼓舞的民眾夾道松山機場往圓山飯店的馬路上，一整路鑼鼓喧天，鞭炮齊鳴，他們目睹了黑頭敞篷車上站著對他們揮手的蔣總統跟美國艾森豪總統。臺北全城沸騰地關注著抵臺灣二十四小時的美國總統，艾森豪總統在垂掛兩國大幅國旗的總統府前面對廣場上數十萬人的民眾發表演說。與此同時海峽的對岸陸續地往金門投擲砲彈抗議，在艾森豪總統抵臺的前一天、艾森豪總統抵臺的當天、跟離臺的後一天共軍都用砲彈轟炸抗議。幾天裡的中央日報上都是這天大的新聞，哲文讀報上新聞的同時他在櫃檯裡的帳目是一如既往地算，家中的秀賢則是在操心孩子和中能往哪處上學。

學子們開始參加初中聯招，這是和中及同學們不需要如對門鄰居陸育增一間間初中去報名去應考的四十九年。初中聯招榜上無名，和中沒什麼反應，哲文倒是說話了，哲文知道秀賢操心，而且其實他心裡比秀賢更在意孩子們的念書。哲文對秀賢說小子只念到小學畢業不衷，說有間在市郊的延平補習學校，聯招落榜沒關係，能進得去的，就只是離家遠了點兒。秀賢領著和中在中華路中山堂前乘二十二路公共汽車找著了哲文說的學校，在大安庄十二甲沿用日本人建築的空軍總司令部對面的的私立延平補習學校設有初中部，地處市外，就讀的學生人數少，每年級只有一班，規模非常小，多收聯考的失意生。再更東邊地方，光復之後仁愛路的終點才再往東延伸了過去，幾年前政府才闢寬敦化路，目的是北接國門松山機場，車隊自松山機場要往總統府去的仁愛路就是在這年成為迎接外賓的大道。秀賢在家裡跟哲文講了講那偏僻的情況，加上哲文在福祿壽裡聽兩個老闆說當年的延平學院有被勒令停院過，因而對孩子學校的事情躊躇猶豫了起來。哲文聽他兩個老闆給的意見，轉而考慮讓和中就讀近福祿壽的「開南商工」。在老臺北人口中幸町四十番地的開南工業商業學校是日本人創建的。國民政府來臺後這處改名濟南路，開南學校裡商科班的學生在學校風氣帶領之下在臺北市珠算比賽時不時都會得獎。哲文想自己熟稔撥打算盤是來到福祿壽的櫃檯才開始的，算是邊做、邊學、半路出家，跟現在和中有機會能進正科學校商科班是大大不同的。哲文想，一代眞的是能強過一代。

和中將入學開南商科班的暑假，秀英又給緒文添了一個孩子，一個女娃兒，被起名柳馥華，來自緒文心底對光復中華的期許，這時城裡的中華路上發生住著的、開著店舖的窩棚戶一戶戶被拆除這樣沒人料想得到的事情。從當年三五步路之遙都可見防空洞的中華路上如今路上防空洞都已塡平，依循臺北市警民協會的安排以竹棚戶落腳的百姓當年抱著、牽著來的娃兒如今已經上學初中、上學高中。十一年以來棚戶幾乎戶戶又另自加蓋，鐵路邊迄的中華路已蔓生爲一千戶左右的違章群，整排的棚戶屋子前和中華路馬路之間只是一窄小的水溝相隔，現況蕪雜零亂。爲了居住衛生，爲了治安，爲了這美國總統都會來到的臺北城市市容，蔣總統指示要拆除要重建安頓，安頓這群被他領著來的百姓。

中華路上的建設工程被舉城宣揚，誰能想到竹子戶十一年後要蓋成樓房、還能蓋水泥樓房？整個臺北城看老舊棚戶被弭平，整個臺北城看中華路邊堆滿鋼筋、砂石、磚塊。興建工程

進展相當快速，來往這幫的車輛、人行受限，交通混沌造成的不便停留在人們印象裡的時間非常短暫，短短的八個月。這幾個月裡哲文看著壯觀新穎的水泥商場原地建起，工程中間一度資金不足，但原本的竹棚戶多數都願意配合用一次性負擔的方式，預付日後樓房建成後的租金，人民同政府努力一心的力量感染著哲文，他受鼓舞，他時常感覺胸中咚咚在跳。到民國五十年才入春，完工的忠、孝、仁、愛、信、義、和、平八連棟，三層樓高的樓房被正式地命名，被莊嚴地題字，由中正路北門邊沿至愛國西路之間的中華路上，挺拔地出現了臺北城的新地標——中華商場。

哲文夜黑地裡回到家就同秀賢聊往年在北門邊上看著三線道上的竹棚建起的日子，跟現在看著中華商場的豎立。原本衡陽路博愛路口就有的中華國貨公司、北門圓環上早年就開設的上海帽店和生生皮鞋廠、近期被豪華修整的西門圓環新世界戲院，現在還多了販賣家庭用品、廚房新式電器的忠、孝兩棟商場，多了賣玉器、珐瑯、古董、古玩跟臺灣藝品的仁、愛兩棟商場，多了來自各省籍的各式餐館的信、義兩棟，跟多了賣衣服、賣軍用衣料、訂做制服、老人們聚會茶館、旗幟、徽章跟其相關店家的和、平兩棟商家，哲文說艋舺車頭那遍、老松國小估衣攤那遍、甚至龍山寺前那遍的熱鬧是有點趕不上現在中華商場這攤了。在全省公家單位跟學校都休息的禮拜天，新建成的商場吸引著外地人都往臺北這裡來買、往這裡來逛。哲文和秀賢知道，臺北城裡人買人賣的商圈已經轉移。

同年春天裡，秀賢被女師附小裡台萍班級上的老師告知，說台萍在今年暑假開學後最好再重讀一年三年級。老師對秀賢說高年級的數學會更難，國字筆畫也更複雜，老師委婉地說如此才能讓台萍的學習跟得上，喔，不過別擔心，台萍品德跟操行是沒問題的。秀賢跟哲文都明白學習是不容易的，倆人都覺得學校老師要讓學子們受教是辛苦的，萍兒在家乖又聽話，但若班上功課跟不上，就像老師說的，硬是升上去四年級恐怕是更跟不上，台萍的老師怎麼建議怎麼衷，她倆不太顧慮。她倆都是對兒子和中的學習比較操心，秀賢想應該是學校離家遠，需要走一段路去搭公共汽車，下了車後也是再走一段路才會到學校，才讓上一次和中學校老師在家庭訪問的時候說：「學校也是有遲到早退的限制，開南對沒有大、小過紀錄的學生是秉持著會讓學生直升高商部的態度的，但不能有太離譜的缺曠課。」秀賢還有注意到年前和中剛入學那一陣在家裡向哲文要的一只錶，這幾天都沒見和中把手錶戴在手腕上。初中學生戴一只錶眞算是貴重，哲文原本是覺得不應該買是猶豫的，和中一連要了幾天之後，哲文想孩子大了有守時習慣也是甚好的，便在估衣攤老同行那裡買來一只手錶。秀賢記得孩子他爸慎重地交予和中那只錶時還罕見地對孩子說教說「要守時，寧願提早到學校也不能晚一分半刻。」秀賢因爲沒見那只錶，還看和中這一陣子吃的飯也比以往少，她便向和中問道：「你要了很久，爸爸幫你買的那只錶呢？怎麼沒見你戴了乖乖？」秀賢問時沒料到會看見和中回話時臉上出現的彆扭表情，還回答的時候字句支支吾吾地含在嘴巴裡讓人聽不明白。「怎麼了？都跟媽媽說！」半晌後才聽見和中牙齒跟牙齒縫中間細細的擠出一句話，「跟媽媽說了也沒法解決的。」

秀賢在下學的鐘聲打響之前就在開南商工的校門口等著了，她定定地站在濟南路校門口外邊往裡邊望。有高有低的多顆椰子樹豎立在黑瓦屋簷、紅磚造的校門建築前面，建築物正中間是拱門通道出入口，正上方的屋頂上有一煙囪。秀賢心裡想著昨晚孩子說手錶被學校一個高級部的同學討去了，和中還含糊地說了學校棒球隊跟學校裡什麼從基隆來的火車隊之類之類的事，秀賢想也難怪老師說和中遲到早退，孩子一定是想避開找他麻煩的同學們。秀賢責怪自己是到底能忙什麼忙得跟龜孫一樣，把孩子都給忽略了。今天秀賢除了接和中下學回家也想要見見那高年級的孩子，想要好好跟他說說，不可以這般欺侮同學，大家有這麼好的機會進學校，逮要認眞做學習才是。下學的鐘敲響後的不久，學生們陸陸續續看從拱門那頭走了出來，遠遠地還看不清楚五官的距離，秀賢從輪廓頭型就認出理著小平頭的和中，遠遠地見和中還沒有走過拱形的出入通道，就有另一個學生攔著和中，他們停在那遠處在說話。秀賢連忙地跑進校門，朝和中小跑步過去。越離越近時能聽到那一個身高比和中高上許多，戴著折成長方形船帽的學生，正對著頭垂得低低的和中在說話。

「口渴了，出校門後老地方見，你給我買一瓶黑汽水。」

「看我們和中乖乖的好欺負嗎？你是高級部的同學是吧，那就要照顧年紀比你小的同學才是。和中爸爸送他的手錶是被你討去的嗎？」

「你是幾年幾班的？我跟你們老師說去。」

秀賢這突然的挨近過來讓和中跟這大個子的孩子都吃了一驚，這戴著折成長方形船帽的高級部的孩子想迴避地把目光撇向別處，眼神不停在秀賢也不落在和中臉上。孩子就是孩子，秀賢看出來有大人介入，這大個子的孩子還是會怕的。

「如果歸還和中他爸爸送給他的手錶，我們可以不報告老師或教官。大家在同一個學校，你是大學長，他是小學弟，你要愛護他，他要尊敬你。黑汽水在哪兒買？領著我們一起去，今會兒和中掏錢買汽水請你，明個兒你掏不多不少的錢請我們和中。」

秀賢還在說著話，只見這高年級學生急急忙忙地說不了，不喝了，不渴，還腳步倉促地越走越遠，邊走離開時邊含糊地說會再找找那只錶。

之後整整兩個月的時間秀賢都在校門口等和中下學，秀賢不再見著那要和中買黑汽水給他的大孩子。和中開始挨不住了，他開始嘟囔不要再在門口見著媽媽來接他，說這樣同學們見他每天是媽媽接回家，很丟臉。小子不再讓自個兒等他下學的一開始秀賢也沒多想，秀賢栽頭忙回家裡家外的事情，提九趟十八桶水是天天的基本，愛國西路家裡這攤已經比起還租住東園街那攤時在街上排著隊向充作水車的軍用卡車取水，或以木桶朝井裡舀水方便的多。待在家裡也才不會錯過糧食局配發送米的人，不過因爲糧食局配發的米比米行陳老闆賣的米質差，需要先用鹽水洗米一遍又一遍好去除米蟲跟麻布袋味道，洗好後再將浸泡三四個鐘頭，讓顆顆米粒都吃足了水，才不會滾的半生不熟。秀賢忙裡忙外不知道累，也不覺得累，秀賢感謝老天爺老天奶奶讓曾跟著她們睡野地裡，沒奶和沒東西吃的小子，到現在也平安長大了，還已經進學校念

著書，一家人還有著這自己搭起的屋子住著，想想這麼一路這麼多年，秀賢想，東混西混也眞算是一帆風順。

不知不覺地是在臺灣過了十二個年頭，這是民國五十年入暑，哲文進家門後說我們的陳誠副總統在美國華盛頓與甘迺迪總統共同發表聲明，堅決反對共產黨加入聯合國。秀賢也很是支持，國家的人到那麼遠的地方眞不簡單！而且美國總統換了人做了。但美國人跟我們副總統對家裡共產黨說的，秀賢想，**老家裡的人聽得到嗎？會聽嗎？**比起哲文說那些國家大事，能讓秀賢整身更帶勁兒的反而是哲文上銀行存完錢後進家門和秀賢一起仔細翻看手寫存簿上又寫進的款項跟越來越多的總數，這被行員清晰地寫在簿子上的數字總是給秀賢心裡落實踏實的感覺。

再發現和中怎麼越來越晚進家門的一開始，是和中已經上了商科班初級部的二年級，和中是說到了車站都錯過車，久久才能等著回來家裡這幫的公共汽車，說家裡要給他買台「鐵馬」，說他這樣上學也一定不會遲到，還嘟噥著學校裡多的是同學騎鐵馬上下學的，爲什麼就只有他差人一截。一台自轉車要價一千多塊錢，非常昂貴，還要掛車牌、繳牌照稅，秀賢都想她自個兒完工的衣服太多的話，是讓緒文來家裡取走的，平常她往攤上送的機會也少，而哲文更不必說了，他信步往返福祿壽跟家之間，腳程快些他就當是鍛鍊，同以往跟政府戰略轉移相比，現在走得路只是一小丁點兒，所以她倆討論了好多年的買不買一臺自轉車的時候都是決定先不買。小乖乖和中開口要一輛「鐵馬」是讓秀賢吃驚又猶豫的，不過如果是做孩子上下學往返的話跟自己相比，孩子騎車是必需的啊，**需要徒步走路跟等公共汽車的時間不能把孩子上學孩子讀書的時間給耽誤了**。家裡供得了孩子念書需要的一切幫助都一定要供給才是，在哲文這天晚上進家門之前，其實秀賢心裡已經做了如此的打算。夜裡哲文進門，秀賢對他說該給孩子買台自轉車，秀賢給哲文端來水盆時他對秀賢說一台自轉車不是小數目，但他擦完臉，挑完牙、漱完口後，哲文對秀賢說會上西寧南路或城中那幫的幾家車業行問問。

秀賢又一次地往開南裡頭進是被和中的老師通知去學校的，和中班上的老師一臉嚴肅地問怎麼通知了這麼多次家長都沒出現時，秀賢是一頭霧水。老師說和中缺課太多，還在校外被抓到打架滋事，現在要嘛就是退學，要嘛就是家長主動先把他轉學就算了。秀賢完全沒料想到會聽到這些，看著老師桌上遲到、曠課和大小過滿堂紅的記錄本時秀賢心想這怎麼可能是小乖乖！我們和中是可能吃虧受人欺侮，怎麼會去打架滋事？趕著走回家的路上，秀賢先往福祿壽去，向哲文說了和中老師說的話，福祿壽的兩個老闆娘在一旁聽到了後參些意見說：「想讓孩子繼續念書，那妳們試試溪州中學吧。在中正橋過去那頭，就是政府安置大陳義胞的那攤地，那幫多是三十八年那時一起過來的。」

哲文這天早早就回來家裡，他坐著等和中進門。生活安穩了這麼些年，倆人都是希望和中念上去的，秀賢也生氣和中曠課、遲到、早退，也擔心和中有委屈或是在學校受了欺負。沒有青春期這樣的概念、沒有青春期叛逆躁動的想法，秀賢提著一顆心在東想西想。**孩子的爸板著**

一個臉，希望等會兒孩子的爸不會出口太重。時間已經這麼晚了，小乖乖怎麼還沒進門呢？等到日頭都下去了，一家三口人喝了湯後小萍兒都已經去睡了，和中才踩進家門。

「你媽媽今天被叫去學校了，你怎麼不在呢？老師說你在外打架，又遲到、曠課，說已經要把你退學了。」

「不再去那個學校，我也沒差。裡面都是本省掛的，你們知道嗎？」

還在學期裡，溪州中學眞的能讓和中轉學進去，同樣還是念二年級，初中部二年級。秀賢帶著和中找去學校的，不過這是唯一的一次母子倆進溪州，因爲之後和中說不用再跟著媽媽等公共汽車，還又走路的，他說他騎鐵馬去快得很。早年裡這幫是一遍菜園子地，政府來臺後川端橋改名成中正橋，橋面在民國四十三年因政府爲防空疏散需求做準備，從不到四公尺的橋面拓建成兩側寬七公尺還包含人行道。在五六年前現在稱永和鎮的這處還是中和鄉。挨在學校的邊上有秀賢備感親切的豫溪街，看這街名就知道這一處一定是有河南人。**這樣是否就不會再是一所孩子說的同學都是本省掛的學校？**這攤的中正橋下，有著一條光復街，一戶挨著一戶石頭圈地，以木板棚架搭起、竹子圍起的籬笆落下來就過生活的光景，像極了愛國西路家裡這幫。在光復街口近中正橋頭，三輪車車伕對來往的人喲呵著：「中華商場，一人五塊錢、一車八塊錢。」家這幫的三輪車已經因爲政府說要改善交通、說要獎勵淘汰，一輛給三千塊錢而都給徵收了，所以秀賢這時特意多看了看三輪車子幾眼，那車後頭是熟悉的右一排四個字「共匪必滅」，左一排四個字「暴政必亡」。

和中覺得課堂無聊至極，在開南時候就常跟著同學蹺課往中華商場逛，只要有人吆喝他就跟著去，去哪兒都比去學習有趣多了。跟媽提過朋友們的制服都找商場裡的店家改過，帥氣的很，媽竟然說她在家裡就能改。她是不是連中華商場都沒踏進去過？被朋友知道制服是自己媽媽改的根本糗死了，是被大夥兒看不起的。和中還覺得爸爸跟媽媽做那給人顧櫃檯的、給柳叔攤上送貨的工作都是吃力不掙錢的。同學他們騎的鐵馬不是家裡的富霸王就是萊禮啊、三槍的，在那樣的車上吹著口哨騎過女孩子的身邊才是拉風！跟爸要了那麼久，家裡才給買了這臺伍順，伍順怎麼會帥氣拉風？媽跟爸兩個人眞的是什麼都不懂。跟著朋友們我早就來過永和鎭這攤打彈子了，橋的這頭彈子房多的是。我也在橋下沙洲游了不知道幾次的泳了，跟著我朋友他們就是哪裡有什麼名堂都知道，哪像媽東看西看……像是從沒來過這幫似的。現在來這間學校我逮讓班上的所有人對我有不同以往的印象，我需要多拿幾個錢。前幾天才在爸的夾克裡抽了兩張鈔票，逮再等個幾天再拿，唉啊跟媽媽要錢眞是麻煩，已經說過學校要我們幫助對岸同胞樂捐了，這次回家說老師規定全班都要愛國捐款好了。

和中才入學沒幾個月，這年的古曆年前期末考期間的溪州校園內傳出了驚天動地的慘案。這是近過年的日子，校外邊的一排住家還以爲是鞭炮聲，但其實是被解職的一個教員槍殺了包括學校裡校長、校長太太在內的七個人。隔天的報紙寫得驚悚，哲文要秀賢再不敢讓和中往溪州去了，打聽之下又是秀賢帶著，讓孩子轉學往金甌的永和分部，中正橋下巷子裡的永和分部收高級部跟初級部男女學生，也沒要求和中之前學校的成績單，說過了年的下學期開學時入學

即可。秀賢萬般感謝學校同意收取和中，這是兩年的時間裡秀賢掏繳的第三所私立學校的學費。這麼一波三折的求學路眞是讓孩子受折騰，秀賢覺得也難怪，難怪和中時常進門回家的臉都看起來像是嘔了一肚子氣似的。

秀賢和哲文討論過好一陣子要找個點兒自己起爐灶的事，秀賢這些細微的念頭有陸陸續續地萌生好些日子了，前一陣子因爲和中開南學校裡老師的通知跟帶和中轉學的忙火讓秀賢把心裡的這些盤算先擱在一邊了。帶和中過去永和鎭做轉學溪州的時候，秀賢看那麼城外的地上一遍都住有數不清戶數的人家，滿溢出去的，都是依著臺北城討生活的啊，這也再次燃起秀賢覺得逮開始自己做的念頭。忙完兒子的轉學，哲文跟秀賢決定找個店面開館子自己做。秀賢先跑去景美鎭找秀英找柳緒文說說，決定要跟哲文自個兒開館子她逮把跟緒文攤子上的合作給停下來，她會再沒時間供給緒文攤子的貨。柳緒文年前那一陣子帶著秀英和孩子們搬了住家，搬到景美鎭住著。柳緒文在桂林路巷子裡的攤子上生意一直好得不得了，他聽秀賢說跟哲文自己要出來開館子的打算是直稱好主意，一點兒不覺得秀賢不再供給他店裡東西是個事兒。

搬了住家的秀英跟緒文一家，好運氣地躲過了那讓淡水河暴漲、讓艋舺淹大水的颱風，波密拉。那是小萍兒跟和中暑假結束的日子，那是把艋舺多少條街都泡在水裡的強烈颱風。後菜園那一帶在颱風的過境後只有日式的瓦屋有留下，大水沖走了多少木板屋竹棚戶，當然也淹滿了緒文跟秀英一家的泥巴屋子。世世代代來淹水淹得有經驗的艋舺當地人，只要聽廣播有颱風，就抱孩子往學校的穿堂，或有的把家裡所有的東西先挪上半樓仔的，還有的把襁褓中的孩子衣巾裡綁有金子放進大臉盆裡的，更有把一家老小推上樓頂的。

緒文跟秀英住河邊上的這些年是每每聽收音機廣播一說有颱風，每每都不睡在那間牛稠間屋子裡的，他們牽著孩子就往老松公園去張個帳篷過夜。秀英對秀賢說她每次去公園過夜也會攜著大臉盆做準備，看周遭老人家們的智慧嘛，當地老一輩的見得多了，心裡都是有預備如果見水淹上腿肚子就把孩子放進水盆裡的。秀英說現今搬來景美鎮住進紅磚造的房子裡，還是個半山坡上是不用再擔心水淹、不用再睡公園躲大水了，不過秀英說忠德也這樣沒了白天能走進因退潮而裸露的沙洲裡捉魚、捉蝦，夜裡追螢火蟲的那些樂趣了。秀賢也覺得秀英搬家是可惜了這點，那淡水河邊蘆葦成遍，周遭多少孩子們都是在水裡摸大肚魚、抓小螃蟹、抓泥鰍。河水邊遠遠地還能看到養鴨人家在黃昏時分趕著成千上百隻的鴨子上岸，放眼看去是看不見盡頭的河水，眞是要多開闊有多開闊！抬頭就是老鷹也盤旋也時不時俯衝下來抓魚的天空。不過當然，秀賢換個角度來想，緒文秀英搬了住家總地來說也是好的。一家住進磚造的房子，有幾家共用的井水燒飯洗衣，是給孩子們眞眞正正個遮風擋雨的地方。

第四章　種的豆子不能出麥子

哲文在柳緒文跟姜禮川幫著講臺語的陪同之下，上房東是住家也兼做生意的日用雜貨柑仔店當門拜訪了兩次。幾個操著外省口音臺語的大男人都感覺的出來，房東及房東一家兩次都親切憨厚地招呼，但並沒有想要點頭說好，並沒有想要讓哲文承租房子的意思。幾個大男人兩次喝乾房東太太準備的茶，兩次都很有禮貌但敗興地離開。秀賢雖然是個急性子，但秀賢知道**又要向人租房子的心情將是別種滋味**。從離開東園街的房子之後，家裡已經十年來不需要繳租，也沒有房東要另租人或房租要起價的困擾。而且雖然說，要自己做生意的心情是準備好的，不過其實哲文給福祿壽幫忙掌櫃也一直是做得穩穩妥妥的，所以秀賢對哲文這陣子進家門後說尋店面不得的事情不怎麼在意，因爲秀賢想，**一確定人家要租給咱們之後，不論店裡生意好不好，櫃檯裡收進來得夠不夠，那房租錢是月月都逮掏出來的啊**。不過這幾天哲文進家門說房子沒租成的事情在秀賢心裡起的漣漪跟以往大大不同。秀賢自己知道爲什麼，**這次哲文想租房子的點不同啊，這可是在「洛陽街」，這間一樓地點好，離中央菜市才幾步路的距離，而且這房子可是在洛陽街！**邊忙家務邊左思量、右思量了好幾天，秀賢自己挨不住地對哲文說了，秀賢要哲文別喚緒文他們了，秀賢說就她們倆自個兒去，她要跟著哲文一起去見房東、見房東一家。一大清早柑仔店的店門就是開著的，秀賢進去不消三兩句話，房東跟房東太太就點頭讓秀賢、讓哲文把他們洛陽街上那空閒著的店面租下來了。房東黃家一家對哲文說他們跟秀賢很投緣，還說了句「娶到好某恰贏做祖」，不過哲文只看得懂房東、房東太太笑盈盈的臉，有聽得但聽不懂他們說的這句話。

租房談成的這天，哲文進濟南路的福祿壽上工沒耽擱一點時間。

黃家這在洛陽街上的一二樓房子，有紅磚牆立面，有紅磚疊砌而成的圓柱支撐起木衍樓板。搬移開一片片依順序嵌合的長木板店窗就是打開了店，店裡是泥土地面，不寬但算是深的一樓是秀賢一談好可以承租下來時就有空間想法的。房子後頭半室內半天井的地方很適合處理灶火，還能搭起桿麵台、能容得下煮水餃的大鍋、架得起蒸饃的大圓蒸籠跟烙油餅的平煎鍋。還天井裡原本就接有一條自來水管子，秀賢對此心滿意足，要做吃食，秀賢最在意乾淨衛生。還有，外面沒幾步路就是中央菜市，天天都能就近採買。沒出一個禮拜的時間，店裡泥土的地已經被秀賢忙進忙出地來來回回的踩踏給踩平了，大大小小擺置了七八張桌子，可坐下十幾二十個人。桌子椅子不就近從竹仔寮街或艋舺這幫地找，是秀賢上克難街那幫買回來的，秀賢搭公共汽車零西就能往那幫回了，方便得很。當年租住在東園街那一帶時秀賢就有留心注意過，艋舺跟加蚋仔兩處價錢還是有差，加蚋仔那幫掏的價錢便宜。這是秀賢忙火要開飯館的事兒而哲文依舊早起的飯後走進福祿壽上工的民國五十年年底。秀賢要哲文把古曆年前極忙碌的福祿壽幫忙到個段落，秀賢說也是要給兩東家一段準備準備櫃檯裡會少了哲文幫忙的時間。即使秀賢

不出這主意，哲文也會是這麼個做法的，他還是爲他兩老闆詳細明列要交付的貨款、各個員工的薪水，哲文依然字跡工整，十年如一日。

年節之前到了哲文爲林老闆、游老闆上工，幫他們記帳的這最後一天。入夜後哲文手裡拿著這當初在北門圓環擺著地攤時就用到現在的，這被他指頭撥得光滑的算盤踏出福祿壽回家前，他先轉往康定路桂林路口向老同行的攤子給自己將有的櫃檯裡購入一臺收音機子。給林、游倆老闆做事的日子，他聽的一直是福祿壽店裡的機器，這天哲文買有自己的一臺收音機子後，哲文開始請領屬於自己的廣播收音機執照。有手裡這把算盤加一只收音機，哲文可以在櫃檯裡坐上一整天，氣定神閒。

年節裡的幾日秀賢爲一家四口做飯菜，這年年節裡是哲文爲林、游倆老闆做事多年後終於能夠早、晚都在家喝湯吃饃的日子。孩子們寫字寫功課的矮桌子上有三個菜，特別豐富。一盤是哲文愛吃的炒豆角兒，一盤是和中愛吃的紅燒肉，一盤是小萍愛吃的炸排骨，一如以往，孩子們盤子裡也不會撿得太乾淨，秀賢自己乾饃沾孩子們盤裡剩的肉屑湯汁就算是吃了，秀賢的心神比她的肚腹滿足，她滿足於看著孩子們吃得津津有味的模樣。**老家很遠，孩子們還小但年**

除夕全家喝湯[57]暖和在一塊兒就是過了好年。這年一家四口同在木頭小矮桌子上喝湯的這幾天是之後秀賢回想起來這輩子最幸福的日子。

開工開市後哲文同秀賢上城中車業行，一人買了一臺自轉車，這前一陣子和中嚷著要騎上學的鐵馬。家裡現在逮繳三臺車的牌照稅，一年一臺車繳十八塊錢。哲文想，在洛安村客棧裡的父親如果知道現在自己家裡四口人，就騎了三臺洋馬兒，應該會很吃驚，父親應該會覺得錢花得荒唐。不過哲文同意秀賢說的，時代已不比當年在家鄉，倆人雖然都很習慣走路，但現在開了店，這樣採買後回店裡方便，是做生意需要，這錢雖不算是用在刀口上，但也是需要花的，時常，哲文都覺得秀賢說的話有道理。這之後的每天早起，天還沒完全破曉，孩子們都還睡得熟又甜，秀賢就跟哲文出家門從愛國西路經中華南北路往中央菜市騎去了，這兩條都是日治時期拆掉臺北城城垣的三線道路，兩條路都又寬大又現代。她們一路上會騎經過蔣總統站在二樓露台上對線道上群眾演說的中山堂、會騎經過自由中國的土地上最高的建築物「新生戲院大廈」、會騎經過還沒人聲鼎沸的中華商場，倆人在西門圓環的標準鐘前方穿越平交道，這在一排商場的生意都還沒甦醒之前是容易的事。騎上了成都路一直再往西踩，自轉車過了小花園鞋莊跟白光冷飲室和大世界戲院後就是西寧南路，在西寧南路上右轉往北，騎經過記者之家就是腹地廣大的中央菜市。

57 喝湯，河南方言，喝湯是吃飯的意思，問人吃飽了沒都是問喝湯了沒。

中央菜市在秀賢跟哲文每天踩入之前都已經擦踵繁忙，大概是全臺北城內最早甦醒活絡之地。有蔬菜肉類農物買賣也有魚市場，不過秀賢顯少踏入摩肩擦踵的魚蝦市場裡，洛陽不近海，秀賢不諳處理魚或蝦那些，再來也是因爲秀賢實在是無法在裡頭買魚買蝦。魚販們用鐵鉤勾住魚隻拖行於市場的磨石子地面，把磨石子地面留下一條相疊另一條深刻如刀刻的裂紋，魚隻一直被拖行至攤位的木案板邊，再被一隻隻重甩上魚攤案板。魚市場裡地面這一路新的、舊的鮮腥血水交疊，秀賢看那攤台案板上的血水涔涔地流溢。要買要賣來來去去的眾人不在意那些刺心窩的鐵鉤刮石子聲，也不在意那些斜斜的案板桌面流下的血水，但秀賢在意，加上各個攤頭上刨下的魚鱗四面噴飛，秀賢眞是沒辦法踩著那深如刀刻的裂紋血水還挑揀還掏錢。秀賢每天只往菜販、肉販這幫買。

秀賢會先走看一圈看什麼菜是這會兒當季，秀賢也斟酌哪攤有可能還得了價錢，還有攤子老闆抽不抽菸也是秀賢心裡一項考量，多的是叼著煙在做買賣的，秀賢有心理障礙覺得煙灰掉進菜簍子裡或肉攤老闆嘴裡一邊吸著香煙手上又一邊切肉的攤也太不乾淨了。乾不乾淨之外包進餃子的餡肉秀賢要挑肉攤子上半肥半瘦的部位，還逮是秀賢看得上眼的那些塊。秀賢有自己的講究，從不因爲要包進餃子裡就馬乎將就地買。回店裡後秀賢再一一用自己的秤陀秤一次菜跟肉，這次斤兩給的不老實的攤下次也不再回頭買。市場裡採買的菜肉還是食品材料行採買的一袋22公斤的麵粉，有著穩當又耐重的自轉車，秀賢能不求人地自個兒推回洛陽街店裡。小館開始的這年，在臺北城採買一袋22公斤駱駝牌中筋麵粉秀賢掏118塊錢。

店的才剛開始，秀賢跟哲文沒請跑堂的，灶火邊也沒請人手，菜市之後回到店裡，哲文提水桶一絲不苟地擦拭桌子、椅子、清掃店外騎樓跟店內的同時秀賢已經升起煤炭灶火，這年秀賢對灶火的拿手俐落已不是在東園街那時嫩手嫩腳的自己想像得到的。沒請人手所以不賣現炒的熱菜，秀賢覺得灶火一爐一爐自己還來得及招呼。自己做生意不賣熱菜、賣涼菜，這秀賢全設想過了。秀賢還在家裡做小孩子那時就吃的涼菜，來到臺灣的這麼十來年已做得拿手。加上三十八年、三十九年那會兒跟著委員長一起過來的南方上海人，把他們老家講究的造醋方法一起帶著過來了，還也落下了腳在臺北城，做生意的上海人聚集在衡陽路那幫，一點兒不遠。秀賢知道他們的東西價錢高，但有嘗過這家「恆泰行」賣的醋，就是沒法兒吃下別的地方的醋了。醋是涼菜的主角。秀賢的蒜拍黃瓜裡，糖、鹽、蒜這些是稀鬆平常的調味，重要的角兒是加入這上海人恆泰行釀造的醋，這醋就是不刺鼻、就是不澀味。也是個角色的麻油秀賢也是跟恆泰行買的，麻油添掌的量少，但上海人選的芝麻滋味就是不同，完全是畫龍點睛了。凡只要是嚐過秀賢涼菜的客人，都知道這裡的涼菜調味不一樣。

秀賢的醃漬糖蒜、八角花生、涼拌蓮藕、涼拌土豆絲、涼拌海蜇皮，盤盤都是普通的涼菜，盤盤都只賣兩塊錢但樣樣都是在還在中央菜市菜攤上時就被秀賢挑剔眼睛檢視過的，秀賢的準備功夫是在中央菜市裡就已經開始的，已經是哪個菜先洗，哪個先削皮，是怎麼切段的鋪

陳都已經在心裡轉過一遍了。秀賢肯買入店的土豆[58]就不會是坑坑疤疤，看不順眼的，這是超出削去丟掉多的實際問題，表面坑坑窪窪的土豆回到店裡後在洗淨削皮、切成土豆絲時會耗費很多時間，也不能整顆切得齊齊平平成土豆絲，也還有呈盤之後看不看得順眼的問題。外表過關後秀賢還會每一顆都握進掌心裡感覺其彈性，手感不能是紅蘿蔔似硬邦邦的，逮要是握起來紮實，手微微鬆開時又有股力量軟彈回手上的，用這樣的土豆做涼拌土豆絲絕對是口感好吃的，不管是買十顆、還是二十顆，秀賢都會一顆一顆這麼挑。從涼菜就用心思，因爲多半進店裡的食客吃進嘴裡的第一口東西就是涼菜，秀賢以爲調味得宜的涼菜能開人胃脾，秀賢還知道，等待現點現煮的水餃還是等待現煎的蔥油餅時候，只要涼菜做得好吃，能讓客人們不感覺等待的時間是久的。

秀賢也一定清洗所有買回來的菜跟肉，肉攤上切回來的肉不管大小，都已經在肉攤的砧上沾過來沾過去，秀賢一定要每一塊都過水洗過心裡才舒服。緊接著秀賢轉頭準備滷菜，煮滷菜花費時間。整滷鍋裡有滷蛋、油豆腐、雞腿、海帶、豆皮、三層肉這樣滿滿的一大鍋，滷鍋在噗嚕噗嚕滾煮的當會兒，秀賢是一旁葉菜類繼續泡著水落下泥土，一邊秀賢抓緊時間「和麵」。

---

[58] 土豆，河南用語，是洋芋、馬鈴薯的意思。

麵食是店裡的主角。是以冷水和麵、還是以溫水和麵跟什麼時候撒入鹽再繼續和麵都拿捏在秀賢當下的手感裡，夏天裡跟冬天裡和的麵糰也都不同。邊和著麵時秀賢邊會想起以前自己做小孩子時候在家裡工人老媽媽的旁邊聽到看到的，老媽媽說：「和麵要有三光，手光、麵光、盆光。」心裡期許自己和成的麵能跟老媽媽一樣。秀賢手上揉著麵，做著麵食，心裡想著洛陽老城的家裡，這樣子的洛陽老城家一點兒不遠。

已揉和光圓的麵糰還不切也不上籠，蒸饃的麵糰需要用棉布蓋著，讓它醒一醒。秀賢接著手不停地是擀好水餃麵皮跟韭菜盒子的麵皮，水餃常是擀冷麵糰、韭菜盒兒常是熟麵糰。擀餃子皮可賣煮水餃也可賣湯餃，秀賢的水餃，餡包得肉好又扎實，皮擀得筋道有嚼勁。湯餃的湯汁是每天現滷的那一鍋滷菜而來的，攪和熬煮時，香味總是撲鼻而來。秀賢的韭菜盒兒也非常受歡迎，秀賢的韭菜盒兒不難在功夫難在心子細，秀賢耐著性子在切段兒。秀賢刀落砧板又提起之間是韭菜清脆的斷裂聲，砧板上流暢地斷出齊頭等長的韭菜末。韭菜盒兒裡頭粉絲、豆乾絲兒是基本。秀賢會多包入蛋皮，蛋皮是先煎過的，煎香之後才切絲，秀賢還會加拌絞肉，有絞肉就逮混入薑末，也是因爲這樣，滿滿一盒是麵香、蛋皮香、韭菜香、蝦皮香、跟吸收了豬油的粉絲及豆乾絲，咬一口秀賢的菜盒兒越是咀嚼滋味越是豐富。

蔥油餅的麵也是另外準備，蔥油餅也是店裡的重頭戲，蔥油餅的麵要有筋勁。秀賢從小就不吃蔥，但她吃蔥油餅裡的蔥，秀賢的蔥油餅要過的是她自己這一關。麵糰不先擀入青蔥，青

蔥會出水，蔥油餅是有客人點單時候，才現擀入青蔥，才擀開備好的麵糰的。和好的麵糰秀賢以左手轉著邊以右手擀開，麵糰在麵桿子下擀成均勻的張子，一手轉跟另一手擀的動作是一搭一唱。喜歡工作起來清爽乾淨的秀賢不習慣擀麵糰時就灑油，滾麵擀子的同時只抓灑些麵粉，油是入鍋煎時才淋上。入平油鍋後的一張張餅總是煎得外酥黃、內軟香才成一回事，每一張是層層疊疊分明。顧館子前檯的哲文可以餐餐吃秀賢的蔥油餅，哲文總是說：「沒有油饃才吃蒸饃。」秀賢有時會笑回：「肚子不餓才挑挑揀揀，逃難的那會兒要找個乾饃都沒有呢。」提起那一路上有什麼東西塡飽肚子的這話，秀賢心裡會想起**徐州城外那老婦人**，**那捧蒸紅薯給她的老婦人**，秀賢會思量**老婦人現在可能的年歲。有沒有機會回得了大陸上去呢？回去了，還尋不尋得著她呢**？

店裡利利亮亮地開了沒幾天，滿臉憨厚的房東黃先生一家人進來捧場生意，哲文看吃慣米飯的房東一家很是來勁地吃著秀賢陸陸續續端上桌的蔥油餅跟韭菜盒子，也看黃家人高馬大的兒子還吃秀賢那一大盤的滷菜吃得津津有味，但怎麼就見房東黃先生邊吃喝著邊是往牆上張頭探看，哲文想，**這是在牆上找什麼東西嗎**？哲文湊上前問房東這牆上怎麼了。房東笑開靦腆的臉，一股腦兒說的話哲文完全沒聽懂，還是房東的兒子用說得很慢、一句臺語穿插一點國語這樣對哲文解釋說道：「我阿爸說你眞好福氣，恁某煮的物件眞好食[59]。但我阿爸來回在看，沒

59 恁某煮的物件真好食，臺灣話，lín bóo tsú ê mi̍h-kiānn tsin hó tsia̍h，是你太太煮的東西真好吃的意思。

見店名，沈先生你起店名字了嗎？我阿爸想送你們店開張匾額啦。」「我阿爸的結拜有在做匾額料的，找他做一張媠閣大範[60]的送你，這是我阿爸的意思，你看按呢好無[61]？」哲文一如往常的不善言詞不知道如何回話，房東的這番好意哲文沒有拒絕，他連道謝的字句也沒能表達，他就只回說店名決定起做「豫西小館」。這四個字是哲文同秀賢討論了很久的想法，洛陽街在臺北城西處，洛陽也是位處河南的西邊。思鄉的洛陽人在臺北，豫西小館是兩人唯一想為自己開的店起的名字。房東黃家一家惜食地把一盤一碗都吃得湯水不剩後，哲文跟忙完一段落的秀賢送了飯後要離開的黃家一家人至店門外亭仔腳，黃太太直說要秀賢趕緊回去灶跤無閒[62]，房東黃先生右手握著哲文，左手拍了拍哲文的右臂膀看著哲文說道：「滋味誠好，翁仔某鬥陣拚，眞好，恁生理一定做得起來！[63]」在這天後的同一個禮拜之內，一塊很厚工的匾額被封得密密嚴嚴地以板車送來到店門口，紮實簡素的木匾額上刻著「豫西小館」四個大字。

---

60 媠閣大範，臺灣話，suí koh tuā-pān，是漂亮又大方的意思。

61 按呢好無，臺灣話，án-ne hó-bô，是這樣好不好的意思。

62 灶跤無閒，臺灣話，tsàu-kha bô-îng，是灶火邊忙碌的意思。灶跤，臺灣話，tsàu-kha，是灶火邊、廚灶邊、料理食物的地方，是現在的廚房。

63 滋味誠好，翁仔某鬥陣拚，真好，恁生理一定做得起來。臺灣話，tsu-bī tsiânn-hó，ang-á-bóo tàu-tīn piànn，tsin hó，lín sing-lí it-tīng tsò ē khí-lâi，是滋味真好，夫妻兩人一起努力，真好，你們生意一定做得起來的意思。

幾個月後春末裡的一天福祿壽的林游倆老闆跟他倆的太太們也來到了哲文的小館捧場，這時店裡已經請了跑堂的幫手，哲文能一起坐下陪著照顧自己多年的老東家咬著大蔥、拽著蔥油餅搭配著下酒涼菜，幾個人天南地北聊著。這年的春初，對面解放軍飛行員劉承司駕著米格戰鬥機投奔臺灣，他們對三月三日報上載的「匪飛行員駕機來歸，足證匪偽瀕臨崩潰」的文章也是談輪了好一番，兩個老闆還說：「一架戰鬥機，委員長賞一千兩黃金啊！」秀賢在後頭忙，往前面桌子上菜時問候了倆老闆娘，還關心她們兩家兒子女兒們在美國的生活。兩位老闆娘表情非常光彩，她們驕傲地回答秀賢：「女兒的公司幫她辦了身分啊，工作好得呢，她們美國啊，就是進步，說車子滿街在跑，男男女女都開車，我女兒她也是天天開車上下班。」另一個老闆娘也回：「對啊，我兒子也是啊，說沒汽油車哪兒都到不了，還說一般般人家而已啊，都有電冰箱，電視機，生活在很高的水平之上的。」

「讓他們忙得過自己的，招呼自己在外的生活就很厲害了，我們是完全不需要他們寄什麼四十、五十塊美金回來的。」

「是啊，就是，有些朋友把兒女送出去念，兒女在那兒工作後就每個月等那四十、五十塊美金，那是幹啥呢？」

「游太太，林太太，四十塊美金是多少錢啊？」秀賢問。

「四十塊就一千六七新台幣。五十塊就公務人員一個月的薪水了，妳算算。」

秀賢聽了，直說游太太、林太太的小子跟閨女爭氣又正幹，眞是好福氣，就鑽回灶火旁忙了，正直飯口時間，店裡另外的幾桌全坐滿著客人，秀賢沒再找得時間出來多談其他話。一直到兩對前東家夫妻跟哲文談得聊得酒足飯飽將要打道回府之際，秀賢停下灶火邊忙著的雙手跟哲文一起送前東家們出店門，因爲自己兩手還黀塵僕僕的，秀賢不好意思地把雙手捏在身上的圍裙裡。這時游老闆林老闆都在對著哲文說：「店裡是滿座的客人啊，小沈。」「一個人一生都有一個好運，看似你的好運到了喲！」哲文聽著是不知回覆什麼話才適當地一直說著：「不敢，不敢。謝謝，謝謝。」秀賢這時是脫口說出自己心裡的話：「做得好，逮像是兩位老闆、兩位老闆娘一般，有能力把兒女都送出國，送去美國念書那般才眞是好。」聽到這番話的林老闆娘說：「沈太太，不是什麼隨隨便便的人家想送兒子、女兒去美國，都能送得去的！」她邊說話臉上還邊翻出一個憑妳？妳眞是天眞！這樣秀賢沒準備好承接的表情，旁邊的游老闆娘也像是聽到秀賢說的是有趣的玩笑話，但她有壓抑著不笑開嘴角地對著哲文說：「小沈，你家裡頭的是有這麼大的抱負在心裡喲！」呵呵呵地四個人笑成一遍的笑聲之中，她們緩緩地走離了豫西小館的亭仔腳。站在店門口的哲文這會兒有點醉意，但還是用目光送著兩對前東家走遠。站在哲文身旁的秀賢一直沒改面色，滿腔我倆做得到的熠熠光彩在她眼中閃爍著。

秀賢同哲文每天都是一頭栽進店裡之後就一直忙，忙完晚間飯口時間客人都離去後再刷刷洗洗清掃至夜黑。暑假過後秀賢把在女師附小念四年級的小萍兒轉學至西寧南路上的中興國小上學，原本是打算轉學進福星國民學校，但這間中華路上的學校聲稱已收了大爆滿的學生。轉

了學之後小萍兒下了學，步行西寧南路右轉洛陽街，幾步路就回到小館裡，她在天井裡秀賢的擀麵桌邊上喝湯吃饃，連帶寫回家功課。和中也是回來館子裡吃飯，但和中進來店裡的時間很早或很晚，很不固定，時常秀賢會惦念著怎麼也該是和中下學時間了，但就不見他人影。店裡生意愈來愈忙，和中常常來跟前頭櫃檯的哲文討錢去外面吃，說已經吃膩了媽做的，不過後頭天井裡的秀賢不知道這些。越來越多吃過小館的人回頭來吃，北方過來的大同鄉、小老鄉吃得對味，家中吃米食不嗜吃麵食的人也一吃秀賢的水餃蔥油餅都說好吃，還吃過道相報。生意做得秀賢根本離不開灶火，店裡多請了跑堂的伙計，因爲現在還逮送上午的包飯至附近的政府機關裡去，像是鄭州路上的海關總稅務司署、鐵路醫院、中正路上的美國大使館跟北門郵局跟康定路上的聯合報等這些單位，小至每天只包蔥油餅或韭菜盒的單秀賢也會一煎起鍋就讓跑堂的給送去了。不看重賣得價錢高、不看清賣得價錢低，多年做生意的經驗，秀賢以爲小錢積攢起來就成了大錢。天天忙到秀賢和哲文關闔了店窗騎上自轉車往愛國西路回時，小萍兒常常坐在哲文自轉車的貨架上倚著哲文的後背就睡去了，哲文之後是小萍兒一坐上來後就用一件自己的長袖布衫兒從小萍兒的背上繞她的兩只胳肢窩下，把長袖兩端在自己的肚子前綁個結來固定半路就會睡去的小萍。和秀賢才沒騎至西門的圓環，哲文就能感受到背上已沉甸甸地，還能感受到睡著的小萍兒輕小的很有規律的呼吸。一晚，秀賢騎在哲文的自轉車後頭，看著年紀還小的萍兒就坐睡在她爸的貨架上也眞不是個辦法，加上自個兒跟哲文因爲忙火生意，沒法兒顧應得了和中是多早還是多晚回的家門，秀賢是這樣萌生了向房東向房東太太把店的二樓一起承租下來的想法。

房東跟房東太太開心地答應了她們，二樓本來就只是他們堆些雜物用的。愛國西路這兒住了近十年的家裡還讓秀賢賣了出去，賣了六千塊錢。重感情的大夥兒對秀賢說得空要多回來走走看看，張太太還挽著秀賢的手邊流著眼淚邊說不捨得她搬家。

一天，愛國西路那幫的大同鄉李宗師找來了洛陽街，他進來小館之後對哲文說話也直白，說想來問問店裡還缺不缺人手幫忙。做鄰居的十年日子以來，每天肩頭上的扁擔一邊挑一桶油一邊挑一鍋爐火的李宗師這麼多年來還是隻身一個人，還是天天一早家裡做了韭菜盒後挑出去賣。哲文見著老鄰居心裡是開心的，但他心想都已經請夠跑堂招呼的人手了，哲文一時不知道該怎麼反應，就把李宗師帶入店後頭天井裡正在忙著洗菜揉麵正在備料的秀賢旁邊。秀賢也是開心歡喜的，秀賢問了問愛國西路那幫大夥兒的情況，李宗師一直不是話多能應酬的人也不大能回答得了秀賢關於其他人的近況。在秀賢明白了老鄰居是想來問哲文是否還缺幫手後，心裡是覺得幸運的。自己在後頭是已經忙不過來了，正愁呢，心裡想這些所以秀賢嘴裡說著：「這店裡後頭就我一個人揉麵、擀麵糰、包水餃、煎油餅，你看看這後面怎麼樣？」

「我看沈太太妳這廚灶利亮，妳做事情有嚴厲的自我要求。也看妳的麵糰光，我是山東人，都會想試試妳揉的饅頭。」

「不是問這個，我們河南你山東，大家是大同鄉，在哲文這店裡找你來跑堂怎麼成？你有心要幫忙，進來揉麵糰、包餃子、包韭菜盒兒，你看成事？」

李宗師驚訝地張大眼睛看著秀賢，看了秀賢後他又看向哲文，是看重自己的目光眼神。

「成！」李宗師中氣十足地喊著，接著還說，「我會認認眞眞給恁兩做事！」

秀賢哲文相互看了彼此一眼，倆人看這鄰居怎麼這麼老實個人都笑了。

民國五十二年的夏天裡秀賢每上中央菜市採買，每都聽人說到「梁山伯與祝英台」。越來越是攤上買的人也談，攤上賣的人也應合，人人都談這部電影，還可以當下就一起哼唱起來「你這個大笨牛……」的黃梅調調，讓只惦念店裡大小事情的秀賢都起了好奇心買票進戲院看這市場裡不分本省外省人，一聊上「梁兄」，就聊得興奮談得起勁的電影。這年有中國、國都、遠東三家戲院上映這檔香港人拍的黃梅調電影，全票一張16元，連洛陽街的鄰居厝邊都說上戲院看了，已經聯映了兩三個多月這時，還有好幾個太太說看了不只一次，她們說黃昏進戲院看，看到家裡飯都沒燒。孩子們暑假裡的一天，秀賢拎著小萍兒也進了戲院，原是也要帶上和中，但小館裡外都沒見他人影。還是要排著隊才能買到一張梁山伯與祝英台的票，西寧南路上的中國戲院前是買票跟買滷味的滿滿人潮，秀賢不敢大意一直把萍兒的小手牽得緊緊的。

這是小萍兒第一次看電影，她東瞧西看的，非常的新奇，對戲院電影廳裡整場黑漆漆的也感到有點害怕，入場時不知道電影正放到哪一段，漆摸黑地秀賢找著空位便坐了下來，沒買票的小萍兒就坐在秀賢的腿上。電影演到了英台被迫嫁給馬文才時，台萍就已經開始哭哭啼啼，再演到樓台會跟梁山伯的抱病含悲離世時，台萍更是哭地淅瀝嘩啦，惹得秀賢正前排左、右兩個座位的人頻頻轉頭說：「小妹妹，哭噎也哭噎小聲點吧，臺上唱得都聽不見了。」幕都走完了，台萍還是眼淚一把鼻涕一把的。電影廳裡燈亮起來後，秀賢領著台萍排隊上廁所，女廁隊伍排的很長，上完廁所下一場又要開演了，秀賢又再領著小萍兒往廳裡頭坐，剛剛進場時候電影前頭一半都沒看到呢。小萍同大家站著唱完國歌後，了解又能再看一次梁兄與英台非常的開心。台萍很喜歡媽媽帶她看的電影，**還尤其喜歡英台，因爲她們有同一個台字**。邵氏電影梁山伯與祝英台有兩個小時之長，這天秀賢跟台萍看了一半又完整的一遍，像許多看遲了回家燒飯時間的太太們一樣，秀賢也誤了店裡的準備。

這年秋天時候秀賢跟哲文已經開了小館一年多近兩年，他們見識到了颱風的不長眼。前一天夜裡雨就下得大，廣播報說是颱風大家都知道，但沒報說會這麼厲害，隔天一早起來發現水都已經淹入了一樓店裡頭，小館的店窗只是幾大扇木板，木板之間都是有縫的，店前頭的櫃檯都隨著淹進店裡的水晃盪浮沉，秀賢跟哲文是看著水越進越多的，沒淹水經驗的兩人只想得到趕緊把能搬的麵粉袋、鍋碗跟能搬的桌椅往二樓上搬了。料想不到的天災讓店裡三天都沒能開店，中華路、成都路頭一天後就已成了汪洋一片，廣播裡還說水淹有一層樓高的延平北路上公共汽車都泡在水裡。這是以後的好幾年要是再聽到颱風是西北颱，秀賢都會再想起的颱風葛來禮。和中、小萍兒學校都停課在家，第四天洛陽街這攤水退下去之後店面裡還一窪水灘，秀賢把大鍋、小鍋、平爐、碗盤、筷子、小碟兒、跟小碗搬下一樓後頭天井洗刷乾淨，哲文是整理店裡地面後陸續搬桌子、椅子下樓，把桌子、桌子的桌面、桌底、桌腳、椅面、椅腳來來回回

用好幾桶清水一擦再擦，小萍兒想下樓幫忙爸爸但哲文要她待在樓上唸她學校的功課，和中是在秀賢跟哲文沒留意的時候就出門不知道上哪去了。

李宗師從愛國西路那幫走路過來，說見大水退了就想看看店裡需不需要幫忙的出現在店門口，秀賢跟哲文都沒有意料到他會過來。李宗師說愛國西路那幫地勢高吧，水很快就退了，說他廣播新聞裡聽白光冰果店跟成都路上那一排的店面都被水淹去了就心想店裡會需要幫忙就走過來。他說一路上都是泥濘，大水退去後落下在馬路上有淹死的雞鴨跟許多無法想像能在街面道路上看見的東西。哲文嘴裡沒吭一聲。哲文跟李師傅兩人拿起水桶子又抹又擦，也一起把櫃檯給抬放到原本的位子，倆人把店外騎樓、騎樓下的幾根柱子也都洗刷了一番，李宗師忙了大半天功夫後見天要開始暗下去時候就說他要往家裡回了，哲文跟秀賢都沒來得及留他下來喝夜黑的湯，他就已經走遠了，秀賢跟哲文倆看著這默默做事的人走遠，看著他的身影沒入洛陽街上的夜色裡。水下去後的臺北很多地區不是如家館子這幫平安，西北颱葛來禮過去後，很多農收隨水淹沒付之一炬，許多豬畜家禽也都隨水而去，許多房舍被沖毀，孩子們的學校停課因爲數以百計沒了遮風擋雨屋簷的家庭湧入各個學校被收容，政府讓軍隊在各處發放糧食、清理街道跟恢復市容。秀賢和哲文知道豫西小館只是一個多禮拜沒法兒開門做生意，根本不算是受災的。

秀賢不知道不只是豪雨會淹了臺北、淹進館子，進來小館裡的還能是少年組。秀賢之前沒有聽過少年警察組，哲文從前頭板著臉進來天井裡時她手裡正拌著黃瓜的鹽和醋、李宗師正使勁地擀著麵糰。秀賢正納悶怎麼哲文面色這麼難看時，就聽哲文說外頭兩個人說找沈和中的父親，要秀賢過來前頭顧著櫃檯。秀賢拋下手上的東西跑著跟來前頭時哲文正跨步出店門，秀賢看見店前頭亭仔腳還站有穿著制服面無表情的兩個人。「孩子怎麼啦？我們和中在哪裡？」秀賢問。

「沈和中在我們少年隊裡。沈和中的父親跟我們來隊裡一趟。」兩人中的一人用不大的聲音但用不容質疑的語氣回答了秀賢的問題。一見到步出店外的哲文，兩人還同時轉身。一人近身走在哲文身右、一人走在哲文身左，像是夾在中間的哲文隨著他們飛快的腳步很快地消失在秀賢沒法兒再望見的街那頭。秀賢顧櫃檯的這一整天是魂不守舍地動作，時不時看向牆上那在柳緒文店裡買來的時鐘。秀賢從沒感覺過一刻鐘的時間是能走得這麼慢的，秀賢每個小時裡的每一刻鐘都心想哲文一定是下一刻鐘就要進門了。留李宗師一人在店後頭忙，前頭一桌桌客人點的菜當然上得慢，不過這些秀賢面前發生的事情根本沒進秀賢的眼睛，這當會兒店裡招呼不招呼得過來都不算得上是事兒了。秀賢整個人的心思是**哲文這麼一去是被帶去了哪兒？他們說孩子在少年隊裡那是在哪裡？和中應該是在金甌裡面不是嗎？我逮上學校去問還是往這少年隊去找？剛剛怎麼就沒再問問他們說那少年隊是在哪兒呢**？秀賢這麼內心來來回回、滿腦子擔心地東想西想，客人們飯後一一離開，秀賢空若木頭似地收錢找零。幾個跑堂伙計已經搬完椅子

擦完桌子都準備下工時候，給她盼見小乖乖跟哲文一前一後踩進店門，秀賢想問和中喝湯了沒有，但和中自顧自地上樓去了。秀賢進後頭煮了一大碗湯餃、煎了一張油饃給哲文端來櫃檯時哲文扳著一張她從沒見過的，一張怒不可遏的臉。秀賢等待著，她咬住自己嘴唇等著哲文吃完東西，她心裡焦急等著哲文開口講講是上哪兒去把孩子帶回來的。

少年隊把「沈和中的父親」找去。一個看似長官的人斥責哲文，橋下的沙洲遼闊，說那橋下頭竹林一遍遍也算偏僻也算天高皇帝遠，時不時我們少年隊過去就是會見成群的遊手好閒的孩子，他說不良少年遊蕩在橋下那一帶，中和那幫可是有竹林路聯盟的，他問哲文有沒有聽過？他們專會吸收像和中這樣不念書不待在學校的孩子，和中又正值血氣方剛的年紀。這是沈和中第一次被帶進來，少年隊爲保護少年、兒童安全，防制少年、兒童犯罪，預防其偏差行爲，避免誤入歧途，妥善處理少年事件，會給予輔導，先把家長找來溝通一下。若有下一次，也沒那麼多美國時間找家長溝通的。哲文沒對秀賢說出這些長官斥喝的話，哲文說：「他沒往學校去，跟同學在街上晃蕩，被帶進去少年隊。」

聽孩子沒去學校是跟同學在街上晃蕩秀賢訝異極了，她走回後頭在天井悶著頭刷鍋，一直熬到店裡關闔了門板，李宗師也都離去後秀賢才再坐來櫃檯前頭，和哲文眼神對視好半晌。哲文出聲說：「他不進學校、不念書。不念書，家裡、學校管不了，那就送去軍校。就送去當兵。」秀賢不明白怎麼小乖乖不往學校進，秀賢說不出還能把孩子送哪處學校，秀賢看孩子他爸氣成這樣，要把孩子送軍校！？那不是讓孩子更辛苦？孩子從開南帶到溪洲又到金甌，這樣讓和中磕磕碰碰，他心情不平也是自然的。自個兒沒念幾年書，哲文家裡世代也都是農務人家，是不是眞是大老粗，所以豆子也沒法兒成麥子？民國五十二年年底這時，台萍在中興國小唸五年級，哲文送和中進軍校，在桃園。

和中上軍校的第一年台萍小學五年級，第二年民國五十四年台萍小學六年級，台萍學校班導師來家裡問哲文和秀賢讓不讓台萍跟同學們一起放學後在他家裡補習，一個月補習費五十塊錢，秀賢連忙答應，任何能對孩子學習有幫助的秀賢都想要供給。再來台萍拍有一張清秀端正的畢業照，自中興小學小學畢業，台萍畢業時沒能考上初中聯招，秀賢知道哲文對此有些失落。秀賢之前已經為和中辦過入學，這次熟門熟路地領著台萍入學了中正橋下金甌商職的初中部。在這些年裡，哲文的老東家福祿壽店裡買有冰箱，還裝有台視一號電視機[64]，總是開著電視機黑白的畫面讓來館子吃飯的客人看娛樂歌唱節目「群星會」。這也是人們口中稱小包車的出租車開始竄出的幾年，以往街道上的人力黃包車被市府收購淘汰，國產裕隆青鳥的出租車開始跑上其實私家車還都屈指可數的臺北街道。

---

64 民國五十一年時臺灣電視公司（簡稱台視）正式開播，台視除了做節目之外，還和合作廠商裝配出三千架電視機，台視一號電視機就是這年始推出的。電視機做出一架就賣出一架完全不需要經過零售商，以每架四千六百六十元的市價銷售，工廠門口大排長龍，在不到一個月的時間內全數賣光。

和中稱學校難得有假讓他們出來，顯少回家來，他說放假時不想把時間都耗在等那久久來一班的火車坐回來臺北，說需要爸爸媽媽給他身邊多放些錢，他有假的時候就能和弟兄幾個搭小包車回臺北來。秀賢聽兒子說不想讓火車耽擱了回家來的時間是內心真歡喜，無論一百還是兩百還是三百塊錢都讓孩子帶去，多總比不夠好。秀賢不往三百塊錢是近工廠女工一個月的薪水上去想，孩子放假時間那麼寶貴，孩子能回來家裡的一天還是兩天真不能浪費在等火車。而且那偏僻的一個地方能有什麼好的吃？館子裡的單子秀賢全扔給李師傅去忙，孩子有假要回家來秀賢忙著燒菜給和中吃，燒所有和中愛吃的食物——辣椒炒茄子、紅燒蹄膀、滷三層肉。

這些年裡朝景美鎮秀英家去的小火車停駛、整條自艋舺車頭上新店的火車都停駛，原先火車軌道小路被開闢成汀州路以及四線道馬路，這是城的南邊。在城市西邊緊鄰著漳州街上，由政府主導，引用歐美新式建築工法建成大規模的現代住宅，每戶裝設有沖水馬桶、每層上下樓有旋轉樓梯、立面有五層樓高的公寓住宅「南機場一期公寓」完工，這現代化的南機場公寓一改之前竹瓦、木板建造的一堆一堆平房雜亂違章的居住景象，反轉了臺北城裡這幫地每逢颱風就被水淹的印象。同時在城市東邊，臺北市市長高玉樹主導民生東路新社區的興建，從美國請來專家設計規劃，說要讓此處一百多公頃的稻田區變成可住有四五萬人的美國式規劃住宅區，市長說臺北市區要往東邊發展。與此同時，在豎立有吳稚暉銅像的南京東路敦化路圓環更東去以往不算市內的地區，有邀請國外隊伍來華比賽的中華體育館的落成，這是周圍幾條道路裡最高的建築物。中華南北路兩站公共汽車車站之間，二十公尺高的戲院大樓出現在中華路衡陽街口，霓虹巨型廣告架在中華商場各棟樓頂上，夜晚的商場亮得如同地上的一排星河。理教公所旁由大陸上各省及中南部上來臺北打拼而住入的中華新村一帶，從以往讓客人能吃得飽到現在開始講求口味。這是週末假日時臺北人有閒情逛商場，有閒錢坐入在火車經過的鏗鏘聲中的商場二樓點心世界裡吃鍋貼跟喝酸辣湯的年頭，臺北人的肚腹裡開始有了油水。這幾年間豫西小館是同整個蓬勃的臺北城內、城外多少的一般百姓一起，漸漸走離十多年前那「難行能行、雙手萬能、克服萬難」的清苦克難日子。

這些年裡哲文友上加親，與房東黃先生和他一夥十來個朋友結拜成兄弟。幾個和房東一家本來就熟稔的鄰人跟朋友都是這幫在地第三第四代人，非土生土長的，就哲文一個人。一夥十六個人結拜，弟兄幾個按歲數一個個排下去，房東成了二哥，哲文排行老七。兄弟們有家裡做肥皂、肥皂絲工廠的，有艋舺車頭附近開檢字排版印刷廠的，有蒸籠號的，有大理街上開小吃店的，有和平西路巷子裡的兄弟兩個，一樓弟弟開當舖、二樓哥哥教人裁縫，有開在龍山公園旁的金紙佛具行跟嫁妝行。幾個結拜兄弟們時不時地互通有無，遇幾個哥哥們慶生祝壽時會全部聚在一起，也會聚會在豫西小館裡吃喝的，小館裡要騰出三張桌子，才能坐得下哲文全部結拜兄弟。也是這機緣的牽引給李宗師討到了一個媳婦，陳家順。

陳家家裡這女孩子是乖順乖順的，什麼都好不過她生來暗啞，所以原本陳家也沒有想要把她嫁出去的意思。陳家跟蒸籠號王家做鄰居已經多少代人了，知道了豫西小館這裡的頭家是自

己好厝邊的結拜，還聽王家人說這館子裡有個還未娶妻的外省人師傅人很穩定人很不錯。陳家人來過館子裡吃飯，陳家長輩看到了李宗師幾次，陳家人想外省人就外省人嘛，家裡祖代以上不也是從福建過海溝來的。他們帶著家裡乖順暗啞的女兒又過來時是同哲文跟李師父坐下來談的，陳家人不標準的國語與哲文跟李宗師鄉音濃厚的普通話一來一往應對。當雙方的溝通含有相同心意在其中時，話語標準不標準還是鄉音不鄉音這些就不太重要了。憨厚的李宗師沒想過自己這三十好幾年紀、沒家產、在這幫沒家族親戚的人能娶到媳婦，他完全沒看聾啞是殘缺，他看陳家這閨女面寬白淨，還有雙很溫柔的眼睛，他心想一**女孩子能有這樣溫柔的眼睛應該也會成爲一個溫柔的母親**。

這門親事很快就在豫西小館裡開桌吃了，陳家人很乾脆，給女兒準備有簡單的嫁妝還不討聘金，哲文的結拜兄弟蒸籠號王家成了主婚人。秀賢跟哲文是有給李宗師出些主意，說陳家不收但多少是個禮數，李宗師就有給自己的丈人一家補送去一條金鍊子。陳家順才進門沒多久，從她升起灶火的不徐不急李宗師看得出來自己娶到了好媳婦。生意越做越穩的豫西小館裡也就此有李宗師才討著的媳婦進店後頭爐火邊幫忙，陳家順看老闆娘秀賢跟自己先生的動作就挽了袖子跟著做事，手腳反應一點兒不差，一切就像是自然而然。反而是秀賢有時感覺太自然，沒反應過來李師傅的太太是聽不見的，直接就對她以對一般人的方式說話，說做吃食第一要新鮮，第二要衛生，第三要價錢合理，第四是常常送菜上桌時觀察客人需要。之後的日子秀賢看李宗師同他太太講話的方式，讓她意會到要面對著李太太讓她看得到自己的嘴巴，李太太能從動著說話的嘴巴聽明白人說話。哲文跟秀賢從沒見李宗師對她動作大過或聽李宗師對她大吼大叫過。有時秀賢不經意地說出口的是在市場裡買菜應對的河洛話，李太太也能反應過來秀賢的意思。剛開始時秀賢稱呼她李太太，李宗師都會說請老闆娘快別這麼叫了，他們不敢收受，請秀賢就喊她阿順吧，這般才合適。秀賢一開始眞沒能喊阿順做阿順，但時日一久，秀賢喊李太太阿順也感覺自然，這是久而久之心裡從禮貌性的稱呼她到視她爲自己人的轉變。阿順耳朵聽不見，但相處的日子一久，秀賢覺得她能用其他的地方聽見人說話。

每晚裡外的跑堂幫手們跟廚灶邊得力勤快的李宗師夫妻收拾離開後，哲文理收支帳目，秀賢也會坐來前檯哲文邊迄。秀賢跟哲文倆人每每看著盈餘越來越多的帳目，每每對彼此說有這樣的生意眞的逮要好好珍惜，日子可是越過越好了，過得輕鬆的日子讓人感覺時間是出溜[65]走的，跟著哲文出來多少年了！秀賢感念一路都是好人相助，感念竹南的郭家人，是郭家讓她在臺灣這裡對張羅一家店裡的生意這事兒有近身的經驗、哲文的結拜黃家一家人、老鄰居李師傅的來店裡幫忙……心思走啊繞的，秀賢也會思念起大哥跟開了三四間店鋪的父親。父親顧裡想外的生意頭腦、父親那讓鋪子上客人也好，請的工人也好都心服口服的風範，自己現在的思想處世跟接人待物是否有父親大人的一半強？這種念頭奔在血液裡常常給秀賢莫名的動力，會覺

65 出溜，河南口語，是快速滑落的意思。

得自己什麼都做得來，也因爲肚腑裡的想念秀賢做出更多家鄉的滋味，像是雞蛋灌餅、漿麵條、胡辣湯、不翻湯跟油饃頭。

雞蛋灌餅——秀賢清楚記得家裡的工人老媽媽在她跟哥哥們嚷嚷肚子餓但還根本不是喝湯的時間時，都會用這點心塡她們的肚子，「雞蛋灌餅」這名稱是她上學堂後在巷子口邊迄買吃食的攤子上懂得的，家裡的老媽媽不這麼文縐縐，都只是說扯張餅子，給妳們塡塡肚子。老媽媽的做法是秀賢小小年紀就看得出來較外邊攤子聰明也利落的，老媽媽會烙烤油酥麵糰的單面至全熟，翻面後餅糰會中空澎起，這時用鐵鏟開通一個縫，趁著鏟還在餅裡邊，把打散的雞蛋沿著鐵鏟灌入，灌完雞蛋再繼續烙餅烤至全熟就起鍋。哥哥們在餅上塗抹甜麵醬後會捲起大蔥吃，秀賢會香椿的季節捲香椿，香菜的季節捲香菜。老媽媽手裡鏟子的動作、拿捏的時間感跟蛋液的流暢感讓孩提時的秀賢就知道她的滿足是來自塡滿的眼睛跟塡飽的肚腹。

漿麵條——洛陽的冬天乾冷，做漿麵條不容易，但來到臺北，多半是溫暖的天，又經年都潮溼，所以初次一兩次做時，秀賢做出來的漿麵條是比老媽媽們做給她吃的酸了點兒。做漿麵條是讓豆漿放至發酵變酸後加入麵粉拌勻成糊狀，擱爐火上煮到沸滾後下入麵條，待起鍋後拌入麻油、鹽、辣椒跟芹菜調味就成了。這樣的一碗漿麵條，只要是洛陽人聞到，嘴裡就會自然地流滿口水。

胡辣湯——矇一吃胡辣湯時會以爲這是有肉末的酸辣湯，但細細地吃會知道這跟酸辣湯是兩樣菜。秀賢的胡辣湯用筋麵、粉條跟肥豬肉，佐以花生仁、泡麵筋、芋頭、金針、乾薑、蒜片跟蔥花，掌有糖、鹽、花椒末、茴香、醬油及胡椒。秀賢不計量，每次煮每次心底斟酌各個食材掌多掌少。河南人客人說喝了這裡的胡辣湯，全身感覺通體舒暢，口齒溫麻香辛，有些客人每次來每次都點一碗，說這湯湯碗裡映疊交雜做小孩子時的記憶。他們說來小館裡吃飽很重要，他們說來小館裡吃飽了就不想家。

不翻湯——秀賢用綠豆粉絲、海帶、木耳加入蝦皮、紫菜、韭菜一煮一大鍋，以胡椒、食鹽調味，不翻湯有咬入口的香脆咀嚼，有喝入口的油滑不膩。老城家裡父親特別鍾愛這不翻湯，父親對秀賢說過，河南人喝這湯歷史悠久。秀賢現在臺北城裡邊煮這鍋湯，心裡都邊在問著父親是多悠久的歷史？站在豫西小館這後頭的天井裡，秀賢心底問過父親，**您想不想嚐嚐您閨女的這不翻湯？**

秀賢每天清晨買完菜便栽頭在小館裡忙到夜黑，而秀英是每天忙著給景美國小裡一雙兒女送午飯，這幾年裡兩人難得見得到面。是柳緒文時不時夜晚收起店鋪後繞來洛陽街上，來小館喝碗湯、來小館跟哲文聊現在艋舺的生意、聊周遭一圈的老鄉們，緒文也會提及現在念景美國小六年級的忠德常拿全校第一二名，也說他低年紀的女兒也念的不錯。這已經是民國五十六五十七年，是和中被分發往馬祖當兵的兩年，台萍就讀金甌初級部的第三年。秀賢現在請有幫忙洗衣服的阿桑，若遇洗衣阿桑請假回鄉下，台萍也是能阿桑請假幾天就堆幾天衣服，自己貼身穿的小褲頭也是脫下來就堆著，台萍是從小到大沒有搓洗過衣服的，她也一個碗都不需要幫忙來小館後頭洗，不過台萍一直都沒惹哲文和秀賢心煩過。是兒子和中，牽著秀賢的擔心。

館子裡的生意好，天天做吃食給人吃，更是常常讓秀賢心疼那遠在偏荒馬祖當兵的和中。是秀賢爲了要能聽到和中報平安的聲音，要哲文趕緊給館子裡申請裝有電話線的，花這萬把塊錢秀賢不多想一秒鐘，掏錢申請電話線事小，倒是秀賢乾著急地等來裝電話的電信局等了幾個月的時間，秀賢是個急性子。和中有打電話回來說馬祖風大又冷，少吃沒穿還沒水沒電的。秀賢親自去老鄰居米行陳國賓家、去哲文老東家倆老闆家裡問，問有沒有認識在外島上有辦法的人，她想至少可以託人帶吃的帶穿用的給和中。輾轉了多少層的幫忙，老鄰居老里長陳國賓回覆秀賢道可以海運過去給和中，是透過一個在外島服務處小同鄉的幫忙。秀賢什麼想得著的都託過這小同鄉運，什麼都被攔了下來，秀賢站往這小同鄉的角度想，**是啊，這樣他人比較不會察覺有異狀，而且拖運滷菜滷肉那些是爲難人了**。不過禁不住秀賢的鍥而不捨，每個月是讓秀賢往馬祖寄運去兩大籮筐的香蕉。秀賢也拜託他給和中帶錢去，在外總是需要錢的嘛，怎知這小同鄉回絕秀賢還笑稱隊上每個月有給零用的啊，他還笑問秀賢知不知道馬祖是一個什麼樣的地方，說和中沒地方使錢的啊。

全臺實施九年國民教育的民國五十八年，李宗師喜獲麟兒，這是他比多半初做人父的人都還大的年紀才得到的孩子，秀賢要阿順回娘家好好地坐滿月子後才讓她回店裡繼續幫忙。李宗師給兒子取名李想成，心裡盼成心想事成。這年夏天裡台萍在信義路金甌商職的高職部一年級將升二年級，她不是怎麼期待媽媽說的今年裡卽將退伍回來的哥哥。**哥哥這兩年多以來回家的次數一隻手的指頭數得出來，但哥哥少少回家來的那幾次都很奇怪，不是跟爸爸叫嚷說要在住**

處樓頂蓋鴿籠養鴿子，說他部隊上的朋友家就有，不然就是那一次晚上她睡得迷迷糊糊時被哥哥奇怪地揉搓自己胸部給嚇到醒來。多年都沒在家裡生活的哥哥要退伍要回來家裡是什麼意思？館子頂樓上要養鴿子了嗎？台萍心裡沒有期待反而是有點害怕。另外那一次爸還嚴厲地吩咐自己坐入櫃檯不準離開半步，爸用的是不同以往的命令口氣。那時哥放假在家啊怎麼不吩咐哥做這事兒？怎麼會這麼奇怪。這年還在夏天日子裡的九月，全城沸騰地迎接在威廉波特贏得世界少棒大賽冠軍的的金龍少棒隊回臺，金龍隊首度參賽，三戰全勝。好幾輛吉普車上載著少棒隊隊員沿街遊行如民族英雄般地接受歡呼，衡陽路、中華路、連接商場的幾座天橋上人潮是擠得水洩不通，慶賀的炮竹聲不絕於耳。秀賢沒去湊熱鬧，前一個月裡也沒有漏夜地守在電視機前加油，這是當然，台視一號一臺賣好幾千塊錢，每年還需要申請執照，小館裡至今都沒裝有電視機。秀賢滿心歡喜期待的是，兒子的退伍回家。

秀賢交代店前頭跑堂的說店裡隨時要留有張空桌子，說這樣回到家後的和中天天下樓時要喝湯吃饃才方便，不僅這樣，本來就在灶火旁忙地大粒汗細粒汗的秀賢還會特別爲和中準備他愛吃的菜，孩子當兵那麼辛苦，少吃沒喝的，秀賢如果能夠，這幾年都願意替孩子服役。剛從每天早起就操練，常限水停電的駐防部隊退伍回到洛陽街家裡的這一陣子，和中眞是舒服滿意。邏輯薄弱、個性直率魯莽的和中在部隊裡很受長官刁難，加上他沒有能言善道的口才，被長官刁難後會硬碰硬，常被視爲以下犯上、被視爲不聽教訓，和中在馬祖這兩年多裡吃足了苦頭。少尉退伍下來的和中要些也退伍下來的弟兄只要往臺北來就來找他，說到他家裡來吃飯。

小館裡時不時有剛退伍下來的年輕小夥子們來找和中，他們坐下大口吃著秀賢烙的油餅吃館子裡的水餃，秀賢端菜出來時總會說別的菜不會做，只會做我們家鄉這些個土味道的菜。每每一幫年輕小夥子淅瀝呼嚕地邊吃邊說眞好吃時，秀賢聽著是眞高興。

秀賢還會給每個孩子們飯後一人開一罐鳳梨罐頭，這和中、台萍都愛吃的鳳梨罐頭。雜貨店裡都賣有不捨得被丟棄的鳳梨心曬乾後削皮製成的零食，鳳梨心是罐頭廠不要的部分，而鳳梨罐頭罐罐都是賣去國外的品質，浸糖水的鳳梨由機器切片後片片大小一致厚薄均勻，一開罐後是濃郁鳳梨香甜味道撲鼻，人人都愛吃。台萍見著母親讓哥哥和他朋友們一人一罐，嘴裡咕噥咕噥直說偏心，秀賢當著那些孩子的面，那些和中的朋友們跟前不好說自己閨女些甚麼，過了好些天台萍都還會重複滴咕母親說怎麼都沒讓她自己一個人吃過一罐鳳梨罐頭。所以秀賢開始每天晚上喊台萍下樓，每天給她開一罐鳳梨罐頭讓她吃，這是別家孩子可是在感冒發燒時都還不一定有得吃的鳳梨罐頭。秀賢不管在店後頭有多忙，一定記得嚷台萍下樓來吃鳳梨罐頭，十天半個月後，台萍也就換了嚷嚷，她開始說：「我不要下去了，下去後媽就要我吃鳳梨罐頭。」

孩子退伍後秀賢沒想過讓他栽進來後頭煤爐湯鍋旁幫忙，後頭這麵粉僕僕是又熱又辛苦的。哲文的結拜林金朝林師傅在幾個弟兄們聚在小館裡吃飯的時候有在桌上向哲文提過，說如果和中想找事做，可以進他的檢字印刷廠來工作，他廠裡忙，很缺人手。既然五哥有這麼提過，秀賢才向林師傅開了口，秀賢心想反正和中年輕，多看多做都算是學習，倘使不能幫到大忙至少能給五哥幫些小忙。和中就這麼被秀賢領著往西昌街上五哥的金朝印刷廠去了。五哥親自帶著秀賢及和中走繞一圈細細地看，邊看邊解說自己的廠裡。五哥說他廠子跟西昌街、內江街、貴陽街及和平西路這一帶的同行鄰近著民族晚報、聯合報、中國時報跟新生報這城裡最大的幾家報社，他們和報社互相需要。像報紙、學校用的試卷跟講義、臺北各公司行號託印的文書刊物，大致來說凡是紙張上的資料需要多張複印的，都找向這幫的活字印刷廠。「活字」這些可以重複使用，可以移動排列的膠泥、木刻的、或金屬鑄的字塊是手工抄寫或雕版印刷之外這年最經濟的方式，當需要複寫的量一大，這是勝於手工抄寫的唯一方式。廠裡第一區是手工檢字排版區，請有檢字師傅從鉛字架上揀選出一個個需要的鉛字，然後由排版師傅依客人的文章一字不差地排版出來，再來是由排檢區域的師傅做一遍檢查，檢查校對或補字後還打樣做確認。廠裡的檢排師傅們不但心細也都有些文化底子，遇到字跡潦草的手寫文字，師傅們能正確地檢字還有時會潤飾過字句讓文章通順才進行打樣跟印刷。五哥說他請的檢字、檢排老師傅還有當年在日本人的「日日新報」工作過的。

雖然隔行如隔山，但秀賢聽得出來在日人的報紙工作過那是功夫了得的。秀賢認真聽五哥的介紹，秀賢覺得五哥做印刷做的是學問事業。秀賢看向那一扇又一扇前前後後數扇的鉛字字架，心裡由衷地佩服能從這麼多字裡邊一個字一個字撿出來的師傅，秀賢說：「中國字不知道有幾千個吶，師傅們能字字認得還能從這些架子上找得出來眞是不簡單！」五哥聽著笑了，說

其實如果不是特別的情況，文章需要的字不出那兩千多字，他要秀賢可以日常注意看看，其實報上會看到的，日常印刷刊物上會看到的，很多是那幾個字的重複，看排列不同而已。五哥說他請人不看年齡，只在乎個性細不細心，若要要求人不出錯是不可能的，真出錯了的話就看訂正的態度。五哥說，還未出師前把事情一直重複做，反覆做久了也就成師傅了。秀賢聽得出來五哥是個有度量的老闆，這又是對社會這麼有貢獻的事業，這天秀賢覺得把和中拜託給五哥，給這幫師傅帶領著做事真是拜託對了。家裡老人都說習有一技之長放在身上總沒錯，反正技能放身上也不是會讓人提著累或背得重的東西。秀賢想**孩子擱五哥這幫不求出師，但總能學上點東西**。

又是將過年的古曆臘月裡，幾個結拜在聚餐時五哥是沒向秀賢或哲文多說什麼，但屢屢和中晚上進家門時是火氣很大都像賭氣似地，今天西說一句無聊死了做不來，明天又東說一句天天窩在那油墨子裡怎麼追得到女孩子，沒聽五哥說些甚麼但秀賢和哲文心裡是想也不能硬是勉強孩子。到年節前這幾天和中嚷累，嚷說那廠裡忙得跟龜孫似的，說他眼睛看得都看花了，他不會再去了。和中天天待在家的這一陣子台萍在鄰居厝邊的孩子嚷她：「小姐姐，來我家看電視，《晶晶》[66]要開始了喔。」的時候不能如以往般過去鄰居家，因爲爸爸要離開櫃檯時總是喊她坐進櫃檯裡。幾次哥哥不知道從哪兒竄回來，還會直接進來櫃檯要來開櫃檯的抽屜，她不讓哥哥拿錢時會被和中魯莽地推開。

66《晶晶》是民國五十七年才創立的中國電視公司在民國五十八年十月播至五十九年二月的親情倫理電視劇，描述在政局動盪不安的年代，一對母女因逃難失散，而後互相尋找的故事。電視劇播出後造成轟動，女主角晶晶的造型還流行一時。

第五章　只要家裡供給得了的就要供給

以往人人轉開電視只有台視一臺電視節目可以收看，到這民國五十八年裡大家不再是只能看台視的「群星會」，一到中視連續劇「晶晶」的播出時間，鄧麗君她那帶些童稚又有著淡淡哀愁的嗓音流轉在買有電視機、請領有電視廣播接收機執照[67]的家家戶戶裡。電視機前的大人

67　隨著電視的普及，部分國家採用了另外附加的電視執照制度，而其他國家則是用調漲原有的廣播執照費用作為電視執照費。中華民國由民國四十八年開始收取《電視廣播接收機執照》費，民國五十二年國防部會同交通部修正「動員時期無線廣播收音機管制辦法」為「動員時期無線廣播收音機及電視機管制辦法」，規定裝用無線電廣播收音機及電視接收機者，均應依照民國四十八年交通部頒發之「廣播收音機及電視接收機登記規則」向當地電信局領取執照，期滿後換照，收音機裝有調幅設備可作收報機之用者，並須將所領執照送請警總當地電信監察機關登記，未設電信監察機關之地區，則由當地電信局代辦，並限制電視機使用頻率為174-210兆赫，凡由國外進口之電視機頻率超過所規定範圍者，須於截除後攜帶證明，送請當地電信局核驗發照後方可使用。執照費的收取，則依行政院於民國三十九年訂定之「臺灣廣播無線電收音機收費暫行規則」規定，每季應繳新臺幣10元，關於執照之換發，原係每年由郵局派員至用戶登門收費換照，因收費不甚理想，故民國五十九年改為一次收費發照，不再逐年換照。迄至登記規則頒布施行後，改為每年繳交新臺幣30元。交通部於民國六十六年配合新聞局的「廣播電視法」修正「電信法」，取消收音機及電視機之管制。

小孩都會一起唱著主題曲，「晶晶，晶晶，孤伶伶，像天邊的一顆寒星……」中國電視公司開播的這年年底，還播出了彩色新聞，若哪一戶有能播彩色節目的電視機是街坊間轟動的大事情。電視連續劇節目跟彩不彩色的電視新聞挨不上一點秀賢忙碌日常的邊，不過秀賢進出鄰居的灶跤[68]時，眼睛有落在「大同電鍋」上停留過。鄰居太太直說電鍋煮出來的米飯又好吃又省事，是插電煮的，說誰想得到插上電飯就煮好了。鄰居太太說熱稀飯也不再需要照顧柴火，直說真想不到能有這種好東西做飯。秀賢是瞧了電鍋好久，但她衡量小館裡跟鄰居太太家裡三餐食米飯不同，小館裡還是需要柴火起的大鍋滾水跟架上大平鍋來烙油饃，秀賢想這東西買進小館裡不好使。觀摩觀摩之後秀賢跟著一起稱讚，稱讚現在人的頭腦真厲害，能做出這麼個好用的東西。秀賢手裡花不了這個錢。

古曆年節裡緒文秀英一家跟秀賢哲文一家，倆家八口人團聚在一塊兒圍爐，秀英跟秀賢難得又秤不離砣地對在一塊兒，倆人待在後頭的灶火邊忙碌，手上忙個不停嘴裡也聊個不停，她們把所有的事情都掏出來對彼此說，像回到當年那還在開封城裡的日子。台萍也跟柳叔的兩個孩子柳忠德、柳馥華很是處得來，台萍大姐姐般地領著他們看她的收藏——小館裡吃飯的客人落下的火柴紙盒兒。台萍收藏有扁盒的、長盒的、各式形狀各式顏色的火柴盒子，幾個上頭印有特別圖案的火柴盒兒是台萍的珍藏，台萍會要忠德跟馥華可是逮在身子上或褲子上把手心、

68 灶跤。臺灣話，tsàu-kha，是灶火邊、廚灶邊、料理食物的地方，是現在的廚房。

手臂抹抹乾淨才能碰這幾個盒。台萍還帶著他們上街邊柑仔店買白雪公主泡泡糖，所有的孩子都喜歡盒子裡有一張三國誌、或封神榜的人物畫卡的白雪公主泡泡糖，不一定能吹出泡泡但不用掀開薄薄的泡泡糖紙孩子們的小鼻子就已經聞得到香香甜甜的味道。台萍念小學時有好不容易得到五毛錢的話，她買來一盒之後會分塊珍惜地吃，一嚼一整天，覺得甜味還沒吃淨的還會吐出來用泡泡糖紙再包好收起來，就是那麼愼重的吃。那時愛國西路家外面那幫玩伴們還說要集滿整套一百張畫卡，說集滿整套可以換腳踏車來騎，當年台萍還想如果眞那麼做那是逮跟媽媽要多少五毛錢！台萍一直到現在都不太怎麼跟爸爸媽媽要錢，小時候看哥哥騎或路上看別人騎覺得很拉風的自轉車台萍自己是不敢騎的，她覺得自己會從車上掉下來。現在台萍看著忠德跟馥華小心翼翼從盒子裡掰下一小塊放入嘴巴的動作就一秒回想起自己的小時侯，台萍想，**自己小學時候吃白雪公主的開心模樣應該跟他倆一樣吧！**

大過年的日子，兩對夫妻聚在一起喝湯吃饃之前先喝著酒配著下酒涼菜。閒聊之間喝了酒的柳緒文開懷地對哲文說：「咱們倆家一起搬去永和鎮住。」柳緒文稱臺北市鐘錶眼鏡公會裡的同鄉，也是哲文的小同鄉已經在中正橋下溪洲市場附近向當地人買了房子，說那不就是之前和中跟小萍兒上學的那攤兒地嗎，說要哲文一同去看看。秀賢聽得出來緒文的意思，不過秀賢也知道哲文是對柳緒文的提議、那緒文口中同鄉的做法是吃驚的。秀賢怎麼會不明白哲文那直走不拐彎的腦袋。秀賢明白哲文壓根沒要動銀行裡存的錢，如果她自個兒是賺一塊錢只捨得花兩毛錢，哲文則是更摳屁股唆指頭[69]的節省，更別說要讓他去銀行提錢出來買房子！正經努力的大夥兒這麼多年來是掙得了錢，不過一起過來的大同鄉、小同鄉沒有在臺北買房子的，沒有要把根紮下去的想法，就是反攻大陸成功時收復失土之後要回去才方便。大夥們有個能活口的工作外還能掙有錢的話，錢都是攢著的，意思多是，攢的錢多，到時興許還能買飛機票用飛得回去，不都是盼著要回家鄉的嘛。還在年節裡，反正小館也不開門，秀賢抱著的打算是反正看看也不掏錢，一兩天後是說服哲文同緒文去看看了，三人乘5路公共汽車往永和鎮去了。

三人往返河那頭的博愛街、豫溪街跟河堤邊巷弄好幾次，絡繹蓬勃的溪洲市場裡也去看了。雖然說哲文沒想動銀行裡他們點滴攢下來的錢的意思，如果是放在頭前幾年，那還常聽人唱「一二三到臺灣，臺灣有座阿里山，阿里山上種樹木，我們就要回大陸。」的那幾年時秀賢也會是同哲文一樣想法的，也是會對柳緒文這說要掏八萬多塊錢買間屋子的做法訝異吃驚的，**但是這已經十好幾年過去了，阿里山上的樹木都能長得多高了！**和緒文看了房子後，秀賢說錢買這公寓一樓跟錢放銀行裡反正一樣意思，她對哲文說現下做現下的打算，反攻回去那時再想那時的法子，哲文也就沒再多說其他。於是他們一起買下了中正橋下挨著河堤，五和新村旁邊

---

69 摳屁股唆指頭，河南俚語，字面意思是上廁所不捨得用草紙，用手抹淨後還會不捨得用水洗，用嘴吸允乾淨手指。比喻人非常節儉不花費。

巷子裡的公寓一二樓，柳緒文被颱風淹水淹過泥巴屋子，執意要二樓，秀賢跟哲文是因爲開小館做生意的習慣覺得一樓進出方便，剛好就想買一樓。

河這岸的中正橋下有著多處熱絡的市場，有許多中南部各處上來臺北打拼的人落點在這兒。許多各地遷入的人家包括家鄉淪入共產黨手裡，自大陳島撤退的大陳義胞。大陳義胞他們原本和總統府隔著一條河安家落戶，他們原本圍地建屋在堤防外的河灘地上，堤防外是當地人沒想過能住人的土地。一家家大陳島人只憨厚地圍起六七坪大的土地，那是人落下來，用竹子木板圈起一塊地就建成「五和村」的年代。這幫[70]大陳人和秀賢知道的其他省分撤退來臺的人都不同，他們整村整家族人乘軍船來臺灣，來這裡的戶戶人家都有家族干係[71]，他們備吃食的方式或是過年節的文化都繼續著大陳島上的傳統習慣。再過來的日子，八七水災把河灘地上的

70　這幫，河南方言，是這裡、這邊的意思。

71　民國四十三年十月起中共軍隊開始對大陳列島進行軍事行動，此大陳戰役即是第一次臺海危機，其間護航驅逐艦、太平艦遭共軍魚雷小艇擊沉。民國四十四年1月18日一江山島失守，與一江山島相隔極近的大陳島勢必失去屏障，加上距離臺灣本島過遠以及金馬陳皆不在美國防守的範圍之內，因此中華民國決定自大陳島撤守，在美國協助下擬定金剛計畫。於四十四年二月八日展開，四天之內，撤退了大陳島上所有的居民，當時除了一名86歲老人守在早已為自己備妥的棺木旁死活不願離開，50多名被國民黨認定是「通匪」分子而關押在水牢的人犯，以及出海捕魚未歸的漁民外，大陳全島居民當年基本全數都被轉移到臺灣，共一萬餘，加上軍隊共計兩萬八千人。

所有東西隨河水沖流而去，大陳人才開始遷入堤內的新生地，「五和村」被政府安置成「五和新村」，五和新村的老人們淳樸知命，稱收音機裡說中南部的多少人家老祖宗都淹沒在水裡睡幾天幾夜的，水沖走他們河灘上的家當這事算甚麼大事。老人家們說就因為氾大水也因此又受政府照顧遷進來堤內住，所以啊，是受福還是受災，這說不清的。大陳島秀賢沒去過，聽著鄰居大陳老人們的平鋪直敘，秀賢點頭稱是，秀賢十分欽佩大陳人的隨遇而安。

秀賢和哲文沒搬家過來，她們打算出租房子給人，緒文跟秀英則是沒多久就全家從景美鎮搬進永和鎮。想想一起搭船來的同鄉們、想想哲文那些部隊上的同袍們退下來後過日子的方式，秀賢以為跟柳緒文這樣買下房子才是腳踏實地的做法。緒文跟秀英住進這屬於自個兒的房子裡，他們住得顆眉了[72]，也是他們一搬了過來，秀英又發現自己懷上了。

年節之後小夥子康運清踏進店裡的時候哲文第一眼還沒認出來，只覺得這人面善。是他直盯著自己還開口道：「開封人康運清，屬小龍，當年竹南火車站前結識了擺地攤的大嫂，大哥您還記得不？」哲文才回想過來的，哲文連忙從後頭喊秀賢來瞧瞧，瞧是誰踏進了小館來。秀賢很是驚喜開心康運清能在臺北城裡找著她們。雖然依舊是清瘦孱弱的身板，不過當年那站在自己攤子前的年輕小夥子現在眼裡熠熠有光，身還穿有的是整套合身熨挺的衣衫。秀賢招呼他

72 顆眉了，是河南人說可美了的發音，可美了，河南方言，真是美好的意思。

坐下，隨即端上桌烙好的油饃跟家鄉的胡辣湯，秀賢還坐上桌歡喜地看他喝湯吃饃，以一種有朋自遠方來的心情同他敍舊。康運清說申請下部隊後就只抱著一個目標——考進公家單位，念書考試也真的給他拚進了戶籍課單位，一開始是被分配進湖口鄉服務，幾年後他再參加單位內部考試，加上兩年多前臺北這攤改制成院轄市，許多個鄉鎮南港啊，士林鎮啊，北投鎮啊的這些都給併入了臺北，所以自己給調派了上來，算是來支援臺北單位的戶籍登記。他還說臺北真是大都市，家戶真是繁華密集，上來臺北查戶口收集戶籍資料這些真是湖口那幫地沒法子想像的。

秀賢聽了很佩服，很佩服他苦讀進公家機關，佩服他做著這麼對社會有貢獻的工作。秀賢腦子裡同時轉了好幾圈康運清說的院轄市、南港、士林、北投鎮、跟查戶口的事情，還不忘問道：「是怎麼知道你大哥跟嫂子我在這幫做小生意的？」康運清回道：「要被調派上來多久不知道，一年半載是說不定的，所以往湖口那幫、竹南那幫都回去打招呼說要離開，竹南火車站前那賣滷肉飯的年輕夫妻見我回去問大哥大嫂您倆兒的消息，他們說一直跟您們保有聯繫，說您倆現在不簡單，在洛陽街上自己開起飯館兒了！這事我一直記在心上，剛巧今個兒來萬華這攤辦事兒，就想著要來洛陽街上找您倆。這店好找得很，別樹一幟，不怕信不著[73]，店裡外還利利亮亮同您倆人一般。」秀賢聽了直呼彼此有緣，真是有緣，打散在各處都還是能聚在一

[73] 信不著，河南方言，是找不到的意思。

起。不過秀賢心裡是想，**也是康運清有這心思，現在有成就了，還惦念著往年生活沒這麼容易時結識的朋友。**

秀賢拜託康運清介紹個工作給正滿二十二足歲的和中，康運清二話不說答應了下來。他說當年郭家騎樓下跑來跑去的孩子現在已經長成這麼大個兒了，說算是看著和中長大得嘛，也說承大哥大嫂看得起，自己推薦和中進戶政是沒問題的，但一定是從最打雜的基層開始，不一定是現在自己所屬的城中區這幫。秀賢聽他答應推薦和中進戶政單位就覺得已經是大大幫忙了，怎麼可能挑三揀四的，秀賢非常慎重地道謝。哲文是彆彆扭扭地覺得怎麼能託人幫孩子找工作，哲文的意思是孩子如果做得好還好，如果做不好不是辜負了他的保薦。康運清回說戶政裡不是部隊上，業務正經是正經但沒有生死一線那般的性命攸關，況且最基層的工友之後考不考試、升不升等還是看個人努力的，要大哥快別見外了。就這麼在康運清的領進門幫助下，和中受雇爲工友，服務於市外樹林鎮裡的戶政事務所。

和中每天自家裡萬華往返樹林，熬了幾日之後他對舟車交通跟戶政裡的打雜工作百般不耐煩。連幾日晚上台萍都聽哥哥進門後對爸爸媽媽嚷著要買摩托車騎，哥哥大呼小叫的聲音和理所當然的態度讓台萍都不知所措地躲開。哲文是一連好幾天都板著一張臉，**那臺和中念軍校之後可能就沒再騎過的伍順還停在後頭天井裡不是？**哲文經常擦拭經常上油，**擺著一臺好好的車不騎現在還要另一臺車，這是浪費。**秀賢是冷冷漠漠地回覆兒子說要吵要鬧的話他可以上別處

去鬧去。和中硬要車不成，隔了幾天後在後頭廚灶裡跪下來對他母親道歉，他一直道歉，淚眼婆娑地要媽媽原諒他，說他都是因爲不想辜負了家裡幫他找的差事，不想耽擱在交通上而遲到，說他是求好心切才急了，說媽媽一定逮原諒他他才會起來，聲音非常哽咽。和中一認錯秀賢就軟化了，**還想前幾天都誤會了和中，兒子現在朝九晚五奔波至樹林，那可是板橋鎮還要再更過去的一攤地，孩子掛記著是託人介紹進去的不敢遲到，這樣也給孩子壓力太大了**。秀賢一心疼眼眶裡也就盈滿淚水，她要孩子乖乖趕緊起來吧，說李宗師夫妻倆就在旁邊看著呢。

接下來的好幾日，和中晚上回到家後就圍著秀賢問：「媽……這哪一桌的？我來送進去。」或說：「媽做的油饃別處沒得比。」早上也見他很早爬起來梳洗，模樣正經出門上班，一反以往的拖磨闌珊。秀賢心想，**自己兒子眞是爲人工作後就負起責任了，心裡很歡喜驕傲**，所以在一次母子單獨相處時，和中很是好聲好氣地說希望爸爸媽媽能買一臺「三陽豹摩托車」給他，他好上班方便時，秀賢答應了。秀賢不確切知道三陽豹這車什麼模樣，不過秀賢知道**買一臺摩托車不是花幾千塊錢而已的事情**。

三陽車廠新穎的廣告單上寫這是年輕人出社會就應該擁有的一臺車。三陽豹65是前一年因應政府限制50cc機車不能雙載的法規下推出的車款，外觀時髦酷炫，臺灣廠出的三陽豹車上還刻有「三陽豹超級跑車」字樣。三陽豹65的變速系統爲四速循環檔，檔位綿密且加速很快又順暢，是當下最拉風的小跑車。電瓶沒電的情況下車子可用腳踩方式啟動，電門開關跟一般車不一樣，原廠將開關設在座墊左側下方，再再都是不同以往車型的特別設計，非常吸引年輕人，沈和中就包含在其中。

哲文來回前往三陽的總經銷商好幾次。去的第一次問著了價錢，他覺得吃驚，身上也沒揣兩萬多塊那麼多錢，哲文回來店裡對秀賢說了價錢，說這麼大筆數目。以前愛國西路住的時候哲文總說孩子們讀女師附小以後不用當教授那麼頂尖，當個規規矩矩的老師都很不錯。哲文也說過家附近公賣局、法院、司法院、臺灣銀行那麼多公家機關，如果孩子倆將來沒能做老師，當個腳踏實地的公務員也不錯。秀賢現在就是這麼對哲文說的，他們還小時你不是就期許他們長大後進公家機關？現在康運清把孩子介紹了進去公家單位，就是單位離家遠了點兒，看孩子現在認分地做事，只要家裡供給得了的就要供給他。孩子也是騎了車好上下班，是用做在正途。秀賢說錢再賺就有了，而且都已經答應孩子了，她要哲文明個兒早點去銀行提足數目。哲文提足了錢，他再一次前往經銷車店行但還是沒買著車，車行說幾個人也拿著身分證在排著等呢，工廠產量應付不及需求，一月就那麼七八十臺車，說要哲文也付訂金先排著等吧。幾番來回後，哲文終於給和中買回來臺全新出廠的三陽豹65。和中天天瀟灑地騎車出門。

蔣總統親自指示中正路要改成忠孝路的民國五十九年夏天，中央菜市、北門郵局、鐵路總局周圍這幫家戶門牌都改了，但人們還是一時改不了口，依舊是中正路的叫。洛陽街櫃檯裡的哲文還讀中央日報讀知道臺北現在有了忠孝、仁愛、信義、和平四條路寬四十公尺以上的主要

馬路，舊八德路成了四維路，新八德路是忠孝東路岔出往東的以往中正路的末段。多年來訂中央日報的哲文這幾年也開始看聯合報。將升上高職三年級的台萍有聽父親說這些，但反正沒需要走往那些地，沒什麼方向感的她聽了聽爸爸說的臺北城的新馬路但沒記上心，暑假才開始，她只心心念念著哪天能去看鄧麗君主演的電影「謝謝總經理」。這是鄧麗君參加中廣黃梅調歌唱比賽，以「訪英台」贏得冠軍，又唱連續劇「晶晶」主題曲唱得家喻戶曉後演出的第一部電影。台萍太欣賞鄧麗君了，她唱歌唱得那麼細緻流暢現在又開始演電影。暑假的一天裡台萍跟同學饒薇薇約在成都路上的大世界戲院前見面，在台萍探頭晃腦找饒薇薇的身影時，她感覺在對街的白光冰果室看見了哥哥，但當她瞪大眼也踮起腳尖想再一眼看個仔細時，湊近過來的饒薇薇的臉出現在她面前，遮住了台萍往對街看的視線，兩個女生見到了面就嘰哩呱啦聊個不停，也只顧著趕緊買電影票，瞬間淹過台萍想再望一眼對街的念頭。是一直到看完了電影，跟饒薇薇各自回家台萍在往家裡走的路上，台萍才又想起剛剛看電影前好像瞧見了哥哥，**不過不對啊，今天又不是禮拜天，哥哥上著班呢，而且剛剛那貌似哥哥的男生旁邊還有一個女孩子，一定是自己看錯了。**

和中退伍一年多，臺北偏遠處多少公頃田地已蓋有美國協助規劃的民生住宅社區，士林鎮一帶的基隆河因應颱風造成的淹水已經完成了截彎取直的工程，臺北市區裡難再找到以往一塊錢一套的燒餅油條，中山北路上最時髦的「美而廉」咖啡廳一個牛角麵包可以賣二十塊錢，全臺北幾乎家家戶戶都有電用的這民國五十九年年底，政府大力宣傳「養成隨手關燈好習慣」的口號。電冰箱還不是普遍家戶擁有的家電，但以往依賴裝換電池聽廣播的收音機現在普遍都做插電式的了，家戶裡不再視用電這件事情是奢侈的消耗，有推開就亮的電燈泡、有插電的大同電扇、電鍋，大白天裡開電燈、用電吹涼、以電煮飯這些事情變得稀鬆平常。高樓一直在蓋，臺北城裡的經濟已不可同日而語，商場這裡，已經蓋好銜接中華商場愛棟與信棟的行人天橋，天橋還跨越了武昌街與中華路的平交道，天橋讓人行不受地面交通或火車經過的影響，天橋便利人行也引領著人潮來到商場。受惠於中華商場的人聲鼎沸，成都路、西寧南路、開封街、洛陽街這些中華商場附近巷弄裡的商店、小吃館，包括豫西小館，天天有招呼不完的客人跟擦不完的桌子。

請工人幫忙就要讓人吃飽是在秀賢兒時就有三四間店舖的父親對秀賢大哥的囑咐，豫西小館裡貫徹著秀賢父親的原則，覺得請來幫忙的人手他們一家子的生計都是自個兒的責任，也是因爲哲文跟秀賢對店裡伙計們的照顧，大家忙得充實、忙得有勁，忙得感覺春夏秋冬過去又再回來得特別快。秀賢跟哲文對李宗師師傅夫妻倆兒的照顧更是不在話下，尤其是現在李師傅又添了一個小子，李宗師從光棍單身哟兒人到這年迎來第二個孩子，已經是一家四口。秀賢說阿順好勇敢，一年生下一個，才說完又想這也不是阿順自己能控制的。因爲阿順這可是肚子才沒休息多久又生第二個，秀賢說阿順要顧好身子，說顧好身子就是留得青山在，說阿順仍是做滿月子再回來，也三天兩頭在大灶裡熬一隻雞要李宗師下班給太太拎回去。也是李家喜獲麟兒的

這當會兒，一對夫妻帶著他們的女兒跟比女兒年長好些歲數的兒子，也是一家四口，從桃園坐火車上來臺北，找來了豫西小館。

他們才進店門就對櫃檯裡的哲文說要找沈和中的家長，一副事態很嚴重的表情。哲文請他們坐入一桌子，被哲文嚷來前頭的秀賢還在狐疑怎麼會有沒見過的一家子人找來店裡、還進門說要找和中的家長，秀賢正對他們凝重的面色不明所以時，被他們兒子劈頭說出的話給震驚到了。

「說的婉轉是我妹妹月事沒來，我爸媽今天上來臺北是想問問沈和中的父母，要怎麼對我妹妹負責？我妹妹是我爸媽生下了我多年之後才又有的孩子，不能隨隨便便讓人占便宜了。」

秀賢看到了哲文承接這幾句話的臉是長長直直地板了起來，一副僵硬。這年輕人的話落下地半晌之後秀賢以不慍不火的語氣開口問了一句：「請問您們怎麼稱呼呢？」兩夫妻之中先生開口了：「鄭朝立。這是我內人，那邊是我兒子跟我女兒。家住桃園八德政府安置的榮耀新村。我前幾年才從部隊退下來，開著客運，是政府輔導就業的，今天是特別請了假上來臺北的。」

「我跟我爸今天都是特別請假上來的，要來看看沈和中是哪一號人物，看看你們是怎麼樣的家庭，怎麼能這樣欺侮我妹妹。」鄭家兒子聽他父親沒說到重點，按捺不住地插著話說。

鄭太太這時也開口說道：「我們很疼女兒。就是在依蓉肚子大起來之前一定要把婚事辦好，左鄰右舍這麼多老同事，還沒出嫁肚子就大起來會讓人看笑話，我們老臉怎麼掛得住？你們兒子怎麼能這麼對女孩子，明媒正娶之前如此輕率地奪取了一個女孩子的貞操。」

桌子上冒出來的話變得非常難聽，句句都是在指責和中，秀賢看不發一語的哲文已經面色鐵青，鄭太太的嘴裡還在說著，但秀賢眼角餘光飄到她們女兒鄭依蓉身上。這是一個身材普普通通、樣貌普普通通，有一雙精明眼睛的女孩子。這雙精明的眼睛似乎在四處打量著館子，爲表示專心和尊重秀賢沒把視線轉離開鄭先生鄭太太這個方向，但秀賢覺得餘光裡看這女孩子似乎比和中的年紀還大上一兩歲。

秀賢不相信這些批評自己兒子的話，和中只是個孩子啊，秀賢一直沒打定主意要起身送客還是繼續讓他們說下去。才沒一恍神的功夫眼前這位鄭太太已經在說要找個媒人、要挑個日子、要明媒正娶……等等的，是一直到噗噗噗噗的摩托車引擎聲從店前亭仔腳傳來時才讓這桌子上的話語停了下來。車熄下火後的門前靜了下來，整桌的人說好了似地都望向店門，包含哲文和秀賢。秀賢在和中踏入店裡時從他臉上的表情看出來鄭太太說和中和她女兒之間的事情應該是八九不離十。和中進門後第一個動作是把那女孩子拉起到一旁低聲說著話，和中沒料到鄭依蓉會撇開他的手轉回桌邊生氣地說：「我沒有想跟你去徐外科處理處理，你們家應該要對我負責。」

因爲鄭太太說不能讓人看見已經是挺著大肚子才辦婚事的，所以這門婚事在民國六十年的一年初始這時趕著辦了。因爲鄭太太說需要有個媒人，鄭太太的親妹妹就被拉做這樁婚事的現成媒人。媒人說照理需要下聘金、給聘禮，所以秀賢準備了現金、黃金項鍊跟手鐲；媒人還說迎娶要讓在新村裡住了多年的鄭家有面子，說喜事要熱鬧，所以秀賢安排了六臺裕隆計程車的車隊；媒人說新郎只是個月薪八百的工友，但婚後小夫妻倆需要有男方家裡提供另外的一間房子住，也省得有孕的新娘子還要跟小姑、公公、和婆婆共處一室，這時秀賢頓了頓，覺得媒人也管太多閒事，沒有允諾也沒再搭理讓他們有一間房子自己住的這要求。秀賢心想**自己沒對她們提過有另外的一間房子，她們怎麼會開這種口？**

蟬鳴此起彼落的季節臺北中華路上欒樹淡黃色的花朵落盡，樹冠因結滿蒴果翻轉成淡紅褐色。柳忠德考進臺北第一志願建國中學，鐘錶公會創始元老之一的柳緒文店裡的生意跟著臺北鐘錶眼鏡公會一起越來越茁壯，柳緒文在正桂林路開有店面，店裡請有修錶師傅。懷錶或腕錶，臺北越來越多人戴錶，也多的是客廳牆上掛一只上著發條的時鐘。台萍從金甌商職畢業，哲文跟秀賢都參加著台萍的畢業典禮，儀式結束後三人步行回小館的路上，台萍呼了好大一口氣說：「這才是一家人的輕鬆，嫂嫂進門後我現在回家都彆扭不自在，就是感覺有一個外人在。」三人都朝家方向走著，台萍看不到自己爸爸那也有同感也五味雜陳的表情，粗線條的台萍當然更沒看見自己媽媽那多少話在嘴邊又吞下去的喉頭。一路走著的三人中有兩人的腦裡一直轉著台萍的那一句——這才是一家人的輕鬆。進店門口前台萍還問道：「爸，可不可以也找康叔叔給我介紹個工作？我才不想這樣天天待在家。」

炙熱的大暑後兩天，大半夜裡兒媳婦對兒子一直嚷肚子痛，全家都被喊嚷吵醒不過也都又再睡下，單單秀賢沒辦法倒頭再睡，秀賢連夜帶著鄭依蓉上婦幼醫院。秀賢等著好幾個小時過去，孫子在婦幼醫院出生。抱孫子入懷的時候，秀賢看著紅通通胖嘟嘟閉著眼睛的孫子感覺像極了在開封那時的和中。是在兒媳婦住婦幼醫院這三天裡的時候，親家鄭太太對秀賢說她會上來臺北給依蓉坐月子，讓秀賢就忙她們館子裡的，鄭太太也又提起這樣怎麼可能回她們沈家洛陽街那樓上二樓，說住不下啊。秀賢看這情況，覺得是應該把永和鎮那幫的房子收回來讓兒子小夫妻一家子去住下比較妥當。哲文是一直說要這麼倉促收回來會對租客一家不好意思，不過秀賢左想右想，**覺得這也是親家要上來臺北住下替自己兒媳婦坐月子的唯一方法**。

永和鎮的租客一家非常配合，這麼臨時要他們離開秀賢對他們萬分抱歉，秀賢退還他們整個月的租金，還親自去把房子裡裡外外打掃了一遍。和中跟鄭依蓉要搬進永和鎮的這天，鄭依蓉搖著扇子對剛下火車從桃園趕來的母親喊熱，秀賢捧著孫子，哲文跟台萍又抬行囊又扛行李，一行人浩浩蕩蕩抵達這河堤邊迄巷子裡的公寓房子。秀英跟她懷裡還在喝奶的老三和捧著孫子的秀賢站在一樓門口聊天，聊桂林路的生意、聊洛陽街的生意、聊五和新村裡大陳人賣的年糕以及秀賢親家要住下來幫鄭依蓉坐月子這事兒。台萍使著力抬東西想盡快搬完好跟爸爸媽

媽回家，進進出出時候會聽到嫂嫂一會兒說這麼老舊的一間屋子啊，一會兒會說沒個電風扇怎麼可以，這些話秀賢因爲跟秀英正聊著天沒有聽到。不過秀賢、哲文、跟台萍三人乘公共汽車返家的路上，秀賢在想怎麼一家人忙到這天都黑了還沒見和中下班回到中正橋下家裡來？兒子成家了，以後和中下班回家不是回洛陽街這幫了。秀賢想著想著覺得有些難過。**還有啊，和中這媳婦兒沒點禮貌，她怎麼會笑說我抱著孫子，秀英抱著的是兒子？剛剛不知道是不是有讓秀英聽到了？**

這年的秋天，台萍同學饒薇薇穿著整套長袖長裙洋裝在中山北路夢西餐咖啡廳裡當領檯，月薪三千兩佰塊錢。台萍被介紹進臺北地方法院當臨時僱員，月薪九佰塊錢。康運清不好意思地對秀賢說沒法兒介紹小萍進和中在的樹林鎮公所讓她兄妹倆在一塊兒工作，康運清說這是他拜託自己的長官牽的線，這會兒是正值臺北法院欠人，這天他還送了一本王雲五四角號碼檢字法字典給台萍，說翻翻看看總是有幫助的。秀賢覺得**怎麼康運清這人這麼有能力還這麼謙遜，她跟哲文倆都不知道該怎麼道謝了。**

台萍不介意在哪裡工作，但壓根沒想和哥哥待在同一個地方，知道是臺北法院時她開心極了。台萍拿了第一個月的薪水後，全數連同薪資袋交給父親，父親收下袋子後把錢遞回來給她，要她自個兒把錢存好。公家單位臨時僱員的薪水很低，不過台萍完全不在意，中午時候父親總是讓店裡的跑堂騎個單車給她送餅送餃子吃，下了班家裡頭又有的是吃的，她自己的開銷頂多就是週日和同事逛街跟看看電影。台萍開始每個月存上大半的薪水，是父親幫她在郵局裡開有的戶頭。

風捲起一整條街道上落葉的秋末入冬，海內外、工商界人士頻頻舉行大會，大會裡人群激動。哲文手裡的中央日報跟聯合報報上文章都寫支持蔣總統宣告的「中華民國退出聯合國告全國同胞書」[74]。國際現實是中華人民共和國取代了以往我們中華民國在聯合國擁有的中

[74] 中華民國退出聯合國告全國同胞書──海內外全體同胞們：第二十六屆聯合國大會違反憲章規定，通過阿爾巴尼亞等附匪國家之提案，牽引毛共匪幫竊取中華民國在聯合國及安全理事會中的席位；我們本漢賊不兩立之立場及維護憲章之尊嚴，已在該案支付表決之前，宣布退出我國所參與締造的聯合國。同時聲明，對於本屆大會所通過此項違反憲章規定的非法決議，中華民國政府與全中國人民，決不承認其有任何效力。
毛共匪幫是中華民國的一個叛亂集團，對內殘害人民，罪惡如山，乃全中國人民尤其是大陸上七億同胞之公敵；對外肆行顛覆侵略，為聯合國所裁定之侵略者。目前大陸雖為毛共匪幫所盤踞，但以臺澎金馬為基地的中華民國政府，乃是大陸七億中國人民真正代表──代表他們的共同意願與痛苦呼聲，並給與他們反抗毛共暴力，爭取人權自由以最大的勇氣和希望。所以無論根據聯合國憲章原則，人道主義與自然法則，尤其是全中國人民的公意，都決不容毛共匪幫非法占有中華民國在聯合國與安全理事會中之席位。
一九四四年我國參與敦巴頓橡園會議，簽署聯合國宣言，以及後來參加金山聯合國國際組織會議並制定憲章，其目的在「欲免後世再遭今代人類的兩度身歷慘不堪言之戰禍」，為達到此項目的，乃規定了聯合國的宗旨與原則，相期共同信守。詎本屆聯合國大會自毀憲章的宗旨與原則，置公理正義於不

顧，可恥的向邪惡低頭，卑怯的向暴力屈膝，則當年我國所參與艱辛締造的聯合國，今天業已成為罪惡的淵藪；歷史將能證明，中華民國退出聯合國的聲明，實際上就是聯合國毀滅的宣告。

中華民族的文化傳統，是堅持正義、愛好和平，現在我國雖已退出我們所參與艱辛締造的聯合國，但是我們今後在國際社會中必當仍以聯合國憲章之宗旨與原則為準繩，繼續為維護國際間公理正義與世界和平安全而勇毅奮鬥。

在此，我要嚴正聲明：恢復大陸七億同胞的人權自由，乃是整個中華民族的共同意願，乃是我們決不改變的國家目標和必須完成的神聖責任。中華民國是一個獨立的主權國，對於主權的行使，決不受任何外來的干擾，無論國際形勢發生任何變化，我們將不惜任何犧牲，從事不屈不撓的奮鬥，絕對不動搖，不妥協。

我要警告世界人士，在過去短短的半世紀之中，這個世界早已發生兩次慘不堪言的戰禍。第一次世界大戰創鉅痛深之後，大家為了避免再遭戰禍，乃組成國際聯盟，期以維護世界的正義與和平。後來因為有些國家懾於侵略者的威脅，以為向邪惡低頭，向暴力屈膝，便可換來屈辱的和平，其結果國際聯盟因而癱瘓瓦解，不能發生制裁侵略與維護正義的作用，於是第二次世界大戰隨之爆發。今天有些民主國家竟隨同附匪集團，牽引毛共匪幫非法占有中華民國在聯合國與安理會的合法地位，其想法與做法，幾與第二次世界大戰前夕若干國家的情況完全相同，必將造成非常嚴重的後果。歷史的事實告訴我們，維護正義的道德勇氣，乃是世界安全和平的堅固磐石；而強權政治的「霸術」運用，則是走向戰爭的道路。

同胞們：我們國家的命運不操在聯合國，而操在我們自己手中。國父說：「存在之根源，無不在於國家及其國民不撓獨立之精神，其國不可以利誘，不可以勢劫，而後可以自存於世界。」

今天我們革命基地所擁有的人力資源與經濟力、軍事力和支持這兩種力量的精神力，尤其是大陸上七億反共人心與國外一千八百萬反共僑胞的愛國心，無論在亞洲和世界，中華民國絕非可以任人支配出賣的弱者；而且我們對於改變世界均勢與決定人類命運，實具有極大的影響力；所以大家不可只知別人的行動可以影響我們，應知我們的行動實可以使這個世界發生重大變動。

國代表權席位，美國這聯中抗俄，把退於臺灣的中華民國拋下，中華民國宣布退出我們是安理會成員五國之一的聯合國。蔣總統說：「漢賊不兩立，我們不會共立於有匪幫加入的聯合

當前的國際形勢雖然很險惡，但是，只要我們自己自強不息，便沒有任何力量可以使我們動搖；只要我們自己勇敢振奮，便沒有任何力量可以使我們屈辱；只要我們堅忍奮鬥到底，最後一定成功。大家應知，自來革命的勝利果實，都是從巨變之中孕育產生出來的。

大家尤其要認清，現在世局的變化，乃以中國問題為中心；而中國問題如何解決，亦將決定整個世界人類的命運。所以我們在這個大變局中，實處於無比重要的關鍵地位；而我們奮鬥的成敗利鈍，也將決定世界的安危與人類的禍福。我們決不靜觀或坐待世局的變化，一定要爭取主動，掌握變化，積極奮鬥，制敵機先。

二十年來，匪幫不斷發生奪權鬥爭，近且愈演愈烈，實可充分說明毛匪思想與共產制度均已完全破產。大陸人民包括大多數共黨幹部，已由失望而實行反抗，毛共匪幫眼看腳下的反共火山要爆發，鎮壓不了，無路可走，遂改變對外戰略，欲藉詭詐欺騙，苟延殘喘；實則毛共匪幫決不能改變它「反蘇修」「反美帝」與「反一切反動派」的目標。故其對外戰略的改變，更使名在思想路線與政策路線上進退失據，造成更嚴重的紛歧混亂更劇烈的奪權鬥爭；從而將使大陸上的反共勢力與抗暴鬥爭乘機加速擴大起來。面對這種形勢的轉變，所以我們更要堅定信心，充實力量，強固戰備，俾能迅赴事機，加速大陸上反毛反共革命鬥爭的燎原之勢。

同胞們！反共鬥爭的行程，正如在風雲變幻莫測的海洋中操舟前進，只要大家對於反共的基本形勢，都有共同的認識，不為一時的變局所迷惑，緊緊把握正確的方向，精誠團結，協力同心，禍福相倚，甘苦與共；在風平浪靜時，不鬆懈，不苟安，不驕惰；在暴風雨來襲時，不畏怯，不失望，不自欺：形勢愈險惡，我們愈堅強，愈奮發，必可很快到達彼岸，拯救同胞，光復大陸。

國。」臺北火車站站前一排店家都懸掛「處變不驚、莊敬自強」的紅布條，報紙上一連幾天都有各政府機關的委員寫支持政府退出聯合國的文章。社會上的衝擊之大，讓愛國的臺灣各大專院校學生們聚集抗議美國、抗議聯合國，激動地像是隨時準備拋頭顱灑熱血一般。不過，有激動的人心也有鬆動的人心，路上的電線桿上、路邊電話亭裡張貼有房屋急售的紅紙，哲文的老東家林老闆就是在這當口來問哲文對福祿壽裡的不鏽鋼流理檯面跟雙門冰箱有沒有興趣的。秀賢不明白生意在做著怎麼會要脫手生財的工具，才在覺得奇怪，林老闆就說出主要是游老闆要隨他的孩子移民美國了，說也是他倆家都已經做有二十多年了，這時局又這樣動蕩，想說收了這裡生意移民出去也好，也不用再跟孩子們分隔兩地。冰箱不是普通家庭都擁有的，秀賢知道買一臺國產的都要掏萬把塊錢，倆老東家店裡的這冰箱還是大牌子——國際牌。近這年年關時節，豫西小館一半是買，一半算是接受，接手了福祿壽的不鏽鋼檯面、一臺兩門冰箱跟那架台視一號黑白電視機。秀賢跟哲文眼見著游老闆一家的移民美國跟看著老東家的熄燈號，心裡覺**得有點可惜了**。

退居島上的中華民國政府宣布退出自個兒參與創立的聯合國還不是對島上的政府跟人民最大的打擊。民國六十一年，臺灣島內依循行憲後執行的總統選舉，第五屆中華民國正副總統由國民大會代表於三月間在陽明山中山樓舉行選舉，結果是由蔣總統連任總統、嚴家淦副總統連任副總統。與此同時，座在臺北的中華民國政府震驚於美國總統理察·尼克森夫婦的訪問中國，尼克森還和共產黨聯合發表《上海公報》[75]，尼克森說這是改變世界的一個星期。美國總統跟中國共產黨會面、握手、開會議跟聯合發表公報，在這之前美國總統握手的中國總統是蔣總統，訪問的是中華民國。然後國際上各國陸續與由中國共產黨領導的中華人民共和國建交，我們蔣總統心懷「中華民國代表唯一正統中國的政治立場」，中華民國政府陸續宣布與友邦國斷交，其中包括普爾勒斯、馬爾他、阿根廷、馬爾地夫、盧安達、希臘、日本、澳洲跟紐西蘭。新聞對日本和中國共產黨的交流尤其著墨——日本向中國大陸上的共產黨政府宣稱「過去戰爭給中國人民造成的重大損害的責任，要表示深刻的反省」，並對包括有「日本承認中華人民共和國政府是中國唯一合法政府」、「中國政府重申：臺灣是中華人民共和國

---

75 上海公報，公報中點出兩國願根據尊重各國主權和領土完整、不侵犯別國、不干涉別國內政、平等互利及和平共處的原則來處理國際關係。其次，中國重申臺灣問題是阻礙兩國關係正常化的關鍵；中華人民共和國政府是中國的唯一合法政府；臺灣是中國的一個省，解放臺灣是中國內政別國無權干涉；全部美國武裝力量和軍事設備必須從臺灣撤走。中國政府堅決反對任何旨在製造「一中一臺」、「一個中國、兩個政府」、「兩個中國」、「臺灣獨立」、和鼓吹「臺灣地位未定」的活動。美國則聲明其認識到在臺海兩邊所有中國人都認為只有一個中國，臺灣是中國的一部分。美國政府對此立場不提出異議，但重申對由中國人自己和平解決臺灣問題的關心，並同意逐步減少在臺的武裝力量與軍事設施，並終以全部撤出為目標。此公報為美國總統尼克森與中國總理周恩來在上海聯合發表。尼克森於1972年2月21至28日訪問中國，是繼其國家安全顧問季辛吉（Henry Kissinger）於1971年兩度訪問中國後，美國與中國關係的第三大步。此公報成為美國與中國關係正常化後，處理臺灣問題所依據的三大公報之一。

領土不可分割的一部分」這樣主張的《中日聯合聲明》裡簽字。美國、日本兩國曾經聯合發表支持中華民國、他們說只跟中華民國友好跟外交的，現在國際現實說變就變了。曾經，日本天皇說的「永不忘懷蔣中正的寬大德意」成了消散在天際的雲煙。震撼晃動至海峽這一岸的中華民國，臺灣島上的知識分子最是激動最是不滿。許多激動的大專院校學生或愛國的社會志士心情受傷又憤慨，他們集結在日本國駐中華民國大使館前抗議，他們丟雞蛋表達不滿，連在高雄的日本國總領事館前也都不平靜。

對國際的現實哲文震撼也震驚，哲文想那民國三十四年夏天，在重慶陪都的委員長字字鏗鏘說出的「抗戰勝利告全國軍民及全世界人士書」讓自己聽得多麼激動！多少同袍、多少中國人民的犧牲抵禦，多少平民百姓失去家園、失去家人，多少的血淚忍到了抗戰勝利的這一天，全中國終於從中央廣播電臺的放送知道侵犯的日人戰敗，知道日人要離開中國土地了，當年年輕的自己聽收音機裡傳出來的委員長的聲音、聽委員長寬大胸懷的一字一句時都止不住滿眶的眼淚，淚是積蓄了多少年流出來的。取消日本二戰後對中國戰敗賠償、以德報怨的是蔣委員長啊，退守臺灣後，和日本國在臺北簽和平條約[76]代表的也是蔣委員長啊。哲文想那時東京奧運

---

[76]《中日和平條約》為《中華民國與日本國間和平條約》的簡稱，又稱《中日和約》或《臺北和約》，為中華民國與日本結束兩國之間自第二次世界大戰以來的戰爭狀態而簽訂的和平條約，於 1952 年 4 月 28 日在臺北賓館簽署，同年 8 月 5 日雙方換文生效。該條約明定中華民國與日本之間的戰爭狀態，自本約發生

的聖火還傳進臺北不是？風光繞行臺北市區的新聞都還歷歷在目，這在當家的日相改朝換代後的今日就一起改變了，那些才如昨日發生的事情，今天已人事全非。國際挫敗，外交關係在風雨裡飄搖，臺灣省主席謝東閔對內向全臺灣省人民呼籲「自立自強自救而不等人救、一角一毛地攢經濟就會好」，他提倡家庭即工廠。小家庭代工受政府鼓勵，可以看見的變化是待在家中的長者和婦女把客廳變成小型加工廠。秀賢鄰居太太們忙完飯口時間就縫拉鍊鈕扣、剪線頭，做不同的成衣工廠或皮鞋工廠分出來的工作，鄰居太太坐在自家的客廳裡會對秀賢說：「沒出家門也能吃人頭路。」

收音機裡播的我們跟誰斷了邦交跟報紙上寫的國際外交事情亂不上秀賢的心，秀賢想重要的會是那邊的政府開還是這邊的政府開，想美國、日本跑進中國大陸去開會、去握手，我們這幫人需要生什麼氣？別人政府要做什麼事我們的政府怎麼控制得了？時間精力是花在自個使得上力的方面比較好。秀賢想的是，豫西小館裡應該就是要讓大家吃好、吃飽，吃飽好做事。能擾亂秀賢心神的一直都是孩子的事。孩子他回來洛陽街嚷嚷幾次了，嚷說：「怎麼同是康叔介

效力之日起即告終止。雙方承認：日本已在舊金山和約放棄對於臺灣、澎湖群島以及南沙群島、西沙群島之一切權利、權利名義與要求；日本已放棄自1941年12月9日以來在中國之一切特殊權利及利益。雙方表示將開始經濟方面之友好合作，儘速商訂兩國貿易、航業、漁業及其他商務關係的條約或協定。日本在1972年9月29日與中華民國斷交後片面廢止和約。

紹的工作，台萍就能進臺北地方法院而自己是在風櫃店那麼落後的一攤地？」、「那攤都是番仔，爸媽不知道嗎？」、「每天騎那麼大老遠得到什麼？薪水只那麼塞牙縫的一點兒。」、「岳母抱娃餵奶抱得腰痠背痛搬回桃園了，兒子一天到晚都在哭，煩都煩死了。」聽孩子說這些秀賢疼在心裡，秀賢直覺就把孫子抱回來洛陽街，這樣可以讓兒子下班回家後好好休息。一直小子小子的叫孫子也不是辦法，名字還是秀賢要哲文起的。孫子給起名做沈思祥，是哲文思盼沈家及國家祥和的意思，哲文起完名字後也才終於跑去給孫子報上戶口。秀賢開始多把時間花在顧著沈思祥，調奶粉又餵奶又哄睡，等他睡熟了之後秀賢才會挽起袖子加入李宗師夫妻忙得不可開交的廚灶裡，但她總不敢走離開還在襁褓裡的思祥太久。思祥醒著的時候秀賢鮮少讓小傢伙離開過她的視線，思祥睡著的時候秀賢的精神也沒眞的鬆懈下來，一晃眼的時間，思祥從探索的爬、到學步的走、還開始了咿咿呀呀的學語。很快地思祥就能摸遍家裡二樓，小傢伙對什麼都好奇，那秀賢經過、瞄過多少年習以爲常的家中小角落，思祥都去探索，這讓秀賢天天手拿抹布跪著把家裡擦過來又擦過去，就是怕小傢伙碰著髒。

一天秀英難得地牽著她的小兒子來到豫西小館，秀英說還逮回家忙火簡短說說就好。秀英說年輕人作息就是不一樣，樓下和中他們在週末會辦家庭舞會辦得很晚，整個安靜的巷子聽得很清楚，秀英說的含蓄但秀賢明瞭是打擾到秀英一家也應該是打擾到鄰居了。秀賢找了個時間抱著思祥坐公共汽車往中正橋下家裡去，公共汽車上秀賢把車窗向上推開讓思祥同她看沿路風景，車掌小姐過來撕秀賢的車票。車子一過了橋秀賢打鈴繩要下車，前頭司機抱怨什麼秀賢沒聽清楚，不過司機急踩煞車停車時讓摟著孩子的秀賢站都沒站穩。放下秀賢後的公共汽車急驚風似地在站牌前駛離，留下一串長長的黑煙在馬路正中間。下了車秀賢拐進家巷口時還在心裡想自己抱著小乖乖出門，沒提些餅跟涼菜來讓和中下班回家後可以吃，這念頭在她走近家門前就被一樓家門口髒亂的情景給驚散沒有了。一地煙蒂、酒瓶跟極多的垃圾，窗邊、門上還積著厚厚一層灰，這看起來怎麼會像是有小夫妻倆天天往裡頭進的家？怎麼會像是有住人的屋子？秀賢鑰匙開門踏進家裡，眼睛一適應屋裡的黑暗後她看到裡頭一遍杯盤狼藉，屋裡比屋外更是亂糟糟。環視一圈，她找無一處捨得把連路抱著來的思祥放下。這已是日正當中的時辰，她看鄭依蓉還在房間裡睡，秀賢沒把兒媳婦嗬撈[77]起來，她找了塊看似不怎麼髒的布巾攤開鋪平，把思祥擱在布巾上後開始全家掃地、拖地、又抹、又擦，屋外門前的地板跟窗子也洗也擦。忙碌一陣後整屋子不到窗明几淨的程度但也算是勉勉強強能坐、能倚手而不會沾一身灰了，秀賢手上邊做著心裡邊想這樣和中下班回來當然沒個地方好好休息。鄭依蓉不知道是不是被秀賢又洗、又擦的聲響吵了起床，她這時走出來對秀賢嚷：「媽妳怎麼來了，媽怎麼要來也不通知一聲？」、「媽妳自己開門就進來啊？」、「怎麼隨隨便便自己進來？下次先說一聲再來吧。」這天秀賢沒功夫對鄭依蓉說說這巷子裡家戶安靜，說說如果多些朋友來家裡可要留心別打擾到左鄰右舍的事，秀賢精疲力盡。她一路抱著思祥回到洛陽街家裡，一整路回家搖搖晃晃的車上

---

77 嗬撈，河南口語，是吆喝撈起、把人叫醒的意思。

她計畫著要找個鄰居太太進來和中家裡幫忙洗衣服、打掃清潔跟燒湯，和中媳婦能不能煮是其次，孩子下班回家逮要有東西吃才是。

秀賢也安排給和中家裡燒湯以及打掃的婦人，也搬出她的針車來踩踏。以前日子是爲了給哲文和柳緒文擺在攤子上賣的貨而踩，那是家裡的生計需要；以前也爲了做衣裳給台萍跟和中穿而踩，那是因爲不可能掏錢在外面買，而且外面也沒得買；以前遇和中還是台萍畢業典禮的場合，更是因爲自個兒做能省下很多錢而踩。現在要爲了思祥花錢，秀賢能輕易掏得出來，更何況現在外面賣穿的、賣用的店多的是。不過，秀賢無法買那些粗糙的衣服讓小乖乖穿。秀賢現在爲了小乖乖，熟練、從容、心裡帶勁地踩她的針車。踩踏時候秀賢還思忖要上延平北路再買什麼布回來，盤算著買什麼布回來能做件什麼樣款式的衣服。以前沒有自轉車的秀賢往返這幫地買布頭要花去大半天的工夫，現在她騎過北門的平交道就到毛料布料店舖林立的延平北路了。有時平交道柵欄要放下來的噹噹噹噹警示聲音跟旁邊路人毋湯夠踵過去的叫喊聲是沒傳進秀賢耳裡的，秀賢整個腦子裡是給小乖乖做衣褲的心思。心裡想著思祥將會穿上自個兒做的衣服的心情是很奇妙的，秀賢有時候都沒察覺自己臉上喜不自禁的表情。這是自轉車已經取消掛牌繳稅的民國六十二年，沈思祥天天身上穿的是洗得乾淨利亮、熨得筆直利索、秀賢親手剪裁縫製的鞋子跟衣服，兩足歲的小傢伙還被店裡的麵食餵養得頭好壯壯。

民國六十二年之後臺北通往永和家裡那幫多了一座新建好的福和橋，從永和往臺北城裡進變得更方便。雖然本來和中回來洛陽街家裡的次數就寥寥可數但這一陣子更不見他回來了，和中說因爲福和橋還是前一年拓寬完成的中正橋橋上除了憲兵哨還開始收起新台幣五元的過橋費，說過橋一次五元耶！秀賢心想**新建好橋收過橋費，過橋費應該跟騎機車的和中沒什麼干係不是嗎？怎麼會掏到孩子的錢？**不過秀賢一冒出這樣想法的下一個念頭就對自個兒說，**其實孩子怎麼方便怎麼好，和中工作結束下班回到家能有時間寧願他能多休息。**

台萍覺得**臺北地方法院民事執行處裡臨時僱員的工作單純清閒**。她早早就到的每天一大早先把窗戶都打開透氣通風，把地面均勻地潑灑一些水後以拖把仔細拖地，再來她會拿抹布把桌面、檔案櫃上都擦抹一遍。兩大壺開水燒滾之後她倒進熱水瓶子裡，提能保溫的熱水瓶子至辦公室。台萍把職員們跟處長隔夜的茶杯先都清洗乾淨，在他們坐入辦公桌的時候將他們茶杯裡添進茶葉、添進熱水。民事執行處裡有成疊成疊的民事案件資料，台萍的工作還包括整理出各股別的案件給專職各股別的職員。成疊厚重的每股案件是書記官在法庭上打字機紀錄下來的當庭記錄、是檢察官或法官處理的書狀跟裁定的判決，這數以萬計文件的整理歸放是以各科股別及各告訴人的姓名歸進檔案櫃裡的，王雲五研創的四角號碼[78]就讓各股別文件案件的告訴人姓

78 四角號碼，一種漢字檢字法。王雲五有感於部首檢字法不便使用，比起拼音文字檢字困難得多，用國音檢字又有同音字多的麻煩，於是從民國十三年起，他著手研究一套簡潔的漢字檢字法。他受到電報碼啟發，

名可以編列爲數字，讓文件能依股別、依數字順序收歸。看見民事執行處裡收納檔案依據的是四角號碼檢字法，台萍會記起康叔說的話，下午得閒的時候台萍會拿著康叔送給她的王雲五檢字法字典翻翻看看。

處長經過翻看著王雲五字典的台萍，會微微笑點點頭，有一兩次他和藹地向台萍提到反正處裡面的工作她看都看熟了，還這麼上進地抱著王雲五字典在看，說她可以考慮看看報名院內的正職考試，他說通過考試能當個正式的僱員。處長簡短輕鬆的提醒台萍沒什麼放在心上，做臨時僱員的工作她做得挺開心的，覺得現在的工作清閒悠哉。之前念書時自己最不喜歡考試了，她想到都已經畢了業如果還要準備考試，那不是很累。

思考如何把漢字轉成數字。最初他發明的方法，把漢字筆畫分為五類，計算每類筆畫數，用一個數字代表，若多於9畫亦作9，如此每字得出五個數字，稱為「號碼檢字法」。但因為計算費時，又可能出錯，於是嘗試用1至9代表九種筆畫，以四角筆畫轉為數字。這就是最初的「四角號碼檢字法」。四角號碼檢字法用數字0到9表示漢字四角的十種筆形，依序取字的左上、右上、左下、右下角的筆劃，取得數字。之後胡適更曾作歌訣贈王雲五，幫助使用者記憶四角號碼與筆畫關係，名為《筆畫號碼歌》：一橫二垂三點捺，點下帶橫變零頭；叉四插五方塊六，七角八八小是九。如國字「法」這個字，就會依循四角號碼檢字法取為3413這四個數字。一個常見的人名就會被編列為十二個數字，如「陳教國」會編列成7529 4844 6015。如「豫西小館」這四個字就會是1723 1060 9000 8377。

民國六十三年和中的老二孩子出生，是個女孩兒。桃園的母親給自己做完月子的鄭依蓉跑來洛陽街大吵大鬧說怎麼她的兒子戶口是報在洛陽街？問說怎麼和中他爸需要給她生的兒子取名字？難道她不能給自己的兒子起名字、和中他不能給自己的兒子起名字嗎？鄭依蓉直倘倘地繼續抱怨說，累人、折煞人的工作沒見你們出錢出力過，而起名字這種不費吹灰之力的事情就擠在前頭去做。哲文跟秀賢聽得迷糊了，小館裡桌桌都坐有吃著喝著的客人但哲文當下是懞了，顧不得面子不面子了。**是啊，自個兒給孫子起上了名字，但我們中國人不都是如此！？自**個兒想都沒多想就給孫子報上戶口報在洛陽街家裡這幫，惹的兒媳現在這麼不滿意，哲文是豬八戒照鏡子，也像是啞巴吃黃連了。所以和中斜著眼挨過來父親身旁，向哲文要索討中正橋下一樓屋子的地契、討家裡頭的戶口名簿跟父親的國民身分證時，哲文是一點兒都沒多問地就把東西全給了和中，哲文心想**應該是和中打算自己去把孩子的戶籍給遷至那幫，畢竟跟店舖這幫是向人租來的不同，那是自家的房子**。

秀賢不知道和中向哲文要地契跟戶口名簿的事兒，但秀賢可是聽鄭依蓉那些大呼小叫的嚷嚷聽得刺耳，**自個兒跟哲文滿心窩兒裡儘是對那小傢伙的一片疼愛，整天想著也變換著花樣給他吃給他穿，怎麼現在能被說成沒出錢出力幫忙，還讓兒媳婦是一肚子不滿意！？眞是啊，管閒事，落不是，落得一嘴臭狗屎。現在自個兒眞是只落得一嘴狗屎**。不過秀賢可吞不下這些狗屎，鄭依蓉叫嚷完後拽著和中要離開時，秀賢要鄭依蓉把思祥給一起抱著回去。鄭依蓉又鬧了一陣，說這還是長孫啊，她對和中說：「你看看你母親，心好狠啊。」這個和她雙親及哥哥那

天進來小館有著精明眼睛的女孩子現在是睨著嫌棄的眼神將思祥一把推往和中，意思像是兒子是和中的事。鄭依蓉對思祥粗魯的動作讓哲文看得心頭翻攪了一圈，秀賢有察覺哲文的不捨得，但秀賢沒有打算要收回自己說出口的話的意思。這天的鬧劇在鄭依蓉臉露如有深仇大恨般的忿怒、和中的眼神裡狀似在想著其他事情一般的出神，在他們扭著思祥轉身離開豫西小館中結束。館子裡哲文杵在櫃檯那裡許久，回神時覺得給店裡客人看大笑話了。秀賢則是忍著想要甩兒媳婦一耳光的生氣念頭，一步步踩著樓梯上到了那沒有孫子在二樓的家，四下不再有人的這時候秀賢臉上流淌著她伸手一抹去又滑落下來的淚。

民國六十四年四月這一夜裡雨下得非常大，一早館子裡沒有被派到報，除了葛來禮颱風侵臺之外哲文不記得中央日報有哪一天不發過報的。到中午時間，哲文在收音機廣播裡聽得蔣委員長驟然辭世。哲文腦子裡麻亂。哲文十幾歲時加入中央軍學校，追隨當時是總司令的委員長，跟著委員長跟到了這島上，這麼一跟是跟了三十幾年。基隆上岸抵臺後的這近三十年中多少事情！反共抗俄、韓戰爆發、美軍駐臺、越戰爆發、我們政府退出聯合國，然後是美軍撤臺，這些個腥風血雨是蔣委員長帶領大家走過來的。即使國際上命運顛波飄渺，但近年在臺灣的自由中國基地奮力地挺過了許多先進國家經濟低迷的能源危機；雖然物價、房價翻了十年多前的兩三倍不止，但臺北城裡是多處都有建設起市民住宅。島內以往農務的人們進入工廠賺錢，中南部有各國先進企業設置的工廠、加工廠，婦女們出門上班工作也成爲常態。全臺存款儲蓄率年年攀升、積極勤儉的臺灣省人們肚腹吃得飽口袋裡有錢，哲文認爲委員長給大家的生活是美的。這天傍晚才發派的報紙上的「蔣公崩殂」讓哲文感覺如驟然被挖空般丟了魂魄，心肺六腑都不再在自己身體裡似的，整身皮囊裡充塞著悲慟，他不是仰起頭向天吼叫的個性，他不知道要怎麼舒緩悲慟，原來人被掏空的時候，連淚都流不出來。哲文那幫老友們聚在一起就流淚，姜禮川、徐兆玉跟柳緒文他們問這樣誰能帶頭反攻大陸？還說不反攻大陸也至少要回大陸，過去了這麼多年，家鄉的父母親都不知道還在不在！

小館裡頭接手過來福祿壽的台視一號電視機只能播放黑白畫面。國父紀念館裡開放民眾排隊瞻仰先總統 蔣公遺容。十幾日過後由行政院長蔣經國蓋棺移靈慈湖，車隊行經的一路上都有人民跪地迎靈，戴孝送行，泣聲不絕。各級學校開始背誦先總統 蔣公遺囑[79]，各級學校的教室前方懸掛國父遺像、後方掛著蔣公遺像，中華民國嚴副總統成了嚴總統。

---

[79] 總統蔣公遺囑——自余束髮以來，即追隨總理革命，無時不以耶穌基督與總理信徒自居，無日不為掃除三民主義之障礙，建設民主憲政之國家，艱苦奮鬥。近二十餘年來，自由基地，日益精實壯大，並不斷對大陸共產邪惡，展開政治作戰，反共復國大業，方期日新月盛，全國軍民，全黨同志，絕不可因余之不起，而懷憂喪志！務望一致精誠團結，服膺本黨與政府領導，奉主義為無形之總理，以復國為共同之目標。而中正之精神，自必與我同志同胞，長相左右。實踐三民主義，光復大陸國土，復興民族文化，堅守民主陣容，為余畢生之志事，實亦即海內外軍民同胞一致的革命職志與戰鬥決心。惟願愈益堅此百忍，奮勵自強，非達成國民革命之責任，絕不中止！矢勤矢勇，毋怠毋忽。
中華民國六十四年三月二十九日

不同於一幫老友們、不同於哲文，一代偉人先總統 蔣公的離世沒打擊秀賢的精神，秀賢在痛的是自己脫口而出要鄭依蓉把思祥帶著離開的那句氣話。秀賢刀子嘴豆腐心，現在小孫孫不在家裡她心裡懊悔。秀賢只有在砧板上在鍋爐前才能轉移自己的注意力，她找人給館子後頭天井間搭建起雨棚，方法得自嘴上問，她叫起液態瓦斯桶，以瓦斯爐取代傳統爐灶烹煮，點火就燃，煮得快又乾淨。李宗師跟阿順都讓火力全開的老闆娘給驚呆了，方便又好操控的瓦斯爐讓他倆和老闆娘出餐更有效率，小館裡的生意蒸蒸日上。

哲文開的小飯館兒可以招得來想吃家鄉口味的同鄉，也招得來有著另一種心思的同鄉。同艘船一起過來的同袍，基隆一靠岸他太太就臨盆，秀賢還在那混亂一陣時刻幫忙他兒子剪下臍帶的李康莊找來豫西小館，找上了哲文。隨著部隊安排落腳在竹南的李康莊夫妻兩人仍住在竹南，不同的是竹南現已劃分至苗栗縣裡。昔日同袍特地北上來找自己，那受命同一部隊、那輾轉多少地方又同一艘船渡來海峽這一邊的念舊之情讓哲文在老兄弟開口借錢的當下，眉頭一皺都沒皺就拉開櫃檯的抽屜，抽屜裡現金不夠，哲文連忙跑樓梯上樓才湊齊李康莊說要借的數目，下樓回到館子裡哲文二話不多問還要李康莊別愣在一旁，要他快把錢收下。年過半載之後李康莊沒再出現但這次是李太太杵在店門口的，李太太支支吾吾地說秀賢也算是看著隆生落地的，說隆生虛歲都已經要三十了。她說家裡還是有困難，她開口向哲文借錢，說這一定是最後一次了。哲文也是沒多問就拿跟上一次相同數目的六千元給一臉窘迫的李太太，這一回兒讓秀賢知道了。六千元對給人打工的也好、對秀賢、還是對哲文自個兒都是一筆大數目，秀賢又再細問才知道前一陣子李康莊也借去了這麼一筆錢。哲文對秀賢道：「借錢給李康莊怎麼好意思不借給他太太？賢兒，即使他倆兒沒還這兩筆錢，也是富不了他們，窮不了我們。」

第六章　媽我給妳下跪　我會洗心革面　恐口說無憑　特立此據

和中花錢入不敷出，秀賢一直都不知道。在戶政的薪水和中自己都不夠花，現在身邊還有鄭依蓉和孩子們需要使錢，日子過得捉襟見肘。他小的時候是從母親塞在蚊帳下的錢桶掏錢，學生時代開始習慣在父親的夾克口袋拿錢，家裡做館子後他是找機會從櫃檯裡拿錢。哲文打烊時櫃檯點錢，發現抽屜裡跟帳上計的數目兜不起來時的初始幾次，哲文有跟秀賢說過錢數目不對，秀賢跟哲文想過一圈店裡請的跑堂跟李師傅夫妻，但他們馬上就自責於腦子裡有這樣懷疑人的念頭。哲文離開櫃檯都只是一時半刻，難道他們就能抓到這麼一眨眼時間的機會？請來的跑堂夥計會能有算計成這樣的心眼？家鄉裡老人們不是都說疑人不用，用人不疑。李宗師樸實又沒二心地跟著豫西小館從開始到現在，功勞他不受苦勞他都做，實在是沒辦法想像他會去動櫃檯裡的錢，把身邊人跟樑上君子做連結的想法讓秀賢自己心裡都不舒服。秀賢還有想過是不是洗衣服的阿桑，但怎麼想，也想不明白她哪裡會有機會往櫃檯裡伸手。哲文提過幾次數字兜不起來後也就沒再提起過，所以秀賢也很快地不再帶有疑慮的心情看店裡請的伙計，少錢的事情也就擱了下來。

原來爸跟媽買有房子的，自己怎麼之前都不知道？和中覺得好在是鄭依蓉要她媽開口對老爸跟老媽說家裡應該要有房子給自個兒住，出來住之後自己約朋友們來打牌輕鬆輕鬆跟鄭依蓉在家裡辦家庭舞會就完全沒了束縛。和中之前不知道的事還有很多，鄭依蓉不上委託行不買衣服，她說不是舶來品的衣服她是看不上眼的，說那些稀啪爛件怎麼能貼上她身子？和中也不知道他其實不用從家裡拿媽的東西過來這裡用，鄭依蓉說北美琪南瑪莉那些是什麼窮人家藥皂，說給進家裡來打牌的朋友們看到會是多沒面子，鄭依蓉只用香皂，說資生堂的蜂蜜香皂還勉勉強強。聲寶推出轟動一時的20吋彩色電視機時，打著「是放在景觀別墅家裡的落地型彩色電視機」的宣傳，鄭依蓉要買，天天和中下班後一進家門，鄭依蓉能劈頭就問什麼時候買彩色電視機。鄭依蓉說住的不是景觀別墅我也這麼將就地跟著你，只是一臺電視機都買不了嗎？那你家裡做的那算是什麼生意？鄭依蓉看和中不聲不響好幾日都沒動作，這新推出的電視機都怕買不到了，怎麼還等得了他慢吞吞地去洛陽街拿錢？！鄭依蓉回桃園家裡去要。鄭依蓉的家裡也真的給她買來了多少朋友進來家裡看到都稱羨的「聲寶拿破崙」，因此她揚著下巴對和中說：「我爸媽就是這麼疼我。你呢？虧你還是你爸媽的獨子。」和中聽這些真是老大不高興，不過電視機是鄭依蓉搬進來的，刺耳的話自己只能忍下來，忍一時是大丈夫。和中心裡憤恨鄭依蓉也憤恨爸媽，爸那麼守舊，只會守著洛陽街的櫃檯，而媽媽，媽她應該聽都沒聽過聲寶拿破崙，家裡真是扯他的後腿。他覺得這電視機要算上是鄭家遲來附上的嫁妝，鄭依蓉嫁過來那時，鄭家不是什麼都沒出？買個電視機也應該吧。

和中下了班後從不著急回家，回那個家幹什麼，家裡孩子又哭餓又吵鬧。而且薪水已經一大半都交給鄭依蓉去了，鄭依蓉還是嫌他拿回家的錢少，只坐在麻將桌上的她可以這樣說自己嗎？媽請來洗衣燒飯的胖太太也會沒事找事來煩人，煮的飯她也吃得不少，誰看她那身材都會知道，她怎麼會跟自己要錢呢？她要薪水當然是去洛陽街跟老媽要啊。下班了的和中習慣上馬殺雞、掏耳、修腳這些名堂多[80]的池浴室去，他喜歡舒舒服服地在裡面被服侍，其實，怎樣能讓他遲些時間回家的場所他都會去的。和中常常一領薪水沒幾天後就口袋光光，和中覺得沒錢眞是不方便也眞是煞風景。

好像是在勵行市場巷弄裡的雜貨店裡開始的，手上有零錢就可以甩骰子賭十八豆仔。贏錢的滋味眞是好，押上些小錢贏得口袋鼓鼓的眞是過癮，和中覺得生活本來就應當是這樣輕鬆的，自己幹嘛上班？幹嘛打那賺不了幾個錢的工？和中胃口漸漸大了起來，在十八豆仔賭桌上越賭越大，他沒料到押個三、五佰塊錢會讓這巷子裡的雜貨店老闆揮著手請他找別處去，說中正橋下那幾處才玩這麼大的，和中想這樣也好，那雜貨店老闆也不照鏡子看看他自己那窮酸樣子！和中開始往可以押大票子贏大票子的場子裡去。賭起來就渾身來勁的他也眞的幾次都贏得很風光，回到家可以好幾佰好幾佰地丟在牌桌上的鄭依蓉面前。幾個牌友們開始領著和中往好地方去，他們知道口袋裡有麥克麥克的男人可以去何處逍遙，他們跟和中說沒出入過寶斗里，

80 名堂多，是名目多、花樣多的意思。

不算是認識艋舺啦，要他別再對人說他艋舺長大的。這樣的好地方裡面有許多姿色可以選擇，有雙瞳迷離的、有嬌羞嫵媚的、有舉止溫柔的，細語呢喃的粉黛佳人們讓和中目不暇給。初嚐到溫柔鄉滋味的和中被服侍地神魂顛倒，花錢就能解決婚後和鄭依蓉在床上的一陳不變，和中每次光顧寶斗里每次嫌恨春宵太短。

以往國父紀念館的兩側只有又直又寬的仁愛路跟忠孝路，大馬路上稻田一大遍連接空地一大遍，火車停駛但支線鐵軌還留在邊迄。在這島內經濟成長飛快的民國六十四跟六十五年間，臺北東邊這些大馬路上的稻田跟空地建起電梯大樓。各公家機關、各級學校看日曆上的國旗日放假休息，學校裡學生們唱誦 蔣公紀念歌[81]。中華民國對外貿易暢旺，美國宣布停止對臺金援，衡陽路上的茶莊、藥房、貿易行做外省族群的買賣日進斗金、延平北路上綢緞莊、布匹商行、雜糧油商做本省族群的買賣眉開眼笑，現金天天都塞滿櫃檯的抽屜。這些年積少成多的外銷出口、包山包海的加工產業讓外匯的所得堆積人民的富足，各式餐廳、各省口味的飯館都在繁榮的經濟環境下同各式的娛樂場所常常滿座。

---

[81] 蔣公紀念歌創作：黃友棣
總統蔣公，您是人類的救星，您是世界的偉人。總統蔣公，您是自由的燈塔，您是民族的長城。內除軍閥，外抗強鄰，為正義而反共，圖民族之復興；內除軍閥，外抗強鄰，為正義而反共，圖民族之復興。蔣公！蔣公！您不朽的精神，永遠領導我們；反共必勝，建國必成，反共必勝，建國必成！

哲文結拜兄弟裡在板橋鎮開設肥皂工廠多年的六哥林彪來小館裡同哲文商量，肥皂工廠也要做大了，六哥的工廠現在除了傳統肥皂，還想製作洗衣粉，六哥說找結拜兄弟合作強過向外面的人問幫忙。這嚴肅的商量多是秀賢在一旁應對的，六哥全程重點處都講河洛話，他說沒辦法用國語談正事，這對秀賢不成問題，秀賢很順溜還能以厘語應對，她委婉地說當然對六哥肥皂工廠有信心，又清楚六哥的爲人，說夫妻倆會認眞考慮。秀賢跟哲文愼重以對哥哥給的參量邀約，豫西小館的生意隨著社會環境的繁華，開門就賺錢，手頭上存有的是現金。倆人對店裡的夥伴們毫不吝嗇但對自己是長年來節省習慣了，要使錢的時候她倆總是猶豫。製造肥皂聽起來成本低廉又是個家家要備、人人要用的必需品，但隔行如隔山，因爲不熟悉，哲文不太有把握。哲文沒辦法拒絕六哥，這秀賢知道，秀賢信的過六哥的做事和人品，不過倆人那錢一直是打算再買下一間房子的。黃家一家是老好人沒錯，但館子這處房子一直向他們承租著，房子不是自己的總是不怎麼踏實，倆人沒細細討論過但也像商量好似地都準備著以後做不動了、年紀大了的時候總是要有自己的房子。

那雙連鐵支路邊迄的房子還是哲文對秀賢說的。木造日式的雙連車站站房外，中山北路跟民生路之間，臺北人稱這一帶雙連鐵支線。民國四、五十年時雙連火車站有數一數二的貨物轉運量，這頭的民生路有車頭菜市仔，街上是人擠人，三輪車擠三輪車，好不熱鬧。那時的民生路延中山北路向北去是草山，向東去是連馬路都沒有的整遍石子路。到了民國六十年之後，已被更名成民生西路多年，但老一輩當地人口中仍稱民生路的馬路被拓寬，還往東面闢開有民生東路，自這幫地走路也能走到圓環[82]，頂多十五分鐘的路，但又不似圓環附近的房子那讓他倆瞠目結舌的高價錢。隨著向東過來馬路的鋪設拓寬，馬路巷子裡建有一遍四層樓房公寓，這幾年裡臺北各處都建有四層樓的公寓或五層樓的公寓。民生路上雙連鐵支路巷子裡那一樓室內有四十六七坪的公寓房子最終是讓秀賢跟哲文買下了，是靜悄悄買下的，掏一百六十七萬，臺北房價翻漲很多，這還是在政府三度調升放款利率到14.5%之前的價錢。秀賢不費多少工夫地就把這房子租出去給人了，租給做小麵攤生意的一家子，秀賢每月上那處走動親自收房租。沒聲張地，店裡、還是家裡孩子們都不知道哲文和秀賢有房子在雙連的這事兒。

秀賢知道哲文對拒絕六哥心裡非常地過意不去，其實自己又何嘗不是?秀賢對哲文道：「就別覺得爲難了，咱們也別一五一十對六哥他交代的這麼清楚說咱倆把錢買了房子這事。你有想幫六哥的心思我也有，不過製造啊、工廠啊我們是一竅不通的，我來跟六哥好好說說，不管怎樣我相信他都會體諒的。」秀賢對六哥說：「近年跟哲文打拼，好在是，歹師公拄著好日子[83]。也都是人客們沒棄嫌。」在秀賢一旁的潤滑應對之下，六哥不覺得被推辭或不受信任，眞如秀賢預料的，六哥非常體諒。工廠擴大需要現金是不是常態秀賢不考慮，六哥在哲文這裡吃了閉門羹但之後兄弟們之間沒有不堪或彆扭，吃飯相處一如既往。秀賢感受到哲文的幾個兄

82 圓環，哲文這年口中的圓環是指臺北圓環，又稱建成圓環。

83 歹師公拄著好日子，臺語俚語，是能力不怎麼好的人只是遇到好運氣的意思。

弟們都珍惜拜把間的情誼，同她做小孩子時期念過的那古人說的話「小事見格局，細節看人品，世間本無事，一切在人心。」

這一年間，和中在賭桌押上自己那臺三陽豹摩托車，那天他明明手氣很旺但最終是把車輸上去了。輸掉那臺三陽豹他自欺欺人告訴自己只是手氣背，而且那臺車早就過時了騎著也不再顯拉風，和中很若無其事地沒讓家裡人知道這事兒。另一天他再意態闌珊地步入樹林戶政時被一樓派出所的員警攔下說因爲他空班曠職，沒人知道他還會不會出現，已經另請了人替他的工友職務，叫他不用再來了。他當下大大鬆了一口氣，因爲每每想到自己的工作，他就感覺像似以往要往學校去時的百般無奈，根本浪費時間。百貨裡樓梯都電動送人上樓了[84]，這是什麼年代？他還在這落後地方浪費力氣？他一直都是用意志力拽自己來上班的，這下終於不用再來討這錢少的可憐的飯碗了。他沒聽過任何身邊的朋友在公家機關做事的，他也從不向朋友們表露自己的工作，這會讓他們笑掉大牙，都什麼年頭了？沒用的人才捧鐵飯碗。同摩托車沒了的那

---

84 民國四十八年時高雄鹽埕區的大新百貨裡啟用了臺灣第一座電動手扶梯。民國五十九年四月在臺北大稻埕的大千百貨從日本引進臺北第一座、當年還非常罕見的電動手扶梯，大千百貨可以說是民國五十九年那時最時髦的百貨公司，開幕的四月十七號當天在聯合報頭版刊登廣告，請巨星楊麗花剪綵，人山人海的逛百貨公司民眾擠得延平北路附近街道水洩不通。

事一樣，和中沒對家裡任何人提自己沒再往返樹林上班這事，他感覺**生活變得輕鬆，錢如果能輕鬆的到手，何苦要選困難的方式？**

沒了戶政的薪水他先是向朋友借錢，多少同梯的朋友都掏錢借他，**和中覺得這是本來就應該的，退伍後他們都來館子裡白吃白喝不是嗎？**話說得漂亮錢就借得容易，他還記得在老媽叫他去的那排版印刷廠裡見識到的，他見過老爸他哥林金朝怎麼談生意，不管是各大報來擠壓縮短出刊的時間、還是各層級機關來談報價的姿態都不是好應付的，但林金朝，別看他胖不隆咚的，他真能從容不迫，還有，他出口回應的那些話真是高啊。那時爸媽把自己推進去工作，**那算是什麼工作！**現在想想**唯一的好處就是他見識了林金朝跟那些機關長官的應對話術，有技巧的話術就能談到時間也能講到好價錢，那時候的自己印象就非常深刻**。和中依樣畫葫蘆，用在他鎖定的人身上，他真能臉不紅氣不喘地對人說出他急需要錢的理由，還越來越熟捻自然。他舌燦蓮花而且目光專注眼神不移，該阿諛對方的時候，他絕對的阿諛奉承，沒有朋友當面拒絕過他的借錢，滿少人能拒絕直直望進自己眼睛的人。

許多次的有借無還之後，不止和中想避開這些朋友的追討，周圍的朋友們開始傳些他一直向人借錢的話語，幾個人漸漸地對他迴避不見面，其他幾個人遇見和中時甚至會惡言相向。和中沒把朋友們怎麼看他放在心上，他轉而向能乾脆直接拿錢給他的地方，這些地方多的是，都只扣手續費用——借一萬元實給九千。能當場拿到大筆的現金，細細小小的其他眉角和中不在

乎，他要有大筆現金上牌桌或押大小，才能贏得大，這些地方還免去了人和人之間「我把你當朋友」或什麼「多年交情」的那些糾結。

贏錢的日子沈和中夜夜浸淫在高檔次的那卡西溫柔鄉中入眠。那卡西現場吟唱的場子跟汗酸臭、體味濃的工人階級都能出入的那些豆干厝還是寶斗里不同，能在那卡西表演歌唱的藝妓是受特別訓練的，人客點什麼歌她們怎麼唱，不管是臺語名曲命運青紅燈[85]、還是國語名曲嘆十聲[86]這些，現場演唱日文曲目也是常有的事。在這樣的場合消費的人客是受衣著舉止限制

---

85 命運青紅燈 作詞：黃俊雄

「紅燈阻止阮不通行這條險路，是我好奇願意吃鹹甜酸苦，愛人被愛如秋風秋雨，女人的勇敢雖然勝過男子漢，但是離開母親彼日，目屎像落雨，青燈指示阮趕緊行這條好路．躊躇不行才失敗，後悔心病苦情場失敗是自己錯誤，女人的勇敢雖然勝過男子漢，但是離開心愛的人，目屎像落雨，紅燈青燈無逼阮行這條暗路，總是自己選擇的，理想前途浪漫寂寞的滋味濃厚，女人的勇敢雖然勝過男子漢，但是想起阮的終身，目屎像落雨。」

86 嘆十聲 作詞：黎平 作曲：方知 原唱：一代妖姬 白光（1949年）

「煙花那女子，嘆罷那第一聲，思想起，奴終身靠啊靠何人，爹娘生下了奴，就沒有照管，為只為家貧寒，才賣了小奴身，咿呀呀得兒喂，說給誰來聽，為只為家貧寒，才賣了小奴身。

煙花那女子，嘆罷那第二聲，思想起，何處有知呀知心人，天涯漂泊受盡了欺凌，有誰見逢人笑，暗地裡抹淚痕，咿呀呀得兒喂，說給誰來聽，有誰見逢人笑，暗地裡抹淚痕。

的，這檔次、這排場是有十足派頭的，和中覺得自己該出入的就是這樣的地方；輸錢的日子和中覺得也該上中華路上巷子裡的池浴室，洗去一身的霉運也需要找人抓龍鬆開緊繃的身體，或他會選擇將就一點蹓往寶斗里、往豆干厝發洩一下。這樣過了約莫大半年的時間，和中越來越頻繁地需要拿另一邊借來的錢還這一邊追討的利息，他開始覺得爲了維持開銷眞是辛苦，怎麼好像錢也沒入手的如之前那般輕鬆了。沈和中對自己簽下的借據總共有多少渾然不覺，直到那天錢莊的人找上門。

這艋舺公園邊上的錢莊把愛國西路、大理街、西園路幾處和中去借錢的地方簽下的本票都買下匯集在一起。錢莊的人說欠錢還錢天經地義，加總十幾萬塊錢的本票，十天一期利息就三萬多塊錢，他們大搖大擺找來家裡晃蕩了一圈後說每十天就會上門來討一次。和中看這幾個彪形大漢手上搖晃的那幾張單據，心驚地想一直都是這處到手的錢還那處借錢的利息，怎麼這家錢莊這麼神通廣大知道自己去了哪幾處借錢？他們在說什麼十天的時間？他怎麼掏的出三萬塊錢？鄭依蓉當下在旁邊是面無血色，雙唇還一顫一顫地，她被嚇得上下牙齒都在打哆嗦。幾個

煙花那女子，嘆罷那第三聲，思想起，當年的壞呀壞心人，花言巧語他把奴來騙，到頭來丟下奴，只成了一片恨，咿呀呀得兒喂，說給誰來聽，到頭來丟下奴，只成了一片恨。」

嘆十聲為民國三十八年長城影業公司出品的電影──《蕩婦心》裡的歌曲，電影裡是三段歌詞，但事實上民國三十八年壓製的唱片所唱只有兩段歌詞而已，這是因為礙於當年黑膠唱片錄製技術，一面只能收錄三分多鐘時間的原因所造成。

大漢離開之前把家裡的聲寶電視機搬走了，粗魯的動作讓正看著電視的思祥跟妹妹思佳嚇到嚎啕大哭，跟著是鄭依蓉撲過來捶打和中的哭聲尖叫。她叫問：「什麼錢？什麼十天三萬多塊錢？那是我們鄭家買的電視機他們說搬走就搬走而你一個屁也沒放？是你欠的錢憑什麼搬走我的電視機？」受夠了一整個這樣哭哭啼啼的家，和中用力地把鄭依蓉撇在地上大吼問：「鬧夠了沒有？什麼我欠的錢？錢妳沒花嗎？還有這兩隻只知道哭的兔崽子吃喝拉撒睡不花錢嗎？什麼妳們鄭家的電視機？妳家裡就給了那臺電視機外還給了什麼？真是後悔那時候娶了妳。」

鄭依蓉哪裡是個省油的燈？她哪裡會讓和中對她這動作，還讓和中這樣抱怨她、抱怨她家？錢莊討錢找上門的這一夜和中整夜不得安寧，鄭依蓉又哭又鬧說自己嫁錯人了，說當年和中還說家裡的生意做得多好，把餅畫得多大，其實根本就沒有錢。夫妻兩人吵鬧得讓二樓柳叔跟柳嬸都下來敲和中的門請他們夫妻吵吵合合就算了吧，說請他們注意點時間已經很晚了。柳叔柳嬸離開後是沒了吵鬧聲但鄭依蓉開始冷戰，她不讓和中上床睡覺，她見和中往客廳一倒就狀似要睡也更不讓他睡，說簍子是他捅出來的，怎麼以爲可以倒頭就睡啊，門兒都沒有。兩個人互相折騰到三更半夜。渾噩虛晃的四口之家接下來幾日是在孩子抽抽噎噎哭餓的聲音中起來，沒人在乎家外是晨霧中的天快破曉時分還是太陽下山的黃昏時分。煮飯洗衣的胖太太進來又離開，留下飯菜在桌子上，她可能有發了好心餵了餵兩個小孩幾口飯菜，也可能沒有。沈和中跟鄭依蓉睡醒來吃的時候胖太太都已離開，他們會看著桌上涼在那裡的飯菜，對空氣叫到

「蠅子都飛來了，這還是新鮮做的嗎」來抱怨，他們邊抱怨飯菜邊吃下肚子。他們不覺得十天能過得這麼快，但馬上就來到錢莊的人說要回來的這一天。

兩個人決定不管怎麼樣都不開門。胖太太提著菜籃拿著鑰匙要進來發現門從裡面反鎖著，和中也不過來開門，和中隔著門叫她今天別煮了，叫她明天再進來煮，然後一整天跟一整個晚上他們窗戶不敢開燈不敢亮，一家四口關自己在屋子最後頭的房間裡。和中避開了那十天之後來收利息的催討，但他避不開之後的每一天。雖然和中一直耳提面命煮飯的胖太太出入時都要注意家門前有無閒雜人等，但模樣斯文又西裝革履的兩個人沒讓胖太太有「閒雜人等」的聯想，這斯文的兩個人在胖太太踩出門正要關上門時抵住了門還輕聲地對她說辛苦了，快回家吧。胖太太第一次在這家裡聽到有對自己這麼體貼的話語，她轉身離開時都感覺害羞了。

油頭梳得整齊、文明斯文模樣，穿著上等的西裝裡的兩個人在和中面前緩緩攤開了他們老闆在艋舺各處幫他攤還了的借據。他們說，事情原本真的很好處理，但和中幾次都讓他們的同事沒得其門而入幾次都空著手回去見他們老闆，所以現在樣子變得很難看。他們說這麼幾期的利息跟本票加總已經二十多萬塊錢，事情還變得很複雜。他們想方設法，他們查了查能幫忙和中跟能給老闆有交代的方法就是這在沈和中名下的房子了，雖然這種事情他們處理多了，但把房契、地契過戶的流程走完又要三個多星期近一個月的時間，多出來三期的利息不就是要他們老闆做虧本生意了？沒幾分鐘的時間裡，說話時表情不溫不慍的兩個人就讓和中背脊發涼手臂

上冒出冷汗。那時跟父親討來地契跟戶口名簿他就去地政跟戶政辦了過戶這事，奇怪**他們怎麼知道這房子現在是在自己名下的？是那時！被人看小了的時候他有叫囂說自己可是有間房子的人，那是在哪一處借錢的時候？有點不記得了。這兩個人就能知道這事？**這時和中沒血色的嘴唇中喃喃唸著，聲音小聲到幾乎讓人聽不到但這兩人都聽到了，他們很有耐心地回答他道，他們就是人稱的書士，專門喬土地跟房子事情的，有法子的啊。然後他們說，那數目的事啊，借據上都很清楚——三分利、十天一期、利上加利，很清楚的還有和中親簽的名字，白紙黑字的三個大字。說張張需要塡寫的地籍資料跟戶政表格他們都備齊了，今天和中把指頭壓一壓，好讓他們明天一早送件開始辦事。這時他們依序又工整地把攤開的本票借據收回公事包，再來又攤開的是數張地政資料跟過戶需要的表格。和中嗡嗡響的腦袋裡塞著那些密密麻麻的字。沒有人對他唸過借據上那些細細小小的字，他當然也沒有仔細去看過，他沒想過利上加利這種眉角，自己是不是上當了？他的兩手拇指被拉著按下指印，這兩人還在正經八百地對他說話。把國民身分證、房契跟地契交出來吧，說行政規費跟他們的跑路費就算是便宜和中了，這房子妥當過戶好的話事情就是算了，說文明人不需要見血的。

鄭依蓉當天自己坐火車躲回桃園娘家，她離開時說房子拿到手裡她也不知道、錢是和中借的、錢是和中花掉的，她也不知道，所以憑什麼要她一起擔心受怕？和中拉不下臉硬跟著去鄭依蓉的娘家，和中也不敢留在這個家裡過夜，他拎著兩個孩子回洛陽街爸媽那兒。一進門他就跪下了，還要兩個孩子也一起跪著。哲文見和中帶倆小孫子一起回來很是高興，但奇怪怎麼和中看見自己後竟然跪在店門口。和中要爸爸一定逮原諒他他才會起身的，說兩個一同跪著的小兔崽子也是。館子裡的客人們吃飽後要離開是揀門口的空隙踏出去的，哲文尷尬窘迫地不知道如何是好，秀賢過來要和中先趕緊起來先趕緊上二樓，秀賢不知道孩子跟孫子們做了什麼事要一直跪著，秀賢說讓客人們看咱們的家務事你爸爸會覺得不自在，先上樓去休息晚上店裡關門後再慢慢說。和中說爸媽逮原諒兒子不孝他跟兩孩子才會起身，秀賢說：「當然原諒，發生了什麼事都原諒。」聽媽這麼說，和中爬起身上樓了，兩個那麼一點兒大的孩子緊緊地跟著他走上樓。秀賢跟哲文當晚聽和中鼻涕一把淚一把，和中說爸媽都不知道他們那種錢莊的人扒人皮不見血，吞人下肚不吐骨頭啊。秀賢跟哲文想都沒想過，一間房子能這樣就沒了。

哲文去報了證件遺失，請領了新的戶口名簿跟自己的國民身分證，回來後他把自己跟秀賢的身分證件、印章、銀行帳本都一同鎖進家二樓的保險箱裡，沒對秀賢說，沒對任何人說。秀賢也去了一處，沒跟任何人說，她去艋舺公園旁和中說的那家錢莊。秀賢滿肚子是好人這樣被欺負哪兒還有王法的怒氣，滿是要去理論的心情，踏進那錢莊時看到裡頭站有幾個手叉在胸前的彪形大漢，秀賢一頓都沒頓，她直覺地伸手把擺放在錢莊門外的圓木凳拎進門。**他們人高馬大又怎麼樣？這紮實的木凳往他們身上砸過去也會夠他們受的**。不到那些男人胸膛高度的秀賢，怒氣沖沖地手裡拎著圓凳，腳踩進人家店裡就說要找他們老闆出來。斯斯文文模樣的一個男人有條有理有耐心地向秀賢攤開了沈和中從民國六十四年開始在艋舺幾處錢莊找幫忙的借據，一張張借據上數目金額、和中簽的名字跟他的指印都清清楚楚。斯文模樣的男人緩緩有禮

地對秀賢疏理解釋。「沈和中向多處借錢不還，是這裡幫忙打點處理了。大家都是做生意的，這裡只收十天一利，外面多處都做著七天一利的生意。」男人說總歸一句就是欠錢還錢，沈和中沒錢償還，用他的房子還債也是天經地義的。

剛剛踏進店裡時，秀賢渾身的氣魄是幾個男人都擋不下她，現在離開這店裡時，秀賢渾身軟軟綿綿地走路都沒有力氣。外頭的日頭刺眼炫目，所以秀賢低著頭走，她走得極慢，因爲整心上想著**自己的和中是被那重利壓的，是三分利啊！和中如果需要錢，來跟哲文還是自己商量有多好！不能再讓和中來這種重利暴利的地方**。滿腦子亂糟糟想法的當會兒，忽地一個穿著軍裝的男子挨近秀賢走過來，還問了兩句「多少？多少？」馬上反應過來男人在問的是什麼的秀賢回問他說：「你有錢嗎？」男子急忙地說：「有、有、有。」還一邊伸手進軍裝口袋掏錢出來。秀賢看了他掏出來的那些擰在一起的鈔票後說：「跟我走。」男子愣頭愣腦地問說：「走去哪？」秀賢回他道：「走去派出所啊，前頭就是。」那見獵心喜的男人原本眼神斜睨睨地盯著秀賢的胸部，在聽到秀賢說要上派出所後瞬間變得倉惶無措，男人好像是邊說著派出所我不去邊摸著鼻子躲開的，秀賢沒再去朝他多看一眼。從艋舺公園這處回家的路上，秀賢做了一個決定，決定讓和中帶著小傢伙們住進雙連那一樓的房子，這是做父母的至少能幫他的，不過她要哲文跟她同聲一氣，不向和中或兒媳婦說這是家裡的房子，要說只是租下來給他們住的。

這年年除夕沈和中抱著剛出生的老三兒子跪著回來的，鄭依蓉遠遠地站在一旁冷冷地看，有一晃她的白眼圈黑瞳孔裡還是放空的眼神，老大兒子思祥跟老二女兒思佳跟在她後頭。和中稱自己將剛出生的兒子取名思過，說他跟鄭依蓉兩個人會反省自己的過錯會痛改前非。這天大過年的，秀賢對和中說沒關孩子的事情，要和中過了年後去把名字改了，改成思國吧，沈思國。秀賢雖然生氣和中、生氣兒媳婦，但她也生氣哲文沒把房契地契收好。哲文有些責任，其實自個兒對兒子也有些責任。和中連忙稱是，他心眼裡知道老媽沒那麼生氣了。和中對一道道老媽準備的年夜菜都是夾著一大筷頭菜往嘴巴裡塞，和中說：「鄭依蓉著實不會煮啊媽，那乾巴巴白嚓嚓的[87]東西怎麼好吃？說連胖太太煮得都跟媽煮的差多了。」，和中惹得秀賢歡喜。鄭依蓉在旁聽和中說這些時是直翻白眼，她正要回嘴時被和中在桌下踢了踢腳，他攔擋她出聲。有和中、有台萍、有小孫孫們熱鬧在一塊兒圍爐讓哲文覺得日子是眉蒿的[88]。看著兒子跟小孫子們吃飯就心生滿足的秀賢沒注意到桌子下的那些動作，秀賢覺得這個年是豐盛地過的，當年自己抱著懷裡的和中，緊緊跟著哲文的部隊出來，一家才三口人，這年過節，一家已經是八口人，這樣的日子裡什麼都感覺很好，什麼都好。

---

87 白嚓嚓，形容飯菜沒味道，沒滋味的意思。

88 哲文的鄉音會讓他在想「日子是美好的」時心底的聲音是「日子是眉蒿的」。

畢了業的饒薇薇比以前更會玩，沈台萍是跟著饒薇薇去參加文化大學的學生舞會時認識詹大成的。高職剛畢業的那幾年裡因爲倆人也是該進大學的年紀，出入這樣的舞會總是盡興，倆人身邊追求者衆，台萍一直沒多認眞看待這個金門出生長大的男孩子，還會開玩笑地問他金門在哪裡。幾年下來台萍已比舞會上的大學生年長幾歲，她不再覺得學生舞會或家庭舞會有趣，一直持續會約她出遊的也只剩寥寥幾人。大學畢業了，已經出社會工作了的詹大成仍然經常出現在地方法院外的人行道上等她下班，台萍開始看見這個男孩子。台萍對詹大成說可以約會看電影，說要講認眞的事情那他需要通過高普考試，要他考上有保障的公務人員後再說。

詹大成幾次被小萍兒帶回來館子裡吃飯。哲文在知道這年輕人經中國青年救國團[89]安排工作，是在僑務委員會裡面當工友後，哲文會往大成的碗裡一直添餃子；又在知道大成是金門小孩後他更是會語重心長地對大成說當年幸虧是有金門那塊地替臺灣擋著共產黨，說是金門擋下多少對面的砲彈，保全了臺灣省的安危。哲文說青年反共團好啊，說防守金門的胡璉將軍好啊。不滿國民黨的軍隊把家裡宗祠的大門都拆下來拿去擋砲彈的大成不想讓台萍的父親對自己

89 中國青年救國團，簡稱救國團，是中華民國的社團法人組織。民國四十一年成立的最初名為中國青年反共救國團，隸屬於中華民國國防部總政治部，由中華民國總統蔣中正兼任團長，蔣經國為首位主任，李璻為首任兵長，民國五十八年離開國防部，民國七十八年向內政部及臺北地方法院申請、登記為：「教育性、服務性與公益性之社團法人，服務對象主體是大專院校、高中職的學生。」民國八十九年更名為中國青年救國團。救國團的工作還包括接待遊客以及個人教育進修活動。

有些什麼誤會，雖然說他總差點說出口自己不滿意國民黨讓家鄉成爲戰事的第一線這樣類似的話。詹大成總忍著沒說，他心裡尊敬台萍的父親。秀賢則是沒有看上眼台萍帶回小館裡一起吃飯的這個微微駝著背的男孩子，她和哲文當然明白這孩子在追求自家的閨女。秀賢曾經輕描淡寫地問過小萍兒，那時萍兒不是還回她說別想得太多了，說她怎麼可能會嫁給這個不風趣幽默又只是長得一般般的孩子。這民國六十六年時候，詹大成跑來對台萍說他考上了，考上財政部關務署，詹大成還嚴肅地向台萍求婚，請台萍嫁給他，台萍回他說到館子裡問爸爸。詹大成穿得正式過來豫西小館吃飯時對哲文說他考上財政部公務人員考試，說考上關務署，還開口請哲文把女兒嫁給他，哲文答應了。哲文是一直對忠厚老實的詹大成滿滿意的，這是個正幹的離島青年。眼神對著眼神之外，兩個男人伸出手臂握在一起，兩個男人都激動高興。

沈台萍和詹大成結婚的這年裡，行政院長蔣經國二月勞軍馬祖、五月訪視金門。電視廣播接收機執照收費制度被廢除，臺灣省三戶人家家裡兩戶買有了電視機。台萍這年在臺北地方法院的臨時僱員薪資月領三千兩佰元，詹大成公務人員正職第二年，月薪五仟六佰元。這年政府還推行平均地權來朝社會均富及安和發展，這是在早年的三七五減租、民國四十年實行的公地放領、又兩年後實行耕者有其田之後政府新推行的土地改革政策。臺北籌劃興建著臺灣世貿中心、臺北地區規劃水源及供水系統籌建著翡翠水庫、中臺灣預定興建新竹科學工業園區，多年前清華大學就研發成功活動原子爐，在這年裡核能一號場完工，臺灣省進入核能發電時代。高雄、楠梓、臺中三個加工出口區貿易順差數億美元，全年臺灣的經濟成長率超過百分之十。這

幾年不間斷的建設遍布臺灣全省，蔣經國院長對人民宣稱有一分耕耘就會有一分收穫。高雄港剛開通第二港口，蔣經國院長主導的重大建設中[90]高雄的中國鋼鐵公司第一階段工程完工，生產運作如火如荼、造船煉鋼還外銷日本，高雄港的吞吐量都比以往倍增，許多港務人員及關務人員被調往支援高雄的業務，這其中包括才新婚沒幾個月的詹大成。

婚後跟詹大成還一直與爸媽同住的台萍開始和大成輪流著往返臺北和高雄之間聚首，公務人員一週上班六天，兩人都兢兢業業的個性，不遲到、不早退也不請假，所以這大成被派駐高雄[91]後兩人每年聚首的日子大約就是春節、端午跟中秋的節日。詹大成認同自己的機關，盡忠

---

90 自民國五十四年起，臺灣經濟逐漸好轉，工業建設加速成長，對外貿易開始蓬勃發展；但是公共設施及重要原料已無法適應需求，經濟發展面臨受限瓶頸，行政院院長蔣經國提出開始推行大型基礎建設計劃，其中包括桃園國際機場、臺中港、蘇澳港、南北高速公路、鐵路電氣化、北迴鐵路、大煉鋼廠、中國造船廠、石油化學工業、及核能發電廠，本來叫做「九大建設」，後來加上核能發電廠才變成「十大建設」，這從中華民國政府發行的郵票可以看出來，起先發行的是「九大建設郵票」，發行了三次，有三個版，核能發電廠完工後發行的「核能發電廠紀念郵票」設計特殊，可以和第三版「九大建設郵票」配成一套，後來又發行「十大建設紀念郵票」小全張。

91 財政部關務署（簡稱關務署）是中華民國的海關事務機構，隸屬於財政部，負責關稅稽徵、查緝走私、保稅退稅、貿易統計及接受其他機關委託代徵稅費、執行邊境管制。其最早前身為清咸豐四年（1854年）成立的「海關總稅務司署」，民國八十年二月三日更名為「財政部關稅總局」，民國一百零二年元旦合併財政部關政司後改為今制。目前下設基隆、臺北、臺中、高雄等四處海關。

職守於自己的職務，他覺得身著海關的制服就是榮譽，上班時總是維持制服的潔白乾淨，讓兩側的肩章是正正端端地別在自己肩膀上。他上船巡港勤奮認真，也很快就習慣了關務署在高雄港位於哈瑪星的宿舍，還覺得那日治時期建造的房舍通風舒適。他也覺得和台萍分開的日子過去的很快，很快地就又盼到可以回臺北的假日，他每次都期待回到洛陽街岳父母家和台萍團聚。岳父、岳母經營的餐館生意門庭若市，岳母掌廚的店裡道道都是他愛吃的菜，他可以一直吃蔥油餅跟韭菜盒，岳父也同婚前一般每每幫他添湯添餃子。他知道岳父母不怕他吃，他知道岳母喜歡看他吃而岳父喜歡看見他穿一身筆挺的制服。他這身是延續清朝時就有的傳統的海關制服，他跟岳父會一起討論中華民國海關的制服跟徽章。有時是台萍去高雄港看大成，台萍可以一起同住哈瑪星的宿舍，沒離開過臺北的台萍從公路局客運上的車窗看中南部沿途的風景，只是舟車勞頓總是花去半天的時間才會到達。不過才過一年半載的時間後，連貫南北的中山高速公路就完工通車，大大改善了台萍跟大成的南北往返。

民國六十七年，原任行政院院長的蔣經國當選任期六年的中華民國第六屆總統，這年南北高速公路通車[92]。台萍從臺北搭乘公路局有冷氣的嶄新客運，花五、六個小時就能跟大成相

[92] 南北高速公路原為臺灣區國道高速公路，現稱中山高速公路（又稱國道一號、南北高速公路，簡稱中山高），是臺灣的第一條國道高速公路，連線基隆港與高雄港，前行政院長蔣經國當年推動十大建設中的建設之一，也是臺灣陸上交通最重要的命脈之一，以中華民國國父孫中山為名。民國五十九年時任行政院國

見。這條公路的完工還連接了之前的麥帥公路，所以由北邊基隆至南邊高雄，全省實踐了一次空間革命，台萍從高雄回到洛陽街家裡時會雀躍地向父母親說大成在下午幾點鐘才送她坐上客運，說她在晚餐前就已經回到家！說半天之內就可以南下或北上。哲文感受孩子的欣喜，哲文感受時代大大的進步。秀賢看著、聽著小萍兒眉飛色舞的講述，會邊想出嫁的閨女還住在家裡面、跟女婿分在南北兩地，這眞是家裡老人們會說的時代是不一樣了，而且一個女孩子家跋涉千里，這放在以前的日子，哪裡可能如此輕而易舉！秀賢會想，這給祖母知道了，不知道她老人家會嚷嚷什麼。

際經濟合作發展委員會主任委員蔣經國力排眾議，通過南北高速公路興建案。六月八日，中華民國交通部成立交通部臺灣區高速公路工程局，著手規劃南北高速公路。民國六十年8月14日，南北高速公路動土興建。民國六十三年7月29日，三重交流道至內壢交流道完工通車，總長30.1公里。民國六十四年11月10日，內壢交流道至楊梅交流道完工通車。民國六十五年10月10日，臺北交流道至三重交流道完工通車。民國六十六年7月1日，內湖交流道至圓山交流道、仁德交流道至高雄端通車。7月10日，由麥帥公路改建之基隆端至內湖交流道通車。麥帥公路大部併入中山高速公路。12月31日，圓山交流道至臺北交流道、楊梅交流道至新竹交流道、豐原交流道至臺中交流道通車。民國六十七年5月19日，林口交流道至機場交流道（今機場系統交流道）拓寬工程動工。7月1日，新竹交流道至豐原交流道、臺中交流道至王田交流道通車。9月1日，嘉義交流道至仁德交流道通車。10月31日，王田交流道至嘉義交流道通車、林口交流道至機場交流道拓寬為雙向六線道完工，中沙大橋啟用，中山高速公路全線通車。

是詹大成即將被北調往基隆港、台萍發現自己懷孕了的民國六十七年夏天，兩人萌生起買房子的念頭。台萍的同事們多住在中、永和一帶，台萍就心想跟著同事們乘法院公交車坐到底站去看看，出了臺北市房價越往外圈應該是越便宜，自己跟大成公務人員的薪水也才買得起。臺北法院往中、永和路線的公交車底站在南勢角，近中和興南夜市口，不過這幫地房價還是很高。台萍從南勢角又轉搭臺北客運十二路公車往新店鎮安康地區坐進去，出了中、永和之後公車窗外兩邊風景從整排的水泥房子，變成兩旁零零星星的房舍，台萍在公車底站處看著了光華新村周圍新建的爬樓梯公寓樓房。公寓樓房另一側的道路邊還是一大片野草的空地，遠遠地還能望見環繞這臺北盆地南側的丘陵山坡。台萍這月裡標了兩個會[93]，加上她

---

93 會，就是互助會，俗稱標會、做會、呈會或會仔，在法律上則稱為合會，是民間一種小額信用貸款的型態，流行於一些華人的社群，具有賺取利息與籌措資金的功能。互助會的發起人稱為「發起會員」（俗稱「會首」、「會頭」），其餘參加互助會的人則為「一般會員」（或稱會腳）。其中的「發起會員（會首、會頭）——標會的發起會員稱「會首」，或稱「會頭」。會首也可由參與標會的人共同推舉產生，只能是一人。標會首期籌款歸會首所有，同時會首負有義務召集每期聚會、收取會錢並把交付給該期得款的會員。如有成員違約未按時繳納會錢，會首須先行墊付，再向該會員追討。「一般會員（會腳、腳仔）——除「會首」之外，其他參與標會的人，都叫做「會腳」，俗稱「腳仔」。有些互助會較為嚴謹，「會腳」入會還需要有保人為其作保。有的人財力較雄厚，也可以一人擔任兩個「會腳」，術語叫做「兩口會」。比如「陳志明」是「兩口會」，可以叫做「陳志明（甲）」、「陳志明（乙）」。「林春嬌」也可以叫做「林春嬌（一）」、「林春嬌（二）」。除了「兩口會」，甚至可能會有「三口會」、「四口會」等情況。「會費」——又稱會款、會錢，是事先約定的一筆金額，每期

都必須繳納。「得標」——獲得某期籌集的全部會費等金錢。「投標金」——又稱標金，得標會員願意支付的利息。「死會、活會」——曾經得標的會員即為「死會」（理論上第二期開始，會首必定死會），尚未得標者即為「活會」。「內標會」——活會會員繳交會費，扣除當月的標金。死會會員每期繳交會費。這種標會稱為「內標會」。「外標會」——活會會員繳交會費。死會會員繳交會費加上標金。這種標會稱為「外標會」。「出險會」——如果有會員開始不繳或拖欠會費，此標會即為「出險會」。「倒會」——某死會會員不再繳交會款，稱為「倒會」。

互助會運作：會首起會之後，可以向所有會員收取首期全數會款，之後每期會員所繳交之會款，則由會首收齊，交給得標會員。欲投標者須以將「投標金」金額寫好以信封裝好並簽名，然後會首召集各會員，公開拆閱，以價高者得。但每期必定有人得標。一般來說，無人競標的時候，「會首」會以抽籤方式選到得標者，並以最低利率加以計算。「會首」一般是為了經商或者急需頭寸才成立互助會的。「會腳」入會則主要是為了儲蓄，或者是當緊急預備金，當急需周轉時，不需要去借，亦可薄收利息。所以「會腳」們會根據自己的情況，對自己何時得標有所期待。以內標會為例，通常急需用錢的人會傾向於先得標，以取得資金。而想要賺錢，資金較充裕，並不急於套現的「會腳」，則會傾向於最後得標，因為這樣所得的利息最多。在中期得標者，在時效、利息各方面都無優勢可言，所以多不願意在中間得標，在有些起會之初即規定「會腳」得標順序的互助會中，「會首」多只好安排自己的親友在中間得標。互助會按照會員繳交會款方式的不同，又可分為「內標式」互助會和「外標式」互助會兩種。

內標式互助會：得標會員每期應支付金額為起會時約定的會款數額；未得標會員則支付起會時約定的會款數額扣除該期得標會員的標金（利息）。每個月，互助會內都要進行一次競標，出價最高者可取走當月所有的會費。會費是規定不變的，但得標者所得的所有會費又不是完整的會費。比如，例如某個內標式互助會，會員人數50人，會費為1,000元，第一個月的會錢交給會首甲，所以會首收到共49,000元，並死會，第二個月起不得再參與投標。會員乙出投標金100元，會員丙出投標金200元，但會員丁出投標金260元，跟大成工作至今郵局裡所有的存款，兩個人以頭期款二十來萬塊錢買入手總價87萬的這二十坪公寓的頂樓五樓，她們和銀行申請二十年的房貸，照理是一個月要負擔三四千塊錢，詹大成在他單位裡申請公務人員優惠貸款，一個月本金加利息優惠成三千出頭。這幫地離市區

是最高價的，所以得標。那麼會中的所有會員只需給會員丁740元（會費──投標金=所付金額），所以會員丁可拿740x49=36260。但如果所有會員出價都是100元，那麼就由第一個投標的會員得標，或者由會首公開抽籤。這種情況在互助會中經常出現，這是因為所有會員把互助會當成理財工具，不急著用錢，而且，一旦標中，以後就不能再競標，只有付會費的分了，每個會員都只能得標一次，大家都想在急需頭寸時才得標。理論上來說，只要能夠等到較後面再標中，能收穫的利益會是較多的（1000-100=900，900x49=44,100）。

外標式互助會：得標會員每期應支付金額，為起會時約定的會款數額，加上得標時的標金（利息）；未得標會員每期應支付金額為起會時約定的會款數額。每個月，互助會內都要進行一次競標，出價最高者可取走當月所有的會費。例如某個外標式互助會，會員人數50人，會費1,000元，每月投標，會期共50個月。第一個月的會錢交給會首A，所以會首收到共49,000元，並死會，第二個月起不得再參與投標，會頭第二個月開始繳交的會錢為1,000元。第二個月開始，由其他的活會會員各自出投標金，以價高者得標。會員B首先發難，出投標金100元，會員C出投標金200元，但會員D出投標金250元，是最高價，於是得標。其中48人活會各繳交1,000元，會首亦交1,000元。故知會員D可以拿到49,000元。之後會員D死會，以後每個月需繳交的費用，即1000+250=1250。第三個月開始，會員E得標，其中47人活會各繳交1,000元，會首亦交1,000元，會員D要繳1,250元，故會員E可以收49,250元。（資料來源：維基百科）

有一個多小時的車程，不過兩人是歡欣滿足的，還覺得開始買下房子心裡變得踏實。大成說把房子寫在台萍的名下。

緒文跟秀英的老大柳忠德在這年暑假從第一學府臺灣大學畢業，還申請有美國研究所學校的獎學金，這是件神氣不得了的大事，周遭大夥兒的孩子們還沒有聽過誰能申請得到國外獎學金能留洋這麼厲害的。秀英說柳緒文買了塊金子要給兒子帶著去，忠德接過母親交付的金子時哽咽地對母親說這是念書去的不是逃難去的。這麼幾年看著他長大的哲文跟秀賢都在場給忠德餞別，看他捧過金子的這當會兒幾個大人們眼睛都紅了。眼裡一整眶淚的秀英喃喃地說當年上大後方念書去的青年人不也都以爲只是去念書，但多少人到現在都還沒回家呢。旁邊秀賢連忙接著說，是啊，妳說的那是啊，但現在不同那戰亂的時局，妳兒子這是坐飛機去的，是出國深造去的，是盼都盼不得的好事快別抽抽噎噎一把鼻涕一把淚的！秀英當然停不下來，臉上滴著淚把秀賢爲柳忠德打的毛衣、做了的棉被給收拾進忠德行囊裡，行囊裡還塞滿了蕃茄汁鯖魚罐頭跟生力麵[94]。

---

[94] 名立食品在民國五十六年，自日本引進速食麵製造技術，搶先在臺灣生產的乾泡兩吃的雞汁麵——「生力麵」。追溯源頭，生力麵有可能是臺灣第一包速食麵產品。

那新店公寓五樓的房子才在鋪地磚的六十七年年底，哲文急忙地招車把肚子痛得不得了的女兒送去婦幼醫院，台萍的女兒在臺北市婦幼醫院呱呱落地，在醫院產房外沒有人看到的走廊上哲文爲自己的閨女會不會安然的順產是徬徨緊張地哭了。詹大成是卽將調往基隆關但還在高雄港服務，秀賢原本也要跟著來，但哲文對賢兒說已經這麼大半夜，要她先留在家，說等明個兒再來醫院換他也成，哲文帶小萍步出小館時是匆忙的。慌亂的腦袋是直到他自己獨自一人站在產房外等待時才重新接通思緒，哲文才理解到這晚如果一切順利，家裡會多一個新生命。可是如果有個萬一呢？那手術台上是自己的閨女在哭嚷著喊痛啊，家鄉有句話說生孩子就是婦女們從鬼門關前走一遭，大夫們啊，行行好趕快幫幫忙。台萍疼得唉唉叫，一叫一嚷都刺在哲文的心頭肉上。小萍兒從小到大沒讓自己擔心過、從沒忤逆過他、也沒做過什麼錯事，一直是個乖巧的女兒，哲文想著想著就心疼地哭了出來。

外面臺灣社會上籠罩一股已經退出聯合國後，現在美國又與我國斷交的國運風雨飄渺感，這是報紙上憤慨不平報導「美國與我斷交是完全錯誤決定」的十二月。利用行憲紀念日的放假回來看妻小的詹大成愼重其事地走向櫃檯裡看報紙的岳父，大成請哲文爲他剛出世的女兒起名字，板著一張臉的哲文在內心裡對女婿向自己提出的這請求是心潮澎湃的。小萍兒和大成讓自己給她們的第一個孩子起名字！哲文看這白皙粉嫩一丁點兒大的孫女就心生歡喜。哲文給小娃兒起名詹采盈，家裡頭添了一個娃兒是張燈結綵般的好事，館子裡跟哲文的心裡都盈盈滿滿。

美國把位在中正路上的美國大使館撤出臺灣，還進而跟中共建立邦交。美利堅合眾國政府與中華人民共和國聯合發表了《中美建交公報》[95]，民國六十八年這年春節前中國共產黨副主席鄧小平偕夫人赴美國訪問，美國卡特總統在白宮南草坪上的許多媒體面前熱烈歡迎中國的這一行人。美國和我們的《中美共同防禦條約》[96]即將失效，蔣經國總統被國外媒體訪問時說：

---

[95] 中美建交公報，全稱為「中華人民共和國和美利堅合眾國關於建立外交關係的聯合公報」，是中華人民共和國總理華國鋒與美國總統卡特於民國六十七年12月16日所共同發表。公報裡的主要內容為：中美兩國將於1979年的1月1日起建立外交關係，美國承認中華人民共和國為中國唯一的合法政府，美國「認知」中華人民共和國主張「世界上只有一個中國，台灣是中國的一部分」的立場。在上述的前提之下，美國人民將與臺灣人民保持文化、商務和其他非官方關係。此外，中美兩國相信雙方關係的正常化不僅符合兩國的利益，也有助於亞洲與世界的和平，且兩國均不應尋求在亞太地區或世界其他任何地區的霸權。公報發表後，美國方面立即聲明將於1979年1月1日與台灣斷絕外交關係，是自聯合國失去席位之後，中華民國在國際地位上最嚴重的一次挫折。

[96] 中美共同防禦條約，正式名稱是「中華民國與美利堅合眾國間共同防禦條約」，又稱「中美互防條約」民國四十三年12月2日，由美國國務卿杜勒斯與我國外交部長葉公超，在華府正式簽訂，其內容包括：

一、締約國約定基於聯合國憲章，以不危害國際和平、安全及正義的和平手段來解決自國被捲入的國際紛爭，並在其國際關係上不以與聯合國的目的不兩立的方法來以武力威脅或行使武力。

二、締約國為了更加有效的達成此條約的目的，由自助及互相援助、單獨及共同、維持且發展對締約的領土保全及政治安定的來自外界武力攻擊及共產主義者的破壞活動的、個別的及集團的抵抗能力。

三、締約國約定為了強化自由的諸制度並促進經濟進步及社會福利，而互相協力，並為了達成這些目的個別的及共同的繼續努力。

「我政府不會與北平僞政權發生接觸，因爲與共產黨談和，無異是與虎謀皮。」我們行政院長孫運璿表示：「共匪提出的所謂的和談，乃是他們階級鬥爭的另一種形式，歷史告訴我們，相信共產黨謊言的人，都只落得悲慘的下場。」院長還說：「若今天我們不能做一個爲自由而奮戰的鬥士，明天我們就會淪爲漂流海上的難民。」我們政府說：「中華兒女排山倒

四、締約國關於實施此條約，透過自國外交部長或其代理隨時進行協議。
五、各締約國認為在西太平洋地區對任何一方締約國領域的武力攻擊，即危害自國的和平及安全，且基於自國憲法手續，宣言為了對付共同的危險而行動。前述的武力攻擊及因此所採取的措置，得立即報告聯合國安全理事會。上述措置，安全理事會若恢復和平及安全，即為維持和平及安全採取必要措置時，得終止之。
六、第二條及第五條所規定的適用上，所謂「領土」及「領域」，中華民國是指台灣及澎湖諸島，北美合眾國是指在其管轄下的西太平洋屬領諸島。第二條及第五條的規定，也適用於互相同意所決定的其他領域。
七、關於在台灣與澎湖諸島及其周圍，為了防禦所必要的美國陸軍、空軍及海軍，基於互相同意所決定，中華民國政府許諾其配備的權利，美國政府予以接受。
八、此條約，對維持基於聯合國憲章的權利及義務或國際和平及安全的聯合國的責任，不給予任何影響，同時不可解釋為給予任何影響。
九、此條約，必須由美國及中華民國，根據各自憲法上的手續予以批准，兩國在台北交換批准書時，同時發生效力。
十、此條約有效期限，定為無期限。若有任何一方締約國通告他方締約國時，可以使條約在一年後終止。

海發出怒吼。」這國際政治上的劇變、外交上的打擊寫在報紙上面送進豫西小館裡，但只停留在哲文的櫃檯裡，秀賢忙碌著顧她的外孫女。

詹采盈每天做的事情只是哭餓跟閉著眼睛睡，但她占據著秀賢所有的心思。館子裡灶火邊迄依舊忙得接應不暇，李師傅夫妻倆人是一刻不得停頓地需要滿足店裡川流不息的客人。而女兒台萍，她跟大成才買下房子，每個月還要還兩個會錢，她需要這份工作的薪水，她沒功夫餵母乳，頭前幾天有餵但只算餵了一個多禮拜就恢復上班，總共休息不到兩個星期。至於已經坐櫃檯坐成豫西小館進門風景的哲文，他喝茶、看報、收現找零跟出納帳款幾乎一步不離櫃檯。家裡、店裡人人生活工作一如既往，除了秀賢。粉嫩粉嫩的采盈還那麼小一丁點兒，有關乎采盈吃的、穿的、尿布什麼的秀賢都親力親爲，秀賢什麼都放不下心。秀賢不繼續給采盈穿用前幾年孫子思祥的尿布和那些男孩兒的衣裳，而且尿布雖然是洗乾淨才收著的，但放了這麼幾年也泛黃了。奶娃的采盈不懂事不在意尿布泛黃、朝九晚五上下班又想準備院內正職人員考試的台萍更是不在意尿布泛黃、哲文則是一點兒都不知道尿布泛黃，不能讓采盈將就將就穿的是秀賢自己。秀賢要全部都做新的來給小乖乖采盈穿用。爲小采盈做衣服，秀賢一針一線縫得講究、一針一線縫進寵愛。要小采盈穿得舒服她逮細細密密地縫紉，她也想加快速度好來多做個幾件，也不想加快速度才能完美地做完這一件。關於小乖乖的一切，秀賢不容一絲草率將就。

小乖乖一呼吸一吐氣牽動秀賢周遭所有的空氣，小乖乖臉上才一個微微的癟嘴動作要哭，秀賢就馬上抱她入懷看是不是尿布濕了，或馬上就知道是她小肚子餓了。夜裡小乖乖無緣由在哭鬧又小身子上發熱，秀賢是一秒把小乖乖抱緊整懷衝下樓招出租車坐往徐大夫診所的，同睡二樓的台萍跟哲文是絲毫都沒察覺這些地依舊呼呼在睡。日日夜夜，詹采盈是被秀賢捧在掌心上呵護著的。

秀英過來小館找秀賢一起去遊覽，去參觀政府新建好的國際機場。秀賢知道秀英的心思，**柳忠德前一年才出國，從松山機場上飛機的，今年國際機場就遷移桃園了，這樣忠德以後摸不摸得著路回來？她可逮去瞧瞧然後寫信給孩子說說**。秀賢懷裡捧著采盈，和秀英坐公路局客運去的，這就像是回到民國三十七、三十八年秀賢懷裡抱著和中的那當會兒了，只是有四個大轂轆兒[97]的車上是坐滿了臺北要往桃園參觀機場的老百姓，不是當年那擠滿整列火車隨著部隊轉移逃難的老百姓；大人、小孩是一路吃點心出遊的好心情，不是一路上不知道會遭遇什麼、不知道下一站會發生什麼事的徬徨不安心情。秀賢和秀英一路聊孩子、聊店裡、聊日常，也聊上價錢直直飆升的金價。這一陣大家對能保有多久的昇平日子不再確定，不確定會不會少了美國這具保護傘，臺海就將要有戰事？秀英還說除了金子現在人人買，美元價錢也飆升，她一直在注意美元，時不時都想給忠德寄去一點，不過忠德一直說不需要，說已經在那幫一邊念書一邊

[97] 大轂轆，北方方言，大轂ㄍㄨ 轆ㄌㄨˊ，是大滾輪、大車輪之意。

做著事，不肯再讓她寄錢去美國。東南西北倆人說現下也說著過往，說怎麼年輕時候是那麼不知道害怕，說怎麼三十年的時間就這樣過去了，秀英說就好像哲文才給她和柳緒文當主婚人的不是嗎？提到家鄉倆人心頭就泛酸楚，都低頭看還在襁褓中的小采盈。秀英說自己這樣算是現在年輕人講得渡蜜月吧，一結婚就在外渡蜜月，渡到現在都還沒回家呢，以前想得到這種好日子嗎？秀賢聽出來她想說笑話說散鄉愁，所以秀賢逗弄地說現在燒包得很啊[98]買美元、坐鐵轂轆兒[99]。她倆兒說說笑笑，用說說笑笑來說散那漂回老家的心思。

政府說中正國際機場是亞洲最棒的國際機場。懷裡抱著采盈的秀賢、想瞧個仔細的秀英以及整客運車上的眾人魚貫而入踩進有現代化設備、有亮的刺眼的燈光和光滑的像是一粒沙子都不會沾染上裝潢的航站大廈參觀，連位於航廈內的中央控制中心都能讓民眾們走進去看。控制中心內的儀器設備都是電腦化作業，是全國最高科技，控制著包括跑道、停機坪、塔台、燈光、導航以及儀降系統等設施，不僅小孩子們連成人們都大開眼界。遍布機場的大大小小攝影機，透過連線將每個角落畫面傳回中控中心，讓工作人員可即時處理所有狀況，民眾看得嘖嘖

---

98 燒包，中國北方方言，見於北京話、山東話、天津話、東北話、洛陽話等。比喻由於富有或得勢而忘乎所以。舊時是指包封好，在祭祖時焚燒的紙錢。清袁枚《新齊諧·燒包》：「粵人於七月半，多以紙錢封而焚之，名曰燒包，各以祀其先祖。」

99 轂轆是北方方言，發音轂ㄍㄨ 轆ㄌㄨˋ，是滾輪、車輪的意思。民國初年牛車馬車都是木頭輪子，農村常見。鐵滾輪意指汽車的金屬製輪子，這裡的坐鐵滾輪兒是坐客運的意思。

稱奇，連連在講解員旁邊發出讚嘆聲。航廈落成後開放參觀的頭兩天就創下了五十萬參觀機場的人次，連新加坡都特地派有參訪團來觀摩。這年，中華民國辦有護照的國民，申請有出入境許可後，開始得以出國觀光[100]。

臺灣西部縱幹線鐵路電氣化全線完工，增加的火車車廂排解了原本擁擠的旅客運輸，基隆——高雄之間運行時間大幅縮短之際，詹大成被財政部調至基隆以協助臺北關稅務司公署改為財政部基隆關的基隆港業務。大成、台萍和小采盈一家三口也搬入新店安康才完工的公寓，秀賢只在台萍跟大成上班的白天幫忙照顧詹采盈。台萍現在下班就趕交通車回南勢角，從南勢角轉搭臺北客運回到新店安康，然後洗米煮飯炒菜，讓下班後轉去媽媽爸爸家接采盈回到家的大成一進家門就有晚餐吃。飯後大成洗碗、泡奶粉給盈盈喝一邊哄盈盈睡，台萍在後面陽臺洗全家的衣物，她等洗衣水槽的運作停了之後，從洗衣槽拿衣物到脫水槽，又等脫水槽停止後，她用一個一個衣架晾起一件一件衣服，另外，大成的海關白制服，制服衣領、衣袖都一起攪進洗衣機洗是不會白淨的，還要特別的分開刷洗。新店公寓的後陽臺只有及成人腰部高度的磚牆，

100 民國六十七年11月2日，行政院通過開放觀光護照，自民國六十八年元月起准許國人出國觀光。在開放出國觀光前，護照只有外交、公務及普通等3種，且普通護照只有公司行號的負責人或負責業務行銷人員才有資格申請，開放出國觀光後，民眾出國除需申請護照，還得申請出入境許可證。役男、經濟犯、思想犯、罪犯等一律禁止出國，且若沒有出入境許可，民眾即使出國了也將回不來。

算是半室外，冷風颼颼的寒流天裡，晾全家的衣物讓台萍冷得牙齒都發抖打顫。台萍在家裡一直住到婚後都沒自己洗過一件小褲頭，何況洗衣服、晾衣服，從小也不需要靠近灶火的台萍，如今買了房子搬了出去，她下班後逮張羅晚飯上桌，這些秀賢知道。秀賢清楚自己閨女跟自己女婿是標準的職業夫妻，這些秀賢心裡清楚得很，秀賢有些操心也有些驕傲，驕傲自個兒閨女為人母不一樣了。

除此之外，秀賢心裡有一些說不太清楚的難過失落，好像都是每一天在大成下班經過小館把盈盈兒抱回去後開始的，她看小盈盈跟著大成這樣舟車勞頓，眞是不忍心。盈盈被大成下班接走後她就整晚悶著的胸跟擔著的心在每天一早見盈盈被大成上班前托過來時又好了。秀賢也開始安排每個週日都來新店安康，週日這天公家機關都休息，這代表大成不會在一早送盈盈來小館給她帶整個白天，小盈盈不來洛陽街所以秀賢來新店。秀賢從洛陽街家裡走上中華路，在中華路北站坐上臺北客運12路到新店光華新村下車，這是大成對他說的。每個週日有秀賢來顧孩子，大成跟台萍也正好落得輕鬆。秀賢還會帶上店裡的涼菜、很多的水餃跟香氣四溢的蔥油餅，這年秀賢才四十八歲，她能拎著滿滿兩手食物爬五樓的樓梯，雖然上到台萍家時都是氣喘吁吁的，但心急的秀賢總是一鼓作氣地爬完。

一天大半夜裡許久都沒見到面的和中忽地跑來新店按門鈴，台萍開了門順口問了一句哥你怎麼來了？這讓她被沈和中斥喝一頓，說怎麼哥哥跑來找妹妹需要有什麼理由嗎？妳不想想我是專程跑這麼大老遠來看妳。台萍丈二金剛，不知道什麼急事讓哥哥這麼晚的夜裡出現在門口，也不懂自己被叫訓的原因，她跟大成明個兒都還要早起上班呢，奇怪哥哥不也是嗎？詹采盈剛剛沒有被和中按的門鈴聲吵起來，但和中上來五樓家裡後這些大聲的叫嚷惹得她現在醒來大哭。房間裡采盈在哭、客廳裡哥哥一股腦在抱怨鄭依蓉，也說了好多關於投資的事情，說介紹一個人加入當下線他就有獎金可拿，哥哥又繼續說什麼產品跟會員制度……房間裡的哭聲跟客廳裡的抱怨聲聽得台萍腦袋嗡嗡，聽得台萍糊裡糊塗，台萍板起了一張臉。和中看見台萍的那臉也變得不高興了，他說：「小時候妳不敢開口，是不是都我這個做哥哥的開口跟媽還是跟爸要零錢？泡泡糖啊、榮冠可樂啊，有吃的有喝的不是都分妳？媽給妳們添這房子雖然在這鳥不生蛋的地方但現在妳也算吃好的又住著新房子，就一點都不會想到哥哥嗎？」聽哥哥這些奇奇怪怪的話就讓台萍覺得更莫名其妙了，她爲了要蓋過去小盈盈的哭嚎聲所以大聲地回話哥哥說：「這房子是我的，什麼叫做媽給我們添的這房子？」和中腦了[101]說：「妳這麼大聲啊？還回嘴啊？妳有把我當妳哥哥嗎？妳一個工友是一個月拿多少錢？詹大成那公家機關死薪水是一個月多少錢？房子是妳的，妳買的嗎？妳唬弄我啊？」這時詹大成趕緊卡進這對怒視著彼此的兄妹之間，大成一面要台萍進房間去看看采盈，一面轉身把哥哥帶開至陽臺，沈和中還在大聲地罵著他妹妹。詹大成把自己手裡捏著的那幾張伍佰塊錢塞進哥哥的口袋裡對哥哥說：「下線還是什麼會員我跟台萍一點不懂，希望哥哥一切順利，但我們就不參加了，哥你辛苦了，跑來

101 腦了，河南用語，是怒了、火了、生氣了的意思。

新店找我們。」大成一直跟和中賠不是，說沒時間讓哥哥喝茶喝水休息也是台萍不對，台萍也不該那樣大聲回哥哥的話。詹大成邊賠不是邊把和中往家樓下帶，和中看大成的態度不錯，而且已經在自己口袋裡塞了錢，就跟著詹大成走下樓，這都已經走到家外巷子口了。和中掏出大成塞入自己口袋的錢數了數說，「五張五佰元的鈔票，很好，你還算是我的妹婿，但現在我可逮找出租車回臺北了，你再拿個幾百塊給我當車錢。」穿著睡衣睡褲的大成說沒帶其他的錢出來，沈和中罵說：「怎麼這麼傻啊！你家就在樓上啊！快上樓拿去，剛好抓這時間我吸支菸。」詹大成被罵得提著鞋子把三步路當作兩步路跑回家，他翻了自己書桌抽屜裡翻得出來的零錢跟百元鈔又連忙地跑下樓。詹大成把錢全給了和中後還等在一旁，等著和中吸完那支菸，然後看著和中走出巷子。

民國六十九年又發現自己懷上了的台萍再一次積極地準備法院院內考試，孩子可能十月十一月就要出生，又一次的院內正式人員考試落在年底十二月。每個月要還兩個會的會錢、要還銀行的房貸而且她跟大成要迎來第二個小孩，她希望這次能順利考上正職，因爲臨時跟正職薪水差很多。大成維持每天非常早出門，抱著還熟睡的盈盈乘臺北客運12路往岳父岳母家送，然後趕往臺北車站乘基隆海關的公交車。秀賢會已經在小館騎樓前等著，看到詹大成懷裡還在睡的孩子會輕手輕腳地捧過去。大成知道女兒非常得岳父母的疼愛，但大成手裡接過哲文提給他，岳父岳母給他準備的午餐便當，他跟岳父道謝轉身之際、或坐上臺北發往辦公室的公交車上時，他暗暗希望台萍這胎將生的是一個男孩子，他希望自己會有一個兒子。從基隆下了班，大成先坐公交車回臺北，從車站走進洛陽街接盈盈，再坐臺北客運12路回到新店時，台萍約莫已把晚餐準備好在飯桌上。大成會把岳父交付給他說讓他提回家加菜的滷味、餅饃放上桌，看著台萍把盈盈抱進房裡再走來餐桌時那越來越鼓起的肚子，他更加希望那肚子裡是個男孩子。先總統 蔣公誕辰紀念日後孩子出世，仍然是個女孩子，一樣是在婦幼醫院出生的，台萍說第二胎還是來婦幼生她比較安心。大成覺得原本就取好的男孩名字——詹采凡給女孩子用也算適合，這第二個女兒就這麼報上戶口了，是大成去報的，戶籍報在臺北縣新店的家。

住在婦幼醫院三天後台萍出院，離院內考試試期只剩一個多月，采凡還沒有能一睡睡過夜，晚上哭鬧時會把采盈也吵醒變成兩個孩子一起哭鬧，白天和大成倆人又早起又顧兩個孩子的吃喝拉撒，台萍跟大成忙的焦頭爛額。一天台萍回洛陽街家裡，她話還沒全說完，原本晚餐桌上喝著湯的哲文筷子一放下就說：「把老大盈盈帶回來家裡住，白天大成把小的送來家裡媽媽一起照顧，晚上大成接小的回去。盈盈兒就在這兒待到她上小學兒吧。」秀賢聽著自己丈夫難得說的這麼順溜兒的一長串，心想跟他這三十幾年來好像沒聽他這麼清楚表達過的！秀賢馬上就明瞭，哲文一定已經憋有一陣了，他是老早就想說這些了，準是已經在心眼裡不知道反覆對自己說啊說的不知道多少次了才能這麼順溜。秀賢想到自己木訥的丈夫對他閨女、對他孫女的這些心思不自覺地臉上微笑起來。台萍聽父親這麼說，覺得**爸媽要這麼幫忙的話那眞是幫大忙**了，她開心地謝謝爸爸，然後繼續大口地吃喝著館子裡的蔥油餅跟胡辣湯，這些個兒從小吃

到大的東西，**怎麼今天感覺特別好吃**？她還在心裡努力地回想，**之前有看過媽這樣感覺似靦腆似微笑的模樣嗎！？**

襁褓中的采凡每天一早被詹大成抱來，惹人疼愛的小盈盈現在住在家裡，外頭無論是豔陽高照還是陰雨綿綿，秀賢天天都是神清氣爽，秀賢每天都很來勁兒。秀賢趴在地上擦小盈盈會坐會跑的家裡地板，邊擦邊回想起愛國西路那幫住著的時候家裡灰僕僕的沙土地，那會兒愈掃地，地愈凹，別說趴在地上擦了；一扭開水龍頭現在能嘩啦嘩啦地洗抹布，抹布天天洗得白淨，秀賢會想起**以前天天提十八桶水回家做家中一天用水的日子，和更早時那在溪邊洗滌、還是那用木桶取井水家用的日子，生活條件進步了多少！現在日子過得眞的很省力輕鬆**。做著事的秀賢有時心上會出現**那幫助過她的徐州城外的老婦人、竹南郭家阿嬤跟東園街房東太太的身影**。

小不點盈盈兒剛懂事，醒來後張開眼就是找秀賢，阿婆給她擦身子、給她穿衣服，阿婆每天變換著樣子給她紮頭髮，小小的她知道自己被穿戴的整整齊齊。跟著阿婆上樓下樓，跟進跟出，小盈盈整個世界裡阿婆是最厲害的人，店裡多少大人都是來找阿婆出主意，店裡多少事情都是阿婆說了算。盈盈孩子的理解裡沒有天地、沒有父母、沒有外公外婆的不同，如果有人現在向她說有天地才有世界，如果還跟她說爸媽是世界上最重要的兩個人，小盈盈會大聲回話說：「有阿婆跟公[102]就有世界，阿婆跟公才是世界上最重要的兩個人。」兩歲這年紀的她愈來愈會說話，說起話來跟個小大人一樣，哲文的鄉音重，說話用字又常是家鄉口語，在秀賢跟哲文身邊轉久了，小盈盈說的也是一口河南土話。看見外公不在櫃檯，門口又有人來送麵粉、送菜時，「咋做啊？你東西擱這攤兒吧，這樣就中啦。」[103]這樣的話會從小盈盈的嘴裡就對著那些送貨的人說出口，這些口語話不是北方人恐怕都聽不明白。跟外公、外婆坐在桌上喝湯吃饃時盈盈也會從她孩子的嘴裡說出，「有油饃不吃蒸饃、有蒸饃不吃乾饃。」[104]這樣挑著麵食吃、這樣十足河南人的話，讓李師傅聽到時會不禁笑得開懷說她是一個小河南人。哲文常覺得自己說的家鄉話是土話，尤其跟姜禮川、緒文他們聚在一起的時候更是，整桌子的人說出口的都是家鄉粗話用語，但聽小盈盈說家鄉話，他聽起來就覺得細緻，就很悅耳動聽。像這樣子的時刻秀賢常常感覺小盈盈串連起洛陽家鄉的祖母跟自己，不知道這麼一丁點兒的她怎麼做到的，但在臺北城裡的小盈盈讓她記起許多洛陽城裡的自己小時候。秀賢跟哲文倍感驕傲，秀賢跟哲文都沒察覺自己的驕傲。秀賢跟哲文看著這小娃兒，滿心眼窩裡都是疼愛。

---

102 阿婆跟公。詹采盈稱她的外婆、外公作阿婆、公。

103 咋做啊，是怎麼啦、什麼事啊的意思。你東西擱這兒攤吧，是你東西放這兒裡吧。這樣就中啦，是這樣就可以了。都是河南話用語。

104 「有油饃不吃蒸饃，有蒸饃不吃乾饃。」是有油餅不吃蒸饅頭，有蒸饅頭不吃乾饅頭。這兩句河南厘語有挑好吃的東西吃的意思。

台萍在民國六十九年年底時通過考試，民國七十年年初成了正職，是最低職等的錄士，台萍非常的開心，覺得自己幸運。成了正式公務人員，大成說這樣多好，倆人現在都有了公保[105]，之後一人可以各請一個孩子的教育補助，說日後台萍退休也會有退休金了。台萍現在月薪五千塊錢出頭，她原本不知道自己跟饒薇薇的收入差距。饒薇薇也結了婚，最近一直在跟台萍嚷嚷說她先生要她把在「夢西餐」的工作辭了，唉喲喲，她說她薪水可是一萬二三耶，有時候頂個朋友的班，她可以拿有一萬五呢，她說結婚之前她先生沒提要她辭工作這條件，現在結婚後可以這麼向她要求嗎。台萍也才因此知道好姐妹的薪水，也才知道公家機關外的私人企業薪水一貫都是高出公家單位兩倍不止。不過台萍的心思沒留在這些相互比較上面，她也沒像大成一般在意那些看病能用公保資格得到的保障，或孩子們以後上學現在自己已經是可以請領教育

---

105 公保，公教人員保險的簡稱，是中華民國政府將政府機關、學校專任人員列為納保對象的社會保險制度。在早期中華民國便實施以職業區分的職業保險系統。最早是在民國47年時實施公務人員保險，訂定公務人員保險法，全文25條，後來擴張納入國小和國中教師而發展成為今日的公教人員保險。公教人員保險由臺灣銀行負責承辦業務，被保險人包括有法定機關編制的有給專任人員、公立學校編制的有給專任教職員，以及依照《私立學校法》所成立的私立學校有給專任教職員。

民國四十七年時保險費率明定為7%，到台萍這民國七十年適用時法定保險費率範圍明定為7%至9%。

公教人員保險之保險費核算公式：

保俸（薪）＊7%（或7%至9%）=全月保險費總額（應四捨五入）

全月保險費總額＊35%（私校教職*67.5%）=全月自付部分保險費（應四捨五入）

補助的身分，台萍想的是在法院領的第一份薪水是七佰塊錢，從以往七佰塊錢到現在五千多塊錢，光想著這個台萍就覺得像爸爸常說的，「日子顆眉了」[106]。

年初裡的一天，和中進店門口見爸媽正喝湯吃饃，中間坐著台萍那孩子。爸爸見他進門喊他坐下來一塊兒喝湯，喝湯暖和。媽媽招呼一個店裡跑堂的給他舀熱騰騰一大碗湯來，奇怪了怎麼媽不去起身給自己舀湯？媽怎麼是轉頭繼續顧那台萍的孩子？然後桌子上媽說起她帶著這孩子跟柳嬸去中正紀念堂[107]遊覽的情形，那算得上什麼事？爸還眞聽得下去？飯桌上

---

106 日子顆眉了，哲文說「日子可美了」的濃重鄉音發音會讓台萍聽起來是「日子顆眉了」。

107 中正紀念堂現址的土地，為1905年（明治38年）啟用的台灣日治時期台灣軍山砲隊基地，以及1944年（昭和19年）11月啟用的步兵第一聯隊基地。1945年中華民國接管臺灣後，兩者廢除。中華民國政府撤遷來臺後，建物拆卸，此地曾成為陸軍總司令部、聯勤總司令部與憲兵司令部所在地。林森南路原從中穿越，中正紀念堂興建後改為地下道通過。民國六十年與六十一年聯勤與陸總分別遷到南港與桃園龍潭，行政院經濟建設委員會計劃於此設置現代化商業經貿中心。由政府與民間共同投資150億元新台幣，以雙塔為軸心，興建5棟18至50層樓不等的辦公大樓、3座24至30層樓高的國際觀光旅館及公寓、4棟百貨商場以及國際會議廳、世界貿易中心、文化中心和遊樂設施等，大樓間以履帶運送之輸送系統連結。為包含商務、會展、藝文、娛樂、休閒等各種機能之「營邊段計畫」副都心。然而民國64年總統蔣中正去世，時任中華民國行政院院長蔣經國主政之行政院於同年7月決議在上述用地建造中正紀念堂，原訂的商業經貿計畫胎死腹中。大部分功能則轉移至興雅地區原作住宅及區域副都心規劃的「信義社區」，即後來的信義計畫區。

行政院開始成立治喪委員會，並於當年6月即決定興建中正紀念堂以茲紀念，並聘請俞國華、林金生、蔣彥士、高魁元、趙聚鈺、費驊、賴名湯、謝東閔、蔡鴻文、周宏濤、秦孝儀、張豐緒、林挺生、辜振甫、徐有庠、王永慶等16人為中正紀念堂籌備小組籌備委員，後又於民國六十五年10月成立中正紀念堂籌建指導委員會，聘請張群、何應欽、陳立夫、倪文亞、王雲五、于斌、錢思亮、黃少谷、谷正綱、黃杰、林伯壽、吳經熊、連震東、陳啟天、徐慶鐘、張寶樹、謝東閔、孫亞夫、劉闊才、戴炎輝、劉季洪、周百鍊、蔡鴻文、林挺生、林洋港等為指導委員。籌建小組成立後，行政院擇定臺北市城中區（今中正區）東門里杭州南路以西、中山南路以東、愛國東路以北、信義路以南之間地段為建堂基地，並對外徵件。經評選後，決定採用圓山大飯店設計者楊卓成之設計，其建築設計融合南京中山陵許多元素。隨即於六十五年10月31日動土，六十六年11月施工；民國六十九年3月31日完工，行政院成立「中正紀念堂管理籌備處」。民國六十九年4月4日上午十時，中正紀念堂落成典禮與蔣中正逝世五週年紀念大會舉行，各界人士四千餘人參加，並有外賓約四百人觀禮。典禮肅穆隆重，情況為國人所「共贊」。隔日對外開放。中正紀念堂主堂體是全臺僅存面積最大的「仿清代宮殿式建築」，主堂體占地面積約15,000平方公尺，坐東向西，位於整體基地之東邊。主堂體是由三層臺基、主體、屋頂及寶頂共同組成，亦即主堂體建於三層寬廣的臺基上，象徵「三民主義」，臺基上有三面樓梯，符合古代建築的「三出」形制。主堂體是採用方正的建築格局，堂體正身旁凸出四個支座，象徵「國之四維」。屋頂為八角形，是仿效北京天壇的琉璃瓦八角攢尖頂，自各方檢視皆可見「人」字形聚於寶頂，向上與天銜接，寓意「天人合一」的中國傳統思想。堂頂屋面採用寶藍琉璃瓦頂，藍中微帶紫色，與陽光相映；寶頂採用金黃色，用以彰顯昇華光耀的意思。三層平臺總高14.5公尺，主體牆高24公尺，斗栱至寶頂尖高31.5公尺，堂體高度合計共70公尺。紀念堂正面共有花崗石84階、大廳階梯5階，合計89階。正面入口的兩道階梯之間有中華民國國徽圖樣，周圍有祥雲包覆，下方有海浪波紋。沿階梯往上方走，抬頭即可看見刻有「中正紀念堂」五字的牌匾，外圍是土耳其玫瑰石，內側為紅寶石色系花崗岩，中正紀念堂刻字形式為陰刻，字體表面貼有金箔。再往堂體屋簷望去，沒酒喝？這樣也算吃飯？他是過來找媽商量的，媽那時不是說他有需要就回家裡商量也不要在外面想辦法？他可沒這閒工夫聽遊覽的事。和中開口說了，說今個兒回來是要請爸媽幫忙，不過這時秀賢剛好起身去給盈盈兒洗葡萄吃，和中心裡咕噥，怪了，媽怎麼沒在聽自己說話？和中繼續對父親說下去，說他一家五口都靠他一人在外工作，已經早早就辭去了樹林鎮那戶政工友的工作。和中說他現在跟以前學校的同學很努力地在做成衣加工，同行裡有些人做得大的都還能出口外銷，要爸爸去大理街那幫轉轉看看，說自己就差家裡助他這一臂之力。家裡只要出錢幫他，他就會成功的。他繼續向哲文說了許多，說他本省人同學家裡怎麼批中南部的貨上來北部賣，如何加工後還能談進百貨裡鋪貨販售。哲文知道些皮毛，不清楚細節但他陸續都留意著，這年頭的成衣市場早已不是當年他攤上，一次一件兩件、又接手託

可見到「仙人走獸」的建築構件，由最前方仙人引領9隻走獸，名稱為仙人騎鳳、龍、鳳、獅、天馬、海馬、狻猊、押魚、獬豸、鬥牛。越過高達16公尺高的大門後，即可走入銅像大廳，地面鋪淺紅色的巴西帝紅花崗岩，中央置有高6.3公尺的蔣中正總統銅像，為雕刻名家陳一帆先生所鑄。抬頭望上方，有檜木斗栱及雕花藻井，中間圖樣為青天白日十二道光芒的國徽。從正面牌樓起算到紀念堂階梯，有長380公尺、寬40公尺的瞻仰大道，主要以斬假石石板鋪面製成。正面牌樓臨中山南路，高30公尺、寬80公尺，是臺北市區內最大的牌樓。牌樓上的牌匾題字原為「大中至正」，每一字體尺寸約2公尺乘以2公尺；民國九十六年12月更換為「自由廣場」四字。為仿漢白玉的牌樓身，規制為「五間六柱十一樓」，在傳統建築中屬最高等級。屋頂上覆蓋寶藍色琉璃瓦，有螭龍、脊獸、瓦當、滴水、斗栱等細節，牌樓形制相當完整。7月1日正式成立「中正紀念堂管理處」，隸屬臺北市政府。

售、又可以寄賣的零星生意，早年板車載運農產品，這幾年都是貨車載運衣服了。整貨車的男裝、女裝、休閒服或西裝，是啊如今西裝都能工廠製作了。依稀知道艋舺車頭已經漸漸成了中南部成衣上來臺北的聚集地，那他往年天天徒步走過的車頭。再看幫人訂做衣服這行就知道大家口袋裡都掏得了錢了，從剛來臺灣那會兒是賣特出身分的客人或要出席特別場合的客人，到現在光是中華商場裡就好幾家西服訂做行比鄰而開。哲文也知道衡陽路上、延平北路上的布莊生意大好，這幾年多的是要買進口花布、買進口棉絨布的客人。哲文想，**年輕時和秀賢埋著頭攢**[108]**，也算是賣衣服鞋子累積起本錢的，現在兒子想投入、有心想做這生意，也眞是好，人只要努力就能成功**，所以他答應了和中這筆錢，不算小的一筆錢，二十萬。哲文不知道的是，和中是被婉轉地告知不用再進去樹林鎮單位的，哲文更不知道的是和中口裡說的很努力不是自個兒跟秀賢拼了做的這種努力。哲文沒什麼注意秀賢啥時不在桌子上、又啥時坐回來的，秀賢回來餐桌邊正在餵著小盈盈兒吃無籽葡萄，哲文以爲秀賢全給聽見了，以爲秀賢也同他一般覺得兒子要賣成衣這事兒是好的。和中盯著、看著自己母親的離開桌子跟捧著一小碗的葡萄回來桌邊的，和中邊對爸爸講話時他邊留意著媽媽的舉動，全部就是爸在聽他說，**早知道爸這麼好說話，自己剛剛應該開口要二十五六萬才是**。這天和中有了爸爸的允諾幫忙，打著飽嗝、摸著肚子回家的路上他愈想愈不對，**自己的沈思祥可是媽的長孫、沈思佳可是媽的長孫女啊，那小蘿蔔頭她姓詹欸！媽在她身上忙什麼？整個晚上她有叫一聲舅舅嗎？**

108 攢，是聚合、積蓄、儲蓄的意思。

這民國七十、七十一年開始，緒文的鐘錶公會時常辦聚餐、辦遊覽，公會辦的遊覽都坐火車到花蓮去過了[109]。秀賢沒法兒帶盈盈兒跟上那些個出城的遠遊，況且盈盈妹妹采凡還小，還需要她在家裡顧著。不過秀英把那些遊覽去的地方都給秀賢說了說，也會說到柳忠德在美國研究所畢業，在美東波士頓順利申請到工作這些，還說了之後縈繞秀賢的心思、讓秀賢東想西想的事兒。柳忠德這孩子爭氣，念研究所是申請到獎學金去的，這麼幾年間又用打工來負擔自己生活，沒讓緒文、秀英寄過錢去。沒寄錢但柳緒文寄家書給兒子，個把月一封，忠德也總是回信回來，有時只是寫寫他工作生活上的事，有時寫些他聽聞的事。秀英說自從啊忠德說在那幫知道有些同學寄信進大陸，能寄的回家，也陸續眞收得了家鄉家裡人的回信之後，她跟緒文開始三天兩頭給忠德寫信寄去，寄她們寫給河南家裡的信，再讓忠德從美國往大陸寄進去。忠德那封家裡人回寄給他，他再寄回來臺北的那封信喔，妳都沒瞧見柳緒文那激動的模樣，他捧著那家裡人的字、家裡人的回信，像字字都是黃金哪。秀賢是聽得目瞪口呆了，秀賢是聽得屏住呼吸了，**柳緒文跟家裡的人通上信了！還是經美國再往家裡寄去的，誰想得到能這麼做！**秀英一貫是慢條斯理，說這麼樣的大事她都還是以她從容不迫的節奏說著，她說柳緒文家裡的小輩識字，回信說前先年裡有海外關係是會造成麻煩的，同村子裡有海外寄回去的信件都會先被拆

---

109 北迴鐵路全線於民國六十九年通車。在通車之前旅客往來臺北花蓮，必需先在蘇澳車站轉乘公路局班車經由蘇花公路，甚至搭乘往來基隆花蓮兩港的客船，長年交通不便。

開來檢查，不過這些年間海外的信件都不受檢查了。信裡說緒文的父母親都過身了，才沒幾年前的事，說老人家嘴裡心上是時常惦記著跟著國民黨軍隊走了的緒文，說緒文是一定還活著的。妳想想緒文讀那信的難過，他泣不成聲啊，在我們家客廳向著西方嚎啕大哭啊。我也要緒文給忠德寫信去了，寄往我開封家裡的信，我有三個姐姐在家，妳也見過的。主要是想，若我父母不在了，想我姐姐們應該還是在的，現在就等著有沒有信寄回來。

秀英真是能從容鎮定。秀賢多年來壓沉在心底的牽掛被秀英說她們給家裡寄信回去的這事給翻攪了起來，秀賢一點都沒辦法鎮定。回不了的家鄉現在能通信息！秀英說的話讓接下來這整天時間裡秀賢做家事都做不全心、做不上力了。秀賢想起疼愛她的父親，父親說要把自己一輩子留在他身邊。秀賢想著想著，突然一動念，她也寫封信託柳緒文給忠德寄去不就成了？讓忠德從他那幫寄回洛陽家裡啊。秀賢一想出這個念頭就下樓找櫃檯裡的哲文，哲文震驚極了，哲文覺得既然國家不讓通信息就有其理由，也就必需遵守，必須忠於國、忠於黨、忠於委員長的一切領導，沒二心。哲文對秀賢說：「不要動繞路找其他的法子的念頭。」哲文直走不拐彎，但秀賢聽不下忠於國忠於黨那些。秀賢自己給洛陽老城家裡去信了，非常簡單的隻字片語，一筆一畫寫得特別清晰，下筆的時候秀賢回想起兒時沒裹小腳的自己跨出家門上學堂的那些日子，真是多虧有大哥在家裡的堅持，如今的社會真的同書念得多的大哥說的，女孩子都是大腳板、也真的只要是孩子，都上學，沒分什麼男孩、女孩兒。秀賢想，念書寫字真是重要。

也是給家裡去信、清清楚楚寫明地址這時更深刻了原本的念頭，秀賢才又買入麥帥橋下南京東路底南京公寓那攤兒地一樓房子的。從盈盈兒天天跟著自己小館裡上樓下樓開始，秀賢就一直對店裡客人狀似親暱地想摸摸盈盈兒的頭、捏捏她小臉的這件事有疙瘩。一感受到盈盈兒那軟嫩的臉蛋，誰不會再捏個第二下？對他們用那吃飽喝足了之後油膩膩的手的這一點秀賢也忍受不了。秀賢之後總是留意著，總是想護開盈盈兒，也因此開始對哲文提過把家裡搬出去住，這樣也二樓可以整理整理後把店裡開成上、下兩樓這樣的想法。這時爲了給老城家裡去信，手裡握筆要在白紙上寫下家裡人找得著自己和哲文的地址時，秀賢想明白了，她要和哲文和盈盈兒實實在在的在屬於自己的地方住下。一個讓洛陽老城裡的家人找得著自個兒，也不再掏錢跟人租，也不會再有熟的、不熟的客人看見盈盈兒就捏一捏臉的住家地方。

原本秀賢就近在民生路那房子的附近找，這段是臺北現在稱民生西路的一帶；往圓環那處兒也看，秀賢知道哲文覺得圓環那處熱鬧。兩攤兒都是些老房子，價錢也比雙連鐵支路那五年前才買有的公寓一樓高出太多，秀賢想這不過才四年五年的時間而已，房子起價起得這麼多啊。臺北在圓環附近四個大轂轆兒的公共汽車特別多，這天盈盈兒跟著秀賢走累了在鬧脾氣，一直指著路上跑的大轂轆兒，就說要往上頭坐，秀賢也就想，那當坐公車遊覽吧，全沒想到是

盈盈兒的嚷鬧讓秀賢找著了合意的房子。站牌旁票亭買了車票、買了給盈盈的養樂多[二〇]，祖孫倆兒還眞的就像要出遊了。這天秀賢牽著盈盈兒的小手上車的體驗跟當年站在馬路邊看那些離站的公共汽車後頭，尾巴托起長長一串黑煙，還捲起街邊的沙塵撲上滿臉的情景有眞大的差別！這天乘上的有冷氣的公共汽車一改之前秀賢的印象，街邊的站牌處跟公共汽車車上現在眞是乾淨！車子搖晃出了臺北城，兩旁都是秀賢沒到過的地方，整路是舒服極了，馬路又平又寬大，下車時秀賢望一望公車站牌，牌子上寫著站名——南京公寓，看街邊店家的地址，這攤地址還是臺北市。秀賢牽盈盈兒撿大馬路後方的巷弄走，巷弄裡一排排整齊新式的公寓樓房，像沿著棋盤格子建造的。喝了養樂多又在車上睡足午覺的小盈盈現在正有精神，邊走邊問阿婆這是哪裡，邊走邊說好乾淨好漂亮，見盈盈兒喜歡這環境，秀賢是眞的留心看了看左右周遭，前後的巷弄全是住宅區，單純又安靜，把買賣營業的店家都留在外面大馬路上了。秀賢問了問人這攤兒最近的菜市怎麼走，沒料到在下公車的馬路對面巷子裡也就是了，秀賢和盈盈又走又逛又吃市場裡的小吃，吃完小吃時日頭[二一]也已經低下去，天都已經擦黑了。秀賢在路邊的公用電

二〇　養樂多，一種民國五十三年開始以 100ml 玻璃瓶裝販賣的活菌發酵乳飲品，瓶口用圓形硬紙片封住，罩一層透明塑膠紙，細細的紅色膠帶環繞瓶口一圈。玻璃瓶是需要退瓶的。訂戶是由專人送養樂多到府。民國五十五年夏天還引入了養樂多媽媽銷售制度，養樂多媽媽會頭戴有公司 Logo 的帽子身穿養樂多媽媽的制服背有公司 Logo 的收金袋。民國六十年實行容器改革推出 PS 塑膠瓶，當年是國內飲料界的創舉。民國七十一年這時有冷藏飲料櫃的公車票亭裡有時也見販賣養樂多。

二一　日頭，河南人稱太陽的口頭用語。

話亭撥了電話回館子裡給哲文，跟哲文說了說她跟小盈盈在城的東邊就要坐公車回去西邊了，要他顧一顧樓上小的。哲文說整個下午沒見她跟盈盈兒，就上樓把小凡兒抱下來櫃檯裡了，說孩子乖、好哄，冇事兒[112]。

哲文也喜歡麥帥橋下這一遍的房子，政府在民國五十幾年那時把城市、把馬路向東開拓，現在這處的臺北一改那往年人煙稀少、草地連著稻田、晚上只有螢火蟲在飛的荒涼印象。跟洛陽街這幫老臺北城裡一樓店鋪、二樓住家的「店屋形式」相較，這幫馬路寬大又敞直，巷弄裡是整齊又單純的住宅環境，是新潮規劃下建設起來的。哲文跟秀賢以 147 萬買入手了剛興建完成的六層電梯樓房中的一樓，她們習慣出入方便的一樓。哲文找當年在估衣攤那一排就已經是賣電器用品的老朋友買三機[113]，當年賣二手電器、賣電晶體收音機，跟做機器維修的老友，現在在南萬華的本店搬進了樓房，哪還是彼此認識時那地攤上用油燈照亮的克難樣？老友店裡是電風扇、插電飯鍋、全自動洗衣機、雙門電冰箱、彩色電視機擺得琳瑯滿目地在賣，他的大兒子娶媳婦後延續他店裡的生意模式，還在近松山車站的八德路上開了間分店，現在老友顧著萬華本店，他兒子顧著松山新店。都知道彼此是如何打拚的兩人，沒因哲文不多話與不寒暄的個性而有距離，見了面兩人眼裡都是對彼此的欽佩，也滿懷過去攤挨著攤擺賣的克難日子，那是

112　冇事兒，河南話，沒有事、沒關係的意思。

113　這年的三機是洗衣、冰箱、電視機。

苦日子裡一起過來了的感情。沒花兩天的時間老友就要兒子親自把洗衣機、電冰箱跟電視機往哲文和秀賢的新房子這處送來了。

秀賢在房子跟洛陽街小館這兩處之間往返在忙，忙把住家從二樓搬出，忙把館子擴大成上、下兩樓的店面，秀賢在照顧小盈盈跟妹妹采凡、在搬家、在整理擴店中間忙得不可開交，這是不管在臺北還是在松山，大人、小孩人人準時在電視機前收看週日晚上中視播出的港劇楚留香的民國七十一年春末。中視播演的這齣香港連續劇風靡全臺，主角是盜寶絕技聞名天下的楚留香，他讓路邊出租車不跑車，人人停在電視機前等待收看節目，大街上還是巷子裡會一台車還是一個人都不見。詹大成幾次來接老二時見丈人是又要顧收銀櫃檯、又要顧著櫃檯裡睡倒的孩子，便跟台萍決定該是把孩子們託給保母才是，他倆想法是倚賴爸爸跟媽媽照顧孩子們但不能給爸媽添了負擔。新店家巷子口就有一家，那鄰居太太已經顧著街坊裡的另外兩個孩子。不過秀賢可以讓搬家的事兒停頓下來也不可能讓大成把盈盈兒牽去給別人帶，哲文於是又開口了一次，這次是對詹大成說，說一個月保母費不少錢！你們小夫妻倆還繳著房貸呢，花費一個孩子的保母費就已經是增加開銷，說老大盈盈兒就給媽媽顧到上小學吧。就這麼的，小盈盈住在洛陽街不變，采凡是送至台萍跟大成家巷子口給鄰居太太照顧。

秀賢還是哲文都許久沒朝雙連鐵支路那幫走動了，是鐵支路家那幫的高里長找來豫西小館，才讓哲文知道兒子和兒媳婦的使錢觀念與賢兒和自個兒的是南轅北轍。哲文沒料到會是這般情況初次見到里長，高里長自稱是爲里民們解決問題而來的，里長道來原委時哲文有剎那間都不覺得他說的是自己的小子。高里長說里裡做小生意的、還是只是待在家裡的太太們都有跟沈和中及鄭依蓉他夫妻兩個人起的會，跟會嘛本著就是互助、互惠，大家難免都有手頭緊、急需要用錢的時候，怎知道沈和中夫妻還把他們三孩子們都充當會腳！一連地把會這麼標下來幾次，然後現在一家搬走了，不知道去哪裡了，大家找不到人呢，連給他們家裡洗衣燒飯的太太的錢也拿。是她報給我你們這處的地址我才找來的，算是打擾了，不過你兒子和兒媳婦的突然整家都不見人影讓里裡面的大家感覺受騙，都很生氣很不能諒解呢。里長說的保守含蓄，說得和顏悅色，里長邊說邊看哲文的臉垮了下來，哲文臉色都發青了，兩人從站著說話到坐了下來。要坐下好一會兒哲文才出了聲，哲文問里長說和中他們夫妻欠鄰居朋友，欠了多少錢呢？里長說他們都是外標會呢標得的錢相當高，約莫是二十幾萬塊錢，養著三個孩子的小夫妻會做出這樣的事，厝邊鄰居聞都不可置信。孩子小的還那麼小！我原本是很躊躇猶豫該不該來找你跟你太太的，畢竟這也不是你們該負責的，現在見到你本人我更是明白了，你完全不知道兒子兒媳婦做出了這樣的事情。

晚在哲文送走高里長之後，才牽著盈盈兒回到店裡來的秀賢聽哲文支支吾吾地轉述了這些，秀賢馬上就上民生路家裡那幫去看了看，盈盈兒想跟著但秀賢沒讓盈盈兒跟過來。進一樓的家中是只見一團亂糟糟的，一個影兒都不見，秀賢直直找上給和中請的洗衣婦人家裡，那婦人是一把鼻涕一把眼淚地說沈和中跟鄭依蓉也一直叫她跟會，她想兩、三千塊錢是不小的數目

啊！但他們就是要她也加入。現在好了，他兩個人倒會啊，做白工不說，那附近鄰居之中有幾個都說她怎麼可能會不知道那樣的一家人上哪裡去了，說她一定跟他們有牽連，自己眞是冤枉啊！她說：「現在出門都像是眞的有做虧心事似的，說走路都邊走邊東張西望的，明明住的也離民生路距離老遠，都擔心被妳兒子倒會的那些人在路上遇到，甚至心理壓力大到不敢出門了。妳兒子啊跟兒媳婦啊，他們做的事他們要擔當啊！花錢如流水，妳沒見他們那吃的跟用的啊，沈太太。這樣用錢要怎麼生活、要怎麼養孩子？」「怎麼不去找妳說？我剛剛連妳按我這門鈴都嚇了一大跳啊，沈太太。幾乎都想佯裝沒人在家，不敢來開門了。而且我是知道妳跟妳那老好人先生的，我是知道妳們的爲人的，我知道他們拿那些錢妳們全不知情，事情變成這樣，全是他們夫妻自己啊。好竹出痀崙[114]。」秀賢不知道爲什麼吃了兒子的虧的婦人還能說自己跟哲文的好話，秀賢再問了問詳細，原來支支吾吾的哲文眞是沒說清楚，還是就如同他敍述的，那高里長眞的是挑輕鬆的說了，和中他倒了很多鄰居、經營小生意，攢辛苦錢的老實人的會啊！是如同這個她還給他們一家的這洗衣燒飯婦人一般老實的人。秀賢心裡愈想火氣愈上來，對和中跟鄭依蓉自己不量入而出、不節儉節制、會向人借錢還能借錢不還的心態一肚子火氣，她大概猜得出來要上哪兒找他們一家去，不過她必須先去找著那來過小館的高里長。伸手向人借錢來花、跟人借了錢又不還這些個事秀賢做不出來，光想在心裡她都感覺難受，不管和中是欠了多少鄰居，秀賢急著想先去還錢。

114 好竹出痀崙，臺語俚語，hó-tik-tshut-ku-lûn，好的上一代也能出不好的下一代的意思。

在高里長的幫忙安撫之下，又見秀賢是這麼有誠意、二話不說地掏錢還給她們後，鄰居們是打消了原本集合的那意見，那要聯合起來找律師提告沈和中跟鄭依蓉夫妻的意見。幾個辛苦一點的家庭，拿先生給的家用來跟會的婦人們在秀賢親手還她們錢、還對她們鞠躬道歉時，說出口的是還錢就沒事了，還會跟秀賢說「做這款人的媽媽嘛係艱苦。」[115]；另外有幾個平日看不過去沈和中跟鄭依蓉做人處事的鄰居在數完秀賢還的錢後會抱怨說：「您翁仔某目睭看懸無看低。」[116]

幾日後和中踩進來小館，劈頭就說有事要找爸爸商量，櫃檯裡的哲文抬起頭來看自己壯碩的小子，思量著**不知道自己有沒有把兒子養成一個對社會有用的人**。和中說現在做生意不像以前，以前那社會上多單純，說爸爸要再幫幫他，他說了很多但他沒提上次講得口沫橫飛的賣成衣的生意、也沒提怎麼他一家連夜坐車回桃園鄭依蓉娘家讓鄰居們找上門時發現他們一家人去樓空的事，他當然也一句話沒提他三個孩子們好幾天沒進學校的這情況，對和中而言，那也不算上什麼事。哲文抬著頭看著壯碩的和中說：「要家裡幫忙，你逮好好向你媽媽說去，整個夏天裡你媽去雙連那處幫你收拾了多少事情。」和中瞪著父親看，他沒料到會碰這樣的軟釘子，

115 嘛係艱苦，臺灣話，mā sī kan-khóo，也是真難過、也是真痛苦的意思。

116 您翁仔某目睭看懸無看低，臺灣話，In ang-á-bóo ba̍k-tsiu khuànn-kuân-bô-khuànn-kē，形容他們夫妻走路、做人、或做事只顧虛幻的遠方或權貴，而不著眼於眼前的人、事、物。

看父親的嘴裡沒有要再擠出其他話的意思，他便對父親說我上樓找媽去就立刻朝樓上走去，哲文嚷：「家裡搬出去了，媽媽就在來館子的路上。」和中見這往二樓的樓梯都是新做，加大又加寬了，他上去巡了一圈樓上，**眞是沒料到爸媽能在這麼好幾年的店裡還能玩出新把戲，他心想這樣館子一天能多進帳不少錢**。他回到一樓問父親那家裡現在是搬哪兒去了？哲文只不輕不重地回說搬了出去，那幫的住家環境好，幾個字說完後櫃檯裡沒再多出一聲，上樓看了一圈的和中心裡正盤算著**要怎麼開口要一筆比剛剛他踩進來時想的更大的數目**，也沒再吭一聲。

秀賢沒讓和中在館子裡多說，是要他找一天回來南京東路的家裡好好說說的。和中要鄭依蓉跟孩子們都要一起來，鄭依蓉輕蔑地回絕他，說她才不要白費力氣走這一遭，他對她大吼說他們有錢給我們，怎麼會沒有？爸媽買了間新房子。聽沈和中說有新房子，鄭依蓉才想來瞧瞧是不是眞有這回事。這天和中一進南京東路的家門就哭的很難過，嗚嗚咽咽地說家裡搬到這一處怎麼都沒對他這個兒子說？是不是台萍跟大成都來過這幫地了就只有他不知道？也說怎麼台萍的女兒就可以撇在爸媽這兒？自己就需要這麼苦哈哈地帶著三個孩子？鄭依蓉也搶著問說這房子買得啊？買這麼大妳們兩個人住？租那又髒又亂的小房子給我們五口之家？有錢買這麼大的房子怎麼遇到妳們兒子需要錢的時候都縮手縮腳的？她還把自己兒子推到哲文跟秀賢面前說我們家思祥才是妳們的長孫欸，那女孩子只是妳們的外孫女，怎麼有老人家不疼孫子去疼外孫女的？要女的我也有給妳們生啊，我們家沈思佳才是妳們孫女耶！這兩個狀似難過在哭但又感覺是在埋怨的大人把這些話當著客廳裡四個孩子的面前說喊。哲文板著拉得不能再長的臉問和中說上次給了二十萬怎麼你們還跟鄰居朋友借錢？

秀賢一向只吃軟不吃硬，現在還聽到原來和中他爸已經給了和中二十萬塊錢！秀賢看著兒子兒媳婦說，「牢騷發完了沒有？你們多久沒回店裡、回家裡來看看了？就是你們不競競業業，就是因爲你們愛慕虛榮跟你們都是吃著碗裡看著鍋裡，才會搞得你們結婚的時候家裡給你們住的房子現在也沒有了不是嗎？百米不成飯，百麥不成麵，買間房子是容易的事嗎？都是我跟你爸這樣賺一塊花兩毛省吃儉用攢下來的。錢掉到水池裡都會撲通有個聲，錢交到你們兩個手裡，你們會回應個聲響嗎？民生路那裡自己欠的錢有出面解決嗎？我在那一攤地向大家賠不是，還你們欠的錢是讓你們現在踩進來家裡說我這個媽媽做得不好的嗎？你們現在要爬到我頭上痾大便了是嗎？你們老大一出生我不是捧在懷裡帶的嗎？你爸爸跟我哪裡不疼思祥小乖乖？什麼長孫、次孫？什麼內孫、外孫？是妳有孫子還是我有孫子？我誰都是一樣的疼，誰乖我疼誰，你們如果不滿意，可以不要進這個家門。」

從來沒有聽媽這樣罵過自己，而且一直都是爸守著櫃檯，爸掌管錢的不是嗎？媽在說什麼話？和中看爸爸一直不出聲，看來今天若是沒說服媽媽可能就會空手離開，但他不準備空手離開。和中馬上往地上跪了下來，而且要孩子們也跟著他跪，沒眼淚鼻涕來抽抽嗒嗒不過他以很哭咽的聲音對母親說：「我知道錯了媽！一開始我是有要認眞的幹的，但現在的社會眞的不比

妳們當年。爸跟媽也知道兒子能有多壞?!兒子是善良的啊，我跟鄭依蓉敗就是敗在不會理財啊，媽要答應幫忙我們這最後一次才行。」和中還轉頭對他三個孩子們斥喝：「給你們爺爺奶奶磕頭，快磕頭啊！」聽兒子說他自己是善良的哲文就心疼了，哲文更是不忍心看孫子們也要跪著磕頭的，孫子們進門後哲文都還沒把他們一個一個看個仔細，怎麼現在他們又要跪又要磕頭的?秀賢這時也出聲了，說這又沒孩子們的事，你跟你媳婦兩個跪就好。聽秀賢說這話時鄭依蓉可是百般不情願的，是和中站起身來把她扭著跪下地的。秀賢還拿了紙筆給和中，要他寫出他們以往的不應該，秀賢說這是最後一次回家來討幫忙，以後不能再想著家裡會幫忙，不管是住的屋子還是用錢。鄭依蓉在旁邊大聲嚷叫說：「這算什麼!?沈和中是妳們獨子耶，妳們東西、妳們的錢、妳們的房子不給他要給誰?」她還要再嚷下去時被和中甩了一個巴掌還被和中罵喊妳閉上嘴，鄭依蓉摸著臉頰怒瞪和中的時候，和中從他幾近咬住的上、下牙縫間擠出：「幾個字妳不寫我們就要空著手出去了。」和中說完這細細扁扁的幾個字後轉頭回母親說：「寫!鄭依蓉會寫的媽媽。寫完我們一家都會簽名，我們知道錯，這算是我們的悔過書。」

悔過書

因為我們的一時錯誤，不善理財，還背負了債務。原本應該自食其果，應該要一人做事一人擔當，但被利息壓的生不如死，只知道逃走，沒負起責任。孩子們又還小，今天求助父母親幫忙最後一次，拉兒子、兒媳婦一把。過去有很多二半吊子的想法及動作，導致您們的負擔，感謝父母親的幫忙處理。說不如做，我們用行動來證明我們的決心，這次的教訓已經是致命的打擊，用生命來擔保不會再有一次，而且往後房產不會要求分文，只要父母親幫忙這最後一次。今後我們絕對會要徹底洗心革面，恐口說無憑，特例此據。

立書人兒媳婦　鄭依蓉
兒子　沈和中
孫子　沈思祥　沈思國
孫女　沈思佳

這一天挨到和中一家離開時秀賢是精力耗盡，這比熬夜趕工出貨、比來回水管子跟家裡之間提拿十八桶水、比闖平交道買布頭還要累，夜裡睡下後挨著自己睡的小盈盈因爲做惡夢哭醒爬起來又再睡下秀賢都沒察覺。至於哲文，他整夜翻來覆去，隔天一早早在銀行拉開鐵門之前，哲文就拿著印章跟存款簿子在門口等著提錢。

第七章　錢沒有賺到幾個　是賺了一家子的人

沒有落雪沒有霜降，秀賢身上只是添了件毛衣，臺北就又將迎來古曆年節。這天秀英來找秀賢，只多握了握秀賢的雙手，一貫平淡沉穩的表情下，她交付給秀賢在美國的忠德轉寄回來的信。循秀英的辦法，秀賢寫信回洛陽老城家裡，託忠德由美國寄進去的，現在收到大哥的兒子寫來的回信，原本懸在心上的這會兒能捏在手裡了，秀賢想都沒想到能眞眞實實捏著信、能看見信上姪子的一字一句！姪子說他自己是甘肅出生長大的，說自己的父親三十好幾年前被分勞動至甘肅，說姑姑的信是老城裡的遠房親戚又再轉寄至甘肅的。姪子寫可惜了他父親已離世，說懂事以來父親就告訴他他有個姑姑，跟國民黨走了，說如果早些個幾年就收到姑姑的信的話，他能想像自己的父親會是多高興。自個兒的信能寄到大哥的兒子手上！還輾轉到了甘肅啊！這時只透過紙上的字，秀賢沒能聯想上因爲老城家父親是有好幾個店鋪的資產階級，使得店鋪財產都被黨給接收去、沒能明瞭幾個哥哥們還因此都被打散分發往各處。信上的字，姪子的字，透上來的是大哥一直惦記著自己的思念，秀賢一看再看反覆地看。哲文也接了過去，小心捧著地把信看過好幾遍，哲文說家書抵萬金。

秀賢能體會了，體會那秀英說柳緒文捧著家書看一遍又一遍的心情，家裡人寫來的一字一句把流動在血液裡無形但最根本的東西變得具體。從家裡走出來後這三十幾年來被擱在心底的、被壓在回憶裡的、那做夢時才浮上來，但隨著張眼醒來後又壓抑在生火起灶的實際之下的那些東西變成能摸到能看到的了。秀賢這一打開的不是信封和信封裡的信而已，秀賢這一打開的是回家的想望。現在想回家去可不同於那幾年走出來的時候，年輕時跟著大夥兒能不知停頓點、不知終點的走，現在往家回的方向心裡清楚的很。秀賢跟哲文眼對眼看著彼此，哲文怎麼不知道這些在秀賢心裡面打的算盤？秀賢怎麼不知道哲文知道她心裡的這些盤算？秀賢說要在這年過年全家圍爐的時候把信攤開來給和中跟給台萍看，看這自甘肅的洛陽家人寫來的信。哲文說不衷[17]，哲文說小萍跟大成都在公家單位裡服務，今個兒政府是限制接觸對面的，哲文說不好讓她們有麻煩才是，哲文心裡有顧忌。秀賢回說讓孩子們知道大陸家裡有人，這事兒政府怎能限制？說在飯桌上給孩子們看看信能算犯什麼法，是我通的信，可我這是跟家人通信息啊！如果這也算犯法還要抓人，只能抓我。哲文沒再出聲，只是板著臉，板著一張臉也是一種說話。

老大孫子思祥帶著弟弟妹妹在年除夕這天回來，三個孩子進門時哲文就問怎麼不見他們爸媽？思祥手裡揑著一些銅板，說爸媽只給他一些公車錢，叫他帶著弟弟妹妹回來，沒說其他

[17] 不衷，河南話，不可以、不妥當、不好、不行的意思。

的，他攤開手掌給爺爺看手裡的銅板。三個孩子們都餓了，直接拿著客廳茶几上小盈盈看電視時小手捏一點，有一吃沒一吃的點心吃，三個孩子狼吞虎嚥沒幾分鐘時間茶几上的東西就一點都不剩。台萍跟大成在飯前帶著采凡進門，台萍在年夜飯桌上向父母親說孩子再大一點會帶回金門過年，大成說孩子再大一點即使搭不上老母機[118]，坐船回去也算方便。秀賢聽著吃驚，不過也知道理當如此，金門是孩子們的阿嬤家，她不能也不應該說什麼意見。台萍還說大成金門家裡一直說要她們再生一個，再拚個男孩子。這裡秀賢就忍不住出聲了，再生個是男孩還是女孩妳們要怎麼控制？說生容易，但要帶孩子花的是心力啊。妳們現今已經兩個閨女剛剛好，又一個的話，妳們能怎麼帶孩子？大成在年夜飯桌上聽出來岳母不贊成再生的意思，大成心裡想**他就有十個兄弟姊妹，父親只是種田的，母親只是磨豆漿賣街坊鄰居的，他們都能顧得了這麼多孩子不是嗎？**不過大成沒有回嘴岳母一句。

愛國西路那幫老鄰居之中陳老闆陳國賓回家鄉去過了，過完年後秀賢進小館裡走動時李師傅向秀賢說的，說米行陳老闆真是帶勁兒[119]，隻身一人往家裡回，聽說是從泰國進去的。說還

---

118 老母機。金門是前線戰地，一直受軍事管制至民國八十一年，非軍事目的、非金門籍者是不得進入金門，金門往返臺灣要到外交部辦理入出境手續，是乘軍艦裡的坦克艙，不想席地而坐者居民是自備報紙或厚紙板。搭乘前要提早半天去報到，軍檢人員會把行李一件件拿出來檢視。過年期間返家的金門居民眾多，有時軍艦不及運送，會有空軍加派的軍機運送返鄉的民眾，是金門人口中的老母機。

119 真是帶勁兒，河南用語，真是有辦法、真是厲害的意思。

沒見他平安回來之前他太太、他姨太太緊張的盼啊盼的，前後過了好幾個禮拜都有，給她們盼到陳老闆回來啦。回來是回來了但他太太跟姨太太現在還是天天提心吊膽的，警備總部就在馬路那頭嘛！傳過去的話那還得了，都說接觸共匪會被滲透，會被顛覆嘛。聽李師傅這麼說，秀賢聽得是眼睛一亮一亮的，秀賢心想，山東大老鄉眞有法兒，她逮去找陳老闆。李師傅向秀賢提這事兒可能沒太多想法，他不曉得秀賢已經在跟家鄉通信息了。秀賢已經寫了第二封信交付給秀英轉寄，如同上次，兩層信封，外層信封是讓柳忠德在美國收到信的，他拆了信後幫忙把內層的信往大陸上寄。

老鄰居陳國賓已經往家裡回去過這事在秀賢心上放著幾天了，秀賢想聽他說說他回家鄉一路上見的，也是想討教吧，所以秀賢牽著小盈盈回來愛國西路這幫地走動。轉角賣水果的張孝光太太還在同一地方做生意，看見秀賢回來兩人見著面是開心的不得了，心裡親近的倆人讓隔了多久時間才見著一次面變得無關緊要，兩個人敍舊了好久，張太太還把街坊間的近況都道予秀賢：「上海師傅田胤之一家已經搬走了好幾年囉，在中華商場三樓開西服訂製店開得有聲有色、有樓房了！不過他樓房是買在確切哪處不清楚。以前植物園口的福州幫三輪車行被蔣院長輔導成寶島車行駛出租車，不過沒幾年的時間也收起來了。山東麵食館子同福齋還在，生意一般般的做，畢竟現在館子選擇多了嘛。對面四川打拳的王師傅，身子還是如以往結實硬朗，不過沒有早年那樣一幫徒弟了，王師傅現在都一大清早赤著身子在植物園裡自個兒練拳，喝哈、喝哈可大聲有勁勒。」「我家兩個兒子？現在都上班工作了，掙錢還可以，我那老大，有這個

孝心，說要買間國民住宅，在南機場那幫不是陸陸續續在蓋嗎，那幫我們外省人也多。但我那老頭子不肯啊，他那舊時代的腦筋，老頭子說要告老還鄉啊，唉啊，我家老頭兒是這幫年紀最大的，妳也知道，他說政府是怎麼帶我們來的就該怎麼帶我們回去，但委員長都撒手了，誰要帶我們回去呢？是不是老古板一個。」聽張太太說這些，秀賢心想**張太太想必不知道李師傅說的米行陳老闆的事，那陳老闆眞是有不想張揚的謹愼，心裡有了這層念頭後就沒對張太太說出口自己聽到的事**。兩個人講得開心，不過張太太攤子上開始有客人等著她招呼，秀賢就說先帶孫子離開去旁邊轉轉兒去，說不能杵在這兒擋她客人。

張太太攤子的斜對街，博愛路廣州街口的米行同四十幾年那時一樣，整店鋪的地板上都是細塵米末，粉白粉白的。因爲陳老闆一直賣的都是價位較高的，已脫糠去殼的白米，他整店鋪裡是清甜暖香的米味，這麼多年了，再一次踩進來秀賢感覺味道還是這麼熟悉，數十年來如一日。陳國賓見是秀賢踩進店門，他拉開嗓子招呼，北方人一開懷高興，嗓門就開、聲音就大，不過當然，北方人生氣倔人[120]時候，嗓門聲是更大的。秀賢要盈盈兒喚他陳爺爺，盈盈兒喊陳爺爺。陳老闆問了秀賢關於哲文、關於館子裡的生意，兩人說說談談好一會兒，陳國賓喚家裡人拿點心過來，是高級的義美鐵盒兒餅乾，整盒是各式不同樣的奶油餅乾，他說讓盈盈自己挑喜歡的餅乾起來吃。秀賢說盈盈兒拿餅乾要先謝謝陳爺爺，她自己也順道爲了陳國賓把哲文介

120 倔人，河南用語，罵人的意思。

紹給福祿壽的林、游倆老闆再道謝了一次，她說：「照哲文那不交際、不善言辭的個性，如果沒有陳老闆的介紹，怎麼可能當人掌櫃的？」陳國賓回秀賢說只是舉手之勞而已，稱和林、游兩老闆是老鄉、是朋友，說跟哲文又是挨這麼近的鄰居，這中間牽個線是小事兒，最後也成了椿好事嘛。

秀賢再來說起了自己有跟家鄉通信息的事兒，陳國賓先是愣著頓了頓，他端詳了秀賢臉上的表情後接著說了，既然妳提起了妳跟家裡通信這事兒，我就說了吧，我摸著路往家裡邊兒回去看過了，還計劃著再回去的。秀賢張大了兩只耳朵在聽。陳國賓自謙地說他只是沿前面的人走過的路，是山東幫那幾個日子還過得去的老鄉打的頭陣先回去的，幾個老鄉兒都說對面的人民政府很是熱情，說不論是海外哪處回去的都受歡迎，還尤其是臺灣這幫的，保證出入自由[121]。他見秀賢眼睛愈張愈晶亮就接著說下去了，過路泰國進香港的，經兩地兒國際機場的喔，辦進香港證件的那張紙要停的久，要等幾天。飛進香港後是從紅勘那塊兒地搭火車的，我家裡巷口兒我還摸的著兒，不過我家的老宅子是不在了，都給扒了、改建了。不在了的還有我的倆

---

121 民國六十八年一月一號中華民國政府公布「國民申請出國觀光規則」：除了16歲至30歲之間的男性，國人開始得以觀光名義申請出國，但每年以兩次為限，每年出國觀光的時間不得超出三個月，且不得前往共產國家。國內的公教人員需經服務的機關核轉辦理。與此同時，在這同一天，1979年1月1號中國大陸全國人民代表大會常務委員會發表「告臺灣同胞書」，並片面開放臺灣人民入境中國大陸從事常態、一般性的旅行。中國大陸還強調人民政府一律給予熱情接待、若有不知親人下落者，人民政府會幫助尋找。

老，我年輕時就出來了的，現在回去髮都已經白啦，都是嘛，倆老兒怎麼等得了我？眞可惜他們在時沒通得上信。那一回到家啊，我那些親戚們激動的把多少的姑啊、多少叔伯啊都嚷回來看我，家裡的那親情啊，濃的是幾十年不見都散不了的。見著我回去，一幫親戚還帶我去祖墳上見我父母，都不怕人笑話了，我禁不住的整個人趴在我爹我娘的墳上啊！心頭眞是早知道跟來不及，可悲的啊。哲文還是妳府上二老還健在否？有能力回去的話就趕緊回去看看！如果像我這般不就是遲了！是的，秀賢心裡想，自己也是遲了。妳們在臺灣就逮辦證件，沒那綠本兒[122]我們回不了國門，這旅行社的聯絡妳拿著，飛機票還是那些通關的文件啊、跟下榻的旅社我們幾個老鄉都是找他辦的，很可靠。聊起回去家裡的事，陳老闆滔滔不絕，談得日頭都已經低下去了，他店裡多少伙計在一旁扛米袋扛進扛出好不忙碌。掂量著可不好耽擱陳老闆晚上喝湯

[122] 綠本兒，這裡是指民國五十八年時中華民國由封面黑色又改為封面墨綠色的護照。這年的中華民國護照已經過多次多次改版：歸納簡述是民國二十七年，護照狹長，封面材質是布面，內頁資料以秀麗字體手工書寫，並且遵循傳統外交習慣，有法文及英文翻譯。民國三十七年，中華民國護照封面為墨綠色，印有國徽，在國徽下頭的「中華民國護照」字樣是直式書寫，封面沒有英文。民國五十五年，護照封面改為黑色，國徽下的中華民國字樣由右至左橫式書寫，配上普通護照字樣直式書寫；護照封面首度加入英文REGULAR PASSPORT REPUBLIC OF CHINA，分兩行書寫。民國五十八年，護照封面改為墨綠色，調整國徽比例，下方英文改為PASSPORT OF THE REPUBLIC OF CHINA，分列兩排的英文字下方新增一排護照號碼。民國六十六年，護照封面國徽下改回「中華民國護照」直式書寫，英文改為「Passport of the Republic of China」，英文下方依舊是護照號碼。再於民國六十九年，國徽及字體大致維持，但下方護照號碼的設計改為從封面打洞的方式呈現。

時間，秀賢就道謝也牽著盈盈兒說要告辭了，秀賢拿著那張旅行社的聯絡名片轉身要離開陳老闆的米行時候瞥見那近店門邊迄用以秤量米袋的磅秤，以往偌大的秤重磅秤換了一個新式的，秀賢同以往般自在地踩了上去秤秤自己的斤兩。秀賢對盈盈兒說：「公跟阿婆以前的家在這兒對街，阿婆都是來這裡秤體重呢。」隨著左右晃來盪去的標針要停穩下來在公斤數字54上的時間裡，秀賢確定了，**她要跟哲文回洛陽家裡去看看**。秀賢下了秤後，她讓盈盈兒也踩了上去秤秤重量，小盈盈問說怎麼以前阿婆不在自己家裡秤體重。

臺北城老市區裡大排水溝加蓋，被鋪整拓寬成西藏路[123]。因爲政府都市的規劃，這一帶的土地被劃分成非工業區，哲文五哥林金朝師傅的活字排版印刷廠同這一帶的許多印刷行被勸導補助遷移至加蚋仔再更南邊，遷至那河對岸的中和鎮。五哥林金朝會來小館店裡同哲文吐苦水，說這塊土地劃分不能開工廠了，變更了土地用途我們也要遷廠，可是想也奇怪，我們艋舺這一遍是先做了工廠他土地才變更的啊。還有啊小老弟，你聽過這種電腦化排版報紙沒有？去年聯合報開始那什麼電腦化排版，以後其他報紙如果也跟著這麼排版，那我場裡的師傅是不是

123 早在荷蘭人所繪的臺北地圖裡，雷里社與了阿社之間有一條新店溪的支流，對照位置推測應該就是日治時期的「赤河」。二戰後這條赤河被整治為特三號排水溝。升格為院轄市的臺北為了整頓市容跟改善交通把因位處臺北西南方的大排水溝以及溝旁道路以位於中國疆土西南方的西藏命名。一直到民國六十幾年之前近萬華火車站的大排水溝的西半段都還未加蓋。

就要退休了？開始電腦鑄字的話老師傅還是有得拼嘛，但不是啊，電腦還直接排版啊，所有的文章都是在電腦裡檢字，國字要多小就能多小，連日文字、英文字都有，也沒有損耗的問題啦。那哪還需要鑄字呢？普文鑄字都收了呢誰想的到，時代在往前走，長江後浪推前浪喔。鑄字場被淘汰，我們印刷廠大家被推著陸續地遷，不過有幾家廠子本就是向人租房子的，不可能遷的嘛，可能就是要收起來了。要去的中和鎮那偏僻的喔，走那麼長的橋過去，過個橋過去什麼都變得便宜沒錯，現在可以開得寬了，但電腦是不小的投資，這一陣在請兄弟們大家幫忙，小老弟你手頭有方便的話也一起資助老哥我。哲文不懂排版跟電腦，電腦是新玩意兒，只有聽過光華陸橋下有商場賣美國人留下的電腦器材，五哥回說他要添購的可跟那種東拼西湊的電腦不一樣。哲文提了光華陸橋是他以爲那處已經是賣最好科技產品的了，沒有要探聽或一絲絲不信任五哥的意思，結拜哥哥都已經開了口，和中小時候也受五哥提攜過，五哥是兒子的師傅，一日拜師終生爲師，哲文的性子當然會幫忙，兄弟之間有出七八萬幫忙的也有出十來萬的，哲文跟秀賢商量之後資助了一個中間數目，十萬塊錢。

沒多久前六哥林彪也已經遷他的肥皂工廠至桃園，三重埔和板橋鎮裡的好些工廠也都陸續往南、往外移遷，更何況是寸土寸金的艋舺車頭這一帶。老中央市場不也是被扒光了？就這五、六年的時間裡高的想像不到的水泥房子在原本的菜市跟軍用停車場建了起來，裡頭的電梯還引得鄰里間都去好奇的乘坐，政府是一直在碾平舊的以造起新的跟造起現代化的，這似乎是臺北這院轄市裡意料中的事。變動不斷，以新的蓋過去舊的就是進步吧。不知怎麼地哲文會想起和秀賢那年決定自個兒開小館時秀賢所說的，「是人都要顧肚腹吃三餐，做吃食的即使沒賣錢也餵飽了一家人」。哲文覺得和秀賢開著這小館至今沒有變動遷移，眞是日子安穩，相較進步或是大富大貴，寧可一直平安穩當就衷了[124]。

老大Ｘ盈滿五足歲，台萍懷有第三胎的民國七十二年秋，台萍把兩個孩子戶籍放張孝光太太，張媽媽家裡。孩子們戶籍地遷過去能上南門國小，這是法院後門博愛路上轉廣州街步行五六分鐘就到的國小，一早自己上班往臺北地院能順道拎孩子們去學校，她想這樣接送孩子上下學很是方便。這事兒台萍回家向媽跟爸說了。秀賢也因此特別打了兩件毛衣給張太太送去，秀賢心想秋冬總是要穿毛衣的，張家兩個兒子塊頭高大，如果眞不合穿，生意頭腦靈光的張太太也一定會精明的處理的。秀賢跟秀英是一塊兒還忙著申請護照的事，那陳老闆說的小綠本。當年在參觀中正國際機場時倆人都沒覺得時髦的坐飛機出國門會跟自個兒相干，秀賢那是陪著秀英去看柳忠德飛機飛回來進門的路的，此一年、彼一年的事兒，誰能料得到！秀賢把米行老闆陳國賓說的話都對哲文說了說，哲文很是躕躕，哲文說他的護照不急著辦。秀英也說柳緒文才去了退除役官兵輔導委員會，說緒文現在算「備役」，還當上輔導委員，說他不好回大陸上受接觸。秀賢明白，秀賢怎麼不明白？柳緒文和自家那口子就是這種政府要他們站他們就不會坐、要他們不動他們就眞一動都不會動、要他們直走他們絕不會拐彎的個性。不過秀賢跟秀英

124 衷，河南話，是好、對了、適合或可以的意思。

倆是在這年秋天把護照辦了，也找了旅行社買了兩段來回機票——臺北來回泰國跟泰國來回香港，也在臺北泰航行政事務處辦妥了外國人進泰國的文件。旅行社說這樣妳兩個人的文件還沒備齊，說在曼谷下飛機會有地陪，這地陪會幫著她們辦入香港的文件。

早晚涼爽但午後曝曬的秋老虎[125]天氣裡倆姊妹從中正國際機場出國門，腳上走著晶亮的磁磚地，秀賢心上掛著小盈盈。那天自個兒和鄰居在門口抬槓[126]，滿五歲的她就待在一旁坐在家門口的三階台階上的其中一階，自個兒沒注意到一台幼稚園[127]的娃娃車駛了過來停在巷子前方不遠處，盈盈兒是看見了，盈盈好奇的眼睛一直盯著被幼稚園隨車老師牽下車的，那跟她一般歲數的孩子看。那孩子下車後一個奶奶還是阿嬤的人馬上迎上去牽過那孩子。跟秀賢正聊著天的鄰居到是看見了小盈盈一直盯著那孩子看，鄰居問盈盈一直看是也想去上學？盈盈問說：「上學是穿那衣服帶那帽子然後坐那個小轂轆兒嗎？」盈盈開心地回答說她想去上學。

---

125 秋老虎，華人民間相傳的一種說法，原本指立秋當天如果沒下雨，當年將會迎來很熱的秋天，現在泛指秋天裡炎熱的天氣。

126 抬槓，抬轎子用的粗木棍，原指各執一詞之意，後來衍生為談論的意思大於與人爭論或爭辯的意思，此處是閒談聊天之意。

127 幼稚園，早年臺灣稱學齡前兒童的培育場所為幼稚園，臺灣第一所幼稚園為日治時期在臺南開辦的關帝廟幼稚園。於民國 101 年起政府啟動幼托整合，統一以「幼兒園」取代原先以教育為主體的「幼稚園」以及以托育為主體的「托兒所」。

秀賢信著了[128]學校，那是對街菜市場再過去的那頭，近西松國小後門的勝利幼稚園。孩子們的眼睛就是受其他的小孩子吸引，而且跟同歲數的孩子們玩是對小盈盈有幫助的，那天鄰居還說幼稚園裡老師會教注音符號，幼稚園裡先學了之後上小學不就輕鬆一些？秀賢覺得很有道理。不了解何謂上學的盈盈兒是對秀賢說要去上學的，但秀賢跟哲文一起帶她去學校的那天轉身要離開時盈盈兒就大哭了，秀賢怎麼哄她都不衷，盈盈兒還要把剛才入園時開心穿戴在衣服外的圍兜兜脫下來，她說要跟著阿婆、跟著公一起回家。班級裡的老師說「奶奶」能不離開，能一起上學，盈盈兒還是說要走、說要回家。秀賢馬上意會過來小乖乖不知道「奶奶」，她對小盈盈兒說：「阿婆現在不回家了，阿婆要坐在教室裡跟盈盈兒一起上學」，小淚人兒這才不再哭了。秀賢就那麼坐在教室裡的後方陪著盈盈兒上課，盈盈兒會時不時轉頭過來看阿婆是否還在教室裡。這樣一陪上課陪了兩個多月，不好意思跟著吃幼稚園裡的午餐跟點心，秀賢是自己從家裡準備自己的午餐跟點心帶去的。一開始的那一陣子盈盈兒不闔眼不午睡，秀賢就請老師通融，但老師很有威嚴的聲音對盈盈規定每個孩子都要午睡，老師那訓斥的當下秀賢都心疼了、都覺得老師有點太嚴厲了，沒想到兩三個禮拜後盈盈兒也眞的能跟著同學們一起午睡了。準備著小綠本、準備著和秀英出國門前秀賢的腦裡心上一直是擔心牽掛著這些。好幾天來一直交代哲文娃娃車開到家裡巷子的時間，好幾天一直提醒哲文別忘了兩、三天一次就逮去幼稚園

---

128 信著了，河南話，是找到了的意思。

拿盈盈兒午睡的布褥回家清洗，還說如果盈盈兒有嚷著不要去學校，就不去！寧可你帶著上店裡。哲文問道：「不是整學期的錢都付了嗎？」「學費付了是沒錯，但如果因爲孩子小不會說，說不出是在學校受了什麼委屈怎麼辦？只要小乖乖說不想去就別再讓孩子去。」哲文回：「衷衷衷，妳說咋做就咋做[129]。」

機場裡面，秀賢和秀英是走過了海關，不過秀賢的心思都還在操心著南京東路的家裡，操心著小盈盈，所以她就只是提著腳步跟著秀英走。排著隊之後走過了檢查，也已經坐入飛機的機艙裡，聽了好幾分鐘飛機上英文的收音機，然後秀賢意識到那不是電台收音機，秀賢的心神是這時候才回到自己的左右周遭。**剛剛那是飛機上的人在用麥克風說話！**秀賢和秀英倆都是張大了眼睛在看，好像眼睛裡能看進來的愈多心裡愈能有所準備，雖然說她倆兒也不知道要對什麼做準備。秀賢覺得好在是有秀英跟自個兒一起，尤其又是坐定沒多久那段兒，空氣裡像是有什麼壓著自己身體，讓整身子、背跟屁股都緊緊陷在這張椅子裡。是，這張椅子是舒服的但那被隱隱地往後、往下沉的感覺是一點都不舒服的。飛機上還有那不受把握、突如其來的晃盪跟下墜。那下墜的瞬間讓飛機上許多人都驚呼出聲，眞好險是跟秀英在一塊兒。不知道大氣壓力不壓力的事情，坐飛機其實挺讓人緊張的，倆人很有默契地想逗笑對方開始打趣兒，秀賢問秀英：「妳這是打哪兒來、上哪兒去啊？怎會是出了國門又要進國門吶？到底算是出國還是回國

---

129 妳說咋做就咋做，河南話，是妳說怎麼辦就怎麼辦、妳說怎麼處理就怎麼處理的意思。

呢？」秀英笑了，也調侃秀賢：「妳我這不會泰國話先擱一邊兒，飛機上的這英文話我們都有聽沒有懂，到了站要下車可能都不知道唄。」秀賢也笑了。取笑自個兒是最好笑的，彼此都知道句句都是現實，也因此最好笑。顚簸的飛行她們說著笑著。和秀英彼此的自嘲讓秀賢興起了**想學泰文也想學英文的想法。對了，她要跟著即將上小學的盈盈兒學國語，要從注音符號開始學**。

秀賢和秀英在泰國下飛機，聽不懂泰文，說不了英文，把旅行社交付她倆的一疊紙張資料都攤開上櫃檯，倆人當然不明白泰國的關防是因爲見有泰航辦事處在臺北簽發的證件[130]，跟有出境泰國飛香港的機票才讓她倆過了關。她們在曼谷待了三個整天，秋天裡的泰國曼谷天氣燥熱如臺北的盛夏，秀賢喝了街邊剖殺的椰子，這給她們接機跟安排她們住宿旅社的當地地陪買給她們的熱帶水果果汁，說出汗多要喝椰子防中暑。以前沒見過這玩意兒所以秀英沒什麼喝，秀賢覺得沒什麼怪味也不想浪費遂把兩人分的椰子水給喝了。

---

[130] 1975年7月1日，泰國與中華民國斷交。為了不中斷雙方的非官方關係來往，於首都互設具大使館性質的代表機構。1976年2月，泰國設立泰航行政辦事處，1992年3月，泰國內閣通過易名案，9月10日，易名為泰國貿易經濟辦事處（泰文：สำนักงานการค้าและเศรษฐกิจไทย ไทเป），以處理投資及簽證業務。中華民國方面，1975年9月10日，在曼谷設立華航代表辦事處，1980年2月14日易名為駐泰國遠東商務處，1991年9月復易名為駐泰國臺北經濟貿易中心，1992年5月26日復易名為駐泰國臺北經濟貿易辦事處，1999年8月23日再度易名為現在的駐泰國臺北經濟文化辦事處（泰文：สำนักงานเศรษฐกิจและวัฒนธรรมไทเปประจำประเทศไทย）。

在曼谷的三天裡秀賢跟秀英出過旅社一次，再來就都一直待在旅社裡，因爲秀賢鬧肚子，在外頭找廁所不方便，公廁裡也多半沒有廁紙，有廁紙的情形是掏錢向維護廁所的人員在門口買的，這年鬧肚子又沒廁紙的經驗，成爲秀賢從此只要出家門，兩側口袋裡都要塞有廁紙的原因。在異域的夜晚倆人都沒什麼闔眼。僅一只風扇在轉的房間裡怎能涼快，非逮要開著窗才不算悶熱，但旅社住宿被安排在二樓，這讓街上車聲、喧嚷聲以及異國語言的交談聲也從窗外流進房間。聽著窗外陌生的語言加上人生地不熟的環境讓倆人的心裡一直是防範警戒的，倆人的美金跟黃金都沒從身上卸下過，整夜晚她倆闔衣躺在房裡聊聊睡睡，秀賢還隔一會兒就往廁所拉肚子。倆人就這樣等著那曼谷的地陪，地陪說會辦她們進香港的「那張紙」。地陪那人說這兒是給她們安排的旅社她們就住、那人說到了要飛香港的那日再來接她們上機場所以她們就等。那人說的國語裡有個不算北方腔、不算南方腔，秀賢沒聽人說過的腔調。

有了幾天前第一班飛機的上升下墜、腳踩不在紮實地面的經驗墊底，加上幾天來旅社裡沒睡好的夜晚，飛機起飛後秀英是身子疲累地陷在座椅裡睡的很熟。不過在這第二架飛機上秀賢還是醒著的，秀賢連在飛機上肚子都還在瀉，不一會兒就逮跑廁所的秀賢沒法兒睡，她覺得這趟飛機比第一架從中正機場飛泰國坐乘的時間久，機上她聽見廣東話，不知怎麼地，秀賢覺得廣東話聽起來很像在臺灣聽到的河洛話，心裡上覺得親切。入香港這塊地時秀英手裡捏著開封的身分證，這是她做孩子的時候父親就幫全家辦有的身分證紙，四個孩子都有，不過這一路也沒有被問到要看這家裡的身分證，過港時候也沒需要掏出來。過香港的時候秀英是同秀賢一般遞上泰國地陪那人幫她們辦好的一張紙[131]，神情嚴肅的香港關務人員是在這張紙蓋上入香港日期的章子，上頭還有些英文字。

倆人問著、摸著方式在香港機場用美元換有港幣，沒經驗但她們盡量不使人察覺她倆沒經驗。她們摸著了九龍車站，在車站外的民航酒店住了一晚，秀賢請酒店樓下櫃檯裡的一個小伙子幫忙，用美元換了人民幣也買了外匯券[132]。秀賢之後想想那櫃檯小夥子也真老實，對她們說外匯券這東西比人民幣好使，說大陸各地都愛收外匯券，還說去非正規的地方幫她們換，能換得價錢好，說她們要換的美金多，錢少差距不大，錢多就差距很多了。換了錢後倆

131 英屬香港這年不在中華民國護照上蓋出入境日期印章，出入海關是出示國際公證人簽章的身分證明宣誓文件，官方印鑑也是蓋印於此文件背面。

132 中國大陸在1979年的時候為了因應對外經濟跟文化的交流不斷增加發行了外匯券，共有7種面額，分別為一百元、五十元、十元、五元、一元、五角、一角。外匯兌換券的兌換手續是：凡外籍人員、華僑入境時，所攜入的外幣、外匯可一次向中國銀行兌換成外匯券。出境時，如有剩餘外匯券，可向中國銀行兌換為外幣，但外匯券也允許自由攜出境外以後來華時可再攜入使用。於1988年又發行了一次新的版本，在物質匱乏的年代，外國人、華人、華僑到中華人民共和國可用外幣兌換「外匯券」，並到特殊的地點，如友誼商店，購買當時人民幣無法購買的緊缺商品、奢侈品，在1990年代全面經濟改革之後終止。1995年1月1日，中國大陸停止外匯券在市面上流通，由中國銀行回收。

人仔細地一張張數過，一疊外匯券跟一大包的一毛、五毛、一塊錢，跟五塊錢的人民幣紙鈔，秀賢習慣把大鈔收在內，小鈔疊在外，讓自己掏錢出來時讓別人瞧見的是一張張外層的小錢；秀英習慣把小鈔疊收在一處口袋，大鈔收在另一處口袋，用小錢時只掏用小錢的口袋，倆姊妹在外頭使錢的習慣都是財不露白，謹慎小心的。九龍車站坐進廣州，自廣九車站坐柴油火車沿京廣鐵路回河南，這一架飛機又一架，一班火車後又一班，被叫等六個小時後的火車她倆是平靜地轉身坐下就等。一路的發生都是從來第一遭但倆人不覺慌不感亂，**這是往家裡回，慢了點兒就慢點兒，總歸能往家裡回去就衷**。自鄭州再坐進了開封城，說好的一道由鄭州先找往秀英家裡去，映入她們眼簾的還似那民國三十七年時的開封城，但也不盡相似。車站外的人民多著深暗色的衣褲，過來往去時看似身上有沉重的生活擔子。倆姊妹拎著各自輕便的行囊坐入車站前的黃包車，秀英向車伕報著老家的地址『橋南街東太河灣九號』。車上安靜了半晌，秀英是近鄉情怯的忐忑。

「英！」

「咋？」

「咱們走出開封城那大半夜我回頭望了望開封城牆。」

「啊！妳還回頭望了望啊？妳是頭一遭對我說這事兒。」

「我們踏著死人堆走出來的那大半夜。」

「妳別把人給嚇壞了」，秀英說這句話時看了看前頭再看向秀賢。秀賢發現那前頭的車伕是偏著頭瞥了一眼自己。秀英看見車伕的動作，她握了握秀賢的手岔開秀賢要接下去說的，她開始向秀賢說起自己的父親。「我家裡那時就在擺地攤兒，我跟我姐姐們跟著父親做鞋子，父親說他是只有女兒，可是四個女兒都不是在家裡吃閒飯的。家裡縫好做好的鞋子我跟父親會拎去相國寺前面賣，一直到日本人進城來我才沒再跟父親出門。」秀賢初次聽見秀英講述出嫁前的事兒，秀賢有聽過開封的相國寺，家裡做孩子的時候秀賢就聽哥哥講過魯智深來投汴梁大相國寺的故事。慢條斯理的秀英還在說著往事，車子就已經開行到秀英熟悉的街道，秀英開始向司機指路，秀英指著街坊讓車正正穩穩停在九號門前。家裡這門院及屋簷磚瓦看起來還是跟她同柳緒文成婚那天一樣，只是比記憶裡更頹圮老舊了一些。見一臺黃包車開進街坊，幾條街裡的孩子們好奇地圍著車子，但也不敢靠得太近，秀英朝著九號家門內嚷著父親的名字邱横全，大聲地嚷自己是邱横全的女兒邱秀英。不常見外地人也不常聽見外地的口音，鄰人樸拙的臉上有些反應不過來的表情，聚上來的小孩兒們更是。秀英再朝家門嚷了一次自己的名字，老家的磚牆沒個回應，但從門坎上一名婦人緩緩地跨腳出來，是一雙小腳，婦人還沒認出秀英之前秀英已經認出她也上前牽住了她。

秀英的父親、秀英的母親和祖母都不在了，兩老走的早，祖母走的更早。秀英離開家前已經出嫁的大姐就住在兩條街口外，大姐說邱家這屋子是別人家的，早年這家人家跟父親周轉一大筆銀兩還不出錢，就談好父親跟母親能住進他們家這房子。秀英當年在家時還是孩子，長成少女後日本人就進開封城裡了，父親沒向她提過這些事兒，再來是國民黨軍隊進來，她依父親的意思和柳緒文成了親，那頭一天出嫁，隔天就離家了當然更沒機會曉得這些事。銀兩是一直

都沒還咱們，大姐說父親過身前幾年時有向她交代這事兒。父親過身了，她就跟夫婿住了進來，想說那人家若來還錢，就把屋子給還了，不過一直住到了現在，連孫子一輩都在這房子裡出生了，那家人家也一直都沒上門，大姐說那人家同父親那一輩的人恐怕是都不在了。家裡大妹嫁至襄陽、二妹嫁到鄭州，說秀英這個最小的妹妹跟著國民黨走了之後沒有回來過，也沒有個消息回來過，父母親都以為沒了這個妹妹了。聽著秀英姐姐說到這裡，秀賢看了看秀英。秀英是一直在點頭。秀英的姐姐繼續說了，是啊，那時局多動蕩啊！秀英去年寫回來的信我也看不懂，讓兒子給我唸的，像是天上掉下來的啊，那天我確確實實覺得還有這個妹妹在世是失而復得的寶物。原本我都被搞糊塗了，想秀英是在美國，美國啊！我們邱家誰能有海外關係，還是在洋人國家！兒子一個字一個字給我唸了很多次，我才明白秀英在臺灣啊！在臺灣，還寫了信回家來，妳看這是有多好！

秀賢是同秀英住下了，住在秀英長大的這屋子裡，現在這秀英姐姐、姐夫、和她兒子、兒媳婦及孫子們同住的屋子裡。頭一天裡夜黑的飯是被特別張羅的，秀賢感受的出來。等待秀英在鄭州跟襄陽的姐姐們陸續回來團聚的幾天裡也都是被秀英的姪子跟姪媳婦特別款待的，她們讓出家中特好的床褥，這床褥下是偌大的炕，只是在這秋天的天氣炕裡邊是沒有添柴火的，她們搭上陳舊但乾淨的蚊帳，她們洗淨一只尿盆放在這秀賢會和秀英同睡的房裡。現在秀英大姐家裡的生活還是如同民國三十六、三十七年那時，一把白米都要珍惜地就著滿滿一鍋南瓜煮的，秀賢看得出來她和秀英的碗裡都被盛予較多的白米。秀英跟秀賢見他們扒著小盆兒這麼大的碗裡的南瓜，就著醬缸裡撈出來的鹹菜，他們每個人都是浠哩呼嚕一大碗下去，那像盆子般大的一大碗。大姐一家人說秀英和秀賢夾菜動筷子的斯文樣兒就是文明。這麼多年了，家鄉的日子還是這麼個在過，現在自己在臺灣過的生活太奢侈浪費了，秀賢心裡在想。

開封住了六七天後秀英同秀賢往洛陽回，家鄉裡的秋天，冷風弗弗，這是一年四季裡秀賢最喜歡的天氣。秀英的姐姐一家想留秀英下來多住，秀賢跟秀英都走離了老遠還能看見她滿眼滿臉的淚。秀賢跟秀英倆抵洛陽，下了火車聽整車站裡的人的說話腔調，秀賢覺得這是眞的回到家了。找進老城，父親的三四間店鋪都不在了，接下來黃包車停在應該是秀賢父親用水缸裝銀元、秀賢母親都是讓人轎子扛著走的家門口。秀賢說巷子裡的這一段被扒了，我家是這處地，巷子口賣活魚，走進來這些步路就是我家，老城家裡宅子沒了，看來我姪兒也不知道這事兒，他信上沒提。秀英往秀賢手比的地方瞧，靜靜地在秀賢身旁聽，聽得怔了的是前方車伕，他轉頭問道：「這以前有宅子啊？妳倆打哪兒來？妳倆兒外地人怎麼會說這幫有宅子？」秀英沒回話兒，秀賢回他說：「我倆從南方回來。」這時秀賢很快就打定主意要黃包車往洛安村開去。

因爲禁止通匪，哲文沒寫信回來過，不過秀賢知道只要房子沒扒，她信的著哲文他家裡的。車停在兩層樓高的水泥樓房前，兩棟樓房中間有著鐵欄杆，這黃包車想往裡開，旁邊就有人出聲問是要開到哪一門牌號兒？車伕小夥子答不出來，就扭頭向後望，秀賢也答不出什麼門

牌號兒，還問說洛安村到了嗎？那裡頭走出來的人喊答說咱整個村子都遷到這兒，這兒就是洛安村子。黃包車車伕不想再磨蹭想往車站回了，秀賢跟秀英就在鐵欄杆前下了車，輕聲細語的說話方式和嘴上說普通話的口音讓她們身邊聚集愈來愈多人。頭一個靠近來問、來回話的洛安村那人說話讓秀賢聽起來咋咋呼呼非常大聲，彼此一來一往聽不懂對方在說些什麼，洛安村的這人已經像是拉開嗓門在嚷、在喊了。秀賢覺得多說無益，但想找的哲文家裡是記憶中的沈家落院，現在眼前全是改建了的水泥樓房，自己信得著哲文家裡嗎？這當會兒秀賢也說不出爲何地，她朝圍上來的人群裡一個老人家走去，什麼不說，秀賢只向她說出哲文父母親的名字。

「那倆大好人我認得，唉啊他倆已經過去了。不過他兒子在，他兒子在，兒子、孫子一家都在，哎呦，他們家那孫媳婦兒，手腳麻利又勤快。」這年歲寫在她臉上的老人回答著秀賢，秀賢約略聽懂這些，老人還說了其他，老人還要領著秀賢跟秀英往那戶人家去。一個年輕人攙著這老人，秀賢她倆跟在老人和年輕人的腳步後頭，聚集過來的人也沒散去，是跟在了秀賢、秀英後頭，自村子口這麼一小列隊伍就這麼往裡走了。走過了煤球店鋪、公共衛生間、雜貨鋪子、經過了幾桌低矮的就坐在過道邊迄打著十三張麻將的鄰居街坊，老人家小腳步子走著走到兩扇門板大開著的一戶人家前停了下來，拖著長長尾巴的一行隊伍聽這老人朝裡邊喊人。頭髮凌亂，胸前背襟裡有個娃兒，身子結實、寬面方臉的一個女子迎了出來，托住這老婦人的手親切地問她咋回事帶了大夥過來，這老人家回的話秀賢沒聽清，秀賢正盯著這襁褓中有個娃兒的女子瞧，這看上去二十來歲三十歲沒有的女子應該是下一輩了，秀賢對她沒有印象。寬面的女子往秀賢秀英這裡看了，女子沒啥反應，女子說要叫家裡那口子出來。再來走出來的男子都已經走來跟前的地了秀賢也不確定他的年歲，而且也不覺得自個兒在沈家見過這人。站在秀賢秀英後頭的鄰人大夥兒見兩方沒反應便開始問著彼此這是咋回事，圍在門外的一群人開始交頭接耳這時又另一人緩緩地從屋子裡頭走了出來，一高瘦身子的輪廓。當他越走越近時，秀賢覺得彷彿像是看見哲文朝著她穩穩走來，秀英這時也出聲了，秀英說：「這人怎麼和妳當家的像一個模子刻出來似的。」秀賢回秀英說：「房簷滴水照坑兒流[133]」，秀賢朝這愈走愈近的瘦高老人喊「大哥」。

瘦高的老人認得秀賢，瘦高的老人是哲文大哥，秀賢民國三十五年嫁進沈家後古曆年節裡秀賢跟著婆婆上長輩家、上姑媽家拜年。大哥知道秀賢出身老城裡富裕人家，還念過書，但進門後弟媳什麼活兒都做還跟著大嫂忙碌伺候爺奶，大哥見自己母親很滿意這個剛進門的弟媳婦。大哥對秀賢印象深刻。大哥只比哲文年長三歲，但臉上皺紋、頂上的疏髮讓他已看似一個老人，不過大哥的雙眼和大哥的步伐看得出他精神仍然抖擻。大哥認出了秀賢，說這是他弟媳婦，他要她們趕快進來坐，秀賢聽他厚實的聲音知道他身子算硬朗。村子口領路的老人說信著了就好，說她要往家裡返了也就這麼離開了。圍觀的鄰人們還在大哥家門口兒，重複說給旁人

133 房簷滴水照坑流，河南方言。房子屋簷的滴水落地後會滴在相同的幾個點，會滴在相同幾個坑窪然後流散，是比喻動作、言語、想法都跟兄長和上一輩人非常相似，這裡是兄弟兩人非常相像的意思。

聽那是沈家的弟媳，說沈家的弟媳外面回來囉。秀賢跟秀英被大哥領進門歇腳，門口聚集的鄰人都還沒散去。

哲文大哥喊他的兒媳婦，那方面寬臉的女子，大哥喊她玉貞，大哥要玉貞趕緊把水燒了泡茶，哲文大嫂也在，扶著牆從裡頭那間出來，大嫂一出來玉貞是迎上去攙她坐來大哥旁邊。大哥也要玉貞趕緊煮湯揉麵，說這是妳二娘[134]回來了。哲文大哥的鄉音和簡潔的語句聽起來和哲文一模模一樣樣。回到家來找著家裡人的心情起伏還沒平緩下來，秀賢坐下後就開始說她跟秀英如何從開封找路回來家裡的經過，秀賢也說在臺灣跟哲文的生活，這一時發現要說三十幾年來的事是該要從何說起？逮從那年丈夫跟隨部隊戰略轉移開始說？想全部都說盡。秀賢開始對大哥一家講述和哲文在外的生活。

哲文大哥大嫂聽著秀賢濃厚普通話腔調說的洛陽家鄉話有些吃力，他們兒子榮光杵在跟迄時不時用洛陽話再重複一遍給自己的父母親聽。秀賢把和哲文離開開封後隨部隊的轉移、轉至徐州、待上海待得久、搭船自基隆上岸、從竹南擺地攤的生意、到臺北的北門邊迄擺地攤的生

134 二娘，河南方言稱丈夫的母親為「娘」，稱丈夫的父親為「伯」（發音同「白」），稱丈夫家裡父輩排行最大者為「大伯」（發音同「大白」），稱丈夫家裡父輩排行最大者的太太為大娘，稱丈夫家裡父輩排行裡第二的為「二伯」（發音同「二白」），稱丈夫家裡父輩排行裡第二的太太為二娘。

意、到哲文後來給人當掌櫃跟現在哲文和自己在艋舺開起的小館子都對大哥大嫂說了，說她跟哲文和哲文一些老同事一幫人在臺灣如今生活不錯，還有了幾個孫子。秀賢講得一旁的茶水都涼了還講述不及十分之一的發生。三言兩語說不盡，秀賢說總地來講離開了家之後三十多年來的日子，波折經過了也就算是過了，和哲文落腳在臺北城裡，錢是沒賺著幾個，但賺了一家子的人。一直板著一張拉長的臉的大哥在聽見二弟在臺灣過得好，只是這趟沒得一起回家來時是邊聽邊拭淚，惹得秀賢也說得哽咽。

聽完秀賢，大哥用中氣十足的家鄉話說因爲二弟跟三弟是國民黨，家裡連帶都有關係，好在村人對父輩、對祖輩很好，整個村又都是五代裡的親戚，家裡頭沒被影響太大算是讓全村人保下來的。後來國家要建設，整個村子遷來這幫，村子土地給開馬路、給建牡丹大酒店了，家中還有一部分田地現在成了東苑公園。一旁的榮光補充說到，院落跟宅子是沒有了，但給分配了這水泥房子，家裡給分配的單位都是在幾步路以內，四叔、五叔跟給二叔和三叔留有的單位都在前頭，六叔的單位在巷子口兒，現在六叔家開有雜貨舖，家裡和整村的親戚還是被留有潤河邊迄的地兒，早起和玉貞咱倆還是上那幫菜園子地整地，整完地、撿完菜玉貞挑著往菜場上去賣。胸前綁著孩子一直在灶火旁忙的玉貞剛巧進屋來添滾水，聽夫婿說到自己，秀賢先見她淳厚質樸的面容上展開了笑顏然後聽見她喊自己二娘。這小子都回來歇腿了玉貞還擔著菜去賣，哲文大哥接著說。賣了菜買麵回來烙饃，一家怎吃的了那麼多的饃?玉貞又擔饃出去賣，

天天忙火裡外幹的活兒可多了，榮光這媳婦兒成色[135]，哲文大哥這麼說。「成色，這兒媳婦眞衷。」秀賢說。

玉貞是沈家的童養媳，玉貞比沈榮光還大上一歲多近兩歲。榮光是個得來不易的孩子，這事兒是榮光很小的時候家裡就安排好的。

哲文的大哥大嫂比哲文秀賢還早成婚，但大嫂的肚子一直沒動靜。哲文和秀賢在開封生下沈和中那時哲文給家裡回來了信，接下來不久是解放軍拿下中原、新中國成立，時局從各方勢力紛紛擾擾安定下來之後，大嫂的肚子依然沒動靜。過繼是老一輩的主意，老人家都知道，一對夫妻懷不上的時候要過繼一個孩子。哲文父親的安排下，大哥大嫂過繼了沈家親戚的一個女娃兒做第一個孩子，這是大哥大嫂的大女兒榮槐。榮槐也眞給大哥大嫂帶來孩子，大嫂肚裡懷上，大嫂在1952年這年生下榮光。在兒子榮光之後大哥大嫂還生了一個女兒沈榮霞。日子沒有安穩多久，國家說要超英趕美，全民拼躍進。躍進之後的洛安村子裡收成也是緊張，但比起鄰近幾個村子裡的飢餓是比較輕微的。曲河村裡人民食堂開始餵不飽玉貞她父母、餵不飽她們同村的人家，大鍋飯天天都被吃得鍋底朝天。玉貞父母生有三個男孩子兩個女孩子，玉貞是姐姐，是玉貞而不是玉貞她的妹妹被帶來沈家單純是因爲比較大的孩子會消耗比較多的糧食。曲

---

135 成色，河南方言，成讀音ㄔㄥ四聲，色讀音ㄙㄟ一聲，是有能力、有本事的意思。

河村南臨洛安村，之間不超出五六里地，大躍進喊停的那年玉貞進來沈家家門的，這時榮光已經八歲多。玉貞父親取走二十來斤的包穀和二十來斤的小米，留下十歲的玉貞，就這麼個兒，沈家家裡多了一張喝湯的嘴[136]。桌上多一人喝湯差不了多少，不過家務農事多了聰明勤快的玉貞分擔就差多了。當時哲文爺奶年事已高，玉貞還同著哲文的大嫂照顧著哲文的爺奶跟哲文的父母，田裡還是家裡，玉貞都擔著做。從玉貞進來沈家的那一天起，沈家感覺如有福星眷顧。

早幾年裡，還是孩子的榮光不太明白這鄰村的女童進家裡來是養成自個兒媳婦這事兒，過了幾年，他的老爺奶——哲文的爺奶一前一後過身了，他大了，明瞭了，榮光對他爺奶跟爹娘說他不情願家裡幫他做的這安排，就是不娶玉貞的意思。不過沒有自由戀愛、沒有男女交往這樣事情的當年，整村都知道沈家有一個童女要養成媳婦的女孩子在家，當然也沒人上門來說媒。最終沈榮光還是循規蹈矩地順著祖輩、順著父輩的意思娶了玉貞做媳婦。成婚後的沈榮光如同娶有媳婦後的所有男孩子一般，和爺奶、父母同住。他的媳婦伺候著他的爺奶、他的父母之外，在灶火前煮湯、麵板前揉麵、張羅整家的飲食起居跟爲沈家延續香火傳宗接代。在榮光之後也成婚嫁人的姐妹，沈榮槐跟沈榮霞，她們同所有嫁出去後的女孩子一般，成了夫家的人，她們給夫家一家子煮湯、揉麵、招呼飲食起居跟爲夫家延續香火傳宗接代。傳統農村視女

136 喝湯，河南方言，喝湯是吃飯的意思，問人吃飽了沒都是問喝湯了沒。

人生娃兒這事像雞子嬎蛋[137]，一年一個娃兒是很平凡的。但前幾年開始政府宣導一孩政策，榮光跟玉貞能有這第二個孩子——秀賢見的這個玉貞襁褓裡的娃兒，是因爲他倆第一胎是個女孩兒，呈上去理由說沈家世代務農，第一胎是女孩，才被上頭准許讓生有這第二胎的。不過玉貞這襁褓裡滿三個月大的娃兒還是個女孩，還是沒能延續沈家香火。

秀英是同秀賢住了下來，是人民政府新建起來分配給洛安村民的樓房，雖不是哲文出生落地的沈家院落、雖然老一輩的不在了，但哲文大哥一家給秀賢滿胃腑滿心窩回到家的感受。每天日頭都還沒起，玉貞摸黑把全家各個床邊迄夜壺裡的尿泡、屎痾給聚和一塊兒，把夜壺又都刷洗乾淨，就和拎著鋤頭的榮光倆人把肥水往外挑，肥水不落外人田，是要挑往自個兒菜地裡澆的。忙火個把小時後[138]榮光拎著鋤頭往家裡回，玉貞是挑著收有的菜往市裡賣。土地不吝嗇於回應在它上頭勞作的人，玉貞常常能挑有沉甸甸的一擔子。日頭將上來玉貞的菜就都賣完了，捏著賣了菜的錢玉貞在市裡買有小米、麵粉、家中需要的油跟鹽就往家裡回。玉貞腳才踵進門，就往灶火上忙燒湯、灶火邊忙揉麵，一家大小這當會兒才差不多揉著眼睛醒了。有時哲文他大哥大嫂起身的早，是從田裡回的榮光忙火灶上燒水爲他爹娘備水盆來洗臉擦手；有時大

137 雞子嬎蛋，音同雞子泛蛋，母雞下蛋的意思。

138 忙火，河南方言，是忙碌的意思。個把小時。河南方言，是接近一個小時的時間。

哥大嫂是玉貞已經從菜市往家裡回了才起身，就由玉貞忙火煮上午的湯也忙火爹娘洗臉擦手。家裡這兒媳婦，天天跟打轉的陀螺似地照顧家裡家外。

待在家裡的秀賢吃得是眞舒服。玉貞灶火上煮漿麵條、煮包穀小米稀飯、煮麵疙瘩，玉貞麵板上揉麵做窩窩頭、做油饃、做油旋、烙單餅，秀賢吃到自己做孩子時候洛陽老城家裡老媽媽們做的這些個兒麵食，這做小孩子時啥都不懂習以爲常的麵食。貼心的玉貞今個兒做這樣，明個兒就做那樣，她變著花樣做，她以筋麵粉揉成單餅糰子，桿的極薄攤上鏊子，翻面三次就熟，薄得像是一張紙，用手一扇風，單餅可以從鏊上翩然而起，秀賢喜歡看玉貞這經年累月練成的俐落功夫。窩窩頭是玉米麵摻雜麵，節省的沈家不是天天食白麵饅頭，白麵的饃是給玉貞挑出去市場賣錢的。玉貞見秀賢拾起玉米麵的窩窩頭掰開就吃時急忙嚷了出聲，嚷二娘不需要吃那雜麵揉的饃啊。秀賢回她，家裡吃雜麵、家裡吃玉米麵她就一起吃，還都覺得眞好吃。要烙油旋時就見玉貞伶俐地揉麵成糰，麵糰不擀成張子，擰麵成條狀後捲聚成圓形再以手掌一壓，壓後遂扔進鍋裡又煎、又轉、又翻面，榮光進灶火來看到，笑說是過年了嗎那鍋裡掌的那麼多油[139]。秀賢知道明瞭的，這些天家裡桌上那菜、那湯、那變換著揉製的饃都是特別爲她跟秀英張羅的，秀賢看玉貞的麵板、看玉貞的麵桿，秀賢心裡一清二楚，**這是個一粒麥子一把麵都節儉的媳婦**；秀賢看灶間、看鍋碗，也明白這還是個快手快腳又講究乾淨的媳婦。秀賢喜歡

139 掌油，河南方言，是往鍋裡添油的意思。

同玉貞待在灶火，見玉貞和麵跟揉麵秀賢是耐不住空閒坐在外頭的，挽著袖子也是揉麵，惹得家裡人都嚷不衷、都是嚷她去喝水歇著，玉貞也說哪裡有讓二娘這麼進灶房的？但秀賢說家裡揉的是咱們河南的麥子是咱們河南的麵，我在臺灣還揉不到的呢，恁[140]別讓我坐著，做在那歇著還冇有[141]和麵來得心底合拍。

這樣秀賢和秀英從臺北出門後過有兩個多禮拜的一天，她倆說好秀英回開封家再和姐姐一家聚聚，約好了日期在鄭州車站會合，將從那幫地一起坐回南邊廣州。洛陽市區路上久久才見一輛私家車的這年，出租車也少見，沈榮光同父親一起，是拜託了村里幹事幫忙。村里幹事說上頭很重視海外回來尋親的同胞，里幹事稱秀賢秀英是從臺灣歸來，更是特出，說絕對負責由洛陽把秀英送回開封、說這約末四百里地遠的路是小事兒，晌午錯頭[142]出發，夜黑之前就到了。秀賢跟洛陽家裡的人一整家子看秀英在洛安村口上車的，送離開了秀英，一家子人都知道秀賢要離家的日子在即，一家人吆喝沈家親戚從各路回來，哲文的三弟就跟單位上請假從東北回來的。秀賢感受一大家子人有的熱切地挽她手問她、問哲文、問她們兒女、問在臺灣的生活；有些木訥的家人就湊上前來望著她、或在遠遠一旁望向她，像是望著她就衷了；大哥一家

140 恁，河南方言，人稱代名詞，是你們的意思。

141 冇有，河南方言，是沒有的意思。冇讀音某。

142 晌午錯頭，在河南稱上午飯後到午飯前的這段時間為晌午，晌午錯頭是午飯後剛過去一會兒的時間。

尤其溫馨，見她吃哪道玉貞的餅饃吃的有味，就嚷玉貞一直做，聽她講到了臺灣之後沒再吃過焦棗、還是臺灣比較難見得的柿餅，大哥就嚷榮光去買全了說要給她往臺灣帶，暖暖的親情不在說出口的，在一整家子因為聽秀賢說好吃就全部都讓秀賢吃，再沒人拾起一個來吃的舉動裡。家人忙火裡外都是爲了她，秀賢知道。

玉貞聽二娘講述館子一開始就開在臺北最大的菜市跟魚市集中地，就帶秀賢地奔兒[143]往家這幫的市場去，如同遊覽似地秀賢東瞧西看處處欣喜，欣喜見著孩提時期吃的煎餅果子、窩窩頭，見著這類普通的，玉貞會當天返家就做，現做上桌，秀賢吃的津津有味。若是外頭見灌湯包這類的，玉貞會猶豫半晌，因爲裡頭包有的都是肉啊！肉不是家裡天天買得有的，她就算想做也鐵定做得不溜，她擔心給二娘吃著不順口。見玉貞一猶豫，秀賢都明白個八九不離十，秀賢是向掌櫃一開口就包起十來個二十個湯包，對玉貞說要拎回家裡，讓每人都嚐嚐。榮光也帶秀賢出門，榮光分別帶了他二娘走王城公園、走關陵、走嵩山少林寺，說讓二娘走走這幫風景點兒，說這幾個地兒有公交可到，秀賢也說坐公交好，說在臺北城裡也都是坐公共汽車。那天往王城公園去的公交上，剛好有看上去就似新婚夫妻的一對兒也在車上，新娘子有位子，坐在秀賢的前幾排處，新郎倌兒跟沈榮光同其他好幾人都站著。這年的公交開得如有火燒屁股一般，遇路上狀況一變當然煞車煞得也是整車子站著的人都向前衝有好幾步，榮光沒站穩恰好一

---

143 地奔兒，河南方言，步行的意思。地發音 dia。

腳踩上了那新郎倌的新鞋，新郎倌沒好氣地大喊他鞋子新的，說你這沒長眼的，賠得起嗎？愣頭愣腦的榮光是嚇得滿臉通紅，這眨眼功夫間秀賢說話了，賠得起這三個字說得紮紮穩穩，還大聲地嚷問你新鞋子掏多少錢買的，我替我小子賠。秀賢這普通話口音的說話、秀賢這一身外地人的衣著、秀賢這我怎麼賠不起的架勢把那得理不饒人的新郎倌的氣燄壓了下去，全公交車上站著還是坐著的人都沒法兒把眼睛從秀賢身上移開。那新郎倌馬上變成含含糊糊細細小小的聲音說等會兒我布拉布拉[14]應該就成了。這對新婚夫妻跟榮光和秀賢都是擱王城公園下公交的，下車後秀賢再次問到新郎倌該賠他那雙新鞋多少人民幣，那男子是急忙說免了免了。這天王城公園是看了，榮光帶著二娘往家裡回後，他在喝湯桌上是露著牙、騷著頭、結結巴巴地同整家人講述了這事兒，一股腦兒說二娘真衷啊。整家人單純憨厚，其他什麼也反應不來，一直覆述榮光說的，你二娘真是衷啊。

越過海峽，繞路其他國家回來洛陽家裡，三十六年後秀賢再次離開洛陽。那年的離開家，大夥兒都以為只是去其他城市，沒人意識沒人知道自己腳下是踩著一條不會回家的路，沒人知道要哭，沒人有淚。這次的又離家不同那年，這次整家人從門口送秀賢一路送到了小巷口，從小巷口又依依不捨地送至外圍的大街上，沈家上下一家大小這天只做送行秀賢這件事。秀賢要回去的政府嚴肅看待通匪的，這是回去了後就禁止接觸的，被玉貞握著手的秀賢無法向家人們

---

14 布拉，河南方言，拍落灰塵的動作。

承諾何時再回來，只能一直對大哥說下回會要你二弟一起回來家裡的，只能承諾一回到臺灣就寫信寄美國，請在美國的友人再往家寄回來。秀賢離開前留有信，請榮光往甘肅寄去給自己大哥的兒子，秀賢還留下月初時在香港換有的人民幣和外匯券，秀賢心想進泰國後或是返回臺灣後也沒地方使這些錢，自己只攢著可能需要的路費，加上身上還留有些美金，其他全數都留下給了玉貞。家鄉這時的生活不容易，七八佰元人民幣跟七八佰元的外匯券是很大的數目，玉貞一直不敢收下，秀賢說飛機飛離開後，其他處都不是掏咱們這錢這票子，要玉貞就想著是替二伯、替二娘收著。秀賢還把在艋舺金子店買有的小金牌拿出來交代玉貞，說哪一沈家親戚中有孩子落地、有老人過壽就幫著二伯跟二娘送塊兒金牌去，生活艱難點兒的就給大塊點兒的。秀賢對大夥兒說回來找著一大家子人自己心裡心滿意足。哲文大哥望著秀賢喉頭哽著我一輩子也不會忘記妳摸回家裡這句話說不出，他忍著臉上跟心裡的激動，哲文大哥說出「等著弟弟回來」這句話時秀賢也無法自己地在抹著臉上的淚。一行人自家門口兒移動至大街上的這段路走得像是有萬里一般長，送行的這一路玉貞緊握秀賢的手一直沒鬆。秀賢感受到玉貞的手心，同那年家住愛國西路那幫時，天天提沈甸甸十八桶水的自己一般，手心上滿是厚厚的繭子。

秀賢秀英在這月初入香港，在這月的最後一天出香港，出了香港後在曼谷再待了兩個整天，受臺灣旅行社安排的同一個當地地陪照顧，秀賢禮貌地請他別再費力買椰子水。出這幫國門一個月又六天之後、出家鄉那幫國門的兩天之後，秀賢秀英坐飛機飛回到中正機場。回到臺北，是回家了也不是回家。這是回到一個和家鄉完全不同的地方。臺北廁所有沖水馬桶，家鄉

裡還是茅坑；臺北大觳轆兒上、路上的人們表情開心，衣著時髦，顏色都有點兒太新潮了，家鄉人多半神情肅穆，男女都衣著樸素暗沈，一群人看過去是灰麻麻的一片；臺北私家車好多、小包車也多，中華路上依然塞著車，家鄉裡除了車站外邊兒，難招個出租車，家鄉道路寬敞但小客車稀稀倆倆。接觸著家裡人的當會兒感覺都還不這麼突出，現在回到臺北的觸目所及，還是轉身之間再再都跟家鄉那幫有著強烈的對比，秀賢心想，臺北和河南家裡眞是兩個同時存在但截然不同的環境。倆姊妹在臺北後站這幫地分開的，秀英要往永和那幫回，秀賢是搭小包車，這盈盈兒說的小觳轆兒往南京東路家裡回，算是花錢浪費了，但已過了末班公共汽車時間，也只能這麼個兒了。

一個多月來盈盈上娃娃車上幼稚園後哲文就騎自轉車往小館去，秀賢返家後哲文恢復之前早起就往館子裡去跟夜黑前回來南京東路的日常。幼稚園沒上學的週日，秀賢牽著盈盈兒往米行老板陳國賓那幫去道了謝，多虧他介紹的旅行社，多虧是陳老闆跟這有辦法的旅行社在泰國的地陪讓她們能辦有文件進香港。秀賢牽著盈盈兒也去了民生路的房子那幫收租。舊時雙連鐵支路這圈地現在依舊是交通繁忙人潮熙攘，向自己和哲文租下房子的一對小夫妻很是打拼，他們知道秀賢開給他們的租金是這一帶裡相對便宜的，每次小夫妻倆見秀賢來每次向她道一次謝，還都會盛上一份他們在賣的四神湯予小盈盈喝，給小盈盈喝所以不添酒，小夫妻每次要秀賢她們休息休息再走。北方是沒有四神湯這湯的，盈盈兒接觸的吃食比自個兒做小孩子時候多了這麼多的花樣，又南、又北、還又沿海。秀賢嚐不出這小夫妻的四神湯是好喝不好喝，四神湯不是她自小有接觸的飲食，不過小盈盈都是埋著頭吃，秀賢想孩子都捧場那應該是做的算成功的吧。是在這樣生活的縫隙裡，是這樣遇著沒有印入孩時記憶的四神湯，這樣不熟悉的食物時，**秀賢會想起自個兒做小孩子時的食物**，秀賢會想起玉貞**做上桌的餅跟玉貞端上桌的饃**，秀**賢會想起家鄉**。秀賢沒發現的是現在自己腦海裡玉貞揉麵的身影疊過了老城家宅子裡灶房老媽媽們揉麵的身影。

老中央市場已搬遷多年，現在館子裡進貨的菜、包餃子的餡肉是跟合作多年的攤子打電話訂的，幾家老交情了的攤主一清早會從他們做生意那幫送貨來館子門口。新的果菜市場跟北萬華這幫有段不近的路，秀賢、哲文跟李師傅夫妻都知道這是菜攤他們爲已配合多年的老主顧們特別做的。回到臺北之後爲了準備將至的古曆年節，秀賢還牽著盈盈兒乘公共汽車搖晃去果菜市場，秀賢一次買了七八個蹄膀回來醃、二十斤的絞肉回來包水餃，不是爲了店裡，全是給家裡除夕夜跟送人準備的。蹄膀肉買回家後秀賢將蹄膀用滾水煲燙，燙熟後拔去粗短的豬毛比較容易，不是刮去，刮去還會留有一段毛囊在豬皮上，拔除是整個毛囊都清得一乾二淨。秀賢細心地把豬毛一根一根拔除，再來是抹上大把的鹽，又揉又捏，像是給腿肉按摩似的，然後進缸裡醃。在臺北即使是大過年的也不多冷，所以醃存個五六天時間就很足夠，然後秀賢用細棉線一圈又一圈纏繞綁緊，綁得細緻講究，講究得像一圈圈距離都測量過，這樣上爐子上蒸，因爲是使勁纏綁的，一蒸過就把皮下的肥油都逼了出來，一蒸蒸得外層彈牙內層白透。秀賢的醃蹄膀是冷菜，冰箱冷藏後片下來一整盤中間撒上蒜苗就是一盤菜。秀賢邊忙邊想著這只蹄膀將送

去給秀英，醬才那只要哲文給阿順跟李宗師提去，今年還要提一只去送給陳老闆，還有哲文的那些結拜兄弟……年前就備好的還有餃子，秀賢的水餃一定有在其中一顆包進金亮的一塊錢硬幣，顆顆餡料塞得飽滿，邊緣捏得整齊，圓圓飽飽也是元寶，都入冷凍庫凍著。秀賢還習慣在即將過年的三五天內滷滷菜跟拌涼菜，除夕那天是做煎魚、炒青菜跟切水果，因爲隔天大年初一的一整天秀賢不動刀子。

這年除夕當天台萍跟大成下午帶著采凡進門，天都要黑了思祥、思佳跟思國才進門，他們坐公共汽車回來的，一樣攤手說他們不知道爸媽上哪兒了。全家圍著中間有一個旋轉盤的喝湯大圓桌，秀賢煮滾的水餃在桌上都等得涼了，哲文才出聲要大家開動別等了。和中拉著鄭依蓉進門時大聲的問：「怎麼全家人都沒等他們就動筷子啦，說這樣怎麼算圍爐呢？」采盈跟采凡聽不懂但見自己爸媽停下筷子所以也放下碗停下筷子。秀賢說：「怎麼可能整桌子人等你們兩個？即使大人們能等，孩子們也不能等啊。」和中聽媽這麼唸他就馬上語氣柔軟，撒嬌似地向母親問：「這醃肉怎麼這麼好吃啊媽？」接著是一邊夾了一大筷頭塞進嘴裡一邊擠眉弄眼想逗笑自己母親，這些舉動讓鄭依蓉朝和中大翻了一個白眼，不過秀賢沒看見，秀賢只看到和中大口吃著醃肉蹄膀，秀賢回和中說從市場拖這籃蹄膀回來可是把那菜籃子都拖壞了。和中誇張地嚷：「啊？拖到籃子都壞了啊？媽，我明後天就給媽買一個新的回來。」再來的飯桌上沈台萍向爸媽說已向大成的母親說好了，這第三胎生下來會送去金門請大成的母親帶，全桌子上就哲文跟秀賢聽著台萍說話。采盈不懂她聽到的大人們的談話，有一口沒一口地的在吃菜，她肚子不餓；采凡正小小的手指捏著自己碗邊落出來的菜，捏著送進嘴巴裡；思國這時說他咬到石頭，秀賢對他說小乖乖吐出來奶奶看看，秀賢對思國說你吃到的是整盤子裡唯一的一顆金元寶，這奶奶包餃子包進去的一塊錢，整盤的餃子只有這一顆有，你會有財運、有福氣小乖乖。吃飽的孩子們屁股再也坐不住，秀賢忙著拿水果給孩子們在前頭客廳裡邊看電視邊吃水果，也忙著把瓦斯爐上的湯再滾得沸滾辣熱，還要顧著不讓湯淤出來[145]，哲文不喝溫�不熱的湯，這忙火之間聽哲文對一杯酒接著另一杯在喝的和中說，你開出租車，如果認認眞眞，能存得上一千塊錢，爸爸就再幫你存一千，能存得上兩千塊錢，爸爸就再幫你存兩千……秀賢沒一直坐在桌邊迄，聽不瞭解什麼存得一千還是存得兩千，也沒聽見和中回了他父親什麼話，秀賢心想**是誰在開出租車？**不過因爲忙火裡裡外外，秀賢顧著現下手邊的事一點兒沒時間向哲文問清楚。

民國七十三年秀賢跟哲文的第六個孫子出生——台萍的第三胎，還是一個女娃兒。同許多的職業婦女一般，台萍產後一個多禮拜就回辦公室了，秀賢幫忙帶著這老六孫子，戶口還是秀賢去報的，詹采婕，一直帶到詹采婕兩個多月時的中秋假期，大成把孩子抱著回金門的家裡請他母親幫忙帶孩子。大成父母親是住在大成三弟弟家裡，三弟三弟媳也說會一起幫忙照顧，大成住在同一條街上的姐姐也說會幫忙，這年在金門的住家日不閉戶，夜無宵小，全金城鎭彼此都認識。不過金門同馬祖情況，長期實施戰地政務，電話只能在島內使用，無法打到臺灣。詹

145 湯淤出來，河南方言，湯滿溢出來的意思。

大成沒有頻繁的假期能經常回來，也沒有電話可打，但金門有他舅公那一輩，有他舅舅、父母那一輩，有他哥哥、姐姐跟弟弟妹妹這一輩，還有他哥哥的孩子和自己這第三個孩子這一輩，金門有著他四代的家人。大成又聽弟弟跟姐姐都說會一起幫忙，坐船回基隆時他心裡放心踏實。

時間對秀賢而言是飛快過去的，不只這年，是這盈盈兒出生後的這六年多時間，秀賢感覺一眨眼就過去了。轉眼一瞬盈盈兒就將進入小學，秀賢有又期待盈盈兒快快長大，又不想盈盈兒快快長大的複雜心情。晚上入睡前秀賢會在盈盈冰冰的腳板伸進來她自個兒被窩取暖時，對盈盈說她爸媽將會在她開始上小學時帶她回家住喔，說就是上小學時候盈盈兒會回爸媽家住，會睡爸媽的家，每次說這些每次小盈盈睡眼矇朧地回說她不要，不要去爸媽家，說要一直睡在阿婆家。秀賢也會在喝湯桌上對盈盈兒說以後上小學之後，回到家就跟爸媽和妹妹喝湯吃饃，盈盈兒會回說我不是已經上學了嗎阿婆，我要在阿婆家跟阿婆和公喝湯吃饃。民國七十四年年初，台萍跟大成回家來對哲文跟秀賢說他們的農曆春節假期裡會帶采盈采凡回金門過年。農曆春節假期長，說這兩個年紀小的時候會需要偕需要抱，又行李、又有給家裡人帶這個帶那個的，知道不可能帶著她們回金門過年，現在她們大了，采婕又已經在金門，說一小家子以後都會回金門過節。這大成之前就提過，哲文說應該的，秀賢沒說話。不過真的到公家機關的年節假期要開始時，采盈大哭，詹采盈不肯跟大成回新店家裡做一家回金門的準備，大成沒有任何辦法。一直到要出發回金門的那天，大成和台萍帶著采凡來到南京東路家裡要接采盈，采盈還是大哭，說她已經在家了，說她沒有要回阿嬤家還問說阿嬤是誰，全部的大人都沒轍。這年年節，采盈如她從小的每一年年節，她是待在南京東路阿婆家守歲過年的。

所以這一年的整個夏天裡面爲了讓盈盈做入學小學的準備，秀賢也一同住過來了新店的公寓五樓，不這樣不行，如果秀賢不來新店采盈是不跟著大成和台萍回家的。秀賢也需要同睡在采盈的房間，這樣盈盈才肯在新店家裡睡覺。台萍說，「媽妳陪采盈待在家順便幫忙帶老二采凡，這樣老二在巷子口的那保母費用也可以省下來，可以省下兩個月！」就這樣，台萍跟大成每天六點多出門上班，秀賢待在家裡照顧采盈和采凡。秀賢幾乎每天出門買菜買水果，她爲盈盈和妹妹準備豐盛的午餐也讓台萍和大成下班回到家後有一整桌的油饃跟菜盒子吃。秀賢覺得爬公寓五樓的樓梯很累，去完市場回來後提有滿手的麵粉、菜、肉跟水果爬上五樓更累，但急性子的她總是一鼓作氣地爬上五樓，上五樓後好幾分鐘內秀賢都還是喘著氣。

台萍跟大成的公寓房裡吃飯桌椅放在應該是廚房的空間，廚房變成和洗衣服晾衣服共用後面陽臺。一點兒不怕冷的秀賢就怕熱，在七月跟八月的天氣裡抵著西曬的日頭秀賢抹著汗做飯。轉開瓦斯爐就引燃爐火大火翻炒著青菜讓秀賢覺得發明瓦斯爐的人眞是聰明又厲害，還能同時使用左右兩個爐火，火大又乾淨，她心想那拾樹枝柴火回家吹煙搧火做飯像是才沒多久前的日子。水龍頭一轉開就有流動的乾淨的水讓秀賢抿起微笑，**現在日子過得眞就是哲文常講的，顆眉了**。聞到炒菜香味的盈盈跟凡凡會過來後頭陽臺找秀賢，大粒汗跟小粒汗從秀賢熱通

通的臉頰上滑落，秀賢會說外頭熱會要孩子們先進屋裡去玩，覺得太陽曬著熱的倆孩子沒一會兒就回房間玩扮家家酒了，倆孩子在她們房裡模仿著她們看到的阿婆切菜做飯。因爲阿婆燒飯，孩子們知道要喝到的湯會非常好喝。

詹采盈國小學校開學的民國七十四年九月，中華商場頂樓巨型的廣告霓虹燈遭到拆除。國小開學後秀賢沒再同住新店，秀賢都陪伴著盈盈走入教室，但不同於幼稚園，家長們不被允許坐在教室末排陪同孩子，上課鐘響之後秀賢必須離開。秀賢對采盈說自己會在每天早上她跟妹妹被媽媽帶著來學校要經過的植物園等她，然後牽她一起走進學校一起走進教室。盈盈不理解阿婆說的，詹采盈每天被媽媽帶回新店家裡後都大哭，哭說阿婆不在這裡。台萍說阿婆當然不在這裡，阿婆跟外公在她們的家裡啊，這些話讓采盈哭得更厲害，采盈要媽媽把她帶回阿婆家。

秀賢的不再一起回新店對采盈來說是一種剝離，老師說的每一個小孩子的「父親」「母親」詹采盈都覺得是她的「公」跟「阿婆」，她不明白爲什麼**她現在不是住在她的公跟阿婆的家**，**不明白爲什麼不再是她的公跟阿婆坐在她的左右「一家人」晚上喝湯**。孩子的詹采盈問不出口心裡的這些，孩子的詹采盈時常大哭。台萍顧著在後頭陽臺上洗菜做晚飯，覺得采盈很胡鬧。對采盈的大哭大鬧台萍跟大成完全不理解，開始想**老大女兒從小給她阿婆帶是不是不好的決定**。秀賢不知道這些，秀賢每天一大清早在南京東路坐最早一班從撫遠街發車往板橋的 307

公車出門，經過巨型霓虹燈被拆得一個都不剩的中華路，從民國五十二五十三年那時商場樓頂開始有大型招牌架上去時還讓秀賢感覺怪怪的，久而久之秀賢騎自轉車經過也習慣了，漸漸地秀賢還覺得打有廣告的牌子賣的產品比較靠得住、東西品質比較好。之後招牌在幾年時間裡從陽春手繪的木看板架成霓虹燈發亮的臺北地標。現在秀賢坐 307 公車經過看商場樓頂被拆得一個廣告招牌都沒剩，又覺得怪怪的。過了中華路，秀賢自小南門公車站下車走進植物園等台萍、采盈跟采凡，她們從新店坐的12路公車會在植物園的公車站下車，她們需要穿過植物園去上班上課。秀賢準備有給她們母女三人的水果跟早餐，台萍會從這裡走去博愛路的地方法院上班，采盈和采凡會從這裡被秀賢牽著走去南門國小，采凡念國小裡的附屬幼稚園。祖孫們這一小段走到國小門口上學的路，常常走得是盈盈跟秀賢難捨難分。低頭看哭著的盈盈，秀賢會很捨不得地說，小孩子都是要上學的，明天妳下了公車在植物園裡又會見到阿婆，阿婆給妳們準備早點。

是這樣的牽送上學，秀賢加入了植物園裡晨間的太極拳練習[146]。家住在這幫的那些個年裡，其實根本是植物園博愛路出入口邊迄的老住戶，就幾步路的距離而已，但那時的秀賢沒進

---

146 太極拳，中國傳統武術，與形意拳和八卦掌並稱中國三大內家拳。太極拳講究中定、放鬆、心靜、慢練及九曲珠，和外家拳明顯不一樣。太極拳的演練風格與特點是：鬆活彈抖，快慢相間，剛柔相濟，連綿

來看過植物園裡面是什麼樣子。那時候的秀賢天天縫布鞋、納鞋底、織毛衣、套棉被，還家裡做湯、燒水、給哲文送飯，傍晚時分趁鄰人午睡時自幾家公用的那唯一一條水管子提九趟來回十八桶水回家，那時候的秀賢像打轉的陀螺一樣從早轉到晚，沒有閒情逸致進來植物園。現在，秀賢天天杵在植物園裡頭等待。植物園裡面秀賢一直見到一群人，她們很慢地在做一樣的動作，她們有男有女、有年輕人，也有和自己一般年紀的，一個渾圓厚實的聲音發號開始做動作之前，這群人常常是有說有笑地在談天。秀賢一開始是好奇，好奇她們怎麼做著同一套動作還做得那麼慢，很自然地某一天秀賢湊近她們攀談了起來。大家都輕鬆悠哉，說團體裡沒有什麼制度或限制，大家都是早起進來多樹的植物園走動，來呼吸新鮮空氣，說原本是一個人隻身在練習太極拳[147]，之後有人見他打拳就跟他請教學習，漸漸地就是一群人一早聚集在這裡一起打拳練習。她們說這中國古老流傳至今的功夫打得慢是慢，但可以練身體以固精神，練精神以化身氣，練氣以化神，練神以還虛。見大夥兒很健談也很歡迎新朋友加入，秀賢開始加入大家打拳，沒想要練什麼能換成什麼，秀賢也看不到那最前頭的老師的動作，但她臨摹旁人的動作跟著做練習，太深奧的什麼她沒有去想，只就想著**一起動一動身體**。

不斷，一氣呵成。如濤濤江河奔騰不息，氣勢恢弘，又似游龍戲水怡然自得。如今的太極拳有非常多流派，規矩如果用簡單的文字敘述，可以歸納為：鬆、柔、沉、靜。

147 這年秀賢在臺北市植物園裡遇見的太極拳老師很可能是師承鄭曼青與熊養和之學生——許振聲老師。

秀賢還參加了西松國小的「夜間補校」，是盈盈兒開始學ㄅㄆㄇㄈ，又跟秀英出國門走那一遭給秀賢萌生自個兒逮要跟得上盈盈的認字和要能認識英文字的想法的。因爲臺灣早期是農業社會、因爲早年社會重男輕女、因爲高齡長者之前是受日本教育、因爲走過流離遷徙的戰亂時代，國民政府現在設立「補校制度」。補校利用國小國中學生放學後的教室，開放給所有有興趣的人自由參加。成人在此從ㄅㄆㄇㄈ開始學習識字、練寫國字，補校還有基礎數學跟英文課程，這就是秀賢想要的。秀賢報名西松國小補校的國語課程後，哲文自重慶南路書街給秀賢買了一本文化圖書公司印行，陸師成主編的『辭彙』慶祝秀賢復學。補校裡國語課程學習的生字多，秀賢每一個都想記住，她會自己在家裡複寫練習，寫一遍又一遍來加深印象。走路去西松國小的一路騎樓下，秀賢還會把自己不認識的生字依樣畫葫蘆地畫下，到學校課堂上問老師。回家路上見的生字則是一進家門就翻查『辭彙』。辭彙的末幾頁有注音符號查字、四角號碼檢字法還有頭幾頁的部首索引可查生字，生字不知道念法時無法用注音符號查找，秀賢沒有學過四角號碼沒有辦法以此檢字，秀賢會看著生字，猜測其部首再算除去部首外這字的筆畫數來翻字典查字，有時很艱澀的國字光是部首都很難猜測，不過這不打緊，秀賢在學習上面非常有耐心，她能緩著性子學習。連每天早起乘 307 公車往植物園去的車上，隔著公車車窗，秀賢好學的眼睛也沒有放過南京東路、中山北路、忠孝東路再轉中華路上的一路商家、銀行外所懸掛的招牌上的國字，她覺得**處處都是學習，時時刻刻又都是複習**。秀賢感到**學習國字相當的奧妙有趣**。中國字同一個發音的字能有好多個而各個又有不同意思，像相、鄉、香、箱；同一個中國字又能有不同的發音，更有破音字，也就隨之有不同的意思，像唸一聲的說（ㄕㄨㄛ），

跟唸四聲的說（ㄕㄨㄟˋ）；同一個中國字唸同一個發音，但用在不同字的前面或後頭就又有不同的意思，像琴、棋、書、畫的畫，跟畫圖的畫，秀賢心裡佩服發明這些中國字的人。秀賢一筆一劃寫字、看見生字就翻查字典、爲了要能記住她反覆默念發音，秀賢的補校學習學得興致盎然。

從盈盈被台萍接回去開始念小學之後，早上植物園裡的運動到晚上的上課秀賢還是忙得跟流「氓」一樣忙。每天秀賢忙著用新認識的字、使用新學到詞彙組成句子，這麼上萬的字！學問幾乎是學不完的！難怪大家都尊敬老師。就是在這秀賢早上走入太極拳的團體練習、晚上在補校汲汲於識字、學新字的七十四年冬天這時，股票證券、期貨或基金之類的投資理財管道沒有被開放也還沒有普遍臺灣的這時，社會上熱衷簽賭於「大家樂」。這是個依附在愛國獎券底下的猜數字賭博遊戲，有民衆湧入大小廟宇、道觀、陰廟、墳墓，向神佛、鬼魂求簽賭數字，甚至膜拜各種物體如樹木、石頭等，希望這些物體上的精怪可以有指示。他們相信大家樂中獎號碼會出現於各種超自然現象中，這稱爲「明牌」，「求明牌」之風陸續吹遍臺灣。甚至有公務人員用打卡紀錄的號碼來當自己簽賭的明牌數字、有用收發的公文號來當明牌數字。是這馬無野草不肥、人無橫財不富的投機風潮中，和中簽號碼簽掉了哲文幫他買的裕隆速利。

和中到家裡再次央求父親幫忙的那會兒，剛巧是前年秀賢回大陸的那一個多月裡。秀賢不在家，哲文挨不住兒子的聲淚俱下，他答應再幫助和中一次，不過哲文這次不答應給錢。聽爸爸說不再給錢，和中心裡忿忿地想既然爸答應幫忙怎麼還要幫得這麼不乾脆，沒過幾天他就又衝回家向哲文說，那爸買車吧，幫我買一台最新款的小轎車，我看是開出租車也好還是跑業務也好，都能掙到錢。哲文聽了很欣慰，對和中說穩穩地開出租車你餵飽一家人不成問題的，我們之前的鄰居踩三輪車的，都能送兒子進大學不是？兢兢業業地開車，你存得了一千塊回來跟爸爸說，爸爸還再幫你存一千塊。和中**心想提什麼踩三輪車那老掉牙的東西，以前圍條毛巾在脖子上的車伕跟現在開車的司機怎麼比**，不過和中對爸爸說出口的是，那我存得了三千，爸就再給我三千囉？哲文聽和中這麼說非常高興。哲文答應和中說當然。

　母親都已經從大陸上回來了，和中還沒看見車子的影，他心想**跟爸要臺車子怎麼還要自己三催四請的，想不透爸跟媽把錢捏在手裡捏這麼緊是什麼意思，他們又不知道怎麼花錢**。哲文是去裕隆經銷商買車的，去時錢都備好了，整筆錢付現，付了二十一萬六千元後，被告知說三個月後才能拿車，哲文愣了愣也就回來了。從民國六十幾年起，家裡用品電氣化的追求後，國人開始追求擁有自有的小轎車，很捧場國產的裕隆汽車。哲文約略知道有開車的結拜兄弟們幾年前買的都是裕隆，他們說價錢好、省油、故障率低、國產的汰換零件時也方便，哲文不知道即使是那五、六年前要買一臺車也都是要等車廠交車，裕隆的新店廠一個月的產能已經是近千臺但都應付不暇等著買車的人。沈和中幾乎天天來館子裡問買車的事，哲文就帶著他去經銷商問，不過哲文做不來這種訂好交車時間但提前去催促的事，哲文眞的感覺很彆扭。和中就說，

爸你太老實了，那之後我自己來吧，和中向父親討了收據跟領車單據，沈和中去領出車子的，也開起了出租車。秀賢不知道這事兒，其實秀賢連看都沒看到過這臺哲文買的裕隆車子。

和中去領了車子之後是開起了出租汽車，剛開始一年多裡的興頭上他是有模有樣還穿得整整齊齊開車。開著車他跑了臺北市、臺北縣各處街道，連桃園各處他也去也熟悉，他沒載客人時開著車子坐在車裡往外看也感覺自己很拉風。隨著一年多來開著車跑了各處，沈和中看見各處都是新樓房一直在蓋，他看別人都買得起，加上攔他車要搭車的人都穿得光鮮亮麗，每個人掏錢付他車資都掏得輕鬆的很，他開始覺得奇怪了，**怎麼就自己需要這麼努力工作、需要這麼慢地賺這幾十塊跟一兩佰塊的小錢？**

是在建國高架橋下、在臺北橋下，跑車的司機們休息放鬆的這些地方，和中開始簽起大家樂的。掏得出三佰還是五佰塊錢，就可以從00到99共100個號碼中任選1個，開獎時以愛國獎券貳獎3組號碼的末兩位數字爲中獎號碼。獎金是賭注的15到19倍，大家樂比愛國獎券加倍有魅力。有投注就有希望致富，數字滿天飛，他跟著大家茶飯不思，他開車等紅燈時心裡默數的秒數都當成是被給予了「明牌」指示，開車的路上遇到一路是綠燈就表示今天老天都會幫忙，和中心裡是這麼感受的，他花大把時間在高架橋下或臺北橋下和大夥一起探究求神問卜後明牌號碼的靈不靈驗。簽中號碼後眞的捧在手裡的金錢讓和中食髓知味，讓開車載客賺的那些錢都顯得沒滋沒味；沒簽中號碼的時候和中會產生不甘心的心理然後再用更多的錢去簽注，因爲只要這次投多一點就能贏回上次輸進去的。現在又是有車階級，他不覺得自己需要像一般人投那幾佰塊錢的小注，臺北橋下這處的組頭見和中駛的裕隆車子是他自己的，很通融地讓他押上車子繼續簽注，冷風颼颼的冬天裡，心懷幸運之神會眷顧、期待財運會臨頭的人心是滾燙的，大家熱血，大家激昂，中獎號碼依隨著愛國獎劵的開獎號碼，所以這一切很正當愛國。

這年的古曆年節，沈思祥、沈思佳、沈思國回了南京東路爺爺奶奶家圍爐，又一次地三個孩子說爸爸要他們過來吃飯，他們不知道爸媽去了哪裡。這年的年夜飯是秀賢、哲文跟三個孫子吃的，詹大成跟台萍一家回金門過年，帶著盈盈、凡凡要回去金門一整個禮拜。哲文點燃懸在大紅鐵門外的大龍炮，炮竹聲從除夕這天晚上十二點整持續響到初一這天的頭幾分鐘，舊年是這樣過完新年是這樣開始的。這樣圍爐夜後的一覺醒來，秀賢沒多說什麼只對哲文說她要同孫子們上他們住的地方看看，哲文約略知道臺北縣的土城鄉，和中他們一家租著的那地方。哲文說也好，他也一道去。

南京東路上搭公車在臺北車站轉了另一班公車，秀賢和哲文跟三個孫子搖晃地坐了又近一個小時的第二班公車後在公車站「變電所」下了車，思祥領著進了沒人在家的公寓樓上，秀賢問孩子們道：「像這樣爸爸媽媽不知道上哪去了，你們平常下學後吃什麼？」思祥回奶奶說：「吃泡麵。」思祥說放學都先去附近同學家，同學家有點心，但他也不能太晚回家，說有時爸會帶很多好料回家來，說多半日子他們是自己沖泡麵來吃。思祥說每天晚上洗澡的時候在洗手

檯洗自己、弟弟跟妹妹的制服，早上自己起床也要叫醒還睡著的弟弟妹妹，思祥說自己是穿著濕答答的制服上學的，說走去學校的路上就乾了，他已經念海山國中了，他說剛好家離學校遠，思佳、思國念的小學就離家裡近，說她們兩個走去學校時制服應該還沒乾。秀賢看了看家裡堆放的整紙箱的泡麵，秀賢難過不捨地抱著三個孩子。孩子們不知道奶奶爲什麼抱他們，兩個小的尤其不懂爲什麼奶奶在難過。秀賢望向哲文，哲文臉上的肌肉在抽動，很生氣地在抽動，生氣的情緒爬上他稜角都肅穆的眉宇之間，不過當秀賢再看哲文第二眼時，她覺得那抽動也像是哲文正在強忍著不讓眼淚流下來。

哲文喝口水都沒喝就說要往南京東路回了。這才坐了兩班公車，這才進門，但秀賢見孩子們的爺爺眼眶都紅了起來，就說你先回去，你回去吧，我晚點再回去。哲文看了看秀賢，點了點頭。秀賢知道自己在孫子們的家裡能做什麼，秀賢讓思祥領著頭上市場，對街變電所後頭就是延吉街市場，一整條市場很長，正午的日頭照曬在祖孫倆頭頂後映下的影子很短，曬得秀賢以往烏黑，這幾年開始穿插有些許銀白的髮下的頭皮發燙，一顆顆汗珠從她的頭皮溢出，從她額頭和鬢角往下流淌。買了麵粉買了菜買了肉後祖孫拎著大袋小袋往公寓樓梯爬，上著樓梯秀賢想著沒幾個月大的思祥是曾被自己跟哲文天天抱在懷裡睡的，現在思祥幫她提著菜、抱著麵粉，孩子細瘦的腳下能把兩階樓梯併作一階，思祥已經念初中了啊。

秀賢把那三斤的麵粉全擀成了麵，包成了一百多顆的餃子跟三十多個菜盒兒。三個孩子們都餓得很，四個人一下子就把煎出來的十幾個菜盒兒吃得盤底光光，三個孫子都說好好吃，秀賢把其餘的全冰進了冷凍庫，思祥說：「眞好，有好幾天不用吃泡麵了。」這時日頭都快要走低下來了，還不見和中或鄭依蓉的人影，秀賢要孫子們上上廁所，說反正還沒上學，還在寒假裡面，你們跟奶奶回家。三個孩子歡呼。兩個小的蘿蔔頭蹦蹦跳跳地下樓梯時，秀賢要思祥把鑰匙帶好，秀賢說：「我的乖乖，把門給絆好。」思祥愣了愣聽不明白，秀賢解釋，把門給絆上就是把門給鎖了，以前家門哪兒這麼好，又有門把又鑰匙的，以前就是一木條橫在門板上絆著，也就是關門了乖乖。

秀賢帶著三個孫子在臺北車站下第一班車後轉第二班公車 307，秀賢帶著孩子們提早了三站下 307 公車。是在有綠樹成蔭的敦化北路下公車，秀賢沒要直接往家裡回，思祥知道這還不是爺爺奶奶家，他下了公車後看著奶奶。秀賢說，乖乖，我牽弟弟，你把妹妹牽好，我們去麥當勞看看。秀賢沒來過，但她知道是在敦化民生路路口，有家美國餐館麥當勞。秀賢聽說這館子生意好到要排著隊才進得去店裡，說一天櫃檯收有一百萬塊錢不只，那年聽到的時候秀賢還想是不是新聞報錯了，如果是眞的一天一百萬塊錢進帳，那眞的是很不得了的館子。不只是要排著隊進店門，還聽說要排著隊點餐，說是自助式的，這「自助式」秀賢就不知道是什麼意思了。秀賢領著孫子們走向民生路，遠遠地秀賢就看見黃亮的大彎彎，近店門邊迄四人排入了隊伍，還沒排進這美國餐館裡面，撲鼻而來的是油炸食物的香氣，睁眼看見的是明亮乾淨的餐

館。排進這餐館裡面後秀賢看見櫃檯是只有跟著哲文去銀行存錢、取錢時才看過的形式，幾個櫃檯是相連的，櫃檯是低矮的，再往裡望直接就看進穿著整齊制服的師傅們在處理食物，每個師傅都年輕年輕的模樣。腳步湊近櫃檯，秀賢能盯著多個動作俐落的小伙子師傅們瞧，烙饃燒湯都讓人看！這美國餐館太新式了。聽到有很親切的問題問向她的時候，秀賢把目光移向了這櫃檯裡在問話的掌櫃，秀賢聽不懂她問餐的句子，這時三個孩子圍在她旁邊。

臉上笑瞇瞇的這名年輕掌櫃讓秀賢印象深刻，年輕掌櫃親切有耐心地解釋漢堡的選擇跟價錢，她清楚地說明銷路最好的品項，她見秀賢領著三個孩子，推薦了秀賢漢堡、薯條、可樂跟奶昔，秀賢不太確定她說的每一個東西什麼模樣，但聽起來是有喝的有吃的。對數字敏感的秀賢，聽她一連串的推薦後，心想一客孩子們吃得飽撐的排骨飯才40元、一客雞腿飯才50元，這攤賣的一客漢堡價錢是很高啊。秀賢給兩個小的一人各要了一個30元的漢堡，給思祥要了個大的價錢最高的78元的漢堡，還再要了一個18元的炸薯條，想說吃吃看味道。才和自己眼前的這掌櫃說完話，秀賢聽到左邊、右邊也都是又年輕又親切的掌櫃在對客人介紹，右邊這客人付了錢後手捧著一大盤子食物轉身往後走了，聽那右邊的掌櫃還對客人嚷道：「謝謝，歡迎下次再來。」秀賢心想，掌櫃的會這麼說還真有禮貌。秀賢往更裡頭張望，還沒瞥清楚廚房裡頭那是二十幾個，還是三十幾個師傅在忙火，眼前這在微笑的年輕女掌櫃就又在對自己說著話，秀賢會意過來這是在跟自己買單了，總共 156 元，還問要不要點咖啡、可樂還是果汁。秀賢看回自個兒面前的掌櫃時，驚訝地看到自己前面的大盤子上已經擺上了她說現場製作好的漢堡，這才是沒一會兒的功夫不是！三個孩子跟著自己轉身離開櫃檯時，那年輕的女掌櫃對她們說著：「謝謝，歡迎下次再來。」秀賢轉了身也對她說謝謝。

三個孩子津津有味地咬著漢堡時，秀賢邊捏著兩、三根薯條進自己的嘴裡。三兩下就吃完自己漢堡的孩子們伸他們小手去捏薯條時秀賢就不再吃了，之後那盒薯條也很快地被孩子們一掃而空。在這半晌的時間裡，秀賢在想，原來捧著自己的漢堡、自己找空的桌子坐下來就是自助式；這美國的漢堡像是家裡在吃的肉夾饃的方式了，只是這饃看起來不是蒸饃也不是油饃，是一種美國的饃；想著原來這就是炸薯條，美國人的方式把土豆切了切炸了炸，油、鹹、香的滋味這麼好，當然能有這門庭若市的好生意！秀賢習慣性的生意腦筋還繼續在動著，這館子進門口過來好幾步路才是櫃檯，跟一進店門前頭就是櫃檯的中式館子真是大大的不同；整排那是有多少收銀櫃檯，掌櫃的各個都待客人如同對待嘉賓似的，又親切又有禮；整家餐館光亮乾淨，地板踏著不黏鞋底、桌子椅子不黏手臂，這跟中式餐館確確實實不一樣；那麼大的廚房就讓人直直看進去，這方式開飯館，可是要有很嚴謹的衛生工作。

秀賢帶著孩子們回家後，就對哲文說麥當勞是真能成功的，沒時間說自己在土城那忙火一整個中午、包了一冰箱餃子跟菜盒子的事兒，就把美國那又乾淨衛生又利亮的餐館裡所有的細節對哲文說了。哲文當然知道麥當勞，一兩年來報只上有很多這美國餐廳的報導，比起秀賢把孫子們都帶了回來，哲文更沒料到的是秀賢會領著孩子們去外頭吃，還掏了 156 塊錢！哲文想

要說錢花出去一個就少了一個，不應該在外頭吃的，但聽三個孫子在旁邊對自己說，爺爺，麥當勞眞是好吃，所以哲文就沒說話了。

整個孩子們的寒假裡，秀賢帶孩子們去西門町的戲院看電影，也去城中市場給孩子們買衣服。從沒進過電影院的思祥、思佳、思國瞪眼看電影《好小子》從頭看到尾，孩子們覺得電影好好看。看完了電影，秀賢把三個孫子帶往武昌街跟沅陵街之間的城中市場。秀賢習慣來這幫的上海西藥房買雲南白藥，在其他處的藥房還沒見有賣這藥，手上刀切的口子還是腿上坑坑碰碰破開的傷口摁上這雲南白藥很快就能止血了；秀賢也會特別繞往重慶南路的騎樓下買老麵酒釀餅，這騎樓下一個靄靄笑面的太太在一簡單推車上擺賣酒釀餅、紅豆酒釀餅，還都以棉被蓋著。熱騰騰的托著餅時迎上來的麵香就能讓孩子們都口水直流，秀賢來到這幫就會買一個十塊錢的原味酒釀餅，但有孩子們跟著時秀賢給他們買一人一個十二塊錢的紅豆餡酒釀餅。原味的餅掰開時就見大小不一的氣孔，這是老麵也是手揉的標誌，咀嚼入口就是麵粉跟淡淡的酒味。包有紅豆餡的甜餅孩子們愛吃，咬進的每一口都能吃到紅豆泥。酒釀餅各個扁圓的均勻，兩面也烤得均勻，秀賢知道這可要在爐火前又壓又翻面，不然外層都焦了恐怕內瓤都還沒熟。笑面的婦人說這其實全是她先生的功夫手藝，她先生在烤的，她只是推出來賣，她先生的手藝是在上海時候拜師傅習得的，三十九年那時同國民政府過來時，是一個五毛錢在賣的，這是同路人了秀賢心想。走入城中市場時秀賢已經給孩子們的肚子塡了個半飽，秀賢讓三個孩子各自選一套自己喜歡的衣服買，秀賢對孩子們說：「以前在奶奶家裡頭，年前時候大人們織毛衣打毛帽最有得忙，因為過新年穿新衣戴新帽。看看現在，都是在外頭買著穿了。」如果是年前時候就來這攤市場買東西，擁擠的人潮是人推著人往前擠的，過了年頭那幾天，寒假裡的臺北城隍廟前、沅陵街這一遍已經比較鬆散比較能過人行走，不過秀賢還是留意著孩子們還是留意著靠過來太近身的人，畢竟這幫常貼有提醒注意扒手的紙條。

秀賢還帶孩子們上圓山動物園、帶孩子們上跑馬場騎馬。報紙上有「我最愛動物排行榜的投票」，大家投票，這民國七十五年動物園裡榮獲最受喜愛動物的前六名分別是亞洲象林旺爺爺、孔雀、老虎、浣熊、長頸鹿跟獅子，秀賢跟孩子們不知道有投票這事，她們進到中山北路三段的臺北動物園裡有看到大象林旺心情就很滿足雀躍。林旺是跟著國軍來到臺灣的，不管是秀賢還是孩子們，來動物園看動物直覺就是來看林旺。思國還小，有秀賢牽著還是走得慢，沒能把動物園都看全，看了獅子、老虎跟林旺後，秀賢掏出從家裡準備有的點心，還在販賣部給孩子們一人買了一瓶黑松汽水，孩子們樂得覺得**跟奶奶出門天天都像是在過年**。秀賢帶著孩子們上跑馬場騎馬是上以前克難街再過去那遍地，堤防內有個養馬場，堤防外的河邊迄就是個跑馬場。孩子們是依個頭被分配騎迷你馬跟騎上普通馬的，撿好了馬的每個孩子都要同馴馬師一起牽著馬從養馬場步行，牽至堤防外的跑馬場，跑馬場傍著新店溪。無論是跟馴馬師牽馬轠繩還是同馴馬師一前一後坐上馬鞍都讓孩子們興奮開心。秀賢多半時候望著騎在馬上的孩子們，秀賢有的時候望向遠方，眼前是新店溪，**左邊前方不遠處就是中正橋，河正對岸就是大陳人的那幫地，其實那方向就是自己跟哲文曾經買有的永和鎮那房子**。

騎完馬領著孩子們返家前秀賢會繞過去南機場住宅那攤，買山東「大鍋餅」，這山東大老鄉[148]有一特出的北方鏊子——內凹約三寸的平底大鍋，這鍋大的可能有男人的兩手臂圈起來那麼大都不止，專門烙鍋餅。山東鍋餅是以溫水和麵，其餘什麼鹽啊油啊都不加，麵糰也不靜置也不給它時間發，是死麵。和的已經光滑的麵糰還陸陸續續地「嗆麵」，就是些微地往麵糰灑上麵粉，山東大老鄉的和麵[149]過程幾乎就像是秀功夫了，案板上擀麵的桿子一頭是插進牆上的鐵環裡，大老鄉往桿子突出於案板的這頭坐下去來壓麵的，身子在腳板一觸地是緊接著就一往上、又側移地蹬腿，那麵桿子是提著同時往上起的，蹬腿的力道是恰恰好的，麵桿才離開了麵糰子又因爲老鄉身子的重量再一次地壓上了麵，這一邊蹬腿壓麵一邊嗆麵的動作是流暢的很，就像常人喝湯吃飯似的輕鬆，秀賢在臺北城裡還不知道有第二處以這麼方式擀麵糰的。

麵糰壓擀後，被整成同平底鏊一般形狀大小，鏊子裡已撒了些黑芝麻。秀賢知道那麼大一張麵糰，又幾乎跟鏊子一般的厚，那是可以有多沉！光是托起這個麵糰進鏊子就不是一般人能上手的動作，但大老鄉做得熟練。要烙這樣札實的麵糰不烙成焦黑又裡面要能熟，非以小火不可，單面就逮花去近個把鐘頭，講究的大老鄉會兩面都烙才起鍋，有黑芝麻的正面也好跟下頭

148 秀賢和哲文倆的家鄉都是河南洛陽，會稱山西、陝西、山東、河北這些河南省鄰近縣市的人為大老鄉。如果同是河南洛陽人會稱呼為老鄉或同鄉，如果同是河南省，但不是洛陽市人，會以小同鄉稱呼。

149 和這裡是動詞，發音或。和麵是把水加進麵粉，使水結合麵粉成麵團的意思。

的底兒都同樣黃褐、筋勁又耐嚼。起鍋的餅一整塊可以有六七公斤重，都是由正中間圓心處下刀尖，切開成扇形一塊兒一塊兒賣的。這鍋餅秀賢買多少塊兒回家都不夠，哲文喜食這餅，其實秀賢自己也是。外焦黃、內細白，外層咀嚼起來筋道十足，腮幫子可能都會發酸，而咬至內瓤時口感變成是扎實的麵體，愈咬愈有麵粉香味跟淡淡的甜味，不是每一口都會咬到的黑芝麻，咬到時又添增進嘴裡烙烤過的芝麻香氣，沒什麼比烙烤過的黑芝麻更香了。秀賢對大老鄉說家以前住在東園街，現在家住松山那幫都要回來跟他買餅，山東大老鄉說他民國五十三年那時這幫的樓一建好就搬進來了，就在做這大餅了，說大餅能把孩子給拉拔大，說不繼續做的話閒著也沒事。而且他一但不做了，他這麼些年的老主顧不是就沒處買大餅囉。秀賢問：「小子們不接著做？」「這活兒賣力氣，是有兒也有女啊！可是他們各個都是讀書人，又都念大學畢業，他們大學念畢業怎麼可能叫他們來賣餅？他們也都不住家裡啦，他們還說這樣的堂屋、這樣的裡屋[150]是落伍不適合繼續住人的，說要把我接去他們那些大樓裡住。可是妳瞧這磚、這牆，妳瞧這些水泥糊的柱子怎麼會不適合再住人。」秀賢說：「是啊，民國五十年那時有這麼一間水泥牆房子住，很不簡單的。」

150 堂屋，山東方言，客廳的意思。裡屋，山東方言，房間的意思。

夜黑家裡的飯桌上，三個孩子們吃哲文從館子裡拎回來的蔥油餅滷味，秀賢煮了個湯，她跟哲文是喝湯就著大餅[151]，秀賢把賣餅山東大老鄉說的全說了給哲文聽。民國五十幾年那時政府建那遍國民住宅時哲文印象深刻，那幫是當年最好的建築方式建造的，有沖水馬桶、有旋轉樓梯以利採光、通風、逃生等優點的「模範公寓」，非常先進的房子。哲文緩緩地咀嚼著麵緩緩地看著手上的餅意有所指地對秀賢說，多麼辛苦的小生意都不輕易地停下來，咱們館子裡的生意可要好好把握啊。秀賢當然明白哲文，不過哲文的捨不得是日後不管多久都還是會捨不得的，她對哲文說思祥滿一個月還是不到，我開始在店樓上帶孩子，之後台萍懷孕生老大，又接著家裡搬了過來，我幾乎都在住家這幫帶盈盈兒，其實這些年都是你和李師傅夫妻，三人忙火館子裡外大小事。我們做館子二十五年了，我們孫子都六個了啊，不管怎樣你是也要考慮考慮歇下來的。哲文問歇下來？館子不繼續做可惜啊，咱館子的生意跟大老鄉比是多輕鬆，妳這麼捨得停下來？「柳緒文還是姜禮川還是結拜哥哥他們找你，你都要忙館子的事一直沒法兒去參加是不行的，人和人之間都要有往有來，也總不能大夥兒爲了讓你能參加，聚餐都辦在我們洛陽街的。辦在咱洛陽街你在館子裡也又會忙店裡的事，這樣給哥哥大夥兒們也對不住。」秀賢還繼續說，「固然捨不得這生意但你不可能再忙火二十五年的。」哲文說，「把館子收了太可惜了，會不會？讓和中來接吧，他一天到晚在外跑出租車的，都顧不上孩子，固定的在館子裡可能才顧得好家。」「什麼和中來接？什麼出租車？什麼固定在館子裡他才能顧好家，他連他

151 就著，河南方言，配著的意思。

自己都顧不好，你怎麼到現在還不瞭解你那小子？我不可能讓和中跟那眼睛長在頭頂上的鄭依蓉來接館子的。眞讓他們接下來還得了，那是倒著放榔頭，靠都靠不住的，你知道以後會有多少吃不完兜著走的狗屁倒灶事兒嗎？」聽秀賢說這些，聽她問什麼出租車，哲文記起給和中買了車這事兒，孩子來家裡求幫忙買車好像剛巧繞過了秀賢，這事是不是和中沒讓他媽知道？自己一心要幫忙兒子就直接去提錢了，眞的，好像那會兒……秀賢根本不在家。秀賢咬進嘴裡哲文從館子裡帶回來的牛筋跟牛肚，繼續說李師傅跟阿順的這牛筋味道滷得恰到好處，店裡的活兒他們幹得一點不比我差，你要把我們店放給家裡的二半吊子[152]，我不情願。給李師傅夫妻接手過去是最妥當的，無後顧之憂，秀賢講的篤定。寧願是讓李宗師接手過去啊，哲文心想眞是沒料到自個兒的老婆子是這樣想法！自個兒壓根都沒這樣想過。吃不完兜著走、我們家的二半吊子……是啊，想想也眞會擔心啊，跟雜糧行、跟菜攤的老闆們都配合這麼幾十年了，沒辦法想像館子裡沒對好帳、沒交付正確的貨款，光想到如果欠著款沒給人家哲文就覺得臉上掛不住。沒秀賢那般的果決能把心血留給外人、沒秀賢那般想得開，但哲文整個晚上沒再多說甚麼。

152 二半吊子，形容做事不認真，吊兒啷鐺。古時一千錢為一吊，五百錢為半吊子，比半吊子更少一半的稱為二半吊子，也就是二百五，「二百五」以此而來。

國內還是海外，鄧麗君的歌曲一起頭人人會哼會接著唱，有華人的地方大家說就有鄧麗君的歌，風靡程度是近年來她唱粵語歌跟日文歌也廣受歌迷歡迎。這年年節她回到臺灣，拿起主持棒，主持台視的春節特別節目「與君同樂」。家戶看著有鄧麗君主持的台視特別節目的古曆年節裡，臺北火車站運輸完最後一班年節返鄉的旅客後，這被莊敬自強光復大陸八個字站穩了多少年的火車站樓房被宣布停用，因爲只有一層樓的車站空間已不敷使用。古曆年節才一過，這離洛陽街小館不到兩三里地外的臺北城運轉樞紐在翻天覆地進行大拆除，自日治時期就在這豎立的火車站被拆除、說要被重建還說鐵軌鐵路會走入地下。這幾經改朝換代的火車站是清朝治理臺灣時期因應繁華的大稻埕而生的臺北停車場；改朝換代後日人治理的時期臺灣總督府修建鐵路、改良基隆到新竹的鐵路段，把臺北車站移至現在這地點，日本人建造起磚造德式火車站；日治進入昭和時期後，因應臺灣人口增加，那磚造的德式車站不敷繁忙的運客運貨使用，又原地興建起現代主義風格的第三代臺北車站；二戰結束之後國民政府繼續使用這現代風格的火車站直到現在，這是蔣經國總統會在除夕當天來此送別年節要返鄉的遊子的車站。現在這車站樓房被扒了，還說日後中華路上的十三處平交道也都會規劃給要扒除。哲文初聽聞時有感覺可惜了的負面心情，但看政府圍起來的工程大陣仗，哲文又有現在技術眞是進步，工程方法眞是機械化先進的正面心情。哲文總是這樣的，情感上覺得唏噓，但理智上一直是認同政府的政策。時代眞的不同了，抵臺灣時的竹南，自己天天和緒文徒步至火車站，走的是那小碎石子路、牛車路、手拉板車路；和秀賢買入一人一台自轉車那年騎在中華路上中山堂前，諾大的馬路上只有屈指可數的幾臺汽油車，那些年望去中華南、北路上最高的樓只有西本願寺；中華路上再更之前的三步一防空洞哲文是沒見到，但西本願寺旁政府安置第六軍團的中華新村和沿鐵道旁一排又一排都是趴趴房子的竹棚戶現在回想起來像是才沒幾年前的事而已。

政府裡的人眞聰明的不得了，說現在要讓火車都從地底下走！哲文覺得以自己的頭腦無法想像這些，那城裡的地下不是就空了嗎？曾說的石油危機跟退出聯合國那國際上發生的事情感覺也都已經離得好遠，哲文看不懂經濟、外交、政治上的事情。經濟奇蹟、亞洲四小龍、錢淹腳目這些看起來厲害的字眼是報上寫的，他感受的是眼前的生活。他知道政府是照顧著人民的，像是這年初宣布啟用的翡翠水庫，讓現在各家戶裡轉開水龍頭能有自來水，也像是已經完工通車的高速公路，扎實的打下全省交通的基礎，這讓那時在高雄上班的大成回來臺北多方便！他還欽佩政府開山路，克服天險又抗衡地震下領導榮工開鑿跟完工東西橫貫公路。哲文打從心裡認同曾是退輔會主委、曾是行政院院長，如今是小蔣總統的這些爲國爲民的建設，一直在臺北城裡的哲文，沒有想去三七五減租、耕者有其田、公地放領那些農事土地政策，也沒有想去中國造船廠、中國鋼鐵公司那些高雄的大建設，一直在臺北城裡的哲文慶幸于右任、俞國華、尹仲容、孫運璿、李國鼎、趙耀東這些有才幹有智識的專家先生們都跟著政府遷移來臺灣，專家們一點一滴造就了城裡的今天，進步又現代的今天！取得民生用電是這麼得方便，這麼多家戶擁有冷氣機子，哲文的頭頂在沒有下雨的日子裡也能被水珠滴到，是家家懸掛在外牆上的冷氣滴水，**多進步的生活！放在早幾年，眞沒法兒想像能有這新式又現代的日子！**

現在哲文每天醒來，起床來那幾秒間坐在床沿惺忪轉清醒的時候都會心裡再確定一次，是在臺北城裡醒來的，要走避戰爭的過往是真的又離遠了一天，安穩的日子真的很好，生活真的是很美。

過來這年是民國七十六年，哲文跟秀賢的豫西小館經營了二十五個年頭，這一陣他反覆思量賢兒說的話，自己停下來把館子收起來，跟自己停下來但館子繼續之間，他當然希望館子是繼續下去的。進館子之前哲文踩在街上看館子的座落，二哥黃家這石柱磚造的房子。受黃家照顧這麼多年，這房子讓他跟秀賢撐起家計、讓他們攢錢買下南京東路的房子。哲文特別走進後頭看擀麵台邊汔的李師傅跟阿順，想起那颱風還沒過去就看見李宗師出現在洛陽街店門口兒的那天，桌子、椅子、整店裡的擦洗，李忠師那晚沒留下來喝口夜黑裡的湯就往愛國西路回了，是啊，這讓私心想讓和中接下來館子繼續做的哲文腦子兒明白賢兒說的是對的。秀賢進來店裡時哲文的臉上不同以往，一眼神一吭氣秀賢就知道哲文也想開了。

倆人一塊兒往二哥家裡去的，二嫂一樣是熱茶相迎，一直以來都是熱茶跟誠意相迎，如同民國五十年年底那時一般。現在腳下踩踏的不是當年的沙土地了，二哥在多年前也收拾了柑仔店，二哥二嫂把原本店窗一打開就是做生意的一樓整理的舒舒服服，現在是有膨椅、有茶几跟平鋪著深綠色大理石地面的寬敞客廳。臺語還是不溜轉的哲文跟硬是要自己舌頭說國語字的二哥用他們已適應彼此的節奏開懷地聊著，歲月隱身在一起經歷的這麼多事情裡面，一幫兄弟裡的大家孫子都有了，還有的連孫子輩都已經結了婚的。哲文對二哥說自己要準備休息，二哥說你們夫妻打拼二十多載，應當休息。哲文又說，我的李師傅是個老實人。他倆兒子還在念書，如果他想把店接過去，繼續做下去，那就眞是好。二哥很明白哲文的意思，哲文也很明白二哥的意思，二哥說了，如果哲文的師傅接手生意繼續做，願意繼續把房子租給他。二哥說，那個師傅我佮意，你們一開始時他就跟著你們啦，沒問題，如果房子是他要繼續租，我這邊是沒有問題的，也不給他加價。這還是彼此投緣，就也會順道照顧彼此身旁人的年代。

兄長如父，二哥沒責難自己怎麼要鬆懈要休息下來，還願意把房子租給李宗師，自己這樣也是要負起責任的，哲文心想。原本自己有點慌了，不知道是該先來二哥家還是先確定李師傅的意思，秀賢說的對，是要先往二哥這邊向他告知，再問問李宗師跟阿順是不是要接下來生意。秀賢跟哲文從二哥家出來後信步當車，走回店裡頭去了。正是飯口時間，哲文跟秀賢都幫著跑堂遞菜、點單子，秀賢還鑽進天井下的廚房烙菜盒兒跟下水餃，驚得李師傅夫妻也慌亂也來勁，他倆使勁賣力的身影動作是這麼執著踏實，一挨近那全身上下麵粉僕僕的夫妻倆，秀賢聞到熟悉又感覺安心的味道。秀賢還感受得出來，他倆見著自己又再次進來後頭是多開心，秀賢也有同樣的念頭，**理念相似的人在一起忙火，身體累是累但累得很起勁**。忙到小館裡這天的飯口時間過後，秀賢把案板上就剩的那幾只餃子給撒了、和湯鍋底刮盡也只剩有小半碗的湯、跟滷菜鍋子裡撈得著的邊角和肉末盛上桌，就這樣和哲文吃了起來。阿順見著了是目瞪口呆，她擺動她手臂又手指向自己又手指向廚房地像是在說她要去準備餅還是饃，秀賢明白她心意，

秀賢請阿順快別忙，秀賢請阿順要把她先生也從後頭找出來。秀賢請李宗師跟阿順在自己跟哲文的對面坐下來，她要阿順看見自己說話的嘴巴。

「店裡有這樣的生意都是因爲有你們倆師傅。」，秀賢說。「老闆娘妳快別這樣說。」，李宗師回應秀賢時候正在拍落自己手上的麵粉。「就是這樣，你們老闆原是捨不得擱下這樣的生意的，我們也做不出打發你們跟店裡這些夥計們走的事情，你們老闆跟我的意思是，我們休息了，你們會想要接手把店繼續下去嗎？」阿順每個字都讀了下來，秀賢爲了她，說的很緩，秀賢看著她倆人眼睛張的又大又開。她倆先是向彼此確認過眼神，接著倆人的臉上是溢上了一層自信的表情。李宗師確認似地看了自己的妻子後他點了點頭，他再次看向秀賢時，秀賢看到了一雙篤定的眼睛。「老闆娘、老闆，俺倆會把店接下來，會賣力的做，俺倆不能占恁的便宜，恁把招牌都做起來了。」講到這裡李宗師頓了頓，好像接下來要說的很是認眞的事一般，看向了阿順後他牽起阿順的手繼續說了，「館子裡有這麼多老主顧，老闆娘跟老闆開個價錢吧，俺倆頂下來做心裡札實。」阿順在旁微微地點晃著頭，秀賢不用別過頭看哲文的表情也知道哲文已經癟著嘴了，秀賢知道哲文不可能跟李師傅談錢的事兒，不過李宗師說的不錯，不想感覺欠人，不想覺得不踏實。秀賢說了，「彼此那麼多年前是鄰居，又我跟你倆一起在灶火旁這麼久了，我跟老闆的意思是只有交給你倆，我們才放心，你們願意接起，我們已經是打著燈籠都找不著了。」秀賢還說了，你們看看老闆聽你要頂過去，聽你要我們開價錢，他就整張臉能板成這個樣了，李宗師跟阿順倆人都往哲文看了過去，老闆板著的臉眞的很僵很長，李宗師馬上是顯得不知所措，阿順則是發出一陣怪聲，齁齁齁齁，秀賢知道這是阿順笑的聲音。見她因爲哲文板臉的表情笑了出來，秀賢也笑了起來，這讓頓時凝結的氣氛就鬆開了。秀賢繼續說了，我明白你說的心情，那不想占人便宜的心情，你這兒就徹頭徹腦是老實人想法。買賣算分，相請不論，是生意與交情之間有清楚的界線，這樣你們生意也繼續，我們的交情也繼續，給我跟老闆幾天吧，我們好好討論討論。

哲文本著是自己休息不做後，若豫西小館能繼續開門起灶，如果李師傅他倆願意繼續賣老主顧們餅饃，自個兒要感念李師傅跟阿順願意接下來的心思都不知道怎麼表示了的想法，怎麼可能還有要讓李師傅掏錢的心眼？這秀賢知道。但秀賢說了，天井裡那重新整理的廚房，蒸的、煮的一應用具、不鏽鋼流理檯面、接的瓦斯管子，這些咱倆也沒要取走，也冇法兒取走；一樓二樓那桌子椅子我們是自己處理的，沒跟二哥要拿一毛錢的牆壁粉刷、地板鋪磁磚，這些李師傅他倆都是知道的。他倆要接下館子是接下了現成的一切。而且，你若堅持不讓他倆用頂下來我們餐館的名義付些個錢，站他們的立場想，他倆就沒法名正言順的覺得自己是老闆、老闆娘，李師傅這人老實的勁兒你又不是不知道，我們兩家相處這麼多年的了，之後還想再有這麼多年，錢是一定要收的。哲文心裡那怎麼說得過去、怎麼開得了口個數目的那些亂糟糟的思緒被秀賢摸得一清二楚。他們還願意接下去做，讓我們開起的爐灶爐不熄、火不滅，繼續顧著老主顧們的胃腑，這其實就很重又很多了，你是這麼想，我也是這麼個想法的。秀賢還說，你我不開口數目，我們順李師傅開的口去說，他們攢有錢的，當然是又出汗又賣力的錢，我們絕

不拿多。聽到這裡哲文的眉頭間才是逐漸鬆了開來，板著的臉也才是漸漸柔軟了起來，哲文著實佩服，他不知道秀賢是怎麼能懂得自己的心意的，還能一點兒不偏差地說了出來。在這樣的節骨眼兒，哲文想起母親帶著那年剛過門的賢兒去山上姑姑家、去各處長輩的家裡，回來後母親對整家裡人說到的那句話——這兒媳婦能把家裡理得妥當。

中秋節前哲文就把雜糧行跟所有菜販攤商的貨款給付清了，李宗師也在銀行休息前匯了二十八萬八千元進哲文的銀行戶頭。進來館子的最後這天哲文拎著櫃檯裡的收音機子跟算盤要離去前，看了看牆上二哥送的匾額，豫西小館四個大字，心裡在想是不是該卸下來。一旁的李宗師支支吾吾地朝哲文嚷了一句。哲文愣了一下才會意過來問，匾額繼續掛這兒？你是說要繼續留這匾額在牆上？是啊，李宗師回答到，老闆你看能留下這匾額不能？俺倆沒打算改名，餐館依舊是豫西小館，成不成？哲文嚷，衷！感受到李忠師這情深意重讓哲文頓時紅了眼眶，說話也開始嗚嗚咽咽了，這你們沒嫌棄，唉呀呀，我這樣太高興啦，唉呀呀，我這樣也難過啊，你這麼個老實愣凳。李宗師也是眼框裡盈盈的看著哲文說，俺們倆家就是志同道合，以後希望老闆你跟老闆娘常回來看看，吃餅吃饃。就這樣幾句，這算是兩個大男人二十多個年頭來對彼此說最多話的一天。

不需要再出門往洛陽街館子這幫過來，哲文一樣天天早起。哲文這不往洛陽街這幫，這生活上的大改變在八天後被政府宣布可以和大陸通郵、探親給轉移了心思。是這年秋天裡政府當局宣布禁令解除，因爲這樣秀賢和哲文寫信給甘肅的姪子跟給河南的家裡人不需要再經過美國的柳忠德幫忙。兩岸之間禁令的解除稀釋了許多哲文放手館子的複雜心情。政府還開放外省人返鄉探親，並在民國七十六年的十月十五日宣布開放可以從同年的十一月二日開始向紅十字會辦理登記，第一波登記就達到了十多萬人。哲文看新聞上紅十字會前排著隊領表，看那多少人爲了要回大陸上探親領表排隊的新聞畫面。眞的可以飛回家裡去了！哲文把報紙也看了又看，哲文要再三確認，他看〈國人赴大陸探親問題的研究〉報告裡的主張：一、反共國策不變，光復國土目標不變；二、除現役軍人及公務員外，在大陸有三親等內的血親、姻親者，准許登記赴大陸探親。內政部長吳伯雄宣布著臺灣民衆赴大陸探親的具體辦法：同意除現役軍人及公務員外，凡大陸有三親等內血親、姻親或配偶的民衆，均可於十一月二日起，向「中華民國紅十字會」登記赴大陸探親。而先前「非法」進入大陸者，也不予追究。哲文是把這具體辦法看了又看。爲了要親眼見著新聞上說的在紅十字會前面的人群排成人龍，哲文也坐公車過去紅十字會前看了。這樣的年底裡，秀賢知道有政府的允許，公開的許可，哲文眞的會往家裡回了。秀賢跟哲文一封封往家裡寄去的信寫得更勤，秀賢聯絡了旅行社準備機票，秀賢跟哲文準備著回家。

事情接二連三變換的這年，哲文之後終於能擠身慶祝國慶大典群衆裡全程慶祝國慶日的這年，跟著秀賢著手辦文件跟機票往家裡回的這年，小蔣總統逝世。古曆年節都還沒有過去，和藹慈厚的小蔣總統在七十七年一月中離世。戒嚴時代裡老兵舉布條當街示威，跟著國民政府來

臺灣、聽手提收音機播放著顧媚唱的「母親你在何方」在街頭上落淚示威的外省老兵才得到了政府可以回鄉的應許這時，小蔣走了。哲文沒再有機會參加「蔣總統」為三軍主帥的國慶大典。哲文不懂政治上的事，但小蔣隨著他父親蔣委員長的一前一後回家讓哲文覺得是動搖國家的大事。哲文常常會回想起**收音機裡傳來的委員長的聲音和他振奮全國人心的那些廣播，民國三十幾年那時，自己聽得時常雞皮疙瘩都傳上至頭皮髮梢，那不是感覺才沒多久之前的事？還是那已經是上輩子發生的事？**跟隨了半輩子的老蔣不在了，他老人家都已經離開十好幾年了，現在小蔣也走了。哲文一方面感覺心裡悶悶的，一方面覺得，**如果時候到了，真是誰也抵擋不住雙腿一伸這件事。**

周遭一起過來的人多半都往家鄉回去過了，擱著鐘錶行的生意，緒文也跟著秀英回河南家裡去過了，哲文才終於要往家鄉回了。民國七十七年的國曆三月，哲文同秀賢乘中華航空公司的飛機飛抵香港，在香港的中國旅行社辦理了進大陸的臺灣同胞旅行證明。這辦台胞證的等待，秀賢在香港張羅了她跟哲文能各帶進家鄉的三大件五小件[153]，離家幾乎四十年後，哲文往

153 三大件五小件，大陸方面宣布一年一次免稅攜帶三大件五小件，「三大件」指電視機、錄音機、錄影機、電冰箱、洗衣機、照相機、機車、微計算機的其中三件，「五小件」指手錶、自行車、縫紉機、電風扇、播放機、電子琴、電烤箱、打字機、幻燈機、熱水器等的其中五件。當年中共海關還規定，入境時，凡攜帶金飾者，均須用中文大寫填報；若無金飾也須寫明「無金飾」。金飾超過五十公克者，除申報外，還須報請海關核驗簽章；未經海關簽章者，出境時不准帶出境。

家裡回了。前面段的火車上哲文只感覺到旅程的勞頓跟緊繃，不過從省會鄭州進洛陽的這段火車開始，旁邊只要有交談聲就都是熟悉的鄉音，這讓哲文有濃濃的離家愈來愈近的感受，兒時母親在家中忙火的身影浮現，那隨著部隊回來家裡又隨著部隊走離家裡，那年輕不懂世事、人事的自己對父親說的話，父親那年才四十好幾，怎麼會知道那是能見父親的最後一次？父親告誡自己在外什麼都不重要，重要的是照顧好身體，那麼輕鬆地自己離開了。哲文不知道這些往事片段以往是積存在皮囊下身體內的哪裡，只在現在愈趨近兒時足跡的家鄉土地時愈是浮現心頭，近鄉情怯。這次洛安村家裡人人知道哲文要同秀賢歸來，洛陽火車站前哲文的大哥、小腳的大嫂、哲文的姪子榮光、榮光的媳婦玉貞、哲文的四弟、五弟跟六弟把哲文跟秀賢團團地簇擁，彼此臉上的淚都落不著地是落在彼此的衣服跟肩膀上，兄弟間陸續有人振作振作了自己嚷喊說先往村裡回了罷，但一行人眞正浩浩蕩蕩能往村裡回也是秀賢跟哲文步下火車的個把鐘頭之後了。

哲文跟他兄弟們天天有說不完的話，大哥想起來什麼就說，對哲文說孩子時候的事也說哲文離開家之後的事，這之中過去的可是四十年啊，幾天幾夜都說不完。大哥還說已經聯絡了東北的三弟，三弟的單位給準了假，三弟也能夠回來家裡幾天，等兄弟湊齊了就會上父母親墳上。不自知地，哲文一直點著頭，哲文感念大哥的這些安排，大哥就是大哥，這麼多年來多虧了是大哥留在家裡，留在父母親跟弟弟們身邊。大變動的時局使然，但哲文知道自己一輩子難償還父母的生養之恩跟這麼多年大哥在家裡的付出。幾個沈家兄弟們往洛安村舊村址去轉了一

大圈，他們特意帶哲文往以前沈家老宅子那幫地去瞧，瞧了好幾眼。以往的洛安村，那大的似一望無際的村子被洛陽市政府開闢成偌大的柏油馬路、東苑公園跟大酒店，洛水還在，洛安村人被人民政府留有一小塊兒農地，但是是澗河邊迄的地兒，現在村裡是只剩零星的幾戶人家還來除草耕作，這一小塊兒農地擺在哲文孩提時候連曬桑麻都不夠，眞是什麼都變了。哲文望著那清早起天沒亮榮光跟玉貞會來整的那小塊地，最多也只能種種菜、或香椿、辣椒這類的，沒再是一整遍的麥子地了竟然感覺可惜了，想自己的心境也有眞大轉變，自個兒當年去讀書不就是不甘願跟父親、跟大哥種麥子收包穀嗎？

東北長春的三弟返抵家中的隔天，天才泛白，沈家一整大家子早早就整束好往沈家祖墳上去。高一點的、矮一點的沈家兄弟站在一起是板著他們肅穆、拉長了的，同一個模子刻出來的臉。今天沈家整家子人，人人臉上都剛毅堅定。裹小腳的大嫂是乘著板車給板車伕拉上來的，在板車上歇息，不過秀賢淸楚，沈家的人極孝順，即使沒這板車，大嫂也是會踩著小腳上山來的。七個兄弟是要媳婦兒們整理三牲整理菜碗，他們自個兒是拔草淸理父母親的墓後還淸掃了爺奶、老爺奶跟沈家幾個其他長輩們的墓。沈家的老人家們都下葬在這攤兒地，這是一九七九年後，黨大力推動修復祖墳運動，把幾個村里、多少家族的墓都聚合了一塊兒的地，是政府給新建起的西洛陽公墓。一整遍公墓在一小丘上，還不是淸明的日子，公墓山頭上冷風烈烈地吹弗，哲文臉龐上淚痕條條。大夥兒聚攏在哲文父親、母親他兩老人家墳前時秀賢也再忍不住傷心，秀賢對伯印象很淺，但對娘有著感情，娘帶著自己去山下外婆家、長輩家拜年，秀賢腦子裡還清晰浮現娘那乾淨的衣著、消瘦直挺的脊頸跟俐落持家的動作，回想起過去了的老人家，想到自己沒能在他倆生前奉上幾杯茶水，秀賢是膝蓋就跪下了地。秀賢在往事裡想了出神的這當會兒跪在墳前的七個兄弟跟各自的兒女們已磕著頭，想到在墳前的多少磕頭父親母親都看不到了，哲文責備自己，哲文臉貼在家鄉土地上對爹娘說他回來晚了，不能控制的淚是撲簌簌落在老人家墳前，大哥、弟弟們和多少小輩們見哲文這般也都控制不住在抽搭。人世無法重來，自己無法做到在他倆老生前的侍奉，海峽相隔他是心甘情願地被限制跨越的，而現在墳裡墳外也是無人能跨越，這是大無奈也是大悲哀。這天秀賢跟哲文的心中不同感古時詩人曾說的未老莫還鄉，但同感詩人曾說的還鄉須斷腸。

初回到家的幾天幾個兄弟家的女人們圍在秀賢身邊好不熱鬧，再來的幾天秀賢被玉貞領著往老六家雜貨鋪轉、往老四家坐、往市場東走西看，末尾幾天裡秀賢好奇地坐進了轉彎拐角還是街邊都見的麻將桌上，這秀賢做小孩子的時候見自己母親打的麻將牌十三張。做孩子的時候當然不知道砌牌規則跟番數那些，秀賢孩子時的眼睛看的是母親的朋友們各個是黃包轎子坐到老城家的大門口，眼睛看的是家裡長工早早就把家裡的牌桌、麻將牌跟排尺拭得光溜乾淨，待母親的客人們陸續坐定後，每人左手邊迄的小茶几擺有茶水、吃食，右手邊迄有啐痰缸子，母親會對她朋友們說給她們啐痰的缸子各個不一個樣、各個是講究的景德磁。孩子的時候不懂得排場的事、也不會仔細瞧那些花花綠綠的麻將牌，這麼多年時間在臺北城裡要攢生活還要顧孫子的秀賢也從沒玩過，沒有時間接觸，直到現在。窄小的村里街道上街坊鄰居從自己家裡挪了

張小凳子就坐下，把倚在街邊的四方木板翻下用幾個磚塊支著還是石頭墊著就成了麻將桌子，沒排場的率性讓秀賢感覺輕鬆，她也眞是輕鬆地就融入了大夥兒。前頭兒一兩把牌大家還配合初次摸麻將的秀賢，是把牌翻開了、翻明了著在玩，過了頭幾把牌後就是認眞的在摸了。愈坐下來打牌，見識愈多樣不同胡牌的牌型，秀賢愈覺得麻將有趣。

這年村裡玩的麻將是由十三張麻將延伸出來的「槓呲」[154]，「槓呲」在秀賢的大致上理解是坐上桌後取出花牌不用，是四人各家面前砌十七墩牌，一墩兩張。頭一把牌洛安村裡總選四人中最年長者爲「莊家」，之後是誰贏牌誰坐莊。莊家負責擲骰子且由莊家自己算起自己先開抓牌，一般是擲兩顆骰子，點數相加是5、9時由自己門前十七墩牌開始抓，一抓兩墩，點數相加是2、6、10時由下家門前的牌開始抓，點數相加是3、7、11時是由對家門前的牌開始抓，點數相加是4、8、12時是由上家門前的牌開始抓，莊家抓完牌後右手邊迄第一人接著抓牌，所以四家抓牌跟打牌依序是逆時鐘方向，而砌好的牌牆是順時鐘方向被拿起的。砌好的牌都摸得一張不剩了，還沒人胡牌就稱「打荒」，牌打荒後是由莊家的下一家坐莊。起手時後是待四人都各拿完三次也就是十二張牌後，再依序一人各拿一張牌，莊家打出第一張牌前會再

---

154 槓呲，是麻將打法的一種，因最早在洛陽地區流傳開來，所以也叫洛陽槓呲或洛陽槓次，通用寫法為「呲」。基本玩法是翻開最後一張牌為「槓呲牌」，四家是儘量去胡那張牌。要「呲」住那張牌，不能吃，只能手上開槓或是碰。

多拿入一張牌，所以起手時各家都是十三張牌，但莊家是十四張。依序拿牌的另一端的第一張牌爲「槓呲牌」，這張牌是亮開來的；各家拿入的十三張爲自己的「手牌」；兩張相同的牌稱「對子」；其中基本的胡牌牌型裡單獨組合的對子是「將牌」；東、南、西、北、中、發、白稱「字牌」；手牌中三張同花色又數字相連的牌稱「順子」；三張花色或數字都一樣的牌稱「坎」——自己摸牌拿入手的是「暗坎兒」、兩張牌碰人家打出來的一張而成三張同樣的牌是「明坎兒」；任一家打出的牌加上自己拿出的對子，組成三張一樣的牌稱「碰牌」，碰牌時必須喊「碰」，然後把這明坎兒放在自己的手牌前頭；手上有坎兒而有任一家打出這牌時可以「槓牌」，將這同樣的四張牌擺亮開，槓牌這人從原本依序摸牌的另一方向摸一張牌，這樣的槓牌也稱「開明槓」，槓牌必須喊「槓」，不是槓呲胡牌的開槓，要從槓呲牌下的槓位摸一張牌，摸牌後必須打一張牌；自己摸牌進來租成四張同樣的牌而開槓時四張牌不需擺亮開來，這樣的槓牌稱「暗槓」。

洛陽家裡打的槓呲只能碰牌、槓牌，不能如一般麻將「吃」其他家打出來的牌。各家將手中的牌開槓時將槓呲牌加入自己其他的牌中組成胡牌的情況叫做「呲」，自己摸進來一張牌而能呲稱作「炸彈」。洛陽槓呲只有炸彈跟其他三種胡牌的可能——分別是「明呲」、「暗呲」跟「屁呲」。明呲——手裡其他的牌都已組好將牌、順子跟刻子，要開槓那張槓呲牌時是明槓；暗呲——手裡其他的牌都已組好，要開槓那張槓呲牌時是暗槓，胡牌明呲或暗呲時，其他家需各付一份呲分；屁呲——手裡有和槓呲牌相同的三張麻將牌時即可胡牌，不需管其他牌是

否有組好順子或刻子，這情形胡牌時其他家各需付一份槓分跟呲分。另外，明槓由點槓的一家付一份槓分，暗槓由其他家各付一槓分，無論是否是胡牌的那一家，槓分照樣贏錢，胡炸彈的人向各家討一炸彈分，這年牌桌上一呲分、一槓分跟一炸彈分都算一毛錢。再來，只要四家說好，還有人玩「包呲」——當剩餘牌張墩數小於或等於規定數，一般為六墩十二張牌，則進入包呲，如在此之後有玩家造成他人「呲」，則包賠其他家這把牌所輸的。除了牌裡有槓、跟胡牌的當下，手上牌數超過十三張者稱「大相公」，手上牌數少於十三張者成了「小相公」，牌打成了相公之後，相公只能先打牌後摸牌，不能再碰牌或槓牌。秀賢才沒玩麻將幾日，見識的呲牌牌型就真是有各樣的，一碰一槓之間就能改變原本各家要摸上手的牌，這讓愛動腦筋的秀賢覺得奧妙也覺得真有趣。是接觸了這花花綠綠的麻將牌後，秀賢開始有點理解自己母親對摸麻將的癮頭。

這年家裡的春天真是把哲文給凍著了，這是戊辰年，其實這時序還沒真正開始融雪，但哲文這習慣了海島天氣的中老年身體忘記了他年輕時的禦寒機制。夜裡已經是睡臥在榮光跟玉貞張羅好些會兒添足了煤球的炕上面，哲文還是需要裹著棉衣、棉褲跟穿起玉貞特地買回來的羊毛襪子，秀賢心疼他手腳凍得難受，但秀賢嘴上說的是，家鄉土生土長的，怎麼你現在不適應家裡這春天啊。哲文期待回到溫暖的臺北。眼看就走到即將要返回香港的日子，將從那幫往臺北回。哲文心上還掛著一件事，**他原本要跟秀賢提說想把換有的外匯劵留下些給大哥大嫂，不過口都還沒開他就發現秀賢跟自己根本就是相同想法**。是秀賢先把這好些禮拜看在眼裡的都對哲文說了，秀賢說，整床的鋪褥、枕巾、白日裡的痰盂、床腳迄的夜壺，玉貞都是張羅著給咱們買了新的、買了上好的，還有每天大哥家裡桌子上準備的，和那天在火車站前那一大家子的迎接，家裡哪兒找私家車子？家裡沒人有私家車啊！這些大處小處都掏錢，秀賢說，這次一回來，是讓大哥家裡頭鋪張地花費了，也讓平日裡已經是踵裡踵外的玉貞更是沒停下手來歇息過。哲文附和說，就是，妳說的全部都是，倆人知道她們根本想法一致。

留錢下來這事兒給擋住了，大哥硬是不肯收哲文的錢，而大嫂本來就不管事，憨厚的大嫂說，當家的都不收，要哲文快別讓她難做了，大嫂她是整臉的窘迫。倆人身上還有的外匯劵跟人民幣是由秀賢想著法兒給留在大哥家裡頭的，秀賢在離開家當天留在她跟哲文睡的炕上頭的，秀賢知道她倆離開後必定是玉貞來整理床褥，秀賢還留了紙條，簡短寫有幾個字，寫讓玉貞多買些好的營養的給她娘跟伯[155]，寫說二伯、二娘一直都離家老遠，該出人出力時都不在，所以家裡頭需要使錢時就也當使二伯、二娘留下的這些。

返回臺北的一路哲文幾乎沒什麼說話，只對秀賢說大方面來看他這一輩子該做的都完成了，就差對秀賢的父親，他感覺愧疚。秀賢沒應話，秀賢把哲文這句話想了很久。回到南京東路家門口，哲文鑰匙轉開家門的那一刻才又說了一句，啊呀，這天氣多好，還是回到家裡自在

---

155 娘跟伯，河南用法，河南人喚媽做「娘」、喚爸做「伯」。

舒服，這讓秀賢笑回他說，在臺北你根本就是個河南人，但把你擱那幫才發現你是個臺北人。哲文跟秀賢回到臺北的家裡，離開家鄉但是回到家裡，這些複雜的心情沒有持續幾天，秀賢和哲文天天聊到洛陽家裡的一大家子就講家裡頭每個人眞是單純憨直，這樣的才沒幾天，她倆不可置信地發現也是有不爭氣能攪和的沈家人。秀賢只是往民生路房子那兒去收租，收完租只是直覺地想轉去洛陽街看看，想看看李師傅跟阿順，怎知她看到的是李老闆那不知如何是好的表情。秀賢看到李宗師的表情、看到阿順欲言但不得言的眼睛，精明的秀賢當然知道有事兒發生，秀賢沒見過阿順這樣眼神的，但看館子裡火熱的生意，坐著的幾個老主顧都狀似很滿意，秀賢眞想不出來到底發生了什麼事情，她請李老闆就跟她直說了吧，彼此都這麼多年了。

您倆兒我們當然都知曉，恁家小子也是俺看著他長大的。但老闆娘，賀腫回來這店裡頭好幾次啊。聽這跟和中有相關的起頭，秀賢刹那就知道鐵定不是好事，她耐著性子聽，不想打岔。賀腫嚷稱他家裡的生意怎麼會是外人給接下的，說他是唯一的兒子，說生意從您們手裡不是留給他做，是留給了俺，他是不能同意的。緊張地額頭冒汗珠的李老闆講得好像他眞的站不住腳，邊說邊頻頻以頸項上掛的毛巾拭汗，俺回道這是兩家人說好了的、也說好了的數才換手的，賀腫說他可沒說好他可沒同意，他還問說好的數是多少，俺說，俺是願意給老闆三十萬的，但老闆、老闆娘只收了二十八萬多。賀腫稱他應該拿取那您倆兒沒收的兩萬，俺也就給他了，沒料到的是，沒隔幾日，賀腫回來了還帶著他媳婦兒。秀賢聽到落下巴了，她不敢置信和中能說這些話，還鄭依蓉？怎麼鄭依蓉也來了呢？是與她何干？老闆娘啊，他倆兒回來是來說三十萬是不可能逆，說俺、俺媳婦倆兒欺負了您們，說這館子頂下來少說要掏個五六十萬塊兒啊！聽李師傅說到這裡，秀賢腦袋底下整張臉是火氣都上來，臉都脹成紫紅色的了，怒氣衝得她滴腦嗡嗡嗡嗡的在叫，眼前似乎能看到疊著和中的臉龐印著鄭依蓉的表情說這些話，秀賢現在不是刻意不打岔，這會兒她是氣得說不出一句話來。

秀賢坐公車回家的一路上，腦裡全是館子裡的對話。**您們也明白俺倆，爲您工作多年的收入養著兩個小子，給您的二十八萬八是多年攢的，接下館子前後俺倆都是拼著在做。其實給賀腫是應當的，所以俺們又掏了三十萬給他……只希望這麼個兒事情就能是了了。**李老闆的老實表情說出來的那些老實人想法，阿順是老闆娘了還在一旁頻頻點的頭，對應那些「唯一的兒子」、「他不依」、跟「少說要個五六十萬」的話語！！多大的差別！和中這是什麼樣挑軟柿子捏的想法！秀賢氣得渾身發抖進家門的，一進門劈頭就對哲文說，我沒有這樣的兒子。哲文正坐在墨水字寫的「和氣致祥瑞、潔白留清名」的匾額下喝茶，這匾額是年前幾個結拜兄弟送給哲文的。見火冒三丈的秀賢踩進門，哲文拿起茶杯的手懸在空氣中停著。

秀賢要哲文明個兒一早就跟著去館子裡賠不是，秀賢說明個兒要慎重地賠不是也要還清所有李老闆拿過給和中的錢，秀賢說，李師傅是在愛國西路那幫家裡就看著他長大的啊，他怎能說得出那些沒良心的話。秀賢還說我們開的館子做的生意是看他在店裡做過什麼事嗎？怎麼現在就干他的事，這樣有王法嗎？愈聽秀賢說，哲文的臉愈發青，看哲文癟著說不出一個字的

嘴，秀賢沒辦法平息怒氣，繼續說不知道怎麼會生出這樣的兒子，說要是知道他長大成這個德性，我母親那年要把他抛扔在開封就應該扔在開封，怎麼自己還需要這一路捧著抱著，怎麼知道護著的是這樣狼心狗肺的龜孫啊！！這天秀賢跟哲文倆人沒喝晚上的湯，兩個人都躺在床上但翻來覆去沒法睡下。

兩人早上的饃也吃不下。哲文還吱吱嗚嗚想說些什麼很是扭捏，秀賢就說了，銀行是一起去提錢，館子是一起過去，進去你開不了口我開得了口，對那些荒唐事跟荒唐的話我一定是要向李師傅他倆道歉的，再拉不下臉你也還是逮坐在那兒，你就坐在那兒就成了。哲文和秀賢是銀行提了錢就往館子裡去，倆人提領了三十二萬現金。怎麼料得到四人再聚在店裡坐著是這場面。李老闆夫妻一臉的歉意，秀賢愼重地起身鞠躬對李宗師跟阿順賠不是，這讓李老闆倆人從椅子上跳起來說收受不起，秀賢抬起臉來但腰沒直起，愼重地請求李宗師跟阿順嚴詞拒絕沈和中，如果他還再來館子嚷嚷。秀賢臉抬著是要讓阿順字字都讀到。秀賢說，自己和哲文兩個人，做以前的地攤生意、做以前的估衣生意跟後頭來的這館子生意，收過人情但沒欠過人錢，館子沒要繼續做下去時是從沒想過傳子傳女，只就是感覺會可惜了這麼多年來的經營。我們知道你倆有意想接過去，是我們求都求不得的，因爲李師傅，你，你跟阿順，我們可是手把手地在灶邊多少年。頻頻點著頭的阿順這時已經哭咽了出來，哭得非常難過。三十二萬都提過來了，你們就是要答應我跟老闆這一件事，今後不可以再搭理我們那不成材的兒子。這時候哲文都被秀賢的氣魄震驚到，何況是李宗師夫妻。不過這一袋錢他們是怎麼就不肯收，李宗師說，今個兒知道您倆的意思，如果賀腫再上門，俺們是下不爲例的。秀賢說：「和中下次再上門來瞎胡鬧，直接打電話叫警察吧，對他說這是他娘的意思。」當場四個人中的三個老實人聽了秀賢這些話都感覺驚嚇。

第八章　手心連手臂　但手心肉就是嫩　手臂肉就是粗

臺北後站發出最後一班北——淡線的火車時[156]，哲文已好些會兒沒再由東區家裡這幫往西邊那幫進了——那說要鐵路地下化、說要挖捷運的西邊。安家立業在臺北三十多年了，哲文看到自己認識熟悉的舊臺北城一直在往東、往外擴展。舊的被拆除、新的被建起，四通八達的高速道路跟巨大的高架橋要帶人們去到不同地點還要能帶人快速到達。以往熟悉但現在消失的城市角落讓哲文有物換星移的感傷，不過當他想到**社會上有人日日月月在建設、政府時時在爲改善這座城市做努力就又覺得自己是深感滿足的**。同時間，能被鬧鬧揚揚翻開來的不只是城裡的西邊，和中回來又吵又鬧翻開了南京東路家裡，又或者該說，是秀賢要把這一切翻開來的。

156　最後一班北——淡線的火車，俗稱「北淡線」的臺鐵淡水線因配合臺北捷運淡水線的規畫施工停止營運，原定民國七十七年七月十五日深夜開出「最後一班列車」，但有太多人擠在火車站，敵不過熱情乘客「再搭它一程」的要求，鐵路局再加開兩趟來回的列車，一直到七月十六日凌晨零時40分開出的列車，才真正為有八十七年歷史的淡水線譜下休止符。

和中進家門叫囂館子的事是怎麼回事？說怎麼他什麼都不知道就讓別人整碗捧去了？和中嚷他不同意不甘心，跟他媽硬碰硬，和中還叫嚷說那他爲什麼需要姓沈之類的。哲文只有耳朵裡聽著大聲小聲的咋呼，但沒讓這些字句往心裡去，他像飄離開那母子倆似地，哲文遠遠遠遠地聽秀賢冷冷回話兒子，字字句句都認真聽了進去的秀賢說的似乎是，館子裡什麼時候是由你來管事？怎麼需要你同意？事情沒見你擔過，但你爸跟我是收有多少你狗屁倒灶的攤子？你爸賺的錢這幾年都給你花去了，這剩下的是我賺的錢，是過平常日子做平常花費用的，你爸爸家裡沈家兄弟下來有一百多口人，你需不需要姓沈沒人勉強，想姓啥就去姓啥，這麼簡單，不用回來家裡說你姓沈。頭皮發麻像是螞蟻在爬，哲文真不懂母子倆人怎麼會像是仇人相見，不明白家裡怎能鬧翻了成這樣，唉啊真是的，希望沒讓旁邊沒讓樓上鄰居聽見這些個。腳趾到手指都是僵住的哲文他一動不能動，哲文不知道過去的時間是幾分鐘還是幾小時，只剩自己跟秀賢坐在諾大的客廳裡時，哲文記得聽到秀賢說，「養條狗都比養這樣的畜牲強，養條狗牠還會看門還會對我們搖搖尾巴，養有這種兒子，咬外面人也咬家裡人。」

和中又一次出現在家門口的那一日，他跪在大門外苦苦哀求他媽開門，哲文打完網球剛巧回來，鑰匙開門時哲文就趕緊讓和中起身跟著進門了，後頭廚房裡做著菜的秀賢看和中踩進來客廳她怒不可遏，說家裡沒他這個兒子，也說沈家沒出這樣的後代，要和中別踩進門，別再回家裡來。跟上一次回來大不相同，這次和中身段好軟好委屈，他用哭喪的聲音哀求他媽，說媽怎能這樣狠心，說他會在外頭餓死的。秀賢回說你這般生得好手好腳好胳臂的人能說要餓死，

因爲整天只是想撿現成的吃，是吃飽蹲[157]，是什麼都不做。你能說你要餓死了？那那些揭不了鍋的家庭叫做什麼？和中自覺委屈，和中看著聽著社會上快速致富的故事非常不是滋味，大家樂在省政府宣布停止發行愛國獎券後熱潮就跟著退了，那些人轉去號子裡面做股票，**老天爲什麼這麼不公平？爲什麼人人在輕鬆賺錢唯獨自己沒跟上？玩大家樂那陣只是運氣背，他覺得如果不是爸媽把館子的生意給了別人，他現在手裡有著那館子能跟投資公司借貸、能在股市裡有一番發財的大作爲，但爸媽眞是什麼都不懂。爸媽已經落伍了，都落在所有人的後頭了，現在還扯自己後腿呢。自己可是她們唯一的兒子，媽竟然還說出這些話。**和中被激得這時說出等你們都老了，也就別想有兒子來照顧老後的日子這樣的話，不料秀賢眼睛是眨沒一眨，平平靜靜地回了他說，即使以後要在街上討飯也會繞過他家門不討的，請他放心吧。就這樣，和中甩門出去之後，哲文再沒見和中回來家裡了。

是這樣的幾年，是館子生意換手，哲文不再往洛陽街去、是委員長的兒子也在臺北離開了的這幾年；是光復後從沒這麼低的銀行存款匯率光景的這幾年、這新臺幣從四十塊錢兌一美元大幅升值到二十五或二十六塊錢兌一美元的這幾年；是多方的熱錢湧進臺灣股市，是股票開盤可能還沒兩個小時就漲停、是大量儲蓄因爲低利轉進股市也愈發撐高股價的這幾年；捧著現金進號子搶買股票的大有人在，是股票市場裡幾乎買什麼賺什麼的這幾年；是上市公司數目不到

157 吃飽蹲，河南厘語，比喻光吃飯不工作幹活。

兩百家，開戶投資人卻有近五百萬戶的熱絡參與的這幾年；是每家報紙都寫說臺灣錢淹腳目[158]的這幾年。這是和中說館子應該留給他做，而秀賢把事情全攤開了說，把他給擋了下來不再讓他進門，也就眞沒再見和中回家來的這幾年。這是這樣哲文和秀賢的生活有翻攪開來的巨大變動，而也就像沒變動的幾年。

哲文跟秀賢沒在號子裡開戶、沒做股票，沒來得及跟著大家錢滾錢不過這也不占哲文他倆的心頭，雖然他倆能在臺灣銀行拿的存款利息這幾年漸漸少了下來，但他們不往這方面煩惱。哲文仍然日日清晨看報，以往小館裡櫃檯前，哲文一早讀「中央日報」，傍晚讀「大華晚報」，現在南京東路家裡這幫他訂有的是「聯合報」。不進館子之後哲文也順應自己身體想休息的信號，上午飯後哲文會進房間倒一倒睡午覺，午覺後他參加鄰里裡的居民都可以免費參加的電腦初級課程或是網球初級課程。當沒有課上的時候，哲文清理門前的一排植栽也打掃紅磚人行過道，也還會答應樓上的鄰居在天黑後的時間幫忙占住一樓家門前一臺車大小的位置，以往停車不是難事的巷弄間這幾年裡已經變成一個停車位都很難找到。鄰居每天好聲地說謝謝他，他客氣地說反正自己閒著也是閒著。不論是同上電腦課程的鄰居，還是住附近、住樓上的鄰居，左鄰右舍間都稱哲文是個好好老先生。

---

158 臺灣錢，淹跤目。臺灣話，Tâi-uân tsînn, im kha-ba̍k，比喻臺灣遍地錢財、人人容易謀生。

秀賢在還沒開放那年第一次飛回家裡去之前，是在臺北整理過行頭出門的。她嘗試去了外頭家庭理髮[159]給人洗髮給人整理，從那次之後秀賢一個禮拜都提著洗髮精去外頭給人洗一次頭，知道在外頭給人洗頭奢侈，但她喜歡那人家揉她頭皮、喜歡那人家幫她洗髮、幫她吹乾頭髮跟吹個頭髮造型。從以往留著比較長的頭髮，秀賢這幾年開始燙髮起來成爲蓬鬆俐落的短髮。秀賢有父親母親生給她的圓潤前凸的額頭，這麼多年來的歲月經過她，年過半百的秀賢依然眉宇溫和，臉面光滑，眞要說什麼年齡的痕跡就只有秀賢笑起來時候在眼梢跟嘴角一條條細細的笑紋，以及比過往顯得豐腴的身材。秀賢在家庭理髮店裡也開始順道給人修剪雙手的指甲，從剛過來南京東路這幫那會兒洗頭時給人修剪雙手指甲時需要多掏十塊錢，再擦擦護甲跟指甲油需要掏十五塊錢，到這幾年變成修指甲擦指甲油要多掏二三十塊錢。秀賢擦有指甲油的雙手是一伸出來是會受人稱讚的，凡是注意到秀賢雙手的人都會問到怎麼指甲能留得這麼漂亮，也有時會問她這樣怎麼能洗米煮飯做家事的。還沒瞧見秀賢兩手指甲就已經讓人覺得她雍容華貴，如果看及她那雙擦有指甲油的優雅雙手，不甚熟識的人能以爲秀賢是不做家事的太太還是有傭人幫忙家務的夫人。

159 家庭理髮，多是開設在一般家戶裡的洗髮理髮店，踏進家庭理髮算是踏進這經營者的家中，收費相對實惠，經常是這戶人家留在家中做家管的太太經營的，除了基本的洗髮、吹髮、跟理髮外還會有修臉、修指甲、刮鬍、掏耳、按摩等項目不等。客層多是街坊鄰居裡也待在家中的其他太太們，或學齡裡的國小、國中、高中學生等。

秀賢性格爽朗、喜歡與人接近、喜歡與人攀談的個性，讓秀賢無論是在植物園、家對街市場還是在左鄰右舍之間有著極好的人緣。以前，館子旁的鄰居都是在地本省人，這麼多年下來秀賢很習慣聽河洛話，人說河洛話時秀賢也自然而然以河洛話回答，她不會太細想是河洛話、閩南語還是國語。不過個人對語言的興趣眞的因人而異，不同於秀賢，哲文從沒用河洛話對答過，人若說的是河洛話哲文有時都還沒能反應過來，所以比較不熟識的人剛開始時會以爲哲文這老芋仔娶了本省人做太太，秀賢如果這麼聽見也會打趣地附和說，嘿啊，我蕃薯嫁一個老芋仔[160]。

這是島上時局安穩的幾年，也是島上經濟瘋狂的幾年，臺北市區裡房價翻漲了又翻漲，房子預售屋[161]價格也從一坪六萬多七萬元上漲到有一坪賣近二十萬元。假日裡多的是安排參

---

160 蕃薯嫁給一個老芋仔，一臺灣民間口語，han-tsî kè tsit ê lāu-ōo-á。指本省女子嫁給外省榮民。臺灣本島輪廓類似蕃薯之形狀，故臺灣河洛人常以臺灣話蕃薯（han-tsî）自稱，與蕃薯相對，常以芋仔稱呼二次大戰結束後由中國大陸各地遷移來臺的人口，其中老芋仔（lāu-ōo-á）又泛指上了年紀的跟隨國民政府來臺的退伍軍人。

161 房屋預售銷售文化在這時的國際上算罕見，如購入預售屋消費者可以分期付款、讓建設公司隨著工程進度進帳。民國六十年十月三十一日成立的「台北房屋」公司，初期員工僅有四個人，資本額20萬，當時業務內容登記是以二手屋之租賃轉售服務為主，此一揭示了預售制度下之代銷產業還是源自於傳統基本的中古屋介紹買賣。直至民國六十一年「宜家大廈」一案採取結合企劃與銷售模式，開啟代銷

觀建設公司預售房子樣品屋[162]的民眾、號子裡的投資人看著站上萬點的股市一再創下有史以來新的高點、央行宣布全民外匯存款超越日本達到世界第一、報紙上常常有寫著亞洲四小龍標題的報導，經濟成長率跟全年出口金額屢創新高，政府形容說這是經濟奇蹟。大成跟台萍沒在股市裡開有戶頭，這樣的他們跟哲文和秀賢都算是少數，又軍公教人員其實已經被政府放寬出國旅遊的限制，但大成夫妻倆也沒往出國觀光的花錢念頭上去想。采盈、采凡跟采婕三姐妹很安穩規律地週一到週六同媽媽一路出門上學，放學時間稍有不同的三姐妹自己由南門國小或南門幼稚園下課後走往臺北法院，等媽媽下班後母女四人再一同坐法院交通車回家。只有那一天是例外，那訴求言論自由及政治理念的人激烈地在總統府前自焚[163]的那一天。博愛特區裡不平靜

162　預售樣品屋，預售屋推出的時候，房子還沒有蓋出來，為了讓民眾感受房子裡的隔間規劃、坪數大小等情況，建商於是請裝修業者用木材、裝潢搭建出模擬的房子，這就是樣品屋。樣品屋是用木材搭建的，甚至牆壁擺放的櫥櫃都做得小一號，讓賞屋的民眾感覺到比較寬闊的室內空間。反觀國外銷售房屋多半是讓有意買房子的人看到空蕩蕩的毛胚屋或是已經建好的成屋。

產業始有「公司組織」型態從事預售房屋代理銷售作業。六十三年時為台北房屋達到事業巔峰的一年，亦是「樣品屋」及「招待中心」的銷售模式的開創。其實在「宜家大廈」這個台北房屋的首案之前，「華美建設」就採用「預付訂金」的方式銷售房屋，但可惜因為過於取巧的模式最後華美建設沒有成功的經營下來。

163　訴求言論自由及政治理念的人在總統府前的自焚事件，這裡是指民國七十八年五月十九日，農民運動、原住民運動、工人運動以及臺灣獨立運動參與者，詹益樺，他在參加鄭南榕喪禮時，用預藏的汽油在總統府前點火自焚，自殺身亡的事件。又其中，鄭南榕為當年臺灣社會運動者、時事評論者，他反對中國國民

的那一天，孩子們從廣州街上進不去臺北地方法院在其中的特區，孩子們被層層拒馬跟鐵絲網阻擋在寬大的愛國西路馬路的這一頭，遙遙地看著媽媽的辦公室不能半步靠近，孩子們徬徨地在拒馬外圍等，這天傍晚是台萍下班後走出拒馬層層護戒的封鎖線，走來大馬路的這一頭找到孩子們，跟孩子們抱在一起，然後回家的。沒有讀報習慣的台萍和孩子們也沒有察覺這有兩人接連自焚的事件其實很快地被隨即大陸上發生的天安門廣場上北平市民與學生的聚集[164]、他們爭取對話

黨一黨獨大的政府對自由思想訴求的壓制。民國七十八年時鄭南榕被控涉嫌叛亂遭法院傳喚，他拒絕、被警方拘捕，在四月七日清晨，警方強行在鄭南榕與友人創辦的黨外運動雜誌《自由時代週刊》外發動破門攻堅行動要拘捕他時，不願被逮捕的鄭南榕點燃汽油自焚身亡，終年41歲，鄭南榕的自焚讓很多當年許多社會運動支持參與跟支持者非常激動，其中包括詹益樺。

164 1989年4月15號時，堅持改革、堅持開放的前中共總書記胡耀邦病逝，他在世時的中國在思想、學術、新聞出版等的領域都處在比以往相對自由的階段，由政治高層帶頭整個國家在經濟與社會氛圍上都是生氣蓬勃，中國各地大學生在胡耀邦病逝後自發性地聚集弔念他，很快地由原本的緬懷他變成爭取解除報禁跟爭取言論自由的遊行，地點有包括北京天安門廣場。聚集時不同的學生跟意見領袖在靜坐的群眾前演講、唱愛國歌曲，還開始要求能跟政府高層對話。隨著參與遊行、加入靜坐的人數越來越多，民眾跟公安之間開始有衝突，在4月26號時中共黨媒人民日報刊出一篇社論，其中是鄧小平把學生運動定調為有心人士為了顛覆國家策劃的動亂，為了推翻共產黨。這篇426社論馬上引起了各地學生強烈的反彈，他們發起罷課活動跟更大規模的遊行，與此同時黨的高層還是沒有跟他們對話，不過接在胡耀邦之後擔任中共總書記的趙紫陽在「五四運動」屆滿七十年之際，他公開支持學生的訴求，承諾會以民主及法治的方式找到雙方的共識。趙紫陽的表態似乎是加劇了中共高層裡意見的分裂，以鄧小平與李鵬為主導的保守派決定要用「戒嚴」的方式全面維穩。

跟爭取自由而被武力對待的新聞占據多數報紙的版面覆蓋過去了。北平長安街上巨大的坦克車跟隻身阻擋坦克車的男子對峙的畫面[165]一再地被各個臺灣的電視臺放送，「歷史的傷口」[166]變得人人朗朗上口，傳唱歌聲中臺北兩起自焚事件在新聞報導裡煙消雲滅。

---

165 1989年6月3日晚間中國的中央電視臺警告民眾不要去天安門廣場，說解放軍的戒嚴部隊將會前往鎮壓，但過去幾個禮拜抗議的市民群眾、學生跟維安的一方一直發生有多次衝突，所以當天晚上依然是有許多人過夜在廣場，沒有散去的學生還跟臺北市聚集在中正紀念堂的民眾跟學生有討論將連線做「兩岸對歌」的準備。晚間約十點左右，天安門廣場西方十公里處的五棵松出現槍響，軍隊開始以武力往天安門廣場推進，兩方在木樨地爆發衝突，午夜過後裝甲車、運兵車順利開進天安門廣場，軍事鎮壓下靜坐抗議還是反抗、示威的群眾被迫撤離，其中在北京長安街上有一名手持購物袋、穿著白色襯衫與深色褲子的男子主動擋在坦克車車隊行駛的路線上，當坦克隊伍因為男子的出現在前方而停止前進一陣子後，領頭的坦克車試圖從左、從右繞開該名男子，但男子跟隨坦克車左右移動，不斷地繼續擋在坦克車前方，這時至少有十幾輛坦克都因第一輛坦克車的停下，因為這名至今都本名不詳的男子的阻擋兒無法前進。當天的坦克車隊跟阻擋坦克車隊的這名男子是被隸屬於美國最大通信社——美聯社的記者 Jeff Widener 在現在稱北京飯店的飯店六樓所拍攝下來的，跟同樣注意街道上的五樓飯店房間的國際攝影經濟公司——馬格蘭攝影通訊社的攝影師 Stuart Franklin 拍下，距離這名坦克車隊前的男子約有 800 公尺遠，其中 Stuart Franklin 的照片比 Jeff Weiner 的照片拍下坦克車隊後方更多的坦克車。這些在之後被臺灣三臺電視台新聞輪流不斷報導為六四天安門事件。在中國官方被稱為 1989 年春夏之交的政治風波。

廣義上，「六四」或「六四天安門事件」是指 1989 年 4 月起於北京市並漫及中國大陸全境的抗議活動，其導火線是胡耀邦逝世以及隨後民眾悼念胡耀邦的活動，與中國以外地區「六四」只集中在特寫六月三號除去那天博愛特區裡的拒馬封鎖，大成跟台萍一家日常生活其實是極平靜的。雖然說被大肆播送傳唱的「蒙上眼睛就以爲看不見，摀上耳朵就以爲聽不到……如果熱淚可以洗淨塵埃，如果熱血可以換來自由，讓明天能記得今天的怒吼，讓世界都看到歷史的傷口。」在那一陣讓孩子們都唱得激動，但那只是那一陣子。那一陣之後孩子們常聽常唱的還是小虎隊、憂歡派對、郭富城、張學友或劉德華的歌曲，在學校跟同學之間會談論的還是霹靂虎的後空翻、憂歡派對的新歌、跟香港四大天王的帥氣明星卡片以及他們分別推出的主打歌曲。新店公寓裡一家的經濟跟生活沒有隨著股海的漲跌浮動，也沒隨對岸的衝突晃蕩，新店公寓家中能聽到最多的爭吵是老大采盈跟同學講電話講的太晚不睡覺，繼而變成大成跟台萍和大女兒之間爆發的口角聲、或因爲老三常常進去大姊的房間翻姊姊的東西，偷吃姊姊同學送姊姊的餅乾巧克力，而跟大姊的吵吵鬧鬧。連分隔東、西德三十年的柏林圍牆倒塌也只是出現在她

晚間天安門廣場的軍方的清場不同，在中國大陸境內使用「六四」這個詞提及的範圍與涵括的廣度較大，「六四」廣義的指「八九民運」。

166 歷史的傷口，是民國七十八年五月二十八日時，由臺灣四家唱片公司（飛碟、滾石、可登、寶麗金）旗下的一百多位歌手，為了聲援中國大陸上天安門廣場前已靜坐多日，向中共當局表達要求對話的學生運動所錄製的歌曲。由林秋離、梁弘志、陳樂融、童安格、鄭華娟、劉虞瑞等人作詞，由小蟲、沈光遠、李宗盛、李壽全、梁弘志、陳美威、陳復明、童安格、張洪量、黃韻玲等人作曲，歌曲完成後以傳真方式傳送至天安門前抗議的學生。當時在臺北中正紀念堂發動了「血脈相連，兩岸對歌」的活動。

們家裡電視新聞的畫面裡閃爍十幾秒就被播報過去的一個事件，大成跟台萍一家五口的生活可以說是千篇一律也可以說是安穩順遂。

到每星期只上班上課半天的星期六，台萍帶放學後的孩子們去重慶南路書街上同東方出版社同一排的山葉 YAMAHA 鋼琴店裡學彈鋼琴，老二女兒學了幾堂鋼琴課之後跟爸媽說自己眞的沒興趣，希望姐妹在上鋼琴課的時候媽媽只要把她留在東方出版社就好，說她自己可以待在那裡一整個下午，台萍答應了。這幾年書架上所有的書都沒有被封住，幾乎是全部都能拿起來閱讀翻看，書店也能挺得住書籍的這樣被翻看，因爲掏錢買書的讀書人大有人在。書街上還有印製中、小學校教科書跟參考書的台灣書店、還有專賣古典與近代文學的世界書局以及隨政府轉移來臺的中華書局跟正中書局。台萍帶著三個女兒穿梭城中市場找吃食跟走踏重慶南路學鋼琴的這幾年是錯過了書街那光輝的幾年——那學校開學前學生書店門口排隊一小時就爲買參考書、那拐個彎武昌街上明星咖啡館騎樓下詩人周夢蝶擺書攤、那在漢口街、武昌街、沅陵街各街與重慶南路交錯的路口騎樓下的書報雜誌攤擺賣禁書跟黨外刊物的黃金年代，她們幾個穿梭書街這時沒能躬逢其盛。但民國七十幾年將進入民國八十年的這時期，重慶南路還是引著不少的臺北人來此買書跟讓中南部的人特地坐火車北上來此找書。在華人的文學世界裡面，臺北的這一小段路知名於它櫛比鱗次的一百多家書店，知名於這條路上通往的不同思想。

而每星期沒上班上課的星期日，大成會領著全家出門爬山。家後頭沿著五重溪旁的柴程路巷子走，可以從新店這一側走上去臺北縣南邊有名的烘爐地福德宮，烘爐地的福德宮座落在不是多高多陡的丘陵山坡上，這是環繞著臺北盆地南邊的一段丘陵山區，這山區往南能連串起臺北縣土城、三峽一帶的山坡還能連延到承天禪寺、桃園大溪的山陵地跟石門水庫。大成喜歡爬山，他喜歡領著一家人每個禮拜爬山，不過三個女兒們小的小，腳程也不快，所以全家只會沿著緩緩爬坡登高的山徑走約一個小時，經烘爐地後就被大成領著從山陵的北面南勢角興南路這處下山。他們下山處有南勢角山下的興南路市場，星期天時市場裡擁擠熱鬧，全是買賣新鮮蔬菜水果的攤販和人群。大成和台萍會領著孩子們順道採買幾乎一整個禮拜需要的魚肉跟青菜，星期天這天的午餐也是全家五個人拎著大包小包的市場採買，坐南勢角進新店方向的野雞車[167]回到家後台萍連忙煮飯然後才開始在家裡吃的。大成跟台萍幾乎不在外面吃飯花費。一大清早就跟爸媽出門爬山的孩子們通常都飢腸轆轆，她們三個人會幫忙洗米、洗菜、切菜，因爲每個人都餓得想趕快吃到飯。在這將進入民國八十年，這大成跟台萍買了房子的十年後，大成的大

---

167 野雞車，凡是沒有領取營業執照，不能載客並收取乘客費用的任何機車、私家轎車、小廂型車至大型巴士，以臨時拉乘客，並按人數或路程遠近計車資的車輛都算是野雞車。這年進新店安坑地區的公車數少，班次也不頻繁，在臺北縣南勢角這樣子多班公車營運的終點站有許多私人轎車在市場外、公車終點站因應要進安坑地區的人載乘客，收車資。

哥幫他們五樓公寓的樓上加蓋一層空間[168]，是以紅磚砌起，以鐵皮造屋頂的頂樓加蓋。大成輟學的大哥年紀很小的時候就在金門的建築工程業當學徒，那是長子幫忙家計，他下面的弟妹才幸運地能留在學校裡念書的年代，當年書讀一半停下來爲了幫忙家裡生計的大哥，已經在金門做建造、做蓋房子多年。大哥肩扛一壘一壘的磚頭跟一袋一袋的水泥砂上五樓公寓的頂樓，大哥只花了兩個多月就爲大成的頂樓公寓完成了有廚房、浴廁、兩個房間跟一個種菜的花園的這頂樓加蓋的空間。台萍的廚房也因而能從五樓曬衣服的後陽臺移至加蓋了的頂樓，餐廳也移了上來，讓五樓原本放飯桌的餐廳現在拿來當老三的房間使用，所以在大成台萍的房間之外，三個女兒現在一個人有一個屬於自己的房間。平日裡台萍下班後衝上六樓做飯，做那晚餐吃完還帶一家人午餐便當的炒菜一大鍋、蒸飯一大鍋，孩子們在五樓寫功課沒什麼幫她。星期日裡爬完山回來孩子們都上來六樓幫忙做飯，大忙沒辦法幫但多少有幫著小忙，在半戶外空間菜園裡長有台萍種的青蔥、辣椒跟養有市場裡買回來的黃毛小鴨，三個孩子們就在菜園旁幫台萍洗米洗菜，還能邊跟小鴨子玩邊撿拾菜葉給小鴨子吃。這年從她們頂樓菜園往下望去是一遍瓦屋平

---

168 頂樓加蓋空間。民國五十年左右，臺灣開始大量出現三到四層式樣的公寓樓，尤其是在臺北市裡或一些居住人口密集的地區，其中出入方便的一樓若已被購買，第二順位會被買房屋的民眾購入的就是最頂樓層那一戶，原因是常常頂樓被加蓋建築，增加了居住使用空間，不過幾乎都是自行增建起來的違章建築，不在原先建築規劃的設計裡。普遍上來說，地處颱風、地震、梅雨交替侵擾的臺灣，多處都有頂樓加蓋鐵皮屋頂，幾十年間，逐漸在臺灣的各城市都可以發現公寓、電梯大廈、甚至商業區辦公大樓樓頂都陸續出現頂樓加蓋。政府在民國七十幾、八十幾年後陸續有頂樓加蓋、既存違建、跟舊有違建等之相關法規。

房的光華新村，往右側跟右後側望去是連綿不絕的青綠山陵，那山陵的裡面有新店的住宅社區——台北小城跟玫瑰中國城，往前望去是一片一片稻田空地，向更遠的前方望去新店溪沿岸，眼裡能見小小的、密集的樓房那一遍是熱鬧的新店市區。這年五樓公寓頂樓視野很開闊，台萍跟大成的這小康之家圍在飯桌上吃飯，或在半室外的菜園旁看風景非常愉快。

到了學校放暑假的時候，哲文跟采盈、采凡和采婕這三個孩子一樣開心。孩子們的暑假裡大成跟台萍依舊需要上班，兩個月的暑假裡孩子們是天天住在公跟阿婆家裡。孩子們自己從新店坐公車回來的，公車還不用駛上南京東路，只需坐上 307 公車，對采盈、采凡跟采婕這三個孩子來說就是要回到公跟阿婆家的心情了。沿途的一路上有許多辦公大樓、有許多銀行、大馬路後邊的巷弄裡還有其他許多家戶，不過在這三個孩子的世界裡，沒有其他什麼會經過的店家，南京東路五段這處簡單的就只有公跟阿婆家。其實公跟阿婆的房子不是「南京公寓」裡的其中一間，但她們在南京公寓這一站下公車，她們蹦蹦跳跳地在第一條巷子左轉，像是在這條巷子沒有可以右轉的選項這樣子——即使右邊的這一頭是有便當店、有錄影帶出租店、有諾大的電器用品行，是巷弄裡比較熱鬧的這一段。要回公和阿婆家讓孩子們心裡洋溢的幸福感是公車行駛進入五段的馬路上就累積的，是車停在南京公寓的站牌時打開的，是在蹦跳跑步至大紅色鐵花門口朝家裡喊出公、阿婆我們回來了，然後被應門的。是絕對會被等著門的哲文回應跟被承接住的，來給孩子們開門的哲文不會張臂抱抱她們，不會伸手摸摸她們的頭，但孩子們在哲文的眼神裡收到關愛跟懷抱，即使哲文眼睛小的像是他的眼球不是圓形是線型的。知道孩子

們要回來就開始等門的哲文也不會說好高興妳們進門這樣的話，但孩子們能看出眼睛都溢著光這種細小的事情，孩子們就是知道**外公非常開心她們回來**。

被哲文年年擦拭、塗有米白色油漆的小圓鐵桿等距地支著有立體花飾的大紅鐵門，鐵門裡邊進家客廳前是哲文停有自轉車、秀賢晾曬衣服、晾曬被單跟放有鞋櫃都還空間寬敞的前陽臺。看著陽臺裡各項物品隨時都是被外公維持的整整齊齊的，孩子們脫了鞋子後在進門之前會順著好像有的規矩把鞋子擺放排好。踩進整面落地玻璃門後屋子的前頭一半是左邊諾大的客廳跟右邊一間帶有衛浴的大房間，屋子的中間段是能擺下兩張有大圓轉盤桌子的飯廳，一張大圓轉盤飯桌能排有十把椅子那麼大。從飯廳再往屋子裡頭進，左邊是廚房跟廚房連有的後陽台，右邊是三個小房間跟一間衛浴，說是三個小房間但房間裡都有整牆面的木衣櫃、有寬大舒適的床鋪跟各擺有一套桌椅，其中哲文擺放他網球球具的那一間還停放著民國四十二年那時，被人板車拉著拉去愛國西路家裡的利澤縫紉機廠的 Glider 縫紉機，這在北門邊迄擺地攤時還買不起，在桂林路上擺估衣攤子時掏了好些錢買的縫紉機，噠噠噠噠地讓秀賢做出了多少夾克跟外套，秀賢以它踩出哲文每一日擺在攤上賣的貨跟她倆之後在永和鎮的那間房子……現在整台縫紉機空在那裡，許久都不被用上一次。飯廳旁側還有一個窄小的空間，是一隻手能伸開的寬度寬，長有整個飯廳長度長，秀賢用這空間來放置冰箱、存乾貨、罐頭、整組整套平日沒在用的大小碗盤、筷架跟整袋整袋五十斤買回來的麵粉。孩子們曾聽阿婆說早年有一些請有長工的家裡，家裡的工人是住在這樣的空間裡的，孩子們不理解什麼是長工，孩子們這時的年紀聽見不甚明白的事情還反應不到要問仔細。孩子們是赤腳踩進門的，家中的地板總是非常乾淨。孩子們都窩著跟阿婆睡同一個房間，因爲這樣，哲文在前頭的大房間裡將兩張三尺寬的單人床併成一張大床鋪，六尺寬的大床鋪讓孩子們跟秀賢一同睡下都不成問題，哲文特別以毯子鋪平兩張床墊邊沿合攏時拱起來的那不平坦處，哲文說孩子們還在長高，梗著背不衷。三個孩子每天呼呼大睡，沒人發現床鋪中間有拱著一道什麼不平坦處。哲文自己去睡在飯廳後頭三個小房間中靠近衛浴的那一間，調整成這樣子睡法後，假期結束孩子們回學校後，秀賢還是在前頭這大房間裡睡、哲文還是睡後頭的小房間裡，這樣開始，大房間就被孩子們稱爲阿婆的房間，後頭近衛浴那間就是公的房間。

孩子們在南京東路的暑假，看電視看到節目都播完了，畫面停格在檢驗圖[169]時不是只能像在爸媽家那樣，只能關了電視把木拉門闔起來，在公和阿婆家可以繼續看錄影帶。錄影帶

---

[169] 電視檢視圖（test card），用途是供觀眾或維修人員檢視顯示器是否準確。這時的電視因為顯像品質上面的可靠性比較差，新電視打開後就能看到正常顏色的畫面非常難，大多數的電視在開機後需要技術人員來調整影像的高度、寬度、對比度、焦點和同步情況等。各台檢驗圖原型其實都是稱為「飛利浦圖案」的電視檢驗圖 PM5544，是 1968 年由飛利浦電視實驗室首席工程師 Erik Helmer Nielsen 設計，是全球最常用的電視檢驗圖。檢驗圖彷彿一張抽象畫，其實精心設計過，每個元素都有作用，蘊含複雜設計，電視映像管各種參數指標，都能從不同間距的色塊檢驗，維修人員能根據此統一訊號標準校對電視畫面色差、亮度和水平等。

機子都是新店爸媽家沒有的何況是租錄影帶回家看，同一條巷子裡的另一頭就有「天天錄影帶店」，阿婆交付五佰元在店裡，可以租看十二部片子，國片、港片、還是國外的片子都不拘。孩子們知道五佰元不是小數目，所以她們在錄影帶店裡是把想看的片子選了又選，每次只從錄影帶店裡撿選三人討論過後都說好、三人都想看的片子租借。除此之外，在公跟阿婆家的暑假，孩子們能在電視上打遊戲。哲文買任天堂的 Family computer 遊戲機給她們，這一台紅白顏色配色的遊戲機連接線插上電視，翻開機器上紅色橫條塑膠蓋，插進遊戲卡匣，從電視螢幕上孩子們就能進入遊戲世界，一捲超級瑪利歐的遊戲卡匣讓孩子們一玩再玩，完多少暑假都沒玩膩。紅白機子遊戲匣卡住，彈不出來時孩子們嚷外公，外公瞄一瞄就能幫她們修好。外公有好幾個收有螺絲起子、板手的抽屜，外公什麼都會修，家裡飯廳燈管不亮、燈泡一閃一閃、門把鬆開、電扇不轉，要修理東西的時候秀賢會對孩子們說喊妳們公來，外公工具抽屜裡什麼都有，外公連手電筒跟收音機裡是哪一顆電池沒電或只是一顆電池電量弱都能測出來，外公會說有電的要繼續用只更換沒電的那顆電池，眞遇到自個兒修理不起來的也是拎出去找人修，外公說能用的物件修修補補就還是比買新的用得順手。小小腦袋瓜們聽著看著，把東西用壞了要嘗試修好再繼續使用視爲理所當然。

孩子們也被外公還是阿婆報名臺北市立體育學院的游泳課，每年會舉辦威廉．瓊斯盃國際籃球賽的中華體育館對面是體育學院的松山校區，校區裡有一座室內游泳池，阿婆拎著她們搭公車去，阿婆跟其他小孩子的阿公阿嬤一起坐在泳池邊看游泳教練教她們怎麼習慣水、怎麼習慣把頭都埋進水裡、教水裡的她們腳要怎麼踢水手臂怎麼滑水。南京東路敦化北路口兒體育學院這處離家裡只有兩站公車的路，孩子們知道要趕緊上公車，但畢竟手短腳短動作還是不如大人俐落，就有一次釆盈和釆凡兩個大的走在前頭，她們已經攀門邊扶把上了公車時老三釆婕還在後頭被秀賢牽著上公車，秀賢的一手拿著雨傘，一手是才牽著釆婕正要上公車，孩子小所以動作自然是慢了點，可是怎麼知道第一階踏板都還沒站穩，公車車門這時就已經要關闔起來。「誒誒誒怎麼關門了呢？」全車的人聽秀賢嚷著問司機，已經在車上的釆盈跟釆凡看見阿婆大力地以手裡的雨傘支著公車門，爲了不讓老三孩子被車門夾到阿婆是拿著雨傘用力地把公車門撐開了，這時公車司機朝秀賢罵了句「姦恁娘」[170]，還又接了一句「跤手較緊咧啦」[171]，整車的人接著就聽見秀賢回敬司機說：「姦恁阿嬤啦！恁阿嬤

---

170 姦恁娘，臺語，Kàn-lín-niâ，常被寫成幹恁娘，在臺灣被視為國罵，俗稱三字經。姦恁娘字母意思為「姦淫你媽」，但罵人者多不是真的要從事此行為，多是想借此侮辱對方，代表自己氣勢凌駕於對方之上，已偏離其字面意義。現今，此句罵人的粗話也被延伸出更多樣貌的變體為口語所使用，像有些人會增加為言，變成幹你娘勒。民國九十六年時中研院等團隊發表宣稱，17世紀西班牙人殖民臺灣期間之《漳州話詞彙》（西班牙語：Vocabulario de la Lengua Chio Chiu）已出現「姦你母」一詞。而在中國，相近意思詞語有肏你媽，常寫為操你媽。

171 跤手較緊咧啦，臺語，kha-tshiú khah kín leh--la，動作快一點啦的意思。

佇厝內等你。」[172]完全就像那些還在艋舺的日子，秀賢遇到想買春宵的男人問她價數多少的反應一般，秀賢沒在吃悶虧的。秀賢打從做小孩子時候就能領會突如其來所遭受的對待是出自他人的善意還是惡意，內建反射性的回應能力隨著她早年是人母現在她成爲人阿嬤也益發強大。這時握有方向盤的公車司機都吃驚，他錯愕的無力回擊秀賢，而且因爲他坐在駕駛座，沒讓人看出來他正挾著尾巴楞楞地看著秀賢牽著小的上車來。已經在公車上的老大朵盈覺得**公車司機不應該要急忙關車門把妹妹跟阿婆夾住**，**同時也覺得阿婆罵的髒話也太粗魯了**。老二朵凡聽著阿婆順溜的閩南語，覺得**阿婆帥爆了**，**她希望自己長大以後能像阿婆這麼強**。還在幼稚園大班的朵婕則是因爲司機罵人又聽見阿婆回罵司機而嚇到了，但她沒哭，她嚇得呆了，不過被嚇呆的孩子還是能讓大人牽著上公車、下公車的。緩緩地往前行駛的公車在兩站後的中華體育館公車站站牌位置規矩地打開車門，像跟剛剛不是同一班公車這樣，有耐心地等著孩子們下車。下了車後秀賢對著三個孩子說，百樣米養百樣人，總是有這種信球加二蛋，我們不主動欺負人但我們也不受人欺負。信球加二蛋，孩子們重複說著，秀賢說，對，信球加二蛋。祖孫四人走著說著，兩個大孩子笑著，小的這個被剛剛的景象嚇得還是有點呆呆的。三個小蘿蔔頭長大後一直記得這天阿婆帶她們坐公車發生的事情。

---

[172] 姦恁娘？·緊轉去姦恁阿嬤啦！·恁阿嬤佇厝內等你，臺語，kàn-lín-niâ?·kín tńg-khì kàn lín a-má--la，lín a-má tī tshù-lāi tán lí，是秀賢回應司機的粗話，秀賢還要他趕快回家去姦淫他祖母，說他祖母在他家裡等著他。是罵得更粗俗，氣勢更勝一籌的意思。

暑假裡也是颱颱風的季節，吹颱風的時候，三個孩子聽阿婆說她跟外公剛自己開店做沒一兩年，就吹進來的葛來禮颱風，阿婆說葛來禮的時候手還比劃她的膝蓋處，說水淹進館子裡這般高，說雞、鴨、魚群，死的、活的都被葛來禮淹的大水淹在水面上漂，孩子們邊聽邊瞪大了眼睛看阿婆的比劃，聽淹水淹進店舖的故事孩子們半知半解沒有辦法想像。氣象播報颱風將來，孩子們撥打一一七報時臺，孩子們覆述出電話裡聽到的中原標準時間，讓外公調整牆壁上的時鐘對時幾點幾分幾秒，外公說家裡的時間對齊政府的中原標準時間是重要的。三個孩子幫著外公關上落地窗門、鎖緊窗戶、找家裡抽屜裡的電池、找蠟燭出來備用。颱颱風日子裡停電的時候，風在家外呼呼的叫，孩子們跟著外公阿婆在家裡一起聽廣播收音機裡的新聞、聽氣象或是聽外公放唱得比颱風還大聲的河南梆子錄音帶等待颱風過去，外公說在家鄉都聽豫西調調的梆子戲[173]。孩子們不知到豫西是什麼，她們不知道該問的是豫西在哪裡。梆子戲錄音帶裡好像有在唱字但孩子們完全聽不懂在唱什麼字，就像是轉電視時轉到閩南語電視劇那樣的聽不懂，錄音帶裡還有敲竹片還是敲木板的聲音但她們不知道那就是梆子聲音。外公說，做小孩子

---

173 這裡哲文口語的豫西調調梆子戲指洛陽的梆子腔，梆子戲是一這裡種古老的漢族戲曲劇種。吸收當地曲藝、民歌等音調發展而成。梆子腔是中國傳統戲曲中傳播最廣的一種聲腔系統，使用梆子腔為唯一或主要的聲腔劇種有：陝西梆子、漢調恍恍、晉劇（中路梆子）、河南梆子、河北梆子、甌劇（溫州亂彈）、跟西秦戲等等。

的時候在家裡聽人唱戲，就一個梆子按拍，現在這飛馬豫劇隊唱得很正式的了，一鼓二鑼三弦手，還有梆子手鈸共八口兒。外公要她們聽仔細了，說其中板胡弦音柔滑嘹亮、銅鈸以緊湊或間歇的鏘鏘鏘鏘金屬撞擊帶起劇唱的節奏，不過當中最清脆堅實的木頭相擊聲就是梆子聲音。外公說，持梆子的人單手就能按節拍，一拍一拍響聲清亮不拖拉，外公舉起他的手掌好似他手裡有一件梆子樂器，對著戲聲節奏做敲打著他的手裡樂器的動作給孩子們看，孩子們似懂非懂聽那拉長長音的唱戲調調，似懂非懂看外公手裡假裝握有的梆子[174]。

孩子們學校裡的國文課念論語、讀子曰，歷史課讀夏、商、周，也從魏晉南北朝念到宋、元、明、清。古文艱深，常日用不到，沒有老師向孩子們連貫歷史課、地理課跟古人的詩詞裡的洛陽。孩子們小腦袋瓜裡不知道論語或古人的詩詞裡常提及公跟阿婆出生的地方，她們聽講臺前國文老師上國文，聽歷史老師講歷史，課本上艱澀的字她們背誦，背進腦袋裡只爲了在考試時回答考卷上的題目，那些遠在天邊、眼前不見的地方只是暫時的存放在腦海裡，上了更高的年級不再有考題需要回答就忘了低年級硬背的國文、歷史跟地理，她們讀「河出圖，洛出

174 梆子，這裡指一種打擊樂器，一般多用紫檀、紅木製作，有些地方用棗木心製作，兩根為一副，兩根長短不等、粗細不同，常見一根為圓柱形，直徑4釐米、長25釐米，另一根短而粗的為長方形，長20、寬5-6、厚4釐米。以圓柱形的敲擊長方形的木棒發音，音色清脆、堅實，無固定音高。梆子用於中國各類民族樂隊，最早用於伴奏各種梆子腔而得名，常使用在強拍上，藉以增加戲劇氣氛。

書，聖人則之。」、讀子曰：「河不出圖，洛不出書，吾已矣夫。」孩子們沒連結到那就是外公老家洛安村旁依傍著的洛水。她們要背誦『詩經』的開篇之作「關關雎鳩，在河之洲。窈窕淑女，君子好逑」[175]只是因為考試時需要默寫出來，孩子們翻開課本死背硬記，闔上課本應付考試，各科目分別只留在各科課本裡。孩子們的腦子裡沒轉過來其實那舊稱西亳、洛邑、成周、東京、東都跟神都的十三朝古都就是外公跟阿婆出生的家鄉。如果知道那是老外爺在鐘樓下有幾間商賈輻輳店舖的洛陽城、那是老外爺吃水席、花出牡丹的洛陽城，那是阿婆做小孩子時候在幾條街內的孩子之間都領著頭的洛陽城，如果知道，孩子們一定是會想知道更多，孩子們會課堂上伸長脖子聽講而且眼睛發光的。眞正的得到連結，孩子們心裡眞正感受到黃河、感受到洛水、感受到公跟阿婆長大的洛陽家鄉，是過了很多年很多年之後，她們長大成人之後的事了。

住公跟阿婆家裡的暑假，還有很多的時光跟食物有關。哲文餐餐都在家裡吃慣了的，加上現在孩子們回來在家，秀賢準備的是豐盛的有湯有肉有好幾個菜的一整桌子。孩子們的肚皮天

175 關雎，有被說所指之地在黃河中游，現在的河南省濟源市坡頭鎮西灘村。整篇全文為——關關雎鳩，在河之洲，窈窕淑女，君子好逑。參差荇菜，左右流之。窈窕淑女，寤寐求之。求之不得，寤寐思服，悠哉悠哉，輾轉反側。參差荇菜，左右采之，窈窕淑女，琴瑟友之。參差荇菜，左右芼之。窈窕淑女，鐘鼓樂之。

天吃得圓滾滾的，但孩子們不是只把食物囫圇吞下去而已，阿婆準備的那一盤盤留下在小蘿蔔頭們肚腹中的滋味烙印是從市場上採買就開始的。阿婆不把她們從床上嗬撈[176]起來，能一直睡到太陽曬屁股的就繼續睡，能起得來的孩子就跟著上市場，南京公寓市場就在馬路對面的巷子裡。阿婆手上不拎包，阿婆折疊了鈔票放在一小塑膠夾子裡，那好像是領新版身分證時給有的包覆這紙本證件的保護套，出門前阿婆會整理這褲子口袋裡的小塑膠夾子一邊數錢一邊說：「小的票子要疊在大的票子外頭，付錢時別人只會看見外層這些小的票子，這是財不露白，說出門身上帶多少錢要有個數，要整理好錢才出門。」市場上阿婆買水果、買青菜跟雜貨店買油、鹽，只往那些買習慣了的攤子上買。對葡萄蘋果，還是木瓜芭樂阿婆只撿漂亮又看得順眼的，水果們外面看起來都一樣，削去外面漂亮的皮後也是有裡頭已經壓傷或凍壞的，但阿婆說買習慣了的攤子他賣的就是信用跟表裡如一的水果，這要買熟了有經驗就知道。阿婆說很多臺灣人不習慣吃牛肉，所以整條菜市場只有兩家賣牛肉，阿婆煮牛肉麵、做滷味也做洋蔥炒牛肉當菜所以買牛腩、牛腱也買牛肉絲、牛絞肉。買得熟了的攤子老闆知道要絞肉前會預先丟進機器裡絞出機器裡殘留的肉放一旁然後絞阿婆撿的那塊肉，阿婆說要看這些細節舉動，阿婆說兩攤之中肯多做這舉動的牛肉攤贏得她成爲忠實顧客。

[176] 嗬撈起來，河南口語，翻掀起來，這裡是把孩子們叫起床的意思。

孩子們都知道巷弄間的傳統市場是非常神奇的，魚肉攤販比鄰而開的那一段是有側躺在冰塊上正用口用鰓大口大口在呼吸的魚，也有一大箱一大箱保麗龍箱子的水跟水裡頭還在游著的魚，再過去一段是幾家相連而開的雞肉攤，攤上有張翅要飛但會馬上被擒住然後脖子上馬上會被劃一刀的雞，看都來不及看清楚的瞬間就發生完了，雞掙扎落下的羽毛會飄飛到隔壁攤還猛力在呼吸的魚上。孩子們知道這裡的魚跟雞跟豬在阿婆買回家後會變成桌上吃的魚肉雞肉跟豬肉，孩子們也看過肉攤上老闆剖開整隻豬的肚子，豬肉攤老闆掏出豬的腸子跟切下豬的心臟，直接俐落，這些跟與巷弄平行的外面大馬路上的中規中矩完全是兩個世界，孩子們知道那些在大馬路上各冷氣房新穎大樓裡辦公的人也是被這菜市場裡的魚肉、蔬菜跟水果餵養的。跟阿婆上市場總是先來牛肉攤、雞肉攤跟豬肉攤這一段，阿婆買完沉甸甸的肉類先往菜籃子的底下邊放才採買不禁壓的青綠葉菜類，這也是阿婆的講究之一。而葉菜類就看當季的，走過菜市看幾乎攤攤都成堆擺放的菜就是時令當季，阿婆說當季的蔬菜好吃便宜也一煮就熟爛，不是當季大出的菜就要掏比較高價錢，不過比較高的價錢不代表比較好的菜，常常掏比較多錢的菜還是不如當季的菜好吃。

秀賢能天天走菜市場，有小蘿蔔頭們跟著來的時候讓秀賢走菜市場走得更是帶勁。秀賢一直都是見哪些新鮮就哪些想買，哪樣菜切成絲兒哪樣菜切成段兒是在攤頭上採買時心裡就自然浮現的，見夏天裡大出的竹筍就想著買回去和冰箱冷凍裡還剩有的小排骨煮成湯；見吐著沙的蛤蜊想著做薑絲蛤蜊湯；見大出的絲瓜想著煮蝦米絲瓜湯，如果蛤蜊、絲瓜都新鮮漂亮，就想

著回去燒蛤蜊絲瓜湯；四季豆漂亮時候就盤算著四季豆炒肉絲；如果青椒漂亮則想做青椒炒肉絲，家裡的冷凍如果還有的是絞肉，也可能做成青椒鑲肉，秀賢幾乎是還在市場上就差不多決定了要煮些個什麼菜、怎麼搭配和什麼煮法。秀賢會向繞在邊迄的盈盈兒跟她妹妹們嘀咕說出心裡的挑剔：「坑坑疤疤的蘿蔔我們不撿，會需要削掉太多的皮肉太可惜了、葉菜太綠不見蟲蛀的不買，撒的藥是不是太重了、土豆捏在手裡沒有回彈感覺的不買，那樣的土豆吃起來不會好吃、還沾裹泥巴的筍子不買，筍子沒扒就秤就賣是理所當然，但那上頭沾著土又泥巴的不是也算上斤兩了？肉攤上不幫忙過水沖一沖就要把肉切絲切片的不買、還有當然，老闆刁個煙就在砧板上斬雞切肉的攤我們也不買。」走過各式玲瑯滿目的攤子邊迄孩子們跟著阿婆也聽著阿婆，孩子們會伸手捏土豆，想感受阿婆說土豆會回彈的感覺。孩子們幫著拿傘幫著推菜籃，她們眼睛、耳朵跟手上都沒閒著，孩子們眼裡看阿婆、看買菜的其他阿姨阿嬤們也看各個攤子老闆，有些攤子老闆就像阿婆說的，做生意的老實勁就寫在臉上；有的老闆則像是心裡有一百個不甘願來擺攤，他不吭不說話，不說話時臉臭得完全像阿婆形容的，像別人都欠他錢似的。孩子們耳裡聽市場裡豐富的聲音也聽阿婆說溜轉的閩南語，聽阿婆說臺灣這裡講芫荽[177]跟我跟妳們公家鄉裡講法一樣。孩子們嘴巴裡也忙，還通常都是邊走邊吃的，她們褲口袋裡不是熱騰騰剛買的蒸菱角就是煮花生，也或是手捧著一整隻的抹鹽玉米在啃。跟阿婆上市場和跟媽媽上市場真是大大不一樣，阿婆不在意價錢高低，說只要見了想吃的就買。孩子們也常常是跟著阿婆

---

177 芫荽，河南話讀 yansui，跟臺灣話念法一樣，芫荽就是香菜。

就坐進市場中段右手邊那攤燒餅油條豆漿店，喝上一碗豆漿後才開始逛市場採買的。阿婆說別看這五塊、十塊啊的豆漿小生意，這老闆夫妻倆已經在轉進去的巷子那裡買有一間自己的房子了，能累積小財就會成大財。跟著阿婆來市場，聽阿婆說故事般的比喻，覺得有好多東西可以看可以聽可以吃的孩子們開心又滿足，孩子們覺得**整個市場被阿婆踩得像是個遊樂園**。

菜市遊樂園從頭走到尾，菜也買了孩子們肚子也填了，一行才會往家裡回。回家後在廚房裡阿婆會把買回家的東西都一一秤過，廚房門後就勾掛著秤桿跟秤砣，孩子們可能記有一、兩樣東西的價錢不過阿婆是樣樣斤兩跟價錢都記得。阿婆手裡的秤砣在分別吊起肉類蔬果的秤桿上左移右動，嘴上會對她們說各家老闆論斤算兩要實在，這是做買賣的最基本。阿婆要孩子們幫忙著把沒碰肉沾油的紅白塑膠撿出來，要她們一個個收疊整理好再放進菜籃子裡，明個兒上市場繼續用，還說當年中央市場哪有這麼新潮的東西。乾淨的塑膠袋收拾起來下次買菜繼續用這孩子們聽得懂，不過沒見過竹籃裝菜荷葉包肉的孩子們以爲阿婆說塑膠袋[178]是新潮的東西時是想逗她們開心在說笑。

---

178 紅白塑膠袋。塑膠袋根據《BBC》報導，1959年瑞典工程師圖林（Sten Gustaf Thulin）發明了第一個現代塑膠袋，為的是減少砍伐樹木，製作出堅固耐用、輕便、低成本的袋子，希望能解決紙袋不耐用導致的環境問題。民國四十六年，台塑公司在高雄設廠，開啟了塑膠原料PVC（聚氯乙烯）的生產，為了自行消化生產過剩的塑膠原料，隔年成立南亞塑膠加工廠，但其所製造的塑膠皮、塑膠布之銷路欠佳。民國五十四年台灣聚合化學品有限公司由美商獨家投資在高雄地區設立國內第一座LDPE（低密度聚乙烯，產品有

要開始做飯，阿婆廚房裡的水槽就開始有不嫌浪費水的葉菜類清洗，不關水龍頭地一遍又一遍的清洗。接下來是阿婆在流理檯面砧板上青椒、竹筍、蘿蔔跟肉絲不嫌費工地切絲，細又工整的絲絲又段段。清洗又切段後瓦斯爐火上鍋子裡有全憑經驗的炒、燜、煎和添油加水，這樣，小蘿蔔頭們的嘴巴也被阿婆餵養得挑了，她們夾一筷頭青椒還是蘿蔔絲、還是竹筍炒肉絲也懂得看那刀工了，她們嚼入嘴裡也懂得說滋味、也懂得說鹹淡剛剛好了。飯桌子上是哲文跟孩子們一筷頭又一筷頭夾菜吃得津津有味。孩子們會笑鬧外公，笑說以前公和阿婆開餐廳，公都眼巴巴只能看客人吃是嗎！哲文用吃的很過癮的聲音跟孩子們說妳們阿婆在館子裡從沒做過這些個菜。孩子們呆楞了，她們偏過頭來看大家上桌開動但她自個兒還在廚房裡東擦西抹的阿婆，阿婆說：「是啊做生意的時候沒這些功夫做菜啊乖乖，我跟妳們公開始做生意的時候還要柴火起灶、要和麵、擀麵、蒸饃、包餃子菜盒兒啊，一旁又切滷菜又做湯的，哪兒還有法兒子炒青椒還是炒蘿蔔肉絲？做生意那時館子裡也都還沒有冷藏冰箱嘛，已經是只賣涼菜了，當天做的菜當天晚上也能就餿了，尤其是在夏天時候。」小腦袋瓜們不太能想像什麼是升灶起火，從小到大用冰箱用得自然的孩子們聽公跟阿婆說以前只有菜櫥收菜。阿婆說時常菜湯都櫥成了一盤稠稠黏黏的什麼了，還是搖晃著要喝下肚去，說怎麼可能丟！只要是油水都捨不得丟嘛。

生活中使用的塑膠袋、保鮮膜等）工廠，於民國五十七年五月開工生產，經歷年逐次擴建產品之主要原料是乙烯，由中油公司第三、四、五輕油裂解廠供應。

這年紀的孩子們對許多事情還是懵懂的，小腦袋瓜下的眼睛裡也沒看懂阿婆對包粽子的細節要求。很多的細節是秀賢她那控制不住、那來自她心裡各處旮旯兒對自個兒的要求。哲文日日撕下一張日曆紙，每年家裡客廳牆面上古曆四月才撕去一半的日子，秀賢就陸續往雜貨店裡買粽葉跟棉繩回家，粽葉是水龍頭下一片片刷洗過，涼著陰乾到包粽子的那天。秀賢自中藥行買八角買胡椒粉買香菇，在麥帥橋下近南松市場的雜糧行買蝦米花生米、包鹹粽的長糯米、鹹鴨蛋生蛋黃跟要包甜粽的圓糯米，在植物園和平西路入園口邊迄民宅店裡買包甜粽的紅豆餡兒。一兩個禮拜時間裡陸續在各處買齊這麼些個材料後，要包粽子的當天秀賢以大火將在市場買入不肥不瘦的三層肉又翻又炒上香氣，加入切好的香菇、蝦米跟花生米，再摻和醬油、鹽跟少許的臺糖二砂糖慢火細細煮，這整鍋要包進粽子的餡料是在花生米由生轉熟但還不甚是鬆軟時候起鍋。剩在鍋裡的醬汁是精華，秀賢接著會把旁邊爐子上蒸熟的長糯米倒進醬汁裡拌勻，又香又白的長糯米很快地被鹹香的醬汁跟豬油的光澤沾染，成晶亮的淡褐色。翻炒起鍋的餡料、鹹鴨蛋黃、油亮的長糯米、已陰乾多日的粽葉和綁粽子的棉線都攤擺一圈，秀賢在其中以多年習慣的手勢彎起粽葉包粽子，有沒有孩子們碰巧跟著台萍進門幫忙，秀賢都依順著自己的節奏，俐落地添米、填料、折起粽葉、整齊纏綁棉線，完成一串串的粽子。如果有盈盈兒她們在一旁，這時秀賢會再說一次她最早開始包起肉粽的故事，那當年家住愛國西路時，和中放學會到家看見家裡有包粽子，開心的拎起一串就往家外跑著嚷嚷我媽媽包罵長了我媽媽包罵長了

的那故事[179]。不過常常台萍領著孩子們進門時是國旗日的端午節當天，秀賢該炒的該包的都早已經忙火完了。端午節對孩子們來說就是大口大口比賽地吃著阿婆的粽子，比誰能吃兩個誰能吃三個。秀賢兩個禮拜多以來的準備功夫，在兩天三天裡就被吃得光光。

臺北路上跑的計程車裝上了左、右後照鏡，從以往車身能是青、白、紅、綠各色變成依規定要漆成黃顏色才能換發新照的這幾年，中華民國的金門、馬祖離島地區解除戰地任務、解除臨時戒嚴。過往是只有親家能來南京東路住上幾天，現在的這幾年是秀賢能手挽著采盈隨著大成台萍一起回金門。離島解除了長達三十六年的國防戰地任務、臺灣省內省長直接民選、國大代表也完全由人民選舉選出的這幾年，哲文同結拜兄弟幾個們聚在一起吃飯時，幾個結拜都是說李登輝當總統當的好，兄弟們說以前小聲說不滿有什麼用，說老早就應該要像立法院裡的朱高正這樣翻桌子才對；而當這幾年哲文同緒文及幾個一路一起過來的老友們聚一塊兒吃飯時，則是聽大夥兒幾個說現在的政府亂啊，朱高正跳在立法院主席台上根本是流氓來打架的啊……說連國民大會都被罵成老賊了，亂啊。還有李登輝是哪顆蔥？說小蔣怎麼可能會是讓一個本省人接手？哲文聽著結拜兄弟或者是一路過來的大小老鄉，哲文聽著他們對同一件事情、對同一個人有的不同論點，也看著小有成就的結拜或老鄉都不約而同的手裡握著黑金剛大哥大。哲文心想，**大夥兒們日子真的比當年好的多啊！省長投票當然是去投給了宋楚瑜，是啊，李登輝是**

179 我媽媽包罵長了是沈和中小時候在說我媽媽包肉粽 bah-tsàng 了。

個本省人，不過當年小蔣還在時就是提拔李登輝當副手啊……是這樣的這幾年裡，秀賢的西松國小補校課程老師說她跟班上的學生多已是國二、國三生的國文程度，說她們班上有興趣的同學可以開始試著上補校準備的英文課程，秀賢很感興趣。那年盈盈兒的開始上小學，是讓秀賢往這補校裡面來學習來，多認幾個中文字的原因，那時候小小一點點的盈盈兒這年國中將畢業。

越長越大，也愈發出落得亭亭玉立的盈盈在學校有著極好的人緣，放學回家後常常是跟同學掛在電話線上聊天。大成不明白女兒跟同學們怎麼在學校裡相處一整天的時間都還不夠？怎麼能在電話上有這麼多話要說？沒在電話線上與同學聊天時花時間聽香港四大天王的國語歌、粵語歌的采盈不大有心思在課業上，這讓大成很擔心她這年國中畢業後的高中聯考，考上的高中是私立或公立的都不要緊，註冊費跟學雜費用也還在其次，大成擔心的是長得愈來愈漂亮的女兒的交友問題，他私心想讓采盈就讀女校高中。這采盈國中畢業的暑假是在緊接著的高中聯考跟一個又一個的私立高中、高職入學考試中過去的。大成跟台萍需要上班，每一場考試都是秀賢陪同盈盈去的，不同於大成的心思，秀賢心繫盈盈兒擔心她被蚊子叮到、被天氣熱到或考試考得肚子餓到，臺北盆地的盛夏裡面，在各個高中高職的教室考場區外頭守候盈盈的秀賢滿額頭滿身是汗。

這年應考的暑假結束，學期開學後詹釆盈在臺北市的強恕中學就讀。詹釆盈就讀高中的這幾年裡面，民進黨推舉的市長參選人「快樂．希望．陳水扁」的陳水扁打敗了國民黨的現任市長——同時是國民黨推舉的參選人黃大洲，當選臺北市市長。民進黨當上臺北市市長，秀賢覺得就是以前祖母在家裡踱著小腳步子講的「世界亂了套了」。之後秀賢回想**國民黨其實也眞是理當得個落敗，跟新黨兩黨之間不團結合作，竟然自己人打自己人，當然會兩敗俱傷落敗下來。**美麗島案的辯護律師，這民進黨立委當上臺北市長這件事情當然有進入台萍跟大成新店家裡，不過只止於家中電視機新聞裡。一人一張的全民健保卡是新添入他們日常生活的轉變，以往孩子們是在台萍跟大成公教人員保險的身分下檢查牙齒跟就醫看病的，但這一兩年間，依不同職業別就有不同保險費率的醫療權益差別不再，臺灣全省開辦全民健保。這一改以往社會上分散在勞工保險跟農民和公教人員的健康保險，那以往只有約六成民衆有健康保險的狀態。現在全民健康保險成爲政府經營的強制性社會保險，而且全民保險提供人人相同的醫療給付，不再因職業別而有差異。全民憑紙本健保卡看病，蓋滿健保卡背面六格時能換新卡片。就這樣的幾年裡，台萍跟大成的新店家裡還有的是越來越晚進門的老大女兒釆盈。

詹釆盈沒有去讀崇光女中、金甌女中這樣的女校，或其實就是讀女校也是阻擋不了女孩子跟男孩子之間交朋友的。詹釆盈正是青春洋溢的高中年華，在學校裡有一個穩定的同校男友，詹釆盈少女青春期的叛逆踩壓詹大成的底線跟牽盪著秀賢的心神。說到底，對秀賢而言，臺北市長換人做還是社會福利變動的這些事情對秀賢都不那麼重要，所有的事情都不如盈盈兒的事情來得重要。兩小無猜常常在學校放學之後約會，采盈當然不可能跟大成台萍報備，因爲如果報備了的話出遊就泡湯了，怎麼可能會被爸媽允許。還未滿十八歲的男友時常騎著還不被法規允許騎乘的機車載采盈出遊，出遊約會後采盈才由男友送回新店家樓下，這每次都讓詹大成盛怒異常。大成心裡的焦急擔心完全被外顯的憤怒掩蓋，一遇采盈晚回家的日子家裡每一個人都被這憤怒的氣壓影響，包括了秀賢。秀賢常常被台萍或大成打電話詢問，詢問夜已經這麼深了，采盈還沒進家門，那是否是回去了南京東路那裡。回說沒有啊，怎麼盈盈還沒回家啊這樣掛上了電話的秀賢在床上翻來覆去地怎麼可能睡得下去，當然是就急忙坐上計程車來新店，這盈盈兒那麼一點點時帶她坐的小轂轆兒，秀賢從臺北市的東邊松山一路坐來南邊臺北縣的新店，秀賢在坐來的路途中是胡思亂想忐忑緊繃。幾次都是秀賢抵達新店時，詹采盈已經回到家、進門、把想責罵她的父親關在她房間門外，還棉被捂著耳朵去睡了。幾次都是大成開門或台萍開門讓秀賢進來，不過進門後的秀賢不肯讓他們再大聲去嚷盈盈，也不去敲盈盈的門打擾孩子的睡眠，這已是整棟公寓樓房已經安靜的只聽得見壁虎叫聲的三更半夜。秀賢會安頓自己在大成跟台萍家客廳的沙發，就睡在客廳的沙發上。放得下心與放不下心，再發生多少次秀賢都是放不下心的，不管多晚，就算都沒車坐了秀賢也是能自松山地奔來新店的，這些路算什麼事兒！只消盈盈兒是回到家中了，秀賢的思緒終於是平靜的，秀賢才有辦法閉上眼睡下。

哲文給盈盈買有 B.B.Call，囑咐當家裡 call 她時候，即使沒有要馬上回家，她逮要回覆 call 機。詹采盈很能接受外公的極簡短但家裡人會擔心的傳達方式，她心裡覺得溫暖，她當然答應

外公的囑咐。大成是不想給女兒辦有 B.B.Call 呼叫器的，這件事采盈早早就在家裡跟爸媽爭執過，不是電信公司月租費的問題，是大成認爲這樣就是給采盈的同學跟朋友們更方便約采盈出去的方式，所以大成滿不諒解哲文跟秀賢沒先跟自己提過一句就給采盈辦有 Call 機的。大成甚至覺得就是哲文跟秀賢太寵愛采盈了，大成覺得就是女兒知道自己有疼愛她的外公跟外婆當靠山，所以才變得愈來愈不受管束。其實有 Call 機還是沒有 Call 機是其次，荳蔻年華又開朗外向的采盈除了有跟她正開心交往著的男朋友，她還有外頭不斷擴張、給年輕人探索不盡的整個城市，這讓大成怎麼能圈管得住年輕想探索的心？讓大成能怎麼管得住女兒的回家時間？怎麼管得住未成年騎車？在學校放暑假的兩個月時間裡大成跟台萍又怎麼能盯得住女兒上了哪去？是啊，又是將放暑假的日子，暑假裡采盈可是兩個多月都不用進學校。

暑假沒開始，秀賢就有打算的。秀賢知道秀英近年裡每年都去美國看忠德，一待都還待上幾個月，秀英還因此在弘道國中上有補校的英文課，是啊，這些年都稱國中，沒人說初中了。是秀賢開口問秀英跟著她一塊兒去忠德那兒看看衷不衷、住忠德那兒礙不礙事的。秀英高興地說當然方便，說忠德那幫房子大得很，說秀賢跟哲文要同她去絕對沒問題的，說她在兒子那攤兒這樣能有秀賢作伴，這樣能在忠德那大得似停車場的後院種多少菜！能一起做多少新鮮事！秀賢跟哲文帶著乖乖盈盈兒去的，去了整個暑假，這打開了采盈的視野，讓采盈的整個世界變得很大。

從中正機場飛十三個小時到美西洛杉磯機場，秀賢跟盈盈手挽著手讓秀英熟門熟路領著頭走去轉機。坐來的第一班是國際航線，第二班要坐的是美國的國內航線，第二班飛機再飛六個小時到美東，手提一行四人隨身行李的哲文踩著一步步穩健的步伐跟在她們仨後頭走著。這忠德多年來工作跟居住的美國東岸哥倫比亞特區，是當地人通稱爲大華府的地方，這包括了方便的地鐵交通網能觸及的馬里蘭州跟維吉尼亞洲區域。柳忠德在工作外的閒暇時間開車帶著臺灣飛來的她們又逛又繞，問說現在您們一行是在信義路美軍顧問團總部那裡辦簽證的吧？哲文說，是啊，排隊辦簽證過來，隊伍排得老長，現在叫做「美國在台協會」了，這話讓哲文跟駕駛座上的忠德相視一笑。忠德說美國在台協會啊就是依據這特區裡制定的法律跟依據臺灣關係法才在中華民國臺灣信義路上設置的代表機構呢，特區這裡設有美國在臺協會的華盛頓總部。國際關係眞的很奧妙也很微妙，我們總統李登輝上個月就來到他畢業的康乃爾大學了嘛，在他母校畢業典禮上公開演說喔！民之所欲、常在我心，臺灣新聞有沒有報？

忠德說到這裡時他從後視鏡找采盈的目光，找到後他在後視鏡裡看著采盈說，來這裡讀書吧，就念國際關係！秀賢在後座對著前頭開車的忠德說，你啊、你弟弟妹妹們都還沒出生的年代，嬸嬸我跟你叔叔兩人就存有給你和中哥哥跟台萍姐姐出國念書的錢哦，這事你媽也知道。你叔叔以前的老東家都把兒女送來念書的嘛，我們開店後就矇著頭做，見天從早起忙火到黑麻

眼[180]，把兩個孩子念書的錢都存好了。但他兩個喔，不是讀書的料嘛，我跟你叔叔也不能幫著他們念書，就是你叔叔在我肚子裡種下的是豆子啊，種的豆子怎麼長麥子嘛！秀賢逗趣的揶揄著自己，說得整車子人呵呵笑得開心，除了哲文。哲文板著臉聽著，副駕駛座上他身子直挺挺地坐著。柳忠德繼續開著車子繞，繼續跟她們介紹華盛頓紀念碑、國會大廈跟美國人的總統府——白宮，忠德說美國人民就聚集在正對著白宮的華盛頓紀念碑前反越戰、說貴爲美國總統，來過臺北的尼克森也在是在這裡辭職下台、說風風火火結束的 million man march 也是發生在這特區裡，那可是三四十萬非裔美國人上街在走在遊行。美國人對上街頭示威跟遊行運動來大聲對政府說自己想要的訴求是習以爲常，我們亞洲人初來乍到時很受衝擊，就是怎麼說呢，套句我爸會說的，怎麼能想要什麼就跑到街頭上嚷嚷。不過來久了之後，不知道是不是被影響多了，好像也覺得理當如此，覺得人民有很多權利都是可以爭取的。

對忠德侃侃道出的發生在特區的這些，整車子裡就哲文依稀有些家裡新聞臺上看到的印象。臺北飛過來的四個人還在她們因爲時差所以比較沈緩的知覺反應裡，她們聽著忠德介紹、她們看著車窗外這處的環境。秀英是聽著兒子說故事說得如流水一般，看兒子很融入這裡的生活，她直接就覺得這兒是個好地方。一個事件都沒頭緒的采盈是認真地聽著，特區裡好開闊草皮好大，采盈想看更多地方想聽更多她不知道的事情。不想氣氛太嚴肅的忠德繼續又說了，不

180 見天從早起忙火到黑麻眼，河南口語，是每天從早忙碌到晚的意思。

說那些了，每次我媽來，我就有口福，叔叔嬸嬸跟盈盈啊您們知道，這幫在外頭吃飯掏得錢多不提，還逮付小費跟付稅，就是你掏的錢不只是買人現成做好的菜飯，還掏錢給送菜飯的跑堂也掏錢給政府。在美國，各個州歸各個州管，徵的稅是各個州自己定的。我們這特區裡還比鄰州收的稅多，有旅館稅、食物稅、跟飲料稅，所以嘴饞的時候，想吃亞洲人開的餐廳，我總是開車去維吉尼亞州吃，是開去另一個州吃飯喔，這聽起來是不是不可思議？

「生活在美國，多半日子都是去超市買食材回家自己煮的，想吃碗牛肉麵，都是 everything from scratch，就是從無到有啊，從和麵開始揉麵糰、煮湯頭、燉牛肉、炒酸菜……只為了做一碗安撫肚腹的牛肉麵！唉啊，我在叔叔嬸嬸面前談這些不是班門弄斧了嗎，這次一聽我媽說嬸嬸要一道來，我直接就聯想到將會有兩個大師傅在我廚房做菜，我就會有豐盛好料吃了！」忠德興致高昂開懷地說了這麼多。秀賢聽到食物、聽到麵食跟做菜，也渾身精神就來了。「牛肉麵各人本來就有各人獨到的做法。」秀賢應著忠德說道。接著是秀賢、秀英、忠德三人開始聊牛肉麵裡是掌酸菜還是榨菜，是牛腩塊還是牛腱子，也聊到這幫美國的麵粉來揉麵做出來的跟在臺灣的麵糰會不會一樣，哲文這時說，會一樣，多少年大夥吃的麵粉不都是美援的。也真是這樣，秀英跟秀賢說道。這已是三代人緣分的五個人聊著說著笑著，車子裡是跟車子外哥倫比亞特區裡的盎然綠意一般怡人愉快。留學在美國又已經在此地工作跟生活多年的柳忠德這零零總總的異地生活分享給詹采盈的震撼是強烈且令她嚮往的。這天，大夥兒準備下車的時候，秀

賢輕輕地握了握並肩和她跟秀英坐在一塊兒的采盈的手，秀賢說：「只要盈盈能讀、想要讀，妳公跟我會一直給妳供上去。」

盈盈在臺北的學校卽將開學，忠德開車送哲文、秀賢跟盈盈到機場，秀英是繼續待了下來，哲文跟秀賢和采盈三個人飛回臺北。臨別柳忠德的高速公路一路上，哲文和忠德不輕不重地談論美國新聞節目上報導的，沒落下在臺灣，但中華人民共和國朝臺灣北部基隆外海發射的東風飛彈。秀賢跟哲文帶著盈盈在美西等待轉機的時候，秀賢說同是夏天的七八月，美國跟臺北的天氣還眞是不一樣，燙皮膚的大太陽天裡，在臺北哪一個角落不熱？家裡也熱、騎樓下也熱、馬路外頭就不用說了，但在美國這幫地，站在日頭下的地說熱也是很熱，但怎麼走到樹蔭地裡就不大熱還會感覺樹蔭下是有涼意的，氣候眞是不一樣。秀賢還繼續對哲文說這年歲眞是走得緩也眞是走得急，那時在秀英家送行忠德那年忠德不還是個孩子嗎！現在也長這麼大了，在這國外開著車又哪裡都熟門熟路，已經是獨當一面了。這次能跟著秀英過來看看眞是好。秀賢說畢的半晌時間裡沒人應話，哲文本來就少話安靜，而采盈，采盈感覺自己似乎不是暑假剛開始時飛過來的那同一個人了，這兩個月裡的生活跟臺北的生活太不相同了，她的思緒裡有一大堆以前沒有的東西。哲文這時緩緩地冒出了一句：「以後盈盈兒長大就是妳開著車載公跟阿婆看妳的世界。」這句柔柔的話語閒散輕鬆，哲文這句話說在等待轉機的洛杉磯機場，不過詹采盈沒把這句話留在國外，采盈把這句話留在了她心裡。

幾個月後民國八十五年的古曆春節才過完，全臺澎金馬的人民卽將首次人民直接選舉選出中華民國的總統、副總統，小蔣過世後接任總統職位的副總統李登輝以總統參選人的身分參與這次大選。年前李登輝在美國康乃爾大學演講之後中共就已經發射飛彈，數個月後現在的大選前夕，國曆的三月八號，中華人民共和國再次對中華民國臺灣方向發射導彈，其中一枚導彈落在高雄外海、一枚落在基隆外海，四枚在屏東附近海域，解放軍劍指馬祖東莒島做奪島軍事演習，中華民國國軍將武器、裝備、戰車再次運往外島備戰，海峽兩岸氣氛劍拔弩張。中共發射導彈當天美國派遣獨立號航空母艦戰鬥群部署在臺灣本島的東北海域，之後三天內還從波斯灣加派尼米茲號航空母艦戰鬥群前來與獨立號戰鬥群會合，中共解放軍也繼而調遣潛艇部隊來海上抗衡。美國、日本、菲律賓、馬來西亞等國看這裡各方的箭在弦上不知道會不會有規劃性的或擦槍走火而引發的戰事，這些國家在這些日子裡皆已準備自中華民國的臺灣跟外島區域撤僑。有些臺灣人民匯出了存款，有些人民舉家移民，移民往澳洲、往南非、往巴西、往歐美國家，但島嶼上大多數的人民過日常的生活，如此的情勢下，中華民國臺灣、澎湖、金門、馬祖地區，在這年的三月二十三號這天，舉行了總統、副總統的全民直接選舉。

哲文是攢著不安跟擔憂去投下自己覺得神聖的一票的，多天裡他思忖著中國人可不要再陷入自己人對自己人開戰的念頭入睡，又一天醒來時他感謝昨夜是平安渡過無戰爭的一晚。與哲文相較之下，秀賢是輕鬆多了，和哲文一起走去家附近投票所的秀賢還在領選票的時候跟選務人員開著玩笑，說大陸那幫一天兩頭在搗蛋（導彈），我們這幫還規規矩矩地在排著隊啊，這

惹得要發選票給秀賢的選務人員會意過來後開了笑顏。安安靜靜的投票所裡原本表情都嚴肅又正經八百的人們，聽見秀賢這番話後，臉上也是都浮上一抹微微笑意。這天選舉的結果是由二號的總統、副總統參選人，呼號著「尊嚴．活力．大建設」的李登輝及連戰當選[181]，中共的解放軍部隊最後在同月月底選擇退離，這被理解爲這時中華人民共和國的軍備戰力跟美國相比還是懸殊的弱勢。隨著中共的軍武脅迫退離，臺灣海峽的飛彈危機解除，成爲戰區的緊迫壓力如同天象一般祕不可測，也像天象一般烏雲散去雨過天晴。

總統選舉的投票完不久之後，秀賢說要跟著鄰里之間去試試市長陳水扁在新聞上試乘的捷運，那市長說馬特拉不拉，我們自己拉的捷運。新聚里里長領隊，哲文一起去了。哲文看捷運車站、捷運列車是又新又乾淨，投入硬幣後售票機器會掉出來藍色圓形塑膠車票，一切都是自動化的，連列車都是電腦操控的，沒有車長駕駛。捷運中山國中站一路可以坐去捷運木柵動物園站，圓山動物園已經搬家去木柵了。再來，家中客廳的映像管電視機播放了總統、副總統就職大典，在這之後，在這民國八十五年孩子們的暑假裡，有明顯的颱風眼、有數百公里的深厚

181　民國八十五年，中華民國歷經三次增修憲法，首次總統直選，人民當頭家。當時中國國民黨由李登輝、連戰搭檔競選；和民主進步黨候選人彭明敏、謝長廷；以及新黨支持的無黨籍候選人林洋港、郝柏村；還有另一組無黨籍候選人陳履安、王清峰，四方爭霸，最後李登輝、連戰勝選，成為中華民國的政權戰略轉移來臺灣（撤退來臺灣）後第一任民選正、副總統。

雲系、有密實結構的強颱賀伯侵襲了臺灣。賀伯颱風破紀錄的降雨、它西北颱的環流引入海水倒灌，對臺灣全省造成嚴重的災情，狂降的雨在呼嘯的風中往下也往上、還往側向掃，行道樹被吹倒、商家招牌砸落前被吹在空中飛舞，這還是災情相對輕微的都會區，臺灣各山區裡道路被沖毀、樹木倒塌、土石流橫掃道路跟民宅，這是中央氣象局有怎麼提前呼籲民眾防範災害都不能眞正防範的颱風。當你在城市中渡過颱風，你驚呼可以往上下的雨，當你在城市之外的地區渡過颱風，你觸目是被土石流衝破的房舍跟被大雨沖斷的橋樑道路。賀伯兩天的肆虐後，造成超過七十人的失蹤死亡，造成四五百人的輕重傷，造成許多道路中斷，阿里山山區也受前所未有的摧殘。登陸臺灣後的賀伯因爲不再有龐大的水氣供應，威力減弱下來，移動往中國的方向去了。當城市中放完颱風假，民眾才在自家被窩裡甦醒之時，一隊隊清潔隊員已經在主要道路上清理樹幹、打掃垃圾，讓都會商業區當天就已經恢復如颱風過路之前的景象；當偏遠地區、山邊或鄉村結束颱風假，鄉里交通中斷、車輛或人行出入受阻、房屋不在、作物付之一炬，居民日常打結，維持肚腹身體的溫飽都需要仰賴軍警的幫忙，遮風擋雨的家園也需要不知爲期多久的重建。世代以來就反覆經歷颱風帶來災害的蘭嶼、綠島、臺灣及金門跟馬祖的人們，低頭也彎腰，人民堅忍地重建家園跟恢復生活。

在賀伯颱風肆虐後不到三個月，HIStory World Tour「歷史之旅」在十月裡熱情地席捲臺灣，美國的流行文化是臺灣嬰兒潮世代跟之後的數個世代都極爲喜愛的文化，這是早已排定的麥克傑克森第二次訪臺演唱會。臺北跟高雄兩個城市共三場的麥克傑克森演唱會門票讓歌迷們

搶破頭的買，門票全數銷售一空後還有無數黃牛票以漫天要價的金額在賣。秀賢跟哲文在這城裡沒有上面教導驅蚊、渡颱風、躲地震的長輩，她倆自己就是敍述早年颱風灌水進來時要把嬰孩放木盆裡的家中長輩，但她們有已從臺北工專畢業的大孫子，有看電視頻道 MTV、Chanel V 還會對著螢幕跟著 Michael 唱 we are the world 的孫女們，看在哲文和秀賢眼裡新聞上這美國黑人的太空漫步和傾斜四十五度、新聞上說演唱會上多少人激動得暈眩昏倒、看他旋風式地襲捲兩城市，像是兩城市在年中間沒有受過賀伯的影響似的，哲文跟秀賢她們深感時代不是年年在變，現在是月月都在變了。一起看著流行巨星麥克傑克森的新聞時，秀賢會笑說現在人都吃得太飽了，哲文會笑回秀賢說，是吃得太飽都撐著了，這不是我們那老頑固的時代囉。

不同於以往震耳欲聾的軍用老母機，近年大成帶著台萍跟三個女兒是坐民航局一般客機回金門的，家鄉已經解除戰地任務了。大成離家來臺灣念大學之前的印象裡，母親的身影總是忙著顧灶火、忙著顧三頓、忙著顧一屋子的孩子，母親從沒有機會坐上桌子吃飯的。金城鎮外老遠的田地那邊是有著古厝，但自己上小學之後的年紀父親跟母親是不回古厝那裡住的，那可是父親出生的屋子，不過因爲共產黨上來金門後受到國民黨軍隊的反擊，激烈的槍戰讓家裡結實堅固的木門都被拆去擋子彈，那裡死了不少人，田裡也埋有不知道多少人，父母親就再也沒有回去住過。金門家裡開始常常搬家，在東門市場那處搬家來這處、再從這處搬家到下一處，自古寧頭後就不下田的父母親多年來挨著東門市場做賣豆漿賣豆腐生意，生活都已是在鎮裡市場這一帶。大成有三個姐妹六個兄弟，原本還有另外兩個手足，但他們嬰孩時就離開了這個世界。這麼些年來詹家兄弟姐妹陸續地出社會工作，長大成人的他們有濃烈的對家的向心力。大成的三弟金門高中一畢業就投身軍旅，職業軍人的他工作幾年之後還主動跟部隊請調回金門地區，那還是金門作爲前線戰地的年代，政府給他離島加級的薪餉。三弟經人介紹娶了太太，接母親過來同住著，大成的父親離開的早，那是采盈在讀小學時候的事。全詹家已成家還是未成家的兄弟姐妹們開始過年時候是團聚在大成三弟接母親同住的這屋子裡。三弟這在東門市場外買下的三層樓房對大成的母親、對大成的兄弟姊妹而言意義非凡，代表不再需要繳租也不用再搬家。不過這對於沒經驗那些苦日子的采盈、采凡跟采婕這一代來說，她們沒那家境真不同以往的深刻感觸，她們回三叔叔家時稱這是阿嬤家因爲跟著爸爸回金門就是回去看阿嬤。

年節的詹家全家熱鬧烘烘地吃一大鍋子的地瓜稀飯，夜裡三層樓房的各個房間都睡滿了各兄弟的一小家子，白天時洗衣服的陽台裡是幾個妯娌間邊洗衣服邊互聊孩子們、聊她們的先生，電視機前磕瓜子的詹家兄弟們談著時事也聊著各自工作領域的見聞，坐家裡坐悶了的孩子們會自在地遊逛鎮裡的各處小巷子或陪同阿嬤在東門市場邊串門子。阿嬤在鄰居家裡聊天也同人玩四色牌，在阿嬤身邊又再坐不住的孩子們會拿阿嬤分紅的小零錢去買貢糖、買七餅[182]、買

182 七餅，早年在金門過清明節習俗是吃「七餅」、祭拜祖先、掃墓，全金門幾乎每家都有吃「七餅」，是金門清明當令經典小吃，詹采盈跟妹妹們回金門的這年紀，七餅已漸漸非清明時節才吃的食物。金門七餅菜常見的材料主要包括：石蚵、紅蘿蔔、筍絲、蒜、芹菜、蛋、豆腐(干)、五花肉、結球甘藍等。

蚵爹。是這樣的一家聚在一起，是這民國八十五年的古曆年節裡，大成心裡**萌生了一個不讓釆盈太年輕就結婚生子、要讓釆盈徹底換個環境、讓她繼續把書念上去的念頭**，這是全家族團圓的過年時節裡四弟在大成心上點閃了的想法。大成四弟聽大成聊老大釆盈可能考大學無望，但還眞是想女兒繼續要念上去時，四弟提了一句，不如送她來我這邊念吧。大成的四弟金門高中畢業後，在臺北的大學四年也苦讀也學著二哥大成在臺北縣市的各處大橋下拼命給人打臨時工，四弟跟大成在骨肉親情之外，還有那幾年磚塊石料背上扛，扛得滿頭滿鼻孔灰的肩並肩打工回憶。四弟大學畢業時也外交人員高考及格，四弟平順地蹲踞在臺北多年，近年被部門外派，派駐在我們有邦交的菲律賓首都馬尼拉。除了他自己排的年假，家裡人鮮少能和四弟見到面，這年的過年假期還是他單位剛好排他放農曆的年假他才得以回金門和家人渡過。四弟給大成的提議讓大成覺得這是能讓女兒換環境也同時能脫離那未成年就騎車的男朋友的好方法。釆盈還是台萍都不知道大成兄弟兩個人聊過這事情，秀賢當然也想都想不到這事兒。

在臺北的秀賢不知道這時在金門的大成心裡萌生的念頭，忙火年節除夕桌上的一整桌子菜是自年頭兒裡[183]秀賢就上中藥行、上市場各攤陸續採買準備的，擀餃子皮包元寶，同一直以來的習慣秀賢會揀一個晶亮的一元硬幣把它煮滾消毒，包入其中一顆裡面。年除夕前兩天秀賢滷菜滷蛋滷牛腱牛肚滷成一大鍋，除夕前一天拌好涼拌菜，除夕當天從早到沒停下來過的兩火瓦

183 年頭兒裡，河南用語，指年初一前面的幾天時間。

斯爐子上秀賢則是一鍋煮元寶一鍋煎魚炒菜。年除夕這天思祥領著思國跟妹妹思佳進門時，哲文在秀賢煎好的整尾白鯧魚前，在他自己毛筆字寫有「沈氏列祖列宗」的捲軸下拜著祖先，大孫子思祥對他爺爺說沒見過同事還是朋友家裡是這麼拜拜的，說爺爺怎麼沒把什麼祖先的牌位還是酒杯那些擺放上來？才自廚房過來的秀賢沒聽見那些，她走過來要大孫子也跟著哲文恭敬地拜一拜，要他替弟妹也替他父母拜一拜。思祥比劃比劃後就進去餐廳加入他的弟妹，在餐廳坐下一起吃喝著。「沈氏列祖列宗」的捲軸前這時剩哲文跟秀賢兩個人，這時候哲文對剛剛孫子說出的那兩三句話才反應過來，哲文思忖著是不是要對孫子說說那在洛水邊的家鄉村子，杵在哲文身旁的秀賢心裡想的是大過年的和中也不知道要回來吃飯回來做做樣子，不過秀賢說出口的是：「他若回來做了做樣子，我還是不會讓他進門的。」哲文聽得丈二金剛。五個人的年夜飯是吃了，三個孫子跟秀賢摸著麻將是把歲守了，三個孫子說臺灣打的是十六張啊奶奶，不是妳說的那什麼十三張。打著臺灣麻將時候，臺北工專畢業的思祥說平日他做著正職的工作，在週日他睡沒幾個小時就一早摸黑往基隆漁港他工專同學的家裡去幫忙，幫忙卸漁獲，思祥說有兩個他那樣的父母，他不做兩份工以後怎麼娶太太？還說了一些他出門都把身分證收在自己錢包裡，不放置在家裡這樣的話，秀賢聽著沒回話心裡想著，孫子大了，難爲了他了。守歲結束在哲文燃放門前的一串大龍炮鞭炮聲中。哲文跟秀賢在大年初一給三個孩子一人包有一個厚厚的紅包。到年初二思祥就領著弟妹們離開了，思祥說他們媽媽要帶他們回桃園。南京東路家中的過年算是有團圓了。年節期間的這幾日，外縣市的人都離開臺北，整條南京東路靜靜地杵

在年節裡，對比街道上有成排綠樹的信義路、仁愛路跟敦化南北路，南京東路上連路樹都缺席。

寒假後盈盈兒的下學期都近結束時，秀賢跟哲文才知曉詹大成打算盈盈一畢業，大學聯考都不報考，就要把她送出國念大學的打算。而且要送去的還是菲律賓！詹采盈不高興父親要把她送去馬尼拉的決定，她不想跟交往穩定的男朋友分離，而且怎麼會是菲律賓這個落後國家？秀賢沒太多對菲律賓這個國家的了解，但知道菲律賓不是同美國或是加拿大那樣進步的國家，更何況不管是怎樣的國家，捨得還是捨不得之間，秀賢永遠是捨不得盈盈兒的。台萍沒說太多支持或反對的意思，但台萍覺得供老大出國唸書，學費啊、住啊、吃啊、生活費開銷都會很大，台萍覺得大成有點衝動，自己跟他都只是領著固定薪水的公務人員，不是嗎？哲文覺得這是大成要盈盈兒繼續念上去的一番苦心，哲文對秀賢說大成是盈盈的父親，我們要支持大成的安排。哲文給盈盈兒買有手機，是 Motorola 前一年才出的 starTAC——全球第一款掀蓋折疊式手機，是采盈自己挑的款式。哲文說不能給阻力要給助力。

豈只是助力，秀賢是人都跟著盈盈去了。菲律賓給秀賢能待上五十九天的觀光簽證，秀賢一路和盈盈作伴，一同住在大成四弟家裡的一個房間，這盈盈四叔四嬸嬸的家裡。秀賢同盈盈去語言學校，盈盈在課堂裡上課，她就在校園裡的樹下坐著等。語言學校有午餐時間，秀賢同盈盈點餐吃飯，她們兩人邊商量著說法邊用手指比劃來點漢堡跟薯條。在大成四弟的家裡，在盈盈輕手輕腳進四叔書房尋問叔叔學校通知單是通知什麼事項，她得到叔叔回覆：「這麼基本的東西！自己看字典查。」而難過地回來房間裡哭的時候，秀賢陪在盈盈旁邊安慰她。秀賢說所以盈盈要盡快在語言學校裡用功學習，讓自己以後說英文、看英文能厲害到不需要四叔叔的幫忙，能厲害到不需要任何人幫忙。當盈盈把外公買給她的手機放在 backpack 後背包最外層，根本沒察覺是什麼時候、是在哪裡被扒走的時候，秀賢再買了一隻手機給盈盈兒，又三萬多塊錢不是秀賢的考慮，秀賢說手機就是盈盈打給阿婆跟公最直接的方式，秀賢說盈盈兒身上要有手機阿婆也才能打電話找到盈盈。祖孫倆人五十九天後的分離難捱的得像是把她們身上彼此相連的肉撕開。秀賢說身在國外安全第一，文憑拿不拿是其次，有什麼事盈盈就直接打手機回南京東路。詹采盈一直點頭一直哭。

秀賢回臺北後南京東路客廳裡的電話就時常響，秀賢看牆上的時間，知道盈盈語言學校下課了，秀賢總會要盈盈兒先把電話掛了，說由家裡回撥給她，爲此，哲文給秀賢的床頭迄接了一條電話分機，這麼一來不管盈盈兒什麼時間打電話回來，秀賢都能馬上接起。這民國八十六年的下半年裡哲文每個月去中華電信繳一萬多塊錢的國際電話費。臺北淡水捷運線通車、白冰冰愛女白曉燕的被擄人勒贖撕票慘案，命案主嫌在全臺流竄、英國的黛安娜王妃在巴黎車禍身亡……年裡的這些大事都沒攀上秀賢的心思，秀賢籌備著過年要去馬尼拉煮年菜給盈盈兒吃，她要同盈盈在菲律賓過年。**盈盈兒已經從叔叔家搬了出來自己住了，住在學校附近，孩子在外眞的一下就成長就獨立了，不過盈盈兒這住處自己沒親眼瞧過，是安不安全呢……**這些盈盈兒

相關的事情占據秀賢全部的心思。對語言的喜好、對新事物的好奇跟年底就要再去盈盈身邊的安排，讓秀賢去補校報名上英文課，課堂上秀賢極其認真。秀賢現在走在南京東路上見招牌上的英文就認，在路上遇到攤著地圖在看的外國人就主動上前幫忙，她也幫忙指路也找機會說英文，雖然說得的只是英文單字。

年除夕三個孫子們訝異地發現奶奶不在家，還竟然是去菲律賓給小盈過年了。思祥問說奶奶怎麼能把爺爺一個人擺在家？哲文說盈盈在國外嘛，你們奶奶給她去做些個年菜，去給她做些家鄉味。思佳對她爺爺嚷道，小盈在國外所以呢？就把爺爺你一個人放在家，那爺爺你怎麼吃飯？哲文說，我吃東西簡單嘛。思佳繼續霹靂啪啦說了，那我們三個怎麼辦？奶奶又不是不知道我們三個人過年都會回來！哲文聽此，他靜默了，他這時能說什麼呢，同一手掌上的指頭天生就會生得不一般長；手心是相連手背，但手心肉就是嫩，手背肉就是粗啊。哲文是靜默地過了這個年的，除夕夜一過，大龍炮同往年一般是在家門口由哲文點燃喧炸開來。年初二一早，思祥思佳跟思國要去桃園也就離開了。哲文正喝著晚上的湯，秀賢跟盈盈的國際電話打回家來，古曆年節沒有放假的那頭，盈盈兒把幾個同學都找來住處吃秀賢準備的一桌年菜，吃得各個過癮吃得滿桌熱鬧，盈盈說已經帶阿婆在大型購物中心裡的電影院開了洋葷！看了鐵達尼號，眞是好看的電影！說還帶了阿婆在那幫的髮廊洗頭，吹得是馬尼拉式的頭髮！喜滋滋的盈盈兒報告完一圈後給哲文拜年，盈盈問公什麼時候要跟阿婆一起去找她？電話秀賢接過去後問哲文他喝湯了沒？掛上這通國際電話，心滿意足的溫暖掛上哲文心頭。他感覺世界眞眉藹。

秀賢從盈盈那幫回臺北之後的這年裡面有鬧鬧揚揚的臺北市市長選戰，大街小巷裡有敲鑼打鼓的競選造勢、電視上有候選人之間面紅耳赤的激烈辯論會。中國國民黨推舉的候選人馬英九打敗民進黨有極高支持度的明星市長陳水扁後，哲文同緒文及徐趙玉這幫老友聚餐時，整桌子的杯盤碗碟之間滿是陰霾消散，終於天上又重現藍天的好氣氛。好像他們一直忍耐慼氣慼了很久，好像他們的呼吸吐氣是在小馬哥當市長之後就能一切順暢，老鄉們說國民黨收復了臺北市；而當哲文同結拜兄弟這幫一票吃飯聚餐時，兩整桌子的哥兒們筷子擱下跟酒杯舉起之間忿忿在談的則是阿扁的「對進步團隊的無情是偉大城市的象徵」，幾個兄弟們還說阿扁敗選的致詞說話前，才看他把他太太輪椅推上臺就已經涷末條就已經在拭淚了。結拜們說做市長做得這麼好的他是第一個，這樣的市長都沒辦法繼續做，眞是拍損[184]！拍損了一個做事的人！哲文是投票給馬英九的，因爲這是中國國民黨所推舉的候選人啊，他知道秀賢也是。是啊，幾個結拜兄弟們說的是，前頭四年裡陳水扁做市長做了很多事情，想想**其實這麼好幾年來的吳三連市長啊、高玉樹市長啊、黃大洲市長啊他們也是，他們讓臺北城翻了身啊，還翻了好幾次身了**。無論老鄉還是結拜兄弟，各家孩孫們開枝散葉，大夥們已經是祖輩跟曾祖輩的人了，哲文從以往發現大夥兒愈發豐腴的臉頰，到如今哲文已經發現有人是以發抖著的手在舉起酒杯的。隨著彼此的頂上風景愈發稀疏，聚會裡以往不開三大桌坐不下，如今開兩大桌也坐不滿。哲文知道**水**

184 拍損，臺語，phah-sńg，浪費、糟蹋的意思。

流千里終歸大海，這幾年和緒文送走了幾個以往老松國小紅磚牆邊估衣攤的老同行，包括那曾照應過彼此攤子的姜禮川；也和這幫結拜兄弟們陸續送別了幾個哥哥的最後一程，包括雜貨行的二哥黃老，啊，當年如果不是二哥啊，可能還是會有豫西小館，但自己就沒有這麼一大夥拜把了吧，哲文的心底還有另一個很清楚的感受，生活離那「泣別白山黑水，走離了黃河長江。流浪、逃亡，逃亡、流浪。」[185]的歌聲遙遠地像那些已經是前世的歌聲了。眞是多虧了是這樣的平穩年代以及大夥兒是落在這樣的城市裡，幾個哥哥們能安居樂業終老回家。

185　流亡三部曲中第二部曲《流亡曲》中的歌詞，全曲歌詞：「泣別了白山黑水，走遍了黃河長江。流浪、逃亡，逃亡、流浪。流浪到哪年？逃亡到何方？我們的祖國已整個在動蕩，我們已無處流浪，也無處逃亡。哪裡是我們的家鄉？哪裡有我們的爹娘？百萬榮華，一霎化為灰燼；無限歡笑，轉眼變成凄涼。說什麼你的、我的，分什麼窮的、富的。敵人殺來，炮毀槍傷，到頭來都是一樣！」民國二十六年十一月十二日上海淪陷日軍手中，劉雪庵等眾多愛國人士準備赴武漢繼續抗戰。因於戰事，他們一行先搭乘「綏陽」號輪船到香港，然後轉乘「泰山號」輪船去廣州，再改乘火車經長沙最後到武漢。十一月三十日在「綏陽」號輪船上，劉雪庵與時任上海文化界救亡協會內委會主任的作家江陵相遇，當時《松花江上》一曲傳遍了全中國，到處可聽到「我的家在東北松花江上，那裡有森林煤礦，還有那滿山遍野的大豆高粱……」的歌聲。他們談到《松花江上》，都認為詞曲俱佳，是一首好歌，只是在情緒上太哀傷低沉了。於是劉雪庵萌發了一個念頭：為它續作兩首歌，聯起來稱為三部曲。第二部作為一個過渡承前啟後，由原來的沉痛哀傷逐漸轉為激昂雄壯，以振奮抗日人心。於是，由江陵寫了歌詞，劉雪庵在船上譜曲，這麼完成了第二部，歌名《流亡曲》(又名《離家》)。——劉雪庵本人在《戰歌》(由劉雪庵自費編輯出版的音樂期刊)1938年1卷6期發表的《流亡曲寫作的經過》。

小暑過後沒幾日，哲文跟秀賢領著剛考完大學聯考的詹采凡回到家鄉，帶著孫輩回洛陽給大哥過八十大壽，哲文想，這是領著第三代回家了。一回到家裡秀賢就同玉貞裡外忙火，訂八層祝壽的蛋糕也整每床舖褥——所有弟弟們都會從外面回來，哲文家裡兄弟幾個好幾個月前就說好相聚在爲大哥祝壽這時。秀賢也想主意也出力，怕悶熱不怕冷寒的她天天張羅忙得滿頭大汗，秀賢手上邊擦去額頭的汗，心裡邊想起**做小孩子時候在老城家裡唉說天氣熱，那時大哥會對自己說天氣是需要熱的因爲「百穀有秋收，來自暑中結」**[186]，當她嘴上說出「日頭一天天都添了柴薪似的，熱到大哥過壽那天，蛋糕推出來也都要出汗了。」被秀賢領著頭做事的大夥兒聽這話兒都裂開嘴笑了，玉貞嚷二娘眞逗，玉珍說二娘還幹啥都帶勁，擱哪兒都衷！這時候秀賢找著哲文的目光，倆人對眼看了看。**自個兒現在能跟哲文回來給大哥做壽，出這些汗、出這些張羅跟出這些錢算得了什麼？自個兒跟哲文有那多少都已經來不及做的事。**

整村子都知道沈家那老好人要過壽，也都知道他遠在東北的跟遠在臺灣的弟弟、弟媳們都回來了。整屋門外洛陽水席的桌子擺滿前後出入的巷子，村裡人還第一次見到了一層又一層這

---

186 南宋詩人戴復古《大熱》裡的詩句，秀賢自己的大哥有受過多年的教育，曾對妹妹秀賢吟過「君看百穀秋，亦自暑中結」，時經多年，秀賢記憶成「百穀有秋收，來自暑中結」。《大熱》：天地一大窯，陽炭烹六月。萬物此陶鎔，人何怨炎熱。君看百穀秋，亦自暑中結。田水沸如湯，背汗濕如潑。農夫方夏耘，安坐吾敢食！

麼蓋樓房似的蛋糕，村人湯飽酒酣，還能吃有滿嘴的蛋糕，各個都稱好人就是好福氣。憨直淳厚的大哥不多話，不過這幾個禮拜裡他天天是一口牙都溢出來的笑臉，壽宴的擺桌是其次了，見大哥如此的開心哲文**覺得自己這輩子眞沒什麼其他所求了，接下來再還有日子眞算是老天爺多給的。**這樣不自覺在謝天的哲文走來面色沉重、正聽著采凡在說話的秀賢身旁，才走進這她倆睡覺的房間，臉上盡是委屈的采凡就停下了她正在說的話，哲文詫異看到孩子眼眶還溢著淚，哲文要孩子有什麼事情都說，儘管的說。半晌時間裡房間內都沒聲音，哲文望了望秀賢又看回孩子。采凡開口說：「我同學們約我什麼我都去不了。我的整個大學前的暑假都耗在這個地方。爲什麼我們要待在河南這麼多個禮拜？」哲文沒有回答什麼，哲文跟秀賢無言以對孩子，**自個兒跟賢兒落在臺北城養兒育女的，和中跟小萍兒都是在臺北成家的，那更何況孫女這一代，孫女對洛陽有自個兒心中對家鄉的情感嗎？**采凡的這兩句話落下地後，三人杵在靜默的房間。

大孫子思祥堵著他們回來臺北的這日，思祥說他公司現在遷至長安路上，他這好幾個禮拜裡都有特別繞過來看，家裡都沒人，問怎麼出門這麼久？他說要搬進來爺奶家裡，這樣離公司近，空的房間那麼多，他要住裡面那一間。哲文正把行李一件件拎進門，秀賢正把客廳、各個房間這麼幾個禮拜以來鎖上的窗戶打開讓整屋子通風透氣，這時思祥湊上詹采凡問，妳們家是在搞什麼？妳是外孫女，我是孫子，我是第一個孫，妳跟著回爺爺的老家是什麼意思？甚至奶奶還跑去妳姐那裡過年？妳有搞清楚嗎，妳們家有房子住，不是像我們家一樣是租房子的耶，妳們的起跑點都是超前的，而我從小學開始的起跑點就是負的耶，是負的妳聽得懂嗎小凡？妳爸跟妳媽她們公務人員誒，公務人員那麼窮，怎麼可能買房子、怎麼可能盈盈現在能在外面念書？詹采凡是眞的沒聽懂大表哥說的這些話，她不知道她的大表哥在說自己爸爸媽媽買的那間五樓公寓、姊姊的出國念書是靠著公跟阿婆出錢幫助的意思，她不知道怎麼回應她的大表哥才好。不過其實，她的大表哥是沒有要聽她怎麼回應的。詹采凡認眞聽著的表情還讓沈思祥講得更激動起來。不過，秀賢可是都聽見了，**孫啊孫，還是長孫，對家裡妹妹還雞腸小肚、武松請老大！**難過只這心底一剎那，秀賢懂了，**眼前明明沒見和中跟鄭依蓉出入但這大孫子背後就是她那兩個人的影子**。秀賢在思祥身子後頭冒出來問：「什麼搬進來住？你東一句西一句，夯不啷噹說了一圈，還把八桿子打不著的東西說在一起，扯到盈盈她在國外念書，說我去給盈盈過年是要說甚麼？她一個女孩子家隻身在外頭啊。我跟你爺爺最喜歡見孩子們讀書，你們哪一個孩子念我們都一樣喜歡。」只見頓時間思祥就能垮下臉，也能馬上打開哭嗓說話：「奶奶！爸他債主天天上門啊，他把思佳跟思國的身分證也都拿去用了，他們身上都是債。我身分證、駕照都自己天天隨身帶著，我不能被牽扯進去，我公司升遷很重家庭背景這些，爺爺奶奶讓我住家裡，我不能被我爸給牽累。」「再看看吧」秀賢很溫很平的語氣回他。沈思祥悻悻然離開了，離開時嘴裡咕噥著，「她能出國念書……我都已經工作多少年了。」

盆地裡的天一下就黑了。秀賢在大哥家的裡外忙碌都沒這樣的疲憊感受。

「家裡的老人說歪枝結歪果子，不過你是個束緊褲帶也不肯欠人一分一毛的老子，怎麼會有這種小子？他沒給家裡下面這些個兒一點點做哥哥、做爸爸、做舅舅的榜樣，現在還連累孩子們？從小到大他有做過什麼好事？喔，有，我上延平北路買布，一進家門見饅頭都被磕在床上了的那一次他做事了，不過饅頭都還冇熟啊！我說了他嗎？沒有，他是想幫忙嘛。就那一次有做事，家裡還在愛國西路的那一次，其他時候他有把這個家當家看嗎？除了把我當做飯老媽子，除了把你當銀行提錢以外。」「什麼孩子？他已經六十歲了啊，什麼反正我們的錢都是要給孩子的？你掙的錢早就給他用去了，現在我們銀行裡的錢都是我掙的錢。」才飛回臺北的這天，采凡準備入睡之前聽著客廳裡聲聲傳進房來的公和阿婆在說話的聲音。接下來還有外公沈沈的聲音說：「兩腿一伸後，還是他的啊！」然後是高昂上拉的阿婆的聲音說：「你兩腿一伸之後就不管了啊？我管喔，我一毛都沒有要留給他們，你兒子還是你女兒，一毛都不會給他們。」房外傳來詹采凡在公和阿婆家從沒聽見過的激烈字眼，房內的她昏昏糊糊地睡去。

秀賢沒往南門國小、南門國中邊上的植物園裡去轉很多年了，當補校裡的同學問她有沒有空閒，找她去八德路上的松山戶政幫忙擔任志工時，秀賢欣然地答應了。秀賢開始每週有幾天時間下午一點至五點在松山戶政幫忙，志工的工作是關心民眾進來要辦的事項，協助他們填好資料表單替戶政櫃檯人員做好分流。沒志工排班的下午，秀賢在家裡擀麵，包菜盒子給里民中心送去當大家的下午點心，這也就是哲文上電腦課程的里民中心。家裡開中藥行的里長親切地嚷秀賢沈媽媽，嚷久了之後都直接嚷秀賢媽媽，遇到里裡面有活動要辦時，里長會跟秀賢點菜蔥油餅、水餃、韭菜盒子這些。鄰里裡辦活動時如果茶點桌上有秀賢做的這類麵食，總是比其他的點心還早被拿光，看大家這麼捧場讓秀賢非常開心。里裡面有兒子要結婚的鄰居會特地來請秀賢幫忙牽新娘子，鄰居說福福態態的她幫忙牽兒媳婦會把福氣牽進門。有時候秀賢被家庭洗髮跟修剪指甲的店裡打電話找去摸個八圈麻將，說是摸八圈牌，但大家都是好鄰居，若有哪一家輸到一千元，也就停住不再繼續摸下去，還有巷弄間小吃店人手忙不過來的，也會急忙請秀賢去幫忙洗菜，秀賢幾乎都會答應，秀賢試著讓自己忙碌。這是盈盈不在的臺北。

總統李登輝在受採訪時聲稱臺灣與中國是特殊的國與國關係的這年，二孫子沈思國來家裡請爺爺奶奶幫助他出去念研究所，說自己的成績有到，說他能申請上美國的好學校，學費近七萬元美金，思國說還要吃飯也要租房子，不論美東還是美西，房租都很高，問爺爺跟奶奶如果資助他會不會太吃力？說因爲他爸跟他媽什麼都不可能供給，如果爺奶不幫他，他就不出去了。哲文爲孫子感到驕傲，自己兒時在家鄉，其實是個莊稼人，現在下下一代不但會讀書還想更上層樓，哲文是欣然要供給孫子的，這是他倆在多少年前館子的櫃檯裡就準備好的。秀賢問到，會念幾年？要近兩年，奶奶。哲文看了看秀賢對孫子說道，爺爺真是太高興了，爺爺奶奶會全力幫助你。

這一年才過大半，島上地動天搖，夜裡秀賢跟哲文同全臺灣已睡下的人一同驚醒，這是星期一才睡去的大半夜。近兩分鐘的劇烈搖晃後哲文摸黑走來前頭秀賢的房間，他倆坐在床鋪上

坐著許久，聽著樓上的鄰居下樓來站在門前紅磚道上跟巷子裡馬路上的聲音。都是，樓上樓下的大家都是感覺從沒遇過搖這麼久又搖晃這麼大的地震。秀賢跟哲文看著垂下來的天花板上的吊燈沒隔一兩個鐘頭又在房間正中間擺過來晃過去，陸陸續續巷子裡不時還有高處磁磚還是玻璃落下敲擊雨遮板的聲音。夜過去後的晨曦時分，志工小組長打電話來找秀賢，關心家裡是否安好也告知秀賢八德路上戶政那一處一棟大樓傾斜得很嚴重，說大家往戶政的志工當班都取消，就連秀賢接起這通電話的這當會兒也持續在發生搖晃得厲害的餘震。秀賢跟哲文在客廳扭開收音機，一整天中國廣播公司新聞廣播網播報的都是全臺的災情，地牛翻身釋出的能量有相當於四十五顆落下在廣島的原子彈，氣象局之後還修正說等同於四十六顆。這場震央在南投集集的大地震，也被稱爲九二一大地震，和在它之後一個禮拜裡接連出現的八次震度6級以上的餘震給臺灣造成兩千多人死亡、許多家庭破碎、兩萬多棟房屋全毀、橋樑斷開、水壩崩裂、馬路翻起、鐵軌彎曲、山區城鎮的聯外道路毀壞和無數地區停水斷電的災情。這次地震引發大規模的山崩跟土壤液化，是臺灣二戰後造成傷亡損失最大的災害。是的，地要擺起變形、地要斷開裂口，在地面上的所謂人類的建築，哪一棟能抗天？土耳其的救難隊抵達，日本、韓國、俄羅斯、瑞士、新加坡等二十個國家的三十八個國際搜救救難隊也抵達，他們加入在臺灣各地的救援工作。九二一地震發生的八十六個小時之後，一個受困的小男孩被搜救隊員抱出斷垣殘壁現場的畫面一直在各臺新聞臺放送，許多人同時爲其他失聯失蹤的人集氣，許多人在電視機前動容。秀賢就邊看新聞邊拭淚，秀賢就重複說天開地裂就那麼一瞬，秀賢直說眞謝天謝地那孩子還活著，也感激著辛苦的救難人員。

不剛強的臺灣在這超過中央氣象局震度分級的地震[187]後，以記憶跟韌度維繫碎裂下來的及坍塌下來的。全臺灣韌性地軀著身子，堅忍地日夜累積一點一滴各處匯入的力量由蹲臥緩緩站直起身。天還是在人們的頂上，地還是支著人們的腳下。走過來那一日比前一日黑夜更長的年底，是走進一天比前一天日光更長的春夏。春夏裡臺灣舉行了全臺公民一人一票的中華民國第十屆總統、副總統選舉。秀賢在市場裡、在鄰里之間聽人說「腹肚扁扁嘛欲選阿扁」[188]，選前三天，中國國務院總理朱鎔基在中外記者會上發表說「不管是誰，只要搞台灣獨立，就沒有好下場」、「切莫一時衝動，以免後悔莫及」、「還有三天，世事難測，台灣同胞你們要警惕啊！」的談話，朱鎔基的言論經電視臺播出，瞬間被傳播到臺灣內外。在民國八十九年三月十八日，五組正、副總統候選人當中，秀賢和哲文去新聚里投票所投給由國民黨推出的連戰和蕭萬長。這同一天，選舉開票開出民主進步黨籍的陳水扁跟呂秀蓮當選

---

187 在中央氣象局原本將地震震度分級分成0級到6級總共為7個等級，由於921大地震時中央氣象局監測站曾經收錄到超過1g的地動加速度資料，但是測得的6級震度涵蓋面積廣闊，不利於受災情況最嚴重區域之研判，經邀請地震專家學者審慎檢討之後，認為再增加1個震度分級，於是在2000年6月調整為0級到7級總共為8個等級，以400gal作為震度6級的上限，即將6級範圍定為250-400gal，超過400gal以上則為7級，第7級即是在921地震後追加的地震分級。

188 腹肚扁扁嘛欲選阿扁。臺語，pak-tóo pínn pínn mā-beh suán ah-pínn，是肚子沒吃飽也要去投票給陳水扁的意思。

正、副總統，這是臺灣第一次女性當選副總統。小蔣總統時代才成立的在野黨現在成了掌權的執政黨，炙熱的選舉激情後，在地震重創的重建中、在本省人、外省人及外籍人間的糾葛下，各方雖不甚團結，但畢竟同住在島上，全臺澎金馬交織共融。中華民國臺灣顛簸地迎向第一次的政黨輪替。

因爲在盈盈同秀賢通的國際電話裡，盈盈說有網路可以互敲通話比國際電話更好用，哲文出門去光華陸橋下的商場買電腦設備，也去中華電信繳納家裡電話費帳單時申請撥接網路連線。連結松江路跟新生南路的高架橋下，有販售電腦跟電腦周邊產品的商場。民國六十幾年時一攤攤販賣舊物古籍、販賣舊書的店鋪很無聲無息地在之前幾年裡被販賣漫畫、錄影帶、影音VCD的店鋪取代了，接著過來在這短短的五六年時間裡，電子翻譯機、電子字典、家庭用電腦跟電腦周邊設備的需求大增，這讓光華商場裡的這些鋪子裡擺滿了琳瑯滿目的電子產品，光華商場開始知名於電腦周邊產品的大全。不懂電腦處理器、顯示器、數據機、記憶體跟電腦軟體這些，哲文向一家家比鄰而立的店鋪中一外貌似初出茅廬但滿嘴滿腔對電腦產品熱情的小伙子採買電腦，哲文買了他介紹的美國一家最大電腦公司做的處理器、臺灣一家非常大的電腦科技公司出的主機板、另幾個不同公司出品的硬碟機、記憶體、光碟機、顯示器、噴墨印表機跟一隻插在電腦上的麥克風，解說非常詳盡的年輕人說他是臺北工專畢業的，說他從學生時代起就組裝這樣光華牌[189]的電腦了，說聽他推薦不會錯，他說臺灣電腦公司做的主機板功能強大又價格實惠。哲文知道自己是電腦的門外漢，踏進商場前哲文心裡有底應該是所費不貲，不過沒料到一臺這樣「光華牌」電腦的零零總總要掏六萬多塊錢。哲文震驚於價錢[190]，但他本來就是個不會還價的人，而且眼前的小伙子是跟大孫子同一個學校畢業的，應該很妥當。

哲文註冊了 PChome 網路家庭帳號，在信箱裡用倉頡輸入法寫中文信給盈盈，因爲還不熟練，他先以紙筆撰好信稿，然後對應著紙稿一字一字敲著鍵盤，寫成一封 Email 可以花上哲文一兩個小時。收到盈盈回覆的 Email 後，他會唸給秀賢聽也列印出來給秀賢讀，然後一封封 email 整理好也收藏起來。電腦老師課堂上提到存取資料的 USB 隨身碟時，哲文特別向老師請教，他開始學習在列印下來盈盈寫來的郵件之外，以 USB 隨身碟的方式備分郵件保存。哲文對秀賢說，電腦老師說，像文字這樣的檔案，一個小小的隨身碟能存好幾千份！對

---

[189] 光華牌電腦，這裡指的是自行購自各家廠牌的電腦硬體設備跟內部零件組成的一部電腦。因為品牌電腦的價格非常高昂，這年臺灣已有非常多生產電腦各部硬體零件的公司，對電腦有些研究的人能在光華商場裡從外殼、主機板、處理器、記憶體、硬碟、電源供應器、顯示器等等，組裝起出自各種不同公司，但效能更佳或價格划算的一臺電腦，光華商場裡及商場周圍的店家也售賣以不同公司生產的零件裝嵌成的組裝電腦，以廉宜的價格吸引購買者。

[190] 民國八十幾年，這時電腦硬體、軟體設備價錢非常高，這是做主機板的廠商公司能當上臺灣股市裡股王的這幾年。

於學也學不完的電腦網路相關知識，哲文興致高昂覺得非常有興趣。哲文還照盈盈說的步驟申請 MSN 帳號，盈盈說互加聯絡人後，他們可以網路上即時寫訊息聊天。他逐步驟向鄰里活動中心的電腦老師討教，哲文花了一個多禮拜的時間，從上網搜尋找到這個程式到註冊完成使用它。哲文覺得有電腦跟網路這樣的發明眞是厲害，讓彼此的電腦裡能有同樣的程式！一有時間他還加緊地練習倉頡輸入法，這樣盈盈同時在網路上的時候他才有辦法線上流暢地輸入中文字句。他等著盈盈的上線、他摸索著在雅虎臺灣上面查資料、看新聞，哲文常常坐在他光華牌的電腦前面，身旁擺著連戰和蕭萬長競選宣傳時的馬克杯盛著的一杯白開水，一坐就是一整個下午。坐在電腦前的哲文專注認眞，如同他過去多少年坐在豫西小館的櫃檯裡那樣。

能以爲是戲院裡上映的美國片畫面，紐約世界貿易中心大樓被飛機直直飛撞，整架飛機陷沒在那大樓裡，世界貿易中心大樓爆炸起火的新聞畫面被電視新聞臺播送，新聞裡大樓變成像是一柱冒著濃濃黑煙的工廠煙囱。接踵而來另一架飛機飛撞進旁邊另一棟大樓的畫面開始讓所有人知道了這不是電影，是眞實在紐約發生的恐怖攻擊事件。新聞畫面裡還有曼哈頓街頭流血受傷奔逃的人群、沒有流血受傷但也奔逃的人群跟他們每個人臉上驚駭的表情。巨大的飛機高速的撞擊讓兩棟幾十層高的大樓在烈火裡熊熊燃燒，然後大樓折斷塌陷，原地留有漫天碎塊粉塵。哲文在這天之前不是以爲從此會是人類的太平盛世，但他眞的無從想像人類世界能發生這種飛機跟整飛機上的乘客飛撞進大樓，造成上萬人罹難，這樣不可置信的恐怖攻擊事件。這已經是民國九十年啊！這些少數壞人的瘋狂還是傷害了世界上多少的好人！是要花費多少時間跟多少功夫都不能拯救回來的人命跟破壞！一連幾天裡臺灣媒體跟報紙上都是關於這個發生在美國紐約的恐怖攻擊的報導，直到九月十七號這天。

秀賢已經起來刷了牙洗了臉，早上七點就開始一直下的雨讓原本想去市場轉轉的她踟躕，秀賢心想再等個一、二十分鐘等雨勢小一點後再出門吧。這個在九月七號九月八號時就被臺灣氣象局報導的颱風沒讓臺北都會區做太不一樣的防颱準備，它徘徊又滯留又被同時在臺灣北邊的另一個颱風牽制了兩天，在它眞正登陸臺灣進來的十六號夜裡到十七號這天，雨滂沱落下一直沒有停。等了幾個一、二十分鐘後秀賢眼見著家門口這兩側都能停有汽車還能兩向會車的巷子變成了小河道，滂沱的雨依舊是一點兒沒有要和緩的意思。也待在家裡沒有出門的哲文和秀賢兩人原本聽著新聞播報南港的淹水，之後看著家門前三個階梯中第一階已經沒入在水中，再來看到三個階梯已經全淹入了水裡，水已經能上來前陽臺了天還一直在潑雨，已成河道的巷子裡水還在往上不斷地漲起。腳踏車、機車被沖刷在強烈的水流之中東倒西歪，巷子裡好幾臺汽車也隨著大水浮載浮沉。屋子裡斷了電，大水水面開始溢進前頭陽臺也溢進家門，哲文把各個電器的插頭拔下，把全部的電器往高處收放，哲文第一個堆放至高處的就是他光華牌的電腦和他電腦旁的所有周邊電器；秀賢從儲物間取蠟燭、取電池、取手電筒。去年進來的象神颱風才讓汐止淹大水，這次納莉的暴雨加上農曆正值八月初一的天文大潮是讓汐止、基隆市裡的多區、南港、內湖、新開闢的信義計畫區跟忠孝東路都變回了湖泊跟河道，臺北捷運的板南線、淡水線跟地下化的臺北車站鐵路軌道、火車月台與弗開張的臺北地下街都變成蓄水池。臺北多

區停水斷電，多處地下停車場的汽車都滅頂地泡在水裡，水還沒退盡前消防員以橡皮艇穿梭街道跟巷弄間詢問家戶情況跟遞送民生物資。納莉颱風從登陸至出海，滯留在臺灣有四十九個小時之久。大自然彰顯的威力讓國軍官兵、政府部門以及人民百姓花費超過三個月的時間整理家園，傷亡跟失去之大，使得這年的十月十日國慶日是全政府機關下半旗來致哀，國慶煙火也取消施放。破壞只在一瞬，重建家園跟休養生息則需要不折不撓的毅力和堅持。

大水下去後秀賢清泥巴跟洗地面、擦拭家裡牆面、家具跟各式物品；哲文歸位電器用品、電視、電風扇跟他的電腦，還把泡過水的邊桌、床頭櫃抬至門外透氣吹風。泡水後木頭變形木皮攏起，但哲文在桌腳、椅腳敲進幾隻加強的小釘子，家具外觀變形但仍穩固堪用。家裡眞不算有承受災害，秀賢跟哲文知道她倆是何其幸運。這之後她倆坐公車往洛陽街這幫過來，來幫忙老友李宗師跟阿順，她們沒忘四十年前李宗師在大水還沒退盡時就走來館子裡也抬重也擦也刷也洗，挪出著力幫忙她們的情意。阿順看大老遠過來的老闆、老闆娘挽起袖子就要搬桌椅又要刷泥巴，她驚嚇惶恐地出聲伊伊嗚嗚想攔阻。手邊動作停下來的哲文目光熠熠看著李宗師後看著阿順說，「葛來禮那年我們一直記在心上。」這時秀賢看著李宗師說，「我們只不過是做你四十年前就爲我倆做的」，秀賢說這句話說的很緩。

四人埋著頭賣力做著清潔刷洗，抬桌子挪櫃子清淤泥刷地板。有彼此並著肩，什麼都做起來順手，也順心。黃家的房子裡外被清掃，紅磚牆、騎樓的圓柱也被哲文又洗又抹，愛屋及鳥、睹物思人，哲文洗著磚牆想著已經離開的二哥他老人家。納莉颱風之後，盆地裡是弗弗的秋風，軀著身子的四人很快地就讓館子裡外回復以往的清爽乾淨。秀賢和哲文與李宗師跟阿順告別前都看向牆上「豫西小館」的匾額，彼此一起的這麼多年啊。

納莉之後，大學畢業的采盈帶著穩定交往的男友回來臺北見家人，男友美國人已經四十好幾了，是美國總公司派駐在馬尼拉分公司的主管。西方人外表容易看起來比實際年齡還老，詹大成眼中這個已有自己女兒雙倍年紀的美國人身上盡顯老態，就這一點，讓他對女兒態度如何乃至他口袋裡有沒有錢對大成來說一點都不重要。秀賢讓這美國人來臺的兩個多禮拜住進南京東路的家裡，對此詹大成非常的生氣。大成氣得心神不寧，也氣得渾身無力，他覺得不應該讓這個美國人以爲盈盈的家人能接受他或支持他跟盈盈的交往。大成表達極度的不接受，他跟著女兒回到臺北、說大家見面吃個飯是什麼意思？大成沒有回去岳父、岳母家中，也沒有要赴在外頭的餐廳一起吃飯的邀約，台萍倒是去了，說不能讓場面太難看吧人家大老遠來的。大成氣憤也不能忍受女兒的這段好像要認眞走下去的感情，詹大成講非常難聽的話說難道這個只比自己小上幾歲的人在美國沒有結過婚？這種想都沒有想過的狀況怎麼會發生？無論盈盈會是在馬尼拉生活或是在那很遠的美國生活都另他難以接受，還有最主要的，他不想要看到二十、三十年後女兒是要照顧她一個垂垂老矣的丈夫。他感覺很無力，覺得做父親好難，怎麼這麼難？他慌亂、他害怕極了。美國人待在臺北的這幾日，大成混亂的腦袋有非常多焦急跟擔心，他興起了要盈盈繼續念研究所的念頭，但臺灣的研究所是非常難考入學的，盈盈怎麼可能申請得了？

他動起安排盈盈出去念研究所的想法，認識多年的基隆報關委託行朋友才把他女兒送出去英國念研究所的，**對！送去英國！英國好！離美國又遠而且離菲律賓更遠！**詹大成激烈地對岳母跟台萍說不能幫盈盈買飛回去馬尼拉的機票，家裡也不能有任何人幫她，盈盈現在才大學畢業，他絕對不會答應或祝福什麼要討論的終身大事，他說他要送盈盈遠至英國念研究所，他自己的退休預備金全領出來也要送盈盈去英國念！

哲文跟秀賢怎麼不明瞭詹大成的這一番苦心？但見面總有三分情，何況還招待著這追求盈盈追來臺北的美國人住在家中！秀賢知道**這中年人是動了眞感情的，她從他淡藍色的眼睛裡能看見**。是這美國人飛回馬尼拉後，哲文跟秀賢才著手開始幫忙大成的，是幫大成還是幫盈盈？總地而論讓盈盈繼續念上去是好的吧！哲文帶著盈盈往光華商場去，買了一台傳眞機，說傳收盈盈馬尼拉的學籍資料跟傳送往英國申請學校方便。見盈盈也願意申請研究所，哲文和秀賢就在旁支持著鼓勵著，說把書讀上去是好事啊。整個年底到農曆新年期間詹朵盈是把學校的申請辦妥了。英國學校的開學是在九月，盈盈是提早好幾個月就去了、去租屋去準備的。在盈盈再次出國念書前，哲文說這已經是電腦時代，哲文給盈盈買有 IBM 手提電腦也換了一隻新式的手機，這年，盈盈選了一隻 Nokia 的蝴蝶機。

第九章　說什麼本省人外省人 大家不是都是中國人

日子是平淡也規律的，哲文在夏日早晨五點多近六點醒來、在冬日六點多醒來，醒來剛張眼時候哲文不會直接起身，他習慣伸伸懶腰全身清醒後才起床盥洗。進浴室前他會在最後頭的房間裡打開收音機，總是扭在中原廣播電臺，在收音機播放著當天早晨的新聞、報著當天的天氣聲中洗臉刷牙。年輕時的哲文喜歡蒸饅頭配大頭菜，或把蒸饅頭切片下鍋以油煎了煎後撒上白糖，一大清早也能這麼吃；這幾年哲文拿小鍋子熱牛奶煮桂格大燕麥片就著大同電鍋蒸熟的黃肉蕃薯吃，秀賢不常買紅肉的蕃薯，秀賢說紅肉的吃起來水水的不鬆不甜，因爲秀賢這麼說，哲文也覺得黃肉蕃薯比紅肉的吃起來甜。哲文還幾乎每天早上吃一顆蘋果，因爲哲文一天一蘋果的習慣，秀賢在市場裡會專程挑大小適中、又脆又酸甜的蘋果買，哲文不喜歡口感沙沙綿綿還是只有甜味的蘋果。早飯後哲文出門打網球，電腦班的同學邀他去的，他們也在南京東路四段上的球場打有時也在民權東路上的球場打，幾乎打至上午飯前才回來。

秀賢醒來的時間稍微晚一點，都在早晨六點多左右起來。哲文已經把網球袋往右肩上揹差不多要出門去球場這時，秀賢才在喝著哲文給她剩在鍋裡的那小半碗牛奶麥片，或電鍋裡那幾小塊地瓜。戶政志工當班常是在下午，早上秀賢會花上個把小時走買菜市場，回家在廚房裡又

洗又切又炒時哲文差不多打完球回來，吃乾飯或吃烙油餅，倆人常是搭著一道素菜、一道葷菜然後多半有一鍋湯，夏天裡秀賢常做有竹筍排骨湯，冬天常是蘿蔔排骨湯，夏天時候秀賢不煮蘿蔔，夏天的白蘿蔔常是空心的，偶爾也煮紫菜蛋花湯、絲瓜蛤蜊湯或康寶玉米濃湯變換變換口味。

上午飯喝湯後哲文會掛上老花眼鏡看報，看這已訂有多年的聯合報，老花眼鏡是榮民服務處安排的免費老人身體健康檢查配發的，哲文一方面覺得自己受到的照顧很多，一方面想著這樣是花了公家的錢的，所以有了三副之後也不年年去配老花眼鏡了。看完報也喝了些白開水的哲文習慣午睡，沒電腦課的日子會睡至三點多，有電腦課的日子會在三點前就去鄰里活動中心上課。秀賢有當班的下午會乘公車坐往松山戶政，在正面有國父肖像的紙鈔不再流通使用的那年，她挑了好幾張乾淨沒摺痕的五十元鈔票收著當紀念，她記得很清楚，那年她開始手持悠遊卡刷公車票，搭公車也變得很舒適，常是年輕人駕著公車還會耐心地等老人家小孩子上下車。在哲文天天看的七點晚間新聞之前，她們多半已經喝了夜黑的湯，常是中午的兩盤菜底下麵條，家裡一滴菜湯都不會浪費掉的。同煮一鍋麵，秀賢會先撈起自己的那碗，哲文要吃的是糊塗麵條，不噗嚕噗嚕煮到稀爛哲文不起鍋的。飯後一起看完了新聞，可能繼續看大陸尋奇，電視除了老三臺跟民視，好幾年前大家都一窩蜂裝有了第四臺，一個月要花五佰塊錢，節儉習慣了的倆人是這一兩年才開始裝的，第四臺讓家裡打開電視有一百多個頻道可以選著看，在大陸尋奇也看完哲文開始看網球比賽或動物星球頻道時，秀賢會說不跟他看那些狗打架了，秀賢會進房間刷牙洗澡，睡之前她在自己房間看張菲跟費玉清主持的「龍兄虎弟」，或是翻字典查找今天在外頭看見的中文生字然後熄燈入睡。

思國打越洋電話回來，哲文向他說可以網上信息，但思國又打了幾次電話回來，感覺是急促要同他奶奶說上話的。國際電話裡孫子不懂哲文的意思，其實家裡還沒有人像哲文這麼固定摸電腦跟上網的，也沒有人預期得到一個老人自己摸摸玩玩就能這般靈活應用網路世界。即將研究所畢業的思國幾次電話回來，是想要請爺爺奶奶再資助他念博士念上去的，幾次的電話裡秀賢都是踟躕的，**再一年的學費跟生活費是再三百多萬塊錢，這幾乎是自個兒跟哲文現在戶頭裡所有的存款**。一直沒得到允諾的思國轉而問爺爺奶奶飛去參加他的畢業典禮，說沒爺爺奶奶，他是沒可能能念到研究所畢業的。秀賢沒多久後就去辦換發一本新護照，現在臺灣公家單位效率極高，一個多禮拜後秀賢就在美國在臺協會外面的隊伍排著隊等簽證面試，再來就拿著新式的護照跟被簽發的美國簽證飛過去美國找孫子了，單槍匹馬。秀賢帶了一整個行李箱的蒸饃跟油饃，貼身還帶著哲文去臺灣銀行換有的三大疊美金，她沒在電話上答應思國，不過估計參加了他研究所的畢業典禮後是會答應繼續供他念上去的，哲文跟她的意思都是這樣。孩子隻身在國外已經是爭氣，又這麼能念，反正她倆有房租錢收，平日也不花費什麼。念書是好事。錢再存就有了。

飛美西的十三個小時的飛機上，秀賢跟以往坐飛機的經驗一樣，沒有辦法睡。高頭大馬的美國關防嚴肅地要排隊在秀賢前頭的幾個旅客把行李箱打開，好生仔細地在翻看。正當是秀賢拖著她沉重的行李箱經過時，那嚴肅的美國海關沒要查她的行李還對她說的是：「grandma bye bye!」秀賢明白人家對她親切，她對這又高又壯的美國人回說，「帥哥 bye bye。」思國畢業典禮的當天是一個有大大的日頭但不曬不悶熱的好天氣，秀賢見著思國的幾個亞洲人同學，跟見著了思國說是他女朋友的一個大陸人女孩，這天畢業典禮結束後秀賢請這些個思國的同學們跟女朋友吃飯。飯後一支菸快樂似神仙，思國說。當思國跟他同學們在餐廳外吸菸的時候，秀賢問這大陸女孩子從問她府上哪裡兩人開始聊了起來，女孩是家裡唯一的孩子，是掌上明珠，女孩子還說她已經有三封推薦信，是要繼續念博士班的。

秀賢再過個把禮拜要飛回臺北，思國問秀賢爺爺奶奶能不能再幫助他念上去，也說他想換輛車，當然還是換二手的車子奶奶，他邊說著邊一隻菸接著一隻菸抽。秀賢心裡**算算除去學費外，這兩年多來哲文給孫子寄來的生活費，一個月十一、二萬臺幣跑不掉**，秀賢回思國說道，念書是當然好的，又加州這個地方不像臺北，開車也是需要的，不然哪兒也到不了，但菸，是可以少抽的，美國菸也賣得比臺灣貴不是？奶奶挑惕起自己抽菸，還竟然對開車、對物價有些了解？這些讓沈思國心裡眞是驚訝。他看著他奶奶，在秀賢要跟他眼睛對上之前，他把自己的眼睛撇開了，他看向那已塞滿煙頭的煙灰缸。避開奶奶的目光時他邊擰熄他手裡的菸邊說，戒菸不戒菸不是旁人說了算的，奶奶打牌時不是也抽菸？爺爺以前年輕時不是也抽菸？聽這些讓秀賢感覺有些怪怪的，秀賢把話做開了說道，學費我們不提，奶奶我只是希望你在這房租高、生活花費高的地方別再抽菸，我跟你爺爺吃飯還是抽菸的錢都是我們自己掙來，沒任何人給的耶。你抽菸跟我們抽菸不是同一回事吧？

菸好像燒起了秀賢對孫子的顧慮跟燒盡了心上以往對思國什麼都不求的甘願，秀賢改變了坐飛機來時心裡的念頭，她只在洛杉磯給思國留下了幾個月的房租錢、留下了她做的饅頭跟蔥油餅就飛回來臺灣了。秀賢的飛離開留給沈思國明明很受教授青睞但不受奶奶支持的感受。**奶奶怎麼會只在挑剔他抽不抽菸這種枝微末節的事情？他背景好的同學、他的女朋友都申請了博士班了，他知道原本自己也是絕對能申請得上的，但家裡沒有供給他繼續念的本錢，他在心裡留下了學程被中斷的失落感。**他沒往投履歷或申請實習那方面去想，在美國這裡再多一個月他都待不下去，他會被朋友們問爲什麼不繼續念的，那最後他們會知道自己背景很弱。其實秀賢前腳才回來臺灣思國後腳也就回來了，沈思國沒給哲文或秀賢個電話，也當然沒讓他爸媽知道，他是靜悄悄地回來的。

對臺灣的冷酷試煉不總是以熱帶氣旋或地動天搖的形式出現，在這羊年的農曆年節之後，一個非典型的病毒無聲無息地入侵臺灣。全臺灣看著醫學界翹楚的臺大醫院團隊秉持以救治患者爲本的身先士卒、迎頭賣命，接著看著新聞播報的臺北市立和平醫院的緊急封院、感染人數的增加跟對這不知名病菌的似是而非的報導。電視新聞上播報臺北市長的全面防堵跟陸續出現

的封醫院是不是正確的批評報導，哲文跟秀賢會隨著報導談起那只准進、不准出的和平醫院裡的醫生護士，他們覺得醫療工作的從業人員眞偉大。秀賢說，帶 SARS 進來臺灣的這些人自己也不知道的啊，如果我正咳嗽、發熱、又呼吸困難，生病的心裡就可能已經很害怕了，還看到我們社會上不是要醫治疾病而是又隔離又閃得遠遠的，會是一點幫助也沒有的嘛。封住整間醫院爲了保護其他的人，但政府不能要醫院裡的他們犧牲吧。早些年去植物園的日子回家時都是在和平醫院旁邊的小南門站上公車的，秀賢對發生大事的和平醫院有種親近感情。新聞臺每個時段都會播各賣場消毒水缺貨，跟很多人在搶買 N95 口罩，和各方的人對政府做事的不同的意見的新聞，鬧哄哄亂糟糟的。這種時候當秀賢看著哲文把電視切換到動物星球頻道時反應跟以往是大大不同，看整群動物放開腳的奔騰，好像能稍稍舒開多天來揪緊的心情。

無情的 SARS 襲進臺灣，短時間內街道上就冷冷清清、股市房市崩盤，多的是遠遠站著要保持距離的人或根本不出門的人，哲文不知道這次是能怎麼度過危機，這個眼睛看不見的病菌，破壞的不只是人的身體還破壞了對有公權力的政府的信任感。不過漸漸地，電視跟報紙等新聞媒體上開始有各處角落熱血的人溺己溺的相互扶持的報導，社會上的各個角落也發出對醫護支持的聲音，開始有店家自發性地送便當飲料到醫院給醫護人員加油打氣，社會上人與人之間互相扶持的人情味陸陸續續地浮現。沒有人確切知道要怎麼結束這場浩劫，但與其一點幫助都沒有的抱怨，多數人陸續有聽從政府的政策、共體時艱的共識。在這突如其來的危機之中臺灣社會對「多數人支持著那少數極需要的人」的想法被考驗著，做無論是下一次的微生物病毒危機，或社會上其他公共利益相關的突發事件中任何人都有可能在下一次的危機中成爲那少數那一邊的人的練習。

從春天裡大家搶買口罩，到要入夏這時社會上有人捐輸物資，包括口罩，再到巷弄之間熟識的人遇到會停下來重拾家常、關心彼此，臺灣搖搖晃晃地走到這年的夏天日子，挺過了這一關。這抵抗非典型肺炎疫情的幾個月裡，因爲中國這個國家是世界衛生組織的成員國之一，這個組織認爲這樣就囊括了臺灣，實際情況是，中國跟臺灣在比半世紀多還長的時間以來一直都是兩個不同的政府。臺灣的醫界跟公共衛生跟政府部門在沒有世界衛生組織的資訊分享下，只從美國疾病管制中心的病毒株資料分享、跟使用由美國這一方面分享出來的世界衛生組織裡對各國抗 SARS 的決策跟建議在打這一場與病毒之間的戰爭。「亞細亞的孤兒在風中哭泣，沒有人要和你玩平等的遊戲，每個人都想要你心愛的玩具。親愛的孩子，你爲何哭泣……」這二十年前一首歌的歌詞[191]唱得似乎還很適合比喻這島嶼今年在國際間的處境，臺灣人民很習慣於自己政府的忍氣吞聲，臺灣人民對其他各國說國際場合裡有中國就代表囊括了臺灣也接受得習以爲常。在世界衛生組織裡無一席之地的現實讓臺灣人在島內彼此激烈辯論與中國的關係是同文

---

[191] 民國七十二年羅大佑出版了第二張個人專輯《未來的主人翁》，亞細亞的孤兒是其中 A 面第二首歌。據悉，羅大佑當年是在他父親的書架上，看到了《亞細亞的孤兒》這本書。當時他還沒拿下來讀，只是書名這幾個字，就觸動他的靈感，腦海中就迸出了旋律，之後這就寫成了這首歌的副歌旋律。

同種的歸屬、還是依賴、還是其實中國是臺灣最大威脅。這個曾被作家寫成《亞細亞的孤兒》[192]的國家因為非典型肺炎失去了八十四個人，其中包括多位醫護人員。在全臺澎金馬人民的配合跟公共衛生專業人士的努力下、再沒有新增的 SARS 病例之後，在這年七月的第一個禮拜臺灣終於被世界衛生組織從 SARS 的感染區除名。繼續地，臺灣人在自己眼前的生活努力打拼，也繼續著的是，臺灣人省思自我的歷史、未來與自身認同。

已在念大學的釆凡每逢學校寒暑假就回來臺北，爸媽兩人都一早就要出門上班，自己一個人待在新店做什麼？釆凡說她整個假期要窩在阿婆家裡，吃阿婆做的飯。詹釆凡已過了那一睡能睡到太陽曬屁股的年紀，所以不管天晴還是天雨，祖孫倆天天上菜市場，過巷子轉角的臺糖便利商店時秀賢會對凡凡說她在大馬路口遇到過的金光黨，起先凡凡是超吃驚**怎麼有人想著要騙老人家錢的心態也擔心她的阿婆**，不過當她聽完阿婆怎麼當街講訓大道理怎麼教訓對方之後，轉而有點同情對方了，凡凡知道金光黨那人應該是夾著尾巴逃走的。在已走透的市場裡秀賢會對凡凡說哪攤的水果賣得就像攤頭老闆嘴上說得一般甜，雖然是這樣釆凡看阿婆還是會以

[192] 亞細亞的孤兒，這本書是日治臺灣時期出生於新竹新埔的客家裔詩人、小說家及記者吳濁流於 1946 年出版的長篇小說，當年出版時是日文版，書名為『胡志明』。由於主角胡志明與越南共產黨領袖胡志明同名，後改書名為亞細亞的孤兒，主角也改為胡太明。透過主角胡太明，此書具體描寫了臺灣在日本殖民時期的社會現象以及臺灣人與日本人跟中國人的矛盾關係。

指甲摳下一小塊嚐嚐滋味、會說哪一攤賣菜的因爲是全家出動同心協力，所以就是比其他家賣菜的生意好，也說賣幾塊錢的豆漿店現在已經在巷弄間買了三四間房子了。這市場中段右手邊的豆漿店，凡凡記得小學時聽阿婆說他們家在巷子裡買有的房子只有一間。釆凡邊喝豆漿邊聽阿婆跟豆漿店老闆娘聊著兒子跟兒媳婦有還是沒有要接手繼續做下去的事情，也聊著說當年在中正橋下五毛錢能喝一碗豆漿。釆凡跟外公一樣湯湯水水喜歡趁熱喝，釆凡面前的一碗豆漿已經熱呼呼地喝在肚子裡時她看著阿婆才開始喝豆漿，她知道阿婆喝不了燙的。秀賢說她喝沸滾辣熱的跟她公一個樣。

小時候跟阿婆逛菜市場時她不覺得，不過現在釆凡覺得**菜市場眞是一個不能被取代的重要存在**，即使家附近已開有好幾家冷氣吹著涼快又腳踩的地面乾淨，結帳時還能刷信用卡的超級市場。回家的路上凡凡會對阿婆說平日阿婆上市場要推菜籃子，沒有她幫忙提拿，阿婆天天提重的怕不小心會受傷，秀賢一開始會說好好好的答應凡凡，然後再說一次年輕時她每天要提家用的十八桶水的故事，然後對凡凡說如果這些菜跟肉都提不動了那還得了！進家門上著那四階階梯，凡凡也會對阿婆說等她開始工作賺錢之後，她要幫家門前這階梯打掉。秀賢問她走得好好的打掉這幾階階梯做什麼？釆凡就說公跟阿婆只會越來越老，打掉階梯鋪成兩段有一轉折的緩坡道進家門，變成無障礙出入啊阿婆。秀賢天天進出家門沒想過上階梯有甚麼問題，她眉頭皺了一下，所以釆凡覺得**自己還是哲文以後會連這幾階階梯都上不了？這是甚麼想法？**秀賢站

在陽臺脫鞋子那塊地看著正在把採買的蔬菜水果拎進門的凡凡，心裡又想了想。**原來這孩子覺得自己跟哲文已經很老，日後還會變得更老，這孩子竟然在爲自個兒跟哲文想這個？**

秀賢有志工當班的時候凡凡會來松山戶政找她，祖孫倆人有時搭乘八德路上的公車回家，也有時是走路回家。秀賢會帶凡凡進老朋友兒子開的電器行打招呼，會再跟凡凡說一次家裡搬過來之後冰箱、冷氣機跟洗衣機就是跟他們買的事，說不知道有認識就是不一樣還是以前的東西就是做得特別耐用，能一直用到現在。再走來往家裡這頭，會經過秀賢習慣採買粽葉、鹹鴨蛋、香菇跟麻油還是芝麻醬的雜貨店，秀賢會跟凡凡說這雜貨店老闆娘看自己一顆一顆挑鹹鴨蛋，再一顆一顆撥開取蛋黃也不燥，就是因爲這老闆娘有這耐心所以自己年年跟她買。凡凡問阿婆要買那麼多顆還每顆都要挑看得順眼的那腿不都蹲酸了？秀賢會說怎麼會呢乖乖，我沒妳想得那麼老那麼不禁蹲吧，況且她們雜貨店裡有小板凳讓我搬著坐啊！秀賢這麼無意間說出來的事情才讓詹采凡想去**那些每年近端午就吃得理所當然的粽子，是花阿婆多少採買的心思跟功夫，以前只顧著吃，怎麼都沒想過這些細節？**因爲阿婆說店裡有小板凳能讓她坐，詹采凡也直接喜愛跟尊敬這間燈光昏黃、看似沒任何特色的雜貨店。這間店讓她阿婆一顆顆鹹鴨蛋地揀選，這間店不挑剔她阿婆的不可理喻的挑剔。

秀賢有志工當班還是沒有志工當班都一樣，她跟哲文在家吃習慣了，有采凡在家的餐桌上又餐餐都是一桌子的菜，飯後凡凡會跟外公爭站在水槽前洗碗的位子，秀賢會跟她說在做了快六十年的湯給妳公喝後，這幾年開始都是妳公洗碗耶，真是不簡單，如果妳要搶這洗碗位子那逮洗得跟妳公一樣乾淨才行。凡凡會回說，對，手摸起來碗盤都澀澀的那樣乾淨。采凡跟她公一樣，不習慣戴手套，習慣徒手洗跟用熱水沖乾淨。晚飯後三人有時不看晚間新聞是踩出家門走走，哲文跟秀賢會對凡凡說飯後百步走活到九十九。

在一天飯後的百步走路上，秀賢跟哲文向凡凡提起大伯公過世的事情，秀賢說在疫情時候妳公家裡來的電話說的，家裡人說不適合移動，我們臺灣這攤也大家都緊張，妳公跟我就沒往洛陽回了。阿婆敘述的語氣雲淡風輕，采凡震驚極了，她轉頭看身旁的公，公臉上只有一臉肅穆。采凡對她自己那年哭得傷心至極說不要待在洛陽整個假期的事感到羞愧，采凡**心裡湧上滿滿的愧疚感，但這個年紀的采凡還不知道誠心的道歉認錯能從自責裡解脫**。秀賢還繼續在說著，「妳公家裡那整村都說的大好人啊，到這年虛歲也有八十六、八十七囉！」

除去那一次，那可能是三人飯後百步走走得心情最低沉的一次，其他天路燈照映下的晚飯後散步常常是閒散愉悅的。她們會轉去巷弄裡新開的店鋪餐廳前關心人家的生意情況，她們還會閒晃至大馬路上的珍珠城大戲院看現在一張電影票賣多少錢，她們有可能沿途分別遇見四、五個不同的狗主人遛著他們的狗。看人遛狗，秀賢會說以前只要是有凡凡出來走，一定會踩上一腳狗大便才回家。采凡說，對啊，大家走的路都一樣，只有我一定會踩到狗大便。三人都笑了。哲文說不同於以往，現在都是牽繩出來溜狗的，不但揀狗大便，連牠們撒泡尿主人都帶一

瓶水沖沖，現在要踩到狗大便也不是那麼容易的事了。秀賢接著說，現在都是狗孩子狗寶貝的喔，市場裡也多的是把狗捧在懷裡的，你們看這個年頭啊！

飯後的散步散著也會有秀賢在向凡凡咕噥哲文的時候。

「妳看妳公走那麼前頭做什麼，他就逕自地往前走！」

「讓公走阿婆，公走路飛快代表他身體好啊，阿婆妳看街上，有幾個老人家像公走得這樣又挺又健步如飛？」

聽凡凡如此說她公，原本碎碎在唸哲文的秀賢會停下了滴咕，秀賢細細看著這個欣賞她外公一舉一動的孩子。

采凡清楚知道自己崇拜外公，采凡覺得長大之後會怎樣就呈現在她的眼前，她小時候聽到的「等到妳長大之後……」的長大之後就應該像是她的公跟阿婆這樣從容，一切的忙忙碌碌以及外面世界的急躁步調在她的公跟阿婆身邊都能緩下來。如果公跟阿婆預備辦事，她們提前整理，不疾不徐。出門辦事的那天就辦那一件事，事半功倍在她公跟阿婆的身上也不適切，她們事前能做足一倍、兩倍的準備。采凡不論是陪同公跟阿婆上銀行、陪同她公上中華電信處理網路續約、和阿婆去民生路上跟房客續約房租，還是只是在家旁便利商店的櫃檯，采凡看著經手她們業務的人從制式應對的態度到辦事過程中被她阿婆逗得心情愉快，一直到辦完事、簽完約要離開時業務人員對她公還是阿婆的親切態度，完全是因爲她的公跟阿婆不會抱持這些本來就是別人該爲她們做的啊，公跟阿婆不把任何協助她們的人視爲理所當然，公跟阿婆對人和善、和人接觸時總是尊重對方。采凡常會聽見公和阿婆覺得就是對方的細心幫忙才讓事情順利完成的道謝，公和阿婆的道謝是衷心誠摯。采凡感受她公跟阿婆一路走來的處事跟對人的態度，她的公和阿婆讓卽使只是萍水相逢的人都感覺舒服。采凡張著她的眼看，看這她以爲所謂長大成人後的樣子。

臺北的捷運路線在這幾年裡已成爲棕色、藍色、綠色、紅色、跟淺綠色的交錯網絡，各線也陸續延伸開通更多的站點。還有時速可達兩百多近三百公里的臺灣高鐵通車營運，含括全臺西邊由北到南各主要城市成爲一日生活圈。這是馬英九和蕭萬長勝出於民進黨跟親民黨的候選人，當選中華民國第十二屆總統和副總統的這幾年。同時也是臺灣勞工的強制退休年齡從六十歲上調至六十五歲、對中國大陸政策鬆開，中國大陸人民得以來臺灣旅遊，在臺灣的銀行及觀光景點能兌換人民幣的這些個年裡，盈盈從英國研究所畢業。采盈不如詹大成預期的——畢業後回臺北工作，采盈隨她學校裡認識的瑞典男朋友租房子住在瑞典，她每天是坐火車往返在丹麥跟瑞典之間工作。她跟哲文跟秀賢透過 MSN messenger 視訊聯絡，三天兩頭就在電腦鏡頭前見面聊天。盈盈跟公和阿婆說她那幫冬天可以有多厚的雪、說賣場裡一條最便宜的廁所衛生紙也逮花臺幣五六百塊錢，還薄得不耐用、說丹麥基本工資又比瑞典還高，所以她在哥本哈根找事，天天搭乘一種像跨海火車的交通工具往返。頻繁的視訊聊天讓哲文跟秀賢很是了解盈盈的生活、工作壓力、學習瑞典文的挫折以及她與當地人融入的情況，她們非常以盈盈能在人生地

不熟的國家站穩腳步，自食其力爲榮，愈有能力走得是愈遠，秀賢跟哲文覺得盈盈乖乖眞是不簡單！秀賢平日時常在心裡轉換臺灣的時間成盈盈那幫的時間，想著這會兒是盈盈睡得正熟、想著這會兒該是盈盈出門的時候了或想著這時間差不多盈盈已回到家一陣了，可以電腦上聊天了。兩邊時差六個小時，到十月的第一個星期日之後又兩邊是相差七個小時。在冬天結束時瑞典當地把時間調快一個小時，將進冬日時又把時鐘恢復，盈盈說是這幫的「日光節約時間」。早年在咱們臺灣也有這麼節約能源的[193]，阿婆和公對盈盈這樣說。她們相距很遠，但她們完全不覺得，盈盈把大小事情都向她阿婆說，與人發生摩擦、發生相處問題時還倚賴她阿婆給她出主意。阿婆說走到世界哪兒頭都一個樣，最難的是人事。頭腦轉得快又靈光的阿婆總是能排解她在與瑞典人國情不同下感覺到的格格不入感，也總是能提供她在工作上遇到困難時的化解方法，有阿婆穩穩地給她當靠山盈盈就是心安，**她從來不覺得臺灣遠。**

---

193 日光節約時間，Daylight saving time，也稱為夏令時間或夏季時間，是一種人為規定地方時間的制度，這制度實行時間的統一時間稱為日光節約時間。一般在天亮早的夏季人為將時間提前一小時，使人早起早睡，以充分利用光照資源，從而節約照明用電能源。臺灣也曾實施過日光節約制度，日治時期有臺灣總督府須布的夏令時間起訖日期的告示，民國三十五年的五月十六日就由臺灣省行政長官公署代電公布實行夏季時間日期，之後有多年的實行夏季時間跟多年的未實行，最末一次在臺灣實行為民國六十八年，是由臺灣省政府函轉行政院規定節約能源實施日光節約時間，自七月一號至九月三十號。

采凡在這幾年裡大學畢業、由一一一人力銀行應徵工作、求職面試、然後開始進面試她的診所上班工作，采凡週六下了班就會回來南京東路，這時外面各處機關跟公教人員已經是週休二日多年，但采凡工作的診所星期一到星期日都開門看診。秀賢去看過凡凡的工作環境，對凡凡和她那也是帥哥也是醫生的老闆說：「人的一生都有個好運，看起來你們就是正遇著這好運勢，你們年輕，打拼一點是很好的。」這些聽在詹采凡耳裡，有阿婆認證這是好老闆好工作的意思，也因此采凡在剛工作的頭兩年裡星期一到日都上班，阿婆說年輕人拼一點很好。秀賢跟采凡這打拼的年輕老闆的媽媽也聊得投緣，她獨自扶養這個兒子跟女兒，已經跟他們的爸爸離婚多年，也是個女漢子的她跟秀賢當然投緣。工作一陣子後凡凡固定排週日休息一天，她對阿婆說一週排一天時間跟公和阿婆一起出去走走，也算是工作外的調適，秀賢說就是因爲很認眞的工作了一整個禮拜之後妳會很享受休息日，然後也就是妳有排個休息日所以星期一能再一頭栽進去工作裡，我們人不是機器嘛，更何況是機器都不能一直扭緊發條的，也是需要鬆開了之後才能繼續扭緊的啊。不過休息日不要爲了妳公跟我這兩個老人家乖乖，要爲了妳自己。采凡喜歡聽阿婆隨口就能說出的道理，阿婆瞭解自己的感受，就像是阿婆跟著自己一起在工作、一起在休息似的那麼具體！一有休息日采凡還是回來南京東路，當然采凡回來也是爲了阿婆準備的那一桌子的菜，以及公坐在她左邊、阿婆坐在她右邊的三人一起用餐時光。阿婆會撈啊撈，撈她滷好的那鍋滷味，阿婆心裡有哪一塊滷肉是要撈給她的哪一塊是要撈給公的，阿婆會說妳公啊可是很饞的，吃到太瘦的會說不過癮，喜歡吃又肥又瘦的肉。

詹采凡說她工作賺錢了，說星期天上午飯或夜黑時要出去外面吃，說她要花自己賺來的錢帶公跟阿婆看外面的餐廳、吃外頭的口味、體驗北方館、南方菜、中式料理跟西餐。采凡非常喜歡聽阿婆對外頭餐點滋味的品頭論足、對椅子和桌面黏膩還是乾淨的細節挑剔跟估算食材用料成本的「專業評論」。當她聽阿婆說看小館裡的客人拍拍屁股就走了現在我跟妳公也能拍拍屁股就走了耶，也不用洗碗耶！當阿婆讚賞吃到的好吃的菜，當阿婆說忠孝東路馬路這一邊的餐廳館子妳都買單過了，什麼時候去馬路那一邊的餐廳啊？采凡就覺得大大的滿足，也覺得這樣能讓阿婆從一個多小時的買菜、一個多小時的洗切跟料理這樣把菜飯擺上桌的六十幾年來的做飯中休息休息。不過哲文和秀賢常會對采凡說不要領著她們上價錢太高的館子吃！太花費！習慣天天在家喝湯的倆老有錢也有閒，但她們不僅自己節省，也不想讓孫爲她們太花錢，這讓凡凡心底感覺絲絲酸楚。采凡開玩笑或找名目來哄她們上一些高級餐廳，上高級餐廳時不能讓公跟阿婆太清楚一成的服務費跟買單的金額。每隔一陣子之後公會拉高高的音長長的語氣問凡凡：「這幾次是不是又吃了妳上萬塊錢啊？」采凡知道公拉高高的音就不是在責備，凡凡會擠眉弄眼開玩笑地回答她公：「誰付錢啦？我們都是拍拍屁股就走的啊公！」這樣說完後凡凡心想，**公不走市場不代表不知道菜價，那其實阿婆不更是清楚的很。**

全球股市崩跌、美國次級房貸風暴後美國國際性的證券、債券、私募基金指標性公司倒閉、冰島爆發嚴重財政危機、多國以國家之力宣布救市跟紓困的全球金融海嘯這時，臺灣羈押著爆出收受賄賂弊案的前總統、臺灣接待了中國的海協會代表，就兩邊空運直航、海運直航、通郵信件等議題簽署協議，支持的民眾欣然期待和中國大陸的更多交流往來，不支持的民眾拿著中華民國國旗在海協會代表車隊會經過的中山北路上跟在圓山飯店附近抗議。家中客廳裡哲文看這些個鬧鬧揚揚的新聞時，秀賢覺得奇怪，什麼本省人、外省人？大家不都是中國人？秀賢領著采凡坐公車上民生路租人房子的那幫去，秀賢說這一兩年可能各行各業都不好過，我們去說說給她們房租優待一點，她們只是做小本生意的嘛，我們自個兒以前也是做小生意起來的，知道那個辛苦噢！還有，政府不是說要發三千六百塊錢嗎，妳知道妳公還說什麼嗎乖乖？他說政府可以不用發給像我們這樣有得吃有得穿的人吶！說要幫助眞正受到影響跟極需要的人才好妳看看，他就是捨不得政府在他身上花錢！采凡近期和爸媽跟妹妹飛去瑞典參加姐姐熱熱鬧鬧的婚禮才回來臺北，哲文和秀賢說姐姐家裡那頭這麼多人住不下所以沒飛過去，但他們在電腦上看了，看盈盈給他們準備的錄影。采凡覺得很理解認同外公說的，爸爸已經退休了，領著公務人員的月退俸、姐姐姐夫在瑞典馬爾摩市區裡買了層老公寓房、自己診所裡的工作天天一進診所是忙到被擠乾了才下班、多年在澳門工作的妹妹采婕也搬回臺北，安安穩穩繼續做著幫大服裝公司通路鋪貨的工作，家裡眞的很豐腴，家裡眞的沒受太大影響。采凡向她阿婆說，公想爲政府省一省錢，不拿政府發給他的消費券是一定可以的。「那是如果我也沒有去幫你公領的話，政府才省得下這筆」，秀賢笑成彎彎的眼睛邊說著邊看她的孫女。「公不拿，妳也會去幫公領啊！」領會阿婆的意思後采凡大笑說著這句話。行駛往民生西路的公車上采凡被她阿婆逗得大笑到肚子痛。

星期日除了采凡找著各個名目出門說「難得」在外頭吃飯，秀賢跟哲文也開始回去走走看看，回去那幾處剛來臺灣時落下的地方。采凡要公跟阿婆帶她去竹南火車站前看看，說要去走一直聽阿婆說的擺地攤的騎樓，說想看對公跟阿婆那麼好，那賣滷肉飯的郭家人。她們從松山車站買火車票到竹南，買票時候凡凡狐疑怎麼稱作是竹南但隸屬苗栗？哲文會一本正經地說這幫地六十年前是屬新竹的。祖孫三人火車上吃著台鐵便當時秀賢又說了一次那郭家的大拜拜。「那時年輕嘛，有人叫吃飯，給縣長都不幹啊，吃了七、八、十來碗啊乖乖，炒米粉眞是好吃！」「這麼好吃啊，阿婆，聽妳講得我也好想坐進郭家的大拜拜吃炒米粉喔！」「那一圈啊，王均衡啊、秀英啊一路一起過來的那些都沒被叫去吃拜拜，他們就叫我一個外省人耶，郭家一家對我眞是好，郭家老阿嬤有說啊，要我別叫她阿嬤叫她阿母。」「啊，讓阿婆妳喚她阿母喔？」「是啊小乖乖，我那年紀喚她阿母也是剛剛好啊，阿婆我也不是生來就是這麼老的耶，我跟妳公住竹南的時候，我比妳現在還年輕呀。」三人才一出火車站，左前方就望見冰店招牌，那郭家兒子、兒媳婦小倆口冬天賣滷肉飯、夏天賣冰的店面還在，三人站在騎樓下往店裡張望，店裡還在賣著滷肉飯，店主可能都是小倆口的下一代了。可能是郭家阿嬤孫媳婦的女老闆一直在煮鍋前面忙，她的目光沒有在秀賢還是哲文身上停留，三人又因爲已經一人一個台鐵便當下肚，便只是停駐在店前騎樓下沒有要往店裡頭進的意思。采凡看著店前騎樓想著阿婆怎麼能夠在這地上擺地攤的時候，秀賢心裡想的是那時年輕什麼都沒經驗也什麼不懂，還是郭家夫妻遞給和中一碗滷肉飯，才明白他動不動就趴來自己胸前找奶喝都是因爲小肚子餓嘛！也眞就見他吃得一粒米都不剩的精光。秀賢這麼想著就心頭悶悶的，覺得虧欠孩子很多。這天祖孫三人還沿三十八、三十九年那會兒還是小碎石子路，現已是柏油鋪成的平整馬路走著，沒尋著當年秀賢洗衣服的小溪，哲文道，應該是早早就填平做路或蓋房子囉，但三人是尋著了郭家那紅磚的三合院屋子。怎麼印象中這三合院應該比眼前所見大得多了，院子的角落，有一圈地那半坍倒的紅磚牆沿讓秀賢還依稀看得出郭家騰出來給他們跟兒子落下腳的豬舍，不過上頭稻草和蔗皮搭成的屋頂已不見蹤影，抵達竹南的當年，自己跟哲文好在是郭家人慷慨地給了這遮風擋雨的地方啊，受人予了一杯水那心中的溫暖會記著一輩子呢。現在三人眼前狀似已多年無人住的磚房跟院子就像牙齒都掉光的老人，清瘦乾癟，失去了精神。哲文道，老的不在囉，年輕一輩的應該是已經搬去水泥樓房了吧！

陸續開始的星期日裡，只要天氣不太差，三人接連轉去北門、東園街、愛國西路、永和大陳社區跟轉去艋舺公園。北門郵局前哲文跟緒文和山東大老鄉他們擺攤那幫地老早是給不可親近的高架道路盤據著，矮小的城門無聲地杵在其中，從這一側望不見以往的臺北前站後站，從那另一側新闢建的塔城街望不見北門郵局、望不見曾有美國大使館跟台萍曾讀過的小學那一頭，她們等紅燈過馬路時秀賢對凡凡說噹噹噹平交道要降下來了我還騎著車衝過去。啊火車在地上從這過啊！是啊乖乖，家裡我蒸著饃啊，賣布的在延平北路這頭，我就踵過去，衝啊！城中市場那幫也是有布行，哲文道。那幫都是上海人，那幫都是賣外省人的，那幫價錢高。阿婆妳這麼說得好像妳不是外省人。唉啊小乖乖，這麼多年來不就是我這樣幫著妳公，也想法子賺錢也想法子守住，我們才能有今天的。能賺也要能守啊。

上東園街時，跟徐兆玉一起租住的那房子已經找不著了，整個加蚋仔都跟哲文和秀賢腦海裡的印象不一樣了，翻多少次身了啊。街道也拓了、大水溝都填了（註）、汕頭街都成艋舺大道了，那房子被扒了改建也是一定的。從這幫她們轉去艋舺，特別走往幾個結拜兄弟當年的店鋪，店面地址都還在，但往裡面望時只見陌生的面孔、轉去康定路跟桂林路現在被整治的乾乾淨淨的老松國小圍牆，國小對面那緒文跟秀英搭起帳篷住過的公園，景物都還在，但結拜兄弟們跟多少老鄉們都回家了。哲文和秀賢走得很緩，這裡是他們的舊地，跟著大夥兒們一起當年一點都不覺得辛苦的舊地。詹采凡不知道公跟阿婆的內心波濤，她還以為公跟阿婆是走累了，她不知道這些不起眼的昏暗老房子裡有的、她不知道她正在走過五十多年前的多少故事，她張著耳朵但不知道自己要仔細聽跟發問，走過老舊的街道她只入眼這裡遊手好閒的人好多。緩緩地三人從龍山寺捷運站前經過，冬日暖陽下，繞出自己思緒的哲文瞧見凡凡拿著手機要給他拍照，他抖擻抖擻精神，伸手摟住秀賢的肩，秀賢也看見是孩子舉著手機要照像，她伸手環抱住哲文的腰，兩個人很孩子氣地對拿著手機的凡凡開懷笑著。

週日裡的出遊多是秀賢、哲文跟采凡上午和盈盈視訊通話後才出門的，唯獨在民國九十九年六月間這一陣采盈不太如往常，不大頻繁上線，在預產期的這一個月裡采盈身體十分不舒服。一天秀賢在家裡接到盈盈的先生——費德烈克那孩子來的電話，說盈盈肚子痛的很厲害說現在要開車出門載盈盈去診所。這通電話後秀賢就做甚麼事情都心不在焉，她心頭裡外、旮旯

[194]、縫隙裡都擔心，就深怕盈盈她們母子有個萬一，她也唸阿彌陀佛，也心裡祈禱求主，求求保佑一切順利啊一切平安啊！她對神、或主、還是老天爺跟老天奶奶說，如果註定就是該有個不順的，請拿我剩下的時辰去抵償吧，拜託拜託您們大家。費德烈克再一次打來已是前一通電話的兩天之後，說他們得到女兒！說是六月十八號就生的，說會把電話給盈盈說，秀賢急忙地說別給電話，趕快讓她休息時已是盈盈兒在電話那頭喊自己的聲音，秀賢要她別多說了趕快休息才是，三兩句話裡秀賢說，虎年呢，妳們生了個小母老虎啊！她還打算好的呢，五月七號這天來她就是出來吃粽子的[195]。惹得盈盈掛電話前直說阿婆讓她笑得腰痛、笑得肚子痛。

台萍近幾個月自法院退休下來，在她工作了三十多年之後的民國一百年這年。凡凡說一家沒人坐過高鐵，說要從臺北車站地下搭乘這最新的交通工具坐往高雄，說一個半小時就到了，是啊，那是哲文看著地上被拆、地底被翻起來而建好的臺鐵、捷運跟高鐵。凡凡買好高鐵來回車票也排了行程，領著秀賢、哲文跟媽媽往高雄去走玩了一趟。她們上愛河邊迄坐船，她們爬了小半山上到打狗領事館，秀賢一邊叨絮唸著采凡買的高鐵票一人來回就花了三千塊錢，一邊喊高雄天氣熱。一路向上的小階樓梯途中哲文看著女兒也看攙扶著凡凡手臂向上登爬階梯的秀賢，哲文心裡有個念頭在思忖著。四人在小山上遠望高雄港的時候台萍喝著水、秀賢說著自己

---

194 旮旯，發音ㄍㄚㄌㄚˊ，是不受注意的角落。

195 五月七號，秀賢這裡指的是農曆的五月七號。

有凡凡攙著上來還給撐著陽傘呢！山上遼闊的景色讓四人心中舒坦，凡凡心情雀躍地走向哲文問道：「今年百年是不是公的九十歲大壽？我們要找來公的結拜兄弟們、找來公跟阿婆多年的老鄉、一起做生意時的朋友一起吃飯！我們去妳們以前常跟朋友聚會的那家？離館子不遠的那家餐廳叫什麼來著阿婆？」秀賢微微笑著，對孩子說：「你公不是民國十年生的。」

「啊！不是啊？但公的身分證上不是民國十年九月十二？」

「乖乖，早年報戶口啊，不像現在，早年啊，那來家門口查戶口的小伙子可能聽我們這幫人講話聽都聽不懂嘛。」

「蛤！在妳們家門口查戶口啊，阿婆？」

空氣裡是海的味道，跟臺北大不相同，原本望著繁忙的海港的哲文回頭看了看秀賢後對孩子說了，結拜好幾個都回家了，一起過來的也是啊孩子！大半都回家了喔。拉長長的音這樣說了兩句，因為音拉得長長的，又才剛剛阿婆說公的出生年月日不是他身分證上記載的，采凡乍聽當下想公是在說些好笑事情，采凡愣了幾愣，她思索一番**公說的朋友們都回家是回去了哪裡後才了解這怎麼是好事情，公的朋友們都不在了**！？見小乖乖臉上僵住的表情秀賢馬上說了：「我們自己吃飯就可以了乖乖，去妳喜歡去的餐廳就好，不用跑去萬華那些老人家去的地方。」「去妳姐姐那幫吧。」哲文回應心底多久來的想望說了出口。聽見這話的三人是又驚喜又吃驚的，說話的哲文其實自己也是吃驚。秀賢沒料到哲文這當會兒會說出這話來，其實秀賢也多麼想去看盈盈跟盈盈那幫的生活啊！「爸你的意思不是要在外頭吃飯什麼的，是要去美國喔？」台萍笑得開懷的問。「妳看妳爸爸還許生日願望了呢。」秀賢笑著接著說，秀賢眼睛笑成了眯眯眼。「公許願了啊，公一提出遊的議就是提議上美國！」凡凡嘻嘻哈哈笑著說。低氣壓一下子就四散開了，四個人都覺得上來這打狗領事館眞好、這晴朗天空下的高雄港風景眞開闊。

哲文雖然沒有身分證上記載的那年紀，不過他家裡父親、母親還是哥哥，沒人有活至他現在這歲數的。已過古稀十好幾年，哲文知道自己已是耄耋老人。搭乘公車時他發現不知怎麼地上下車的身子動作就是不如以往靈活俐落，現在如果不拉著車門邊的扶手來使力，哲文知道自己不能牢靠地踩上公車，哲文不習慣麻煩到旁人。還有臺北各處都常見的上下樓手扶梯，如果不好好握著手扶梯的扶手，哲文知道只是站上去手扶梯就能讓自己重心不穩，自己是想快也快不來，而身旁的年輕人就是能踏著在移動著的手扶梯上階梯或又踩著下階梯的。是啊，以前不當回事的動作他現在的身子已經做不出來。像那年跟秀英去忠德波士頓那幫的長途飛行現在會讓他遲疑了，還也是因爲他怕冷，盈盈北歐那幫地的天氣一直讓自己怯步。網上視訊時盈盈兒總是在問秀賢說公和阿婆哪時要去她那幫走走看看，哲文當然是想去看盈盈的。他知道，這麼幾年自己是用和盈盈有見到影像也有講到話的網上視訊一直推遲去看看盈盈在外生活的念頭。直到民國一百年這時，盈盈一家因爲費德烈克被公司派駐美國矽谷而從北歐搬家往美國西岸，這改變讓哲文益發地想著也許去看盈盈是可行的，盈盈一家子搬到舊金山啊，她的小娃兒已經會走會說會叫人了。

臺北和舊金山之間有價錢便宜的轉機班機，也有價錢較貴的兩地直飛的班機，凡凡打趣的在跟公和阿婆說讓那些背包客們選擇轉一個點還是兩個點的飛機，即使貴一點，我們一行四個年輕人是要坐直飛飛機的。秀賢跟哲文知道孩子體貼的意思。哲文說凡凡已經要向老闆請假，不能再出機票錢，哲文執意掏錢。秀賢也幫腔說道，給凡凡出錢的話她說不準又要領我們爬山。四人來回直飛舊金山的經濟艙機票這年花費新臺幣十一萬六千塊出頭。飛行十三個小時對台萍跟凡凡來說是睡睡醒醒、吃吃飛機餐跟選電影片子看一看就過的時間；對身子嬌小、生性開朗又無比好奇的秀賢來說是東瞧西看、聽學英文、與人攀談跟品頭論足飛機餐點的時間；但對不好伸展雙腿的哲文來說是感覺比平常度過的十三個小時還久的時間，他忍著氣壓變化產生的耳鳴頭痛、他壓抑著飛機遇不穩定氣流下墜時身體的不舒服和心上的恐懼。機艙裡身子一直很緊繃的哲文想**儘快踏回穩當的地面**，一向不想給秀賢、給孩子們添麻煩的**他不斷的告訴自己，該服老了**。

入境美國證件檢查的隊伍前進得很緩慢，四人站著排了一個多小時才蓋到了入境印章。提領行李後的舊金山國際機場內，她們被流著淚的采盈開心相迎，見到盈盈，秀賢的淚是跟盈盈的淚落在一起。采盈說從家裡一路開車過來的公路上看到要降落的飛機都覺得是載著她們四人的飛機，詹采盈跟妹妹手腳麻利地把行李都放上了車，她們不肯讓公或阿婆彎下身拾沈重的行李。采盈開著車，公坐在她車裡副駕駛座上，把她心愛的家人載回她美國的住處時她心裡激動，**她做到了多年前公對她的期許，她現在開著車載著公和阿婆，她要帶她們看這處的生活**。

盈盈一小家子租住在舊金山市南方的紅木市，盈盈找的房子。還沒十八歲時就被詹大成送出國念大學的采盈已經走了菲律賓、英國、瑞典然後這時落下在美國，現在三十多歲的她成熟能幹，很有語言天分也開朗的她很快地就融入了環境，擺在哪兒都衷，似乎就是秀賢年輕時的樣子。平日早上大夥兒一塊吃了牛奶麵包，費德烈克就出門工作了，他是個踏實傳統的瑞典人，秀賢稱他也是一個拼命工作的好孩子。盈盈的才那麼一點點的小娃兒女兒也是眞衷，也不認生就嚷哲文跟秀賢老公公跟老婆婆，盈盈還對小娃兒時不時說的是「屁股一撅一把老公公老婆婆就知道妳要痾啥屎」，這樣的河南家鄉話，小娃兒嘴裡咿咿呀呀說出口的每個字都說達哲文跟秀賢的心坎。哲文疼愛這麼一個小不點就像疼愛盈盈。秀賢更甚，才從電話裡聽得她出生落地，她就已經進了秀賢的心頭，秀賢看著小娃兒就像看到盈盈兒小時候。費德烈克出門上班後，盈盈跟女兒和臺灣的家人成天窩在一起。盈盈領著家人散步走晃她們社區裡，哲文和秀賢看盈盈住的這紅木市環境眞是好，看高大的樹木圍繞幽靜的住宅社區，放眼都是成片的草皮綠意，這裡美國人駕車的禮貌讓他倆也嘖嘖稱讚，每個駕駛都車速非常緩慢跟遠遠地就會停車下來，每輛車都讓行人先通過後才不疾不徐開離的，不過盈盈小家庭一個月七萬多塊錢臺幣的高房租也是讓他倆咋舌不已。盈盈開著車載家人往灣區這幫的超市採買，隔一、兩天她們就去不同的超市逛，逛超市是全車子女生能興致高昂走遍一道道超市走道的行程。盈盈向公和阿婆說電影明星阿諾史瓦辛格任兩屆州長的加州人很重視吃的東西，也倡議環保議題，這幫跟一般美國人是大口吃 B.B.Q.烤肉和嗜喝啤酒的印象不同，有這樣的族群所以加州灣區這裡有一般的超市、有標註碳足跡的超市跟環境友善的有機超市。盈盈也開車帶家人進舊金山市區，舊金山市

區是一個建在綿延起伏山坡上的繁忙城市，有一個又一個的上坡下坡、有窄小的街道、有才從陽光照落的一塊地離開就進入雨點灑落另一塊地的微型氣候、有跨海的金門大橋、有一百多年歷史的維多利亞建築式的房子跟為數不少的街頭遊民。進市區時候她們就在 shopping center 裡的大型美國連鎖餐廳吃飯，五大一小的一行人點三道菜都還會需要打包回家，哲文跟秀賢見識了美國人餐點的大分量。盈盈也帶家人去灣區有甲骨文、有 Facebook 公司、有史丹佛大學城的其他幾處地方，從盈盈住地紅木市開車往南，不出三四十分鐘車程就會到達史丹佛大學城，雖是盈盈不經意的安排，但哲文知道這大學，**離世的先總統他老人家自年輕時——自委員長時期就寫有的日記是被收藏在這處的，在和家鄉相隔了整片太平洋的異地，自個兒和蔣委員長這麼的親近！**

飛來的兩個多禮拜時間過去得能像兩三天一般快，盈盈多希望公和阿婆就住下來，盈盈說我每個星期開車載您去洗頭、我幫您找牌咖打麻將，秀賢跟哲文真的是有考慮，她倆也笑呵呵回應、也感動的一直流眼淚。不過人生地不熟，她倆估計**會是給盈盈添加負擔**，這些個兒她倆就想在心底沒說。她們對盈盈在外頭生活了這麼多地方——適應了亞洲、歐洲到現在美國，她們聽盈盈在外頭各處說美語、跟費德烈克說瑞典話、和一歲多的小傢伙說國語，現在成家了也妥當打點好她自個兒小家庭的盈盈讓她倆滿心驕傲。來到舊金山，不用出去那些地方轉、不用出去那些地方看，其實秀賢跟哲文只要看著盈盈一家子的生活、看她們吃喝的一舉一動就已心滿意足。一行要飛回臺灣，盈盈跟費德烈克開著兩台車子送機來機場的，盈盈鼻涕一把淚一把，秀賢也是涕淚橫流的在和盈盈互說可逮顧好身子，旁邊盈盈的小女娃兒半知半解地看著她的媽媽和她老婆婆。舊金山的國際機場留有多少她們的淚痕。

也是民國一百年這年裡，秀英告訴秀賢說柳緒文喝過上午的湯，上一秒才好端端地坐著，下一秒就坐在家中客廳沒了呼吸了，秀英打電話來說的。秀賢聽了後把話筒遞給哲文聽，簡短的這通電話裡，秀英的聲音跟以往一樣平平的沒有任何起伏。察覺自己注意力會分神去想緒文的沒說一聲就自個兒回家這事，所以哲文在接到秀英電話後到出席緒文的告別式之間的日子裡，鮮少騎車出門去打球。秀英受洗過，是虔誠的基督徒，她邀親人、老同事和這幫一路過來的老鄉們參加的是緒文的告別式。柳忠德領著他一家子從波士頓回來，和臺北的弟妹們圍著秀英，在處理他們父親身後的大、小事情跟繁雜細瑣的手邊事情裡，忠德、馥華跟忠昌三個孩子只要跟哲文對到眼，兩方的眼眶會一下子就滿起淚水。跟秀賢坐在一起的秀英見著有人難過，會對他們說今個兒是要歡喜地送緒文離開，說他上去跟主一道了，叫大夥兒都別難過。秀賢一直挨在秀英身邊，聽秀英講述那天給緒文做的上午飯跟之後怎麼叫喚他都見他還是一動也不動地坐在那兒，明白他是過去了的事情，秀賢也對秀英說那年她正給家巷口火鍋店洗菜幫忙的事情，說緒文就電話來說往老地方去吃飯，自己回緒文說幫人洗菜沒去做滿三天不發工錢的，緒文就問說怎麼沈哲文不養妳了啊？還說倘是哲文不養妳了我來養的那些話。秀賢跟秀英倆人絲絲縷縷說得有勁、倆人黏在一塊兒秤不離砣。

返家時的一路上秀賢在對哲文說著才從秀英那兒聽來的她被緒文糟蹋的事情，說前幾年不是他跌了一跤嘛，秀英見他一隻手使不上力穿不好褲子，所以幫著他在穿長褲，還蹲在緒文屁股後頭時他當下就放出一個臭屁，你說說這樣是不是很苛薄？怎不就忍個一下嘛！怎麼能這麼欺負秀英呢？哲文悶不吭聲，哲文難過，這時都還在擦去滑落在兩頰的淚。緒文沒點徵兆啊，驟忽就走了。跟緒文經歷了多少日子！和緒文相處的種種比跟自己親兄弟還更親兄弟的啊；哲文也是惆悵，是啊，大夥兒們閒談時都說過這一天，都說過簡簡單單兩腳一蹬、兩腿一伸就回家的這事；哲文也是生氣，他見全場不是淚濕衣裳而是都在說話談天，好像場子不適合哭似的。是，聊天聲音是都壓得低低的是不嬉鬧喧嘩，不過緒文走了秀英怎麼能要大家歡喜？秀英怎麼一滴淚沒流！現在還能說什麼穿褲子時放屁的事？心理的複雜想法哲文表達不出口，他只怒怒鬱鬱地板著臉。

哲文常常默默想著有緒文的過往——通訊傳令，那上一個世紀的事情。自個兒還是緒文結婚時的主婚人，很多畫面很多回憶在哲文腦海靜靜翻頁。吵鬧要開放還是不開放的小三通已經開放多年，哲文看電視新聞報幾個對岸的大城市也開始能直飛臺北松山機場，在敲鑼打鼓般的喧喧嚷嚷裡中國大陸來寶島臺灣旅遊人數連年攀升。哲文明白，這是落下緒文後，不會有一絲改變的繼續向前的世界。臺北縣已升格爲直轄市新北市兩三年了的這時，釆凡和釆婕她倆姐妹合力給台萍和大成買了間電梯房子。新家在新北市國防部後備指揮部邊迄，她倆姐妹說這是媽媽看好看鍾意的房子，說這樣她們爸媽就不用再天天爬五樓樓梯。孫女們每個禮拜都要公和阿婆過來爸媽的新家。

秀賢跟哲文來這幫的撞球間裡跟孫女們玩撞球、也在新大樓的交誼廳裡和台萍邀來的一幫朋友們唱卡拉OK。新建成的房子室內高挑、通風良好、偌大的落地門窗採光明亮、客廳外的花草陽臺前方又是開闊的空地，哲文站在客廳望出去的視野寬廣，視線是一路望去直到兩公里外那滿是綠樹的小山丘陵才給抵住，萍兒一家搬住來這攤可眞衷。來台萍一家搬進的這新大樓社區裡外看過後哲文對秀賢說他眞是高興。秀賢問：「高興女兒熬出頭了？」秀賢說：「你不是給女兒留有她工作第一個月那時候的薪資條？九百塊錢不是？小萍她認認分分地給國家做事到現在退休下來受國家照顧無憂無慮，也算是天公疼憨人。還生得這麼孝順的孩子們，買房子給她，妳女兒眞是好命。也是傻人有傻福吧！」哲文記得，**萍兒熱騰騰剛領有她那第一個月薪水的袋子時候，萍兒想把薪水交給自個兒的**。他沒收，但他至今都留有台萍那張法院的薪資條，同女兒暖暖的心意一起收的嚴嚴好好的。

秀賢跟哲文想幫著孫子們，想減輕她們的壓力，每來萍兒這幫吃飯每問房子貸款的事，問完就說要幫著采凡和采婕還銀行貸款，每次都被兩個孫又說感激又說笑地拒絕。采凡說：「怎麼能讓公和阿婆買房子給媽媽住呢？這是我們權衡自己能力之後做的決定，公和阿婆的錢應該好好留在身邊，公和阿婆不需要負擔我們這年輕的一輩。」秀賢被孫子們推拒現金的幫忙時是

老大不高興的，她一輩子給予慣了，不過當下過後她再回想，這樣的細心、貼心、有骨氣跟孝心其實很難得啊，尤其是凡凡那孩子，什麼事都攬著做，感覺她跟自己年輕時候一模一樣呢。

哲文聽萍兒打電話來說整個社區裡另有一戶要出售時眞的想搬過來住，這樣同女兒住一個社區，多好。他跟秀賢買房子沒貸過款，他們直覺是把民生路上那老房子賣了，手上拿現金來買台萍社區這間房。是民生路這邊的現金到手後他們才接著簽約買下台萍同社區樓上那一戶的，哲文說已經緩了人家好幾個月了，再講價錢是怪不好意思的，又這是台萍的鄰居不能讓女兒女婿不好做人，所以完全沒說價，是以屋主開的原價買下來的。秀賢給哲文在外人前留足了面子，但這兩件買賣秀賢知道是讓自個兒跟哲文是吃盡悶虧的，民生路那店面少算些價錢賣給警察局轉角的盧家莊那一對姐弟，賣的是周圍幾條街最不貪心的價錢，那就罷了，但新北市這麼偏的地怎麼人家出什麼價錢就以什麼價錢買單呢？這可不是在市場她每天省的那十塊、二十塊的小錢啊！怎麼做女兒的也就臉皮那麼薄不幫著在旁說說價錢呢？父女倆就能這麼老實？講個一百萬不成也至少要講講五十萬不是嗎？如果是釆凡那孩子幫著她公，事情應該不是辦得這麼窩囊的。秀賢在一次家裡吃飯桌上直接以指責的語氣說了這些。哲文聽的不置可否，但聽在台萍耳裡覺得受傷也覺得刺耳，奇怪媽媽沒有開心搬來同住反而是在挑剔。哲文對全桌子說事情結束、圓滿結束就好，秀賢一再重複說如果是凡凡幫著辦就不是這麼辦完事的，說凡凡那孩子做事就是像她年輕的時候一樣。是啊，是有好像讓爸媽多花了錢的內疚，但沈台萍覺得爸媽能住進同社區是可遇不可求的機會，自己想著幫忙但媽媽只嫌棄自己沒能做得更好，眞是委屈。這些讓她氣鼓鼓地蹦出來一句話：「孩子我生的怎麼會像妳？」這句話讓全桌子空氣凝結。哲文覺得秀賢怎麼不體會女兒就是這麼單純腦筋，她急著要把房子訂下來其實只是出於一片孝心。這頓沒有充當潤滑劑的采凡或采婕在場而吃的飯，吃得整桌子是鬱鬱悶悶。

哲文不捨得南京東路家裡的所有傢俱，但秀賢說颱風那年進來的水把東西都淹了有腳踝高，一直都湊合著用沒丟，但現在是要搬進新家，她決計不把那些搖搖晃晃牙齒都要掉了的傢俱搬來新房子裡，況且南京東路這處房子也沒要動，桌子椅子跟傢俱都一起原封不動留著才好，所以舊家裡物件一樣沒搬，除了沈家的歷代祖先——那哲文毛筆寫有的一軸字。采凡跟采婕兩姐妹興致高昂地幫阿婆新家裡客廳跟每個房間的沙發、床鋪跟傢俱全買齊了。哲文趁秀賢跟兩孫子忙火的很，自己把腳踏車子從南京東路的家裡騎來這幫，另一天又把那秀賢說發動起來就整巷弄都知道他要騎車的摩托車也騎來了。

哲文在乾燥、明亮、新穎的房子裡起床時渾身舒服也心滿意足。變了個環境讓還他遇到了新球友。家這幫離新北市新建起的國民運動中心沒二十分鐘的腳踏車車程，運動中心裡有室內溫水游泳池、有籃球場、有羽球場跟桌球場，比松山區那幫的器材設備還都新式的多。運動中心外有個紅土網球場，他很快地遇到一群同他一般時間打球的球友，打完球後幾個人領著他使用敬老悠遊卡免費進去運動中心內游泳，說幾場球賽下來後游個泳能舒緩舒緩肌肉，大夥兒還領著他使用泳池旁的烤箱跟蒸氣室。他覺得生活很美，日子越來越享受。

變了環境後沒幾天秀賢就摸熟了新家附近的市場、市場裡的菜肉攤販跟新北市的價錢，土城這幫水果菜價都比南京東路那幫便宜。穿梭家裡到市場間的小巷子也讓她摸著了米糧行、蛋行跟雜貨店。清晨時分秀賢也跟著鄰里裡的家庭主婦太太們做健康操，這也是台萍做健康操的同一處。各個出來做體操的鄰居都比她歲數小，她們許多是同台萍上下的年紀。秀賢大紅色系修長的一雙手指甲迎來許多稱讚和注目，加上秀賢敏感、很有同理心、很容易感同身受又隨和大方的性情讓她幾乎是一下子功夫就和新環境的鄰居們處成了一遍。秀賢也在家社區外頭就幾步路的巷子裡的家庭理髮給人洗頭，跟菜市場一樣，都比以前臺北市裡她掏的價錢低。秀賢也被兩三個鄰居太太們找去打小麻將，她和不管是本省人的牌友們還是客家人的牌友們都很融洽，十打九贏的她常常把麻將桌上贏來的錢當桌拿出來請大家喝咖啡吃下午茶。哲文跟秀賢搬住來新北市後的生活讓原本擔心他們的三姐妹看著都覺得公跟阿婆適應新環境適應得好快！盈盈在視訊時看公和阿婆現在新家的電腦房裡都有溫暖的陽光灑進來，大大不同於以往那陰暗的一樓房子，她也就沒再嚷說要請阿婆住回去有她從小長大滿滿回憶的南京東路。

一天采凡跟著阿婆走一整路延吉街的市場時，秀賢說起了這頭走到延吉街底的那頭就差不多是妳舅舅他們一家以前租住的房子，說起了那年來這個市場買絞肉，包整冰箱的水餃給三個孩子們的往日故事。采凡喜歡聽阿婆說過去她沒來得及參與的故事，不過阿婆說舅舅一家的事情總是說的很少。這時秀賢也沒有要繼續多說，是轉而說到什麼都不難，最難的就是人事……但跟妳公啊，走到哪兒多是遇著好人幫忙，也加上老天爺啊老天奶奶對我跟妳公很好耶。凡凡問阿婆她這話怎麼說，秀賢說：「巷子出去的左手邊迄不是豆花店嗎，右手邊在我跟妳公搬過來那時是一家賣蚊帳的，那老闆老實，他進來家裡幫妳公這六尺的床鋪特別做了個支蚊帳的架子，支起蚊帳密密嚴嚴地把妳公的床罩住，這樣算是訂做了。然後妳知道怎麼個兒？那家蚊帳店就搬走了。」

「啊，那家店搬走了？」

「是啊，就好像是等著幫妳公做完蚊帳，讓他每天安安穩穩地睡覺然後整家店才搬家搬走的，妳看老天爺老天奶奶他們對我們好不好。」

詹采凡邊聽阿婆說這些邊責備自己，怎麼沒注意公最怕睡覺時有蚊子的小細節，怎麼是讓她倆老人家自己處理這件事？這麼粗心大意。她覺得心疼也同時爲阿婆感到心酸。她看著身軀好像又縮小了些的阿婆，她看著她都不想麻煩下面孫子輩們的阿婆，覺得自己是做不到她阿婆的這般一直謝天的態度。詹采凡對阿婆回說，「眞的很好！就像阿婆妳說的，不然要上哪去找專門做蚊帳的，而且公的床又是比較不常見的六尺寬。」不過其實她想對阿婆說的不只這些，這時她伸手摟住她矮矮小小的阿婆，她好愛好愛她。

週日的時候采凡跟采婕好像理所當然公就是不會去球場打球。哲文心裡和孩子們同感，他吃了麥片牛奶後有默契地在客廳裡等著孩子們進門。他們揹著有水壺跟裝有橘子的背包信步出門，他們往家中客廳就能望見的小山丘陵去走，青山綠樹間約莫一個多小時近兩個小時的走爬就會到上到小山頂，沿路他們看不見鳥兒的身影但一路鳥叫啁啾相伴。他們看紅蜻蜓、蚱蜢、

僞裝良好的螳螂和努力扭動身軀要破繭而出的毛毛蟲，哲文還會翻過脆嫩的綠葉，向兩孫女做出要吃下樹葉背面成排的蟲卵的動作，兩姐妹急地動作超大想阻止她們的外公，兩姐妹受戲弄的下一秒明白了這是外公在淘氣耍寶後就被逗得燦爛笑開了。山裡空氣清爽，山裡樹梢間迎來的風不夾帶一點雜質，如同他們陪伴在彼此身邊的心情。這樣的走爬小山是屬於他們三個人的週日上午。

兩姐妹在進家門後會嘰嘰喳喳地向阿婆說在那小山上她們往家裡這幫看能找著家這棟房子、說能看見家裡的落地陽臺，還說若是拿著望遠鏡一定能看見家裡的阿婆。一個人拿手機給阿婆看在山裡才拍的照片另一個人會又動作比劃又模仿地向阿婆說公做的淘氣動作。她們說姐姐、姐夫帶著小寶貝回來臺灣的時候，要帶她們上山，阿婆也要一起！說就走剛剛跟公走的這一路，也有點像是以前在新店的小時候爸爸會帶著全家爬山那樣。「那可不成，山裡又是蟲子又是毛毛蟲又蜘蛛又是蜘蛛網的，那小不點小寶貝回來臺灣你們不能帶她去爬山。」秀賢說。聽見阿婆這樣說倆姐妹會爆笑出聲，然後她們會跟阿婆撒嬌說：「山上都是蟲子所以小寶貝不能去爬山，可是我們去爬山阿婆不擔心嗎？」她們會摸著手臂胳膊問說：「我們這種大寶貝被蟲子咬還是被蜘蛛網黏住不會有事嗎？公呢？公的老皮、老胳膊被咬怎麼辦呢阿婆？」哲文和秀賢被她們逗得呵呵的笑，在搞笑的倆姐妹喜歡看到公跟阿婆笑。這隔了一代的四人眞的開心。家這兒再往南繼續走去會連綿至承天禪寺的小山丘陵，若是往東面走去就會連接著以往父親帶她們爬的烘爐地的烘爐塞山，她們不知道這個。這小山丘陵在采凡跟采婕心裡的獨一無二是跟有沒有梧桐花、有沒有馳名的禪寺或靈驗的土地公無關的。

秀賢煮有紅豆紫米粥還是桂圓八寶湯的午後，兩姐妹會囑午睡起來後的哲文做饅頭，她們說阿婆做的甜湯就是要搭著「公做的饅頭」。哲文會挽起他手臂袖子做兩種饅頭，紅棗的跟葡萄乾的。哲文的饅頭是秀賢和的麵，和麵水溫的冷熱取決於天氣的冷熱，麵糰還逮再擱著醒醒還是已經醒好了也是秀賢說著算，哲文拿手在行做饅頭其實是他幾年前開始把秀賢手裡的擀麵杖拿過來替秀賢出力擀麵糰而給孫子們的錯覺。兩姐妹會幫忙洗紅棗跟把紅棗的籽挑出來，說公做的饅頭那麼好吃大口大口吃的時候會一不小心把籽吃下肚，秀賢會說工錢很貴耶這麼般費功夫啊，那這一個饅頭要賣多少錢？

待在廚房挨在阿婆身邊總是有故事聽。阿婆說北方人看兒媳婦是看她揉麵之後的手上、擀麵板上跟麵盆兒裡是不是都光，說有這三光表示兒媳婦能幹能持家。阿婆也會再說一次那饅頭還沒熟就被舅舅磕出來的老故事，也會說外公和他那幫老鄉們如果有油饃沒人會吃蒸饃的。嬉鬧說笑之間祖孫四人手頭上揉出的仍是有板有眼、各個都像是秤量過的麵糰，麵糰裡有哲文一絲不苟的個性和秀賢講究的功夫。蒸饃的大竹蒸籠仍是哲文結拜兄弟家裡做的那一落，外筐到籠蓋都是老竹，以籐編製籠耳部位也以籐條繫綁籠耳至外筐，扎實的手工。畢竟是萬華的蒸籠老字號，秀賢沈甸甸的粽子也是它蒸，輕飄飄的饅頭也是它蒸。使用後就只需以水沖洗、瀝乾水後擱置屋內陰涼處收納，不需要收袋、不需要塗油、不廢特殊保養維持。蒸煮饅頭時阿婆的

廚房裡滿是竹子的清香飄散，蒸籠蓋間隙發散出來的水氣會引得孩子們口水直流，阿婆說要再加些水再繼續蒸時，抬起最下層的蒸籠和炒菜鍋間空個縫就能摻點水。整個下午哲文也等待，孩子們也期待，他們就等著秀賢說「饃已經熟了」這句話。這是孩子們覺得最好吃的饅頭。

搬家過來土城的這年，思祥開車載著他的一小家子和他爸爸回來過年的。年前思祥給秀賢打有電話，說他爸都窩在他妹妹家或他的家裡，過年不回奶奶家他爸會沒處去，秀賢電話裡回說知道了，沒回好或者不好。年除夕，思祥說他一路開車過來還看到夜總會，問說怎麼搬家來這麼偏僻的地方？是姑姑先搬來這裡的還是你們買了兩戶一戶給姑姑？這新北市的最邊緣房價很便宜吧，花多少錢買的？南京東路的家裡現在是誰在住？秀賢沒想回答這其中的任何一個問題，哲文也只回大孫子說，就空著。年夜飯桌子上思祥看自己父親去斟酒而爺爺奶奶沒出一聲阻止，他好聲地問爺爺讓他爸爸住進南京東路的家裡怎麼樣？稱房子沒人住也不好，說他爸爸一直住在他或思佳家裡也不是辦法，房子反正是空著，就讓他爸爸住進去好照顧維持，思祥問得都沒讓正在忙火的秀賢聽見。哲文癟著嘴沒有回話。

秀賢眞正在餐桌坐下來後沈和中擱下酒杯連忙用心疼又殷切的聲音說，媽媽辛苦了。然後他問母親那一盤菜是加了什麼醋那麼好吃也問這一盤菜是怎麼炒的會這麼開胃，還站起身幫秀賢夾菜。秀賢看著碗裡頭和中給她夾的菜，秀賢沒回話。以爲阿婆沒聽到舅舅的詢問，所以采凡回覆舅舅說，阿婆掌的醋是恆泰行的醋，舅舅。盯著自己母親看的和中像是沒察覺詹采凡正看著他向他說話，和中沒有反應。見舅舅沒反應采凡頓了頓後向舅舅解釋說，阿婆說以前做館子的時候就買這上海人的醋，一吃上之後就吃到現在。詹采凡以爲**她能幫她阿婆回覆舅舅，她眞以爲舅舅是要問加了什麼醋這樣的問題**。和中仍然像是沒聽到采凡回覆他的那一長串話，他眼神沒挪動絲毫半寸，像是他能看到的只有她的母親，像是飯桌上只有他跟他母親兩個人。和中再一次好聲慢氣地問嚷母親那一盤菜是加了什麼醋，幾乎像是一個祈求母親關注的孩子以撒嬌的聲調方式在跟他母親說話了。他這一次得到了母親的回覆，重慶南路上海人的醋，秀賢平鋪直敘說的。有母親的回話後和中肩膀胳膊動作雀躍地展開，他一邊大口夾著菜進嘴裡，一邊直說對味極了好吃極了然後再一次給自己斟滿酒。桌上的整家人只是他跟母親對話的環境背景，就像一齣戲一樣。

大家都已吃飽喝足，思國才進門團圓。秀賢爲他再下有元寶跟把火鍋裡添有新菜，思國邊吃邊說他的工作，好像跟郭董在大陸的富士康相關，思國也問家怎麼要搬來這麼遠的地方，說他回奶奶家來都已經是開上北二高過來。飯後他給爺爺奶奶包了一個紅包，哲文說你們奶奶是飯廳的廳長，出納入帳都是她，思國就交付紅包給他奶奶。收拿思國給的紅包時秀賢感覺這兩紅包特別單薄。年初二晚上思佳也帶著她一小家子回來吃飯，她說初二就是要回娘家啊，哲文還是秀賢對她媽媽鄭依蓉還是鄭依蓉桃園家裡什麼的一點都沒問。思佳的兒子個頭高壯於一般小學生，思佳的女兒貼心靦腆，倆孩子對哲文和秀賢都很生疏都有距離。秀賢看他們眼裡有一點都不知世故的單純，而且看著小曾孫們大口扒著飯大口吃著她炒的菜秀賢心裡就舒坦。孫子

孫女們拉著秀賢打麻將打通宵，又摸牌、又抽菸、又喝酒，打到肚子餓了又撿飯桌上的年夜菜吃，他們的孩子們則是圍著客廳的電視看或是圍著秀賢房裡的電視看。

除夕夜團圓圍爐後采凡跟采婕早早就跟媽媽回樓下家裡睡覺，下樓的一路上采凡跟媽媽說年夜飯桌上好奇怪自己好尷尬。媽媽說：「妳阿婆讓妳舅舅進來才是奇怪的事，妳看她們還讓他喝酒。」「媽妳是說舅舅根本不應該進門？」「本來就是啊，妳阿婆怎麼會讓他進來？人老了就軟化了。」聽媽媽說阿婆讓舅舅進門、說阿婆老了就軟化了，采凡心裡困惑。**所以阿婆是不讓舅舅回來家裡的？過往是發生了什麼事？整桌是澎湃的年菜，不過自己吃得一頭霧水。有舅舅在家裡，阿婆表露出了自己很不熟悉的面向……**這年紀的采凡沒聽懂母親、看不明白舅舅，也不懂得阿婆的心思。

年初一采凡跟采婕一睡醒就上來公和阿婆家裡，她們一進門見外公一人坐在客廳看午間新聞，電視音量開得微弱小聲，阿婆跟全屋子各房間裡的大家都還在睡。兩姐妹收拾客廳牌桌、廚房水槽、廚房飯桌、跟把飯桌上及冰箱裡的飯菜都電鍋回蒸來預備午餐。大夥兒陸續醒來的午飯過後又說要上桌繼續打牌，把把幾乎都是秀賢贏錢，秀賢打得很開心。采凡有時幫大家倒熱茶有時和哲文一同坐著看新聞，家裡沒做那些如新聞報導的人人上廟裡拜拜、或親戚家走訪拜年。采凡以為熱熱鬧鬧的家裡讓公和阿婆過了好年。

秀賢收著每個孩子包給她跟包給哲文的紅包，年過去了之後她翻看每個孫子給的紅包時她發現思國給的薄薄的紅包裡是兩張一千塊。上頭一個字沒寫的兩個紅包秀賢沒再放回整疊孫子們給的紅包之間，她直接電梯下樓把這兩個紅包給了這天社區大廳裡當班的管理員，兩個年輕人一直向秀賢道謝，還向秀賢拜了晚年。

年過去後家裡開始陸續接到和中打回來的電話，有時候是他說母親節還是爸爸節時要回來吃飯，有時候是他哭訴說需要幫忙因爲被一些朋友拖累了什麼的。是秀賢接到電話時她不問話也不回答其他，只會冷冷的說你要回來吃飯就回來吃飯。如果是哲文接到和中這樣的電話哲文會直接要去銀行提錢去幫孩子的忙。秀賢一定疾聲阻止哲文，秀賢會說他都幾歲了你都幾歲了?他還拖累孩子們也牽連到外面別人，什麼時候他才要自己擔當呢?哲文會被秀賢阻止得很不堪，他沒有辦法勸秀賢家和萬事興或忍一忍什麼都會過了的這些，他知道自己笨拙的口舌會惹得秀賢更發激動甚至說出更多一個母親絕不應該會對自己兒子說出的字眼，哲文清楚**秀賢的脾氣，那絕不是溫潤的脾氣。不過在另一方面，他其實知道秀賢說的都是對的，每一次都是。**哲文也不確定什麼是應該什麼是不應該了。

哲文新聞裡看政府與大陸之間簽署的兩岸服貿協議讓大學生們靜坐上馬路抗議、抗議到闖入立法院、占領立法院及主席台；看臺灣爆發食安危機——有規模的大公司從東南亞國家進口用以做飼料的油品製作食用油，流入市面上販賣；看馬總統與蕭副總統的任期屆滿，蔡英文與

陳建仁當選中華民國第十四任正副總統。哲文關了新聞走來秀賢房間同看她看的節目時秀賢會說，別管那些亂糟糟的，看張菲費玉清多好。秀賢在看電視台重播的《龍兄虎弟》。接下來臺北市政府大刀闊斧地拆除遮蔽了北門二十多年那連接忠孝橋的高架道路，以往掛有國父遺像、一直靜靜默默豎立的北門再次表露在市民面前。然後城市東邊新興商圈裡最高的建築物臺北101一再提升跨年煙火的規格，由多年前數萬人臨場參加，到幾十萬人參加，到這年超過百萬人參加市府現場跨年晚會。和秀賢抵臺北時孤零零的北門城外那原建有的甕城是就已不復在，時代的更迭下現在一棟高聳的財政部大樓站在以前美國大使館的位置，這周遭眞是比擺地攤當年又鐵路又平交道來的整潔、現代的多了，整個城市沒有停下過腳步。哲文知道政府的拆除都是縝密規劃在施行的，即使如此，聽聞是圓環要被拆除時是讓哲文難受的，讓多少老臺北都是。這可是臺北人的早點場也是宵夜場，有多少年的小吃老店！是撫慰多少人肚腑的老圓環！不過就如同艋舺公園跟中華商場一樣，過了三、四十年，這些老區因爲不進步不美觀被指爲髒亂破敗的來源，需要被拆除以建成新式的來符合現代進步的模樣。拆圓環時市長說的「歷史一直在往前走，有些將成爲記憶，這也沒有辦法。」讓哲文心裡黯然。

秀賢去南京東路家裡看看回來後會問哲文，那麼多小夥子他們從馬路下面什麼地方鑽出來？說他們一個人被發個一個便當。這麼辛苦的工作耶，中午只能就坐在馬路上吃便當啊？秀賢沒有說應當要溫柔地餵飽這些肚腹，但她意思幾乎是這樣。南京東路地底下挖掘施工已多年，這條捷運在民國一百零三年底完工通車，臺北多了綠色捷運松山線的這年間費德烈克他在灣區的穩定工作支撐著盈盈帶著女兒跟甫出生的兒子每年回來兩次，盈盈還也會特別安排是在農曆新年期間留在臺灣。這樣開始，每隔四、五個月時間就見秀賢跟哲文家裡地上和客廳沙發上都散亂著孩子們的玩具，茶几及飯桌上都是玲瑯滿目給孩子們買有的餅乾跟點心。有盈盈、盈盈她閨女跟小子在家，雖然落地窗外景緻大略相同，但哲文總覺得盈盈帶孩子們回來的日子裡窗外的綠樹看起來特別青翠，灑進來客廳的午後陽光也特別美好。秀賢則是不去睡午覺的，也不出門去鄰居家打牌，秀賢捨不得離開她們。不外食的秀賢跟哲文在盈盈跟小傢伙們回來的幾個禮拜裡頻繁也有勁的吃外頭餐廳，吃所有那些盈盈說她肚子想念、在國外吃不到的食物——烤鴨、小籠包、小火鍋、港式飲茶、熱炒店、北方菜館、川菜館、福州乾拌麵……三個大人帶著倆小傢伙出門時就請樓下管理室電話叫車，叫小轂轆兒計程車出門，坐去要跳錶多少錢秀賢都不心疼。還回去許多處地方，盈盈回以前國小學校，順道進去了植物園，哲文跟秀賢也是已經多少年沒踏進來了。植物園裡有盈盈印象裡小時候沒有的圍欄，盈盈給她孩子們說老婆婆以前在這裡打太極拳，倆孩子有聽沒有懂，秀賢就比劃動作給小曾孫們看，盈盈十分有興趣地隨著阿婆姿勢比劃，然後變成一行包括哲文都由秀賢領著帶頭打起了太極拳，這是有著彼此做什麼都開心的五個人。盈盈也說要回南京東路舊家裡晃晃，她們也轉過去她回味無窮的饒河街夜市，長大後再嘗試的山珍海味好像也都敵不過孩子時候吃的簡單滋味。盈盈說要去哪兒秀賢都說走！都叫車。可能是因爲這樣秀賢對盈盈說不然買有一台車子吧，阿婆給妳買車子！說她帶著孩子們要去哪兒玩也都才方便，說反正家大樓樓下停車場有車位。盈盈笑著說冇事，說她們這是幾個月才回來一次，買台車子是要費心養車也要保養的，還每年要牌照稅也要燃料稅。

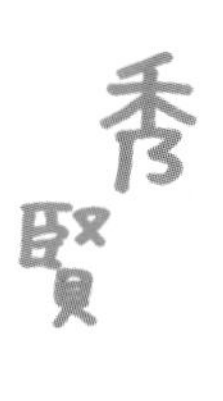

停樓下家裡的車位那不就讓阿婆每月少了車位出租的錢？「妳還算這麼精啊」，秀賢笑著說的。拎她倆小蘿蔔頭回來其實要有車子開著才是方便，**不過盈盈說的也是務實想法，盈盈當了媽就成熟好多啊**，秀賢心裡想。

因爲媽媽這幾年都是留在臺北過年也因爲姐姐這兩年都安排在農曆春節回來陪公跟阿婆，采凡這兩年裡是跟著爸爸回金門阿嬤家過年。秀賢對采凡說這是應該的乖乖。連著兩年過年家裡是熙攘喧鬧的，秀賢發現原來同是孩子們的嬉鬧玩笑聲，有的聽來是吵鬧讓人心煩的，像是思祥的那兩個孩子。思祥一小家子除夕時開車回來，在家裡住到了年初二秀賢就被吵得受不住。她對沈思祥說得婉轉，說也該帶他太太回丈母娘那邊，要思祥帶他一家子早早就去吧。其實主要也是她看不慣思祥和他太太管教孩子們的態度跟思祥這做兄長的對盈盈的說話方式，感覺像是，**就像是以往和中對台萍那般！**？凡凡多在初三一早最遲初三傍晚坐飛機回來臺北，飛回來家裡過剩下的這幾天年節假期，這年凡凡進門問說怎麼大表哥一家已經從阿婆家離開了啊？秀賢說，是啊，昨個兒一早就離開的啊，我叫他早早帶妳表嫂回娘家去的。表哥一個人有繞回來耶阿婆，表哥昨天晚上去媽媽家擰門鈴，凡凡說。媽都要睡了他還是說要進門坐，手上還帶了一瓶酒，紅酒。他說每年在阿婆這邊媽媽都不留著跟大家打牌聊天，他說要和媽媽拜年然後說他們姑侄兩人可以邊喝邊聊。他一個人幾乎喝盡那瓶酒耶，哪是要跟媽媽聊什麼，媽說他一直問東問西的問關於媽媽的房子、關於阿婆跟公樓上這房子，還有南京東路房子的事。

「那妳那一根腸子通到底的媽是不是什麼都跟妳大表哥說啊？」秀賢問。不是很清楚媽媽怎麼回答，但媽說她看大表哥喝得太多，沒讓他開車，他就睡在我們家耶，說在我進門前不久表哥才醒來才離開的。媽還說他醒來後把地上吐得一蹋糊塗，媽在家是又擦又清。思祥他眞不像話還想借酒裝瘋，知道他姑姑傻不隆咚的當然是向她問去，不過這些生氣惱火秀賢壓抑在心頭，秀賢對凡凡說出口的是，妳大表哥啊就像妳二表哥……他們是夏天裡的蘿蔔，夏天裡的白蘿蔔。

第十章　爸爸對不起你們　現在是農曆七月耶　搞這什麼東西

哲文那天不是才陪同自己接受模範母親的表揚，同自己和整個土城區鄰里的模範母親太太們在席開三十多桌的鵝肉城吃飯，怎麼就那之後哲文的體力下墜得像沒有底一般？看哲文他那清瘦的骨架身子，秀賢一直在想，哲文開始說不好下嚥、嚥不下，開始吃得比以前少只是這年裡還是已經一年多來的事情？陪同哲文上榮總做例行身體健康檢查還是回臺心醫院看他血壓心臟報告時，覺得一直沒聽到醫生有說什麼特別的啊不是？哲文他這吞嚥不下是怎麼一回事？

去年又同凡凡飛舊金山看盈盈，看盈盈她小倆口兒買下的房子、看盈盈閨女兒的上學環境，跟凡凡去那幫住了兩個多禮拜。孩子她們一直嚷外公要一道兒但哲文就沒跟著去。那時自個兒跟孩子們都沒多想，也沒勉強他。秀賢也是一直聽孩子們向哲文撒嬌，一直嚷要她們外公再跟著她們一起往那家裡客廳就望見的小山上去，怎麼就沒有去細想爲什麼哲文這一、兩年裡開始停下了週日的爬山呢？秀賢現在很自責。

哲文開始需要在床邊把桂格大燕麥片的空罐當夜壺用，大半夜裡他躺在床沿翻側身子，拾起這空罐解手。早起時候秀賢開始來他房裡不知所措地幫哲文在床邊擦手擦臉換衣服，再來是哲文很顯吃力地下床，這麼到客廳裡的幾步路哲文需要也扶倚牆壁也扶倚著秀賢。感覺是哲文想挺直身子抬動雙腿，但他使不上力。秀賢壓下她整心頭裡的急躁，常常是擠出了一身子的汗。倆人一移動到客廳後哲文很常就是沙發上一躺一整天。日子裡是沒了吃早飯、上午飯或夜黑飯的準兒，哲文也常常對秀賢說吞嚥不了吃不下去。看哲文這個樣子秀賢錯愕、焦慮、著急跟不知道如何是好，她自個兒也會忘了咀嚼。

五月中的這個星期六，凡凡下了班外帶了晚餐回來家裡，她攙扶著、幫著哲文使力從客廳沙發上起身走來餐桌上，秀賢看得出來哲文是因爲凡凡才起身來一塊兒坐上餐桌的，哲文爲了做給孩子看他有勉強吃下去細細的兩湯匙。哲文用了近半個小時邊嗆、邊咳、邊嚥下兩小湯匙後，對凡凡說再扶他回客廳沙發上躺吧，哲文說：「吃不下嘍，要報銷了。」秀賢手上的筷子停頓在半空中，酸酸的情緒翻攪在喉頭裡。哲文是直接對孩子說出這話！秀賢看著凡凡臉上不想表露出來難過的緊繃，接著馬上就看出來凡凡也明白要勉強她公撐著身子坐在飯桌才是難受。餐桌往客廳的這一小段路哲文需要被孩子撐托著走，即使凡凡挺直身桿使勁地出力，雙腳沒力氣抬起的哲文只像是被挪動往前，秀賢眼裡閃瞬過去當年在開封那時的一幕，**那時候轉身就走離開自個兒的小腳母親比如今眼前在走往客廳的哲文還像是在走路**。

凡凡坐回來飯桌上，說這樣下去不是辦法，不能阿婆妳又要顧外面採買、顧喝湯吃飯，還又要彎腰使力來攙扶公的。讓我找人進來幫忙，這人要住進家裡專門照顧好公，這樣妳才不會

也倒下來。凡凡說的大聲，秀賢知道那是也要讓客廳裡的哲文聽見。近年來她們姐妹都說要請人燒飯、要找人進來打掃，但秀賢都好生的說沒必要花那個錢，說每天就兩個人吃飯、也說如果買菜跟擦擦抹抹這些都做不來的話那還得了！其實就是不能想像有外人在家裡，光想著有外人拿鑰匙進出家中就覺得不習慣，這孩子們應該也知道。秀賢想，要用這麼大聲量在說，因爲凡凡也知道她公沒辦法接受請個什麼人進來家裡照顧他的。太多思緒在秀賢腦子裡翻來轉去，凡凡這時已走去客廳，在哲文旁邊以柔軟想說服的聲調說著：「公啊，我要找個人進來幫著阿婆照顧你，阿婆自己也要九十了，她力氣不夠來照顧你。找一個人進來，幫著阿婆照顧你或只是負責備好新鮮的飯菜給你們吃也都好啊是不是？」秀賢從凡凡買的滿桌的晚餐前起身，這站起身來她也都感覺吃力了，秀賢呼著氣，緩緩地走過客廳，推開客廳旁陽台的落地紗窗，走到陽臺點了隻煙。她邊抽著煙邊喘息邊想，自己在家裡時沒照顧過祖母，沒照顧過自己爸媽，也沒照顧過哲文的爸媽或爺奶就出來了，自個兒還眞不知道要怎麼照顧。如果孩子沒進門，現在還沒喝夜黑的湯。是逮要這麼個吧！要讓孩子找個人。時到時擔當，無米才煮蕃薯湯[196]，米還是紅薯，這時眞是有啥就煮啥了。

196 時到時擔當，無米才煮蕃薯湯，臺灣話俚語，sî kàu sî tam-tng, bô bí tsiah tsú han-tsî thng，是到時候再說、隨機應變的意思。

一隻煙後走進客廳的秀賢看見凡凡拿著一杯果汁。公啊，吃不下我們用喝的，我打了蘋果、奇異果跟木瓜果汁，溫開水打的，不冰不涼你喝喝看。「嗯，好細好好喝啊，很多天沒吃蘋果了。」哲文說話時對孩子笑著，他虛弱的臉上用力想撐出的最大的微笑。秀賢看到凡凡也笑著，一個放心下來的微笑。不過果汁抿了兩小口入嘴的哲文試著要下嚥時還是嗆到了，他身子反射性前傾地嗆咳，咳到全臉脹紅起來還在咳，凡凡馬上坐到哲文旁邊拍著哲文的後背。秀賢這時細細地看了哲文，一寸一寸從頭看到腳，她看哲文那可能不到三五公分長，平日柔柔軟軟地貼服在他鵝蛋般圓弧腦勺的頭髮，絲絲細髮這時跟隨著劇烈的嗆咳在前後飄晃。秀賢目光往下陷落在哲文沒肉的臉頰裡，哲文臉頰的凹陷弧度是這月之前還沒見到的，現在似乎只剩鬆弛的皮膚覆在他臉龐骨頭上。秀賢再緩緩地往下看，哲文左肩比右肩明顯高突，他背脊還是硬挺，單衣之下他身子上一條條的骨頭都若隱若現。哲文嗆咳停下來後還在抖動的雙手是從臂膀到手指都如被擰盡最後一滴水的毛巾一般乾瘦，秀賢再看往哲文雙腿最粗的部位，他大腿肚子那段也沒自己的上胳膊臂有肉，整雙腿最飽滿處是連結著他那細瘦雙腿的不老蓋兒[197]。

讓她們心揪一下又一下的激烈嗆咳停下來後，哲文問凡凡說：「妳要從哪兒找人啊？」

197 不老蓋兒，河南方言，膝蓋骨的意思。

「大家都不習慣有外人在家裡，我會找像彭婉如基金會這樣的地方，這個基金會已經行之有年，你們也會比較放心，她們有一週安排幾天，每天進來家裡四個小時幫忙的家務輔助。透過彭婉如基金會，這保障是雙向的，公你覺得怎麼樣？」

「彭婉如基金會啊，彭婉如是民進黨的，她們進來會看見我是個老國民黨，這衷嗎？」

秀賢沒出一聲，秀賢還在細細地看著哲文。

詹采凡心裡非比尋常的錯愕。**原本以爲外公只是不習慣有外頭的人進進出出家裡，她壓根沒去考量還有國民黨、民進黨這種顧慮！但她知道公跟阿婆這維持吃、喝、如廁的最基本所需一定逮要趕緊找人進來幫忙才行，阿婆一聲沒出，所以阿婆心裡是也有這種顧慮？那自己要再趕快 Google Google 找尋其他方式。**

沒等著有任何幫忙的人進門，秀賢自己攙扶著哲文在社區一樓門口上了小轂轆兒的。哲文已近一個星期沒什麼吃喝，也幾乎不張嘴說話了，這是五月底。秀賢只想得到醫院這個地方。她要把哲文送去醫院讓醫生們幫幫他，也幫幫她。沒想到抵達醫院後，拿走哲文健保卡的小護士們接著是把哲文移到了急診室更裡邊的一個房間裡，還對秀賢說她不能進去。秀賢抬頭看這厚厚的不鏽鋼的門上頭寫著「急診重症」四個字，秀賢錯愕地看著這冰冷的門在自己面前緩慢闔上。秀賢坐在急診室外頭的椅子上。爲什麼自個兒不能待在哲文身邊？陸續過來幾個小護士問了很多關於哲文的問題，秀賢這時不太確定眼前的一切了，**奇怪爲什麼醫院的天花板在旋、地也在轉的？**其中一個小護士的問題她很順口地回答得出來。「奶奶，妳有沒有兒子女兒，妳知不知道他們的電話？」秀賢沒思索地說出了十個數字，凡凡的手機號碼。「奶奶，妳要在這邊坐好，在妳女兒來之前不要離開喔。」

椅子上的秀賢望不進急診室望不見哲文，看不見哲文就看不見時間也看不見其他，也根本沒有自個兒了。秀賢沒在想自己早上爬起身到現在滴水未沾這事兒。她今天一睜眼就起身，起身之後就往哲文房裡去，再來就是到這兒了。醫院天花板轉啊轉的不打緊，只要醫生跟護士們能幫幫哲文。

凡凡出現在她面前，說現在要帶著她回家，秀賢不想回家。天花板一直在轉，秀賢也沒有腳踩踏在地板上的感覺。又眞正看進眼前東西的時候秀賢是看著自個兒和凡凡在醫院門口坐進小轂轆兒裡。進家門後凡凡扶秀賢在餐桌前坐下，開始翻冰箱翻冰凍庫還把炒菜鍋裡添有水，水滾後，凡凡問，阿婆妳要吃幾顆水餃？秀賢不想吃，**哲文在醫院那幫，她們現在回家來做啥？**阿婆妳跟公一樣重要，要打電話給我讓我跟妳一起送公去急診，如果妳也倒下來還得了？爲什麼在這種時候還是妳們自己上醫院？怎麼已經是這種情況了還那麼不想麻煩人？看凡凡撈起鍋面肚子在翻在滾的水餃，秀賢聽著自己肚子裡也滾著在響的聲音，**這孩子醬才是有在說話是嗎？**是不是還聽到遙遙遠遠地凡凡那孩子在說，公在急診重症裡面我們任何人都沒法待在那邊，阿婆妳就好好吃、好好睡，只要公一能出急診重症，醫院馬上就會通知我們。

自己把哲文送醫院的這一夜秀賢熟睡得像個孩子般，翻了一個身的時候已早上九點過了一刻。秀賢身子一翻滴腦就動，就想著要去哲文房裡，然後她驟然記起哲文昨夜可不是睡在家中，她逮趕緊去醫院才成。她坐起身時看見凡凡在自己房間窗邊的椅子上，孩子正微笑對著自個兒說道：「阿婆，昨晚公已經出了急診重症，轉上去了加護病房。我們不著急，加護病房我們能陪，但只能進去陪公半個小時，而且只讓上午十一點跟晚上七點這兩個時間進去。阿婆起身洗臉刷牙，不慌不忙，我們一起喝豆漿吃早餐才過去醫院，時間剛剛好。我手機給了姐姐訊息，姐姐昨晚已經買了機票，估計現在在飛機上了，她一落地桃園機場會直接到醫院去找我們。」秀賢聽不進這些也不想這麼做，本來也就沒有人能讓她做什麼或不做什麼的，秀賢說：「現在出門就去妳公旁邊。」只見凡凡打起她的手機，手機裡加護病房的護理師對秀賢說：「奶奶，您孫女在凌晨的時候有過來，有推著爺爺的床從急診室一起上來加護的，爺爺現在在我們24小時的照護下，您別擔心。我們加護病房每天只有兩個時段讓家屬進來看視，其餘時間家屬是進不來的。爺爺需要好好地休息、恢復身體，有急事我們會打您孫女留的這一支電話跟您們聯絡的。」

爲了應付應付孩子，秀賢往嘴巴裡塞進一點東西，早飯後什麼都不做就是下樓坐車來醫院。加護病房內允許家屬看視的半個小時裡秀賢站不住，她感覺自己需要找張凳子坐下來，又一次，她感覺軟軟綿綿沒有力氣。幾個小護士拿著要家屬簽名的一張張問題問她，刺耳地她聽到一個問題是如果危急的時候，要不要急救?秀賢惱火什麼危急?這是哪門子問題?當然要急救。秀賢看到這些手上有很多問題的小護士看了看旁邊的凡凡。凡凡正在沾濕棉花棒，用濕水的棉花棒沾在哲文的嘴唇、牙齒跟舌頭上。

「請問妳們剛剛問我外婆的這些問題可以讓我們看一看後再回答嗎？」凡凡看著護理師們手上那一頁頁白紙黑字裡需要撇開情感才能專心思考回答的問題。

「我外公沒有藥物過敏，我外公沒有糖尿病，但三、四十年來一直在吃這裡心臟內科呂醫師開給他的心臟藥，我知道有抗凝血藥，沒有動過手術沒有開過刀，喔，有，開過兩眼的白內障，那是二十年前的事了，沒有，沒有出血不止過。」

「緊急的時候要不要急救？」

「請問可以解釋詳細一點嗎，我們沒經歷過這狀況，可能需要妳解釋一下。」

「若經爺爺的主治醫師判斷病程進展至死亡已屬不可避免時，爺爺他自己或家屬同意在無生命徵象時或要進展成無生命跡象時，不施行心肺復甦術、氣管內插管、體外心臟按壓、急救藥物注射、心臟電擊、心臟人工調頻、人工呼吸或其他救治行爲。」護理師飛快地念著白紙上的黑字。

「氣管內插管，就是妳們可能有聽過的插管，我們把人工氣道——一條塑膠管以我們人爲的方式，從口內或鼻，讓這管子置入氣管的深部，我們可能用壓進空氣的方式，讓爺爺被動的呼吸。心臟人工調頻是我的用機器，或藥物的介入，調整跳得頻率太快或太慢的心跳。這張是放棄侵入性急救聲明，爺爺他之前有交代過任何家屬嗎？如果沒有要這些急救的方式，這裡要爺爺自己或家屬簽名，現在爺爺這麼虛弱，奶奶在旁邊可能要奶奶代表爺爺簽名。」

「可以給我們一點時間嗎？我阿婆她昨天送我外公來醫院是要讓醫生們幫忙我外公的，她沒有想到我外公會有那麼嚴重的狀況，妳們在問的問題會讓我阿婆覺得觸霉頭的。」

「醫生一定會做可以做的，但我們照程序一定要得到要或不要侵入性急救的回答，妳們只能進來加護半個小時，如果在我們加護病房裡爺爺有發展到那種狀況也沒有時間再問，如果沒簽，發生緊急情況，我們會做再讓爺爺心跳起來的任何處置。包括讓他心跳被動式地再跳回一定的頻率，跟讓他身體被動式地有氧氣進入。」

「謝謝妳，我會跟我外婆解釋，等等離開前會讓妳們知道答案。」

說人老了走下坡，但今年這短短的時間裡哲文哪裡是用走的，他這像是在出溜[198]滑梯啊，是不是過完年他才開始說吞不下去嚥不下去？怎麼會被這些護士們說成這麼嚴重狀況？整個天花板跟日光燈管又在繞著秀賢的頭頂轉。**她們還給他鼻子裡插進一個塑膠的東西！手上已經插了一條管子了，咋作鼻子裡也需要插一條？**這當會兒秀賢有聽見凡凡也在問小護士們管子的事情。

「那是主治醫師決定放的，凌晨就幫爺爺放置鼻胃管了，血檢結果是爺爺嚴重脫水，也低納、低血糖、低電解質而且體重只剩39公斤。只靠點滴葡萄糖營養劑不夠，奶奶昨天送爺爺急

198 出溜，河南口語，是快速往下滑落的意思。

診時有敍述爺爺已經從年初到現在飲食跟飲水都會嗆到，急診當班醫師有註記是要從鼻胃管餵爺爺吃東西的，喉頭反射遲緩是急診醫師對爺爺的診斷，所以以後即使出院，飲食攝取都要從鼻胃管給爺爺。經過醫院的營養師計算，從給爺爺每天 800 大卡開始，讓爺爺的腸胃、腎功能慢慢的適應。喔，放鼻胃管是不需要徵詢家屬的。」

「嗯……因爲看奶奶好像不是很舒服，可以讓奶奶再坐一下，不過其實現在已過探視時間，等等還是要請妳帶著奶奶離開。」

「緊急狀況如果發生的時候是不是要人爲介入急救要請妳們討論然後盡快給我們答案，如果是要放棄，希望是家屬之間的共識，也有一個家屬要在這張放棄急救聲明上簽名。」

被告知的資訊太多，不要說秀賢，采凡也聽得聽懵了。這時還又被另一個護理師委婉地告知請離開加護病房，說探視時間已過她們不能留在加護病房裡面。她們脫下隔離衣，緩緩步出加護病房。

盈盈一下飛機回到臺北就直接來到醫院，這時她在醫院裡找到阿婆跟妹妹。秀賢看到盈盈兒就安下一邊的心，但也同時爲盈盈操煩另一邊的心。「乖乖啊，放著兩個小孩在家讓費德烈克照顧不是辦法，他還逮上班啊。妳不能回來太久。」

「阿婆，我已經跟費德烈克說我沒訂回程機票日期，我回來臺北就是要每天跟著妳，妳在家我就陪妳在家，妳來醫院看公我就跟著妳來醫院。」

采凡跟姐姐攙秀賢在醫院大廳裡坐下，采凡對著阿婆跟姐姐慢慢地說、慢慢解釋了剛剛護理師們詢問放棄急救與否的意思。采凡說：「公如果自己停了呼吸、心臟不跳了。放棄人爲外力的急救就是不讓醫護人員去電擊公的心臟、不插一條塑膠的管子進公的氣管裡，所以不壓空氣進去讓公的肺被動的有氣體進去。她們問的放棄急救意思是如果公的身體自己已經要停下來的話，是不是放棄這些要再讓他動起來的動作。阿婆妳覺得呢？」秀賢語氣無力但聲音堅定地回答道：「不要電心臟壓心臟，不要對妳公做這些個。」

哲文在加護病房裡的第二天就有力氣說話，家屬探訪的時間裡還對秀賢說嘴裡乾，也說要把冷氣關掉，說感覺腳冷、身子冷。哲文話才出口見盈盈馬上就伸雙手握起他的腳板，冰涼的腳趾腳背感覺到盈盈手掌心傳來的溫熱時哲文說了句：「還是自己的孫子好啊。」哲文也說：「肚子餓，好多天沒吃糊塗麵條了。」秀賢一聽馬上就說要給他買來，盈盈說加護病房裡可能不准許的。哲文再說：「那問問能帶其他塡飽肚子的東西嗎？」他邊問也邊伸手拔鼻子裡插著的管子，病床床腳旁的盈盈還來不及動作，這條鼻胃管子很輕鬆容易就被哲文給拔出來了。剩餘的訪客時間裡，秀賢跟盈盈就見護理師們圍著哲文，又取來了一條細細軟軟的管子，一端塗了些透明膠狀的半液體，說可以潤滑，就往哲文他鼻子裡插了進去。她們一邊俐落的動作一邊說：「夜裡是把爺爺的兩手用乒乓球手套套住綁起來的，分別綁在兩邊床架處，爲了防止爺爺拔出鼻胃管。」秀賢沒像盈盈一般有聽進去，她不明瞭這些護士們說的。聽到哲文夜裡會被綁這幾個字她眉頭皺了一下，腦子沒再接收其他內容，**她們從哲文鼻子放一條管子！！還放得那**

麼深！！讓哲文叫嚷唉啊唉啊的，她們一定要這麼做嗎？這讓人怎麼聽得下去！？怎麼綁人呢？這些先擱一邊。先要盈盈趕緊給她公熱水喝才是，也逮趕緊去買一碗糊塗麵條上來給他吃，還要把冷氣關了。

沒想到這些都被小護士們說不可以。

「家屬探視時都要注意不能讓爺爺拔下鼻胃管，放著鼻胃管就是從管子裡給水給三餐，每次爺爺被給予的水分跟營養都是計量好的，從嘴巴吃是不可能的。加護病房裡日夜二十四小時溫度就是維持這麼低，如果爺爺覺得冷，可以給他兩三只暖烘照燈，這可以做到。」

秀賢和采盈沒一會兒就又被請勸出來了，被說加護探訪時間已過。秀賢還是十分不習慣被人告知要離開哲文身邊。出來之前哲文這床的當班護理師要詹采盈簽了一個自費項目——一組矽膠鼻胃管。

轉進加護病房後的第三天一大早，醫院來電話告知說哲文可以從加護轉出到一般高齡病房，秀賢接到這通知的電話後就隨盈盈趕來醫院，采凡沒一會兒也趕到醫院來。能出來到一般病房表示就能不受探訪時間限制，秀賢可以隨時在哲文身邊了。秀賢堅持要一直同采盈、采凡在加護病房外頭站著等，這樣哲文一被推出來就能見著她。

「阿婆啊，公喉頭反射退化所以吞嚥困難，現在從鼻子那條管子直接餵食物進公的胃裡，維持公吃到的、喝到的。有照顧看護公司可以幫忙我們安排一個日夜陪伴照護的人，也熟悉以

鼻胃管餵食，一天費用兩千元，我們已經填寫申請了，這照護的人會二十四小時待在公身邊。阿婆要來醫院陪公、看公時我們就來，該回家好好休息時就逮讓姐姐帶妳回家，有什麼事，專門的看護會馬上打電話給我們。公有什麼需要被照料的，都會被顧得好好的。」

「對妳們公有幫助的就要給妳公用，不要擔心錢的問題。找得到這樣子的人來幫忙嗎？」

「有的，阿婆，都是專門在醫院裡照護住院的人的床邊看護，很有經驗的。她們的工作就是守在住院的病人身邊，幫忙所有的事情，公現在因爲自己下床廁所太危險，加護病房裡的護理師們讓公包著成人紙尿褲，之後請過來幫我們的專業看護也會一日很多次地幫忙換尿褲跟清潔公的大小便，阿婆。」

「阿婆妳休息好，才能一直顧著公對不對？其他事妳都不要操心。」

秀賢聽著是心生疑惑，**鼻子那條管子一直插著一定難受的嘛，牛奶灌啊灌的灌進哲文的鼻子裡？這樣能吃飽肚皮？**

哲文轉住高齡病房後，『好幫手人力看護』公司派遣的陳小姐日夜就待在哲文的旁邊，每日晚上，陳小姐睡在收起後是張椅子的折疊床上，這是張卽使攤平後折疊處的凹陷也很難讓成人睡得平穩的折疊床，但陳小姐說她自己做床邊看護多年，她睡得很習慣了。

秀賢天天這樣家裡、醫院的往返是采盈跟采凡擔心的。每日一早，盈盈哄著秀賢要廁所上了，早飯吃了才來醫院。采凡從她自個兒家裡來醫院，還沒上班之前采凡都和阿婆跟姐姐在醫院一起午餐，午餐後采凡上班。詹采凡知道自己能安心地去診所裡工作是因爲有姐姐亦步亦趨地陪著阿婆。秀賢跟盈盈會一直待在哲文的身邊，每天都問看護陳小姐一晚上的狀況、或幫陳小姐買些吃的、或讓她離開病房四處走走，讓她休息休息。秀賢沒見哲文從嘴裡吃進任何東西，不過陳看護每天都幫哲文換下沆甸甸的尿布，哲文每天痾的屎還眞不少，所以這條管子是眞的餵給哲文也吃也喝啊！秀賢每天都要看哲文被換下來的尿布，是尿也要看是屎也要看，只要哲文能吃、喝、拉、撒，她就放心。等到陳小姐夜黑的飯吃了之後，盈盈會同她確認隔天需要帶來的用品跟備品，每晚是近九點鐘時候，到這哲文一直以來習慣的就寢時間，秀賢才肯跟盈盈離開哲文的病房往家裡回，秀賢想的都是，**哲文這時是要睡的，他可要睡好**。

陳小姐正幫著哲文抬手抬腿活動關節的一日上午，和中出現在病房門口，這是六月中旬。站哲文能出急診重症病房的那一天，詹采凡就通知了姐姐、通知了爸媽也有通知她的大表哥。站在病床邊跟陳小姐一起在揉捏外公雙腿肌肉的采凡看見舅舅在病房門口就是跪著的，舅舅跪著跪來外公的床邊。一整日的病房裡原本都只有秀賢在說話，只有采盈跟采凡向陳小姐詢問前一晚外公狀況的聊天聲而已。「爸爸對不起你們。」哲文一見來到自己床邊的和中時就張開口說了這句。和中已經跪來哲文的病床前的時候，秀賢才看見他的，還耳裡又同時聽見和中他爹，自己丈夫今天開口的第一句話，竟是這番話，霎時間秀賢眼裡淚水涔涔滾下臉龐，淚流不住。日日都直挺挺坐在哲文床邊的秀賢，這時整身子癱斜在椅背上。

和中說他來晚了說他好傷心難過，他問病房裡的這個外人是誰，怎麼現在要拍爸的背拍這麼用力？他在說話可以不要拍這麼大聲音嗎？對了，爸怎麼了，爸有哪裡不舒服啊？醫生呢？醫生在哪裡？爸你想吃東西？蛤，很多天沒吃東西了？聽哲文說很多天沒吃東西了，秀賢說這眞是，你爸這麼多天都是喝牛奶。和中要詹采凡去樓下買麵條，要快點。和中要親自餵父親吃東西。陳小姐說沈伯伯不能用嘴巴吃東西，和中說妳旁邊站一站。和中他親自一口一口餵他的父親，秀賢想，眞是，哲文需要些熱呼呼的東西下肚才是。哲文吞不下去，和中說這管子插得爸你吞都吞不下去。哲文嗆得整身劇烈地往前傾，大力地在咳嗽，連接手上脈搏心跳跟顯示血氧濃度的儀器大聲地嗶嗶嗶嗶嗶在響。和中連忙叫醫生叫護士。和中在哲文病房裡的這天想做的事情很多。

秀賢看著凡凡一邊安排出院的事項，一邊聽著她在手機電話裡簡短告知兩天前才飛回舊金山的盈盈現在即將帶公出院回家。哲文在被秀賢攙扶，倆人自社區樓下驅車來醫院急診室，急診室裡進到急診重症，被急診室轉上加護病房，加護出來住進高齡病房，哲文在來到醫院後的第二十五天出院。這是民國一百零七年的六月二十二日。這些日子裡秀賢三不五時就說一次要盈盈回去工作崗位，要她回去接送孩子，跟回去照料一家三餐。拗不過秀賢的執意，采盈飛回到自己的小家庭。采盈聽到妹妹說醫生已經開立外公的出院單，覺得是這一陣子最振奮抖擻的消息，雖然是跟妹妹說著話，但她閉上眼就能再看見阿婆這幾天即使有自己扶持陪著，也在上下車之間都顯疲憊的身影動作。她想，粗心大意的自己有映入眼簾過但沒有看入心眼，阿婆這把一直爲著自己、爲全家這麼多人撐開著的大傘，在支撐了這麼多年後體力也弱了下來。雖然，在同齡之間相比，阿婆是一個活動力還行的老媼。朵盈不知道自己之前怎麼不好好收著這把爲了全家開闔的大傘、怎麼還能讓好強的阿婆這般揮霍她近九十的身體、怎麼能讓她這麼消耗自己？所以電話裡她馬上問起朵凡關於外公出院回到家後的照護打算。

「是啊，醫院的兩個主治醫師是已經計算了巴氏量表，也簽了章。不爲公辦理申請這樣走過一遭還不知道，不是想請外籍看護就可以請的，巴氏量表要低於60分、需要有兩位主治醫師塡表簽名，也需要是由醫院呈送出去衛生局這樣子的單位。現在幫公辦理的進度是巴氏量表已經由醫院呈送出去了。我在等醫院郵寄或者是我親自回來醫院拿一個許可函之類的回覆。拿到許可函後我可以找專門幫忙請外籍看護的仲介。是透過仲介公司申請的，也不是現下就有一個幫手進來家裡。不過公出院在即，看護陳小姐有介紹她的一個朋友給我們，今天也來公的旁邊跟我跟阿婆和媽媽見了面。」

「是啊姐姐，要請到一個外籍看護就是繁複的程序。今天不是陳小姐跟我們一起回家喔，陳小姐只專門在醫院裡看護陪伴，她說公出院她也就要回家休息了。陳小姐每天的照顧費兩千元，之後在家裡她的同事阮小姐每天工資兩千二，阮小姐還會整理家務，買菜做三餐，跟阿婆一起吃飯一起作息。」

回到哲文病房裡的秀賢聽著不同的醫生輪番進來房間，護理師跟一個營養師進來跟朵凡吩咐哲文鼻胃管的用藥方式，還有復健員進來交代出院後的注意事項。護理師淸楚地寫下每天所

需的奶粉量跟所需調配的水量，讓哲文吃了四十年的心臟科用藥也要繼續，藥丸要磨成藥粉，混著沖進鼻胃管的水量要注意也要毫克量都記下，這是算進每日的飲水量裡面。另外，有心臟科的利尿劑就要注意有無水腫的狀況，所以復健科的人員也叮嚀要讓爺爺被動式地運動四肢關節及肌肉。在這辦理出院的上午，哲文還在床上被量了體重，43公斤。

這二十五天來雙腳沒下過床、雙腿沒使過力的哲文是坐著輪椅出院的，凡凡領了藥、辦完了出院繳費，推輪椅來病房床旁邊，秀賢看到輪椅就看往病床上的哲文，她看見哲文的臉上有遲疑、有抗拒，還有些細微不堪的表情，這些表情僵在他蒼白的臉上。哲文目光從輪椅看上來凡凡的眼睛。凡凡刻意要讓語氣聽起來很輕鬆地說：「公啊，這只是暫時需要而已，你雙腳很多天沒走動了，我們好不容易能出院回家，小心謹慎總是好，跌倒了可不衷，對不對？」

「公我先扶你起身在床邊坐一會兒，然後我們慢慢下床來，我跟阮小姐兩邊扶著你，兩邊你都可以倚，你試試坐起來跟等等站起來的感覺，我們什麼都慢慢來。」

凡凡心裡**一直來回斟酌圓柔的用字**，**想被公聽起來是自然如此，絕不是不能自己行走或是有與人不同之處**。秀賢這當會兒眼看著凡凡跟阮小姐，一左一右地扶托哲文坐起身，阮小姐雖然只有看似中等般的身材，但哲文坐在床沿之後的動作是她一人穩穩地托扶的，在她的扶托之下哲文站起身來，她還在病床邊緩緩地引著哲文挪移成背向輪椅的姿勢坐入輪椅。在這同時，住院三個多星期來使用的清潔備品、紙尿布、小尿片、奶粉、營養品、跟今天領出院的一包包藥已經被凡凡收納整理好。

四人乘一台醫院大門口警衛幫忙叫攔的計程車回到家，進家門後哲文想要躺在客廳的沙發上。「公啊，你房間阿婆已經添好了一張馬達電動床，這樣能像陳小姐幫妳的時候一樣，現在跟我們進家的阮小姐在餵鼻胃管、你出恭後的清洗換擦、和幫你翻身時好出力使力。公你看您躺那個床好不好？」哲文沒回答但秀賢對采凡說：「回家了妳公想躺客廳沙發上就讓他躺客廳沙發上。」哲文終於出院回到家，秀賢心裡激動，哲文想要什麼都衷，秀賢要采凡和阮小姐把哲文攙到沙發上躺下。哲文說餓說想吃包子饅頭，孩子出聲說公再從嘴裡吃東西還是會嗆到，但秀賢還是要孩子趕緊去蒸冰凍庫裡的饅頭，還要她把水餃也煮下幾顆。哲文說渴說要喝水要喝果汁，秀賢也心比身急地趕緊準備過來。哲文咬個一小口要下嚥時會嗆咳一、二十次，嘴抿一小口水要下嚥時會嗆咳二、三十次。醫院回到家來後整個下午裡哲文等於沒吃沒喝。

「這怎麼回事呢？」

「阿婆，公喉頭反射退化，也是喉頭鬆弛，從嘴裡吃的話嚥下的全都咳出來還是好的，因爲不小心食物是可能嗆進氣管裡。公從鼻子到喉裡到胃裡還有這個鼻胃管啊，要照護理師跟醫師她們的指示餵食物跟飲水才行。」

「妳公怎麼會還沒好呢？這樣子醫生怎麼能夠讓他出院呢？」

「那天您帶公去醫院急診，公都是要休克了，就是虛弱的太無力了，公才39公斤啊，因爲喉頭鬆弛，反射來不及把喉嚨裡的氣管通道蓋住，每吞嚥每嗆到，所以住院前在家裡的日子公吃進去身體攝取的一點都不及每日所需的。這點醫生沒有治療，要改善是要開一個刀的，像之

前我們跟公去看新店那家醫院裡醫生建議的開刀，但公當下就說不要開刀。公不想開刀啊阿婆。」

秀賢沒有這麼沒個主意過。是，哲文從年前開始很常邊吃邊嗆咳，漸漸地吃得就愈來愈少，秀賢那時會對他說東西送進嘴裡再吃，不要明明就著湯匙還是用吸的進嘴裡。一吸當然容易嗆到，自己一直覺得是哲文的飲食習慣問題，但不覺得這是病啊，就這樣吞不下？能厲害成這樣現在起都起不了身？是啊，孩子從年底帶哲文去這個醫院看，去那個醫院看，自個兒都跟著去的，醫生不外乎說吃慢一點，吃稠一點的東西，多說是老化，就那麼一個醫生提起過開刀。所以要治療哲文治療到好，就是要往喉頭上動刀？這刀聽著自己都怕，哲文是一定不會考慮的。

秀賢看凡凡開冷氣、看凡凡倒了杯水放自己跟前、看凡凡和阮小姐抬哲文倚坐在沙發上，塞放兩個靠枕在哲文的後背到脖子，哲文是被她們倆支撐才坐起身的，這般擺弄後，秀賢看到阮小姐一手折著那塑膠的鼻胃管子，指頭間轉有好幾個折，同時另一隻手打開了鼻胃管的塞子。凡凡遞過來了個東西，一些水流進了那塑膠的管子，然後是牛奶。

「阮小姐謝謝妳。」

「叫我阿顏吧。」

「阿顏，我們有準備好電動床給阿公，也有爲妳準備妳的床，妳的床就擺在阿公的電動床旁邊，這樣可以嗎？」

「謝謝小姐，是，睡在阿公同一個房間。」

「不叫我小姐，阿顏妳叫我小凡，跟著阿嬤叫我凡凡也可以。」

秀賢看著她倆用鼻胃管餵食哲文，凡凡問阿顏她拿鼻胃管的動作，阿顏說轉折很多讓阿公不吃空氣。

餵食鼻胃管後一會兒，兩個人讓哲文從原本坐著改變成讓他斜躺在自己身旁的沙發上，阿顏說讓阿公休息舒服。才變換姿勢，哲文腸胃就排氣，再來哲文說他解手了，秀賢也是開心也是鬧他地說，才吃飽就拉啊，大家笑了。秀賢跟凡凡看著阿顏解開但沒有從哲文身子下移開尿布，看阿顏拿沖洗瓶爲哲文清洗小號大號的上廁所部位時舊尿布還墊在身子下方。她用乾淨的毛巾擦乾整個屁股然後拿一片小尿片包覆哲文的生殖器——小號的地方，接著她施力在哲文的肩膀和臀部把哲文翻了身，像是不怎麼費功夫似地就已經讓哲文從正躺變成側躺的姿勢，這時她折收用過的尿布，再來才在近她身子這一側攤開一片新的成人紙尿布，讓哲文躺回來後動作很慢地推翻另一邊的肩膀以及臀部，使哲文翻覆側躺向另一面，這樣可以拿離開整張舊尿布，也能把新的尿布攤平在哲文身下。又再小心翼翼地翻哲文躺平時，阿顏從哲文的兩腿之間把成人紙尿布前面的包覆面拉起包蓋了小尿片。凡凡跟阿顏把尿布兩側的沾黏條貼住固定好，尿布前側的包覆片都蓋上了瘦的沒肉的哲文的整個肚子。秀賢眼見這阿顏動作比醫院裡的陳小姐更

輕柔，眼見阿顏手裡做著嘴裡還邊對凡凡解釋著往什麼部位施力對阿公身體才不會有傷害，還解釋著用成人紙尿布加上小尿片，這樣有尿尿時只換包覆著生殖器的小尿片，有聞到臭臭的大便時，才換大尿布，說這樣子阿公的屁股會一直維持是乾爽又乾淨的，說不然屁股會爛掉。剛剛哲文臉上那是什麼表情？也不是癟嘴也不是板臉……肚子應該是吃好了，是對什麼不滿意在不開心呢？不過因爲阿顏動作很多，秀賢注意力還是看回一邊做著一邊在說的阿顏這邊，自己眞會不知道要如何擺弄、如何來照顧哲文啊。好險老天爺老天奶奶有這個安排給哲文，看這初次見面的女孩子家如何讓哲文坐進輪椅、看她如何餵食哲文牛奶，跟陳小姐動作不同但更是好語氣更是輕手輕腳。幸運都是遇到這麼好的人來細心對哲文，眞是感謝老天爺，老天奶奶！

阿顏進來家裡做的事情眞多。相處不出一個禮拜的時間，阿顏已經知道秀賢愛乾淨的習慣，秀賢說天天擦，收拾起來快又輕鬆，油的東西無論擱在哪裡，一天兩天之後再去清、再去洗會費力又耗工。廚房的瓦斯爐、流理檯面、抽油煙機鍋、鍋碗瓢盆、洗碗盆跟水槽在使用後阿顏都會清洗擦拭得光光亮亮。秀賢的內衣褲是洗澡時拉一拉水，又揉又搓自己洗起來的，但哲文的衣物、蓋褥、家裡的大件、小件都是阿顏在洗晾，洗衣機清洗完的衣服，小件衣物晾在置放洗衣機的後陽台；長被單、被套跟大件的褲子、外套是晾至客廳落地窗外寬敞的前陽臺。阿顏知道要晾得鬆散才容易乾，她也細心知道要空著窗邊、牆邊，不能挨近陽臺磁磚或圍牆，如果被單的方角邊緣垂下來又風吹磨蹭到欄杆牆壁的話是秀賢會在意的，會覺得不乾淨。沙發、椅凳、茶几和餐桌、餐桌椅阿顏會用分別的抹布擦拭，會轉開水龍頭清洗拖把、抹布一遍又一遍，秀賢說，打掃家裡不省水。

家外的採買是每天阿顏問阿嬤今天該煮什麼湯，炒什麼菜，秀賢拿錢給阿顏讓她上菜市跟附近的全聯福利中心，每天上午鮮買現做成的。阿顏每次都會被囑咐豬肉該跟哪攤買、水果該在哪間攤子上面挑選，秀賢還要阿顏上市場時，如果看到有什麼她喜歡吃的也儘管買。秀賢不怕人吃，讓人為家裡做事，要先讓人吃飽。如果有冰箱的隔夜菜飯、擱了隔夜的湯，她兩人是一起撿著吃，秀賢不會自己吃當天新鮮的而讓阿顏吃剩菜剩飯。而遇凡凡休假日子，秀賢會一大早就接到電話，秀賢接起電話聽第一個聲就知道是孩子，每每電話裡秀賢會說又難得沒班就好好休息吧，乖乖，但凡凡一定都說要回來看公，一定都說路上會買館子的菜飯回來變換口味。聽小乖乖說她休假秀賢就知道**自己無論說什麼孩子都會說要回來，一路上即使不順路也會買鼎泰豐、買朱記餡餅粥、買亓家蒸餃那些館子裡的好料回來，而且凡凡對為家裡使勁出力的人好的心更甚自己，她心眼兒裡也是要讓阿顏廚房裡外的活兒休息一天**，這個秀賢怎麼不知道？家裡這二十幾口人，一撇一把要痾啥屎，哪一個秀賢不是摸的透透的？

哲文已經出院回家好幾個星期後阿顏說想要放一天假，說要去寄錢給越南家裡的媽媽，她媽媽照顧著她還在念書的兒子。她說老公會來樓下大門口接她，說晚上阿嬤睡覺前會返家。秀賢當然稱好，應該要休息休息放鬆，還順口問了阿顏的家裡，跟她如何會來到臺灣。阿顏說在

越南她有結過一次婚，有個已經國中的兒子，她是因爲跟現在臺灣老公結婚，才能來臺灣的，已經結婚六、七年了，有著永久居留證。她一結婚來臺不久，就開始在醫院如陳看護般做二十四小時看顧住院病人的工作，之後這幾年都是住進人家家裡看護起不了身的人，還跟秀賢說她的薪水比老公還多，這個老公對她很好，不像以前越南的老公，會拿她的錢。來臺灣後她寄很多錢回越南給她媽媽，也能讓她兒子讀書好學校。這天阿顏是等凡凡進家門後才出門，秀賢對凡凡說了這些，還道：「這麼年輕的女孩子家，這麼打拚耶，還出國工作，而且她能過來是因爲嫁給我們臺灣人，她臺灣老公怎麼對她那麼好？不管她耶。也不拿她的錢喔，小乖乖妳看是不是要一個禮拜讓她休息一天？她畢竟是有先生的人。」

「阿婆，我有常常問阿顏啊！她這次是第一次回答我好，說她要放假。之前每次問她，她都是說她要工作，才會有錢，她不捨得放假休息吧。她先生應該習慣了她這樣的工作，在醫院裡幫忙我們的陳看護也是二十四小時伴著公，工作了二十多天啊阿婆。我們辦出院那天陳小姐有說她會回家陪家人，說她公司有再找她顧好像另一個醫院的住院病人，但她說她推掉那個工作，說她要回家休息幾天。」

「妳公一出院她就被安排其他工作啊？」

「是啊，阿婆，但陳小姐沒有緊接著就又工作。」

「小乖乖妳知不知道阿顏老公對她又好，又長得壯壯帥帥的。」

「啊！？妳怎麼知道阿顏老公長什麼樣子？」采凡偏著頭用瞇瞇笑眼看著阿婆問。

「妳剛剛不是進門後她才出門的嗎，反正妳去妳公旁邊了啊，我就跟著她下去樓下看看，也順便下樓跟管理室他們聊聊天，很多天沒下樓了嘛，下樓就看見她老公的。」

采凡得意地笑了，那種我阿婆眞是厲害的得意。

「阿婆，阿顏不是呆呆傻傻的，但是是沒有壞心眼的，她有用心在照顧公，妳看她的動作裡很細節的事她都有顧到。她還把家裡擦的、維持的好乾淨。我現在都故意不穿拖鞋走進來，我注意好幾次了，家裡很乾淨，而且有她天天做飯給妳吃我覺得很好。」

「喔！我是跟著她下樓去看看，然後妳是回來進門不穿拖鞋啊！」

秀賢說完這話，祖孫倆人互看著對方相視笑開了，倆人都是一笑就有彎彎的微笑眼睛。

秀賢邊笑邊說，「做不做飯給我吃是不要考慮這些，我吃東西還不簡單，我們這街頭巷尾什麼吃的買不到？請她進來主要是爲了妳公，不過一個不是自己家的人，天天在家出出進進的還是心裡怪怪的小乖乖。雖然在家裡我沒顧過妳公的爸爸媽媽，也沒顧過我自己的爸爸媽媽我們就出來了，但眞要搬弄、要伺候妳公，都看她搬弄了這麼多天，我也是可以做的！」

「妳當然想做，但卽使妳要做這些，我們也不可能讓妳來這樣做。阿婆，阿顏是我們被醫生開出院通知後帶回來家裡的緊急幫手，是暫時的。我們正一邊在等從醫院遞上去的巴氏量表才能得到申請外籍家庭看護的資格通知，阿婆，阿顏也是知道這事的，她說這種仲介公司安排給我們的女孩子跟她們在醫院看顧過病人的不一樣，有可能沒有翻身拍痰的經驗。她說會做給仲介請來的人看，會教導我們要請進來的人耶，她對我說這些話的那時候，我就知道阿顏是一個好人。」

「外籍看護？阿顏不是就是外籍看護嗎？」

「阿婆，阿顏是在等身分證的越南新娘。她是臺灣人的配偶。我們現在幫公在申請的是像公園裡那些推著老阿公老阿嬷的看護，也像是還在南京東路住時，妳打牌的老朋友林婆婆家，她請的就是外籍看護。」

「對嘛，我也在想，市場上的人都說她們家裡請的外勞不是這種價錢，以前林媽媽也說她外孫女給那個小女孩子一個月一萬多塊錢而已啊。不像我們，我們給阿顏一天兩千二，不是兩百二耶，讓妳公知道的話他心裡可難受了，他那扣屁股唆指頭[199]的個性，花錢在他自己身上，他只會覺得錢用掉一個少一個。」

「哈哈哈哈，阿婆妳說公說得太摳了吧！」

「眞的是這樣小乖乖，妳不知道妳公。我們館子收起來了之後不是都是妳公去銀行拿錢放家裡用的嗎？妳知不知道如果我要他去銀行提錢，他時常回我什麼？」

「什麼？」

「他時常說，再去提錢，錢只會越提越少。我都回他說，是啊，有誰能把錢越提越多的呢？」

199 扣屁股唆指頭，河南口語，以手指擦屁股後還吸允乾淨，省下來廁紙跟省下來水，是比喻一個人非常節省不花費的意思。

聽阿婆擠著頑皮的表情說這些話采凡又笑了，采凡多麼喜歡聽阿婆提起這些跟公相處的日常小事情，那些她來不及參與的歲月中的零零總總。

這天凡凡在家，秀賢睡了個甜甜的午覺。午覺起來後秀賢走到哲文的房裡，見孩子在哲文電動床床頭唸信箱裡才收到的榮光雙週刊給她外公聽。凡凡見阿婆有休息好就提議說要以輪椅推公出去阿婆晨起運動的地方走走，讓公曬曬太陽。打從那天送哲文進醫院，請醫生幫幫他們，一直到現在已是八月天，秀賢就沒有出來公園這頭運動聊天了，哲文也沒有到戶外過。秀賢問哲文她想不想出去透透氣，哲文點了點頭。

「唉啊啊，沈媽媽怎麼這麼多天沒見妳出來啊？」

「是不是瘦了一圈啊？」

「看妳這樣！」

這天正值很多鄰居厝邊聚在公園聊天的傍晚時分，很多鄰居朋友湊上來跟秀賢攀談，很多人握住哲文的手跟他問好，大夥還馬上空出一個公園椅子讓秀賢坐下。采凡取下外公戴著出門的白淨棒球帽，讓外公曬著太陽，采凡幫忙著外公回答鄰居們的關切問候。秀賢嘴上回應著圍繞她的親切的鄰居們，眼睛一直看向與自己一步之遙的哲文和采凡。

三人背向公園緩緩返家時，秀賢一直在琢磨剛剛公園裡哲文臉上的表情，有孩子一整天陪著，哲文一定是非常高興的，孩子把他穿戴整齊乾淨地去曬他愛曬的太陽。出來一路不發一句話，那沒什麼，哲文本來就不愛閒聊，尤其他身子又這樣。不過哲文他臉上有一些表情，也不是癟嘴也不是板臉也說不上是累了，好像那天從醫院回來時哲文臉上也有這表情……驟然地秀賢這時才明瞭，**哲文是感覺丟人了！！坐在輪椅上被人推著，鼻子裡又插著那條管子！！跟讓孩子看外人給他清洗、給他脫換尿片他都是不堪的！秀賢越想越責怪自己大意，哲文他面子掛不住，不希望這樣子被看見啊……**但自己現在能說什麼？不應該推哲文過來人多的這一處？該讓孩子推她公往沒人的那一處去曬太陽？叫孩子不應該看阿顏給他公換尿布、也叫孩子不該給他公換尿布！要怎麼對小乖乖提這些！？小乖乖給她公做這些是出於她的孝心……應該要就這麼個沒事般的慢慢回家去，秀賢這時嘴裡好像有什麼酸酸的東西流動，同時眼淚瞬間滿在眼眶裡。秀賢在心底向自己滴咕，**不能流淚，絕不能，小乖乖費了多大的勁兒推哲文出來轉轉，這時候流眼淚是什麼意思啊。**

炙熱的八月初是古曆年六月底，在這第一個週日，這很之前就商量好讓阿顏休息的週日，采凡約了她老闆跟從高中認識至今的兩個好友進來家裡陪秀賢打麻將。幾個年輕人進門後都先進哲文的房間問好，圍在哲文床旁，哲文沒什麼話，但有對著大夥兒說：「啊呀，人多打牌妳阿婆可高興了，我也可高興啊。」秀賢好幾個月沒打牌了，秀賢高興地摸著麻將贏著三個年輕人的錢，采凡陪在外公房裡，不時地走出來客廳幫大家倒茶。麻將桌上三個年輕人是反應不及秀賢、牌打不過秀賢，連笑話也說不過秀賢。秀賢是個開心果，麻將桌上的年輕人都被秀賢隨口拈來的幽默感折服。在客廳打牌的大家讓麻將聲跟開懷的聊天聲音傳進後頭哲文的房裡。哲文對凡凡說，想出來客廳躺。

采凡原本是有擔心外公會覺得吵，或是會不想見這麼多人的，而且同秀賢習慣的，家裡的冷氣從近中午開到晚上，除了哲文的房間。哲文房裡是同哲文一直習慣的，一只大同電扇在他房間裡轉過來，轉過去。聽外公這麼說采凡確認地問，客廳裡有開冷氣喔，公吹冷氣ok嗎？哲文回說，哎，ok。詹采凡心裡非常高興，跑過來客廳對大夥說她就要帶外公出來，來客廳的沙發上。大夥聽她這麼說立刻麻將牌一蓋，起身就說要來房裡幫忙。哲文說他要出來！秀賢很是訝異。她隨著年輕人們一同走過來哲文的房門口。秀賢想確認又問了哲文，哲文說，哎，想出來客廳躺。輪椅被推近電動床床沿，輪椅的兩個輪子被鎖住就定位，隨後凡凡在左側凡凡同學在右側撐哲文起身，三個人穩穩緩緩地動作，哲文坐入輪椅。有人這時跑回客廳將沙發整理清空好讓哲文躺入，秀賢去自己房裡拿出一條半大不小，乾淨的薄被。客廳不比哲文的房裡，大半天的時間冷氣都是開著的，哲文一定會覺得冷。很平順地哲文被扶上了客廳的沙發，當大夥你一句：「外公你躺這裡指點我們的牌多好」、我一句：「對啊外公你跟我們一起在客廳才熱鬧」、又有人說一句：「外公你今天看起來氣色好好」的這些話說著時侯哲文這時說了一句：「以後都在這兒睡，不進房了吧。」這句讓大夥都安靜了下來。采凡聽了後再次跟外公確認，是！外公想躺客廳！！想一直在客廳不要再進房睡了！！秀賢心裡想想這樣也好，是啊，客廳

才看得到進門口，才看得到廚房，才看得到電視！而他房理，安靜是安靜，但光線就暗的多了，而且只有一個窗戶大小的風景可看！況且家裡面，哲文想躺哪兒就躺哪兒。秀賢看著這幾個年輕人討論著如何如何，也看著她們一起把哲文正躺著的客廳沙發移動了位置，客廳對陽台的落地窗之間就已經騰空出了可以擺置電動床的一片空間。接著看她們大夥兒站進哲文的房門裡，看著那張床架不算小的電動床，商量著，又討論著如何能把這張床給抬出房門。秀賢心想這床可是沉的很，這些孩子們受傷了可不行，這其中還有凡凡她老闆啊，她連忙說道，唉呀呀，先別忙好了，這床要從房間移出來太費力了，我去跟那老頭子說說，他白天躺客廳，但夜黑時候睡覺該進來房間睡！凡凡語氣軟又動作緩地把秀賢從外公房間牽到客廳，讓秀賢坐下，對她說：「阿婆別急也別爲我們年輕人擔心，阿婆在公旁邊陪公一會兒，大夥會注意又小心地把床移出來客廳的，這冇事。我們不會刮了牆壁，不會傷了地板的阿婆！！」

「妳這丫頭，我怎麼會在乎地板不地板的，我是想，妳們出那麼大力氣會受傷的。」

「挖哉，妳怕我們受傷！！」[200]

「別爲我們擔心，大夥今天來就是爲了妳跟公不是！阿婆坐在這兒陪著公，我們人這麼多，有法兒子的！」

---

200 挖哉，是非臺語舌頭的詹采凡對她阿婆以臺語說我知道的不正確發音。

過了沒一刻鐘時間，秀賢見凡凡她們這四個年輕人，一路還有人指揮交通似地，欸欸床腳要往右，欸欸這樣抬床身往左一點的通力合作下成功搬移側倒著的電動床出來到了客廳。秀賢見她們這番費力氣都是為了老頭子，眼眶就紅了。整床一點不髒的被單、枕套被凡凡全新換上了一套，接著哲文是被她們伺候地妥妥貼貼的，躺進落地窗邊的電動床上。秀賢看著這一個個年輕人，他們的臂膀、手腳、動作都是年輕的，年輕的身子真俐落。在電動床上的哲文這時翻了個側身，眼睛望著客廳的落地窗外說了一句，「啊，世界真眉蒿啊。」一聽這句，秀賢的眼淚從眼眶正中間撲簌簌落著，一串串滾大的淚是來不及遮抹的，這時她嘴裡說：「妳們休假不休息，跑來為我們兩個老人家，唉呀，妳們這是休假來做工啊！？」這時幾個圍在身邊的年輕人馬上有人說了一句：「總不能一直坐在牌桌上輸錢給阿嬤吧！」另一人又接一句：「對啊，我們這樣一攪和，阿嬤連莊的氣勢就會被打散了。」另外一個人可能是肚子餓了他說：「對，我們要做事，動一動，阿嬤請我們吃的飯才吃得多，阿嬤，等等一整桌子都會被我們吃光光喔！」大夥都笑了，笑得開心。「吃！你們能吃多少都吃！」秀賢用極高的語調說這句話，來振奮自己的情緒。

秀賢沒意識到她見了么九。這天秀賢起床後撕下那張八月十八號的日曆時見了今天的日期是十九，她沒感覺到自個兒眉頭是皺著的。撕完日曆，秀賢在客廳聽開車從臺中回來的和中站在阿顏旁邊問為什麼要拍他爸的背拍得那麼用力，說已經像在打他爸似地。和中對很多其他東

西也都有意見。和中現在每兩個禮拜還是三個禮拜回來一次，一次住個兩三天。阿顏爲哲文拍痰的動作還是繼續著，哲文因爲被拍痰發出呃、呃、呃、呃的聲音，然後咳出一些痰。

和中說媽起來啦，和中說要帶媽出門，去買一臺抽痰機。和中說怎麼這麼重要的機器都沒買給爸？秀賢感覺心不靜、亂哄哄的，思緒亂糟糟地秀賢和和中出門了。秀賢不知道，哲文等一下就要離開她。阿顏十點出頭就打了電話給凡凡手機，這是秀賢腳才踏出家門後的沒多久。沒有被采凡接起的手機電話，阿顏一通接著一通打。阿嬤不在家，凡凡又沒接電話，阿顏心急地到樓下大樓管理員室，請他們聯絡采凡或台萍。民國一百零七年八月十九號上午十點半，台萍接起這通大樓管理員打來的電話，難得的她今天聽到身上的手機在響。管理員說阿顏急著找她，跟沈伯伯有關。秀賢出門前對阿顏有交代，交代她說和中和自己上午飯前就會回來，還說如果阿顏上午飯做好，她餓了就先開動。秀賢出門前也有在電動床前對哲文嚷：「我跟和中去幫你買東西回來。」秀賢沒多想，沒多花時間注意哲文有什麼反應，沒注意哲文是否有頭偏一下，還是有嘴角開一下。秀賢穿鞋、闔上門的當會兒，還看向客廳落地窗旁的哲文，他遠遠地躺在那張床上，看似很舒服、看似正在睡覺。

已是近中午時間，采凡發現自己手機有好幾通阿顏手機的來電紀錄，也有好幾通媽媽的來電紀錄。采凡回播阿顏的手機，阿顏沒接，采凡回播媽媽的手機，電話裡采凡聽見媽媽說這句，「妳公已經沒有呼吸了喔。」

「媽媽，妳說沒有呼吸是什麼意思？妳現在在阿婆家嗎？」

「阿婆跟妳舅出門買東西的時候，阿顏要樓下管理員打電話給我，我進門到現在妳公就是躺在床上，沒有氣息了喔，妳阿婆回家後哭啊、也叫妳公，妳公都沒有任何反應，公過去了喔。」

「我現在馬上回去。」

週日是休息日，週日通常采凡上午就回公跟阿婆家了。這天采凡正在住處附近牽狗散步上廁所，這住不遠處高中同學的狗。幾天前高中同學問她方不方便幫忙遛狗時她當然有閃過這樣就會讓她遲幾個小時才能過去阿婆家裡。現在詹采凡在問自己爲什麼她以爲公會一直都在？是怎麼公會就像她以爲的一直都在？聰明的大狗看得出來采凡的故作鎭定，大狗領著采凡走回家的。采凡一直在心裡默念要把狗飼料、飲水備好、要把同學家門關好，采凡要自己鎭定，她對自己說一步驟一步驟慢慢來。采凡在同學家外馬路邊招攔計程車，跳進計程車時她想起今天醒來後淸醒前那平靜溫柔的夢，那她睜開眼起床後就忘記了的夢。距離不近也不遠地，外公跟她同以往般坐在客廳，外公臉上皮膚光亮沒有皺紋，身軀直直挺挺的，外公在沙發上做得很直很挺，像他在今年四、五月之前的那樣健康。他心情很好，沒提什麼特別的事情，在說家中尋常的事情，字句連貫，外公很順又流暢地說著話，有別於以往外公的話語總是片段又精簡。采凡心想，對，公淸晨就來對我說話，而我一醒來就忘了，不過公確切是說了什麼事情？

采凡進門時阿婆正在徒手擦淚，阿婆坐在電動床旁的客廳沙發上看著外公。采凡走踏著阿婆家的客廳地板，要走向落地窗邊的床，但感覺**不到自己身體的重量，這會兒覺得這段路走得虛幻不實**。采凡看見阿顏正在捲一條乾毛巾，她把毛巾放在公的喉頭上，撐在脖子和下巴之間，阿顏對剛走進來的凡凡說，「鬆開的下巴會一直開開，等一下阿公全身變硬，就會推不上來。」看著外公閉著的眼，看似睡著的臉，表情平靜、整身很舒服很輕鬆的姿態，采凡心裡**有一個忍住不眨眼也許就會看見公張開眼的期待**。采凡伸右手撫摸外公平平的放在身子兩側的膚色曬得健康的手背、手臂，上頭有著密密點點的曬斑、老人斑。她摸外公眉骨上的眉毛，茂密的眉毛，其中還有幾根是全黑的。她摸上有非常柔軟頭髮、圓弧鵝蛋型的頭頂，輕輕地用手指跟手掌梳撫頭髮沿著公的頭型往後順，外公的頭髮每天都被阿顏梳理得很仔細，全身、臉龐、頭皮也都被阿顏早、晚用溫熱毛巾各擦拭一遍。采凡知道外公從年輕到老都是油性皮膚，阿婆因此時常卸下公的枕頭巾換洗，采凡知道因爲幸運地有阿顏幫她、幫阿婆來近身照顧外公，自己現在能摸著清清爽爽，感覺心裡、身上都不再有事煩擾的外公。**公現在看起來無憂無慮舒舒服服。不知道最後公是嚥下一口氣還是兩腿一伸？不知道公他自己知不知道？**

「阿婆，妳看公這表情。好平靜好舒服的樣子。」

「我剛剛不應該出門的。妳公喝完牛奶，我還對他說我們出去買東西，他沒喚喚我，或要我留在家裡。什麼都沒吭一聲，他就這樣耶，他就這麼放得下啊？我剛剛眞不應該出門的。」

其實秀賢不知道哲文最後那一刻有沒有做些什麼，還是他有感覺到痛？哲文是吸那最後一口氣、或吐出一口氣、或哲文有張開個眼？

「會不會公就是看妳出門他才選這個時候。」

「他就這樣不說一聲、兩腳一蹬、兩腿一伸自己回家啦？！」

呼吸著的人可以停了呼吸，原來就是這樣的措手不及。

中午快十二點時候沈思祥一家神情嚴肅戴著口罩走進來。沈思祥進門後不知道是在對誰說，「現在是農曆七月耶，搞這什麼東西。」采凡覺得表哥一家戴著口罩很突兀也不敢相信自己聽到了什麼，她控制臉上表情不能表露出心裡的驚愕。采凡維持脖子不偏，眼珠子不動，只以眼角餘光看往阿婆，阿婆好像沒有聽到表哥說話。沒多久，沈思佳帶著一雙兒女進來。沈思佳走來她哥哥身旁問他爲什麼要掛著口罩，被她哥哥白了一眼，她走近的前一秒沈思祥正在問采凡，「不會是這個越南的對爺爺做了什麼動作，會不會？」像是有聽見這番話似地，這時阿顏問采凡她可不可以出去，去大樓的書報間或大廳。阿顏說讓家人在一起，沒有外人。

一直等到阿顏把厚重的家門帶上，采凡得到幾秒鐘的反應時間，她回覆大表哥：「公在，照顧公，她就有工作，有錢拿。而且待阿婆家裡，事情單純。任何人都不可能想結束這裡相對輕鬆的工作，再找其他地方吧？」回話的同時采凡心裡開始爲阿顏思忖著，**逮不讓人看到時趕快把薪水付給阿顏，然後讓她整理整理她的東西，早早讓她回她老公那兒比較好。**

秀賢要沈思祥傳訊息給在深圳的思國，現在思國回了電話到他哥哥的手機，思祥接起手機邊對電話裡說，「走了，爺爺走了。人不在了啦，就剛剛走的啊。」邊要開落地窗去陽臺上繼續講電話，秀賢就趕在他踏出客廳前開口說了一句，「要你弟多帶一點錢回來辦你們爺爺的事。」看大表哥是要踏出客廳去陽臺講電話，不再被圍著的采凡抓緊時間正要打開家門想去樓下找阿顏，步出門前聽到阿婆這句話，她詫異地停下步伐有半晌，采凡關上門前看往阿婆的臉，**阿婆是認真的要二表哥負擔公後事的花費！**電梯送采凡下至一樓的幾秒時間，采凡心裡一大堆自言自語，還有很多的匪夷所思，但盡快找到阿顏，讓她趕快離開家裡的混亂是現在眼前的第一件事。大樓的書報廳裡，采凡在阿顏面前把這幾天的薪水算給她，阿顏收下錢時對采凡說：「阿公都不罵人也不打人，都一直對大家笑，對我笑，還時常對我說謝謝。」

「謝謝妳這樣說我外公，謝謝妳照顧他，阿顏。」

「我沒有照顧過像阿公脾氣這麼好的老人。」

一個多善良的人在用無包裝的中文說心底的感受。采凡好想聽阿顏說更多外公的事情，任何公的事情。付錢給阿顏是理當如此的事，不過要怎麼表達謝謝她跟感謝有她的心情？

「謝謝妳，阿顏。阿嬤跟我都謝謝是妳照顧著阿公。阿公離開我們，我的表哥、表姐跟舅舅現在在家裡面，家裡會跟只有阿公、阿嬤、我跟妳那樣在家時很不一樣，妳了解我說的嗎？」

「舅舅他們很不一樣，我知道。」

采凡細細地看阿顏她紋成桃紅色的嘴唇唇線、她的雙眼、跟沒有什麼特別的表情的臉。

「妳把妳所有的東西都收好，等一下我陪妳拿妳的東西出家門，好嗎？」

「好的，小姐。」

阿顏接著說道：「我上去就整理我的東西，整理好就回家。」

采凡感覺好難受。**有幾次她進阿婆家的門就看到阿顏坐在電動床邊的椅凳上，趴在公的腿邊就睡著了，每三個小時的幫公翻身和拍痰，阿顏的工作眞不是常人承受得了的。感謝她的都沒能表達，然後自己明白說出口的是請她趕快離開。**

倆人開了家門經過客廳往外公房裡走的時候采凡聽表哥跟舅舅正激動地對秀賢說著話，不太有人注意她們倆。見阿顏在房裡開始收拾采凡便走回客廳內，這時她聽到沈思祥很大的聲音在喊：「妳身邊就沒有錢嗎？爲什麼要思國出這個？」

「他只是妳第二個孫子，那我是不是要出更多？」

思祥再問了，問說爺爺最後有交代些什麼沒有，特別是對長子跟他這家裡的長孫，沈思祥還說我兒子可是長曾孫，用特別強調的語氣。秀賢都一直沒有回話。沒被他奶奶應話的思祥開始走過來走過去，也開始喃喃自語。不久他又再出聲說了，「現在是七月！這會影響到我們姓沈的、會影響到我兒子女兒的。如果妳兒子跟女兒都沒主意，我來聯絡葬儀社的人要他們盡快派人過來，他們整個一條龍的都會負責處理。」

采凡這時又不確定阿婆是不是分神想去其他的事情了，對表哥說的話阿婆一點反應都沒有。

兩個西裝筆挺的人很快地就出現在秀賢的客廳，恭敬有禮貌地問老媽媽是哪一位，他們斯文又輕聲地說請老媽媽節哀，他們問哲文的出生年月日，說爲了要對應長子、長孫、長曾孫的出生年月日好選擇出殯、火化跟入土的日子和時辰，像是秀賢有特別指定要在意這些，帶著進門來的還有他們禮儀公司一直配合的醫師。醫師在家裡客廳詢問秀賢、和中跟台萍關於哲文是怎麼離世的以開具死亡證明。秀賢聽不下這些詢問也不想去想今早到現在的事情。**哲文眞就這麼瀟灑耶，一聲不吭地看她踏出家門，她回來後就見他一直像睡去了一般到現在**。秀賢走啊又轉地留在她自己的思緒裡，那是她跟著哲文跟了七十三年的世界。她周圍是一屋子的家人，還是有許多事情該做、該辦，但她使不上力，她沒辦法思考哲文就這麼過去了，她頓時就失去了一個很重要的她說不上來的什麼……

和中見媽都沒反應，便對醫師一一回答了，有的回答的很哽咽，幾次都暫停下來向那名醫師說對不起請給他一點時間，有的不知道怎麼回答。沈哲文的死亡證明被這醫師拿給秀賢、和中跟台萍簽字後用印章一張一張地蓋章開立完成了，醫師開立了很多份，說這證明在之後火化場、靈骨塔、銀行、郵局或很多政府單位都會需要用到。和中希望再向這醫生問清楚銀行跟郵局需要是什麼意思。這同時一直站在一旁的沈思祥覺得不耐煩，再拖拖拉拉下去，會是要耗到幾點？他眼睛看向禮儀公司西裝筆挺的兩人，讓兩人的目光隨他的眼睛看往哲文並頭點了兩下問道：「可以了吧？」這兩人便開始動作，說在家中的項目已完成，請家屬節哀，會將至親收束好抬移至板橋殯儀館。

「不能讓你爺爺這樣躺在家裡躺幾天嗎？」秀賢手護在哲文身上以沙啞的聲音問。

「開什麼玩笑，奶奶，現在是七月耶。這對工作升遷、對讀書、對家裡人身體都不好的啦，也不可能再讓人家回頭來第二次才辦完事嘛。現在天氣很熱耶，妳怎麼可能這樣放在家裡？」

「來，你們請繼續，我安撫她老人家，你們該做的動作趕快做，我之後跟你們經理保持聯絡。」

沈思祥語畢的兩三分鐘內，身穿西裝的兩人已把哲文裝入一人型大小的黑色拉鍊袋中，還抬上了兩人的肩膀。哲文還不是僵直的腿部有些往下垂時被他們伸手托住，秀賢哭了出來說，「怎麼不能再讓你們爺爺再躺在家裡幾天。」

電動床床面上的凹陷在這麼短的時間裡已回彈爲平整的表面，像哲文沒有在上面躺過這五十八天一樣。這時阿顏從房裡走出來客廳對秀賢說要離開，秀賢說，「好，好。謝謝妳啊。」和中挨近阿顏大聲問道怎麼這麼急著要離開？還說要她把拉出來的行李在客廳翻開來看看。阿顏順從地把行李袋放下打開，她站著看和中翻她的衣物，像是這些要求一點都不奇怪。她對和中怎麼翻都沒有反應，她穆穆站著等著。阿顏在客廳把行李再次收拾整理後踏出家門，她還轉身把門闔上。家門關上後思祥跟思佳其中一人在說：「把爺爺不知道怎麼弄的，而且老闆還沒叫她走她竟然就這樣子自己離開！」另一人在說：「要趕快叫東西進來吃，不然晚餐要吃什麼？」采凡多希望**自己的耳朵也能闔上、多希望這些話語落下地後就一點不留地散去，她不想**

記得在公和阿婆家裡聽到的這些。她多年來都在同一個診所，診所裡單純的工作環境沒讓自己接觸到社會的黑暗或人心的險惡，是在舅舅、表哥、表姐跟表嫂都回來的公和阿婆家裡她見識了我高等妳低下、刻意刁難、爾虞我詐、互相猜忌以及黑暗狡黠的人性。目睹惡人行徑的當下她發現除了軟弱地噤聲在一旁，自己完全沒做任何事情，看著舅舅翻查阿顏的私人物品自己沒出聲阻止，就連走向阿顏幫她提拿行李的勇氣都沒有。

哲文自醫院回來家裡後，時間是出溜著走的；哲文被抬出家門後，時間之於秀賢是停滯不動的。這是哲文離開後的第六天，整個社區大樓跟街坊鄰居聯合舉辦中元普渡，思祥進家門後問有沒有東西吃喝，還向大家宣布禮儀公司的林經理已經向師父求好家祭跟家祭後直接火化的日子，說家祭場地就承租新北市立殯儀館火化場內的廳堂。他問現在有什麼東西吃，說等一下又要再出門去送訃文，秀賢把她自己的熱豆漿遞向思祥，說反正她吃不下，秀賢還要凡凡再醬油煎個蛋給她表哥夾饅頭吃，思祥白了白眼回說，那不用了，白饅頭、白豆漿聽了就沒胃口，等一下在路上我自己買著吃好了，采凡一聽大表哥這麼講也就又坐回秀賢旁邊繼續喝豆漿了。沈思祥很快地又出去了，轉出餐廳往大門口邊走時邊喃喃自語在說，這些人天天不知道做些什麼事，遇狀況是不做決定、也不做事。就我一個人在忙，連吃的都沒有……這一整個禮拜沈和中都待在家裡，說公司有給他喪假，也說他想就把工作辭了住回來，和中在他爸爸房間裡拿酒精噴啊又擦的然後睡了進去。沈思祥才出門換和中自哲文房裡走過來餐廳問有什麼東西可以吃，還說，「爸爸有說銀行裡的錢是要留給我的，要我好好照顧媽。」

采凡那頭豆漿碗裡的瓷湯匙聲停了下來。

「你爸爸有說銀行裡的錢要留給你啊？」秀賢在喝豆漿但也不像是有在喝豆漿，和中說的話落下好一會兒的功夫後她問出這句話。

秀賢這頭吸氣沒聲、眼睛沒眨緩緩地又說：「我怎麼沒聽你爸這麼交代過。棺材裝的是死人不是老人。我身體還沒那麼差勁要人照顧。你幫人家做事有幾年了？人都要有個工作做。別輕易把臺中的工作辭了，凡凡三不五時都在家裡，你就也有假的時候再回來。」

第十一章　妳就回來逢場作戲一下　跟著他走了七十三個年頭　妳們年輕人方便就好

客廳落地窗外的天空是讓人心情大好的藍色，鳥群在陽臺下整排路樹的樹梢上啼鳴，這是一個哲文會擁抱的美好夏日，但秀賢什麼都感受不到。秀賢甚至沒察覺她一步都沒出門。秀賢從臥室移動到客廳都走得慢長沒目的，她抬不起腳步，有鉛錘拖著她。哲文不再躺在客廳了，哲文不再坐在他的電腦前了，哲文不在了，所以出門還是在家裡其實也沒有任何差別。之前自己發牢騷或碎唸時他曾說過兩人之中如果去了一人，家裡就沒了大眼瞪小眼，說別看啊，滋味會差很多喔！**眞是被他說對了。**

孩子上班之前提上午菜進門，買的都是秀賢愛吃的東西，但餐桌上秀賢不怎麼動筷子。小乖乖去打開冰箱看，秀賢知道她要看什麼，孩子從他媽媽那幫端來的炒青菜、從鼎泰豐買回來的花素蒸餃、從民生社區給她買的紅豆丹麥土司、上次休假日做有的紅薯稀飯……冰箱裡的食物比小乖乖上次打開檢查時看到的還多。

「阿婆，再兩天我又休息，我一早就回來我們去市場買米粉、買菜、買料，回家後妳指導妳指揮，我來炒米粉好不好？好久沒吃炒米粉了。」

「乖乖，妳有休假日是不是好好的休息就好了？我吃不下耶，好像每天都不覺得餓耶。」

公不在了的公跟阿婆家眞的好不一樣。阿婆難過的不怎麼吃東西……我該怎麼辦？

「小乖乖，看妳休假那一天跟著來臺灣銀行和郵局，他們說要趕快把這正事辦一辦。妳舅舅跟妳大表哥問說怎麼需要找妳一起來銀行，說妳公銀行裡的錢由妳來辦怎麼會妥當，我對他們兩個說就是妳來辦才妥當。」

「媽媽也有說要分嗎？」

「我問妳媽她是不是也要妳公銀行裡的錢，她回我說如果她哥哥可以拿那她也可以拿。」

在臺灣銀行的櫃檯，秀賢讓采凡寫銀行行員遞給自己的一張又一張的單子，秀賢要采凡坐在她身旁的椅子上好好看過慢慢塡寫。銀行行員問繼承人都有到場嗎？秀賢指自己身後站著的兩人回說我兒子女兒在這。行員問那這位是誰？秀賢回說這是我第五個孫，年輕人眼明手快，我要她來辦這事兒。在一張一張單子上的細項、數目都塡好後，行員要去了哲文的死亡證明書、全戶戶籍謄本、繼承人的印鑑證明、跟一堆資料。行員再一次抬頭看這櫃檯前的四個人，讓秀賢、和中跟台萍核對她們自己的銀行帳戶號碼跟分別要匯入的數字，要她們每一個人簽名蓋章，說當下就會由哲文的帳號匯入她們分別的銀行。

「詹采凡，妳搞什麼鬼？怎麼這樣寫呢？我分的不是這個數字。」

台萍湊過來看哥哥手上的單子，台萍看要匯入哥哥戶頭的數字跟要匯入自己戶頭的數字一樣，沒說一句話。

「分的不是這個數字嗎？可是舅舅，阿婆要我怎麼寫我就怎麼寫的。」

「媽，爸的錢，妳、我、跟妹妹，我們三個人分，怎麼會是這個數字？我要多一點。」

「你跟你妹就都拿三百萬，沒有什麼多一點。」

「舅舅，如果想要再跟阿婆討論，我們先回家，大家好好在家裡討論確定了，我們再回來銀行辦事，這樣好不好？」

「你妹什麼話都沒說，你怎麼就這麼多話呢？就是這三百。說到頭來，你們爸爸銀行裡的錢不就是我的錢嗎？現在就是我說的這樣辦。」

「小乖乖，就是我說的這樣，妳寫的沒有錯，這事今天就辦一辦。」

一行四人還接著就去了郵局，在郵局時秀賢說你們爸爸郵局裡的這三四十萬就全部存入我的戶頭，這是政府每個月給你們爸爸的老人家的錢，他從來沒有動過，沒我們這個年紀，有得領這個錢嗎。她要和中跟台萍簽名蓋章同意，要采凡把哲文郵局帳戶的事情就這麼辦了。和中不甘願地在郵局櫃檯蓋了章就稱要離開，和中邊離去邊大聲對他妹妹說道：「我跟妳都不應該只是拿三百，我們有權利的，妳知不知道？」

辦完事情，踏進家門，秀賢才鬆下整排綳了一天的背脊跟褪下兩眼堅毅的神情。秀賢走出客廳落地窗坐往陽臺抽菸，她要凡凡來她身邊。采凡站在吸著煙的秀賢身邊，采凡看著她恢復溫柔目光、整臉和藹福態的阿婆，思緒開始東想西飄。采凡被舅舅在臺灣銀行裡的怒目瞪吼有嚇了一大跳，但她故作鎮定。**自己的媽跟舅舅不是讓阿婆處理公銀行留著的錢，是說要跟阿婆一起分，這對阿婆的不孝是擺明做出來了，她無法分擔阿婆的傷心難過，她只能盡可能從旁邊幫忙，做好所有阿婆希望她做的事。**然後秀賢像是發問也像是自言自語了一句，「我的老頭子怎麼會說有錢要給他？」

「阿婆，我不知道公有沒有那麼說過，但舅舅和媽媽跟妳，妳們三個人是繼承人，他們今天在臺銀或在郵局，也可以不簽名蓋章的。」

「這是我跟妳公的錢，我們年經時不懂得怕、不知道累地又攢又存來的，怎麼會他們有這樣的權利？」

「他們是公的兒女，公一離開，法律上他們就是有權利。阿婆，妳當然可以要他們蓋章全部都放棄，一毛不可以拿，全部匯到妳的戶頭裡，是也可以這樣做的，今早妳如果這麼說，我就會這麼辦。」

「妳公不在了，這全部是我的錢啊。」

原來阿婆根本覺得全部的錢都應該放她的戶頭裡！當然，這都是她跟公賺的錢啊。他們那兩個人有問過阿婆是想要怎麼處置嗎？但如果阿婆今早在銀行裡是要自己這麼辦事，想必舅舅

也不會蓋章同意的。采凡想，家裡的大小事情還有什麼是阿婆不知道的。阿婆今天在銀行裡會這樣辦完事是不想跟他硬碰硬吧。

爲哲文申請的外籍家庭看護已由勞動部發了被核准的公文，采凡聯絡的仲介公司因爲采凡告知外公離世而擱置了下來後續的動作，但熱心的仲介張先生隨卽有打電話給采凡提議同一工作住址內這申請到的批核可以轉移被看護人從外公到年紀也已經很大的阿嬤。采凡被如此告知，自己都有點錯愕，采凡猜想阿婆一定會回絕的，阿婆會說她不需要有人進家來看護她。不過采凡還是問淸楚了如果是要以阿婆爲被照護人來申請的話還需要補交的文件跟流程，采凡請張先生給她們一點時間。

秋末卽將入冬的日子采凡開始更頻繁的請假，秀賢多半都在客廳坐著想心事，在看到采凡一大早就進家門來時才會說出一句，「怎麼又回來家裡，看妳這麼請假老闆不會說話啊！」接著秀賢會被采凡拉著出去去以往運動的公園轉一圈，轉一轉後去豆漿店喝豆漿。

「動一動才吃得多睡得好阿婆，妳好久都沒上公園晨間運動了，那幾個打牌的鄰居沒再找妳去她們家打牌了啊？」

「應該是看我都沒再出來運動、出來走，而且妳公才離開，也不好意思叫我去她們家打牌吧。我也沒那個心情、也沒那個想法要去她們家摸牌啊。另外，我們這樣去別人家也是不方便，現在的年頭都是新觀念了不錯，但還是有些人是比較傳統的。」

「阿婆，妳能走、能睡、能吃，我上班工作才安心，妳看我認眞工作妳也才開心對吧！」

「那當然是啊。」

「一些七老八十比妳年輕的老人家都有請幫著做一些家事、打掃啊的人在家裡，買油啊買水果啊買一些重物可以幫著提回家，妳說我們請一個人好不好？」

秀賢很知道采凡心裡在想什麼，這孩子是要請一個幫自己煮飯洗衣打掃的人來照護自己，跟阿顏一樣，這個人會住進來家裡。小乖乖一直就細心，那時南京東路的家她都能想著要把那幾階樓梯鋪成坡道，那是多少年前。不過花這個請人的錢太浪費了！所以秀賢嘴裡說出口的是，「其實我一個人在家裡也不弄什麼髒、餓了就冰凍庫的水餃下幾個，重的沙拉油啊、洗衣精、水果那些也不是天天需要買的，還專門請一個挑夫啊？怎麼還要麻煩找人來在家裡煮，燒飯又要洗鍋、洗碗那些個，又一廚房油煙的，何況請人一個月也要花不少錢。阿婆現在身體還行，把那個錢省下來小乖乖。」

「阿婆，讓妳吃得好是現在最重要的事情，之後要早晨運動也有人陪著妳，去鄰居牌友家妳摸個十二圈、十六圈的晚了也有人陪著妳走路回來，這樣我們沒有在妳身旁邊時的一顆心才會安穩啊。就是妳現在什麼都好，都能做，我們才要一直維持妳是這麼好的狀態，是不是？而且沒有請人進來打掃家裡，那我休假來抹桌子、拖地打掃，可是我這個臺籍勞工很貴喔！時薪更高喔！妳按呢敢會和[201]？」

---

201 妳按呢敢會和，lí án-ne kám ē-hô，臺灣話，意思是妳這樣子划得來嗎。

秀賢被逗笑了但嘴裡噹起來有點酸酸的，鼻子裡頭有些東西，所以笑得眼角也笑出一點淚了。

一兩天後采凡又稱她休假，秀賢配合著她往臺心醫院去了，這孩子說沒要去幹嘛只是去跟醫生聊聊天而已。王政忠醫師對秀賢跟采凡有印象，還關心地問到哲文，說之前不是都妳們夫妻兩一起作身體健康檢查。采凡代替秀賢回答道，外公前一陣子過世，目前外婆一個人住，想請醫生幫幫忙開具巴氏量表。王醫師肯幫忙還跟秀賢打趣地說道，每個醫生每月每年能開具的病人數是會被控制的呢！妳這般耳聰目明的狀態可能是不到申請條件的分數喔，但這樣的年紀如果都不能申請也太說不過去了嘛，是吧。不過有王醫師肯幫忙還不夠，巴氏量表需要有兩位主治醫師的評量。王醫師幫采凡查了查哲文以往固定回診的心臟內科蔡醫師的班表，正好蔡醫師這日也有看診。「我填選好的這表格妳們也要讓蔡醫師填，有兩位主治醫師的簽名才能送進我們醫院的官房。妳這個歲數今天當日掛號要看到不難，醫院裡的系統會讓妳優先的，這種年輕的十八十九年華！」這句說完王醫師還微笑地朝秀賢擠了擠眼。

「謝謝你啊王醫師。你們對我們這些老人家真好，都好為我們老人家著想，謝謝你們給我們方便。」

道了好幾聲謝後秀賢和采凡拿著王醫師填好的量表坐在心臟內科的候診區。這時的秀賢想起以往她都是每三個月陪著哲文從家裡走路來給看心臟的蔡醫師回診。自個兒陪同總是要提前出門，總是要提早報到的哲文在這候診區的椅子上不知坐過多少次，還想起看進臺心之前，哲文只是在家旁一個小診所做了個什麼檢查，回家後說醫生測出心率不整。那時哲文才六十幾歲吧，小診所醫生要他掛上一個什麼機器在胸前，很照規矩又很聽醫生話的哲文就掛著那臺機器，沒一天的功夫讓他從坐著只是要站起身來都有困難，還臉又白、氣又喘地，自己看他那個樣子馬上就上前把那臺哲文從肩上掛置胸口的機器給拿了下來，那是開什麼玩笑！從那一次起，再也不讓哲文往那小診所過去了。之後是看起臺心這裡的心臟科蔡醫師，想想哲文吃這蔡醫師開的藥也吃了三十好幾年，這麼多年來不還是打網球打得可帶勁的？哲文的輪廓由遠至近地浮現在秀賢的眼前，秀賢端詳才六十幾歲的哲文，一貫的一板一眼又嚴肅的表情，但那時臉頰上有肉。自己十幾歲那時就跟著他走，從兩個人抱著一個娃兒走到現在臺灣家裡二十幾口人，跟著他已經走了七十三個年頭，往哪兒走去從來都不打緊。秀賢看哲文看著看著好像她自己也回到五、六十歲那時，秀賢幾乎就要站起身子朝哲文走去了。這時在秀賢旁邊冒出一句話，「阿婆，妳現在最想做什麼事？」這聲音拉秀賢回到現下，讓秀賢眼前所見的回到心臟內科蔡醫師的門口，門前貼著一串今日掛號看診病患姓名的紙張。秀賢頓了頓，轉頭看見凡凡那張很像她媽媽小時候的臉正看著自己。剛剛孩子在問自個兒話啊。

「我最想交一個男朋友。」

「妳現在想交男朋友！？」小乖乖笑意滿臉的對自己問。

「如果妳說午餐想吃鼎泰豐這種事很容易辦，但妳最想做的事情是交男朋友啊？」小乖乖笑起來眼睛就成一彎線，看不見黑色或白色眼珠子。

「對啊，還要年輕，高高帥帥的才行。」

「啊，還要又年輕又高又帥的才可以啊？」

「是啊，我還有子宮，還可以生啊！再生幾個好好地養，別養成像妳媽妳舅一樣的。」

這時采凡哈哈大笑把候診室笑得都是她的聲音。

「交個男朋友來生孩子啊，阿婆眞的很新潮欸。不過，假如孩子生出來養成像媽媽或像舅舅的話怎麼辦？」

「那就把他們捏死，他們還很小就要把他們捏死，像這樣。」邊說秀賢邊從褲子口袋掏出衛生紙，用兩隻手四個指頭承著紙巾，以兩個大拇指用力地把手裡的紙巾往下捏按，又放開又重複捏按，動作用力的很。

采凡被秀賢又說又表演逗得笑個不停。並肩而坐的祖孫倆人有幾秒的時間裡無憂慮。她倆開懷地互相說笑，輕鬆開懷地像是哲文還坐在客廳掛著「忠孝」二字的字畫下，一邊看著TVBS午間新聞一邊等著她們倆看完醫生從醫院回去。像哲文只是今天沒能一起出來而已那樣輕鬆。

哲文離開的這年臘月，以被照顧人——謝秀賢，雇主——詹采凡的名字申請進來的菲律賓籍移工——愛羅．蒂賽被仲介帶進來家裡面，仲介張志于先生在跟秀賢約好的這天提拿愛羅．蒂賽一箱又一箱的行李箱進門來。一臉親切的張先生被招呼坐往秀賢身旁的沙發時說愛羅的先生也在我們臺灣工作，在桃園的一家工廠。愛羅一切都好，溫和有禮貌也會一點中文，唯一就是每個禮拜天她都希望要休息，因爲她跟先生都會在禮拜天見面相處。張先生說每個家庭裡面要做的事都不一樣，花一點時間教她做、要她做都不是問題的，他要愛羅直呼秀賢阿嬤，還伸手示意讓愛羅走來秀賢的面前。愛羅走近身時秀賢是看仔細了，從愛羅大大圓圓的眼睛、不閃躲的目光裡秀賢看出來這是一個乖乖的女孩子，秀賢伸出手想摸摸愛羅的手，仲介張先生馬上就注意到秀賢修長出衆的雙手指甲。「外婆，妳的手好漂亮喔！很少看到像妳這樣九十歲的老人家有這樣的一雙手耶！」張先生說。被秀賢握住手的愛羅面露靦腆也驚呼：「阿嬤手好漂亮！很軟很熱。」秀賢邊握捏愛羅的手掌、手腕、手臂，邊笑盈盈地說我身體就是這樣，冬天裡我手暖腳暖，夏天裡我上市場挨到別人，別人手臂熱呼呼的，但我手臂是清涼清涼。

「詹小姐，外婆身體很好耶，精神也好，整個人福態又有氣質。」

「是啊，我外婆身體比我都還要勇健。」

「哪裡，哪裡。你們說成這樣，還有氣質都說了，我是託大家的福氣吧。」

「你剛剛說愛羅每個星期天都休息是吧？一個星期休息一天是應該的，之前爲她阿公請進來幫忙的那個女孩子，趴在阿公的腳邊迄也能睡！就是做得太累，讓她休息得太少了。」

過年前的幾個禮拜裡，愛羅跟著秀賢轉了好幾次家外邊的市場，還沒從市場這頭轉到那頭秀賢就會覺得累，有幾次還逮中途停在豆花攤前的椅子坐一坐休息，所以領著愛羅去熟悉水果在哪攤買、買青菜買習慣的攤、跟認識附近的全聯跟家樂福的位置是分別出門了好幾次。怎麼體力差這麼多，我前一陣子才帶著阿顏都來轉過，也不覺這麼累啊，秀賢心裡對自己唸著。回

到家後秀賢要坐上許久才感覺身體恢復了一些，看著愛羅能直接進廚房裡忙上午飯，秀賢想，**年輕的身體眞是有本錢、年輕眞好**。

愛羅進來的這頭一個月，采凡還是照常做家裡的打掃。采凡拿抹布擦桌子、椅子、沙發、桌子的桌腳、桌面的底部、椅子的椅腿、椅腳、沙發的座墊之間、沙發的靠頭處、沙發的扶手跟挪移開來後的沙發側面和底面，擦得稍微有些髒了的抹布就會停下擦拭的動作，先去清洗成乾淨的抹布才回來繼續擦。采凡拿沾黏至長手柄的拖地抹布擦地板，每一個區域每一個房間都來回拖過兩遍，挪移開桌子跟櫃子好擦拭到桌子下方、床下方、跟電視櫃、衣帽架下方，還特別蹲下身或趴在地上以擦到最牆角深處，擦完後才歸位傢俱。洗擺抹布也是開著水一直正反面搓揉，洗了又洗、清了又清，秀賢會走過來開玩笑說讓妳洗抹布，洗個一次就變破抹布了。秀賢知道的很，**過年要到了，凡凡要大掃除，也要以身作則給愛羅看家裡每個角落是要如此被打掃的，不能馬虎**。頭一個月之後凡凡休假回來，家裡總是有做飯，家裡也總是很乾淨，愛羅已經漸漸抓得到秀賢的乾淨習慣跟做菜調理用量。在愛羅固定放假休息的星期天，采凡和采婕兩姐妹喜歡帶秀賢出門吃飯，她們說要吃那些阿婆喜歡吃的餐廳。**整桌會是孩子們點上來給自己享受的菜色**，秀賢知道孩子們的心意。但怎麼應該吃跟怎麼勉強吃秀賢都是那小半碗就飽了，她很努力想吃給孩子們看但眞是吃不下。

古曆年將近。詹采凡沒有提前買飛回金門的機票，她沒有計畫回金門過年。過年期間她只想陪伴阿婆，不過會有那名義上是家人的一群人要見面，她不知道自己能不能應付得了。秀賢**知道孩子不會回金門，秀賢也知道她不想和那幫過年時會進來家裡的人相處**，秀賢說：「他們會囉囉唆唆講甲一布袋。人講天、妳講地、人講鱟杓、妳講飯籠，就按呢，就衷了。[202]」

「別跟他們認眞了，妳就回來逢場作戲一下。」

和中早在小年夜這天就進來吃飯喝酒，飯桌上他說愛羅做菜不行做的菜沒味道，他要愛羅加鹽加醋炒辣椒，愛羅說阿嬤吃淡不吃鹹辣，和中覺得這個外勞竟然在頂嘴，秀賢過來示意愛羅可以炒辣椒，說反正自己吃得少。和中酒足飯飽後要愛羅打掃拖地哲文的房間，秀賢說愛羅天天都打掃，家裡哪裡有一處是髒的？他說愛羅打掃的不乾淨，他拿著酒精又噴又擦哲文的廁所跟房間然後睡進哲文的房裡。年除夕這天一早采凡跟采婕就回來幫忙，添了幫手的愛羅還是一早起忙到晚上。**看詹采凡跟詹采婕都上來了和中想詹大成應該是回金門過年那樓下就只剩台萍在家**，和中下來台萍家裡，他問台萍爲什麼很甘願只拿三百萬也不對媽吭一聲，難道她覺得媽媽這樣分配是對的嗎？問她這房子是不是就已經是爸媽給她的了？聽哥哥講這些莫名其妙的

---

202 人講天、妳講地、人講鱟杓、妳講飯籠，就按呢。臺灣話，lâng kóng thinn、lí kóng tē、lâng kóng hāu-hia、lí kóng pn̄g-lē，tsiū-án-ne。這裡是秀賢在對采凡說她可以雞同鴨講，要她不要太認真聽、不要太認真回答的意思。

話台萍原本不打算理睬，直到和中從一開始的咕咕噥噥說到變成剹剹逼人地在喊，說這房子既然已經是爸媽給她的了那爸銀行裡的錢應該全部歸他，說台萍怎麼還好意思一起分呢？是直到聽哥哥這些不知道打哪裡冒出來的話，台萍發火生氣地對和中喊：「你念書當兵時要錶要車、你結婚時要房子，爸爸跟媽媽都有給你不是？我從小到大跟爸爸媽媽要過什麼？你跟鄭依蓉不是把永和那房子拿去了還弄沒有了嗎？家裡你除了給爸爸媽媽添麻煩之外你做了什麼事？」哇賽這是第一次台萍拿這些話對他說，和中看妹妹是頭殼壞了才敢跟他大小聲，他心想自己可是爸媽唯一的兒子。他大叫：「是妳自己不跟爸爸媽媽要手錶要車子啊！好啊這些妳都記在心上是吧？不過我當兵時候要過什麼？我是在那鳥不生蛋的不毛之地耶！」不過和中突然想起他一家跪著給爸媽簽的那張懺悔書，台萍應該是不知道那事才對。想到那上面好像有鄭依蓉寫她不會爭分毫家產，和中這時有點擔心了，那張紙爸爸有沒有收著？爸走了現在媽有收著嗎？哎呀管他去的，卽使有那張紙所以呢？爸銀行裡分出來的那三百我可是拿緊了，而且早就把錢轉去鄭依蓉她媽那裡了，她們沒有人能讓我吐出來的，應該是萬無一失。爸走了國稅局的財產清單上竟然沒有不動產，怎麼會呢？所以房子都是在媽的名下？她手抓得這麼緊啊！我現在要不要問問台萍她知不知道房子是誰的？不，不了，我還是先不動聲色。我逮上去好好翻一翻爸的房間。他發現他跟台萍是沒什麼好說的了，和中轉身就走。邊走回樓上他邊想著，房子可是好幾千萬，去它的，那是鄭依蓉寫的懺悔又不是我寫的。沈和中不耐煩急促地按著門鈴，看是媽過來給他開的門，他馬上轉變臉色對秀賢說思祥、思佳會各自帶著他們兒女進門，馬上就要回來了，團圓夜會人多熱鬧，說會在爸爸面前陪媽媽團圓打牌、守歲。秀賢沒吭一聲。開了門後秀賢走回廚房，愛羅剛煎好魚，秀賢捧著煎魚捧到那幅哲文毛筆字寫的沈氏列祖列宗卷軸下方，凡凡正在捲軸前往小酒杯裡斟上哲文喜愛小酌的金門高粱酒。進家門後就跑去陽臺上吸著菸的和中走過來要詹采凡也給他斟上一杯。

晚飯桌上和中東繞西扯就是要說台萍跟詹大成兩個窮公務人員怎麼可能一結婚就有新店那房子住，怎麼可能還現在又有這種社區裡的房子，說爸媽如果都已經給了她資助，台萍不應該跟著一起分爸爸的那些錢。台萍問爸爸媽媽給了資助是什麼意思？說她自己跟大成兩個人省吃儉用結了婚先住家裡，存了錢後能付房子的頭期款時買新店那公寓上的五樓，說現在這間是女兒們買給她住的。台萍很不能接受哥哥把自己想成和他是同一種人，所以衝動沒思索地說出口：「爸爸媽媽說要幫忙都沒被采凡跟采婕接受過。」采凡和采婕兩個人多半是在放空，聽到媽媽喊的這一句她們才想媽媽也回答舅舅回答的太詳細，覺得這樣好嗎的時候就被思祥和思佳叫問，爺爺奶奶有說要幫妳們付房貸？妳媽媽還有妳們從小得到爺爺奶奶的資助還不夠多嗎？采凡嘴上順著表哥表姐的問題覆述著，「喔！我媽媽得到的資助啊！」心裡想著阿婆對她提醒的話。沒事前有準備的采婕直白了當地說：「我工作前的求學讀書跟工作之後都是接受公跟阿婆的關愛但沒有接受過金錢，如果這是舅舅跟大表哥還有表姐你們拐彎抹角在說的東西的話。」噗疵一聲思佳鼻子笑出聲來，手指著采婕嘲弄地說道：「詹采婕，妳姓詹耶。我姓沈耶，我什麼都沒拿到了，妳想要得到什麼？妳覺得妳有什麼資格？」采凡搶在妹妹還要出聲之前順著表姐說的話覆述說：「是啊，我們不姓沈。」整桌子這時和中和思祥聽台萍脫口而出的

爺爺奶奶要幫忙房貸的話心裡滿是怒氣跟不平，而釆婕是一分鐘都不想再待在這個飯桌上，台萍則是沒有再要動筷子的心情，釆凡是要自己眼裡看起來有神但其實心裡一直在強迫自己不要認眞聽去啊，至於愛羅，愛羅是大概聽懂在談錢的事情，不過她只聽懂七八成，這時飯桌上一直佯恬恬[203]的秀賢說了全桌聽得清清楚楚的一句，「我也不姓沈，我姓謝。」

這哲文不在了的除夕夜，和中一家圍著麻將桌說要陪秀賢打牌。詹釆婕和釆凡跟台萍她們母女三人早早就避走回樓下，她們心裡不約而同都滿想念在金門跟大成的家人們一起團圓的那種過年感覺，台萍入睡前想著詹大成；釆婕入睡前刷了非常多次非常久的牙，她一直回想表姐手指著自己鼻子的動作和那一副侮辱話語；釆凡入睡前擔心著要陪著那群人熬夜的阿婆和阿婆心裡面要持續承受的。沈思國是在大夥摸牌已經摸了好幾圈時才進門，說他才飛回來、說他一直加班到昨天晚上、說他面試多少人、說他現在可能會被升遷調至公司越南的廠，他問家裡有什麼東西能吃，也問樓下有沒有停車位，他那台車不是馬路上一般的雙B耶，他這款是限量款跑車版。秀賢起身進去叫房間裡已經準備要休息的愛羅，要愛羅出來熱火鍋熱菜給思國吃，秀賢才走回客廳就見沈思佳走到客廳外的陽臺上，走到陽臺的外緣用雙手攀著欄杆，她對客廳裡的一整家人說只要手放開就會從家裡陽臺墜下去，還對著秀賢嚷說奶奶都只偏心哥哥和弟弟，說哥哥是長孫把好處都占了、說弟弟能出國留學念研究所現在有個好工作也是爺奶供給的，那

203 佯恬恬，臺灣話，tènn-tiām-tiām，睜一隻眼閉一隻眼的意思。

她呢？爺爺奶奶都沒給自己什麼非常偏心。思祥用似笑非笑的嘴角輕蔑地在問說：「我占了什麼好處？」這同時秀賢神情如常緩緩地說：「如果妳覺得我偏心，可以不要進我家的門。」思佳看奶奶沒再搭理她，就要爸爸過來拉她上來陽臺內，邊走進來邊向父親哭著說連生孩子，奶奶打給大嫂的金牌都比打給自己的大片，鬧了五分鐘還是六分鐘後她委屈地坐回客廳電視前面。秀賢沒想這還是守歲的除夕夜，哲文不在家裡，過年都不是過年了。秀賢進了自己房間，她沒關上房門，她關鎖心門。房外這幫人，她多少年前就摸得八九不離十了，秀賢躺平在床上但怎麼都睡不著。

這是年後的第一個星期天，愛羅放假休息的星期天也是秀賢最放鬆自在的日子，家裡就她自己吻兒人，她坐在沙發上自在地對著哲文的照片說話，雖然凡凡那孩子應該會隨時進門來。這天秀賢要進家門後的采凡跟著她走來廁所，「妳來看看我身上長的這個東西。」秀賢翻開長袖毛衣跟毛衣下已穿得稀薄鬆垮的衛生衣。

「阿婆，妳沒吃好沒睡好所以免疫系統打不贏病毒，這是帶狀皰疹，是阿婆妳以前發過水痘。是不是又痛又難受？」

「這不痛不癢乖乖，妳說這是什麼病毒？我從小沒有出過麻子沒有長過水痘子，那一顆一顆有水有濃在裡面的那樣？我沒出過。」

秀賢指甲邊摳著身上這一片片可以扒下來的皮膚邊看進現在已經半蹲下來自己身邊的凡凡的眼睛。身上長的這個東西應該是臺灣人說繞著長成一圈就會死的皮蛇。

自己已經感覺一天不如一天，但秀賢沒對凡凡說出口。秀賢對孩子說的是，「想想妳公去年九十四歲走的，九十四啊也眞的不簡單耶。」

過年之後和中就開始跟秀賢提要買車子的事情，還說他住進來睡他爸的那一間好就近照顧媽媽，說他會打掃的比外勞打掃的乾淨多了，說他做的飯也才有滋有味。秀賢沒說讓他住進家裡來，不過和中開始兩三個禮拜就回來一趟，每次回來就是睡了一晚才離開，秀賢也沒有一次不讓他住下。和中說他往返臺中開他那台破車上高速不安全，他跟秀賢又是軟的求又是硬的要，一個多月來都沒要車要到手。和中開始進家門針對愛羅，抱怨她拖鞋底面沒有用手刷洗、說她落地窗的軌道裡沒擦乾淨，也說愛羅太常用手機，不會禮貌，沒有叫自己老闆。愛羅開始打電話給采凡說她很難過想離開，采凡想安撫想留住她；愛羅開始打電話給張仲介說她做不下去，說工作裡說是照顧阿嬤但現在家裡有住阿嬤跟老闆，說她工作永遠做不完。愛羅說她很累沒有辦法繼續工作。仲介張先生聯絡采凡時，語氣客氣地說愛羅應該是抗壓性不夠，竟然說她很害怕，詹小姐妳舅舅沒有對她做什麼動作或對她罵什麼粗口吧？她怎麼會說她害怕呢？這樣子她堅持要轉雇主好像沒什麼理由，詹小姐妳們也不會答應吧？勞動部這邊是這樣，要妳們雙方都同意這個變更，我這個中間做事的人才能把她轉出來，也才能幫妳跟外婆申請一個新的移工進去。聽張先生這樣的轉達詹采凡很清楚**細膩聰明的愛羅是承受了精神壓力，這是舅舅在挑剔是在逼她走，采凡想不透舅舅是心情不爽、是看不慣愛羅？還是不要有人近身照顧阿婆？還是有什麼其他原因**。采凡厭惡這個人，爲家裡出力的人爲什麼要承受他這些擺弄？采凡知道不能讓愛羅離開但她瞭解硬是要留愛羅是留不住的。采凡輕輕的說，「可以我同意，我同意愛羅她申請轉出我外婆家，很麻煩您了張先生，請您轉出愛羅後再幫我申請另一個幫手進來，請問這樣我會需要等多久呢？」

「喔您同意啊詹小姐？！那我就要開始幫愛羅轉出妳們家喔！」這一出一進中間會等上兩個多月，也有可能三個月喔。

己亥年的春雷沒有響。驚蟄後沒幾天，秀賢有瞄到和中進哲文的房間時拎的是比平常回來還要大的背包。和中住超過以往他進來家裡住的兩天一夜，也是一聲不響。以往時不時會捧她媽媽炒的菜還是炒的飯進門的采婕那孩子，現在幾乎不進來了。好吃不過餃子，舒服不過躺著；秀賢是沒甚麼多想吃餃子，現在只是覺得站也不衷，坐也不衷，就是側身躺著最舒服，她躺在客廳沙發上，沒花力氣管和中是要回來住幾天。采凡那孩子三天兩頭跑回來，診所工作空檔也跑回來，秀賢跟凡凡有默契地揀時間，她倆看和中要出門買菸，才把家門闔上，她倆就網路聯絡盈盈。凡凡用她的手機直接跟她姐姐視訊，秀賢好久沒走進哲文的電腦房了。工作空檔跑回來的凡凡說要陪她吃些東西，秀賢對吃東西沒多大勁兒，倒是手機螢幕上看見盈盈會讓秀賢覺得舒坦，那是心角處舒坦出來至皮膚表面的感覺，但如果盈盈說要飛回來看她，秀賢會極聲阻止，說不要浪費那機票錢，說網路上這樣不就都看到了。秀賢幾乎不談她們舅舅進家裡來這事，對愛羅離開這事也沒多說什麼話，秀賢喜歡看、喜歡聽她姊妹倆談她們年輕人的事情跟生活，看她們又聊又笑著的臉，這比有多少台選擇的電視節目還好看。

秀賢好幾天沒看電視了，壓根兒就沒想過要打開電視，是和中住進來後他看電視時聲音放得老大聲，她才聽到新聞在報中國國民黨要拱高雄市長出來參選總統。秀賢想才選上市長應該要好好認眞的做，怎麼又讓他出來選總統呢，不過這些電視上播報的事情盤踞不住秀賢的腦海太久。不自主地秀賢的腦海裡都是和哲文的過往，哲文的身影縈繞她的心頭——**火蔓蚊帳，在東園街，明明應該在擺著攤子，就不知道哲文怎麼會回到家裡來的那天，哲文高大的身子摟著自己，自己抱著才出生的台萍，她們看著被房東一桶水澩熄的帳褥；秀賢也能看見哲文在洛陽街的櫃檯裡，隨時自己端菜來前頭，隨時都見他同一姿勢，他眞是有那個能耐，能守在同一個位子一整天；還有哲文那右邊肩膀高，左邊肩膀低，背著球袋要出門打球的身影，他也是磨磨蹭蹭，也是不急不徐地發動摩托車子，自己一直都是就著他車子騎出南京東路巷子外的聲音吃早飯的。**東想西想，耽誤瞌睡。秀賢能成天到晚想這些，秀賢能成天到晚側身躺著想哲文。

那天凡凡說要陪著自個兒出去洗頭。原本秀賢不想起身，不想出家門，但孩子說的不錯，自己是從沒這麼多天不出門洗頭的。不知道怎麼只是走去巷口洗個頭再走回家就能這麼累，秀賢一進門就回房午睡。采凡見阿婆去睡了，就打算提早往診所去上班，但她一轉出阿婆房門就見和中等在那，不知道舅舅他杵在門外邊多久了。和中示意要詹采凡跟他走過客廳再走到客廳外的陽臺上，和中關上厚重的落地玻璃門後問之前那個外勞是誰請的，一個月花多少錢？妳外公外婆有沒有保險妳知不知道？現在妳外婆有幾個銀行帳戶？我辭了我臺中的工作，就是回來照顧妳外婆的，她這樣一個人住怎麼可以，妳也常回來妳也知道……**好荒誕啊，這是一個老天**

爺開的玩笑嗎，詹采凡的心裡在問天。阿婆說包子有肉不在摺上、阿婆說她不需要再跟他們提錢的事情，說要是講起來那可以計較的可多了、阿婆說這些人都是些不答不七[204]的東西……心思晃盪出神又晃盪回來的詹采凡看她面前這個人的嘴巴還在動，他怎麼還好意思問愛羅的薪水？自己一定都承受不了他給愛羅的身體跟心理的勞累，這個人覺得承接他的擺弄是旁人莫大的榮幸？采凡要自己的雙眼掛上認眞在聽的神情，但要自己的腦細胞不要細究這個人的觀念和行爲舉止，在這個人身上自己是不會找到公或阿婆的輪廓的。站在這個人旁邊時采凡戴上面具，面具上畫有的是尊敬舅舅的表情，她隱藏感受到的痛苦跟心底的輕蔑，她還要隱藏握緊拳頭的雙手。

春分過後清明節前，和中說思國特別飛回來，所以兒子女兒說好要提早掃墓，非常孝順。秀賢和他們上去了軍人公墓。思國開著他的雙門跑車載秀賢下山，酷炫的跑車上就她們兩個人，思國說我幫妳買了一間房子給爸跟媽去住，在台中，一間新大樓的兩房一廳。看開著車的孫子說的得意，秀賢問他說這話什麼意思？思國說妳顧好了妳的女兒，那你兒子現在沒房子住啊！我爸跟我媽總不能一直租房子，房東不租了就一直搬家吧？我幫妳照顧好了，買了一間小小的房子給他們，兩房他們夠住了。秀賢叫思國在路邊把車停下來，思國二丈金剛，但他是把車靠路邊停了下來，秀賢開了車門就下車走。思國叫問說奶奶怎麼了？他也下了車跑過來，秀

---

204 不答不七，put-tap-put-tshit，臺灣話，不三不四、不像樣的意思。

賢回他說我幾歲了你爸幾歲了？我還要買房子給你爸爸給你媽媽住啊！這是什麼世界啊？你在學校念的是什麼書？你在外面上的那是什麼班？我等會兒看有出租車我就自己攔車回家了，你奶奶我自己摸得到家的。

回到家後秀賢一開門見小乖乖在客廳裡等她，秀賢心裡感覺真好，多少話想說！小乖乖問她出門上哪兒了？平了平心情後秀賢說：「妳公在三樓，三樓12排68號。有多少人住在那裡喔！一小格一小格的。」

「一個老頭子真有感情，他來看他老婆子還掉淚耶。去看妳公是挺好的，如果沒那些人在旁邊瞎攪和就更好，也不會這麼累了。」

采凡原本擔心的一張臉被秀賢逗得笑開了。秀賢也笑了，再想起坐進名貴跑車裡聽的荒唐的房子故事，秀賢更是呵呵的笑個不停眼角的淚也一起流下來了。

就要到往年秀賢張羅豆沙餡料、粽葉、棉繩、蹲坐在雜貨店舖揀鹹鴨蛋黃的時節，哲文不在了，是什麼節日將至對秀賢已沒了意義。秀賢側身躺在去年此時哲文天天躺著的客廳沙發，她時不時暗暗流淚，她時不時心裡張羅也思躇盤算。坐在客廳看電視的和中也像是在自言自語，也像是他在對秀賢抱怨，他說他的車子老舊了就是麻煩，他說車子該開去排氣定檢，說這陣子的臺北一直陰雨綿綿，天氣再不放晴他就要錯過那定檢的期限了。秀賢真是想他出門，若是天要放晴和中才肯出門去，去不管是真該車子定檢還是做什麼，那秀賢也真想老天快快放

晴。孩子這幾天問自己再請另外一個人進來好不好，孩子這幾天也問自己說生日要到了阿婆有什麼特別想做的事情，秀賢回答她說要天天見到她就是了。秀賢思忖著心裡的盤算也思忖該不該先跟孩子說明?眞的等到和中一早就說他要出門給車子排氣定檢的這天，這天天氣陰涼沒雨，空氣清新乾淨。見和中一踏出家門，秀賢一刻不耽擱就從沙發上爬起身到房間裡準備銀行存摺跟印章，她用里長發的桃紅色的環保布袋收拿，今天會領些錢擱家裡放，也就打算用這布袋裝。秀賢走回客廳等孩子進門，她用手指順了順頭髮然後檢查了一遍自己兩手指甲上的指甲油，有兩三處邊緣的指甲油已經脫落，不過大致是完整乾淨的。她覺得**她準備好要出門了，希望小乖乖今天會早點進來**。采凡開門進來看見阿婆端坐在沙發，眼睛裡閃有也驚訝也開心的光芒。秀賢說正在等她進門，說她們要一起去銀行辦事。

臺灣銀行裡采凡寫完阿婆要匯入扣繳社區大樓管理費的銀行帳戶的匯款單、匯入扣繳家裡水電費那銀行帳戶的匯款單跟提領現金九十萬元的提款單後請阿婆在各個單子上簽名。秀賢邊簽這三張單子邊說：「剩下的現金全部要匯入妳的銀行戶頭乖乖。今天一起辦一辦。」

「阿婆，我不可能拿這些錢。」

「全部要放妳那邊，乖乖。」

這時臺灣銀行裡的一號櫃檯叫著這祖孫倆人手裡號碼牌的號碼，采凡扶著秀賢從等待的位子上起身走往櫃檯，那櫃檯裡邊是一個又年輕又帥的銀行辦事員。詹采凡在這幾步路裡心中忐忑，**阿婆要把她一千九百多萬放我戶頭?阿婆覺得她時日不多?怎麼會?公離開時九十四，阿**

婆離九十四還有五六年啊，而且，也許阿婆是更高壽不是？我不能辦這件事，這麼辦的話還得了，以後一定吃不完兜著走。不過我不能讓阿婆難過，我要如何讓她覺得我有要順她的意？她們祖孫走來到一號櫃檯前這時秀賢滿臉笑意很開心。

「是一個帥哥幫我們辦事啊。」

「先生你好，我外婆要匯這兩筆錢到她這兩個銀行。她還要提這筆現金。」

這頭髮梳理的整整齊齊、面龐帥氣乾淨的男行員看著叒凡遞上櫃檯的單子說，「好的。」

櫃檯裡的男行員快速地敲著鍵盤。

「阿嬤，請問這位陪妳辦事的是妳的什麼人啊？」

「是我第五個孫啊，我有六個孫，她排行老五。都是我這個孫幫我辦事的，年輕人手腳麻利嘛，就是眼明手快嘛。夯不啷噹我孫就寫好的這些我恐怕逮花個把小時。」

「阿嬤打算提這麼多錢提現金啊？」

「欸，是啊。我要提現金。」

「能問一下用途嗎？提這些現金的用途。」

「沒什麼用途啊，提這些錢放在家裡，需要用錢的時候不用跑來銀行嘛。」

「阿嬤妳要放九十萬這麼多錢在家裡啊？」

「是啊，提九十萬。家裡是還有，不過我的錢，我想提個九十萬還是百二八十萬可以吧？」

「我外婆習慣放錢在她的房間。她的意思是她想提九十還是一百還是八十萬是可以的吧？」

「可以的，跟外婆借一下她的印章。這麼大筆的現金，我們銀行櫃檯都會關心一下用途的。請問會需要我聯絡附近的警局，讓他們安排員警陪妳們回到家嗎？」

「員警護送啊！你們辦事眞小心謹愼，眞好。不過我們今天不需要啦，辦好之後我孫就陪我回家了啊。眞是謝謝你們這麼周到。」

帥哥行員使用秀賢的印章後還仔細地擦拭乾淨後遞還給了秀賢，他說請秀賢一起看點鈔機，現在正在淸點九十萬的現金給她。

「請問還有其他需要爲您們服務的業務嗎？」

「有的，我想把我的錢放進我這個孫的戶頭。」

「喔，好的，請問今天要匯多少錢呢？」

「就我的錢啊！」

「您是說，您所有的錢嗎？」

「是啊。我的錢，放我這個孫的戶頭裡。」

「瞭解了，但我們分行沒辦法幫您處理這項業務阿嬤，您需要去您在我們臺銀開戶的這間分行，核發您存簿的中崙分行。在那裡您可以提領、可以匯出您帳戶裡所有的錢。」

聽這個行員這麼說，采凡舒開了氣，采凡現在覺得**眼前這個行員是眞帥氣了，又認眞仔細又帥氣**。但她聽到阿婆又問。

「為什麼呢，我的錢存在臺灣銀行，你這邊不是臺灣銀行嗎？」

「是的阿嬤，我們是臺灣銀行的一個分行，可以幫您取錢，幫您匯款，但是受限在五百萬元以內的金額。」

「喔，我要全提要去南京東路那兒，我要在你們這邊辦只能辦五百萬啊，那今個兒就放五百萬在我這個孫的戶頭。」

櫃檯裡面的帥哥看著秀賢，從秀賢一派輕鬆的語氣和本應該是如此的表情裡他得到確認。

「那再跟阿嬤借一下印章，我幫阿嬤打提款單，等等請阿嬤簽名。我名義用途這裡打贈與嗎？方便嗎？阿嬤那您在今天匯款之後一個月內要申報贈與稅，國稅局那邊。」

采凡聽到申報贈與稅便接問下去，「是去國稅局申報贈與稅嗎？」

「是的，這已經超出贈與的免稅額。要請阿嬤去國稅局辦理。」

「請問匯這五百萬我外婆會被收多少的稅呢？」

「應該是扣掉兩百萬後的百分之十，應該是三十萬的稅，確切的計算跟業務要請阿嬤在國稅局辦理。」

「眞是謝謝你，眞是謝謝你提供這個提醒。」采凡說。

「阿婆，不能匯到我戶頭。不管是十趴還是幾趴，妳跟公的辛苦錢我們不能讓國稅局這樣拿走，對吧？妳需要的時候我們再來銀行提錢就好，阿婆？」

「帥哥，我今天給我孫子多少錢才不會需要去國稅局繳稅呢？」

「阿嬤，您今年有匯過其他錢給您這個孫嗎？」

「沒有耶，她都不拿我的錢啊，大處小處還幫我出錢耶。」

「那今天匯兩百萬給您這個孫是不會需要付贈與稅的阿嬤。」

「那就那兒吧，匯兩百萬。」

所以只匯了兩筆錢進自己繳管理費的銀行跟代扣水、電、瓦斯費的銀行，也才處理了兩百萬到孩子的戶頭……今天沒把戶頭裡那近兩千萬的錢辦好，這臺灣銀行複雜的限制有點出乎意料呢……

這天回到家，秀賢把九十萬現金一部分收進她衣櫥裡的大衣口袋裡、一部分壓在摺好的床單之間，分別地收在那幾處她習慣放錢的地方，然後要小乖乖保管她銀行的存摺跟印章，她說現在放在家裡不衷了。秀賢這天連哲文的身分證、哲文被銀行作廢的存摺跟印章都要凡凡她帶回她那兒收好，還說：「妳開個保險箱乖乖。」

「喔，阿婆想要我鎖什麼東西進保險箱這麼寶貴？」

「我們哪天去臺灣銀行把我的錢拿出來，拿出來放進妳保險箱裡，沒他們在電腦鍵盤上敲敲打打，國稅局不會知道我給了妳啊，就沒那十趴還是幾趴的贈與了嘛。」

「阿婆你還在想這件事情！？」采凡驚訝地喊著。阿婆就是想再去銀行辦完她今天要辦的事！

盈盈說已經訂好了機票下個月就要回來，她說這次要回來天天帶阿婆去吃她想吃的，秀賢說她沒有東西是想要去吃的。盈盈說那她在家做，天天跟阿婆在家吃飯，秀賢覺得吃飯還不簡

單？怎麼這麼大肆周章？她也吃不多，這些孩子們不知道在煩惱什麼。不過盈盈兒要回來讓秀賢心想逮趕緊要凡凡去幫她準備她心眼兒裡的另一件事。

秀賢拿了身分證和地契給凡凡，把房子過給妳姐姐秀賢說。我能辦嗎？凡凡問。能辦的先辦，妳辦不了的妳姐姐下個月就回來了。詹采凡跑了戶政事務所、跑了地政事務所，等兩個小時的申請她也等、送件進去要等十天半個月的文件她也等，耳邊是阿婆的那句話，**我心上的就妳姐姐和她孩子們啊。**

盈盈飛機一落地就電話回來家裡，和中接起電話驚訝地嚷，啊！妳在機場回來的路上？妳在臺灣了啊？秀賢躺在沙發上要和中別把電話掛上，她起身走來接電話，才說回來了就好眼裡的淚珠子就滾了下來。這是今年榿子初開花的時節，白天裡盈盈打掃、拖地、擦沙發跟桌椅跟做飯，盈盈複製著秀賢滾刀的切法做的那些菜，那些從她還看不懂什麼是煮飯做菜的年紀就看秀賢做的菜。飯後秀賢躺沙發，盈盈給秀賢的雙手卸下舊的指甲油，是非常仔細卸下的，空了些時間後給秀賢擦上指甲油，盈盈特別給她買回來的，秀賢認識這個化妝品牌子，這是個名牌兒。也是午飯後晚飯前時候，盈盈盛熱水給秀賢泡腳，待秀賢腳指甲跟腳皮都泡軟了，她會小心翼翼地修剪，幾乎把秀賢的腳都是用捧著的了。盈盈覺得把阿婆厚硬的指甲跟死皮都修掉，修得光光滑滑是她做得欣然、做得有成就感的一件事情，這秀賢知道。**就盈盈這孩子，捧著她的腳像捧著什麼珍貴的東西似的。**晚上盈盈挨著秀賢的身子睡在一起，像是六尺的大床鋪只有單人床寬似的，像是回到盈盈小時候的那幾年時光。每天睡前倆人有說不完的話，盈盈會唸從小公教她的河南話數數——喲倆仨唆沃羅雀巴覺碩，秀賢對盈盈說，乖乖知不知道我跟著妳公走出來跟了妳公七十三個年頭啊，也說從洛陽回來臺北的那一次，妳公說他把我帶出來最虧欠的是我的父親……祖孫倆人談天南地北的大小事、談盈盈舊金山的生活也談秀賢臺北的日常生活，常常聊到秀賢在短暫的停頓下又想再問些什麼其他會瞥見盈盈已經挨著自個兒呼呼睡去。秀賢這不再配合得上她意志力的身子睡得不如以往深沉，但這樣的睡前時光她心窩裡盈盈滿滿。

要回來都不事前說一聲的，要從美國回來可以幫我買幾個 Zippo 賴打的，防風打火機就是 Zippo 的最好，舅舅說得很理應如此。詹采盈多年來不太接觸到舅舅，和這個家人的相處經驗是空白的，她這當下有點自責，好像自己沒有做好小輩應該對長輩做的事情。舅舅在公和阿婆家裡是采盈要適應的事情，舅舅就睡在公的房間，用公之前用的那間廁所，采盈會進去刷洗，她刷洗馬桶時邊想，好像以前沒這樣幫公刷洗過馬桶的尿垢跟屎漬；舅舅很能抽煙，客廳外陽臺上抽、廁所裡也抽；舅舅每天一起早、中、晚的吃飯，舅舅教導式地說做飯要加鹽加醋炒辣椒，說她做菜還不到位；舅舅也能說話說得很好聽，洋洋灑灑說很久，詹采盈聚精會神地聽十幾分鐘之後專注力消散時她會再拉自己回來認眞聽，如果她沒錯過其他重點，發現**舅舅花大把時間在說的是他爲了阿婆辭了職，他回來家裡要照顧年邁的阿婆。**

舅舅要當家作主的架子是新申請的移工進來的這天擺出來的，動作輕手輕腳的妮妮很年輕，她稱秀賢阿嬤；她稱采盈小姐，盈盈讓她喚自己姐姐就好；妮妮回舅舅的話都會加上老闆兩個字，盈盈心裡覺得不適合但沒吭聲阻止。四個人在家裡才過一天的時間，舅舅就開始指揮妮妮。天花板角落的蜘蛛網跟窗戶縫隙裡的灰塵聽起來都變成妮妮進來照顧阿婆相關的了，盈盈不確定阿婆是不是午覺睡得很熟沒聽見、盈盈不確定印尼籍的妮妮有沒有聽懂，是不是只有自己覺得舅舅的要求好像跟阿婆的起居照護無關？舅舅還要的是人家由下往上對他的服從，在國外已經生活多年的詹采盈受不了這點，整個家裡的空氣連她自己都感覺壓迫。這天盈盈照常在廚房做菜，她讓妮妮先在她身旁看著就好，在客廳的舅舅咕咕噥噥說花錢請人進來還請她看啊！說請她看還請她吃飯啊？朋友找我出門吃飯不然我還要待在家裡這樣活受氣啊？躺在沙發上的秀賢接著和中的話說，去喝你的酒吃你的飯吧，早出去早回來，說得聲音不大不小，但抽油煙機下的采盈都字字聽見了。這天夜裡和中酒後的進家門是拼拼迸迸的，已經睡下的采盈被吵醒走出來客廳門口看是什麼發出了這麼大的聲音，妮妮也睡眼惺忪的從她房間出來。一身酒味的這個人關門是用甩的，看見盈盈走出來對盈盈吼著說不是跟妳講桌上的菜要收進冰箱！詹采盈懵了。這個人在說什麼東西？他什麼時候說過這樣的話？叫收剩菜進冰箱要用吼的？他現在是喝醉了？現在半夜幾點了？詹采盈心裡掂了掂這個人跟自己的距離，她繞著走，走可以讓這個人和自己中間一直隔著飯桌子的路線去收桌上的菜盤進冰箱，她一直計算著如果這個人要再動口還是要動手的話她要怎麼跑回阿婆的房間。詹采盈一整夜都不敢眞正睡下，天微亮的時候公的房間裡傳出的是那個人打呼的聲音，采盈躡手躡腳走出來查看她聽到的那微微弱弱窸窸窣窣的聲音。妮妮在她房間收拾她的東西，如驚弓之鳥的她看見了是采盈就哭了出來，她邊哭邊請求采盈讓她離開，沒開燈的房間裡采盈都能看見害怕。中午前采凡和仲介張先生就進來了，張先生現在都跟瘖采凡聯絡相約時間了，不再是跟秀賢。才起床的和中也走去陽臺外抽菸也走進來客廳說外勞要打開她要拎出去的行李，張先生很快就攤開妮妮所有的衣服跟物品，很快就幫妮妮又再打包好就帶著妮妮離開了。客廳裡留下的是和中對這個人力仲介的批評——這個人不會辦事，怎麼會帶人在我們家裡出出進進的，以及倆姊妹對這個人的無比憎厭。倆姐妹沒有想過她們會有這麼助惡爲惡的一天，還是在公跟阿婆的家裡，這養育她們的家。

采凡休假進門的這天秀賢一刻都沒緩著來，一等和中不知是出門買煙去還是出門上哪兒，秀賢就問凡凡開始辦的東西是否都帶齊了？采凡是把所有文件、阿婆的身分證件小心謹慎地攏在兜裡的，揹在後背包她不放心。和中前腳才跨出去，秀賢就同姐妹倆後腳出門往地政事務所去了。地政事務所門口的服務志工領著秀賢坐往受理本人親辦業務的櫃檯，秀賢遞進去凡凡把前頭步驟都辦好也填好的土地房屋移轉文件，辦事的小伙子要秀賢簽了好幾次字。秀賢覺得現在在公家的地方辦事都好受尊重，辦事的公務員又客氣又好有禮貌。眼前這小伙子公務員笑笑地問說，阿嬤這瘖采盈是誰，秀賢回說，是我的孫啊，他又在似問非問的笑笑地說，阿嬤房子給孫不給兒女喔？秀賢回說，看誰乖我給誰啊。被一個外人問不給兒女喔？秀賢心想，是要給一些才能買個清靜，給他買臺二手車子能擋個一陣子。在返家的出租車上秀賢說：「今個兒我們仨出來辦的事，回去後都別提。」

房間床邊窗戶外是跟客廳落地門外的同一排綠樹，這又是蟬鳴此起彼落的美好夏日，不過房間裡的秀賢痾不出屎。上個月盈盈兒已經飛回舊金山，秀賢很是欣慰，其實過戶的事兒一辦妥，她就應該回去顧孩子、顧費德烈克的。費德烈克啊，那是個乖孩子。肚腹裡感覺鼓鼓脹脹的讓秀賢走來廁所蹲馬桶幾次，她覺得想上，但上不出來，使全身的力氣出力都上不出大號。從馬桶上起身時是腿瘦腳麻，她蹣跚地走回大床鋪上躺。凡凡這孩子不知道是什麼時候進門的，秀賢正在嚷老天爺呀老天奶奶，孩子過來攙她起身再走來廁所、再攙她從廁所回到床上躺，來回幾次了就是大不出來，秀賢累得也急得整身是汗。孩子問現在帶妳去醫院看看吧衷不衷？秀賢說可以，叫妳舅舅去開車，秀賢說。秀賢在臺心的急診被急診室的醫生挖大便，那醫生冰冰冷冷的兩指手指扣進去挖，挖得秀賢嚎叫，但最前頭那一串乾硬的屎塊出來後秀賢立馬就覺得肚子舒服了，還自己用力痾出接下來的一大串。「眞舒服啊」，秀賢說。急診醫生說緊急排除了、說要等抽血的結果、說建議排個大腸鏡檢查，還建議今天辦住院。秀賢沒在聽醫生的建議，她覺得肚子已經舒服多了，她說回家就衷了。秀賢還向醫生說讀書那麼多，讀得那麼高，在醫院是做這些把屎把尿的工作，說做醫生眞是不簡單。凡凡去付急診費用跟領軟便藥時秀賢叫和中去把車開來，這是秀賢在房間衣櫃裡數了三十萬給和中，給他買的一臺二手車。那天秀賢說：「都已經七十三歲的人了，公家還會發駕照嗎？卽使公家還是發駕照但他還能再開車幾年？買臺二手的開開就好，這三十萬足夠了。」

秀賢跟采凡站在醫院門口等了好半會兒才見和中駛來他的二手新車，秀賢坐上車問怎麼你開車上來開這麼久，和中說他沒往醫院地下停車場停，收費高！他去停路邊停車格的，現在這麼晚的時間，已經不會再被開繳費單子了。秀賢沒再吭聲。攙著阿婆坐上車的凡凡在坐入車前是仰天看了一下老天爺問爲什麼這個人這麼荒謬可笑。

秀賢回到家只想往沙發上躺，凡凡說請她要多吃些青菜蔬果，凡凡請她不覺得渴時也要喝水，凡凡還說飯後請阿婆記得吃軟便藥，凡凡還要說……秀賢說她怎麼這麼嘮叨？和中也在旁邊說妳不用進來管閒事，妳外婆需要這樣被妳唸的嗎？從姐姐回美國後采凡就沒辦法專心工作，她知道說這些提醒是沒有用的，應該要有水杯端來阿婆面前讓阿婆喝水，應該要給阿婆做有新鮮的菜飯。要做到這些她需要天天回來，爲了阿婆，現在那個人不管說什麼她知道自己都要忍下來。

詹采凡光腳踩進來姐姐離開後就沒被打掃的家裡地板，不只是家裡，阿婆也多日沒有洗澡了。詹采凡平常上班前買飯進來、週末提早下班回來家裡幫阿婆洗澡。采凡幾天幫阿婆洗一次頭，洗一次澡，她抬一張有靠背扶手的椅子進阿婆廁所的淋浴間，所以阿婆能穩穩坐著，阿婆現在連自己洗澡的體力都沒有了。采凡慎重其事地幫阿婆梳頭、吹乾頭髮，她知道阿婆一直在外洗頭做造型慣了，她把阿婆頭髮吹乾不能草率。一次次進來家裡詹采凡一次次看阿婆體力精神比前一次還差之餘，她每次吸滿一口氣才轉開大門，進家門後面她就會看見那個人。采凡時

時調整自己面具上的表情——聆聽的面具、表示恭敬的面具、心情輕鬆的面具，以及在聽到吹毛求疵的挑剔時能戴上順從認同的面具，爲得是讓阿婆覺得周圍一切如常，爲得是不讓阿婆擔心自己。

秀賢常常躺在客廳沙發上一躺一整個白天。已經好多天秀賢又痾不出大便來了，但她不想再上醫院急診室，上次醫生手指頭伸進去扣大便出來的動作快是快，但那痛個不行啊。她知道頭前這段硬的跟石頭般的屎如果能先被挖出來，接下來的她能自己用力痾出來，所以她要一旁看著電視的和中幫她把大便挖出來。和中說媽妳在說笑啊，我怎麼會挖大便？和中說去醫院吧，這次去家這裡的雙安，不再往臺心那麼遠去跑了。小乖乖這時進門了，秀賢說：「乖乖，阿婆好幾天大便大不出來。」聽秀賢這麼說，采凡二話不說走去廁所把她的雙手洗了又洗，尤其是仔細地洗了洗她指甲縫裡面，洗完手後采凡走回到客廳，她溫柔地請躺在沙發上的阿婆翻側身過來，采凡以食指跟中指伸進阿婆的肛門扣大便，她兩隻指頭伸進阿婆的肛門就頂觸到堅硬的固狀物。小乖乖動作比較輕柔，但秀賢還是非常痛，秀賢極力忍著肉被撕裂的痛覺讓小乖乖從她屁股扣出了非常硬的屎塊，客廳全是濃郁的屎味。再來秀賢要小乖乖攙扶她進廁所，秀賢把多天來的宿便都痾了出來。大便排了，秀賢覺得眞是舒坦多了。不過是大個便，秀賢耗盡了全身的力氣，自個兒有感覺這麼精疲力盡過嗎？秀賢再倒回客廳沙發上躺，她太累了她逮倒一倒，她見和中眼睛盯著電視、小乖乖在拖地板。肚腹裡輕鬆了但屁股有像是好幾層肉被撕開的痛，閉眼在休息的秀賢這時說：「再找一個人進來家裡幫忙做事，找個適合的。」小乖乖停了動作，看著阿婆說：「好，阿婆。」和中這時發出比電視的聲音還大的聲音在喊：「蛤？再找個人？找外勞啊？媽，這不是浪費錢嗎？一直帶人進來的那個仲介不會辦事啦，這幾個人進來，當天就不做又出去了，都不知道她們有沒有偷妳的錢耶，媽。」還是閉著眼在休息的秀賢說：「這個家什麼時候你開始當家作主了？」

和中不確定媽的眼睛是不是全閉著，他轉回頭看著電視螢幕，他目光有火整臉憤怒。

盈盈她一家的全家福照片、跟上頭盈盈寫有她就即將要帶孩子們回來臺灣的字的卡片都還在床頭櫃的抽屜裡，以往看著盈盈兒她的一家子、看著盈盈兒寫的字總能帶給秀賢極大的安慰。但現在秀賢沒有精神體力去翻看了，她自己也不覺察。有時候秀賢躺在房間大床鋪上，很多時候她躺在客廳沙發上，她躺得不知道現在是白天還是黑夜，她一躺都不知道時間已經過去了大半天，頭髮因為躺著太久而自髮根斷去，不過秀賢很多天都沒想著要梳頭了，所以這算不上什麼需要煩惱的。她有時想起的煩惱是那天不應該跟和中出門的，她多希望自己那天沒有出門，多希望那天自己是待在哲文的身邊一秒沒有離開；有時她想起的沒辦完的事是銀行裡的錢還沒去都給提出來，想到的時候她預備下次小乖乖休假回來就逮趕緊出門去把這事辦了。

一天秀賢因為房裡的燈突然亮了而張眼，她看見微笑在凡凡臉上舒展開來，孩子就站在她床旁。秀賢聽到凡凡問她要不要起身來吃飯，來餐桌吃飯，她覺得奇怪這大半夜的這孩子怎麼回來了？秀賢問說怎麼大半夜吃飯呢？見凡凡愣了愣後溫柔地對她說現在是上午飯時間阿婆，

問她是什麼時侯睡到現在的。孩子邊走去拉開房間的窗簾還邊說今天是個大陰天，又窗簾也遮得嚴嚴的，才讓阿婆以爲現在是晚上十一、二點。孩子說現在是正中午阿婆。另一天她覺得才閉眼了一會兒怎麼張開眼時又見原本沒回來的小乖乖正在忙著拖地，秀賢睡睡醒醒之間問小乖乖今天休假嗎什麼時候回來的，先是見小乖乖她笑開盈盈的臉才聽她說話說，乖乖說她現在休息星期三、星期四跟星期日，說她去工作兩天就回來家裡兩天，說等等仲介張先生就會帶另一個移工過來家裡，這移工女孩子叫阿力，應該能在家裡幫忙使上力。秀賢說好，有找到人進來幫忙很好。**這孩子不笑不說話，眞是！**

有時候躺在沙發上的秀賢醒來看見小乖乖在跟一個皮膚黝黑的女孩子在自己身邊說話。有時候躺在沙發上的秀賢被阿嬷阿嬷要喝點水的叫喚聲音吵醒。這女孩子是誰？啊小乖乖帶進來的新幫手，是嘛，不能讓小乖乖休假時候還要回來打掃。

有時候躺在沙發上的秀賢看見小乖乖坐在自己身邊也在打盹兒。

有時候躺在沙發上的秀賢睡醒來但她沒張開眼睛，她聽見和中在大聲小聲，說炒酸辣白菜辣椒什麼的……

秀賢醒來，自己在房間裡，她有看到凡凡在自己床邊忙碌，在右邊，臉上是嚴肅，秀賢頭不需偏動，同時能看到阿力在自己床邊忙碌，在左邊，臉上看起來是驚疑。凡凡嘴巴在動，**是**

在跟自己說話嗎！？但眼皮一直往下鬆下來，雖然也想張開嘴巴問乖乖在說什麼說得這麼小聲，但秀賢沒能撐住眼皮。她太倦、太累，秀賢沒能問出聲前已又睡去。

秀賢醒來，自己在客廳裡，她躺在沙發上吸氣都吸得很喘，呼氣出來要唉一大聲氣才順，和中在一旁看著電視報導關於美國總統川普的新聞。聽秀賢在唉，阿力時不時過來問她：「阿嬤，妳是不是痛？要不要去醫院？」秀賢看著阿力說：「好。」才回答完秀賢又閉上眼，秀賢不知道她一閉眼是又昏沈睡去了好幾個鐘頭。家裡的電話響起，秀賢想睜開但沒睜開眼睛，她聽見和中說話。「什麼？妳現在要回來？不用吧。現在計劃有改變。好啦好啦，妳回來不礙事。」

在她耳邊是凡凡的聲音。孩子在問她現在送她去醫院好不好，秀賢說好，秀賢沒力氣張開眼也沒力氣說其他。**自己還沒到醫院啊？**

秀賢聽到自己躺在一個電子儀器一直在身旁嗶嗶嗶嗶響的地方，旁邊還傳來一個陌生人說話的聲音。

「沒有自己排尿，我沒有看過能這樣維持十天的，而且加上阿嬤的年紀，可能現在面對的是更少於這個的時間。」

「如果妳們簽洗腎同意書，一定是在加護病房做洗腎這個動作，頭二十分鐘是關鍵，阿嬤有約 1/4 至 1/3 的血液量會流進我們的機器，她那時如果撐不過，可能妳們心裡會很不好受，因爲是加護病房裡，妳們是不能在她旁邊的。」

「我阿婆一生都是女強人，是一個 fighter，她意志強大，請醫生能做什麼幫助她身體的事情都爲她做。」

秀賢醒來，她張眼看見很陌生的天花板，這不是家裡，這裡是醫院！她微微撇頭看見台萍坐在自個兒旁邊，她問：「那個王八蛋呢？」

「哪個王八蛋？媽妳在問誰？」

秀賢感覺躺在這兒不怎麼舒服，想要回自己的大床鋪上躺。

秀賢又因爲聽見一個陌生的說話聲音醒來。

「還是請家屬們有個共識，妳媽媽和舅舅說沒有要做侵入性的治療。詹小姐，妳還是想要簽這張洗腎同意書嗎……」原來小乖乖來了啊！秀賢這時說：「躺大床鋪。」

「大床鋪？啊，阿婆妳想回家啊？」

小乖乖在就衷了，秀賢心想。

「哎！回大床鋪躺。」

「可是阿婆，帶妳出院回家的話只有阿力能幫忙。如果阿婆在這裡休息，緊急的時候還有醫院的醫生們能幫忙。」

這時醫生說他先離開，下午會再來巡房。詹采凡跟他道謝。

「妳們年輕人方便就好。」秀賢說。

和中走進來病房，身穿多年前南京東路那幫里長發給里民們的背心，那件哲文經常穿在身上的背心，他大聲地對床上的秀賢說：「媽，妳看誰來看妳了？妳看這是誰常穿的背心？」

秀賢瞄了一眼。秀賢眼睛張開來再閉上後就幾乎用去了所剩的力氣，只剩心思還在溜轉。是哲文啊。跟哲文走過去就跟父親、母親都一道了呢。也看見舅舅穿著外公背心進來的采凡忽然想到那天——公和阿婆要她休假日一塊兒去臺灣銀行的那天，其實公跟阿婆明明自己辦得了匯款，但還特地要她跟著去銀行的那天。外公從阿婆的戶頭匯了一千萬那麼大一筆的數目進他自己戶頭的那天，外公在她耳邊說的話，「妳阿婆抱著妳舅啊，唉呀那一路眞是苦啊。我們今天做的事情很重要。妳阿婆要回家前的那些日子會高興高興的，兒女如果一直都在身邊的人不會了解的，妳舅會逢場作戲的。」

「阿婆要回家前？！」

「是啊，時間一到妳阿婆會回家來跟我一道啊乖乖。」

采凡見外公背心的恍神被沈和中的聲音拉回醫院的床邊。

「詹采凡，房子跟現金是會加在一起的，我們現在要把妳阿婆銀行戶頭裡的錢領一領，省得以後會被國稅局拿稅。」

「把阿婆銀行戶頭裡的錢領一領？」

「就是照我說的這樣做。妳外婆有提款卡吧？密碼妳知不知道？一定有的，即使那麼早年開的戶頭沒發卡片，之後妳外公一定會幫妳外婆辦的，以我對妳外公辦事情的瞭解，他一定有幫妳外婆準備提款卡。」

秀賢沒再醒來，秀賢沒聽到這就在她床旁邊的問話，秀賢那繞著哲文想、繞著父親想的心思飄飄然的遠離。順順緩緩地她全身的堅強都鬆了下來，靜靜地，秀賢回家了。

感謝

感謝我的伴侶R，這麼多年委實不易，謝謝包容，謝謝給予我的支持跟嚴厲直白的意見，謝謝這樣地陪在我身邊；感謝我的手足C&A，接下來的人生路上，有你們一起勝於沒有你們一起；感謝我的老闆D，你說的衆親平等，你慈悲善良的本性，你讓我這麼自由、這麼有餘裕的工作；感謝我周遭的工作夥伴，是因爲你們大家的專業，我的工作跟生活可以平順規律。感謝遠在那邊的你，給我繼續寫下去的動力。感謝婉育，感謝你在繁忙的工作跟博士班之間還幫助我校對臺語文字。感謝許多我沒有能提及但感動我的人們，感謝許多以著作觸動我的作者們，因爲你們，我能完成這本書。我還感謝你，臺北。

非常感激有許多作家們勾人心弦的故事及無數文字工作紀錄者的耕耘，我得以受啟發完成這個故事，參考資料的網站及參考書目大致整理如下：

國家圖書館整理收藏之歷年的中央日報
榮民文化網網站口述歷史
《洛陽文獻》 中華民國八十三年元月出版 出版者 洛陽文獻編輯委員會
《中國軍魂——孫立人將軍緬甸作戰實錄》 作者 孫克剛
《烽火歲月下的中國婦女訪問紀錄》 出版者 中央研究院近代史研究所
《旱魃》 作者 朱西甯
《漲潮日》 作者 隱地
《千手觀音》 作者 林文義
《我那賭徒阿爸》 作者 楊索
《水城臺北》 作者 舒國治
《台北老街》 作者 莊永明
《瘂弦回憶錄》 作者 瘂弦
《我那溫泉鄉的卡那西媽媽》 作者 徐正雄
《千江有水千江月》 作者 蕭麗紅
《故鄉之食》 作者 劉震慰

《母親的六十年洋裁歲月》 作者 鄭鴻生

也感謝以下這些作家們以及他們讓我一看再看，每次都還捨不得看完的作品：

《伊斯坦堡》、《我心中的陌生人》、《純眞博物館》 作家 Orhan Pamuk

《過於喧囂的孤獨》 作家 Bohumil Hrabal

《單車失竊記》 作家 吳明益

《這也會過去》 作家 Milena Busquets

《一場極爲安詳的死亡》 作家 西蒙．德．波娃

國家圖書館出版品預行編目資料

秀賢／會變正方形著. --初版. --臺中市：白象文化事業有限公司，2022.12
面； 公分
ISBN 978-626-7189-65-8（平裝）

863.57　　　111016906

秀賢

作　　者　會變正方形
校　　對　會變正方形
臺語文字以及臺語文拼音校正　王婉育
發 行 人　張輝潭
出版發行　白象文化事業有限公司
412台中市大里區科技路1號8樓之2（台中軟體園區）
出版專線：（04）2496-5995　傳真：（04）2496-9901
401台中市東區和平街228巷44號（經銷部）
購書專線：（04）2220-8589　傳真：（04）2220-8505
專案主編　林榮威
出版編印　林榮威、陳逸儒、黃麗穎、水邊、陳媁婷、李婕
設計創意　張禮南、何佳諠
經紀企劃　張輝潭、徐錦淳、廖書湘
經銷推廣　李莉吟、莊博亞、劉育姍、林政泓
行銷宣傳　黃姿虹、沈若瑜
營運管理　林金郎、曾千熏
印　　刷　基盛印刷工場
初版一刷　2022 年 12 月
定　　價　380 元